COLLECTION FOLIO

Marcel Proust

À LA RECHERCHE DU TEMPS PERDU

Du côté
de chez Swann

*Édition présentée et annotée
par Antoine Compagnon*

Gallimard

Les esquisses des pages 436-443 sont reproduites avec l'autorisation de la Bibliothèque nationale

PRÉFACE

> *Swann* est une démonstration. Comme
> j'ai (je pense à une comparaison
> musicale) un grand nombre de thèmes
> à exposer ou (sportive) de chevaux à
> faire partir, il y a un peu d'encombre-
> ment au départ. Mais croire que c'est
> écrit au hasard des souvenirs[1] !

« Suis-je romancier ? », se demande Proust à l'automne de
*1908[2], vers la fin d'une année où il s'est mis une nouvelle fois au
travail. Depuis toujours, il veut être romancier, mais le désir
demeure irréalisable : ce sera le sujet d'*À la Recherche du temps
perdu. *La paresse, la maladie, le deuil, l'impuissance d'écrire
dressent leurs obstacles devant le livre rêvé. Et la mort : « Les
avertissements de la mort. Bientôt tu ne pourras plus dire tout
cela. » Enfin, soudainement, l'écriture s'épanouit, l'œuvre prend
forme, le roman se structure, il s'écrit à toute vitesse, dans tous les
sens, et les deux tiers de « Combray » — la première partie du* Côté
de chez Swann *— sont achevés pour l'essentiel à l'automne de
1909. Peut-on comprendre comment l'écrivain irrésolu de 1908
devint, non seulement un véritable romancier, mais le romancier
de ce siècle ? Le héros de la* Recherche *découvre, avec l'âge, un
« nouvel écrivain » qui rend l'œuvre de Bergotte démodée. Cela n'est
pas arrivé à Proust, qui est vite devenu un classique en même temps
qu'il est demeuré un écrivain toujours déconcertant.*

---

1. Lettre de février 1914 à Daniel Halévy, *Correspondance*, éd. Ph. Kolb
(dorénavant *Corr.*), t. XIV, p. 350.
2. *Le Carnet de 1908*, éd. Ph. Kolb, 1976, p. 61.

La Recherche du temps perdu *est l'histoire d'une vie, de l'enfance à l'âge adulte, racontée à la première personne par un narrateur sans nom : « Il y a un monsieur qui raconte et qui dit Je[1]. »* Mais cette histoire est singulière, elle est celle d'une vocation d'écrivain ; et le récit en est circulaire, il se fait depuis la fin de l'histoire, où le héros devient écrivain et se met à écrire le livre que le lecteur vient de lire. Celui-ci n'apprend le dénouement qu'au dernier tome, dans Le Temps retrouvé, mais le narrateur connaissait la fin depuis le début ; il a pu interpréter ainsi les épisodes principaux de sa vie passée, jusqu'au moment où il surmonta son incapacité d'écrire. On peut, certes, lire la Recherche comme une chronique, comme les souvenirs de Marcel, mais Proust a souvent protesté contre « un malentendu au sujet de [son] livre si composé et concentrique et qu'on prendra pour des Mémoires et Souvenirs d'enfance[2] ». Comment le héros devint écrivain : tel est le fil secret, l'axe du roman jusqu'au Temps retrouvé, où le héros, à la faveur d'une série d'extases qui lui rendent le temps perdu, comprend que la vraie vie, le seul salut, est dans l'art. Les six tomes qui précèdent ont accumulé les préparations et les obstacles à la révélation, les tentations aussi, comme la mondanité et l'amour. La description du monde et l'analyse de la passion donnent un prodigieux roman comique et psychologique. Toutefois, retraçant l'histoire d'une vocation d'écrivain, bien autre chose qu'une carrière, la Recherche du temps perdu est avant tout une recherche de la vérité, un roman philosophique qui répond à une doctrine esthétique : l'art est sans commune mesure avec la vie, il la transcende, car il est la vraie vie ; le moi créateur n'est pas le moi social, l'artiste crée en descendant en lui-même. Au-delà de l'histoire de Marcel, cette esthétique idéaliste est le vrai sujet du roman, qui entreprend de la démontrer : il raconte l'histoire d'un homme qui en fait la découverte.

Proust se demandait pertinemment, à l'automne de 1908, à propos de son intuition centrale : « Faut-il en faire un roman, une étude philosophique, suis-je romancier ? » La question se posa jusqu'au bout : la Recherche est-elle un roman ? Comment concilier une théorie de l'art et le récit d'une vie ? Proust l'avait déjà tenté dans Jean Santeuil, auquel il travailla entre 1895 et 1899, cherchant à analyser le passage de la vie à l'art. Fidèle à Baudelaire, à Chateaubriand et à Nerval, il avait alors trouvé

1. Lettre de février 1913 à René Blum, *Corr.*, t. XII, p. 92.
2. Lettre d'avril 1912 à Robert de Montesquiou, *Corr.*, t. XI, p. 90.

dans la réminiscence, fruit de la mémoire involontaire, l'espace et le temps où la vie prenait la profondeur de l'art. Mais les réminiscences n'étaient jamais que des extases momentanées, des instants de bonheur. Jean Santeuil *demeura un amalgame de fragments. La composition manquait, c'est-à-dire une fin, qui fera de l'art une théorie de la mémoire dans la* Recherche, *et une tension vers cette fin, dans la quête hésitante de sa vérité que mènera le héros. Bref, il manquait à la première tentative romanesque les principes de la* Recherche *et la formule de son succès. L'impuissance d'écrire y est mise en scène : le héros souffre d'une absence de talent, il est souvent prêt à renoncer, mais les moments intenses procurés par le hasard d'une impression sensible relancent le besoin d'écrire, jusqu'à la révélation finale. Les matériaux récoltés dans* Jean Santeuil *trouvent leur forme dans le roman définitif. Comment la structure de la* Recherche *fut-elle acquise après l'automne de 1908 ? Comment le premier tome,* Du côté de chez Swann, *avec ses trois parties — « Combray », « Un amour de Swann », et « Noms de pays : le nom » —, fut-il composé ? L'histoire du roman comporte une part d'accident. Il fut écrit un peu n'importe comment, il resta toujours inachevé, ses derniers tomes furent publiés après la mort de Proust. Et pourtant, très vite, il fut fini, c'est-à-dire nécessaire, comme s'il avait trouvé lui-même sa forme. « Le livre de Proust, écrivait Reynaldo Hahn peu après la publication du* Côté de chez Swann *en 1913, n'est pas un chef-d'œuvre si l'on appelle chef-d'œuvre une chose parfaite et de plan irréprochable[1]. »*

PROUST EN 1908

En cette année du véritable début de la Recherche, *Proust a raison de douter. Qu'a-t-il fait de sa vie ? A près de quarante ans, souffrant depuis l'enfance d'un asthme qui n'a rien d'imaginaire, il reste l'auteur d'une œuvre mineure. Depuis* Les Plaisirs et les jours, *recueillant en 1896 quelques textes de circonstance, cet écrivain incertain et précoce — le « jeune homme irréparable » dont parlera Montesquiou dans ses* Mémoires *— est devenu un chroniqueur rare. Il a publié, en 1904 et 1906, deux traductions de John Ruskin :* La Bible d'Amiens *et* Sésame et les lys ; *il a donné des articles au* Figaro *à partir de 1900. Pour ses contemporains, qui ignorent* Jean Santeuil, *dont le*

---

1. Lettre de novembre 1913 à Mme Duglé, *Corr.*, t. XII, p. 333.

manuscrit ne sera publié qu'en 1952, il est un dilettante et un
mondain. Son père meurt en 1903, sa mère en 1905. C'est la
période la plus sombre de son existence : « J'ai clos à jamais l'ère
des traductions, que Maman favorisait. Et quant aux traductions
de moi-même je n'en ai plus le courage[1]. » La formule annonce
pourtant la définition de la littérature, dans Le Temps
retrouvé, comme traduction d'un livre intérieur. Après une
année de marasme et une année d'oisiveté, Proust se remet à la
tâche au début de 1908, peut-être même dès 1907, et il ne
s'interrompt plus jusqu'à sa mort, en 1922. En février 1907,
il publie dans Le Figaro un article qui introduit l'un des thèmes
majeurs de l'œuvre future : la cruauté envers l'être aimé, la
profanation de la mère, le sadisme. « Sentiments filiaux d'un
parricide » a été inspiré par un fait divers : un jeune homme
que Proust connaissait et qui lui avait écrit une lettre touchante
à la mort de sa mère, venait d'assassiner sa propre mère avant
de se donner la mort. En novembre 1907, Le Figaro accueillit
également des « Impressions de route en automobile », que Proust
reprit à peu près telles quelles pour les clochers de Martinville
de la fin de « Combray », attribuant ainsi au héros enfant un
texte de sa maturité.

En 1908, Proust travaille avec fièvre, dans des directions
multiples. Il semble avoir rédigé d'abord des fragments autobiographiques, sur des feuilles volantes, comme au temps de Jean
Santeuil. Mais il est bientôt captivé par un autre fait divers :
l'affaire Lemoine, du nom d'un escroc qui prétendait avoir
découvert le secret de la fabrication du diamant. En quelques
semaines, il compose, à propos de cette affaire, une série de pastiches
de Balzac, Flaubert, Sainte-Beuve, Henri de Régnier, Goncourt,
Michelet, Faguet et Renan, qui paraissent dans Le Figaro à
partir du 22 février. Ces pastiches sont, dans son esprit, « de
la critique littéraire " en action "[2] » et les prémices d'une véritable
critique littéraire. Ils préparent aussi bien le Contre Sainte-
Beuve, ce livre fantôme que Proust projeta à la fin de 1908
et en 1909, que la Recherche. Proust prétendit les avoir composés
de façon spontanée, s'étant mis à l'écoute des auteurs comme de
musiques diverses. Le pastiche proustien suppose une théorie du
style, que la suite de l'œuvre développera : le style est une vision,
il n'est pas analysable par l'intelligence. Après cette diversion,
reprenant son projet romanesque, Proust semble soudain

---

1. Lettre de décembre 1906 à Marie Nordlinger, *Corr.*, t. VI, p. 308.
2. Lettre de mars 1908 à Robert Dreyfus, *Corr.*, t. VIII, p. 61.

*en concevoir l'ampleur : «Je voudrais me mettre à un travail
assez long », écrit-il à Mme Straus, la remerciant de petits carnets
qu'elle lui a offerts et dans lesquels il prend des notes relatives
à son roman[1]. Pourtant la dispersion subsiste dans ses projets.
A Louis d'Albufera, en mai 1908, il en énumère une série
impressionnante :*

> une étude sur la noblesse
> un roman parisien
> un essai sur Sainte-Beuve et Flaubert
> un essai sur les Femmes
> un essai sur la Pédérastie (pas facile à publier)
> une étude sur les vitraux
> une étude sur les pierres tombales
> une étude sur le roman[2].

*Tous ces thèmes seront abordés dans la Recherche, mais la forme
qui les organisera n'est pas encore trouvée. Proust hésite encore
entre le roman et l'essai.*

*Un autre scandale, l'affaire Eulenburg, qui fit de l'homosexua-
lité un sujet d'actualité en 1908, a contribué aussi à relancer
le roman proustien. Un journaliste allemand s'en était pris dans
une série d'articles, en 1906 et 1907, à l'entourage pacifiste et
francophile de l'empereur Guillaume II, dénonçant les mœurs du
prince Philipp von Eulenburg, ami du Kaiser. Plusieurs procès
suivirent en 1907 et 1908, sans que le prince pût jamais rétablir
sa réputation. Proust paraît avoir entrevu à cette occasion la
fonction romanesque qu'aura dans son œuvre le thème de
l'inversion, qui le préoccupait dès Les Plaisirs et les jours et
auquel le personnage de Charlus donnera sa forme la plus
accomplie.*

*Proust avait sans doute achevé un premier état du roman à
l'été de 1908. Bernard de Fallois, qui eut accès aux manuscrits
de Proust lorsqu'il publia son Contre Sainte-Beuve en 1954,
a eu connaissance de soixante-quinze feuillets aujourd'hui
disparus, qu'il décrivit comme une ébauche de la Recherche.
Au cours de l'été de 1908, Proust dressa dans son carnet une
liste de « Pages écrites » qui paraît se référer à eux[3]. Il reprend
alors son travail du début de l'année, il cherche peut-être un plan.
Certaines des rubriques annoncent des morceaux ou plutôt des
thèmes du futur roman, comme celle-ci : « Ma grand-mère au*

---

1. Lettre de février 1908, *Corr.*, t. VIII, p. 39.
2. *Corr.*, t. VIII, p. 112-113.
3. *Le Carnet de 1908*, p. 56.

*jardin, le dîner de M. de Bretteville, je monte, le visage de Maman
alors et depuis dans mes rêves, je ne peux m'endormir, concessions
etc.* » Le premier souvenir de « Combray » est là en puissance :
le drame du coucher, les visites de Swann, la concession fatale
des parents du héros, le soir où son père laissa sa mère passer
la nuit dans sa chambre. Une autre rubrique, « *Le côté de
Villebon et le côté de Méséglise* », annonce les « *deux côtés* », celui
de Guermantes et celui de chez Swann, et la polarité majeure
qu'ils institueront dans *Du côté de chez Swann* et dans toute
la Recherche. La dernière rubrique, « *Ce que m'ont appris le
côté de Villebon et le côté de Méséglise* », fait songer à la réunion
des deux côtés, longtemps emblématiques de deux univers
inconciliables — la bourgeoisie et l'aristocratie, la famille et le
monde, l'enfance et l'âge adulte, etc. —, lorsque, à la fin
d'*Albertine disparue*, *Gilberte Swann*, devenue Mme de
Saint-Loup et donc passée du côté de Guermantes, apprend au
héros qu'il existait un sentier de traverse reliant les deux
promenades autour de Combray[1].

Le roman de 1908 tourna court, « la paresse ou le doute ou
l'impuissance se réfugiant dans l'incertitude sur la forme d'art[2] ».
Il échoua pour la même raison que *Jean Santeuil* : des fragments
autobiographiques, des moments extatiques ne font pas un roman ;
un roman est un tout, une construction ; il doit avoir son unité,
celle, par exemple, que donnera à la Recherche la théorie de
l'art, préparée tout au long du livre et révélée dans *Le Temps
retrouvé*. Dans son carnet, peu après la liste des « Pages écrites »,
Proust consigne plusieurs réminiscences durant l'été de 1908.
« Nous croyons le passé médiocre, écrit-il, parce que nous le
pensons mais le passé ce n'est pas cela[3]. » Le lecteur averti
reconnaît l'opposition entre la mémoire volontaire et la mémoire
involontaire, entre la mémoire pauvre de l'intelligence et la
mémoire sublime de la sensation : « telle inégalité du baptistère
de Saint-Marc », ajoute Proust, anticipant la résurrection de
Venise sur les pavés mal équarris de la cour de l'hôtel de
Guermantes, qui déclenchera la série des extases dans *Le Temps
retrouvé*. Mais l'organisation de ces épiphanies fait défaut, la
conquête du roman sera celle d'une structure, faite d'une
multiplicité de symétries spatiales et temporelles, de préparations

---

1. Voir une ancienne esquisse pour les deux côtés au document II,
p. 435.
2. *Le Carnet de 1908*, p. 61.
3. *Le Carnet de 1908*, p. 60.

et de retours en arrière. C'est pourquoi Proust se montrera toujours irrité lorsqu'on lui reprochera l'absence de plan de son œuvre. Dans la page du carnet qui prend acte de l'échec du roman de 1908, il semble croire qu'il n'aboutira jamais : « Tout est fictif, laborieusement car je n'ai pas d'imagination mais tout est rempli d'un sens que j'ai longtemps porté en moi[1]. » Il est déchiré entre l'impuissance et la nécessité d'écrire. Le roman est en gestation depuis 1895 mais chaque nouvelle tentative échoue :

Le travail nous rend un peu mères. Parfois me sentant près de ma fin je me disais, sentant l'enfant qui se formait dans mes flancs, et ne sachant pas si je réunirais les forces qu'il faut pour enfanter, je lui disais avec un triste et doux sourire : « Te verrai-je jamais ? »

La hantise de la mort restera à l'horizon de la pensée du temps dans la Recherche, jusqu'au Temps retrouvé, qui a également le sens d'une victoire sur la mort.

CONTRE SAINTE-BEUVE : L'ESSAI

L'échec du roman de 1908 conduisit Proust à une méditation sur la littérature, par l'intermédiaire d'une lecture de Sainte-Beuve. Défait du côté du roman, il cherche à se ressaisir du côté de la critique, comme il s'était, déjà, tourné vers Ruskin après l'abandon de Jean Santeuil. L'originalité du roman proustien tient beaucoup à la réflexion critique qui l'a précédé. La fiction y est inséparable d'une théorie de la littérature, car c'est à la faveur d'une réflexion critique que Proust est passé des ébauches fragmentées à l'œuvre. La Recherche du temps perdu est issue des pages sur Sainte-Beuve que Proust a rédigées au début de 1909 : c'est pourquoi il n'y a pas de meilleure compréhension de la structure de la Recherche qu'à travers l'analyse du cheminement que suivit Proust du Sainte-Beuve au roman[2]. Le Sainte-Beuve, que plusieurs critiques se sont attachés à reconstituer, n'a jamais formé une œuvre achevée, mais il contenait dans ses pages éparpillées l'essentiel de l'esthétique proustienne,

1. *Le Carnet de 1908*, p. 69.
2. Voir Claudine Quémar, « Autour de trois avant-textes de l'ouverture de la *Recherche* : nouvelles approches des problèmes du *Contre Sainte-Beuve* », *Bulletin d'informations proustiennes*, n° 3, 1976 ; Bernard Brun, « Le dormeur éveillé : genèse d'un roman de la mémoire », *Études proustiennes*, n° 4, 1982.

et surtout, Proust a résolu grâce à lui, presque par hasard, le problème de la forme romanesque, qui l'obsédait. Sous le même titre, il a conçu successivement un essai, une conversation critique précédée d'un récit, et un roman. Au terme d'une filiation compliquée, la *Recherche* résulte d'un passage qui fut ajouté au récit introductif du second *Sainte-Beuve*, lointaine amorce de l'ouverture de « Combray » sur les réveils dans la nuit et l'évocation des chambres d'autrefois.

Proust a travaillé au *Sainte-Beuve* de la fin de 1908 à l'été de 1909, sous ses trois formes successives. Il a d'abord consigné ses réflexions critiques sur des feuilles volantes. Le moment où il se procura des cahiers — les premiers des soixante-quinze cahiers de brouillon que possède la Bibliothèque nationale —, sans doute au printemps de 1909, fut une étape essentielle dans la genèse du roman. Le cahier, couvert sur les pages de droite, rempli ensuite dans les marges et sur les pages de gauche, manifeste la conscience de la forme, l'exigence de la composition.

Comment comprendre le rôle de Sainte-Beuve au départ de la *Recherche* ? Il est aujourd'hui méconnu, comme d'autres immortels du XIXe siècle, comme Taine ou Renan, mais le centenaire de sa naissance, en 1904, avait témoigné de son influence persistante. Or, selon Proust, Sainte-Beuve s'est uniformément trompé. Sa méthode reposait sur une confusion entre l'homme public et l'écrivain, entre le moi social, mondain, intellectuel et le moi créateur : « Un livre, écrit Proust, est le produit d'un autre moi que celui que nous manifestons dans nos habitudes, dans la société, dans nos vices[1]. » Refusant de séparer l'œuvre de l'homme, « Sainte-Beuve a méconnu tous les grands écrivains de son temps », estimait déjà Proust, dans sa préface à *Sésame et les lys* de Ruskin, en 1905[2]. Ainsi, Sainte-Beuve n'a pas compris le génie de Balzac, de Stendhal, de Nerval, de Baudelaire, qu'il traitait de « gentil garçon » ; il leur a préféré Mme de Gasparin ou Töpffer. Le procès de la critique historique et biographique n'est plus à faire en 1908 ; on a souvent reproché à Sainte-Beuve d'utiliser les œuvres pour expliquer les biographies, plutôt que le contraire. Mais Proust se sert de lui pour exposer ses idées sur l'art, fondées sur la distinction psychologique de plusieurs moi, sur ces « intermittences du cœur », dont il a, un moment, pensé faire le titre de son roman, et sur l'insuffisance de l'intelligence et du moi volontaire par rapport à l'intuition

1. *Contre Sainte-Beuve*, éd. Pierre Clarac, 1971, p. 221.
2. *Contre Sainte-Beuve*, p. 190.

et au moi inconscient. Le Sainte-Beuve fut conçu comme une
démonstration.

   Proust imagina vite, non seulement de réfuter Sainte-Beuve
à propos de Balzac, Nerval et Baudelaire, mais de mettre en scène
sa thèse, de l'illustrer par un récit avant de la formuler. Il consulte
Mme de Noailles et Georges de Lauris, en décembre 1908, hésitant
entre deux formes :

J'ai en quelque sorte deux articles bâtis dans ma pensée
(articles de revue). L'un est un article de forme classique,
l'essai de Taine en moins bien. L'autre débuterait par le
récit d'une matinée, Maman viendrait près de mon lit et
je lui raconterais un article que je veux faire sur
Sainte-Beuve. Et je le lui développerais[1].

On voit bien vers quelle solution il penche, et qu'il ne demande
qu'à être encouragé pour passer de l'étude à la conversation
critique précédée d'un récit. La première personne apparaît, qu'il
avait déjà utilisée dans la préface de Sésame et les lys. Écrivit-il
son article ? Il ne s'y était pas mis à la fin de décembre[2], mais
il a laissé des ébauches, publiées par Bernard de Fallois en 1954,
mêlées à des fragments narratifs de 1908 et 1909[3].

CONTRE SAINTE-BEUVE : LE RÉCIT

   La seconde formule envisagée pour le Sainte-Beuve fut le récit
d'une matinée suivi d'une conversation. Le narrateur se serait
souvenu du matin où il avait trouvé dans Le Figaro, *apporté*
par sa mère juste avant qu'il se couche, à une époque où, malade,
il ne dormait plus que le jour, un article de lui dont il attendait
depuis longtemps la publication ; la conversation sur l'article du
Figaro se serait alors transformée en une conversation sur un
autre article qu'il projetait de consacrer à Sainte-Beuve et dont
il aurait exposé le plan à sa mère. Du récit à la critique, c'est
la naissance de la symétrie fondamentale de la Recherche, *dans*
le diptyque du Temps perdu *et du* Temps retrouvé, *celui-ci*
n'étant qu'une ultime formulation de l'esthétique élaborée dans
le Sainte-Beuve. *Il ne s'agit encore que d'une conversation*
critique précédée d'une introduction narrative, mais le récit prend

1. Lettre à Georges de Lauris, *Corr.*, t. VIII, p. 320.
2. Lettre à Georges de Lauris, *Corr.*, t. VIII, p. 331.
3. Voir le document I, p. 431.

bientôt le pas ; et de ce prélude de la conversation, laquelle n'a vraisemblablement jamais été écrite, tout le roman est sorti.

Dans les cahiers de brouillon conservés à la Bibliothèque nationale, on peut repérer le scénario fragmentaire et inachevé d'un « Récit d'une matinée », à la première personne[1]. Le héros se couche une heure avant le lever du jour. Avant de s'endormir, il évoque les nuits d'autrefois et les matinées d'aujourd'hui, il décrit ses souvenirs et ses sensations. Les sensations, les bruits et odeurs du matin, seront reportés à l'ouverture de La Prisonnière. Les réminiscences des nuits d'autrefois, elles, pendant cette heure brève qui précède le matin, retardent la lecture du Figaro, la transition de l'article fait à l'article projeté, et la conversation sur Sainte-Beuve. Greffés sur le récit de la matinée, proliférant, les souvenirs le firent éclater ; il fut abandonné au profit d'un roman de la mémoire, qui les accueillit moins artificiellement.

C'est la confusion de l'espace et du temps, provoquée par le coucher matinal et stimulant la mémoire, qui déclenche les digressions du récit. L'expérience est banale ; comme les phénomènes de mémoire involontaire, elle peut illustrer la vanité de l'intelligence : une erreur des sens ranime une mémoire spontanée du corps et fait naître l'illusion d'une chambre ancienne. Le récit d'une matinée dans la vie du héros, celle de la publication de l'article du Figaro, dévie vers le souvenir d'autres réveils et vers une réflexion sur l'insomnie et la mémoire. D'emblée, s'instaure ce rythme particulier à la Recherche, passant systématiquement et insensiblement du récit de ce qui est arrivé une fois au récit de ce qui est arrivé un nombre indéfini de fois. Le récit de la matinée est indéfiniment retardé par le rappel d'anciens réveils nocturnes, du temps où le protagoniste dormait la nuit, et par les souvenirs de temps plus anciens qu'ils ressuscitaient. Débordé, le récit invente — c'est l'articulation cruciale, entre le passé et le présent —, un temps moyen, celui des insomnies au cours desquelles un troisième « je », entre le héros et le narrateur, se consacre au souvenir. La première personne est l'innovation la plus apparente du Sainte-Beuve et de la Recherche par rapport à Jean Santeuil : d'entrée de jeu elle est triple, distribuée sur trois temps, le passé du héros, le présent du narrateur, et le temps intermédiaire du dormeur qui s'éveille. En lui se rassemble la temporalité jusque-là éclatée des romans proustiens échoués. Grâce au dormeur qui s'éveille, l'horizon du

1. Voir *Contre Sainte-Beuve*, éd. Bernard de Fallois, 1954, chap. I, II, V et VII.

récit s'élargit ; celui-ci devient un roman concentrique, rayonnant, capable d'explorer la pluralité des temps et des lieux, entre jadis et naguère.

Proust n'admet pas encore l'éclatement du projet dans les brouillons du printemps de 1909 et croit pouvoir maintenir les digressions du récit dans le cadre de la démonstration critique. L'idée de mettre en scène la réfutation de Sainte-Beuve avant de l'exposer s'est pourtant révélée fatale au projet : elle a fait diverger le récit. A cette occasion, Proust a découvert, sans doute obscurément, à la fois la technique romanesque et la thèse esthétique qui feront l'originalité de la Recherche. La première personne intermédiaire, celle du dormeur qui s'éveille, ce « je » flottant de l'insomniaque, qui relie le héros et le narrateur dans le temps, est le principe de construction du futur roman. Il lui permet d'échapper à la linéarité chronologique d'un roman de formation, gouverné par la mémoire volontaire d'un narrateur omniscient, sans sombrer dans l'impressionnisme. Il sauve le nouveau roman de l'échec qu'avaient connu Jean Santeuil et le projet de 1908, à la recherche d'une unité improbable entre la prose poétique et les Mémoires. Dès 1908, Proust avait consigné dans son carnet les principaux épisodes de mémoire involontaire, qui reprenaient des réminiscences de Jean Santeuil, mais la mémoire involontaire, qui ne donne lieu qu'à une succession de moments, n'a pas de vertu narrative, fonctionnelle. Elle ne suffit pas, et les réminiscences restent d'ailleurs isolées dans le roman. La mémoire confuse du dormeur qui s'éveille fournit en revanche une souple trame chronologique à la Recherche, entre sensation et intelligence. Le narrateur dort le jour et veille la nuit ; fidèle à la chronologie, il raconte des épisodes du passé retrouvés du temps où il dormait la nuit et où des insomnies stimulaient la mémoire désordonnée de son corps. L'évocation des chambres d'autrefois, au début de « Combray », et, après quarante pages, la brutale résurrection du village dans sa vérité, grâce à la madeleine trempée dans le thé, demeurent deux introductions concurrentes, mais la narration devait être d'abord déclenchée par les souvenirs spontanés du dormeur qui s'éveille, amorces de la structure rayonnante et totalisante du roman : « Un homme qui dort tient en cercle autour de lui le fil des heures, l'ordre des années et des mondes. » Voilà le modèle du roman, même si, dans Le Temps retrouvé, la découverte de la mémoire involontaire comme fondement d'une doctrine esthétique en constitue le dénouement.

CONTRE SAINTE-BEUVE : LE ROMAN

*Vers mars 1909, le projet du « Récit d'une matinée », cède
au roman de la mémoire. Les cahiers de brouillon du printemps
de 1909 excèdent le cadre d'un préambule narratif à une
conversation critique : non seulement « Combray » est abordé,
avec Françoise, le curé, la tante Charles (future tante Léonie),
mais Swann, les Guermantes sont ébauchés, y compris Mme de
Villeparisis et le marquis de Guercy (futur M. de Charlus), et
encore les Verdurin et leurs fidèles. Fin mai — événement capital
dans l'histoire du roman —, Proust demande à son ami Lauris
si le nom de Guermantes « est entièrement éteint et à prendre
pour un littérateur[1] ». Le romancier a pris le pas sur le critique,
mais la rupture n'est pas complète. Même si la conversation sur
Sainte-Beuve ne fut jamais rédigée, elle demeura longtemps le
dénouement prévu du roman.*

De 1909 à 1911, le début de « Combray » reste celui-ci :

À l'époque de cette matinée dont je voudrais fixer le
souvenir, j'étais déjà malade ; j'étais obligé de passer toute
la nuit levé et n'étais couché que le jour. Mais alors le
temps n'était pas très lointain et j'espérais encore qu'il
pourrait revenir où je me couchais tous les soirs de bonne
heure et, avec quelques réveils plus ou moins longs,
dormais jusqu'au matin.

*Le dispositif narratif du « Récit d'une matinée » (celle de la
publication de l'article du* Figaro) *est toujours clairement en
place : le protagoniste se souvient du temps où il dormait la nuit
et où, au cours d'insomnies, il se souvenait de son passé. Entre
le héros passé et le narrateur présent, l'insomniaque, dont le
narrateur se souvient, se souvenait, lui, du héros. La substitution
tardive sur la dactylographie, au cours de l'été de 1911, de
l'incipit célèbre :* « Longtemps, je me suis couché de bonne
heure... », *voile ce dispositif sans le faire disparaître.*

*Si, de 1909 à 1911, l'incipit ne change pas, alors que Proust
paraît avoir accepté que son Sainte-Beuve dévie vers un roman
de la mémoire, c'est que le dénouement prévu reste le même. Le
Temps retrouvé, c'est-à-dire la révélation esthétique dans le
cadre de la matinée chez la princesse de Guermantes, n'est pas
encore conçu. Le récit initial du Sainte-Beuve devait illustrer
la démonstration finale, contre l'intelligence, mais celle-ci devient*

---

1. Corr., t. IX, p. 102.

redondante dès lors que le récit, prenant l'ampleur d'un roman,
l'anticipe en chacun de ses épisodes. Dans les brouillons de 1909,
chaque réminiscence donne lieu à un commentaire explicatif
immédiat. Les réflexions esthétiques sont intégrées au récit,
l'initiation est explicite à chacune de ses étapes, la démonstration
est continue jusqu'à la conversation[1]. *Ainsi la dactylographie de*
la madeleine, juste avant la révélation — « Et tout d'un coup
le souvenir m'est apparu... » —, contient encore une longue
explication de la philosophie proustienne du temps, culminant
dans cette proposition :

Mais qu'un bruit, qu'une odeur déjà perçus autrefois, soit
pour ainsi dire entendu, respiré par nous à la fois dans
le passé et le présent, réel sans être actuel, idéal sans être
imaginé, il libère aussitôt cette essence permanente des
choses, et notre vrai moi qui depuis si longtemps était
comme mort, s'éveille, s'anime et se réjouit de la céleste
nourriture qui lui est apportée.

Le passage rejoindra Le Temps retrouvé *presque mot à mot,*
car un changement structurel majeur reste à venir après 1909 :
les enseignements aussitôt tirés des souvenirs et des sensations furent
supprimés ; les commentaires théoriques et philosophiques furent
ajournés jusqu'au dénouement ; les réminiscences furent ainsi
transformées en échecs, ou du moins en expériences incomplètes
jusqu'à la révélation finale et totale ; elles devinrent, pour parler
comme Proust, des « préparations » du Temps retrouvé, en
même temps qu'elles rythment le récit d'une succession d'énigmes
dont le lecteur se doute bien qu'on lui donnera un jour la clef.
Il en est d'ailleurs averti par le narrateur lui-même qui, après
le fameux « Zut, zut, zut, zut » proféré devant la mare de
Montjouvain, écrit : « Je sentis que mon devoir eût été de ne pas
s'en tenir à ces mots opaques et de tâcher de voir plus clair dans
mon ravissement. » L'incipit définitif, rayant l'annonce de la
matinée de conversation, montre que ce changement était acquis
avant l'été de 1911.

Au cours de l'été de 1909, Proust confie à Reynaldo Hahn,
dans une contrepèterie :

---

1. Voir Bernard Brun, « Quelques éléments de la démonstration
proustienne dans les brouillons de *Swann* », *Bulletin d'informations*
proustiennes, n° 10, 1979 ; et « *Le Temps retrouvé* dans les avant-textes de
Combray », *Bulletin d'informations proustiennes*, n° 12, 1981.

Je crains que mon roman sur le vielch Sainte-Veuve
Ne soit pas, entre nous, très goûté chez la Beuve[1].

*Il mentionne encore Sainte-Beuve, alors qu'il songe vraisemblable-
ment au noyau des Verdurin et qu'il redoute que Mme Lemaire,
dont il fréquentait le salon avec Reynaldo dans les années 1890,
se reconnaisse en Mme Verdurin. Dès août 1909, il songe à un
éditeur et lorsqu'il écrit à Alfred Vallette, directeur du Mercure
de France, pour lui proposer un manuscrit qui porte toujours
pour titre* Contre Sainte-Beuve, *il souligne qu'il s'agit pourtant
d'un roman :*

Je termine un livre qui malgré son titre provisoire : *Contre
Sainte-Beuve, Souvenirs d'une matinée* est un véritable roman
et un roman extrêmement impudique en certaines parties[2].

*Proust pense au baron de Charlus, dont la carrière est fixée dans
les cahiers du premier semestre de 1909. Il parle de 250 à
300 pages pour « la partie roman », le volume allant jusqu'à
425 pages environ avec « la longue conversation sur Sainte-Beuve
et sur l'esthétique », qui le conclura et justifiera le titre.*

*Le déséquilibre entre la partie narrative et la partie critique
s'est renversé depuis le début de l'année. L'introduction a pris
l'ampleur d'un « véritable roman », comprenant plusieurs parties,
trois sans doute, dont la première aurait été « Combray ». On
la trouve esquissée dans un cahier (le Cahier 8[3]), avant sa mise
au net à l'automne de 1909. Proust l'appelle, dans une lettre
d'octobre 1909 à Lauris, « le premier paragraphe du premier
chapitre de Sainte-Beuve », et il ajoute entre parenthèses : « c'est
presque un volume, ce premier paragraphe[4] ! » Il intitule donc
encore Sainte-Beuve un texte qui n'a plus grand-chose à voir
avec lui. Sainte-Beuve disparaîtra de la Recherche, où l'esprit
beuvien est cependant, saupoudré entre les acteurs du roman,
Mme de Villeparisis étant le meilleur porte-parole du critique.
Et la plupart des personnages illustrent la contradiction,
méconnue par Sainte-Beuve, du moi profond et du moi social en
se révélant peu à peu différents de ce qu'ils ont d'abord semblé
être : Charlus en particulier, dont la vraie nature n'est connue
que dans* Sodome et Gomorrhe, *mais aussi les artistes,*

1. *Corr.*, t. IX, p. 146.
2. *Corr.*, t. IX, p. 155.
3. Je me réfère au classement de la Bibliothèque nationale pour les
75 cahiers de Proust.
4. *Corr.*, t. IX, p. 192.

Bergotte. Elstir et Vinteuil, le professeur de piano de Combray, dont Swann ne peut croire qu'il est le compositeur de la fameuse sonate. Quand Le Temps retrouvé rassemblera la doctrine esthétique d'abord donnée continûment, la substance de la conversation sur Sainte-Beuve, comme dans des vases communicants, sera disséminée dans tout le livre, qui, disait Proust à Vallette, « n'est que la mise en œuvre des principes d'art émis » dans la conversation qui devait alors le conclure.

En août 1909, « Combray » s'ouvre ainsi sur un réveil en pleine nuit : « Je ne cherchais pas à me rendormir, je passais la nuit à me rappeler notre vie d'autrefois à Paris chez mes parents à Combray, à Querqueville, ailleurs encore. » Querqueville est le premier nom de Balbec : le récit du séjour au bord de la mer aurait succédé à « Combray ». Proust se sent près d'aboutir : « Je viens de commencer — et de finir — tout un long livre », écrit-il à Mme Straus[1]. Mais « si tout est écrit, beaucoup de choses sont à remanier », et il n'en finira jamais de remanier. Depuis le Sainte-Beuve du printemps, non seulement le volume a été considérablement amplifié et la proportion des parties narrative et critique renversée, mais le plan est différent. Au printemps, il reposait sur les articles du Figaro, l'article publié et l'article projeté. Désormais, le système de la Recherche est conçu : celui des nuits d'insomnies passées à raconter le temps perdu. Du côté de chez Swann est « le livre de l'insomnie », dira Jacques-Émile Blanche dans son compte rendu de 1914.

Dans le roman imprimé, si le schéma temporel à trois temps et à double détente — le narrateur se souvient du dormeur éveillé, le dormeur éveillé se souvient du héros — est moins apparent, le système des chambres d'autrefois parcourt bien tout le livre, de Combray à « Tansonville, chez Mme de Saint-Loup », en passant par Paris, Balbec, Doncières et Venise. Ainsi, dès le début du Côté de chez Swann, sont annoncés les lieux du roman jusqu'au séjour chez Gilberte Swann, devenue Mme de Saint-Loup : à la fin d'Albertine disparue, c'est le dernier souvenir du dormeur insomniaque, avant qu'il transmette le relais au narrateur, qui, après des séjours en maisons de santé, sera le contemporain des dernières scènes du roman et de la matinée chez la princesse de Guermantes.

1. *Corr.*, t. IX, p. 163.

« COMBRAY » EN 1909

Par bonheur, Vallette refusa Contre Sainte-Beuve, Souvenirs d'une matinée, *tel que Proust le lui proposa en août 1909. L'histoire du roman est désormais celle d'une longue série de refus d'éditeurs. Proust les mit à profit pour enrichir le livre sans relâche. « Vallette qui m'avait déjà refusé* Pastiches, Recueil d'articles, *etc., me refuse* Sainte-Beuve *qui restera sans doute inédit ! », écrit-il à Lauris[1]. Il s'adresse au directeur du* Figaro, *Gaston Calmette, qui accepte de publier une partie du roman en feuilleton. À son intention, une mise au propre eut lieu, en octobre, dans trois cahiers (les Cahiers 9, 10 et 63), qui correspondent au début de « Combray », jusqu'à l'introduction des deux côtés (ici, p. 3-133). Proust en fit lecture à Reynaldo Hahn en novembre 1909. Il fit même dactylographier, dès l'automne de 1909, les trois cahiers mis au net[2]. Georges de Lauris et André Beaunier, le critique du* Figaro, *les lurent sous cette forme en décembre 1909, et Beaunier les transmit à Calmette. Le directeur du* Figaro *avait promis que la publication du feuilleton commencerait aussitôt, mais rien ne paraissait dans le quotidien. Proust, qui peut-être avait vexé Calmette en sollicitant l'avis de Beaunier, vécut une nouvelle fois l'attente qu'il avait décrite dans la* Sainte-Beuve *du printemps précédent, avant d'aller reprendre son manuscrit dans les bureaux du quotidien en juillet 1910, au cours de ce qu'il appela un « pèlerinage fort mélancolique[3] ». Après le refus de Vallette, celui de Calmette, à qui Proust dédia pourtant* Du côté de chez Swann, *lui permit de poursuivre le travail à son propre rythme, sans l'urgence qui le pressait depuis le printemps de 1909, et de prendre conscience du plan qui reposait à son insu dans les brouillons. Il attendit près de trois ans avant de chercher à nouveau un éditeur.*

Le manuscrit que Lauris, Beaunier et Calmette lurent en décembre 1909 était très différent des 700 pages que Proust devait remettre à Fasquelle en 1912, sous le titre Le Temps perdu *et en trois parties, « Combray », « Un amour de Swann » et « Noms de pays », la dernière comprenant le récit parisien et le récit du séjour au bord de la mer qui rejoignirent finalement les* Jeunes filles en fleurs. *Le roman de 1909 allait seulement*

---

1. Lettre d'août 1909, *Corr.*, t. IX, p. 161.
2. Voir Akio Wada, *L'Évolution de Combray depuis l'automne 1909*, 1986, t. I, p. 8-29.
3. Lettre de juillet 1910 à Georges de Lauris, *Corr.*, t. X, p. 137.

jusqu'aux deux côtés. La fin de « Combray » fut daσtylographiée à partir de juillet 1911, avec un certain nombre d'additions pour le début du roman, comme la visite du héros chez l'oncle Adolphe, les pages sur Bloch et la leσture de Bergotte, la rencontre avec Vington (futur Vinteuil) et sa fille à l'église, qui furent les enrichissements majeurs de « Combray » après 1909. Ouvrant le récit au-delà du cercle familial, ils préparaient des « retentissements », comme disait Proust, dans la suite du roman, par exemple, du côté de Méséglise, le geste provocant de Gilberte au héros ou la présence de Charlus auprès de Mme Swann. Après 1909, l'œuvre devint un réseau complexe de symétries, d'échos et de reflets.

« COMBRAY » ET *LE TEMPS RETROUVÉ*

Le manuscrit de décembre 1909 était déjà la Recherche, *mais la première phrase, que Proust ne modifia qu'en 1911 pour la rendre cohérente avec le nouveau dénouement du livre, restait, on l'a dit, la première phrase du Sainte-Beuve. Alors que « Combray » était déjà daσtylographié jusqu'aux deux côtés, la fin prévue pour le roman n'était pas* Le Temps retrouvé, *mais toujours la conversation sur Sainte-Beuve. « Combray » multipliait les explications partielles à la suite de chaque impression et réminiscence, avant que* Le Temps retrouvé *les réunisse dans un seul exposé longtemps différé. Substituant* Le Temps retrouvé — *après quinze ou vingt ans d'absence du narrateur, la matinée chez la princesse de Guermantes avec ses deux parties, « L'adoration perpétuelle » ou la leçon esthétique, et « Le bal de têtes » ou le speσtacle des personnages vieillis, c'est-à-dire la révélation de la vérité intemporelle aussitôt suivie de celle des effets du temps —, à la conversation critique comme dénouement, Proust reconnut que le roman, tel qu'il s'était écrit, recélait une struσture plus originale que celle qu'il lui avait d'abord donnée. Le problème de la forme romanesque, qui l'avait hanté, s'étant résolu de lui-même, il suffisait de bâtir une solidarité secrète, essentielle, entre le début et la fin de la* Recherche, *entre « Combray » et* Le Temps retrouvé. *Leur relation est moins artificielle qu'entre le récit de la matinée et la conversation critique, moins didaσtique aussi, puisqu'elle repose sur un écart entre le savoir du leσteur et celui du narrateur jusqu'au dénouement. Évoluant du Sainte-Beuve à la* Recherche, *si l'œuvre reste une démonstration, celle-ci est de moins en moins appliquée : les souvenirs de Schopenhauer ou de Bergson passent au second plan.*

*Que voulait dire Proust, était-il sincère, quand il répétait que
« Combray » et* Le Temps retrouvé *avaient été écrits ensemble ?
« Le dernier chapitre du dernier volume, disait-il, a été écrit tout
de suite après le premier chapitre du premier volume. Tout
l'"entre-deux" a été écrit ensuite[1]. » Or, le début que nous
connaissons a coexisté pendant longtemps avec une fin que nous
ne connaissons pas et qui n'a pas été écrite, celle du* Sainte-Beuve,
la « Conversation avec Maman ».

Les pages de « Combray » sur François le Champi, *lu au
héros par sa mère la nuit où son père la laissa rester dans sa
chambre, permettent de répondre[2]. Proust écrivait à Lauris, en
décembre 1909, lui envoyant le début de « Combray » : « Ne
croyez pas que j'aime George Sand. Ce n'est pas un morceau de
critique. C'est comme cela à cette date-là. Le reste du livre
corrigera[3]. » La fin du passage de 1909 sur* François le Champi,
*où le héros relisait le roman après des années et en tirait la
conclusion que les livres restent associés dans notre mémoire à ce
que nous étions quand nous les lûmes, fut, comme tant d'autres
leçons immédiates du roman de 1909, reportée, au début de 1911,
dans les brouillons du* Temps retrouvé. *Le héros aperçoit*
François le Champi *sur un rayon de la bibliothèque du duc
de Guermantes, juste après qu'une série d'extases lui ont enfin
révélé la vérité des réminiscences. Il relit avec émotion le roman
et comprend l'identité de la joie produite par la réminiscence et
du bonheur procuré par l'art. Le moment est crucial : les
commentaires de 1909, différés jusqu'au* Temps retrouvé *en
1911, ont créé une césure dans un roman linéaire. Mais il ne
pouvait s'agir encore de cet effet-là, lorsque Proust annonçait en
1909 à Lauris que* François le Champi *était une « préparation ». Le passage de 1909 sur* François le Champi *contenait
en fait une comparaison entre Sand et Flaubert. Le mère du héros
admirait Sand et éprouvait de la répugnance pour Flaubert, en
se fondant sur leurs lettres. Le retour à Sand alors prévu pour
la fin du roman aurait corrigé ce jugement, inspiré par un point
de vue à la Sainte-Beuve, et rétabli la hiérarchie des valeurs
littéraires. Le même épisode allait donc trouver une autre portée
quand Proust aurait renoncé à la critique finale de Sainte-Beuve ;
le dernier chapitre était en puissance dans le premier.*

1. Lettre de 1919 à Paul Souday, *Correspondance générale*, t. III, p. 72.
2. Voir Volker Roloff, « "François le Champi" et le texte retrouvé »,
Études proustiennes, n° 3, 1979.
3. *Corr.*, t. IX, p. 225.

Littéralement toutefois, si la matinée chez la princesse de Guermantes ne s'est pas substituée à la « Conversation avec Maman » avant 1911 comme fin du roman, Proust exagère lorsqu'il affirme que le dernier chapitre du dernier volume a été écrit tout de suite après le premier chapitre du premier volume. Est-ce une affabulation destinée à faire croire que la composition du roman, souvent contestée par la critique, avait été préméditée depuis l'origine ? Proust écrivait à Benjamin Crémieux en 1922, toujours à propos de l'ordre inaperçu dans son œuvre par les lecteurs : « On ne pourra le nier quand la dernière page du Temps retrouvé (écrite avant le reste du livre) se refermera exactement sur la première de Swann[1]. » S'abuse-t-il à propos du plan du roman comme il s'est longtemps trompé sur ses proportions, sans cesse altérées par des développements imprévus ? Savait-il du moins où il allait ? Le roman s'est-il fait tout seul ?

Le Temps retrouvé s'achève avec l'évocation des bruits de pas et du tintement de la sonnette qui, à Combray, annonçaient le départ de Swann et la venue de Maman pour le baiser du soir :

Alors, en pensant à tous les événements qui se plaçaient forcément entre l'instant où je les avais entendus et la matinée Guermantes, je fus effrayé de penser que c'était bien cette sonnette qui tintait encore en moi [...]. Pour tâcher de l'entendre de plus près, c'est en moi-même que j'étais obligé de redescendre.

Le cercle est ainsi refermé entre le début et la fin du livre. Or le souvenir de la sonnette, cette ultime incitation à l'écriture du roman, était absent du brouillon du Temps retrouvé en 1910-1911. Nouveau mensonge ? Pas tout à fait, car Proust avait ajouté ce souvenir à la dactylographie de « Combray », dès la fin de 1909 ou au début de 1910, sous la forme d'un de ces dénouements immédiats qui furent ajournés jusqu'au Temps retrouvé en 1911. Il s'agissait donc bien d'une fin, écrite presque pour commencer, mais pas encore placée à la fin. Proust, sans le savoir, avait écrit la dernière page de son livre.

1. Benjamin Crémieux, *Du côté de Marcel Proust*, Lemarget, 1929, p. 159.

« UN AMOUR DE SWANN »

« *Un amour de Swann* » n'appartenait donc pas au premier plan conçu par Proust pour la Recherche. C'est un épisode étranger, le récit à la troisième personne d'une aventure passée, antérieure à la naissance du héros. Il sert à présenter le personnage de Charles Swann, alter ego du héros, son modèle dans tout le roman, et propose une première analyse de l'amour et de la jalousie, que le héros connaîtra après Swann. C'est aussi le premier tableau de la société parisienne, dont l'évolution au cours du temps est l'un des thèmes du roman. Swann rencontre Odette ; elle l'introduit dans le « petit noyau » des Verdurin, dont la description ouvre l'épisode. Elle lui est indifférente d'abord, mais il devient amoureux d'elle à la faveur de deux scènes d'idolâtrie esthétique : il l'associe à une phrase de la sonate de Vinteuil écoutée auprès d'elle, le futur « air national de leur amour », et il découvre par hasard sa ressemblance avec une figure de Botticelli. Mais l'amour est véritablement éveillé par l'absence, un soir qu'il arrive chez les Verdurin après le départ d'Odette. L'amour est d'emblée lié à l'angoisse et se convertit aussitôt en jalousie. Odette ment, et Swann est chassé par les Verdurin. Lorsqu'il entend la phrase de la sonate de Vinteuil, pendant la première grande soirée mondaine de la Recherche, chez Mme de Saint-Euverte, il comprend qu'Odette ne l'aimera plus. Son amour et sa jalousie persistent toutefois, jusqu'à une mort tout aussi accidentelle et intellectuelle que leur naissance l'avait été.

L'insertion d'« *Un amour de Swann* » entre « Combray » et « Querqueville » — Querqueville, rappelons-le, sera Balbec dans le roman — fut assez tardive : les brouillons de 1909-1910 passaient sans transition de « Combray » aux rencontres avec Gilberte aux Champs-Élysées, ils ne contenaient donc que des souvenirs d'enfance. « *Un amour de Swann* », sous la forme d'un sobre récit classique mettant aux prises deux personnages typés, l'esthète et la demi-mondaine, propose un échantillon de l'analyse des sentiments que le roman développera largement ensuite. Maurice Bardèche pense que Proust a introduit l'épisode dans le premier volume afin de rompre la monotonie des souvenirs d'enfance[1], et on a pris l'habitude de parler de roman dans le roman, ou de mise en abyme, à propos de cette histoire d'un artiste raté inscrite dans celle d'une vocation accomplie. Mais la présence

---

1. Maurice Bardèche, *Marcel Proust romancier*, 1971, t. I, p. 273-274.

inexpliquée de cette longue diversion dans Swann *a contribué à l'impression de disparate ressentie par les premiers critiques.*

Le manuscrit d'« *Un amour de Swann* » date de 1910-1911. Avant cela, les brouillons font apparaître trois esquisses menant à l'épisode. Toutes les trois mettent en évidence des relations étroites entre Jean Santeuil et « *Un amour de Swann* »[1], dont les scènes les plus dramatiques illustrant le malheur d'aimer rappellent d'ailleurs des incidents de la passion possessive de Proust pour Reynaldo Hahn, rapportés dans ses lettres de 1895 et 1896. Du roman abandonné à la Recherche, où le protagoniste à la première personne avance masqué, Swann hérite de Jean, autoportrait manifeste de l'auteur, non seulement l'appartenance à la bourgeoisie et au peuple juif, la mobilité sociale et la personnalité artiste, mais aussi l'expérience amoureuse. Jean Santeuil contenait deux récits amoureux principaux, l'amour platonique pour Mme S., une jeune veuve, et l'amour sensuel pour Françoise. Le premier donnait lieu à une analyse des débuts de l'amour à partir de l'indifférence ; le second, à un examen du déclin de l'amour, à travers la jalousie et les soupçons de lesbianisme. Odette réunira les deux côtés dans une démystification complète de l'amour romantique. Une petite bizarrerie en résulte : Swann se comporte avec elle à la fois comme si elle était vertueuse et comme si elle était vicieuse.

Le premier fragment, un bref récit, date du début de 1909 (*Cahier 31*) et esquisse en quelques pages les péripéties principales d'une liaison entre Swann et une jeune veuve, qui porte le nom de Sonia ou Wanda et qu'il a rencontrée chez les X. Puis les Verdurin sont présentés sous ce nom, et le noyau de leurs fidèles, qui deviendront le cadre indissociable de l'amour de Swann. Deux cahiers contemporains complètent d'ailleurs le portrait des fidèles : Cottard, le peintre, Forcheville (*Cahiers 7 et 6*).

Un autre cahier datant de 1909 est plus difficile à interpréter (*Cahier 25*[2]). Parmi des préparations pour « Combray » et « Querqueville », datant de l'époque où ces deux parties s'enchaînaient directement, on découvre Swann à Querqueville, où il séjourne au Grand-Hôtel. Il est attiré par un groupe de jeunes filles, qu'il soupçonne de lesbianisme. Il aime tantôt l'une tantôt l'autre, avant de fixer son choix sur Anna. A ce stade, le récit des aventures qui se déroulent à Balbec entre le héros et

---

1. Voir *Jean Santeuil*, éd. Pierre Clarac, 1971, p. 745-853, « De l'amour ».
2. Voir le document III, p. 439.

*les jeunes filles, et celui de l'amour de Swann pour Odette, se
confondaient donc. Les futurs « Un amour de Swann » et* Jeunes
filles en fleurs *ne faisaient qu'un. Mais dès ce cahier, des
additions substituent « je » à Swann auprès des jeunes filles. Un
cahier contemporain (Cahier 12) déplace l'intrigue de Querqueville à Paris, dans le milieu des Guermantes, auprès desquels
Swann renonce à sa situation mondaine pour une aventure avec
Anna. Sa jalousie est éveillée par un regard d'Anna pour
Forcheville.*

*Le troisième état d'« Un amour de Swann » est un montage
suivi et presque complet, qui date du début de 1910 (Cahiers
69 et 22). L'héroïne, qui s'appelle désormais Odette, réunit des
traits de Mme S. et de Françoise. Le récit se termine par le mariage
de Swann et d'Odette, obtenu par un chantage d'Odette, qui a
une fille de Swann et ne la lui laisse pas voir. Il reprend la scène
capitale de l'amour de Jean et de Françoise, où Swann extorque
à Odette l'aveu de ses amours lesbiens, ainsi que le thème de la
petite phrase, qui est extraite de la Sonate pour violon et piano
de Saint-Saëns. Par rapport à* Jean Santeuil, *la nouveauté
majeure est le milieu Verdurin, mettant en scène l'étude
psychologique dans une comédie mondaine.*

*La série des cahiers de mise au net de 1910, relus et paginés
en 1911 pour former le manuscrit d'« Un amour de Swann »,
continue avec les cahiers qui forment le manuscrit de la suite de
la* Recherche : *l'aventure de Swann s'insère désormais entre
« Combray » et « Querqueville ». Elle n'est plus contemporaine
de l'enfance du héros (comme dans le Cahier 25), et fait donc
l'objet d'un retour en arrière. Elle ne se termine plus par le
mariage de Swann et d'Odette (comme dans les Cahiers 31 et
22), que Norpois apprendra plus tard au héros, mais par la
mort de Swann, aussi imaginaire que sa naissance. Le récit
devient exemplaire, c'est celui de la naissance et de la mort d'un
amour. Circulaire, unifié, il prend la valeur d'un modèle de la
psychologie de l'amour pour tout le roman. Quelle en est la thèse ?
Dans l'amour, peu importe que l'être aimé nous plaise ou non.
L'amour naît d'un besoin anxieux, d'un goût devenu exclusif
dans un moment d'angoisse. L'amour proustien, une construction
intellectuelle où l'autre est pour peu de chose, s'apparente à une
maladie possessive et à une jalousie obsessionnelle, jusqu'à rêver
de tuer l'autre.*

Swann héritant des amours de Jean Santeuil, le héros de la
Recherche, *avant l'invention d'Albertine, n'aura pas à
connaître une vraie passion et il ne retient que les engouements*

éphémères de Jean pour quelques adolescentes et femmes du monde.
La passivité du narrateur, témoin de sa vie passée comme de celle
des autres, a déteint sur lui.

Ce n'est qu'au printemps de *1913*, lors de la correction des
épreuves du roman, que Proust eut l'une des idées les plus fortes
de son œuvre : l'invention du personnage de Vinteuil, le musicien
imaginaire de la Recherche, ancien professeur de piano des sœurs
de la grand-mère dans « Combray » et compositeur de la sonate
dans « Un amour de Swann¹ ». Jusque-là, le roman avait
distingué deux individus : Berget, l'auteur de la sonate, et
Vington, un vieux naturaliste de Combray martyrisé par sa fille.
Afin d'illustrer l'idée, anti-beuvienne par excellence, que le
« génie » peut exister chez une « vieille bête », Proust écrivit en
1913 à Lucien Daudet, qui relisait les épreuves de Swann :

J'ai trouvé plus frappant de montrer d'abord Vinteuil
vieille bête sans laisser soupçonner qu'il a du génie, et
dans le deuxième chapitre de parler de sa sublime sonate
que Swann n'a même pas un instant l'idée d'attribuer à
la vieille bête².

Le contraste est d'autant plus frappant que le « génie » et la
« vieille bête » ont été jusqu'au dernier moment des personnages
différents. Leur identification, sous le nom de Vinteuil, aura de
profondes conséquences sur l'architecture de la Recherche, bien
au-delà du Côté de chez Swann : le chef-d'œuvre posthume
de Vinteuil, un quatuor, puis un septuor, deviendra, dans La
Prisonnière, l'une des étapes majeures vers la vocation artistique
du héros. Grâce à Vinteuil, plusieurs thèmes importants se
cristallisent : la musique, le sadisme et la création artistique, tous
trois destinés à d'importants développements dans la suite de la
composition de la Recherche.

« NOMS DE PAYS : LE NOM »

La troisième partie du Côté de chez Swann, disproportionnée
par rapport aux deux autres, a l'air d'un appendice. Elle n'était
en vérité qu'une introduction à un ensemble équilibré et beaucoup
plus vaste, intitulé « Noms de pays ». Celui-ci aurait inclus

---

1. Voir Kazuyoshi Yoshikawa, « Vinteuil ou la genèse du septuor »,
Études proustiennes, n° 3, 1979.
2. Lettre de septembre 1913, *Corr.*, t. XII, p. 259.

*l'amour pour Gilberte et le séjour à Balbec, qui s'arrêtait alors
avant l'apparition de la bande des jeunes filles sur la digue. La
matière des deux premiers tiers des Jeunes filles en fleurs aurait
ainsi complété le premier des deux tomes prévus en 1912.
L'ensemble fut composé chez Grasset en 1913, mais la longueur
des épreuves contraignit Proust à accepter une publication en trois
tomes et à reporter au second la majeure partie du récit parisien
et du séjour à Balbec. En témoigne le plan du second tome annoncé
pour 1914 dans* Du côté de chez Swann, *sous le titre* Le Côté
de Guermantes[1] :*

Chez Mme Swann.
Noms de pays : le pays.
Premiers crayons du baron de Charlus
et de Robert de Saint-Loup.
Noms de personnes : la duchesse de Guermantes.
Le salon de Mme de Villeparisis.

*La fin des Jeunes filles n'existait pas, ni la petite bande ni
Albertine. Le troisième tome, sous le titre* Le Temps retrouvé,
*aurait poursuivi l'exploration du côté de Guermantes, avant de
passer au chapitre « M. de Charlus et les Verdurin », à la mort
de la grand-mère et au deuil du héros, au voyage à Venise, enfin
au mariage de Saint-Loup et de Gilberte Swann, symbole de la
réunion des deux côtés et dernière étape avant la matinée chez
la princesse de Guermantes et la révélation esthétique. Le premier
chapitre du troisième tome s'appelait bien alors « A l'ombre des
jeunes filles en fleurs », mais Albertine y aurait été absente d'un
second séjour à Balbec.*

*   La guerre retarda la parution du deuxième tome de la
Recherche, sur épreuves en juin 1914, et Proust inventa le
personnage d'Albertine : il mit à profit quatre années pour
amplifier et remanier la suite du roman. Le dernier court chapitre
de Swann reste artificiellement séparé des deux premiers tiers des
actuelles Jeunes filles en fleurs, c'est-à-dire l'amour pour
Gilberte, l'arrivée à Balbec et la découverte du Grand-Hôtel, les
promenades avec Mme de Villeparisis et la rencontre du baron
de Charlus.*

*   Tel quel, « Noms de pays : le nom » se divise en trois parties :
une rêverie sur les noms de pays, qui suscite des projets de voyages ;
les jeux du héros aux Champs-Élysées, où il rencontre Gilberte
Swann et devient amoureux d'elle ; enfin, une promenade de*

1. Voir le document VI, p. 450.

Mme Swann au Bois, suivie d'une promenade du narrateur, contemporaine de la rédaction du roman et constatant l'effet du temps. La conclusion annonce celle du *Temps retrouvé* et de tout le roman, mais de façon inversée : « La réalité que j'avais connue n'existait plus. » L'art n'est pas encore évoqué comme le moyen de la retrouver et la quête est laissée en suspens.

La composition du premier tome conçu par Proust en *1912* était moins déconcertante que celle du volume publié en *1913*. « Noms de pays » comprenait deux parties, à Paris et au bord de mer ; l'amour pour Gilberte répondait à l'amour de Swann, situé au centre du volume ; l'amour de Swann était entouré de deux ensembles sur les erreurs de l'imagination et la reconquête de la réalité par l'écriture. La symétrie des deux tomes, *Temps perdu* et *Temps retrouvé*, était enfin plus apparente : après que tous les personnages importants avaient été introduits — les Swann, les Verdurin, les Guermantes —, *Le Temps retrouvé* s'opposait trait pour trait au premier tome.

Mais cette structure, déjà masquée par l'ajournement de la fin du premier tome et le glissement de deux à trois tomes, se dissipa encore dans les cinq tomes qui séparèrent *Du côté de chez Swann* du *Temps retrouvé* après la guerre. *Du côté de chez Swann* n'est plus qu'une immense ouverture de toute l'œuvre. Proust lui a quand même donné au dernier moment une conclusion, après la coupure arbitraire du récit de l'amour pour Gilberte, après la promenade de Mme Swann au Bois et la traversée du Bois par le narrateur : c'est, on l'a dit, une réflexion nostalgique sur l'impuissance de la réalité à recomposer les tableaux de la mémoire. L'œuvre s'achève provisoirement sur une désillusion.

À LA RECHERCHE D'UN ÉDITEUR

Au début de *1912*, une nouvelle version du roman est presque prête, très différente de celle de *1909*. Le 21 mars, après un silence de plusieurs années, Proust publie dans *Le Figaro*, « Épines blanches, épines roses », extrait de « Combray » sur les aubépines. Il prépare sa rentrée ; il en est à se demander si le roman doit être publié en un tome ou en deux, sous un seul titre ou sous deux titres, en même temps ou avec un intervalle. La dactylographie de la première moitié est terminée au début de l'été, que Proust passa à la corriger. Elle fait plus de *700* pages, qu'il est prêt à soumettre à un éditeur. Calmette s'est engagé à le faire

*publier chez Fasquelle[1], mais Proust s'adresse en même temps à
Gaston Gallimard pour les éditions de la Nouvelle Revue
française. L'ouvrage compterait 1 250 pages, que Proust envisage
de répartir en deux ou trois volumes. Il songe à des titres : Les
Intermittences du cœur comme titre général, Le Temps perdu
et Le Temps retrouvé pour les deux volumes alors prévus. Il
insiste pour se faire imprimer à ses frais, ce qui eut sans doute
un effet fâcheux : Fasquelle et Gallimard se dérobent tous deux
avant la fin de l'année. Le refus de Fasquelle fut lié à un exécrable
rapport de lecteur[2], celui de Gallimard à l'avis de Gide, qui le
regretta aussitôt après la publication[3].*

*Au début de 1913, Proust subit un nouveau refus de la maison
Ollendorff, dont il reçut la réponse fameuse :*

Je suis peut-être bouché à l'émeri, mais je ne puis
comprendre qu'un monsieur puisse employer trente pages
à décrire comment il se tourne et se retourne dans son
lit avant de trouver le sommeil[4].

*Il s'adresse en février à Grasset, qui accepta après quelques jours
de publier le roman à compte d'auteur, sans avoir vu le manuscrit.
Proust était conscient des doutes que son œuvre soulèverait : « Au
point de vue de la composition, fait-il dire à Grasset, elle est si
complexe qu'elle n'apparaît que très tardivement quand tous les
"Thèmes" ont commencé à se combiner[5]. » Trois volumes sont
bientôt envisagés et Proust reçoit des épreuves à partir de la fin
de mars. Mais en les corrigeant, il remanie profondément le texte.
Son inquiétude perce dans une lettre de mai :*

Je suis brisé par la correction de mes épreuves dont je
ne peux venir à bout, je change tout, l'imprimeur ne s'y
reconnaît pas, mon éditeur me relance de jour en jour,
et pendant ce temps ma santé fléchit entièrement[6].

*À la même époque, il fixe les titres dans une lettre à Grasset :
« Du côté de chez Swann pour le premier volume. Pour le
second probablement : Le Côté de Guermantes. Le titre général
des deux volumes : À la recherche du temps perdu[7]. » Il se*

1. Voir le document IV, p. 444.
2. Voir le document V, p. 446.
3. Voir le document X, p. 460.
4. Cité par Louis de Robert, *Comment débuta Marcel Proust* (1925),
Gallimard, nouvelle édition, 1969, p. 9.
5. Lettre de février 1913 à René Blum, *Corr.*, t. XII, p. 92.
6. Lettre de mai 1913 à Maurice Duplay, *Corr.*, t. XII, p. 182.
7. Lettre de mai 1913, *Corr.*, t. XII, p. 176.

résigne à couper le premier volume avant la fin des sept cents pages dactylographiées remises à Grasset.

Un événement qui se produit alors dans la vie de Proust est déterminant pour la suite du roman. Il installe chez lui, avec sa compagne Anna, Alfred Agostinelli, qu'il avait connu comme chauffeur à Cabourg en 1907. Au début d'août, après quelques jours à Cabourg, où il s'est rendu chaque année depuis 1907, Proust prend inopinément le train pour Paris au cours d'une excursion à Houlgate avec Agostinelli. Celui-ci était censé dactylographier la suite du roman, mais sa présence va profondément bouleverser celle-ci. Il fut le modèle d'Albertine, depuis cette fuite vers Paris, qui rappelle le départ du héros et d'Albertine pour Paris à la fin de Sodome et Gomorrhe, jusqu'à sa disparition en décembre 1913, quinze jours après la mise en vente de Swann, et sa mort en mai 1914. Proust rédigea aussitôt un premier jet d'Albertine disparue, avant de préparer cet épisode par des insertions d'Albertine dans A l'ombre des jeunes filles en fleurs *et* Le Côté de Guermantes, *ainsi que par la rédaction de* Sodome et Gomorrhe *et de* La Prisonnière. La Recherche *s'ouvrira sans trop de peine au « roman d'Albertine ».*

Ce n'est qu'à une date tardive que le système des noms du roman se fixa, sur les épreuves de Swann. Sans doute certains d'entre eux remontent-ils aux premiers cahiers de 1909, comme ceux de Combray, Guermantes, Swann, Verdurin, Cottard, mais d'autres n'ont cessé de changer. Balbec, nouvelle incarnation du bord de mer après le Beg-Meil de Jean Santeuil, s'appelle Querqueville dans les brouillons jusqu'en 1913, Criquebec et Bricquebec dans les épreuves de 1913 ; Charlus s'appelle le plus souvent Guercy dans les cahiers de 1909, Gurcy en 1910 et 1911, Fleurus sur les épreuves ; Saint-Loup est Montargis jusqu'à l'été de 1913, dans les épreuves de Swann. Montjouvain, Tansonville apparaissent sur les secondes épreuves, dans l'été de 1913.

L'ACCUEIL

Lors de sa publication en novembre 1913 chez Grasset, à compte d'auteur et bourré de fautes d'impression, Du côté de chez Swann *ne fut pas bien accueilli par la critique, à l'exception d'amis de Proust tels que Jean Cocteau, Lucien Daudet, Jacques-Émile Blanche. Un entretien avec l'auteur parut dans* Le Temps *à la veille de la mise en vente. C'était une introduction*

*au roman, où Proust s'expliquait sur sa conception du temps,
des personnages, du style[1], mais elle semble n'avoir pas éclairé
la lecture de Paul Souday, le chroniqueur du quotidien, dont le
feuilleton du 10 décembre anticipe toutes les objections qui ont
pu être faites au roman depuis lors. Le narrateur du* Temps
retrouvé *souffrira d'un malentendu semblable :* « Bientôt je pus
montrer quelques esquisses. Personne n'y comprit rien. [...] Là
où je cherchais les grandes lois, on m'appelait fouilleur de
détails. » *Souday avait en effet jugé :* « Il nous conte ses souvenirs
d'enfance », *avant de s'en prendre à l'obscurité du livre, à son
écriture touffue, aux incorrections du style, à la banalité et à
l'invraisemblance d'*« Un amour de Swann », *à l'inutilité et à
l'indécence de la scène de sadisme à Montjouvain, etc. Souday
comparait* Swann *à un roman anglais, à du Dickens et à du
Ruskin, mais il dénonçait surtout le désordre et le manque de
composition du roman. Proust lui répondit ceci :*

Mon livre peut ne révéler aucun talent ; il présuppose du
moins, il implique assez de culture pour qu'il n'y ait pas
vraisemblance morale à ce que je commette des fautes aussi
grossières que celles que vous me signalez[2].

Même le compte rendu de La Nouvelle Revue française *fut
mitigé ; Proust s'expliqua dans une longue lettre à Henri Ghéon,
son auteur[3]. Mais le jugement — Proust note tout, ne choisit
pas, n'organise pas — fut à peu près unanime et la réception
de l'œuvre en a pâti longtemps. Il est vrai que le lecteur de*
« Combray » *ignore où va le roman. Quel est par exemple le sens
du geste indécent de Gilberte, ou de la présentation de Charlus
comme de l'amant de Mme Swann ? Seul Jacques Rivière, le jeune
secrétaire de* La Nouvelle Revue française, *soupçonna le
caractère dogmatique et la composition secrète du livre. Proust
l'en remercia avec émotion[4]. Il n'empêche que le livre était enfin
publié, et qu'il connut plusieurs rééditions en quelques mois. Gide
et Rivière s'offrirent bientôt à reprendre la* Recherche *aux
éditions de la Nouvelle Revue française, mais Proust ne se sépara
pas de Grasset avant 1916.
    La composition du roman était d'autant moins apparente que
le volume avait été amputé de près d'un tiers, et Proust ne cessa
plus de lutter contre le même reproche. Le critique Jacques*

1. Voir le document VII, p. 451.
2. Lettre de décembre 1913 à Paul Souday, *Corr.*, t. XII, p. 381.
3. Voir les documents VIII et IX, p. 453 et 456.
4. Voir le document XI, p. 461.

Boulenger écrivait encore en 1919, après les Jeunes filles : « L'œuvre de Proust n'est pas composée si peu que ce soit. » Proust *insistait en revanche sur la rigueur de la construction architecturale, qui devait devenir évidente lorsque l'ensemble de l'œuvre serait publié. Ainsi, les deux seuils franchis à l'ouverture de « Combray » — les insomnies libérant la mémoire volontaire et la madeleine libérant la mémoire involontaire — sont retraversés dans l'ordre inverse lors du dénouement, où deux coups de théâtre se succèdent également : les réminiscences provoquées en cascade par les pavés inégaux, le bruit de la cuiller, la serviette empesée, donnent enfin accès à la vérité intemporelle ; le spectacle du monde vieilli révèle ensuite l'action du temps. Le cercle se referme alors sur la définition des deux temporalités du roman : celle, irréversible, de la vie, et celle, réversible, de l'art, ou de la vraie vie. Proust aurait voulu que le roman parût d'un seul coup et non de manière fragmentée, mais* Le Temps retrouvé *ne fut publié qu'en 1927, bien après sa mort. Seuls quelques rares lecteurs de 1914 avaient su percevoir sa présence en filigrane dans* Du côté de chez Swann. *Après 1914, la guerre, qui retarda la publication de la suite du roman et laissa à Proust le loisir d'introduire la « péripétie d'Albertine » dans la* Recherche, *distendit encore l'architecture de l'œuvre. La solidarité organique du début et de la fin, « à ouverture de compas assez étendue, écrivait Proust, pour que la composition, rigoureuse et à qui j'ai tout sacrifié, soit assez longue à discerner[1] », cette solidarité élaborée à son insu au cours des diverses étapes du* Sainte-Beuve *en 1909, confirmée lorsque* Le Temps retrouvé *devint en 1911 le dénouement du roman, devait demeurer pour longtemps encore en attente après la publication de* Swann. *Elle était pourtant si nécessaire, si profondément fondée, comme les piles extrêmes d'une prodigieuse arche suspendue, que la prolifération de tout l'« entre-deux » — le récit mondain et le roman d'Albertine — ne suffit pas à l'anéantir.*

Antoine Compagnon

---

1. Benjamin Crémieux, *Du côté de Marcel Proust*, p. 159.

Note sur le texte

Nous reprenons le texte établi pour l'édition de la « Bibliothèque de la Pléiade », sous la direction de Jean-Yves Tadié, par Francine Goujon pour « Combray » et « Noms de pays : le nom », par Brian Rogers pour « Un amour de Swann ». *Du côté de chez Swann* a été publié chez Grasset en 1913 et réédité chez Gallimard en 1919, avec quelques corrections et changements. Notre texte est conforme à celui de l'édition de 1919, il conserve sa ponctuation et ses alinéas, mais il corrige quelques fautes d'impression évidentes.

Du côté de chez Swann[1]

À M. Gaston Calmette.
Comme un témoignage de profonde
et affectueuse reconnaissance[2].

Première partie

COMBRAY

I

Longtemps, je me suis couché de bonne heure. Parfois,
à peine ma bougie éteinte, mes yeux se fermaient si vite
que je n'avais pas le temps de me dire : « Je m'endors. »
Et, une demi-heure après, la pensée qu'il était temps de
chercher le sommeil m'éveillait ; je voulais poser le volume
que je croyais avoir encore dans les mains et souffler ma
lumière ; je n'avais pas cessé en dormant de faire des
réflexions sur ce que je venais de lire, mais ces réflexions
avaient pris un tour un peu particulier ; il me semblait que
j'étais moi-même ce dont parlait l'ouvrage : une église,
un quatuor, la rivalité de François Ier et de Charles Quint[1].
Cette croyance survivait pendant quelques secondes à mon
réveil ; elle ne choquait pas ma raison mais pesait comme
des écailles sur mes yeux et les empêchait de se rendre
compte que le bougeoir n'était plus allumé. Puis elle
commençait à me devenir inintelligible, comme après la
métempsycose les pensées d'une existence antérieure ; le
sujet du livre se détachait de moi, j'étais libre de m'y
appliquer ou non ; aussitôt je recouvrais la vue et j'étais
bien étonné de trouver autour de moi une obscurité, douce
et reposante pour mes yeux, mais peut-être plus encore
pour mon esprit, à qui elle apparaissait comme une chose
sans cause, incompréhensible, comme une chose vraiment
obscure. Je me demandais quelle heure il pouvait être ;
j'entendais le sifflement des trains qui, plus ou moins
éloigné, comme le chant d'un oiseau dans une forêt,
relevant les distances, me décrivait l'étendue de la

campagne déserte où le voyageur se hâte vers la station prochaine ; et le petit chemin qu'il suit va être gravé dans son souvenir par l'excitation qu'il doit à des lieux nouveaux, à des actes inaccoutumés, à la causerie récente et aux adieux sous la lampe étrangère qui le suivent encore dans le silence de la nuit, à la douceur prochaine du retour.

J'appuyais tendrement mes joues contre les belles joues de l'oreiller qui, pleines et fraîches, sont comme les joues de notre enfance. Je frottais une allumette pour regarder ma montre. Bientôt minuit. C'est l'instant où le malade, qui a été obligé de partir en voyage et a dû coucher dans un hôtel inconnu, réveillé par une crise, se réjouit en apercevant sous la porte une raie de jour. Quel bonheur, c'est déjà le matin ! Dans un moment les domestiques seront levés, il pourra sonner, on viendra lui porter secours. L'espérance d'être soulagé lui donne du courage pour souffrir. Justement il a cru entendre des pas ; les pas se rapprochent, puis s'éloignent. Et la raie de jour qui était sous sa porte a disparu. C'est minuit ; on vient d'éteindre le gaz ; le dernier domestique est parti et il faudra rester toute la nuit à souffrir sans remède.

Je me rendormais, et parfois je n'avais plus que de courts réveils d'un instant, le temps d'entendre les craquements organiques des boiseries, d'ouvrir les yeux pour fixer le kaléidoscope de l'obscurité, de goûter grâce à une lueur momentanée de conscience le sommeil où étaient plongés les meubles, la chambre, le tout dont je n'étais qu'une petite partie et à l'insensibilité duquel je retournais vite m'unir. Ou bien en dormant j'avais rejoint sans effort un âge à jamais révolu de ma vie primitive, retrouvé telle de mes terreurs enfantines comme celle que mon grand-oncle me tirât par mes boucles et qu'avait dissipée le jour — date pour moi d'une ère nouvelle — où on les avait coupées. J'avais oublié cet événement pendant mon sommeil, j'en retrouvais le souvenir aussitôt que j'avais réussi à m'éveiller pour échapper aux mains de mon grand-oncle, mais par mesure de précaution j'entourais complètement ma tête de mon oreiller avant de retourner dans le monde des rêves.

Quelquefois, comme Ève naquit d'une côte d'Adam, une femme naissait pendant mon sommeil d'une fausse position de ma cuisse. Formée du plaisir que j'étais sur le point de goûter, je m'imaginais que c'était elle qui me l'offrait. Mon corps qui sentait dans le sien ma propre chaleur voulait s'y rejoindre, je m'éveillais. Le reste des humains m'apparaissait comme bien lointain auprès de cette femme que j'avais quittée il y avait quelques moments à peine ; ma joue était chaude encore de son baiser, mon corps courbaturé par le poids de sa taille. Si, comme il arrivait quelquefois, elle avait les traits d'une femme que j'avais connue dans la vie, j'allais me donner tout entier à ce but : la retrouver, comme ceux qui partent en voyage pour voir de leurs yeux une cité désirée et s'imaginent qu'on peut goûter dans une réalité le charme du songe. Peu à peu son souvenir s'évanouissait, j'avais oublié la fille de mon rêve.

Un homme qui dort, tient en cercle autour de lui le fil des heures, l'ordre des années et des mondes[1]. Il les consulte d'instinct en s'éveillant et y lit en une seconde le point de la terre qu'il occupe, le temps qui s'est écoulé jusqu'à son réveil ; mais leurs rangs peuvent se mêler, se rompre. Que vers le matin après quelque insomnie, le sommeil le prenne en train de lire, dans une posture trop différente de celle où il dort habituellement, il suffit de son bras soulevé pour arrêter et faire reculer le soleil, et à la première minute de son réveil, il ne saura plus l'heure, il estimera qu'il vient à peine de se coucher. Que s'il s'assoupit dans une position encore plus déplacée et divergente, par exemple après dîner assis dans un fauteuil, alors le bouleversement sera complet dans les mondes désorbités, le fauteuil magique le fera voyager à toute vitesse dans le temps et dans l'espace, et au moment d'ouvrir les paupières, il se croira couché quelques mois plus tôt dans une autre contrée. Mais il suffisait que, dans mon lit même, mon sommeil fût profond et détendît entièrement mon esprit ; alors celui-ci lâchait le plan du lieu où je m'étais endormi, et quand je m'éveillais au milieu de la nuit, comme j'ignorais où je me trouvais, je ne savais même pas au premier instant qui j'étais ; j'avais seulement dans sa simplicité première, le sentiment de l'existence comme il peut frémir au fond d'un animal ; j'étais plus dénué que l'homme des cavernes ; mais alors le souvenir — non encore du lieu où j'étais, mais de quelques-uns de ceux que j'avais habités et où j'aurais pu être — venait à moi comme un secours d'en haut pour me tirer du néant d'où je n'aurais pu sortir tout seul ; je passais en une seconde par-dessus des siècles de civilisation, et l'image confusément entrevue de lampes à pétrole, puis de chemises à col rabattu, recomposaient peu à peu les traits originaux de mon moi.

Peut-être l'immobilité des choses autour de nous leur est-elle imposée par notre certitude que ce sont elles et non pas d'autres, par l'immobilité de notre pensée en face d'elles. Toujours est-il que, quand je me réveillais ainsi, mon esprit s'agitant pour chercher, sans y réussir, à savoir où j'étais, tout tournait autour de moi dans l'obscurité, les choses, les pays, les années. Mon corps, trop engourdi pour remuer, cherchait, d'après la forme de sa fatigue, à repérer la position de ses membres pour en induire la direction du mur, la place des meubles, pour reconstruire et pour nommer la demeure où il se trouvait. Sa mémoire, la mémoire de ses côtes, de ses genoux, de ses épaules, lui présentait successivement plusieurs des chambres où il avait dormi, tandis qu'autour de lui les murs invisibles, changeant de place selon la forme de la pièce imaginée, tourbillonnaient dans les ténèbres. Et avant même que ma pensée, qui hésitait au seuil des temps et des formes, eût identifié le logis en rapprochant les circonstances, lui, — mon corps, — se rappelait pour chacun le genre du lit, la place des portes, la prise de jour des fenêtres, l'existence d'un couloir, avec la pensée que j'avais en m'y endormant et que je retrouvais au réveil. Mon côté ankylosé, cherchant à deviner son orientation, s'imaginait, par exemple, allongé face au mur dans un grand lit à baldaquin et aussitôt je me disais : « Tiens, j'ai fini par m'endormir quoique maman ne soit pas venue me dire bonsoir », j'étais à la campagne chez mon grand-père, mort depuis bien des années ; et mon corps, le côté sur lequel je reposais, gardiens fidèles d'un passé que mon esprit n'aurait jamais dû oublier, me rappelaient la flamme de la veilleuse de verre de Bohême, en forme d'urne, suspendue au plafond par des chaînettes, la cheminée en marbre de Sienne, dans ma chambre à coucher de Combray, chez mes grands-parents, en des jours lointains qu'en ce moment je me figurais actuels sans me les représenter exactement et que je reverrais mieux tout à l'heure quand je serais tout à fait éveillé[1].

Puis renaissait le souvenir d'une nouvelle attitude ; le mur filait dans une autre direction : j'étais dans ma chambre

chez Mme de Saint-Loup[1], à la campagne ; mon Dieu ! il
est au moins dix heures, on doit avoir fini de dîner ! J'aurai
trop prolongé la sieste que je fais tous les soirs en rentrant
de ma promenade avec Mme de Saint-Loup, avant
d'endosser mon habit. Car bien des années ont passé
depuis Combray, où, dans nos retours les plus tardifs,
c'étaient les reflets rouges du couchant que je voyais sur
le vitrage de ma fenêtre. C'est un autre genre de vie qu'on
mène à Tansonville, chez Mme de Saint-Loup, un autre
genre de plaisir que je trouve à ne sortir qu'à la nuit, à
suivre au clair de lune ces chemins où je jouais jadis au
soleil ; et la chambre où je me serai endormi au lieu de
m'habiller pour le dîner, de loin je l'aperçois, quand nous
rentrons, traversée par les feux de la lampe, seul phare
dans la nuit.

Ces évocations tournoyantes et confuses ne duraient
jamais que quelques secondes ; souvent, ma brève incertitude du lieu où je me trouvais ne distinguait pas mieux
les unes des autres les diverses suppositions dont elle était
faite, que nous n'isolons, en voyant un cheval courir, les
positions successives que nous montre le kinétoscope[2].
Mais j'avais revu tantôt l'une, tantôt l'autre, des chambres
que j'avais habitées dans ma vie, et je finissais par me les
rappeler toutes dans les longues rêveries qui suivaient mon
réveil ; chambres d'hiver où quand on est couché, on se
blottit la tête dans un nid qu'on se tresse avec les choses
les plus disparates : un coin de l'oreiller, le haut des
couvertures, un bout de châle, le bord du lit, et un numéro
des *Débats roses*[3], qu'on finit par cimenter ensemble selon
la technique des oiseaux en s'y appuyant indéfiniment ;
où, par un temps glacial le plaisir qu'on goûte est de se
sentir séparé du dehors (comme l'hirondelle de mer qui
a son nid au fond d'un souterrain dans la chaleur de la
terre[4]), et où, le feu étant entretenu toute la nuit dans la
cheminée, on dort dans un grand manteau d'air chaud et
fumeux, traversé des lueurs des tisons qui se rallument,
sorte d'impalpable alcôve, de chaude caverne creusée au
sein de la chambre même, zone ardente et mobile en ses
contours thermiques, aérée de souffles qui nous rafraî-
chissent la figure et viennent des angles, des parties
voisines de la fenêtre ou éloignées du foyer, et qui se sont
refroidies ; — chambres d'été où l'on aime être uni à la
nuit tiède, où le clair de lune appuyé aux volets

entrouverts, jette jusqu'au pied du lit son échelle
enchantée, où on dort presque en plein air, comme la
mésange balancée par la brise à la pointe d'un rayon ;
— parfois la chambre Louis XVI, si gaie que même le
premier soir je n'y avais pas été trop malheureux et où
les colonnettes qui soutenaient légèrement le plafond
s'écartaient avec tant de grâce pour montrer et réserver
la place du lit ; parfois au contraire celle, petite et si élevée
de plafond, creusée en forme de pyramide dans la hauteur
de deux étages et partiellement revêtue d'acajou, où dès
la première seconde j'avais été intoxiqué moralement par
l'odeur inconnue du vétiver, convaincu de l'hostilité des
rideaux violets et de l'insolente indifférence de la pendule
qui jacassait tout haut comme si je n'eusse pas été là ; — où
une étrange et impitoyable glace à pieds quadrangulaire,
barrant obliquement un des angles de la pièce, se creusait
à vif dans la douce plénitude de mon champ visuel
accoutumé un emplacement qui n'était pas prévu ; — où
ma pensée, s'efforçant pendant des heures de se disloquer,
de s'étirer en hauteur pour prendre exactement la forme
de la chambre et arriver à remplir jusqu'en haut son
gigantesque entonnoir, avait souffert bien de dures nuits,
tandis que j'étais étendu dans mon lit, les yeux levés,
l'oreille anxieuse, la narine rétive, le cœur battant : jusqu'à
ce que l'habitude eût changé la couleur des rideaux, fait
taire la pendule, enseigné la pitié à la glace oblique et
cruelle, dissimulé, sinon chassé complètement, l'odeur du
vétiver et notablement diminué la hauteur apparente du
plafond. L'habitude ! aménageuse habile mais bien lente
et qui commence par laisser souffrir notre esprit pendant
des semaines dans une installation provisoire ; mais que
malgré tout il est bien heureux de trouver, car sans
l'habitude et réduit à ses seuls moyens il serait impuissant
à nous rendre un logis habitable.

Certes, j'étais bien éveillé maintenant, mon corps avait
viré une dernière fois et le bon ange de la certitude avait
tout arrêté autour de moi, m'avait couché sous mes
couvertures, dans ma chambre, et avait mis approximative-
ment à leur place dans l'obscurité ma commode, mon
bureau, ma cheminée, la fenêtre sur la rue et les deux
portes. Mais j'avais beau savoir que je n'étais pas dans les
demeures dont l'ignorance du réveil m'avait en un instant
sinon présenté l'image distincte, du moins fait croire la

présence possible, le branle était donné à ma mémoire ;
généralement je ne cherchais pas à me rendormir tout de
suite ; je passais la plus grande partie de la nuit à me
rappeler notre vie d'autrefois, à Combray chez ma
grand-tante, à Balbec, à Paris, à Doncières, à Venise,
ailleurs encore[1], à me rappeler les lieux, les personnes que
j'y avais connues, ce que j'avais vu d'elles, ce qu'on m'en
avait raconté.

À Combray, tous les jours dès la fin de l'après-midi,
longtemps avant le moment où il faudrait me mettre au
lit et rester, sans dormir, loin de ma mère et de ma
grand-mère, ma chambre à coucher redevenait le point
fixe et douloureux de mes préoccupations. On avait bien
inventé, pour me distraire les soirs où on me trouvait l'air
trop malheureux, de me donner une lanterne magique,
dont, en attendant l'heure du dîner, on coiffait ma lampe ;
et, à l'instar des premiers architectes et maîtres verriers
de l'âge gothique, elle substituait à l'opacité des murs
d'impalpables irisations, de surnaturelles apparitions multicolores, où des légendes étaient dépeintes comme dans
un vitrail vacillant et momentané. Mais ma tristesse n'en
était qu'accrue, parce que rien que le changement
d'éclairage détruisait l'habitude que j'avais de ma chambre
et grâce à quoi, sauf le supplice du coucher, elle m'était
devenue supportable. Maintenant je ne la reconnaissais
plus et j'y étais inquiet, comme dans une chambre d'hôtel
ou de « chalet », où je fusse arrivé pour la première fois
en descendant de chemin de fer.

Au pas saccadé de son cheval, Golo, plein d'un affreux
dessein, sortait de la petite forêt triangulaire qui veloutait
d'un vert sombre la pente d'une colline, et s'avançait en
tressautant vers le château de la pauvre Geneviève de
Brabant[2]. Ce château était coupé selon une ligne courbe
qui n'était autre que la limite d'un des ovales de verre
ménagés dans le châssis qu'on glissait entre les coulisses
de la lanterne. Ce n'était qu'un pan de château et il avait
devant lui une lande où rêvait Geneviève qui portait une
ceinture bleue. Le château et la lande étaient jaunes et
je n'avais pas attendu de les voir pour connaître leur
couleur car, avant les verres du châssis, la sonorité
mordorée du nom de Brabant me l'avait montrée avec
évidence. Golo s'arrêtait un instant pour écouter avec
tristesse le boniment lu à haute voix par ma grand-tante

et qu'il avait l'air de comprendre parfaitement, conformant son attitude avec une docilité qui n'excluait pas une certaine majesté, aux indications du texte ; puis il s'éloignait du même pas saccadé. Et rien ne pouvait arrêter sa lente chevauchée. Si on bougeait la lanterne, je distinguais le cheval de Golo qui continuait à s'avancer sur les rideaux de la fenêtre, se bombant de leurs plis, descendant dans leurs fentes. Le corps de Golo lui-même, d'une essence aussi surnaturelle que celui de sa monture, s'arrangeait de tout obstacle matériel, de tout objet gênant qu'il rencontrait en le prenant comme ossature et en se le rendant intérieur, fût-ce le bouton de la porte sur lequel s'adaptait aussitôt et surnageait invinciblement sa robe rouge ou sa figure pâle toujours aussi noble et aussi mélancolique, mais qui ne laissait paraître aucun trouble de cette transvertébration.

Certes je leur trouvais du charme à ces brillantes projections qui semblaient émaner d'un passé mérovingien et promenaient autour de moi des reflets d'histoire si anciens[1]. Mais je ne peux dire quel malaise me causait pourtant cette intrusion du mystère et de la beauté dans une chambre que j'avais fini par remplir de mon moi au point de ne pas faire plus attention à elle qu'à lui-même. L'influence anesthésiante de l'habitude ayant cessé, je me mettais à penser, à sentir, choses si tristes. Ce bouton de la porte de ma chambre, qui différait pour moi de tous les autres boutons de porte du monde en ceci qu'il semblait ouvrir tout seul, sans que j'eusse besoin de le tourner, tant le maniement m'en était devenu inconscient, le voilà qui servait maintenant de corps astral à Golo. Et dès qu'on sonnait le dîner, j'avais hâte de courir à la salle à manger où la grosse lampe de la suspension, ignorante de Golo et de Barbe-Bleue, et qui connaissait mes parents et le bœuf à la casserole, donnait sa lumière de tous les soirs ; et de tomber dans les bras de maman que les malheurs de Geneviève de Brabant me rendaient plus chère, tandis que les crimes de Golo me faisaient examiner ma propre conscience avec plus de scrupules.

Après le dîner, hélas, j'étais bientôt obligé de quitter maman qui restait à causer avec les autres, au jardin s'il faisait beau, dans le petit salon où tout le monde se retirait s'il faisait mauvais. Tout le monde, sauf ma grand-mère qui trouvait que « c'est une pitié de rester enfermé à la

campagne » et qui avait d'incessantes discussions avec mon
père, les jours de trop grande pluie, parce qu'il m'envoyait
lire dans ma chambre au lieu de rester dehors. « Ce n'est
pas comme cela que vous le rendrez robuste et énergique,
disait-elle tristement, surtout ce petit qui a tant besoin de
prendre des forces et de la volonté. » Mon père haussait
les épaules et il examinait le baromètre, car il aimait la
météorologie, pendant que ma mère, évitant de faire
du bruit pour ne pas le troubler, le regardait avec un
respect attendri, mais pas trop fixement pour ne pas
chercher à percer le mystère de ses supériorités. Mais ma
grand-mère, elle, par tous les temps, même quand la pluie
faisait rage et que Françoise avait précipitamment rentré
les précieux fauteuils d'osier de peur qu'ils ne fussent
mouillés, on la voyait dans le jardin vide et fouetté par
l'averse, relevant ses mèches désordonnées et grises pour
que son front s'imbibât mieux de la salubrité du vent et
de la pluie. Elle disait : « Enfin, on respire ! » et parcourait
les allées détrempées — trop symétriquement alignées à
son gré par le nouveau jardinier dépourvu du sentiment
de la nature et auquel mon père avait demandé depuis
le matin si le temps s'arrangerait — de son petit pas
enthousiaste et saccadé, réglé sur les mouvements divers
qu'excitaient dans son âme l'ivresse de l'orage, la puissance
de l'hygiène, la stupidité de mon éducation et la symétrie
des jardins, plutôt que sur le désir inconnu d'elle d'éviter
à sa jupe prune les taches de boue sous lesquelles elle
disparaissait jusqu'à une hauteur qui était toujours pour
sa femme de chambre un désespoir et un problème.

Quand ces tours de jardin de ma grand-mère avaient
lieu après dîner, une chose avait le pouvoir de la faire
rentrer : c'était — à un des moments où la révolution de
sa promenade la ramenait périodiquement, comme un
insecte, en face des lumières du petit salon où les liqueurs
étaient servies sur la table à jeu — si ma grand-tante lui
criait : « Bathilde[1] ! viens donc empêcher ton mari de boire
du cognac ! » Pour la taquiner, en effet (elle avait apporté
dans la famille de mon père un esprit si différent que tout
le monde la plaisantait et la tourmentait), comme les
liqueurs étaient défendues à mon grand-père, ma grand-
tante lui en faisait boire quelques gouttes. Ma pauvre
grand-mère entrait, priait ardemment son mari de ne pas
goûter au cognac ; il se fâchait, buvait tout de même sa

gorgée, et ma grand-mère repartait, triste, découragée,
souriante pourtant, car elle était si humble de cœur et si
douce que sa tendresse pour les autres et le peu de cas
qu'elle faisait de sa propre personne et de ses souffrances,
se conciliaient dans son regard en un sourire où,
contrairement à ce qu'on voit dans le visage de beaucoup
d'humains, il n'y avait d'ironie que pour elle-même, et
pour nous tous comme un baiser de ses yeux qui ne
pouvaient voir ceux qu'elle chérissait sans les caresser
passionnément du regard. Ce supplice que lui infligeait
ma grand-tante, le spectacle des vaines prières de ma
grand-mère et de sa faiblesse, vaincue d'avance, essayant
inutilement d'ôter à mon grand-père le verre à liqueur,
c'était de ces choses à la vue desquelles on s'habitue plus
tard jusqu'à les considérer en riant et à prendre le parti
du persécuteur assez résolument et gaiement pour se
persuader à soi-même qu'il ne s'agit pas de persécution ;
elles me causaient alors une telle horreur, que j'aurais aimé
battre ma grand-tante. Mais dès que j'entendais : « Bathilde, viens donc empêcher ton mari de boire du
cognac ! » déjà homme par la lâcheté, je faisais ce que
nous faisons tous, une fois que nous sommes grands, quand
il y a devant nous des souffrances et des injustices : je ne
voulais pas les voir ; je montais sangloter tout en haut de
la maison à côté de la salle d'études, sous les toits, dans
une petite pièce sentant l'iris, et que parfumait aussi un
cassis sauvage poussé au-dehors entre les pierres de la
muraille et qui passait une branche de fleurs par la fenêtre
entrouverte. Destinée à un usage plus spécial et plus
vulgaire, cette pièce, d'où l'on voyait pendant le jour
jusqu'au donjon de Roussainville-le-Pin, servit longtemps
de refuge pour moi, sans doute parce qu'elle était la seule
qu'il me fût permis de fermer à clef, à toutes celles de
mes occupations qui réclamaient une inviolable solitude :
la lecture, la rêverie, les larmes et la volupté. Hélas ! je
ne savais pas que, bien plus tristement que les petits écarts
de régime de son mari, mon manque de volonté, ma santé
délicate, l'incertitude qu'ils projetaient sur mon avenir,
préoccupaient ma grand-mère, au cours de ces déambula-
tions incessantes, de l'après-midi et du soir, où on voyait
passer et repasser, obliquement levé vers le ciel, son beau
visage aux joues brunes et sillonnées, devenues au retour
de l'âge presque mauves comme les labours à l'automne,

barrées, si elle sortait, par une voilette à demi relevée, et sur lesquelles, amené là par le froid ou quelque triste pensée, était toujours en train de sécher un pleur involontaire.

Ma seule consolation, quand je montais me coucher, était que maman viendrait m'embrasser quand je serais dans mon lit. Mais ce bonsoir durait si peu de temps, elle redescendait si vite, que le moment où je l'entendais monter, puis où passait dans le couloir à double porte le bruit léger de sa robe de jardin en mousseline bleue, à laquelle pendaient de petits cordons de paille tressée, était pour moi un moment douloureux. Il annonçait celui qui allait le suivre, où elle m'aurait quitté, où elle serait redescendue. De sorte que ce bonsoir que j'aimais tant, j'en arrivais à souhaiter qu'il vînt le plus tard possible, à ce que se prolongeât le temps de répit où maman n'était pas encore venue. Quelquefois quand, après m'avoir embrassé, elle ouvrait la porte pour partir, je voulais la rappeler, lui dire « embrasse-moi une fois encore », mais je savais qu'aussitôt elle aurait son visage fâché, car la concession qu'elle faisait à ma tristesse et à mon agitation en montant m'embrasser, en m'apportant ce baiser de paix, agaçait mon père qui trouvait ces rites absurdes, et elle eût voulu tâcher de m'en faire perdre le besoin, l'habitude, bien loin de me laisser prendre celle de lui demander, quand elle était déjà sur le pas de la porte, un baiser de plus. Or la voir fâchée détruisait tout le calme qu'elle m'avait apporté un instant avant, quand elle avait penché vers mon lit sa figure aimante, et me l'avait tendue comme une hostie pour une communion de paix où mes lèvres puiseraient sa présence réelle et le pouvoir de m'endormir. Mais ces soirs-là, où maman en somme restait si peu de temps dans ma chambre, étaient doux encore en comparaison de ceux où il y avait du monde à dîner et où, à cause de cela, elle ne montait pas me dire bonsoir. Le monde se bornait habituellement à M. Swann, qui, en dehors de quelques étrangers de passage, était à peu près la seule personne qui vînt chez nous à Combray, quelquefois pour dîner en voisin (plus rarement depuis qu'il avait fait ce mauvais mariage, parce que mes parents ne voulaient pas recevoir sa femme), quelquefois après le dîner, à l'improviste. Les soirs où, assis devant la maison sous le grand marronnier, autour de la table de fer, nous entendions au bout du jardin, non pas le grelot profus et criard qui arrosait, qui étourdissait au passage de son bruit ferrugineux, intarissable et glacé, toute personne de la maison qui le déclenchait en entrant « sans sonner », mais le double tintement timide, ovale et doré de la clochette pour les étrangers, tout le monde aussitôt se demandait : « Une visite, qui cela peut-il être ? » mais on savait bien que cela ne pouvait être que M. Swann ; ma grand-tante parlant à haute voix, pour prêcher d'exemple, sur un ton qu'elle s'efforçait de rendre naturel, disait de ne pas chuchoter ainsi ; que rien n'est plus désobligeant pour une personne qui arrive et à qui cela fait croire qu'on est en train de dire des choses qu'elle ne doit pas entendre ; et on envoyait en éclaireur ma grand-mère, toujours heureuse d'avoir un prétexte pour faire un tour de jardin de plus, et qui en profitait pour arracher subrepticement au passage quelques tuteurs de rosiers afin de rendre aux roses un peu de naturel, comme une mère qui, pour les faire bouffer, passe la main dans les cheveux de son fils que le coiffeur a trop aplatis.

Nous restions tous suspendus aux nouvelles que ma grand-mère allait nous apporter de l'ennemi, comme si on eût pu hésiter entre un grand nombre possible d'assaillants, et bientôt après mon grand-père disait : « Je reconnais la voix de Swann. » On ne le reconnaissait en effet qu'à la voix, on distinguait mal son visage au nez busqué, aux yeux verts, sous un haut front entouré de cheveux blonds presque roux, coiffés à la Bressant[1], parce que nous gardions le moins de lumière possible au jardin pour ne pas attirer les moustiques et j'allais, sans en avoir l'air, dire qu'on apportât les sirops ; ma grand-mère attachait beaucoup d'importance, trouvant cela plus aimable, à ce qu'ils n'eussent pas l'air de figurer d'une façon exceptionnelle, et pour les visites seulement. M. Swann, quoique beaucoup plus jeune que lui, était très lié avec mon grand-père qui avait été un des meilleurs amis de son père, homme excellent mais singulier, chez qui, paraît-il, un rien suffisait parfois pour interrompre les élans du cœur, changer le cours de la pensée. J'entendais plusieurs fois par an mon grand-père raconter à table des anecdotes toujours les mêmes sur l'attitude qu'avait eue M. Swann le père, à la mort de sa femme qu'il avait veillée jour et nuit. Mon grand-père qui ne l'avait pas vu depuis longtemps était accouru auprès de lui dans la propriété que les Swann possédaient aux environs de Combray, et avait réussi, pour qu'il n'assistât pas à la mise en bière, à lui faire quitter un moment, tout en pleurs, la chambre mortuaire. Ils firent quelques pas dans le parc où il y avait un peu de soleil. Tout d'un coup, M. Swann prenant mon grand-père par le bras, s'était écrié : « Ah ! mon vieil ami, quel bonheur de se promener ensemble par ce beau temps. Vous ne trouvez pas ça joli tous ces arbres, ces aubépines et mon étang dont vous ne m'avez jamais félicité ? Vous avez l'air comme un bonnet de nuit. Sentez-vous ce petit vent ? Ah ! on a beau dire, la vie a du bon tout de même, mon cher Amédée ! » Brusquement le souvenir de sa femme morte lui revint, et trouvant sans doute trop compliqué de chercher comment il avait pu à un pareil moment se laisser aller à un mouvement de joie, il se contenta, par un geste qui lui était familier chaque fois qu'une question ardue se présentait à son esprit, de passer la main sur son front, d'essuyer ses yeux et les verres de son lorgnon. Il ne put pourtant pas se consoler de la mort de sa femme, mais pendant les deux années qu'il lui survécut, il disait à mon grand-père : « C'est drôle, je pense très souvent à ma pauvre femme, mais je ne peux y penser beaucoup à la fois. » « Souvent, mais peu à la fois, comme le pauvre père Swann », était devenu une des phrases favorites de mon grand-père qui la prononçait à propos des choses les plus différentes. Il m'aurait paru que ce père de Swann était un monstre, si mon grand-père que je considérais comme meilleur juge et dont la sentence faisant jurisprudence pour moi, m'a souvent servi dans la suite à absoudre des fautes que j'aurais été enclin à condamner, ne s'était récrié : « Mais comment ? c'était un cœur d'or ! »

Pendant bien des années, où pourtant, surtout avant son mariage, M. Swann, le fils, vint souvent les voir à Combray, ma grand-tante et mes grands-parents ne soupçonnèrent pas qu'il ne vivait plus du tout dans la société qu'avait fréquentée sa famille et que sous l'espèce d'incognito que lui faisait chez nous ce nom de Swann, ils hébergeaient — avec la parfaite innocence d'honnêtes hôteliers qui ont chez eux, sans le savoir, un célèbre brigand — un des membres les plus élégants du Jockey-Club[1], ami préféré du comte de Paris et du prince de Galles, un des hommes les plus choyés de la haute société du faubourg Saint-Germain.

L'ignorance où nous étions de cette brillante vie mondaine que menait Swann tenait évidemment en partie à la réserve et à la discrétion de son caractère, mais aussi à ce que les bourgeois d'alors se faisaient de la société une idée un peu hindoue et la considéraient comme composée de castes fermées où chacun, dès sa naissance, se trouvait placé dans le rang qu'occupaient ses parents, et d'où rien, à moins des hasards d'une carrière exceptionnelle ou d'un mariage inespéré, ne pouvait vous tirer pour vous faire pénétrer dans une caste supérieure. M. Swann, le père, était agent de change ; le « fils Swann » se trouvait faire partie pour toute sa vie d'une caste où les fortunes, comme dans une catégorie de contribuables, variaient entre tel et tel revenu. On savait quelles avaient été les fréquentations de son père, on savait donc quelles étaient les siennes, avec quelles personnes il était « en situation » de frayer. S'il en connaissait d'autres, c'étaient relations de jeune homme sur lesquelles des amis anciens de sa famille, comme étaient mes parents, fermaient d'autant plus bienveillamment les yeux qu'il continuait, depuis qu'il était orphelin, à venir très fidèlement nous voir ; mais il y avait fort à parier que ces gens inconnus de nous qu'il voyait, étaient de ceux qu'il n'aurait pas osé saluer si, étant avec nous, il les avait rencontrés. Si l'on avait voulu à toute force appliquer à Swann un coefficient social qui lui fût personnel, entre les autres fils d'agents de situation égale à celle de ses parents, ce coefficient eût été pour lui un peu inférieur parce que, très simple de façons et ayant toujours eu une « toquade » d'objets anciens et de peinture, il demeurait maintenant dans un vieil hôtel où il entassait ses collections et que ma grand-mère rêvait de visiter, mais qui était situé quai d'Orléans[1], quartier que ma grand-tante trouvait infamant d'habiter. « Êtes-vous seulement connaisseur ? Je vous demande cela dans votre intérêt, parce que vous devez vous faire repasser des croûtes par les marchands », lui disait ma grand-tante ; elle ne lui supposait en effet aucune compétence et n'avait pas haute idée même au point de vue intellectuel d'un homme qui dans la conversation évitait les sujets sérieux et montrait une précision fort prosaïque non seulement quand il nous donnait, en entrant dans les moindres détails, des recettes de cuisine, mais même quand les sœurs de ma grand-mère parlaient de sujets artistiques. Provoqué par elles à donner son avis, à exprimer son admiration pour un tableau, il gardait un silence presque désobligeant et se rattrapait en revanche s'il pouvait fournir sur le musée où il se trouvait, sur la date où il avait été peint, un renseignement matériel. Mais d'habitude il se contentait de chercher à nous amuser en racontant chaque fois une histoire nouvelle qui venait de lui arriver avec des gens choisis parmi ceux que nous connaissions, avec le pharmacien de Combray, avec notre cuisinière, avec notre cocher. Certes ces récits faisaient rire ma grand-tante, mais sans qu'elle distinguât bien si c'était à cause du rôle ridicule que s'y donnait toujours Swann ou de l'esprit qu'il mettait à les conter : « On peut dire que vous êtes un vrai type, monsieur Swann ! » Comme elle était la seule personne un peu vulgaire de notre famille, elle avait soin de faire remarquer aux étrangers, quand on parlait de Swann, qu'il aurait pu, s'il avait voulu, habiter boulevard Haussmann[1] ou avenue de l'Opéra, qu'il était le fils de M. Swann qui avait dû laisser quatre ou cinq millions, mais que c'était sa fantaisie. Fantaisie qu'elle jugeait du reste devoir être si divertissante pour les autres, qu'à Paris, quand M. Swann venait le 1er janvier lui apporter son sac de marrons glacés, elle ne manquait pas, s'il y avait du monde, de lui dire : « Eh bien ! Monsieur Swann, vous habitez toujours près de l'Entrepôt des vins, pour être sûr de ne pas manquer le train quand vous prenez le chemin de Lyon ? » Et elle regardait du coin de l'œil, par-dessus son lorgnon, les autres visiteurs.

Mais si l'on avait dit à ma grand-tante que ce Swann qui, en tant que fils Swann était parfaitement « qualifié » pour être reçu par toute la « belle bourgeoisie », par les notaires ou les avoués les plus estimés de Paris (privilège qu'il semblait laisser tomber un peu en quenouille), avait, comme en cachette, une vie toute différente ; qu'en sortant de chez nous, à Paris, après nous avoir dit qu'il rentrait se coucher, il rebroussait chemin à peine la rue tournée et se rendait dans tel salon que jamais l'œil d'aucun agent ou associé d'agent ne contempla, cela eût paru aussi extraordinaire à ma tante qu'aurait pu l'être pour une dame plus lettrée la pensée d'être personnellement liée avec Aristée dont elle aurait compris qu'il allait, après avoir causé avec elle, plonger au sein des royaumes de Thétis, dans un empire soustrait aux yeux des mortels et où Virgile nous le montre reçu à bras ouverts[1] ; ou — pour s'en tenir à une image qui avait plus de chance de lui venir à l'esprit, car elle l'avait vu peinte sur nos assiettes à petits fours de Combray — d'avoir eu à dîner Ali-Baba, lequel quand il se saura seul, pénétrera dans la caverne, éblouissante de trésors insoupçonnés.

Un jour qu'il était venu nous voir à Paris après dîner en s'excusant d'être en habit, Françoise ayant, après son départ, dit tenir du cocher qu'il avait dîné « chez une princesse », — « Oui, chez une princesse du demi-monde ! » avait répondu ma tante en haussant les épaules sans lever les yeux de sur son tricot, avec une ironie sereine.

Aussi, ma grand-tante en usait-elle cavalièrement avec lui. Comme elle croyait qu'il devait être flatté par nos invitations, elle trouvait tout naturel qu'il ne vînt pas nous voir l'été sans avoir à la main un panier de pêches ou de framboises de son jardin et que de chacun de ses voyages d'Italie il m'eût rapporté des photographies de chefs-d'œuvre.

On ne se gênait guère pour l'envoyer quérir dès qu'on avait besoin d'une recette de sauce gribiche ou de salade à l'ananas pour des grands dîners où on ne l'invitait pas, ne lui trouvant pas un prestige suffisant pour qu'on pût le servir à des étrangers qui venaient pour la première fois. Si la conversation tombait sur les princes de la Maison de France : « des gens que nous ne connaîtrons jamais ni vous ni moi et nous nous en passons, n'est-ce pas », disait ma grand-tante à Swann qui avait peut-être dans sa poche une lettre de Twickenham[2] ; elle lui faisait pousser le piano et tourner les pages les soirs où la sœur de ma grand-mère chantait, ayant pour manier cet être ailleurs si recherché, la naïve brusquerie d'un enfant qui joue avec un bibelot de collection sans plus de précautions qu'avec un objet bon marché. Sans doute le Swann que connurent à la même époque tant de clubmen était bien différent de celui que créait ma grand-tante, quand le soir, dans le petit jardin de Combray, après qu'avaient retenti les deux coups hésitants de la clochette, elle injectait et vivifiait de tout ce qu'elle savait sur la famille Swann, l'obscur et incertain personnage qui se détachait, suivi de ma grand-mère, sur un fond de ténèbres, et qu'on re-connaissait à la voix. Mais même au point de vue des plus insignifiantes choses de la vie, nous ne sommes pas un tout matériellement constitué, identique pour tout le monde et dont chacun n'a qu'à aller prendre connaissance comme d'un cahier des charges ou d'un testament ; notre personnalité sociale est une création de la pensée des autres. Même l'acte si simple que nous appelons « voir une personne que nous connaissons » est en partie un acte intellectuel. Nous remplissons l'apparence physique de l'être que nous voyons de toutes les notions que nous avons sur lui, et dans l'aspect total que nous nous représentons, ces notions ont certainement la plus grande part. Elles finissent par gonfler si parfaitement les joues, par suivre en une adhérence si exacte la ligne du nez, elles se mêlent si bien de nuancer la sonorité de la voix comme si celle-ci n'était qu'une transparente enveloppe, que chaque fois que nous voyons ce visage et que nous entendons cette voix, ce sont ces notions que nous retrouvons, que nous écoutons. Sans doute, dans le Swann qu'ils s'étaient constitué, mes parents avaient omis par ignorance de faire entrer une foule de particularités de sa vie mondaine qui étaient cause que d'autres personnes, quand elles étaient en sa présence, voyaient les élégances régner dans son visage et s'arrêter à son nez busqué comme à leur frontière naturelle ; mais aussi ils avaient pu entasser dans ce visage désaffecté de son prestige, vacant et spacieux, au fond de ces yeux dépréciés, le vague et doux résidu — mi-mémoire, mi-oubli — des heures oisives passées ensemble après nos dîners hebdomadaires, autour de la table de jeu ou au jardin, durant notre vie de bon voisinage campagnard. L'enveloppe corporelle de notre ami en avait été si bien bourrée, ainsi que de quelques souvenirs relatifs à ses parents, que ce Swann-là était devenu un être complet et vivant, et que j'ai l'impression de quitter une personne pour aller vers une autre qui en est distincte, quand, dans ma mémoire, du Swann que j'ai connu plus tard avec exactitude je passe à ce premier Swann — à ce premier Swann dans lequel je retrouve les erreurs charmantes de ma jeunesse, et qui d'ailleurs ressemble moins à l'autre qu'aux personnes que j'ai connues à la même époque, comme s'il en était de notre vie ainsi que d'un musée où tous les portraits d'un même temps ont un air de famille, une même tonalité — à ce premier Swann rempli de loisir, parfumé par l'odeur du grand marronnier, des paniers de framboises et d'un brin d'estragon.

Pourtant un jour que ma grand-mère était allée
demander un service à une dame qu'elle avait connue au
Sacré-Cœur[1] (et avec laquelle, à cause de notre conception
des castes elle n'avait pas voulu rester en relations malgré
une sympathie réciproque), la marquise de Villeparisis de
la célèbre famille de Bouillon[2], celle-ci lui avait dit : « Je
crois que vous connaissez beaucoup M. Swann qui est un
grand ami de mes neveux des Laumes. » Ma grand-mère
était revenue de sa visite enthousiasmée par la maison qui
donnait sur des jardins et où Mme de Villeparisis lui
conseillait de louer, et aussi par un giletier et sa fille, qui
avaient leur boutique dans la cour et chez qui elle était
entrée demander qu'on fît un point à sa jupe qu'elle avait
déchirée dans l'escalier. Ma grand-mère avait trouvé ces
gens parfaits, elle déclarait que la petite était une perle
et que le giletier était l'homme le plus distingué, le mieux
qu'elle eût jamais vu. Car pour elle, la distinction était
quelque chose d'absolument indépendant du rang social.
Elle s'extasiait sur une réponse que le giletier lui avait faite,
disant à maman : « Sévigné n'aurait pas mieux dit ! » et
en revanche, d'un neveu de Mme de Villeparisis qu'elle
avait rencontré chez elle : « Ah ! ma fille, comme il est
commun[3] ! »

Or le propos relatif à Swann avait eu pour effet, non
pas de relever celui-ci dans l'esprit de ma grand-tante, mais
d'y abaisser Mme de Villeparisis. Il semblait que la
considération que, sur la foi de ma grand-mère, nous
accordions à Mme de Villeparisis, lui créât un devoir de
ne rien faire qui l'en rendît moins digne et auquel elle
avait manqué en apprenant l'existence de Swann, en
permettant à des parents à elle de le fréquenter.
« Comment, elle connaît Swann ? Pour une personne que
tu prétendais parente du maréchal de Mac-Mahon ! »
Cette opinion de mes parents sur les relations de Swann
leur parut ensuite confirmée par son mariage avec une
femme de la pire société, presque une cocotte que,
d'ailleurs il ne chercha jamais à présenter, continuant à
venir seul chez nous, quoique de moins en moins, mais
d'après laquelle ils crurent pouvoir juger — supposant que
c'était là qu'il l'avait prise — le milieu, inconnu d'eux,
qu'il fréquentait habituellement.

Mais une fois, mon grand-père lut dans un journal que
M. Swann était un des plus fidèles habitués des déjeuners

du dimanche chez le duc de X..., dont le père et l'oncle avaient été les hommes d'État les plus en vue du règne de Louis-Philippe. Or mon grand-père était curieux de tous les petits faits qui pouvaient l'aider à entrer par la pensée dans la vie privée d'hommes comme Molé, comme le duc Pasquier, comme le duc de Broglie[1]. Il fut enchanté d'apprendre que Swann fréquentait des gens qui les avaient connus. Ma grand-tante au contraire interpréta cette nouvelle dans un sens défavorable à Swann : quelqu'un qui choisissait ses fréquentations en dehors de la caste où il était né, en dehors de sa « classe » sociale, subissait à ses yeux un fâcheux déclassement. Il lui semblait qu'on renonçât d'un coup au fruit de toutes les belles relations avec des gens bien posés, qu'avaient honorablement entretenues et engrangées pour leurs enfants les familles prévoyantes (ma grand-tante avait même cessé de voir le fils d'un notaire de nos amis parce qu'il avait épousé une altesse et était par là descendu pour elle du rang respecté de fils de notaire à celui d'un de ces aventuriers, anciens valets de chambre ou garçons d'écurie, pour qui on raconte que les reines eurent parfois des bontés). Elle blâma le projet qu'avait mon grand-père d'interroger Swann, le soir prochain où il devait venir dîner, sur ces amis que nous lui découvrions. D'autre part les deux sœurs de ma grand-mère, vieilles filles qui avaient sa noble nature, mais non son esprit, déclarèrent ne pas comprendre le plaisir que leur beau-frère pouvait trouver à parler de niaiseries pareilles. C'étaient des personnes d'aspirations élevées et qui à cause de cela même étaient incapables de s'intéresser à ce qu'on appelle un potin, eût-il même un intérêt historique, et d'une façon générale à tout ce qui ne se rattachait pas directement à un objet esthétique ou vertueux. Le désintéressement de leur pensée était tel, à l'égard de tout ce qui, de près ou de loin semblait se rattacher à la vie mondaine, que leur sens auditif — ayant fini par comprendre son inutilité momentanée dès qu'à dîner la conversation prenait un ton frivole ou seulement terre à terre sans que ces deux vieilles demoiselles aient pu la ramener aux sujets qui leur étaient chers —, mettait alors au repos ses organes récepteurs et leur laissait subir un véritable commencement d'atrophie. Si alors mon grand-père avait besoin d'attirer l'attention des deux sœurs, il fallait qu'il eût recours à ces avertissements

physiques dont usent les médecins aliénistes à l'égard de
certains maniaques de la distraction : coups frappés à
plusieurs reprises sur un verre avec la lame d'un couteau,
coïncidant avec une brusque interpellation de la voix et
du regard, moyens violents que ces psychiatres transpor-
tent souvent dans les rapports courants avec des gens bien
portants, soit par habitude professionnelle, soit qu'ils
croient tout le monde un peu fou.

Elles furent plus intéressées quand la veille du jour où
Swann devait venir dîner, et leur avait personnellement
envoyé une caisse de vin d'Asti, ma tante, tenant un
numéro du *Figaro* où à côté du nom d'un tableau qui était
à une exposition de Corot, il y avait ces mots : « de la
collection de M. Charles Swann », nous dit : « Vous avez
vu que Swann a "les honneurs" du *Figaro* ? — Mais je
vous ai toujours dit qu'il avait beaucoup de goût, dit ma
grand-mère. — Naturellement toi, du moment qu'il s'agit
d'être d'un autre avis que *nous* », répondit ma grand-tante
qui sachant que ma grand-mère n'était jamais du même
avis qu'elle, et n'étant pas bien sûre que ce fût à elle-même
que nous donnions toujours raison, voulait nous arracher
une condamnation en bloc des opinions de ma grand-mère
contre lesquelles elle tâchait de nous solidariser de force
avec les siennes. Mais nous restâmes silencieux. Les sœurs
de ma grand-mère ayant manifesté l'intention de parler
à Swann de ce mot du *Figaro*, ma grand-tante le leur
déconseilla. Chaque fois qu'elle voyait aux autres un
avantage si petit fût-il qu'elle n'avait pas, elle se persuadait
que c'était non un avantage mais un mal et elle les plaignait
pour ne pas avoir à les envier. « Je crois que vous ne lui
feriez pas plaisir ; moi je sais bien que cela me serait très
désagréable de voir mon nom imprimé tout vif comme
cela dans le journal, et je ne serais pas flattée du tout qu'on
m'en parlât. » Elle ne s'entêta pas d'ailleurs à persuader
les sœurs de ma grand-mère ; car celles-ci par horreur de
la vulgarité poussaient si loin l'art de dissimuler sous des
périphrases ingénieuses une allusion personnelle qu'elle
passait souvent inaperçue de celui même à qui elle
s'adressait. Quant à ma mère elle ne pensait qu'à tâcher
d'obtenir de mon père qu'il consentît à parler à Swann
non de sa femme mais de sa fille qu'il adorait et à cause
de laquelle disait-on il avait fini par faire ce mariage. « Tu
pourrais ne lui dire qu'un mot, lui demander comment

elle va. Cela doit être si cruel pour lui. » Mais mon père se fâchait : « Mais non ! tu as des idées absurdes. Ce serait ridicule. »

Mais le seul d'entre nous pour qui la venue de Swann devint l'objet d'une préoccupation douloureuse, ce fut moi. C'est que les soirs où des étrangers, ou seulement M. Swann, étaient là, maman ne montait pas dans ma chambre. Je dînais avant tout le monde et je venais ensuite m'asseoir à table, jusqu'à huit heures où il était convenu que je devais monter ; ce baiser précieux et fragile que maman me confiait d'habitude dans mon lit au moment de m'endormir il me fallait le transporter de la salle à manger dans ma chambre et le garder pendant tout le temps que je me déshabillais, sans que se brisât sa douceur, sans que se répandît et s'évaporât sa vertu volatile et, justement ces soirs-là où j'aurais eu besoin de le recevoir avec plus de précaution, il fallait que je le prisse, que je le dérobasse brusquement, publiquement, sans même avoir le temps et la liberté d'esprit nécessaires pour porter à ce que je faisais cette attention des maniaques qui s'efforcent de ne pas penser à autre chose pendant qu'ils ferment une porte, pour pouvoir, quand l'incertitude maladive leur revient, lui opposer victorieusement le souvenir du moment où ils l'ont fermée. Nous étions tous au jardin quand retentirent les deux coups hésitants de la clochette. On savait que c'était Swann ; néanmoins tout le monde se regarda d'un air interrogateur et on envoya ma grand-mère en reconnaissance. « Pensez à le remercier intelligiblement de son vin, vous savez qu'il est délicieux et la caisse est énorme », recommanda mon grand-père à ses deux belles-sœurs. « Ne commencez pas à chuchoter, dit ma grand-tante. Comme c'est confortable d'arriver dans une maison où tout le monde parle bas ! — Ah ! voilà M. Swann. Nous allons lui demander s'il croit qu'il fera beau demain », dit mon père. Ma mère pensait qu'un mot d'elle effacerait toute la peine que dans notre famille on avait pu faire à Swann depuis son mariage. Elle trouva le moyen de l'emmener un peu à l'écart. Mais je la suivis ; je ne pouvais me décider à la quitter d'un pas en pensant que tout à l'heure il faudrait que je la laisse dans la salle à manger et que je remonte dans ma chambre sans avoir comme les autres soirs la consolation qu'elle vînt m'embrasser. « Voyons, monsieur Swann, lui dit-elle, parlez-

moi un peu de votre fille ; je suis sûre qu'elle a déjà le
goût des belles œuvres comme son papa. — Mais venez
donc vous asseoir avec nous tous sous la véranda », dit
mon grand-père en s'approchant. Ma mère fut obligée de
s'interrompre, mais elle tira de cette contrainte même une
pensée délicate de plus, comme les bons poètes que la
tyrannie de la rime force à trouver leurs plus grandes
beautés : « Nous reparlerons d'elle quand nous serons
tous les deux, dit-elle à mi-voix à Swann. Il n'y a qu'une
maman qui soit digne de vous comprendre. Je suis sûre
que la sienne serait de mon avis. » Nous nous assîmes
tous autour de la table de fer. J'aurais voulu ne pas penser
aux heures d'angoisse que je passerais ce soir seul dans
ma chambre sans pouvoir m'endormir ; je tâchais de me
persuader qu'elles n'avaient aucune importance, puisque
je les aurais oubliées demain matin, de m'attacher à des
idées d'avenir qui auraient dû me conduire comme sur
un pont au-delà de l'abîme prochain qui m'effrayait. Mais
mon esprit tendu par ma préoccupation, rendu convexe
comme le regard que je dardais sur ma mère, ne se laissait
pénétrer par aucune impression étrangère. Les pensées
entraient bien en lui, mais à condition de laisser dehors
tout élément de beauté ou simplement de drôlerie qui
m'eût touché ou distrait. Comme un malade, grâce à un
anesthésique, assiste avec une pleine lucidité à l'opération
qu'on pratique sur lui, mais sans rien sentir, je pouvais
me réciter des vers que j'aimais ou observer les efforts
que mon grand-père faisait pour parler à Swann du duc
d'Audiffret-Pasquier[1], sans que les premiers me fissent
éprouver aucune émotion, les seconds aucune gaîté. Ces
efforts furent infructueux. À peine mon grand-père eut-il
posé à Swann une question relative à cet orateur qu'une
des sœurs de ma grand-mère aux oreilles de qui cette
question résonna comme un silence profond mais in-
tempestif et qu'il était poli de rompre, interpella l'autre :
« Imagine-toi, Céline, que j'ai fait la connaissance
d'une jeune institutrice suédoise qui m'a donné sur les coopératives dans les pays scandinaves des détails tout ce qu'il y
a de plus intéressants. Il faudra qu'elle vienne dîner ici
un soir. — Je crois bien ! répondit sa sœur Flora[2], mais
je n'ai pas perdu mon temps non plus. J'ai rencontré chez
M. Vinteuil un vieux savant qui connaît beaucoup
Maubant[3], et à qui Maubant a expliqué dans le plus grand

détail comment il s'y prend pour composer un rôle. C'est
tout ce qu'il y a de plus intéressant. C'est un voisin de
M. Vinteuil, je n'en savais rien ; et il est très aimable. — Il
n'y a pas que M. Vinteuil qui ait des voisins aimables »,
s'écria ma tante Céline d'une voix que la timidité rendait
forte et la préméditation, factice, tout en jetant sur Swann
ce qu'elle appelait un regard significatif. En même temps
ma tante Flora qui avait compris que cette phrase était le
remerciement de Céline pour le vin d'Asti, regardait
également Swann avec un air mêlé de congratulation et
d'ironie, soit simplement pour souligner le trait d'esprit
de sa sœur, soit qu'elle enviât Swann de l'avoir inspiré,
soit qu'elle ne pût s'empêcher de se moquer de lui parce
qu'elle le croyait sur la sellette. « Je crois qu'on pourra
réussir à avoir ce monsieur à dîner, continua Flora ; quand
on le met sur Maubant ou sur Mme Materna[1], il parle des
heures sans s'arrêter. — Ce doit être délicieux », soupira
mon grand-père dans l'esprit de qui la nature avait
malheureusement aussi complètement omis d'inclure la
possibilité de s'intéresser passionnément aux coopératives
suédoises ou à la composition des rôles de Maubant,
qu'elle avait oublié de fournir celui des sœurs de ma
grand-mère du petit grain de sel qu'il faut ajouter
soi-même pour y trouver quelque saveur, à un récit sur
la vie intime de Molé ou du comte de Paris. « Tenez, dit
Swann à mon grand-père, ce que je vais vous dire a plus
de rapports que cela n'en a l'air avec ce que vous me
demandiez, car sur certains points les choses n'ont pas
énormément changé. Je relisais ce matin dans Saint-Simon
quelque chose qui vous aurait amusé. C'est dans le volume
sur son ambassade d'Espagne ; ce n'est pas un des
meilleurs, ce n'est guère qu'un journal, mais du moins un
journal merveilleusement écrit, ce qui fait déjà une
première différence avec les assommants journaux que
nous nous croyons obligés de lire matin et soir. — Je ne
suis pas de votre avis, il y a des jours où la lecture des
journaux me semble fort agréable... », interrompit ma
tante Flora, pour montrer qu'elle avait lu la phrase sur
le Corot de Swann dans *Le Figaro*. « Quand ils parlent de
choses ou de gens qui nous intéressent ! » enchérit ma
tante Céline. « Je ne dis pas non, répondit Swann étonné.
Ce que je reproche aux journaux c'est de nous faire faire
attention tous les jours à des choses insignifiantes tandis

que nous lisons trois ou quatre fois dans notre vie les livres
où il y a des choses essentielles. Du moment que nous
déchirons fiévreusement chaque matin la bande du journal,
alors on devrait changer les choses et mettre dans le
journal, moi je ne sais pas, les... *Pensées* de Pascal ! (il
détacha ce mot d'un ton d'emphase ironique pour ne pas
avoir l'air pédant). Et c'est dans le volume doré sur
tranches que nous n'ouvrons qu'une fois tous les dix ans »,
ajouta-t-il en témoignant pour les choses mondaines ce
dédain qu'affectent certains hommes du monde, « que
nous lirions que la reine de Grèce est allée à Cannes ou
que la princesse de Léon a donné un bal costumé[1]. Comme
cela la juste proportion serait rétablie. » Mais regrettant
de s'être laissé aller à parler même légèrement de choses
sérieuses : « Nous avons une bien belle conversation, dit-il
ironiquement, je ne sais pas pourquoi nous abordons ces
"sommets" », et se tournant vers mon grand-père :
« Donc Saint-Simon raconte que Maulévrier avait eu
l'audace de tendre la main à ses fils[2]. Vous savez, c'est
ce Maulévrier dont il dit : "Jamais je ne vis dans cette
épaisse bouteille que de l'humeur, de la grossièreté et des
sottises." — Épaisses ou non, je connais des bouteilles où
il y a tout autre chose », dit vivement Flora, qui tenait
à avoir remercié Swann elle aussi, car le présent de vin
d'Asti s'adressait aux deux. Céline se mit à rire. Swann
interloqué reprit : « "Je ne sais si ce fut ignorance ou
panneau", écrit Saint-Simon, "il voulut donner la main
à mes enfants. Je m'en aperçus assez tôt pour l'en
empêcher." » Mon grand-père s'extasiait déjà sur « ignorance ou panneau », mais Mlle Céline, chez qui le nom
de Saint-Simon — un littérateur — avait empêché
l'anesthésie complète des facultés auditives, s'indignait
déjà : « Comment ? vous admirez cela ? Eh bien ! c'est du
joli ! Mais qu'est-ce que cela peut vouloir dire ; est-ce qu'un
homme n'est pas autant qu'un autre ? Qu'est-ce que cela
peut faire qu'il soit duc ou cocher s'il a de l'intelligence
et du cœur ? Il avait une belle manière d'élever ses enfants,
votre Saint-Simon, s'il ne leur disait pas de donner la main
à tous les honnêtes gens. Mais c'est abominable, tout
simplement. Et vous osez citer cela ? » Et mon grand-père
navré, sentant l'impossibilité, devant cette obstruction, de
chercher à faire raconter à Swann, les histoires qui l'eussent
amusé disait à voix basse à maman : « Rappelle-moi donc

le vers que tu m'as appris et qui me soulage tant dans ces moments-là. Ah ! oui ! : "Seigneur, que de vertus vous nous faites haïr[1] !" Ah ! comme c'est bien ! »

Je ne quittais pas ma mère des yeux, je savais que quand on serait à table, on ne me permettrait pas de rester pendant toute la durée du dîner et que pour ne pas contrarier mon père, maman ne me laisserait pas l'embrasser à plusieurs reprises devant le monde, comme si ç'avait été dans ma chambre. Aussi je me promettais, dans la salle à manger, pendant qu'on commencerait à dîner et que je sentirais approcher l'heure, de faire d'avance de ce baiser qui serait si court et furtif, tout ce que j'en pouvais faire seul, de choisir avec mon regard la place de la joue que j'embrasserais, de préparer ma pensée pour pouvoir grâce à ce commencement mental de baiser consacrer toute la minute que m'accorderait maman à sentir sa joue contre mes lèvres, comme un peintre qui ne peut obtenir que de courtes séances de pose, prépare sa palette, et a fait d'avance de souvenir, d'après ses notes, tout ce pour quoi il pouvait à la rigueur se passer de la présence du modèle. Mais voici qu'avant que le dîner fût sonné mon grand-père eut la férocité inconsciente de dire : « Le petit a l'air fatigué, il devrait monter se coucher. On dîne tard du reste ce soir. » Et mon père, qui ne gardait pas aussi scrupuleusement que ma grand-mère et que ma mère la foi des traités, dit : « Oui, allons, va te coucher. » Je voulus embrasser maman, à cet instant on entendit la cloche du dîner. « Mais non, voyons, laisse ta mère, vous vous êtes assez dit bonsoir comme cela, ces manifestations sont ridicules. Allons, monte ! » Et il me fallut partir sans viatique ; il me fallut monter chaque marche de l'escalier, comme dit l'expression populaire, à « contrecœur », montant contre mon cœur qui voulait retourner près de ma mère parce qu'elle ne lui avait pas, en m'embrassant, donné licence de me suivre. Cet escalier détesté où je m'engageais toujours si tristement, exhalait une odeur de vernis qui avait en quelque sorte absorbé, fixé, cette sorte particulière de chagrin que je ressentais chaque soir et la rendait peut-être plus cruelle encore pour ma sensibilité parce que sous cette forme olfactive mon intelligence n'en pouvait plus prendre sa part. Quand nous dormons et qu'une rage de dents n'est encore perçue par nous que comme une jeune fille que nous nous efforçons deux cents

fois de suite de tirer de l'eau ou que comme un vers de
Molière que nous nous répétons sans arrêter, c'est un
grand soulagement de nous réveiller et que notre
intelligence puisse débarrasser l'idée de rage de dents, de
tout déguisement héroïque ou cadencé. C'est l'inverse de
ce soulagement que j'éprouvais quand mon chagrin de
monter dans ma chambre entrait en moi d'une façon
infiniment plus rapide, presque instantanée, à la fois
insidieuse et brusque, par l'inhalation — beaucoup plus
toxique que la pénétration morale — de l'odeur de vernis
particulière à cet escalier. Une fois dans ma chambre, il
fallut boucher toutes les issues, fermer les volets, creuser
mon propre tombeau, en défaisant mes couvertures,
revêtir le suaire de ma chemise de nuit. Mais avant de
m'ensevelir dans le lit de fer qu'on avait ajouté dans la
chambre parce que j'avais trop chaud l'été sous les
courtines de reps du grand lit, j'eus un mouvement de
révolte, je voulus essayer d'une ruse de condamné.
J'écrivis à ma mère en la suppliant de monter pour une
chose grave que je ne pouvais lui dire dans ma lettre. Mon
effroi était que Françoise, la cuisinière de ma tante qui
était chargée de s'occuper de moi quand j'étais à Combray,
refusât de porter mon mot. Je me doutais que pour elle,
faire une commission à ma mère quand il y avait du monde
lui paraîtrait aussi impossible que pour le portier d'un
théâtre de remettre une lettre à un acteur pendant qu'il
est en scène. Elle possédait à l'égard des choses qui
peuvent ou ne peuvent pas se faire un code impérieux,
abondant, subtil et intransigeant sur des distinctions
insaisissables ou oiseuses (ce que lui donnait l'apparence
de ces lois antiques qui, à côté de prescriptions féroces
comme de massacrer les enfants à la mamelle, défendent
avec une délicatesse exagérée de faire bouillir le chevreau
dans le lait de sa mère, ou de manger dans un animal le
nerf de la cuisse[1]). Ce code, si l'on en jugeait par
l'entêtement soudain qu'elle mettait à ne pas vouloir faire
certaines commissions que nous lui donnions, semblait
avoir prévu des complexités sociales et des raffinements
mondains tels que rien dans l'entourage de Françoise et
dans sa vie de domestique de village n'avait pu les lui
suggérer ; et l'on était obligé de se dire qu'il y avait en
elle un passé français très ancien, noble et mal compris,
comme dans ces cités manufacturières où de vieux hôtels

témoignent qu'il y eut jadis une vie de cour, et où les
ouvriers d'une usine de produits chimiques travaillent au
milieu de délicates sculptures qui représentent le miracle
de saint Théophile ou les quatre fils Aymon[1]. Dans le cas
particulier, l'article du code à cause duquel il était peu
probable que sauf le cas d'incendie Françoise allât
déranger maman en présence de M. Swann pour un aussi
petit personnage que moi, exprimait simplement le respect
qu'elle professait non seulement pour les parents —
comme pour les morts, les prêtres et les rois — mais encore
pour l'étranger à qui on donne l'hospitalité, respect qui
m'aurait peut-être touché dans un livre mais qui m'irritait
toujours dans sa bouche, à cause du ton grave et attendri
qu'elle prenait pour en parler, et davantage ce soir où le
caractère sacré qu'elle conférait au dîner avait pour effet
qu'elle refuserait d'en troubler la cérémonie. Mais pour
mettre une chance de mon côté, je n'hésitai pas à mentir
et à lui dire que ce n'était pas du tout moi qui avais voulu
écrire à maman, mais que c'était maman qui, en me
quittant, m'avait recommandé de ne pas oublier de lui
envoyer une réponse relativement à un objet qu'elle
m'avait prié de chercher ; et elle serait certainement très
fâchée si on ne lui remettait pas ce mot. Je pense que
Françoise ne me crut pas, car, comme les hommes primitifs
dont les sens étaient plus puissants que les nôtres, elle
discernait immédiatement, à des signes insaisissables pour
nous, toute vérité que nous voulions lui cacher ; elle
regarda pendant cinq minutes l'enveloppe comme si
l'examen du papier et l'aspect de l'écriture allaient la
renseigner sur la nature du contenu ou lui apprendre à
quel article de son code elle devait se référer. Puis elle
sortit d'un air résigné qui semblait signifier : « C'est-il pas
malheureux pour des parents d'avoir un enfant pareil ! »
Elle revint au bout d'un moment me dire qu'on n'en était
encore qu'à la glace, qu'il était impossible au maître d'hôtel
de remettre la lettre en ce moment devant tout le monde,
mais que, quand on serait aux rince-bouche[2], on trouverait
le moyen de la faire passer à maman. Aussitôt mon anxiété
tomba ; maintenant ce n'était plus comme tout à l'heure
pour jusqu'à demain que j'avais quitté ma mère, puisque
mon petit mot allait, la fâchant sans doute (et doublement
parce que ce manège me rendrait ridicule aux yeux de
Swann), me faire du moins entrer invisible et ravi dans

la même pièce qu'elle, allait lui parler de moi à l'oreille ;
puisque cette salle à manger interdite, hostile, où, il y avait
un instant encore, la glace elle-même — le « granité »
— et les rince-bouche me semblaient recéler des plaisirs
malfaisants et mortellement tristes parce que maman les
goûtait loin de moi, s'ouvrait à moi et, comme un fruit
devenu doux qui brise son enveloppe, allait faire jaillir,
projeter jusqu'à mon cœur enivré l'attention de maman
tandis qu'elle lirait mes lignes. Maintenant je n'étais plus
séparé d'elle ; les barrières étaient tombées, un fil délicieux
nous réunissait. Et puis, ce n'était pas tout : maman allait
sans doute venir !

L'angoisse que je venais d'éprouver, je pensais que
Swann s'en serait bien moqué s'il avait lu ma lettre et en
avait deviné le but ; or, au contraire, comme je l'ai appris
plus tard, une angoisse semblable fut le tourment de
longues années de sa vie et personne, aussi bien que lui
peut-être, n'aurait pu me comprendre ; lui, cette angoisse
qu'il y a à sentir l'être qu'on aime dans un lieu de plaisir
où l'on n'est pas, où l'on ne peut pas le rejoindre, c'est
l'amour qui la lui a fait connaître, l'amour, auquel elle
est en quelque sorte prédestinée, par lequel elle sera
accaparée, spécialisée ; mais quand, comme pour moi, elle
est entrée en nous avant qu'il ait encore fait son apparition
dans notre vie, elle flotte en l'attendant, vague et libre,
sans affectation déterminée, au service un jour d'un
sentiment, le lendemain d'un autre, tantôt de la tendresse
filiale ou de l'amitié pour un camarade. Et la joie avec
laquelle je fis mon premier apprentissage quand Françoise
revint me dire que ma lettre serait remise, Swann l'avait
bien connue aussi cette joie trompeuse que nous donne
quelque ami, quelque parent de la femme que nous
aimons, quand arrivant à l'hôtel ou au théâtre où elle se
trouve, pour quelque bal, redoute ou première où il va
la retrouver, cet ami nous aperçoit errant dehors, attendant
désespérément quelque occasion de communiquer avec
elle. Il nous reconnaît, nous aborde familièrement, nous
demande ce que nous faisons là. Et comme nous inventons
que nous avons quelque chose d'urgent à dire à sa parente
ou amie, il nous assure que rien n'est plus simple, nous fait
entrer dans le vestibule et nous promet de nous l'envoyer
avant cinq minutes. Que nous l'aimons — comme en ce
moment j'aimais Françoise —, l'intermédiaire bien inten-

tionné qui d'un mot vient de nous rendre supportable, humaine et presque propice la fête inconcevable, infernale, au sein de laquelle nous croyions que des tourbillons ennemis, pervers et délicieux entraînaient loin de nous, la faisant rire de nous, celle que nous aimons. Si nous en jugeons par lui, le parent qui nous a accosté et qui est lui aussi un des initiés des cruels mystères, les autres invités de la fête ne doivent rien avoir de bien démoniaque. Ces heures inaccessibles et suppliciantes où elle allait goûter des plaisirs inconnus, voici que par une brèche inespérée nous y pénétrons ; voici qu'un des moments dont la succession les aurait composées, un moment aussi réel que les autres, même peut-être plus important pour nous, parce que notre maîtresse y est plus mêlée, nous nous le représentons, nous le possédons, nous y intervenons, nous l'avons créé presque : le moment où on va lui dire que nous sommes là, en bas. Et sans doute les autres moments de la fête ne devaient pas être d'une essence bien différente de celui-là, ne devaient rien avoir de plus délicieux et qui dût tant nous faire souffrir puisque l'ami bienveillant nous a dit : « Mais elle sera ravie de descendre ! Cela lui fera beaucoup plus de plaisir de causer avec vous que de s'ennuyer là-haut. » Hélas ! Swann en avait fait l'expérience, les bonnes intentions d'un tiers sont sans pouvoir sur une femme qui s'irrite de se sentir poursuivie jusque dans une fête par quelqu'un qu'elle n'aime pas. Souvent, l'ami redescend seul.

Ma mère ne vint pas, et sans ménagements pour mon amour-propre (engagé à ce que la fable de la recherche dont elle était censée m'avoir prié de lui dire le résultat ne fût pas démenti) me fit dire par Françoise ces mots : « Il n'y a pas de réponse » que depuis j'ai si souvent entendu des concierges de « palaces » ou des valets de pied de tripots, rapporter à quelque pauvre fille qui s'étonne : « Comment, il n'a rien dit, mais c'est impossible ! Vous avez pourtant bien remis ma lettre. C'est bien, je vais attendre encore. » Et — de même qu'elle assure invariablement n'avoir pas besoin du bec supplémentaire que le concierge veut allumer pour elle, et reste là, n'entendant plus que les rares propos sur le temps qu'il fait échangés entre le concierge et un chasseur qu'il envoie tout d'un coup en s'apercevant de l'heure, faire rafraîchir dans la glace la boisson d'un client — ayant décliné l'offre

de Françoise de me faire de la tisane ou de rester auprès
de moi, je la laissai retourner à l'office, je me couchai et
je fermai les yeux en tâchant de ne pas entendre la voix
de mes parents qui prenaient le café au jardin. Mais au
bout de quelques secondes, je sentis qu'en écrivant ce mot
à maman, en m'approchant au risque de la fâcher, si près
d'elle que j'avais cru toucher le moment de la revoir, je
m'étais barré la possibilité de m'endormir sans l'avoir
revue, et les battements de mon cœur, de minute en
minute devenaient plus douloureux parce que j'augmen-
tais mon agitation en me prêchant un calme qui était
l'acceptation de mon infortune. Tout à coup mon anxiété
tomba, une félicité m'envahit comme quand un médicament puissant commence à agir et nous enlève une
douleur : je venais de prendre la résolution de ne plus
essayer de m'endormir sans avoir revu maman, de
l'embrasser coûte que coûte, bien que ce fût avec la
certitude d'être ensuite fâché pour longtemps avec elle,
quand elle remonterait se coucher. Le calme qui résultait
de mes angoisses finies me mettait dans une allégresse
extraordinaire, non moins que l'attente, la soif et la peur
du danger. J'ouvris la fenêtre sans bruit et m'assis au pied
de mon lit ; je ne faisais presque aucun mouvement afin
qu'on ne m'entendît pas d'en bas. Dehors, les choses
semblaient, elles aussi, figées en une muette attention à
ne pas troubler le clair de lune, qui doublant et reculant
chaque chose par l'extension devant elle de son reflet, plus
dense et concret qu'elle-même, avait à la fois aminci et
agrandi le paysage comme un plan replié jusque-là, qu'on
développe. Ce qui avait besoin de bouger, quelque
feuillage de marronnier, bougeait. Mais son frissonnement
minutieux, total, exécuté jusque dans ses moindres nuances
et ses dernières délicatesses, ne bavait pas sur le reste, ne
se fondait pas avec lui, restait circonscrit. Exposés sur ce
silence qui n'en absorbait rien, les bruits les plus éloignés,
ceux qui devaient venir de jardins situés à l'autre bout
de la ville, se percevaient détaillés avec un tel « fini »
qu'ils semblaient ne devoir cet effet de lointain qu'à leur
pianissimo, comme ces motifs en sourdine si bien exécutés
par l'orchestre du Conservatoire[1] que quoiqu'on n'en perde
pas une note on croit les entendre cependant loin de la
salle du concert et que tous les vieux abonnés — les sœurs
de ma grand-mère aussi quand Swann leur avait donné

ses places — tendaient l'oreille comme s'ils avaient écouté les progrès lointains d'une armée en marche qui n'aurait pas encore tourné la rue de Trévise.

Je savais que le cas dans lequel je me mettais était de tous celui qui pouvait avoir pour moi, de la part de mes parents, les conséquences les plus graves, bien plus graves en vérité qu'un étranger n'aurait pu le supposer, de celles qu'il aurait cru que pouvaient produire seules des fautes vraiment honteuses. Mais dans l'éducation qu'on me donnait, l'ordre des fautes n'était pas le même que dans l'éducation des autres enfants et on m'avait habitué à placer avant toutes les autres (parce que sans doute il n'y en avait pas contre lesquelles j'eusse besoin d'être plus soigneusement gardé) celles dont je comprends maintenant que leur caractère commun est qu'on y tombe en cédant à une impulsion nerveuse. Mais alors on ne prononçait pas ce mot, on ne déclarait pas cette origine qui aurait pu me faire croire que j'étais excusable d'y succomber ou même peut-être incapable d'y résister. Mais je les reconnaissais bien à l'angoisse qui les précédait comme à la rigueur du châtiment qui les suivait ; et je savais que celle que je venais de commettre était de la même famille que d'autres pour lesquelles j'avais été sévèrement puni, quoique infiniment plus grave. Quand j'irais me mettre sur le chemin de ma mère au moment où elle monterait se coucher, et qu'elle verrait que j'étais resté levé pour lui redire bonsoir dans le couloir, on ne me laisserait plus rester à la maison, on me mettrait au collège le lendemain, c'était certain. Eh bien ! dussé-je me jeter par la fenêtre cinq minutes après, j'aimais encore mieux cela. Ce que je voulais maintenant c'était maman, c'était lui dire bonsoir, j'étais allé trop loin dans la voie qui menait à la réalisation de ce désir pour pouvoir rebrousser chemin.

J'entendis les pas de mes parents qui accompagnaient Swann ; et quand le grelot de la porte m'eut averti qu'il venait de partir, j'allai à la fenêtre. Maman demandait à mon père s'il avait trouvé la langouste bonne et si M. Swann avait repris de la glace au café et à la pistache. « Je l'ai trouvée bien quelconque, dit ma mère ; je crois que la prochaine fois il faudra essayer d'un autre parfum. — Je ne peux pas dire comme je trouve que Swann change, dit ma grand-tante, il est d'un vieux ! » Ma grand-tante avait tellement l'habitude de voir toujours en Swann un

même adolescent, qu'elle s'étonnait de le trouver tout à
coup moins jeune que l'âge qu'elle continuait à lui donner.
Et mes parents du reste commençaient à lui trouver cette
vieillesse anormale, excessive, honteuse et méritée des
célibataires, de tous ceux pour qui il semble que le grand
jour qui n'a pas de lendemain soit plus long que pour les
autres, parce que pour eux il est vide et que les moments
s'y additionnent depuis le matin sans se diviser ensuite
entre des enfants. « Je crois qu'il a beaucoup de soucis
avec sa coquine de femme qui vit au su de tout Combray
avec un certain monsieur de Charlus. C'est la fable de la
ville. » Ma mère fit remarquer qu'il avait pourtant l'air
bien moins triste depuis quelque temps. « Il fait aussi
moins souvent ce geste qu'il a tout à fait comme son père
de s'essuyer les yeux et de se passer la main sur le front.
Moi je crois qu'au fond il n'aime plus cette femme. — Mais
naturellement il ne l'aime plus, répondit mon grand-père.
J'ai reçu de lui il y a déjà longtemps une lettre à ce sujet,
à laquelle je me suis empressé de ne pas me conformer,
et qui ne laisse aucun doute sur ses sentiments, au moins
d'amour, pour sa femme. Hé bien ! vous voyez, vous ne
l'avez pas remercié pour l'asti », ajouta mon grand-père
en se tournant vers ses deux belles-sœurs. « Comment,
nous ne l'avons pas remercié ? Je crois, entre nous, que
je lui ai même tourné cela assez délicatement, répondit
ma tante Flora. — Oui, tu as très bien arrangé cela : je t'ai
admirée, dit ma tante Céline. — Mais toi tu as été très bien
aussi. — Oui, j'étais assez fière de ma phrase sur les voisins
aimables. — Comment, c'est cela que vous appelez
remercier ! s'écria mon grand-père. J'ai bien entendu cela,
mais du diable si j'ai cru que c'était pour Swann. Vous
pouvez être sûres qu'il n'a rien compris. — Mais voyons,
Swann n'est pas bête, je suis certaine qu'il a apprécié. Je
ne pouvais cependant pas lui dire le nombre de bouteilles
et le prix du vin ! » Mon père et ma mère restèrent seuls,
et s'assirent un instant ; puis mon père dit : « Hé bien !
si tu veux, nous allons monter nous coucher. — Si tu veux,
mon ami, bien que je n'aie pas l'ombre de sommeil ; ce n'est
pas cette glace au café si anodine qui a pu pourtant me tenir
si éveillée ; mais j'aperçois de la lumière dans l'office et
puisque la pauvre Françoise m'a attendue, je vais lui
demander de dégrafer mon corsage pendant que tu vas te
déshabiller. » Et ma mère ouvrit la porte treillagée

du vestibule qui donnait sur l'escalier. Bientôt, je l'entendis qui montait fermer sa fenêtre. J'allai sans bruit dans le couloir ; mon cœur battait si fort que j'avais de la peine à avancer, mais du moins il ne battait plus d'anxiété, mais d'épouvante et de joie. Je vis dans la cage de l'escalier la lumière projetée par la bougie de maman. Puis je la vis elle-même ; je m'élançai. À la première seconde, elle me regarda avec étonnement, ne comprenant pas ce qui était arrivé. Puis sa figure prit une expression de colère, elle ne me disait même pas un mot, et en effet pour bien moins que cela on ne m'adressait plus la parole pendant plusieurs jours. Si maman m'avait dit un mot, ç'aurait été admettre qu'on pouvait me reparler et d'ailleurs cela peut-être m'eût paru plus terrible encore, comme un signe que devant la gravité du châtiment qui allait se préparer, le silence, la brouille, eussent été puérils. Une parole c'eût été le calme avec lequel on répond à un domestique quand on vient de décider de le renvoyer ; le baiser qu'on donne à un fils qu'on envoie s'engager alors qu'on le lui aurait refusé si on devait se contenter d'être fâché deux jours avec lui. Mais elle entendit mon père qui montait du cabinet de toilette où il était allé se déshabiller et, pour éviter la scène qu'il me ferait, elle me dit d'une voix entrecoupée par la colère : « Sauve-toi, sauve-toi, qu'au moins ton père ne t'ait pas vu ainsi attendant comme un fou ! » Mais je lui répétais : « Viens me dire bonsoir », terrifié en voyant que le reflet de la bougie de mon père s'élevait déjà sur le mur, mais aussi usant de son approche comme d'un moyen de chantage et espérant que maman, pour éviter que mon père me trouvât encore là si elle continuait à refuser, allait me dire : « Rentre dans ta chambre, je vais venir. » Il était trop tard, mon père était devant nous. Sans le vouloir, je murmurai ces mots que personne n'entendit : « Je suis perdu ! »

Il n'en fut pas ainsi. Mon père me refusait constamment des permissions qui m'avaient été consenties dans les pactes plus larges octroyés par ma mère et ma grand-mère parce qu'il ne se souciait pas des « principes » et qu'il n'y avait pas avec lui de « Droit des gens ». Pour une raison toute contingente, ou même sans raison, il me supprimait au dernier moment telle promenade si habituelle, si consacrée, qu'on ne pouvait m'en priver sans parjure, ou bien, comme il avait encore fait ce soir, longtemps avant l'heure rituelle, il me disait : « Allons, monte te coucher, pas d'explication ! » Mais aussi, parce qu'il n'avait pas de principes (dans le sens de ma grand-mère), il n'avait pas à proprement parler d'intransigeance. Il me regarda un instant d'un air étonné et fâché, puis dès que maman lui eut expliqué en quelques mots embarrassés ce qui était arrivé, il lui dit : « Mais va donc avec lui, puisque tu disais justement que tu n'as pas envie de dormir, reste un peu dans sa chambre, moi je n'ai besoin de rien. — Mais, mon ami, répondit timidement ma mère, que j'aie envie ou non de dormir, ne change rien à la chose, on ne peut pas habituer cet enfant... — Mais il ne s'agit pas d'habituer, dit mon père en haussant les épaules, tu vois bien que ce petit a du chagrin, il a l'air désolé, cet enfant ; voyons, nous ne sommes pas des bourreaux ! Quand tu l'auras rendu malade, tu seras bien avancée ! Puisqu'il y a deux lits dans sa chambre, dis donc à Françoise de te préparer le grand lit et couche pour cette nuit auprès de lui. Allons, bonsoir, moi qui ne suis pas si nerveux que vous, je vais me coucher. »

On ne pouvait pas remercier mon père ; on l'eût agacé par ce qu'il appelait des sensibleries. Je restai sans oser faire un mouvement ; il était encore devant nous, grand, dans sa robe de nuit blanche sous le cachemire de l'Inde violet et rose qu'il nouait autour de sa tête depuis qu'il avait des névralgies, avec le geste d'Abraham dans la gravure d'après Benozzo Gozzoli que m'avait donnée M. Swann, disant à Sarah qu'elle a à se départir du côté d'Isaac[1]. Il y a bien des années de cela. La muraille de l'escalier, où je vis monter le reflet de sa bougie n'existe plus depuis longtemps[2]. En moi aussi bien des choses ont été détruites que je croyais devoir durer toujours et de nouvelles se sont édifiées donnant naissance à des peines et à des joies nouvelles que je n'aurais pu prévoir alors, de même que les anciennes me sont devenues difficiles à comprendre. Il y a bien longtemps aussi que mon père a cessé de pouvoir dire à maman : « Va avec le petit. » La possibilité de telles heures ne renaîtra jamais pour moi. Mais depuis peu de temps, je recommence à très bien percevoir si je prête l'oreille, les sanglots que j'eus la force de contenir devant mon père et qui n'éclatèrent que quand je me retrouvai seul avec maman. En réalité ils n'ont jamais cessé ; et c'est seulement parce que la vie se tait maintenant davantage autour de moi que je les entends de nouveau, comme ces cloches de couvents que couvrent si bien les bruits de la ville pendant le jour qu'on les croirait arrêtées mais qui se remettent à sonner dans le silence du soir.

Maman passa cette nuit-là dans ma chambre ; au moment où je venais de commettre une faute telle que je m'attendais à être obligé de quitter la maison, mes parents m'accordaient plus que je n'eusse jamais obtenu d'eux comme récompense d'une belle action. Même à l'heure où elle se manifestait par cette grâce, la conduite de mon père à mon égard gardait ce quelque chose d'arbitraire et d'immérité qui la caractérisait et qui tenait à ce que généralement elle résultait plutôt de convenances fortuites que d'un plan prémédité. Peut-être même que ce que j'appelais sa sévérité, quand il m'envoyait me coucher, méritait moins ce nom que celle de ma mère ou ma grand-mère, car sa nature, plus différente en certains points de la mienne que n'était la leur, n'avait probablement pas deviné jusqu'ici combien j'étais malheureux tous les soirs, ce que ma mère et ma grand-mère savaient bien ; mais elles m'aimaient assez pour ne pas consentir à m'épargner de la souffrance, elles voulaient m'apprendre à la dominer afin de diminuer ma sensibilité nerveuse et fortifier ma volonté. Pour mon père, dont l'affection pour moi était d'une autre sorte, je ne sais pas s'il aurait eu ce courage : pour une fois où il venait de comprendre que j'avais du chagrin, il avait dit à ma mère : « Va donc le consoler. » Maman resta cette nuit-là dans ma chambre et, comme pour ne gâter d'aucun remords ces heures si différentes de ce que j'avais eu le droit d'espérer, quand Françoise, comprenant qu'il se passait quelque chose d'extraordinaire en voyant maman assise près de moi, qui me tenait la main et me laissait pleurer sans me gronder, lui demanda : « Mais Madame, qu'a donc Monsieur à pleurer ainsi ? » maman lui répondit : « Mais il ne sait pas lui-même, Françoise, il est énervé ; préparez-moi vite le grand lit et montez vous coucher. » Ainsi, pour la première fois, ma tristesse n'était plus considérée comme une faute punissable mais comme un mal involontaire qu'on venait de reconnaître officiellement, comme un état nerveux dont je n'étais pas responsable ; j'avais le soulagement de n'avoir plus à mêler de scrupules à l'amertume de mes

larmes, je pouvais pleurer sans péché[1]. Je n'étais pas non
plus médiocrement fier vis-à-vis de Françoise de ce retour
des choses humaines, qui, une heure après que maman
avait refusé de monter dans ma chambre et m'avait fait
dédaigneusement répondre que je devrais dormir, m'élevait à la dignité de grande personne et m'avait fait
atteindre tout d'un coup à une sorte de puberté du chagrin,
d'émancipation des larmes. J'aurais dû être heureux : je
ne l'étais pas. Il me semblait que ma mère venait de me
faire une première concession qui devait lui être douloureuse, que c'était une première abdication de sa part
devant l'idéal qu'elle avait conçu pour moi, et que pour
la première fois elle, si courageuse, s'avouait vaincue. Il
me semblait que si je venais de remporter une victoire
c'était contre elle, que j'avais réussi comme auraient pu
faire la maladie, des chagrins, ou l'âge, à détendre sa
volonté, à faire fléchir sa raison et que cette soirée
commençait une ère, resterait comme une triste date. Si
j'avais osé maintenant, j'aurais dit à maman : « Non je
ne veux pas, ne couche pas ici. » Mais je connaissais la
sagesse pratique, réaliste comme on dirait aujourd'hui, qui
tempérait en elle la nature ardemment idéaliste de ma
grand-mère, et je savais que, maintenant que le mal était
fait, elle aimerait mieux m'en laisser du moins goûter le
plaisir calmant et ne pas déranger mon père. Certes, le beau
visage de ma mère brillait encore de jeunesse ce soir-là où
elle me tenait si doucement les mains et cherchait à arrêter
mes larmes ; mais justement il me semblait que cela n'aurait
pas dû être, sa colère eût été moins triste pour moi que cette
douceur nouvelle que n'avait pas connue mon enfance ; il
me semblait que je venais d'une main impie et secrète de
tracer dans son âme une première ride et d'y faire
apparaître un premier cheveu blanc. Cette pensée redoubla
mes sanglots et alors je vis maman, qui jamais ne se laissait
aller à aucun attendrissement avec moi, être tout d'un coup
gagnée par le mien et essayer de retenir une envie de
pleurer. Comme elle sentit que je m'en étais aperçu, elle
me dit en riant : « Voilà mon petit jaunet, mon petit serin,
qui va rendre sa maman aussi bêtasse que lui, pour peu que
cela continue. Voyons, puisque tu n'as pas sommeil ni ta maman non plus, ne restons pas à nous énerver,
faisons quelque chose, prenons un de tes livres. » Mais
je n'en avais pas là. « Est-ce que tu aurais moins de

plaisir si je sortais déjà les livres que ta grand-mère doit
te donner pour ta fête ? Pense bien : tu ne seras pas déçu
de ne rien avoir après-demain ? » J'étais au contraire
enchanté et maman alla chercher un paquet de livres dont
je ne pus deviner, à travers le papier qui les enveloppait,
que la taille courte et large, mais qui, sous ce premier
aspect, pourtant sommaire et voilé, éclipsaient déjà la boîte
à couleurs du Jour de l'An et les vers à soie de l'an dernier.
C'était *La Mare au Diable, François le Champi, La Petite
Fadette* et *Les Maîtres sonneurs.* Ma grand-mère, ai-je su
depuis, avait d'abord choisi les poésies de Musset, un
volume de Rousseau et *Indiana*[1] ; car si elle jugeait les
lectures futiles aussi malsaines que les bonbons et les
pâtisseries, elle ne pensait pas que les grands souffles du
génie eussent sur l'esprit même d'un enfant une influence
plus dangereuse et moins vivifiante que sur son corps le
grand air et le vent du large. Mais mon père l'ayant
presque traitée de folle en apprenant les livres qu'elle
voulait me donner, elle était retournée elle-même à
Jouy-le-Vicomte chez le libraire pour que je ne risquasse
pas de ne pas avoir mon cadeau (c'était un jour brûlant
et elle était rentrée si souffrante que le médecin avait averti
ma mère de ne pas la laisser se fatiguer ainsi) et elle s'était
rabattue sur les quatre romans champêtres de George
Sand. « Ma fille, disait-elle à maman, je ne pourrais me
décider à donner à cet enfant quelque chose de mal écrit. »

En réalité, elle ne se résignait jamais à rien acheter dont
on ne pût tirer un profit intellectuel, et surtout celui que
nous procurent les belles choses en nous apprenant à
chercher notre plaisir ailleurs que dans les satisfactions du
bien-être et de la vanité. Même quand elle avait à faire
à quelqu'un un cadeau dit utile, quand elle avait à donner
un fauteuil, des couverts, une canne, elle les cherchait
« anciens », comme si leur longue désuétude ayant effacé
leur caractère d'utilité, ils paraissaient plutôt disposés pour
nous raconter la vie des hommes d'autrefois que pour
servir aux besoins de la nôtre. Elle eût aimé que j'eusse
dans ma chambre des photographies des monuments ou
des paysages les plus beaux. Mais au moment d'en faire
l'emplette, et bien que la chose représentée eût une valeur
esthétique, elle trouvait que la vulgarité, l'utilité reprenaient trop vite leur place dans le mode mécanique de
représentation, la photographie. Elle essayait de ruser et

sinon d'éliminer entièrement la banalité commerciale, du
moins de la réduire, d'y substituer pour la plus grande
partie de l'art encore, d'y introduire comme plusieurs
« épaisseurs » d'art : au lieu de photographies de la
Cathédrale de Chartres, des Grandes Eaux de Saint-Cloud,
du Vésuve, elle se renseignait auprès de Swann si quelque
grand peintre ne les avait pas représentés, et préférait me
donner des photographies de la Cathédrale de Chartres
par Corot, des Grandes Eaux de Saint-Cloud par Hubert
Robert, du Vésuve par Turner[1], ce qui faisait un degré
d'art de plus. Mais si le photographe avait été écarté de
la représentation du chef-d'œuvre ou de la nature et
remplacé par un grand artiste, il reprenait ses droits pour
reproduire cette interprétation même. Arrivée à
l'échéance de la vulgarité, ma grand-mère tâchait de la
reculer encore. Elle demandait à Swann si l'œuvre n'avait
pas été gravée, préférant, quand c'était possible, des
gravures anciennes et ayant encore un intérêt au-delà
d'elles-mêmes, par exemple celles qui représentent un
chef-d'œuvre dans un état où nous ne pouvons plus le voir
aujourd'hui (comme la gravure de la *Cène* de Léonard
avant sa dégradation, par Morghen[2]). Il faut dire que les
résultats de cette manière de comprendre l'art de faire un
cadeau ne furent pas toujours très brillants. L'idée que je
pris de Venise d'après un dessin du Titien[3] qui est censé
avoir pour fond la lagune, était certainement beaucoup
moins exacte que celle que m'eussent donnée de simples
photographies. On ne pouvait plus faire le compte à la
maison, quand ma grand-tante voulait dresser un réquisitoire contre ma grand-mère, des fauteuils offerts par elle
à de jeunes fiancés ou à de vieux époux, qui, à la première
tentative qu'on avait faite pour s'en servir, s'étaient
immédiatement effondrés sous le poids d'un des destina-
taires. Mais ma grand-mère aurait cru mesquin de trop
s'occuper de la solidité d'une boiserie où se distinguaient
encore une fleurette, un sourire, quelquefois une belle
imagination du passé. Même ce qui dans ces meubles
répondait à un besoin, comme c'était d'une façon à laquelle
nous ne sommes plus habitués, la charmait comme les
vieilles manières de dire où nous voyons une métaphore,
effacée, dans notre moderne langage, par l'usure de
l'habitude. Or, justement, les romans champêtres de
George Sand qu'elle me donnait pour ma fête, étaient

pleins ainsi qu'un mobilier ancien, d'expressions tombées
en désuétude et redevenues imagées, comme on n'en
trouve plus qu'à la campagne. Et ma grand-mère les avait
achetés de préférence à d'autres comme elle eût loué plus
volontiers une propriété où il y aurait eu un pigeonnier
gothique ou quelqu'une de ces vieilles choses qui exercent
sur l'esprit une heureuse influence en lui donnant la
nostalgie d'impossibles voyages dans le temps.

Maman s'assit à côté de mon lit ; elle avait pris *François
le Champi* à qui sa couverture rougeâtre et son titre
incompréhensible, donnaient pour moi une personnalité
distincte et un attrait mystérieux. Je n'avais jamais lu
encore de vrais romans. J'avais entendu dire que George
Sand était le type du romancier. Cela me disposait déjà
à imaginer dans *François le Champi* quelque chose
d'indéfinissable et de délicieux. Les procédés de narration
destinés à exciter la curiosité ou l'attendrissement,
certaines façons de dire qui éveillent l'inquiétude et la
mélancolie, et qu'un lecteur un peu instruit reconnaît pour
communs à beaucoup de romans, me paraissaient simplement — à moi qui considérais un livre nouveau non
comme une chose ayant beaucoup de semblables, mais
comme une personne unique, n'ayant de raison d'exister
qu'en soi — une émanation troublante de l'essence
particulière à *François le Champi*. Sous ces événements si
journaliers, ces choses si communes, ces mots si courants,
je sentais comme une intonation, une accentuation étrange.
L'action s'engagea ; elle me parut d'autant plus obscure
que dans ce temps-là, quand je lisais, je rêvassais souvent,
pendant des pages entières, à tout autre chose. Et aux
lacunes que cette distraction laissait dans le récit, s'ajoutait,
quand c'était maman qui me lisait à haute voix, qu'elle
passait toutes les scènes d'amour. Aussi tous les changements bizarres qui se produisaient dans l'attitude respective
de la meunière et de l'enfant et qui ne trouvent leur
explication que dans les progrès d'un amour naissant me
paraissaient empreints d'un profond mystère dont je me
figurais volontiers que la source devait être dans ce nom
inconnu et si doux de « Champi » qui mettait sur l'enfant,
qui le portait sans que je susse pourquoi, sa couleur vive,
empourprée et charmante. Si ma mère était une lectrice
infidèle c'était aussi, pour les ouvrages où elle trouvait
l'accent d'un sentiment vrai, une lectrice admirable par

le respect et la simplicité de l'interprétation, par la beauté et la douceur du son. Même dans la vie, quand c'étaient des êtres et non des œuvres d'art qui excitaient ainsi son attendrissement ou son admiration, c'était touchant de voir avec quelle déférence elle écartait de sa voix, de son geste, de ses propos, tel éclat de gaieté qui eût pu faire mal à cette mère qui avait autrefois perdu un enfant, tel rappel de fête, d'anniversaire, qui aurait pu faire penser ce vieillard à son grand âge, tel propos de ménage qui aurait paru fastidieux à ce jeune savant. De même, quand elle lisait la prose de George Sand, qui respire toujours cette bonté, cette distinction morale que maman avait appris de ma grand-mère à tenir pour supérieures à tout dans la vie, et que je ne devais lui apprendre que bien plus tard à ne pas tenir également pour supérieures à tout dans les livres, attentive à bannir de sa voix toute petitesse, toute affectation qui eût pu empêcher le flot puissant d'y être reçu, elle fournissait toute la tendresse naturelle, toute l'ample douceur qu'elles réclamaient à ces phrases qui semblaient écrites pour sa voix et qui pour ainsi dire tenaient tout entières dans le registre de sa sensibilité. Elle retrouvait pour les attaquer dans le ton qu'il faut, l'accent cordial qui leur préexiste et les dicta, mais que les mots n'indiquent pas ; grâce à lui elle amortissait au passage toute crudité dans les temps des verbes, donnait à l'imparfait et au passé défini la douceur qu'il y a dans la bonté, la mélancolie qu'il y a dans la tendresse, dirigeait la phrase qui finissait vers celle qui allait commencer, tantôt pressant, tantôt ralentissant la marche des syllabes pour les faire entrer, quoique leurs quantités fussent différentes, dans un rythme uniforme, elle insufflait à cette prose si commune une sorte de vie sentimentale et continue.

Mes remords étaient calmés, je me laissais aller à la douceur de cette nuit où j'avais ma mère auprès de moi. Je savais qu'une telle nuit ne pourrait se renouveler ; que le plus grand désir que j'eusse au monde, garder ma mère dans ma chambre pendant ces tristes heures nocturnes, était trop en opposition avec les nécessités de la vie et le vœu de tous, pour que l'accomplissement qu'on lui avait accordé ce soir pût être autre chose que factice et exceptionnel. Demain mes angoisses reprendraient et maman ne resterait pas là. Mais quand mes angoisses étaient calmées, je ne les comprenais plus ; puis demain

soir était encore lointain ; je me disais que j'aurais le temps
d'aviser, bien que ce temps-là ne pût m'apporter aucun
pouvoir de plus, puisqu'il s'agissait de choses qui ne
dépendaient pas de ma volonté et que seul me faisait
paraître plus évitables l'intervalle qui les séparait encore
de moi[1].

C'est ainsi que, pendant longtemps, quand, réveillé la
nuit, je me ressouvenais de Combray, je n'en revis jamais
que cette sorte de pan lumineux, découpé au milieu
d'indistinctes ténèbres, pareil à ceux que l'embrasement
d'un feu de Bengale ou quelque projection électrique
éclairent et sectionnent dans un édifice dont les autres
parties restent plongées dans la nuit : à la base assez large,
le petit salon, la salle à manger, l'amorce de l'allée obscure
par où arriverait M. Swann, l'auteur inconscient de mes
tristesses, le vestibule où je m'acheminais vers la première
marche de l'escalier, si cruel à monter, qui constituait à lui
seul le tronc fort étroit de cette pyramide irrégulière ; et,
au faîte, ma chambre à coucher avec le petit couloir à porte
vitrée pour l'entrée de maman ; en un mot, toujours vu à
la même heure, isolé de tout ce qu'il pouvait y avoir autour,
se détachant seul sur l'obscurité, le décor strictement
nécessaire (comme celui qu'on voit indiqué en tête des
vieilles pièces pour les représentations en province), au
drame de mon déshabillage ; comme si Combray n'avait
consisté qu'en deux étages reliés par un mince escalier, et
comme s'il n'y avait jamais été que sept heures du soir. À
vrai dire, j'aurais pu répondre à qui m'eût interrogé que
Combray comprenait encore autre chose et existait à
d'autres heures. Mais comme ce que je m'en serais rappelé
m'eût été fourni seulement par la mémoire volontaire, la
mémoire de l'intelligence, et comme les renseignements
qu'elle donne sur le passé ne conservent rien de lui, je
n'aurais jamais eu envie de songer à ce reste de Combray.
Tout cela était en réalité mort pour moi.

Mort à jamais ? C'était possible.

Il y a beaucoup de hasard en tout ceci, et un second
hasard, celui de notre mort, souvent ne nous permet pas
d'attendre longtemps les faveurs du premier.

Je trouve très raisonnable la croyance celtique que les
âmes de ceux que nous avons perdus sont captives dans

quelque être inférieur, dans une bête, un végétal, une chose inanimée, perdues en effet pour nous jusqu'au jour, qui pour beaucoup ne vient jamais, où nous nous trouvons passer près de l'arbre, entrer en possession de l'objet qui est leur prison[1]. Alors elles tressaillent, nous appellent, et sitôt que nous les avons reconnues, l'enchantement est brisé. Délivrées par nous, elles ont vaincu la mort et reviennent vivre avec nous.

Il en est ainsi de notre passé. C'est peine perdue que nous cherchions à l'évoquer, tous les efforts de notre intelligence sont inutiles. Il est caché hors de son domaine et de sa portée, en quelque objet matériel (en la sensation que nous donnerait cet objet matériel), que nous ne soupçonnons pas. Cet objet, il dépend du hasard que nous le rencontrions avant de mourir, ou que nous ne le rencontrions pas.

Il y avait déjà bien des années que, de Combray, tout ce qui n'était pas le théâtre et le drame de mon coucher, n'existait plus pour moi, quand un jour d'hiver, comme je rentrais à la maison, ma mère, voyant que j'avais froid, me proposa de me faire prendre, contre mon habitude, un peu de thé. Je refusai d'abord et, je ne sais pourquoi, me ravisai. Elle envoya chercher un de ces gâteaux courts et dodus appelés Petites Madeleines qui semblent avoir été moulés dans la valve rainurée d'une coquille de Saint-Jacques. Et bientôt, machinalement, accablé par la morne journée et la perspective d'un triste lendemain, je portai à mes lèvres une cuillerée du thé où j'avais laissé s'amollir un morceau de madeleine[2]. Mais à l'instant même où la gorgée mêlée des miettes du gâteau toucha mon palais, je tressaillis, attentif à ce qui se passait d'extraordinaire en moi. Un plaisir délicieux m'avait envahi, isolé, sans la notion de sa cause. Il m'avait aussitôt rendu les vicissitudes de la vie indifférentes, ses désastres inoffensifs, sa brièveté illusoire, de la même façon qu'opère l'amour, en me remplissant d'une essence précieuse : ou plutôt cette essence n'était pas en moi, elle était moi. J'avais cessé de me sentir médiocre, contingent, mortel. D'où avait pu me venir cette puissante joie ? Je sentais qu'elle était liée au goût du thé et du gâteau, mais qu'elle le dépassait infiniment, ne devait pas être de même nature. D'où venait-elle ? Que signifiait-elle ? Où l'appréhender ? Je bois une seconde gorgée où je ne trouve rien de plus que

dans la première, une troisième qui m'apporte un peu
moins que la seconde. Il est temps que je m'arrête, la vertu
du breuvage semble diminuer. Il est clair que la vérité
que je cherche n'est pas en lui, mais en moi. Il l'y a éveillée,
mais ne la connaît pas, et ne peut que répéter indéfiniment,
avec de moins en moins de force, ce même témoignage
que je ne sais pas interpréter et que je veux au moins
pouvoir lui redemander et retrouver intact, à ma disposition, tout à l'heure, pour un éclaircissement décisif. Je pose
la tasse et me tourne vers mon esprit. C'est à lui de trouver
la vérité. Mais comment ? Grave incertitude, toutes les fois
que l'esprit se sent dépassé par lui-même ; quand lui, le
chercheur, est tout ensemble le pays obscur où il doit
chercher et où tout son bagage ne lui sera de rien.
Chercher ? pas seulement : créer. Il est en face de quelque
chose qui n'est pas encore et que seul il peut réaliser, puis
faire entrer dans sa lumière.

Et je recommence à me demander quel pouvait être cet
état inconnu, qui n'apportait aucune preuve logique, mais
l'évidence de sa félicité, de sa réalité devant laquelle les
autres s'évanouissaient. Je veux essayer de le faire
réapparaître. Je rétrograde par la pensée au moment où
je pris la première cuillerée de thé. Je retrouve le même
état, sans une clarté nouvelle. Je demande à mon esprit
un effort de plus, de ramener encore une fois la sensation
qui s'enfuit. Et, pour que rien ne brise l'élan dont il va
tâcher de la ressaisir, j'écarte tout obstacle, toute idée
étrangère, j'abrite mes oreilles et mon attention contre les
bruits de la chambre voisine. Mais sentant mon esprit qui
se fatigue sans réussir, je le force au contraire à prendre
cette distraction que je lui refusais, à penser à autre chose,
à se refaire avant une tentative suprême. Puis une
deuxième fois, je fais le vide devant lui, je remets en face
de lui la saveur encore récente de cette première gorgée
et je sens tressaillir en moi quelque chose qui se déplace,
voudrait s'élever, quelque chose qu'on aurait désancré,
à une grande profondeur ; je ne sais ce que c'est, mais
cela monte lentement ; j'éprouve la résistance et j'entends
la rumeur des distances traversées.

Certes, ce qui palpite ainsi au fond de moi, ce doit être
l'image, le souvenir visuel, qui, lié à cette saveur, tente
de la suivre jusqu'à moi. Mais il se débat trop loin, trop
confusément ; à peine si je perçois le reflet neutre où se

confond l'insaisissable tourbillon des couleurs remuées ; mais je ne peux distinguer la forme, lui demander, comme au seul interprète possible, de me traduire le témoignage de sa contemporaine, de son inséparable compagne, la saveur, lui demander de m'apprendre de quelle circonstance particulière, de quelle époque du passé il s'agit.

Arrivera-t-il jusqu'à la surface de ma claire conscience, ce souvenir, l'instant ancien que l'attraction d'un instant identique est venue de si loin solliciter, émouvoir, soulever tout au fond de moi ? Je ne sais. Maintenant je ne sens plus rien, il est arrêté, redescendu peut-être ; qui sait s'il remontera jamais de sa nuit ? Dix fois il me faut recommencer, me pencher vers lui. Et chaque fois la lâcheté qui nous détourne de toute tâche difficile, de toute œuvre importante, m'a conseillé de laisser cela, de boire mon thé en pensant simplement à mes ennuis d'aujourd'hui, à mes désirs de demain qui se laissent remâcher sans peine.

Et tout d'un coup le souvenir m'est apparu. Ce goût c'était celui du petit morceau de madeleine que le dimanche matin à Combray (parce que ce jour-là je ne sortais pas avant l'heure de la messe), quand j'allais lui dire bonjour dans sa chambre, ma tante Léonie m'offrait après l'avoir trempé dans son infusion de thé ou de tilleul. La vue de la petite madeleine ne m'avait rien rappelé avant que je n'y eusse goûté ; peut-être parce que, en ayant souvent aperçu depuis, sans en manger, sur les tablettes des pâtissiers, leur image avait quitté ces jours de Combray pour se lier à d'autres plus récents ; peut-être parce que de ces souvenirs abandonnés si longtemps hors de la mémoire, rien ne survivait, tout s'était désagrégé ; les formes — et celle aussi du petit coquillage de pâtisserie, si grassement sensuel, sous son plissage sévère et dévot — s'étaient abolies, ou, ensommeillées, avaient perdu la force d'expansion qui leur eût permis de rejoindre la conscience. Mais, quand d'un passé ancien rien ne subsiste, après la mort des êtres, après la destruction des choses, seules, plus frêles mais plus vivaces, plus immatérielles, plus persistantes, plus fidèles, l'odeur et la saveur restent encore longtemps, comme des âmes, à se rappeler, à attendre, à espérer, sur la ruine de tout le reste, à porter sans fléchir, sur leur gouttelette presque impalpable, l'édifice immense du souvenir.

Et dès que j'eus reconnu le goût du morceau de madeleine trempé dans le tilleul que me donnait ma tante (quoique je ne susse pas encore et dusse remettre à bien plus tard de découvrir pourquoi ce souvenir me rendait si heureux), aussitôt la vieille maison grise sur la rue, où était sa chambre, vint comme un décor de théâtre s'appliquer au petit pavillon, donnant sur le jardin, qu'on avait construit pour mes parents sur ses derrières (ce pan tronqué que seul j'avais revu jusque-là) ; et avec la maison, la ville, depuis le matin jusqu'au soir et par tous les temps, la Place où on m'envoyait avant déjeuner, les rues où j'allais faire des courses, les chemins qu'on prenait si le temps était beau. Et comme dans ce jeu où les Japonais s'amusent à tremper dans un bol de porcelaine rempli d'eau, de petits morceaux de papier jusque-là indistincts qui, à peine y sont-ils plongés s'étirent, se contournent, se colorent, se différencient, deviennent des fleurs, des maisons, des personnages consistants et reconnaissables[1], de même maintenant toutes les fleurs de notre jardin et celles du parc de M. Swann, et les nymphéas de la Vivonne, et les bonnes gens du village et leurs petits logis et l'église et tout Combray et ses environs, tout cela qui prend forme et solidité, est sorti, ville et jardins, de ma tasse de thé.

II

Combray, de loin, à dix lieues à la ronde, vu du chemin de fer quand nous y arrivions la dernière semaine avant Pâques, ce n'était qu'une église résumant la ville, la représentant, parlant d'elle et pour elle aux lointains, et, quand on approchait, tenant serrés autour de sa haute mante sombre, en plein champ, contre le vent, comme une pastoure ses brebis, les dos laineux et gris des maisons rassemblées qu'un reste de remparts du Moyen Âge cernait çà et là d'un trait aussi parfaitement circulaire qu'une petite ville dans un tableau de primitif. À l'habiter, Combray était un peu triste, comme ses rues dont les maisons construites en pierres noirâtres du pays, précédées de degrés extérieurs, coiffées de pignons qui rabattaient l'ombre devant elles, étaient assez obscures pour qu'il fallût dès que le jour commençait à tomber relever les rideaux dans les « salles » ; des rues aux graves noms de saints (desquels plusieurs se rattachaient à l'histoire des premiers seigneurs de Combray) : rue Saint-Hilaire, rue Saint-Jacques où était la maison de ma tante, rue Sainte-Hildegarde, où donnait la grille, et rue du Saint-Esprit sur laquelle s'ouvrait la petite porte latérale de son jardin ; et ces rues de Combray existent dans une partie de ma mémoire si reculée, peinte de couleurs si différentes de celles qui maintenant revêtent pour moi le monde, qu'en vérité elles me paraissent toutes, et l'église qui les dominait sur la Place, plus irréelles encore que les projections de la lanterne magique ; et qu'à certains moments, il me semble que pouvoir encore traverser la rue Saint-Hilaire, pouvoir louer une chambre rue de l'Oiseau — à la vieille hôtellerie de l'Oiseau Flesché[1], des soupiraux de laquelle montait une odeur de cuisine qui s'élève encore par moments en moi aussi intermittente et aussi chaude — serait une entrée en contact avec l'Au-delà plus merveilleusement surnaturelle que de faire la connaissance de Golo et de causer avec Geneviève de Brabant.

La cousine de mon grand-père — ma grand-tante — chez qui nous habitions, était la mère de cette tante Léonie qui, depuis la mort de son mari, mon oncle Octave, n'avait plus voulu quitter, d'abord Combray, puis à Combray sa maison, puis sa chambre, puis son lit et ne « descendait » plus, toujours couchée dans un état incertain de chagrin, de débilité physique, de maladie, d'idée fixe et de dévotion. Son appartement particulier donnait sur la rue Saint-Jacques qui aboutissait beaucoup plus loin au Grand-Pré (par opposition au Petit-Pré, verdoyant au milieu de la ville, entre trois rues), et qui, unie, grisâtre, avec les trois hautes marches de grès presque devant chaque porte, semblait comme un défilé pratiqué par un tailleur d'images gothiques à même la pierre où il eût sculpté une crèche ou un calvaire. Ma tante n'habitait plus effectivement que deux chambres contiguës, restant l'après-midi dans l'une pendant qu'on aérait l'autre. C'étaient de ces chambres de province qui — de même qu'en certains pays des parties entières de l'air ou de la

mer sont illuminées ou parfumées par des myriades de
protozoaires que nous ne voyons pas — nous enchantent
des mille odeurs qu'y dégagent les vertus, la sagesse, les
habitudes, toute une vie secrète, invisible, surabondante
et morale que l'atmosphère y tient en suspens ; odeurs
naturelles encore, certes, et couleur du temps comme celles
de la campagne voisine, mais déjà casanières, humaines
et renfermées, gelée exquise industrieuse et limpide de
tous les fruits de l'année qui ont quitté le verger pour
l'armoire ; saisonnières, mais mobilières et domestiques,
corrigeant le piquant de la gelée blanche par la douceur
du pain chaud, oisives et ponctuelles comme une horloge
de village, flâneuses et rangées, insoucieuses et prévoyantes, lingères, matinales, dévotes, heureuses d'une
paix qui n'apporte qu'un surcroît d'anxiété et d'un
prosaïsme qui sert de grand réservoir de poésie à celui
qui la traverse sans y avoir vécu. L'air y était saturé de
la fine fleur d'un silence si nourricier, si succulent que je
ne m'y avançais qu'avec une sorte de gourmandise, surtout
par ces premiers matins encore froids de la semaine de
Pâques où je le goûtais mieux parce que je venais
seulement d'arriver à Combray : avant que j'entrasse
souhaiter le bonjour à ma tante on me faisait attendre un
instant, dans la première pièce où le soleil, d'hiver encore,
était venu se mettre au chaud devant le feu, déjà allumé
entre les deux briques et qui badigeonnait toute la
chambre d'une odeur de suie, en faisait comme un de ces
grands « devants de four » de campagne, ou de ces
manteaux de cheminée de châteaux, sous lesquels on
souhaite que se déclarent dehors la pluie, la neige, même
quelque catastrophe diluvienne pour ajouter au confort
de la réclusion la poésie de l'hivernage ; je faisais quelques
pas du prie-Dieu aux fauteuils en velours frappé, toujours
revêtus d'un appui-tête au crochet ; et le feu cuisant comme
une pâte les appétissantes odeurs dont l'air de la chambre
était tout grumeleux et qu'avait déjà fait travailler et
« lever » la fraîcheur humide et ensoleillée du matin, il
les feuilletait, les dorait, les godait, les boursouflait, en
faisant un invisible et palpable gâteau provincial, un
immense « chausson » où, à peine goûtés les arômes plus
croustillants, plus fins, plus réputés, mais plus secs aussi
du placard, de la commode, du papier à ramages, je
revenais toujours avec une convoitise inavouée m'engluer

dans l'odeur médiane, poisseuse, fade, indigeste et fruitée du couvre-lit à fleurs.

Dans la chambre voisine, j'entendais ma tante qui causait toute seule à mi-voix. Elle ne parlait jamais qu'assez bas parce qu'elle croyait avoir dans la tête quelque chose de cassé et de flottant qu'elle eût déplacé en parlant trop fort, mais elle ne restait jamais longtemps, même seule, sans dire quelque chose, parce qu'elle croyait que c'était salutaire pour sa gorge et qu'en empêchant le sang de s'y arrêter, cela rendrait moins fréquents les étouffements et les angoisses dont elle souffrait ; puis, dans l'inertie absolue où elle vivait, elle prêtait à ses moindres sensations une importance extraordinaire ; elle les douait d'une motilité qui lui rendait difficile de les garder pour elle, et à défaut de confident à qui les communiquer, elle se les annonçait à elle-même, en un perpétuel monologue qui était sa seule forme d'activité. Malheureusement, ayant pris l'habitude de penser tout haut, elle ne faisait pas toujours attention à ce qu'il n'y eût personne dans la chambre voisine, et je l'entendais souvent se dire à elle-même : « Il faut que je me rappelle bien que je n'ai pas dormi » (car ne jamais dormir était sa grande prétention dont notre langage à tous gardait le respect et la trace : le matin Françoise ne venait pas « l'éveiller », mais « entrait » chez elle ; quand ma tante voulait faire un somme dans la journée, on disait qu'elle voulait « réfléchir » ou « reposer » ; et quand il lui arrivait de s'oublier en causant jusqu'à dire : « ce qui m'a réveillée » ou « j'ai rêvé que », elle rougissait et se reprenait au plus vite).

Au bout d'un moment, j'entrais l'embrasser ; Françoise faisait infuser son thé ; ou, si ma tante se sentait agitée, elle demandait à la place sa tisane et c'était moi qui étais chargé de faire tomber du sac de pharmacie dans une assiette la quantité de tilleul qu'il fallait mettre ensuite dans l'eau bouillante. Le dessèchement des tiges les avait incurvées en un capricieux treillage dans les entrelacs duquel s'ouvraient les fleurs pâles, comme si un peintre les eût arrangées, les eût fait poser de la façon la plus ornementale. Les feuilles, ayant perdu ou changé leur aspect, avaient l'air des choses les plus disparates, d'une aile transparente de mouche, de l'envers blanc d'une étiquette, d'un pétale de rose, mais qui eussent été empilées, concassées ou tressées comme dans la confection d'un nid. Mille petits détails inutiles — charmante prodigalité du pharmacien — qu'on eût supprimés dans une préparation factice, me donnaient, comme un livre où on s'émerveille de rencontrer le nom d'une personne de connaissance, le plaisir de comprendre que c'était bien des tiges de vrais tilleuls, comme ceux que je voyais avenue de la Gare, modifiées, justement parce que c'étaient non des doubles, mais elles-mêmes et qu'elles avaient vieilli. Et chaque caractère nouveau n'y étant que la métamorphose d'un caractère ancien, dans de petites boules grises je reconnaissais les boutons verts qui ne sont pas venus à terme ; mais surtout l'éclat rose, lunaire et doux qui faisait se détacher les fleurs dans la forêt fragile des tiges où elles étaient suspendues comme de petites roses d'or — signe, comme la lueur qui révèle encore sur une muraille la place d'une fresque effacée, de la différence entre les parties de l'arbre qui avaient été « en couleur » et celles qui ne l'avaient pas été — me montrait que ces pétales étaient bien ceux qui avant de fleurir le sac de pharmacie avaient embaumé les soirs de printemps. Cette flamme rose de cierge, c'était leur couleur encore, mais à demi éteinte et assoupie dans cette vie diminuée qu'était la leur maintenant et qui est comme le crépuscule des fleurs. Bientôt ma tante pouvait tremper dans l'infusion bouillante dont elle savourait le goût de feuille morte ou de fleur fanée une petite madeleine dont elle me tendait un morceau quand il était suffisamment amolli.

D'un côté de son lit était une grande commode jaune en bois de citronnier et une table qui tenait à la fois de l'officine et du maître-autel, où, au-dessous d'une statuette de la Vierge et d'une bouteille de Vichy-Célestins, on trouvait des livres de messe et des ordonnances de médicaments, tout ce qu'il fallait pour suivre de son lit les offices et son régime, pour ne manquer l'heure ni de la pepsine, ni des Vêpres. De l'autre côté, son lit longeait la fenêtre, elle avait la rue sous les yeux et y lisait du matin au soir, pour se désennuyer, à la façon des princes persans, la chronique quotidienne mais immémoriale de Combray, qu'elle commentait ensuite avec Françoise.

Je n'étais pas avec ma tante depuis cinq minutes, qu'elle me renvoyait par peur que je la fatigue. Elle tendait à mes lèvres son triste front pâle et fade sur lequel, à cette heure matinale, elle n'avait pas encore arrangé ses faux cheveux, où les vertèbres transparaissaient comme les pointes d'une couronne d'épines ou les grains d'un rosaire[1], et elle me disait : « Allons, mon pauvre enfant, va-t'en, va te préparer pour la messe ; et si en bas tu rencontres Françoise, dis-lui de ne pas s'amuser trop longtemps avec vous, qu'elle monte bientôt voir si je n'ai besoin de rien. »

Françoise, en effet, qui était depuis des années à son service et ne se doutait pas alors qu'elle entrerait un jour tout à fait au nôtre, délaissait un peu ma tante pendant les mois où nous étions là. Il y avait eu dans mon enfance, avant que nous allions à Combray, quand ma tante Léonie passait encore l'hiver à Paris chez sa mère, un temps où je connaissais si peu Françoise que, le 1er janvier, avant d'entrer chez ma grand-tante, ma mère me mettait dans la main une pièce de cinq francs et me disait : « Surtout ne te trompe pas de personne. Attends pour donner que tu m'entendes dire : "Bonjour Françoise" ; en même temps je te toucherai légèrement le bras. » À peine arrivions-nous dans l'obscure antichambre de ma tante que nous apercevions dans l'ombre, sous les tuyaux d'un bonnet éblouissant, raide et fragile comme s'il avait été de sucre filé, les remous concentriques d'un sourire de reconnaissance anticipé. C'était Françoise, immobile et debout dans l'encadrement de la petite porte du corridor comme une statue de sainte dans sa niche. Quand on était un peu habitué à ces ténèbres de chapelle, on distinguait sur son visage l'amour désintéressé de l'humanité, le respect attendri pour les hautes classes qu'exaltait dans les meilleures régions de son cœur l'espoir des étrennes. Maman me pinçait le bras avec violence et disait d'une voix forte : « Bonjour, Françoise. » À ce signal mes doigts s'ouvraient et je lâchais la pièce qui trouvait pour la recevoir une main confuse, mais tendue. Mais depuis que nous allions à Combray je ne connaissais personne mieux que Françoise, nous étions ses préférés, elle avait pour nous, au moins pendant les premières années, avec autant de considération que pour ma tante, un goût plus vif, parce que nous ajoutions, au prestige de faire partie de la famille (elle avait pour les liens invisibles que noue entre les membres d'une famille la circulation d'un même sang, autant de respect qu'un tragique grec), le charme de n'être pas ses maîtres habituels. Aussi, avec quelle joie elle nous recevait, nous plaignant de n'avoir pas encore plus beau temps, le jour de notre arrivée, la veille de Pâques, où souvent il faisait un vent glacial, quand maman lui demandait des nouvelles de sa fille et de ses neveux, si son petit-fils était gentil, ce qu'on comptait faire de lui, s'il ressemblerait à sa grand-mère[1].

Et quand il n'y avait plus de monde là, maman qui savait que Françoise pleurait encore ses parents morts depuis des années, lui parlait d'eux avec douceur, lui demandait mille détails sur ce qu'avait été leur vie.

Elle avait deviné que Françoise n'aimait pas son gendre et qu'il lui gâtait le plaisir qu'elle avait à être avec sa fille, avec qui elle ne causait pas aussi librement quand il était là. Aussi, quand Françoise allait les voir, à quelques lieues de Combray, maman lui disait en souriant : « N'est-ce pas Françoise, si Julien a été obligé de s'absenter et si vous avez Marguerite à vous toute seule pour toute la journée, vous serez désolée, mais vous vous ferez une raison ? » Et Françoise disait en riant : « Madame sait tout ; Madame est pire que les rayons X[2] (elle disait *x* avec une difficulté affectée et un sourire pour se railler elle-même, ignorante, d'employer ce terme savant), qu'on a fait venir pour Mme Octave et qui voient ce que vous avez dans le cœur », et disparaissait, confuse qu'on s'occupât d'elle, peut-être pour qu'on ne la vît pas pleurer ; maman était la première personne qui lui donnât cette douce émotion de sentir que sa vie, ses bonheurs, ses chagrins de paysanne pouvaient présenter de l'intérêt, être un motif de joie ou de tristesse pour une autre qu'elle-même. Ma tante se résignait à se priver un peu d'elle pendant notre séjour, sachant combien ma mère appréciait le service de cette bonne si intelligente et active, qui était aussi belle dès cinq heures du matin dans sa cuisine, sous son bonnet dont le tuyautage éclatant et fixe avait l'air d'être en biscuit, que pour aller à la grand-messe ; qui faisait tout bien, travaillant comme un cheval, qu'elle fût bien portante ou non, mais sans bruit, sans avoir l'air de rien faire, la seule des bonnes de ma tante qui, quand maman demandait de l'eau chaude ou du café noir, les apportait vraiment bouillants ; elle était un de ces serviteurs qui, dans une maison, sont à la fois ceux qui déplaisent le plus au premier abord à un étranger, peut-être parce qu'ils ne prennent pas la peine de faire sa conquête et n'ont pas pour lui de prévenance, sachant très bien qu'ils n'ont aucun besoin de lui, qu'on cesserait de le recevoir plutôt que de les renvoyer ; et qui sont en revanche ceux à qui tiennent le plus les maîtres qui ont éprouvé leurs capacités réelles, et ne se soucient pas de cet agrément superficiel, de ce bavardage servile qui fait favorablement impression à un visiteur, mais qui recouvre souvent une inéducable nullité.

Quand Françoise, après avoir veillé à ce que mes parents eussent tout ce qu'il leur fallait, remontait une première fois chez ma tante pour lui donner sa pepsine et lui demander ce qu'elle prendrait pour déjeuner, il était bien rare qu'il ne lui fallût pas donner déjà son avis ou fournir des explications sur quelque événement d'importance :

« Françoise, imaginez-vous que Mme Goupil est passée plus d'un quart d'heure en retard pour aller chercher sa sœur ; pour peu qu'elle s'attarde sur son chemin cela ne me surprendrait point qu'elle arrive après l'élévation.

— Hé ! il n'y aurait rien d'étonnant, répondait Françoise.

— Françoise, vous seriez venue cinq minutes plus tôt, vous auriez vu passer Mme Imbert qui tenait des asperges deux fois grosses comme celles de la mère Callot ; tâchez donc de savoir par sa bonne où elle les a eues. Vous qui, cette année, nous mettez des asperges à toutes les sauces, vous auriez pu en prendre de pareilles pour nos voyageurs.

— Il n'y aurait rien d'étonnant qu'elles viennent de chez M. le Curé, disait Françoise.

— Ah ! je vous crois bien, ma pauvre Françoise, répondait ma tante en haussant les épaules, chez M. le Curé ! Vous savez bien qu'il ne fait pousser que de méchantes petites asperges de rien. Je vous dis que celles-là étaient grosses comme le bras. Pas comme le vôtre, bien sûr, mais comme mon pauvre bras qui a encore tant maigri cette année.

« Françoise, vous n'avez pas entendu ce carillon qui m'a cassé la tête ?

— Non, madame Octave.

— Ah ! ma pauvre fille, il faut que vous l'ayez solide votre tête, vous pouvez remercier le Bon Dieu. C'était la Maguelone qui était venue chercher le docteur Piperaud. Il est ressorti tout de suite avec elle et ils ont tourné par la rue de l'Oiseau. Il faut qu'il y ait quelque enfant de malade.

— Eh! là, mon Dieu, soupirait Françoise, qui ne pouvait pas entendre parler d'un malheur arrivé à un inconnu, même dans une partie du monde éloignée, sans commencer à gémir.

— Françoise, mais pour qui donc a-t-on sonné la cloche des morts ? Ah! mon Dieu, ce sera pour Mme Rousseau. Voilà-t-il pas que j'avais oublié qu'elle a passé l'autre nuit. Ah! il est temps que le Bon Dieu me rappelle, je ne sais plus ce que j'ai fait de ma tête depuis la mort de mon pauvre Octave. Mais je vous fais perdre votre temps, ma fille.

— Mais non, madame Octave, mon temps n'est pas si cher ; celui qui l'a fait ne nous l'a pas vendu. Je vas seulement voir si mon feu ne s'éteint pas. »

Ainsi Françoise et ma tante appréciaient-elles ensemble au cours de cette séance matinale, les premiers événements du jour. Mais quelquefois ces événements revêtaient un caractère si mystérieux et si grave que ma tante sentait qu'elle ne pourrait pas attendre le moment où Françoise monterait, et quatre coups de sonnette formidables retentissaient dans la maison.

« Mais, madame Octave, ce n'est pas encore l'heure de la pepsine, disait Françoise. Est-ce que vous vous êtes senti une faiblesse ?

— Mais non, Françoise, disait ma tante, c'est-à-dire si, vous savez bien que maintenant les moments où je n'ai pas de faiblesse sont bien rares ; un jour je passerai comme Mme Rousseau sans avoir eu le temps de me reconnaître ; mais ce n'est pas pour cela que je sonne. Croyez-vous pas que je viens de voir comme je vous vois Mme Goupil avec une fillette que je ne connais point. Allez donc chercher deux sous de sel chez Camus. C'est bien rare si Théodore ne peut pas vous dire qui c'est.

— Mais ça sera la fille à M. Pupin », disait Françoise qui préférait s'en tenir à une explication immédiate, ayant été déjà deux fois depuis le matin chez Camus.

« La fille à M. Pupin ! Oh! je vous crois bien ma pauvre Françoise ! Avec cela que je ne l'aurais pas reconnue !

— Mais je ne veux pas dire la grande, madame Octave, je veux dire la gamine, celle qui est en pension à Jouy. Il me ressemble de l'avoir déjà vue ce matin.

— Ah! à moins de ça, disait ma tante. Il faudrait qu'elle

soit venue pour les fêtes. C'est cela ! Il n'y a pas besoin
de chercher, elle sera venue pour les fêtes. Mais alors nous
pourrions bien voir tout à l'heure Mme Sazerat venir
sonner chez sa sœur pour le déjeuner. Ce sera ça ! J'ai
vu le petit de chez Galopin qui passait avec une tarte !
Vous verrez que la tarte allait chez Mme Goupil.

— Dès l'instant que Mme Goupil a de la visite, madame
Octave, vous n'allez pas tarder à voir tout son monde
rentrer pour le déjeuner, car il commence à ne plus être
de bonne heure », disait Françoise qui, pressée de
redescendre s'occuper du déjeuner, n'était pas fâchée de
laisser à ma tante cette distraction en perspective.

« Oh ! pas avant midi », répondait ma tante d'un ton
résigné, tout en jetant sur la pendule un coup d'œil inquiet,
mais furtif pour ne pas laisser voir qu'elle, qui avait
renoncé à tout, trouvait pourtant, à apprendre qui Mme
Goupil avait à déjeuner, un plaisir aussi vif, et qui se ferait
malheureusement attendre encore un peu plus d'une
heure. « Et encore cela tombera pendant mon déjeuner ! » ajouta-t-elle à mi-voix pour elle-même. Son
déjeuner lui était une distraction suffisante pour qu'elle
n'en souhaitât pas une autre en même temps. « Vous
n'oublierez pas au moins de me donner mes œufs à la
crème dans une assiette plate ? » C'étaient les seules qui
fussent ornées de sujets, et ma tante s'amusait à chaque
repas à lire la légende de celle qu'on lui servait ce jour-là.
Elle mettait ses lunettes, déchiffrait : Ali-Baba et les
quarante voleurs, Aladin ou la Lampe merveilleuse, et
disait en souriant : « Très bien, très bien »

« Je serais bien allée chez Camus... » disait Françoise
en voyant que ma tante ne l'y enverrait plus.

« Mais non, ce n'est plus la peine, c'est sûrement Mlle
Pupin. Ma pauvre Françoise, je regrette de vous avoir fait
monter pour rien. »

Mais ma tante savait bien que ce n'était pas pour rien
qu'elle avait sonné Françoise, car, à Combray, une
personne « qu'on ne connaissait point » était un être aussi
peu croyable qu'un dieu de la mythologie, et de fait on
ne se souvenait pas que, chaque fois que s'était produite,
dans la rue du Saint-Esprit ou sur la place, une de ces
apparitions stupéfiantes, des recherches bien conduites
n'eussent pas fini par réduire le personnage fabuleux aux
proportions d'une « personne qu'on connaissait », soit

personnellement, soit abstraitement, dans son état civil, en tant qu'ayant tel degré de parenté avec des gens de Combray. C'était le fils de Mme Sauton qui rentrait du service, la nièce de l'abbé Perdreau[1] qui sortait du couvent, le frère du curé, percepteur à Châteaudun qui venait de prendre sa retraite ou qui était venu passer les fêtes. On avait eu en les apercevant l'émotion de croire qu'il y avait à Combray des gens qu'on ne connaissait point simplement parce qu'on ne les avait pas reconnus ou identifiés tout de suite. Et pourtant, longtemps à l'avance, Mme Sauton et le curé avaient prévenu qu'ils attendaient leurs « voyageurs ». Quand le soir, je montais, en rentrant, raconter notre promenade à ma tante, si j'avais l'imprudence de lui dire que nous avions rencontré, près du Pont-Vieux, un homme que mon grand-père ne connaissait pas : « Un homme que grand-père ne connaissait point, s'écriait-elle. Ah ! je te crois bien ! » Néanmoins un peu émue de cette nouvelle, elle voulait en avoir le cœur net, mon grand-père était mandé. « Qui donc est-ce que vous avez rencontré près du Pont-Vieux, mon oncle ? un homme que vous ne connaissiez point ? — Mais si, répondait mon grand-père, c'était Prosper, le frère du jardinier de Mme Bouillebœuf. — Ah ! bien », disait ma tante, tranquillisée et un peu rouge ; haussant les épaules avec un sourire ironique, elle ajoutait : « Aussi il me disait que vous aviez rencontré un homme que vous ne connaissiez point ! » Et on me recommandait d'être plus circonspect une autre fois et de ne plus agiter ainsi ma tante par des paroles irréfléchies. On connaissait tellement bien tout le monde, à Combray, bêtes et gens, que si ma tante avait vu par hasard passer un chien « qu'elle ne connaissait point », elle ne cessait d'y penser et de consacrer à ce fait incompréhensible ses talents d'induction et ses heures de liberté.

« Ce sera le chien de Mme Sazerat », disait Françoise, sans grande conviction, mais dans un but d'apaisement et pour que ma tante ne se « fende pas la tête ».

« Comme si je ne connaissais pas le chien de Mme Sazerat ! » répondait ma tante dont l'esprit critique n'admettait pas si facilement un fait.

« Ah ! ce sera le nouveau chien que M. Galopin a rapporté de Lisieux.

— Ah ! à moins de ça.

— Il paraît que c'est une bête bien affable », ajoutait Françoise qui tenait le renseignement de Théodore, « spirituelle comme une personne, toujours de bonne humeur, toujours aimable, toujours quelque chose de gracieux. C'est rare qu'une bête qui n'a que cet âge-là soit déjà si galante. Madame Octave, il va falloir que je vous quitte, je n'ai pas le temps de m'amuser, voilà bientôt dix heures, mon fourneau n'est seulement pas éclairé, et j'ai encore à plumer mes asperges.

— Comment, Françoise, encore des asperges ! mais c'est une vraie maladie d'asperges que vous avez cette année, vous allez en fatiguer nos Parisiens !

— Mais non, madame Octave, ils aiment bien ça. Ils rentreront de l'église avec de l'appétit et vous verrez qu'ils ne les mangeront pas avec le dos de la cuiller.

— Mais à l'église, ils doivent y être déjà ; vous ferez bien de ne pas perdre de temps. Allez surveiller votre déjeuner. »

Pendant que ma tante devisait ainsi avec Françoise, j'accompagnais mes parents à la messe. Que je l'aimais, que je la revois bien, notre Église ! Son vieux porche par lequel nous entrions, noir, grêlé comme une écumoire, était dévié et profondément creusé aux angles (de même que le bénitier où il nous conduisait) comme si le doux effleurement des mantes des paysannes entrant à l'église et de leurs doigts timides prenant de l'eau bénite, pouvait, répété pendant des siècles, acquérir une force destructive, infléchir la pierre et l'entailler de sillons comme en trace la roue des carrioles dans la borne contre laquelle elle bute tous les jours. Ses pierres tombales, sous lesquelles la noble poussière des abbés de Combray, enterrés là, faisait au chœur comme un pavage spirituel, n'étaient plus elles-mêmes de la matière inerte et dure, car le temps les avait rendues douces et fait couler comme du miel hors des limites de leur propre équarrissure qu'ici elles avaient dépassées d'un flot blond, entraînant à la dérive une majuscule gothique en fleurs, noyant les violettes blanches du marbre ; et en deçà desquelles, ailleurs, elles s'étaient résorbées, contractant encore l'elliptique inscription latine, introduisant un caprice de plus dans la disposition de ces caractères abrégés, rapprochant deux lettres d'un mot dont les autres avaient été démesurément distendues. Ses vitraux ne chatoyaient jamais tant que les jours où le soleil

se montrait peu, de sorte que fît-il gris dehors, on était
sûr qu'il ferait beau dans l'église ; l'un était rempli dans
toute sa grandeur par un seul personnage pareil à un Roi
de jeu de cartes, qui vivait là-haut, sous un dais
architectural, entre ciel et terre (et dans le reflet oblique
et bleu duquel, parfois les jours de semaine, à midi, quand
il n'y a pas d'office — à l'un de ces rares moments où
l'église aérée, vacante, plus humaine, luxueuse, avec du
soleil sur son riche mobilier, avait l'air presque habitable
comme le hall, de pierre sculptée et de verre peint, d'un
hôtel de style Moyen Âge — on voyait s'agenouiller un
instant Mme Sazerat, posant sur le prie-Dieu voisin un
paquet tout ficelé de petits fours qu'elle venait de prendre
chez le pâtissier d'en face et qu'elle allait rapporter pour
le déjeuner) ; dans un autre une montagne de neige rose,
au pied de laquelle se livrait un combat, semblait avoir
givré à même la verrière qu'elle boursouflait de son
trouble grésil comme une vitre à laquelle il serait resté
des flocons, mais des flocons éclairés par quelque aurore
(par la même sans doute qui empourprait le retable de
l'autel de tons si frais qu'ils semblaient plutôt posés là
momentanément par une lueur du dehors prête à
s'évanouir que par des couleurs attachées à jamais à la
pierre) ; et tous étaient si anciens qu'on voyait çà et là
leur vieillesse argentée étinceler de la poussière des siècles
et montrer brillante et usée jusqu'à la corde la trame de
leur douce tapisserie de verre[1]. Il y en avait un qui était
un haut compartiment divisé en une centaine de petits
vitraux rectangulaires où dominait le bleu, comme un
grand jeu de cartes pareil à ceux qui devaient distraire
le roi Charles VI[2] ; mais soit qu'un rayon eût brillé, soit
que mon regard en bougeant eût promené à travers la
verrière tour à tour éteinte et rallumée, un mouvant et
précieux incendie, l'instant d'après elle avait pris l'éclat
changeant d'une traîne de paon, puis elle tremblait et
ondulait en une pluie flamboyante et fantastique qui
dégouttait du haut de la voûte sombre et rocheuse, le long
des parois humides, comme si c'était dans la nef de quelque
grotte irisée de sinueuses stalactites que je suivais mes
parents, qui portaient leur paroissien ; un instant après les
petits vitraux en losange avaient pris la transparence
profonde, l'infrangible dureté de saphirs qui eussent été
juxtaposés sur quelque immense pectoral, mais derrière

lesquels on sentait, plus aimé que toutes ces richesses, un sourire momentané de soleil ; il était aussi reconnaissable dans le flot bleu et doux dont il baignait les pierreries que sur le pavé de la place ou la paille du marché ; et, même à nos premiers dimanches quand nous étions arrivés avant Pâques, il me consolait que la terre fût encore nue et noire, en faisant épanouir, comme en un printemps historique et qui datait des successeurs de saint Louis, ce tapis éblouissant et doré de myosotis en verre.

Deux tapisseries de haute lice représentaient le couronnement d'Esther[1] (la tradition voulait qu'on eût donné à Assuérus les traits d'un roi de France et à Esther ceux d'une dame de Guermantes dont il était amoureux) auxquelles leurs couleurs, en fondant, avaient ajouté une expression, un relief, un éclairage : un peu de rose flottait aux lèvres d'Esther au-delà du dessin de leur contour, le jaune de sa robe s'étalait si onctueusement, si grassement, qu'elle en prenait une sorte de consistance et s'enlevait vivement sur l'atmosphère refoulée ; et la verdure des arbres restée vive dans les parties basses du panneau de soie et de laine, mais ayant « passé » dans le haut, faisait se détacher en plus pâle, au-dessus des troncs foncés, les hautes branches jaunissantes, dorées et comme à demi effacées par la brusque et oblique illumination d'un soleil invisible. Tout cela et plus encore les objets précieux venus à l'église de personnages qui étaient pour moi presque des personnages de légende (la croix d'or travaillée disait-on par saint Éloi et donnée par Dagobert[2], le tombeau des fils de Louis le Germanique[3], en porphyre et en cuivre émaillé) à cause de quoi je m'avançais dans l'église, quand nous gagnions nos chaises, comme dans une vallée visitée des fées, où le paysan s'émerveille de voir dans un rocher, dans un arbre, dans une mare, la trace palpable de leur passage surnaturel, tout cela faisait d'elle pour moi quelque chose d'entièrement différent du reste de la ville : un édifice occupant, si l'on peut dire, un espace à quatre dimensions — la quatrième étant celle du Temps —, déployant à travers les siècles son vaisseau qui, de travée en travée, de chapelle en chapelle, semblait vaincre et franchir non pas seulement quelques mètres, mais des époques successives d'où il sortait victorieux ; dérobant le rude et farouche XIe siècle dans l'épaisseur de ses murs, d'où il n'apparaissait avec ses lourds cintres bouchés et

aveuglés de grossiers moellons que par la profonde entaille
que creusait près du porche l'escalier du clocher, et, même
là, dissimulé par les gracieuses arcades gothiques qui se
pressaient coquettement devant lui comme de plus grandes
sœurs, pour le cacher aux étrangers, se placent en souriant
devant un jeune frère rustre, grognon et mal vêtu ; élevant
dans le ciel au-dessus de la Place, sa tour qui avait
contemplé saint Louis et semblait le voir encore ; et
s'enfonçant avec sa crypte dans une nuit mérovingienne
où, nous guidant à tâtons sous la voûte obscure et
puissamment nervurée comme la membrane d'une immense chauve-souris de pierre, Théodore et sa sœur nous
éclairaient d'une bougie le tombeau de la petite fille de
Sigebert, sur lequel une profonde valve — comme la trace
d'un fossile — avait été creusée, disait-on, « par une lampe
de cristal qui, le soir du meurtre de la princesse franque,
s'était détachée d'elle-même des chaînes d'or où elle était
suspendue à la place de l'actuelle abside, et, sans que le
cristal se brisât, sans que la flamme s'éteignît, s'était
enfoncée dans la pierre et l'avait fait mollement céder sous
elle[1] ».

L'abside de l'église de Combray, peut-on vraiment en
parler ? Elle était si grossière, si dénuée de beauté
artistique et même d'élan religieux. Du dehors, comme
le croisement des rues sur lequel elle donnait était en
contrebas, sa grossière muraille s'exhaussait d'un soubasse-
ment en moellons nullement polis, hérissés de cailloux,
et qui n'avait rien de particulièrement ecclésiastique, les
verrières semblaient percées à une hauteur excessive, et
le tout avait plus l'air d'un mur de prison que d'église.
Et certes, plus tard, quand je me rappelais toutes les
glorieuses absides que j'ai vues, il ne me serait jamais venu
à la pensée de rapprocher d'elles l'abside de Combray.
Seulement, un jour, au détour d'une petite rue provinciale,
j'aperçus, en face du croisement de trois ruelles, une
muraille fruste et surélevée, avec des verrières percées en
haut et offrant le même aspect asymétrique que l'abside
de Combray. Alors je ne me suis pas demandé comme
à Chartres ou à Reims avec quelle puissance y était exprimé
le sentiment religieux, mais je me suis involontairement
écrié : « L'Église ! »

L'église ! Familière ; mitoyenne, rue Saint-Hilaire, où
était sa porte nord, de ses deux voisines, la pharmacie de

M. Rapin et la maison de Mme Loiseau, qu'elle touchait
sans aucune séparation ; simple citoyenne de Combray qui
aurait pu avoir son numéro dans la rue si les rues de
Combray avaient eu des numéros, et où il semble que
le facteur aurait dû s'arrêter le matin quand il faisait sa
distribution, avant d'entrer chez Mme Loiseau et en sortant
de chez M. Rapin, il y avait pourtant entre elle et tout
ce qui n'était pas elle une démarcation que mon esprit n'a
jamais pu arriver à franchir. Mme Loiseau avait beau avoir
à sa fenêtre des fuchsias, qui prenaient la mauvaise
habitude de laisser leurs branches courir toujours partout
tête baissée, et dont les fleurs n'avaient rien de plus pressé,
quand elles étaient assez grandes, que d'aller rafraîchir
leurs joues violettes et congestionnées contre la sombre
façade de l'église, les fuchsias ne devenaient pas sacrés
pour cela pour moi ; entre les fleurs et la pierre noircie
sur laquelle elles s'appuyaient, si mes yeux ne percevaient
pas d'intervalle, mon esprit réservait un abîme.

On reconnaissait le clocher de Saint-Hilaire[1] de bien
loin, inscrivant sa figure inoubliable à l'horizon où
Combray n'apparaissait pas encore ; quand du train qui,
la semaine de Pâques, nous amenait de Paris, mon père
l'apercevait qui filait tour à tour sur tous les sillons du ciel,
faisant courir en tous sens son petit coq de fer, il nous
disait : « Allons, prenez les couvertures, on est arrivé. »
Et dans une des plus grandes promenades que nous faisions
de Combray, il y avait un endroit où la route resserrée
débouchait tout à coup sur un immense plateau fermé à
l'horizon par des forêts déchiquetées que dépassait seule
la fine pointe du clocher de Saint-Hilaire, mais si mince,
si rose, qu'elle semblait seulement rayée sur le ciel par
un ongle qui aurait voulu donner à ce paysage, à ce tableau
rien que de nature, cette petite marque d'art, cette unique
indication humaine. Quand on se rapprochait et qu'on
pouvait apercevoir le reste de la tour carrée et à demi
détruite qui, moins haute, subsistait à côté de lui, on était
frappé surtout du ton rougeâtre et sombre des pierres ;
et, par un matin brumeux d'automne, on aurait dit,
s'élevant au-dessus du violet orageux des vignobles, une
ruine de pourpre presque de la couleur de la vigne vierge.

Souvent sur la place, quand nous rentrions, ma
grand-mère me faisait arrêter pour le regarder. Des
fenêtres de sa tour, placées deux par deux les unes

au-dessus des autres, avec cette juste et originale proportion dans les distances qui ne donne pas de la beauté et de la dignité qu'aux visages humains, il lâchait, laissait tomber à intervalles réguliers des volées de corbeaux qui, pendant un moment, tournoyaient en criant, comme si les vieilles pierres qui les laissaient s'ébattre sans paraître les voir, devenues tout d'un coup inhabitables et dégageant un principe d'agitation infinie, les avaient frappés et repoussés. Puis, après avoir rayé en tous sens le velours violet de l'air du soir, brusquement calmés ils revenaient s'absorber dans la tour, de néfaste redevenue propice, quelques-uns posés çà et là, ne semblant pas bouger, mais happant peut-être quelque insecte, sur la pointe d'un clocheton, comme une mouette arrêtée avec l'immobilité d'un pêcheur à la crête d'une vague. Sans trop savoir pourquoi, ma grand-mère trouvait au clocher de Saint-Hilaire cette absence de vulgarité, de prétention, de mesquinerie, qui lui faisait aimer et croire riches d'une influence bienfaisante, la nature, quand la main de l'homme ne l'avait pas, comme faisait le jardinier de ma grand-tante, rapetissée, et les œuvres de génie. Et sans doute, toute partie de l'église qu'on apercevait la distinguait de tout autre édifice par une sorte de pensée qui lui était infuse, mais c'était dans son clocher qu'elle semblait prendre conscience d'elle-même, affirmer une existence individuelle et responsable. C'était lui qui parlait pour elle. Je crois surtout que, confusément, ma grand-mère trouvait au clocher de Combray ce qui pour elle avait le plus de prix au monde, l'air naturel et l'air distingué. Ignorante en architecture, elle disait : « Mes enfants, moquez-vous de moi si vous voulez, il n'est peut-être pas beau dans les règles, mais sa vieille figure bizarre me plaît. Je suis sûre que s'il jouait du piano, il ne jouerait pas *sec*. » Et en le regardant, en suivant des yeux la douce tension, l'inclinaison fervente de ses pentes de pierre qui se rapprochaient en s'élevant comme des mains jointes qui prient, elle s'unissait si bien à l'effusion de la flèche, que son regard semblait s'élancer avec elle ; et en même temps elle souriait amicalement aux vieilles pierres usées dont le couchant n'éclairait plus que le faîte et qui, à partir du moment où elles entraient dans cette zone ensoleillée, adoucies par la lumière, paraissaient tout d'un coup montées bien plus haut, lointaines, comme un chant repris « en voix de tête » une octave au-dessus.

C'était le clocher de Saint-Hilaire qui donnait à toutes les occupations, à toutes les heures, à tous les points de vue de la ville, leur figure, leur couronnement, leur consécration. De ma chambre, je ne pouvais apercevoir que sa base qui avait été recouverte d'ardoises ; mais quand, le dimanche, je les voyais, par une chaude matinée d'été, flamboyer comme un soleil noir, je me disais : « Mon Dieu ! neuf heures ! il faut se préparer pour aller à la grand-messe si je veux avoir le temps d'aller embrasser tante Léonie avant », et je savais exactement la couleur qu'avait le soleil sur la place, la chaleur et la poussière du marché, l'ombre que faisait le store du magasin où maman entrerait peut-être avant la messe dans une odeur de toile écrue, faire emplette de quelque mouchoir que lui ferait montrer, en cambrant la taille, le patron qui, tout en se préparant à fermer, venait d'aller dans l'arrière-boutique passer sa veste du dimanche et se savonner les mains qu'il avait l'habitude, toutes les cinq minutes, même dans les circonstances les plus mélancoliques, de frotter l'une contre l'autre d'un air d'entreprise, de partie fine et de réussite.

Quand après la messe, on entrait dire à Théodore d'apporter une brioche plus grosse que d'habitude parce que nos cousins avaient profité du beau temps pour venir de Thiberzy déjeuner avec nous, on avait devant soi le clocher qui, doré et cuit lui-même comme une plus grande brioche bénie, avec des écailles et des égouttements gommeux de soleil, piquait sa pointe aiguë dans le ciel bleu. Et le soir, quand je rentrais de promenade et pensais au moment où il faudrait tout à l'heure dire bonsoir à ma mère et ne plus la voir, il était au contraire si doux, dans la journée finissante, qu'il avait l'air d'être posé et enfoncé comme un coussin de velours brun sur le ciel pâli qui avait cédé sous sa pression, s'était creusé légèrement pour lui faire sa place et refluait sur ses bords ; et les cris des oiseaux qui tournaient autour de lui semblaient accroître son silence, élancer encore sa flèche et lui donner quelque chose d'ineffable.

Même dans les courses qu'on avait à faire derrière l'église, là où on ne la voyait pas, tout semblait ordonné par rapport au clocher surgi ici ou là entre les maisons, peut-être plus émouvant encore quand il apparaissait ainsi sans l'église. Et certes, il y en a bien d'autres qui sont plus

beaux vus de cette façon, et j'ai dans mon souvenir des
vignettes de clochers dépassant les toits, qui ont un autre
caractère d'art que celles que composaient les tristes rues
de Combray. Je n'oublierai jamais, dans une curieuse ville
de Normandie voisine de Balbec, deux charmants hôtels
du XVIIIe siècle, qui me sont à beaucoup d'égards chers
et vénérables et entre lesquels, quand on la regarde du
beau jardin qui descend des perrons vers la rivière, la
flèche gothique d'une église qu'ils cachent s'élance, ayant
l'air de terminer, de surmonter leurs façades, mais d'une
matière si différente, si précieuse, si annelée, si rose, si
vernie, qu'on voit bien qu'elle n'en fait pas plus partie
que de deux beaux galets unis, entre lesquels elle est prise
sur la plage, la flèche purpurine et crénelée de quelque
coquillage fuselé en tourelle et glacé d'émail. Même à
Paris, dans un des quartiers les plus laids de la ville, je
sais une fenêtre où on voit après un premier, un second
et même un troisième plan fait des toits amoncelés de
plusieurs rues, une cloche violette, parfois rougeâtre,
parfois aussi, dans les plus nobles « épreuves » qu'en tire
l'atmosphère, d'un noir décanté de cendres, laquelle n'est
autre que le dôme de Saint-Augustin et qui donne à cette
vue de Paris le caractère de certaines vues de Rome par
Piranesi[1]. Mais comme dans aucune de ces petites gravures,
avec quelque goût que ma mémoire ait pu les exécuter
elle ne put mettre ce que j'avais perdu depuis longtemps,
le sentiment qui nous fait non pas considérer une chose
comme un spectacle, mais y croire comme en un être sans
équivalent, aucune d'elles ne tient sous sa dépendance
toute une partie profonde de ma vie, comme fait le
souvenir de ces aspects du clocher de Combray dans les
rues qui sont derrière l'église. Qu'on le vît à cinq heures,
quand on allait chercher les lettres à la poste, à quelques
maisons de soi, à gauche, surélevant brusquement d'une
cime isolée la ligne de faîte des toits ; que si, au contraire,
on voulait entrer demander des nouvelles de Mme Sazerat,
on suivît des yeux cette ligne redevenue basse après la
descente de son autre versant en sachant qu'il faudrait
tourner à la deuxième rue après le clocher ; soit qu'encore,
poussant plus loin, si on allait à la gare, on le vît
obliquement, montrant de profil des arêtes et des surfaces
nouvelles comme un solide surpris à un moment inconnu
de sa révolution ; ou que, des bords de la Vivonne, l'abside

musculeusement ramassée et remontée par la perspective
semblât jaillir de l'effort que le clocher faisait pour lancer
sa flèche au cœur du ciel : c'était toujours à lui qu'il fallait
revenir, toujours lui qui dominait tout, sommant les
maisons d'un pinacle inattendu, levé devant moi comme
le doigt de Dieu dont le corps eût été caché dans la foule
des humains sans que je le confondisse pour cela avec elle.
Et aujourd'hui encore si, dans une grande ville de province
ou dans un quartier de Paris que je connais mal, un passant
qui m'a « mis dans mon chemin » me montre au loin,
comme un point de repère, tel beffroi d'hôpital, tel clocher
de couvent levant la pointe de son bonnet ecclésiastique
au coin d'une rue que je dois prendre, pour peu que ma
mémoire puisse obscurément lui trouver quelque trait de
ressemblance avec la figure chère et disparue, le passant,
s'il se retourne pour s'assurer que je ne m'égare pas, peut,
à son étonnement, m'apercevoir qui, oublieux de la
promenade entreprise ou de la course obligée, reste là,
devant le clocher, pendant des heures, immobile, essayant
de me souvenir, sentant au fond de moi des terres
reconquises sur l'oubli qui s'assèchent et se rebâtissent ;
et sans doute alors, et plus anxieusement que tout à l'heure
quand je lui demandais de me renseigner, je cherche
encore mon chemin, je tourne une rue... mais... c'est dans
mon cœur...

En rentrant de la messe, nous rencontrions souvent
M. Legrandin qui retenu à Paris par sa profession
d'ingénieur, ne pouvait, en dehors des grandes vacances,
venir à sa propriété de Combray que du samedi soir au
lundi matin. C'était un de ces hommes qui, en dehors d'une
carrière scientifique où ils ont d'ailleurs brillamment
réussi, possèdent une culture toute différente, littéraire,
artistique, que leur spécialisation professionnelle n'utilise
pas et dont profite leur conversation. Plus lettrés que bien
des littérateurs (nous ne savions pas à cette époque que
M. Legrandin eût une certaine réputation comme écrivain
et nous fûmes très étonnés de voir qu'un musicien célèbre
avait composé une mélodie sur des vers de lui), doués de
plus de « facilité » que bien des peintres, ils s'imaginent
que la vie qu'ils mènent n'est pas celle qui leur aurait
convenu et apportent à leurs occupations positives soit une
insouciance mêlée de fantaisie, soit une application
soutenue et hautaine, méprisante, amère et consciencieuse.

Grand, avec une belle tournure, un visage pensif et fin
aux longues moustaches blondes, au regard bleu et
désenchanté, d'une politesse raffinée, causeur comme nous
n'en avions jamais entendu, il était aux yeux de ma famille
qui le citait toujours en exemple, le type de l'homme
d'élite, prenant la vie de la façon la plus noble et la plus
délicate. Ma grand-mère lui reprochait seulement de parler
un peu trop bien, un peu trop comme un livre, de ne pas
avoir dans son langage le naturel qu'il y avait dans ses
cravates lavallière toujours flottantes, dans son veston droit
presque d'écolier. Elle s'étonnait aussi des tirades enflam-
mées qu'il entamait souvent contre l'aristocratie, la vie
mondaine, le snobisme, « certainement le péché auquel
pense saint Paul quand il parle du péché pour lequel il
n'y a pas de rémission[1] ».

L'ambition mondaine était un sentiment que ma
grand-mère était si incapable de ressentir et presque de
comprendre qu'il lui paraissait bien inutile de mettre tant
d'ardeur à la flétrir. De plus elle ne trouvait pas de très
bon goût que M. Legrandin dont la sœur était mariée près
de Balbec avec un gentilhomme bas-normand[2] se livrât
à des attaques aussi violentes contre les nobles, allant
jusqu'à reprocher à la Révolution de ne les avoir pas tous
guillotinés.

« Salut, amis ! nous disait-il en venant à notre rencontre.
Vous êtes heureux d'habiter beaucoup ici ; demain il
faudra que je rentre à Paris, dans ma niche.

« Oh ! ajoutait-il, avec ce sourire doucement ironique
et déçu, un peu distrait, qui lui était particulier, certes il
y a dans ma maison toutes les choses inutiles. Il n'y manque
que le nécessaire, un grand morceau de ciel comme ici.
Tâchez de garder toujours un morceau de ciel au-dessus
de votre vie, petit garçon, ajoutait-il en se tournant vers
moi. Vous avez une jolie âme, d'une qualité rare, une
nature d'artiste, ne la laissez pas manquer de ce qu'il lui
faut. »

Quand, à notre retour, ma tante nous faisait demander
si Mme Goupil était arrivée en retard à la messe, nous
étions incapables de la renseigner. En revanche nous
ajoutions à son trouble en lui disant qu'un peintre
travaillait dans l'église à copier le vitrail de Gilbert le
Mauvais[3]. Françoise, envoyée aussitôt chez l'épicier, était
revenue bredouille par la faute de l'absence de Théodore

à qui sa double profession de chantre ayant une part de l'entretien de l'église, et de garçon épicier donnait, avec des relations dans tous les mondes, un savoir universel.

« Ah ! soupirait ma tante, je voudrais que ce soit déjà l'heure d'Eulalie. Il n'y a vraiment qu'elle qui pourra me dire cela. »

Eulalie était une fille boiteuse, active et sourde qui s'était « retirée » après la mort de Mme de la Bretonnerie où elle avait été en place depuis son enfance et qui avait pris à côté de l'église une chambre, d'où elle descendait tout le temps soit aux offices, soit, en dehors des offices, dire une petite prière ou donner un coup de main à Théodore ; le reste du temps elle allait voir des personnes malades comme ma tante Léonie à qui elle racontait ce qui s'était passé à la messe ou aux vêpres. Elle ne dédaignait pas d'ajouter quelque casuel à la petite rente que lui servait la famille de ses anciens maîtres en allant de temps en temps visiter le linge du curé ou de quelque autre personnalité marquante du monde clérical de Combray. Elle portait au-dessus d'une mante de drap noir un petit béguin blanc, presque de religieuse, et une maladie de peau donnait à une partie de ses joues et à son nez recourbé, les tons rose vif de la balsamine. Ses visites étaient la grande distraction de ma tante Léonie qui ne recevait plus guère personne d'autre, en dehors de M. le Curé. Ma tante avait peu à peu évincé tous les autres visiteurs parce qu'ils avaient le tort à ses yeux de rentrer tous dans l'une ou l'autre des deux catégories de gens qu'elle détestait. Les uns, les pires et dont elle s'était débarrassée les premiers, étaient ceux qui lui conseillaient de ne pas « s'écouter » et professaient, fût-ce négative-ment et en ne la manifestant que par certains silences de désapprobation ou par certains sourires de doute, la doctrine subversive qu'une petite promenade au soleil et un bon bifteck saignant (quand elle gardait quatorze heures sur l'estomac deux méchantes gorgées d'eau de Vichy !) lui feraient plus de bien que son lit et ses médecines. L'autre catégorie se composait des personnes qui avaient l'air de croire qu'elle était plus gravement malade qu'elle ne pensait, qu'elle était aussi gravement malade qu'elle le disait. Aussi, ceux qu'elle avait laissés monter après quelques hésitations et sur les officieuses instances de Françoise et qui, au cours de leur visite, avaient montré combien ils étaient indignes de la faveur qu'on leur faisait en risquant timidement un : « Ne croyez-vous pas que si vous vous secouiez un peu par un beau temps », ou qui, au contraire, quand elle leur avait dit : « Je suis bien bas, bien bas, c'est la fin, mes pauvres amis », lui avaient répondu : « Ah ! quand on n'a pas la santé ! Mais vous pouvez durer encore comme ça », ceux-là, les uns comme les autres, étaient sûrs de ne plus jamais être reçus. Et si Françoise s'amusait de l'air épouvanté de ma tante quand de son lit elle avait aperçu dans la rue du Saint-Esprit une de ces personnes qui avait l'air de venir chez elle ou quand elle avait entendu un coup de sonnette, elle riait encore bien plus, et comme d'un bon tour, des ruses toujours victorieuses de ma tante pour arriver à les faire congédier et de leur mine déconfite en s'en retournant sans l'avoir vue, et, au fond admirait sa maîtresse qu'elle jugeait supérieure à tous ces gens puisqu'elle ne voulait pas les recevoir. En somme, ma tante exigeait à la fois qu'on l'approuvât dans son régime, qu'on la plaignît pour ses souffrances et qu'on la rassurât sur son avenir.

C'est à quoi Eulalie excellait. Ma tante pouvait lui dire vingt fois en une minute : « C'est la fin, ma pauvre Eulalie », vingt fois Eulalie répondait : « Connaissant votre maladie comme vous la connaissez, madame Octave, vous irez à cent ans, comme me disait hier encore Mme Sazerin. » (Une des plus fermes croyances d'Eulalie et que le nombre imposant des démentis apportés par l'expérience n'avait pas suffi à entamer, était que Mme Sazerat s'appelait Mme Sazerin.)

« Je ne demande pas à aller à cent ans », répondait ma tante qui préférait ne pas voir assigner à ses jours un terme précis.

Et comme Eulalie savait avec cela comme personne distraire ma tante sans la fatiguer, ses visites qui avaient lieu régulièrement tous les dimanches, sauf empêchement inopiné, étaient pour ma tante un plaisir dont la perspective l'entretenait ces jours-là dans un état agréable d'abord, mais bien vite douloureux comme une faim excessive, pour peu qu'Eulalie fût en retard. Trop prolongée, cette volupté d'attendre Eulalie tournait en supplice, ma tante ne cessait de regarder l'heure, bâillait, se sentait des faiblesses. Le coup de sonnette d'Eulalie, s'il arrivait tout à la fin de la journée, quand elle ne l'espérait plus, la faisait presque se trouver mal. En réalité, le dimanche, elle ne pensait qu'à cette visite et sitôt le déjeuner fini, Françoise avait hâte que nous quittions la salle à manger pour qu'elle pût monter « occuper » ma tante. Mais (surtout à partir du moment où les beaux jours s'installaient à Combray) il y avait bien longtemps que l'heure altière de midi, descendue de la tour de Saint-Hilaire qu'elle armoriait des douze fleurons momentanés de sa couronne sonore avait retenti autour de notre table, auprès du pain bénit venu lui aussi familièrement en sortant de l'église, quand nous étions encore assis devant les assiettes des *Mille et Une Nuits*, appesantis par la chaleur et surtout par le repas. Car, au fond permanent d'œufs, de côtelettes, de pommes de terre, de confitures, de biscuits, qu'elle ne nous annonçait même plus, Françoise ajoutait — selon les travaux des champs et des vergers, le fruit de la marée, les hasards du commerce, les politesses des voisins et son propre génie, et si bien que notre menu, comme ces quatre-feuilles qu'on sculptait au XIIIe siècle au portail des cathédrales, reflétait un peu le rythme des saisons et les épisodes de la vie[1] : une barbue parce que la marchande lui en avait garanti la fraîcheur, une dinde parce qu'elle en avait vu une belle au marché de Roussainville-le-Pin, des cardons à la moelle parce qu'elle ne nous en avait pas encore fait de cette manière-là, un gigot rôti parce que le grand air creuse et qu'il avait bien le temps de descendre d'ici sept heures, des épinards pour changer, des abricots parce que c'était encore une rareté, des groseilles parce que dans quinze jours il n'y en aurait plus, des framboises que M. Swann avait apportées exprès, des cerises, les premières qui vinssent du cerisier du jardin après deux ans qu'il n'en donnait plus, du fromage à la crème que j'aimais bien autrefois, un gâteau aux amandes parce qu'elle l'avait commandé la veille, une brioche parce que c'était notre tour de l'offrir. Quant tout cela était fini, composée expressément pour nous, mais dédiée plus spécialement à mon père qui était amateur, une crème au chocolat, inspiration, attention personnelle de Françoise, nous était offerte, fugitive et légère comme une œuvre de circonstance où elle avait mis tout son talent. Celui qui eût refusé d'en goûter en disant : « J'ai fini, je n'ai plus faim », se serait immédiatement ravalé au rang de ces goujats qui, même dans le présent qu'un artiste leur fait d'une de ses œuvres, regardent au poids et à la matière alors que n'y valent que l'intention et la signature. Même en laisser une seule goutte dans le plat eût témoigné de la même impolitesse que se lever avant la fin du morceau au nez du compositeur.

Enfin ma mère me disait : « Voyons, ne reste pas ici indéfiniment, monte dans ta chambre si tu as trop chaud dehors, mais va d'abord prendre l'air un instant pour ne pas lire en sortant de table. » J'allais m'asseoir près de la pompe et de son auge, souvent ornée, comme un font gothique, d'une salamandre, qui sculptait sur la pierre fruste le relief mobile de son corps allégorique et fuselé, sur le banc sans dossier ombragé d'un lilas, dans ce petit coin du jardin qui s'ouvrait par une porte de service sur la rue du Saint-Esprit et de la terre peu soignée duquel s'élevait par deux degrés, en saillie de la maison, et comme une construction indépendante, l'arrière-cuisine. On apercevait son dallage rouge et luisant comme du porphyre. Elle avait moins l'air de l'antre de Françoise que d'un petit temple à Vénus. Elle regorgeait des offrandes du crémier, du fruitier, de la marchande de légumes, venus parfois de hameaux assez lointains pour lui dédier les prémices de leurs champs. Et son faîte était toujours couronné du roucoulement d'une colombe.

Autrefois, je ne m'attardais pas dans le bois consacré qui l'entourait, car, avant de monter lire, j'entrais dans le petit cabinet de repos que mon oncle Adolphe[1], un frère de mon grand-père, ancien militaire qui avait pris sa retraite comme commandant, occupait au rez-de-chaussée, et qui, même quand les fenêtres ouvertes laissaient entrer la chaleur, sinon les rayons du soleil qui atteignaient rarement jusque-là, dégageait inépuisablement cette odeur obscure et fraîche, à la fois forestière et Ancien Régime, qui fait rêver longuement les narines, quand on pénètre dans certains pavillons de chasse abandonnés. Mais depuis nombre d'années je n'entrais plus dans le cabinet de mon oncle Adolphe, ce dernier ne venant plus à Combray à cause d'une brouille qui était survenue entre lui et ma famille, par ma faute, dans les circonstances suivantes :

Une ou deux fois par mois, à Paris, on m'envoyait lui faire une visite, comme il finissait de déjeuner, en simple vareuse, servi par son domestique en veste de travail de coutil rayé violet et blanc. Il se plaignait en ronchonnant que je n'étais pas venu depuis longtemps, qu'on l'abandonnait ; il m'offrait un massepain ou une mandarine, nous traversions un salon dans lequel on ne s'arrêtait jamais, où on ne faisait jamais de feu, dont les murs étaient ornés de moulures dorées, les plafonds peints d'un bleu qui prétendait imiter le ciel et les meubles capitonnés en satin comme chez mes grands-parents, mais jaune ; puis nous passions dans ce qu'il appelait son cabinet de « travail » aux murs duquel étaient accrochées de ces gravures représentant sur fond noir une déesse charnue et rose conduisant un char, montée sur un globe, ou une étoile au front, qu'on aimait sous le second Empire parce qu'on leur trouvait un air pompéien, puis qu'on détesta, et qu'on recommence à aimer pour une seule et même raison, malgré les autres qu'on donne et qui est qu'elles ont l'air second Empire. Et je restais avec mon oncle jusqu'à ce que son valet de chambre vînt lui demander, de la part du cocher, pour quelle heure celui-ci devait atteler. Mon oncle se plongeait alors dans une méditation qu'aurait craint de troubler d'un seul mouvement son valet de chambre émerveillé, et dont il attendait avec curiosité le résultat, toujours identique. Enfin, après une hésitation suprême mon oncle prononçait infailliblement ces mots : « Deux heures et quart », que le valet de chambre répétait avec étonnement, mais sans discuter : « Deux heures et quart ? bien... je vais le dire... »

À cette époque j'avais l'amour du théâtre, amour platonique, car mes parents ne m'avaient encore jamais permis d'y aller, et je me représentais d'une façon si peu exacte les plaisirs qu'on y goûtait que je n'étais pas éloigné de croire que chaque spectateur regardait comme dans un stéréoscope un décor qui n'était que pour lui, quoique semblable au millier d'autres que regardait, chacun pour soi, le reste des spectateurs.

Tous les matins je courais jusqu'à la colonne Morris pour voir les spectacles qu'elle annonçait. Rien n'était plus désintéressé et plus heureux que les rêves offerts à mon imagination par chaque pièce annoncée et qui étaient conditionnés à la fois par les images inséparables des mots qui en composaient le titre et aussi de la couleur des affiches encore humides et boursouflées de colle sur

lesquelles il se détachait. Si ce n'est une de ces œuvres
étranges comme *Le Testament de César Girodot* et *Œdipe-Roi*
lesquelles s'inscrivaient, non sur l'affiche verte de l'Opéra-
Comique, mais sur l'affiche lie de vin de la Comédie-
Française, rien ne me paraissait plus différent de l'aigrette
étincelante et blanche des *Diamants de la Couronne* que le
satin lisse et mystérieux du *Domino Noir*[1], et, mes parents
m'ayant dit que quand j'irais pour la première fois au
théâtre j'aurais à choisir entre ces deux pièces, cherchant
à approfondir successivement le titre de l'une et le titre
de l'autre, puisque c'était tout ce que je connaissais d'elles,
pour tâcher de saisir en chacun le plaisir qu'il me
promettait et de le comparer à celui que recélait l'autre,
j'arrivais à me représenter avec tant de force, d'une part
une pièce éblouissante et fière, de l'autre une pièce douce
et veloutée, que j'étais aussi incapable de décider laquelle
aurait ma préférence, que si, pour le dessert, on m'avait
donné à opter entre du riz à l'Impératrice[2] et de la crème
au chocolat.

Toutes mes conversations avec mes camarades portaient
sur ces acteurs dont l'art, bien qu'il me fût encore inconnu,
était la première forme, entre toutes celles qu'il revêt, sous
laquelle se laissait pressentir par moi, l'Art. Entre la
manière que l'un ou l'autre avait de débiter, de nuancer
une tirade, les différences les plus minimes me semblaient
avoir une importance incalculable. Et, d'après ce que l'on
m'avait dit d'eux, je les classais par ordre de talent, dans
des listes que je me récitais toute la journée, et qui avaient
fini par durcir dans mon cerveau et par le gêner de leur
inamovibilité.

Plus tard, quand je fus au collège, chaque fois que
pendant les classes, je correspondais, aussitôt que le
professeur avait la tête tournée, avec un nouvel ami, ma
première question était toujours pour lui demander s'il
était déjà allé au théâtre et s'il trouvait que le plus grand
acteur était bien Got, le second Delaunay, etc. Et si, à son
avis, Febvre ne venait qu'après Thiron, ou Delaunay
qu'après Coquelin, la soudaine motilité que Coquelin[3],
perdant la rigidité de la pierre, contractait dans mon esprit
pour y passer au deuxième rang, et l'agilité miraculeuse,
la féconde animation dont se voyait doué Delaunay pour
reculer au quatrième, rendait la sensation du fleurissement
et de la vie à mon cerveau assoupli et fertilisé.

Mais si les acteurs me préoccupaient ainsi, si la vue de Maubant[1] sortant un après-midi du Théâtre-Français m'avait causé le saisissement et les souffrances de l'amour, combien le nom d'une étoile flamboyant à la porte d'un théâtre, combien, à la glace d'un coupé qui passait dans la rue avec ses chevaux fleuris de roses au frontail, la vue du visage d'une femme que je pensais être peut-être une actrice, laissait en moi un trouble plus prolongé, un effort impuissant et douloureux pour me représenter sa vie. Je classais par ordre de talent les plus illustres, Sarah Bernhardt, la Berma, Bartet, Madeleine Brohan, Jeanne Samary[2], mais toutes m'intéressaient. Or mon oncle en connaissait beaucoup et aussi des cocottes que je ne distinguais pas nettement des actrices. Il les recevait chez lui. Et si nous n'allions le voir qu'à certains jours c'est que, les autres jours, venaient des femmes avec lesquelles sa famille n'aurait pas pu se rencontrer, du moins à son avis à elle, car, pour mon oncle, au contraire, sa trop grande facilité à faire à de jolies veuves qui n'avaient peut-être jamais été mariées, à des comtesses de nom ronflant, qui n'était sans doute qu'un nom de guerre, la politesse de les présenter à ma grand-mère ou même à leur donner des bijoux de famille, l'avait déjà brouillé plus d'une fois avec mon grand-père. Souvent, à un nom d'actrice qui venait dans la conversation, j'entendais mon père dire à ma mère, en souriant : « Une amie de ton oncle » ; et je pensais que le stage que peut-être pendant des années des hommes importants faisaient inutilement à la porte de telle femme qui ne répondait pas à leurs lettres et les faisait chasser par le concierge de son hôtel, mon oncle aurait pu en dispenser un gamin comme moi en le présentant chez lui à l'actrice, inapprochable à tant d'autres, qui était pour lui une intime amie.

Aussi — sous le prétexte qu'une leçon qui avait été déplacée tombait maintenant si mal qu'elle m'avait empêché plusieurs fois et m'empêcherait encore de voir mon oncle — un jour, autre que celui qui était réservé aux visites que nous lui faisions, profitant de ce que mes parents avaient déjeuné de bonne heure, je sortis et au lieu d'aller regarder la colonne d'affiches, pour quoi on me laissait aller seul, je courus jusqu'à lui. Je remarquai devant sa porte une voiture attelée de deux chevaux qui avaient aux œillères un œillet rouge comme avait le cocher à sa boutonnière. De l'escalier j'entendis un rire et une voix de femme, et dès que j'eus sonné, un silence, puis le bruit de portes qu'on fermait. Le valet de chambre vint ouvrir, et en me voyant parut embarrassé, me dit que mon oncle était très occupé, ne pourrait sans doute pas me recevoir et tandis qu'il allait pourtant le prévenir, la même voix que j'avais entendue disait : « Oh, si ! laisse-le entrer ; rien qu'une minute, cela m'amuserait tant. Sur la photographie qui est sur ton bureau, il ressemble tant à sa maman, ta nièce, dont la photographie est à côté de la sienne, n'est-ce pas ? Je voudrais le voir rien qu'un instant, ce gosse. »

J'entendis mon oncle grommeler, se fâcher, finalement le valet de chambre me fit entrer.

Sur la table, il y avait la même assiette de massepains que d'habitude ; mon oncle avait sa vareuse de tous les jours, mais en face de lui, en robe de soie rose avec un grand collier de perles au cou, était assise une jeune femme qui achevait de manger une mandarine. L'incertitude où j'étais s'il fallait lui dire madame ou mademoiselle me fit rougir et n'osant pas trop tourner les yeux de son côté de peur d'avoir à lui parler, j'allai embrasser mon oncle. Elle me regardait en souriant, mon oncle lui dit : « Mon neveu », sans lui dire mon nom, ni me dire le sien, sans doute parce que, depuis les difficultés qu'il avait eues avec mon grand-père, il tâchait autant que possible d'éviter tout trait d'union entre sa famille et ce genre de relations.

« Comme il ressemble à sa mère, dit-elle.

— Mais vous n'avez jamais vu ma nièce qu'en photographie, dit vivement mon oncle d'un ton bourru.

— Je vous demande pardon, mon cher ami, je l'ai croisée dans l'escalier l'année dernière quand vous avez été si malade. Il est vrai que je ne l'ai vue que le temps d'un éclair et que votre escalier est bien noir, mais cela m'a suffi pour l'admirer. Ce petit jeune homme a ses beaux yeux et aussi *ça* », dit-elle, en traçant avec son doigt une ligne sur le bas de son front. « Est-ce que madame votre nièce porte le même nom que vous, ami ? demanda-t-elle à mon oncle.

— Il ressemble surtout à son père », grogna mon oncle qui ne se souciait pas plus de faire des présentations à distance en disant le nom de maman que d'en faire de près. « C'est tout à fait son père et aussi ma pauvre mère.

« — Je ne connais pas son père, dit la dame en rose avec une légère inclinaison de la tête, et je n'ai jamais connu votre pauvre mère, mon ami. Vous vous souvenez, c'est peu après votre grand chagrin que nous nous sommes connus. »

J'éprouvais une petite déception, car cette jeune dame ne différait pas des autres jolies femmes que j'avais vues quelquefois dans ma famille notamment de la fille d'un de nos cousins chez lequel j'allais tous les ans le premier janvier. Mieux habillée seulement, l'amie de mon oncle avait le même regard vif et bon, elle avait l'air aussi franc et aimant. Je ne lui trouvais rien de l'aspect théâtral que j'admirais dans les photographies d'actrices, ni de l'expression diabolique qui eût été en rapport avec la vie qu'elle devait mener. J'avais peine à croire que ce fût une cocotte et surtout je n'aurais pas cru que ce fût une cocotte chic si je n'avais pas vu la voiture à deux chevaux, la robe rose, le collier de perles, si je n'avais pas su que mon oncle n'en connaissait que de la plus haute volée. Mais je me demandais comment le millionnaire qui lui donnait sa voiture et son hôtel et ses bijoux pouvait avoir du plaisir à manger sa fortune pour une personne qui avait l'air si simple et comme il faut. Et pourtant en pensant à ce que devait être sa vie, l'immoralité m'en troublait peut-être plus que si elle avait été concrétisée devant moi en une apparence spéciale, — d'être ainsi invisible comme le secret de quelque roman, de quelque scandale qui avait fait sortir de chez ses parents bourgeois et voué à tout le monde, qui avait fait épanouir en beauté et haussé jusqu'au demi-monde et à la notoriété celle que ses jeux de physionomie, ses intonations de voix, pareils à tant d'autres que je connaissais déjà, me faisaient malgré moi considérer comme une jeune fille de bonne famille, qui n'était plus d'aucune famille.

On était passé dans le « cabinet de travail », et mon oncle, d'un air un peu gêné par ma présence, lui offrit des cigarettes.

« Non, dit-elle, cher, vous savez que je suis habituée à celles que le Grand-Duc m'envoie. Je lui ai dit que vous en étiez jaloux. » Et elle tira d'un étui des cigarettes couvertes d'inscriptions étrangères et dorées. « Mais si, reprit-elle tout d'un coup, je dois avoir rencontré chez vous le père de ce jeune homme. N'est-ce pas votre neveu ?

Comment ai-je pu l'oublier ? Il a été tellement bon, tellement exquis pour moi », dit-elle d'un air modeste et sensible. Mais en pensant à ce qu'avait pu être l'accueil rude qu'elle disait avoir trouvé exquis, de mon père, moi qui connaissais sa réserve et sa froideur, j'étais gêné, comme par une indélicatesse qu'il aurait commise, de cette inégalité entre la reconnaissance excessive qui lui était accordée et son amabilité insuffisante. Il m'a semblé plus tard que c'était un des côtés touchants du rôle de ces femmes oisives et studieuses qu'elles consacrent leur générosité, leur talent, un rêve disponible de beauté sentimentale — car, comme les artistes, elles ne le réalisent pas, ne le font pas entrer dans les cadres de l'existence commune — et un or qui leur coûte peu, à enrichir d'un sertissage précieux et fin la vie fruste et mal dégrossie des hommes. Comme celle-ci, dans le fumoir où mon oncle était en vareuse pour la recevoir, répandait son corps si doux, sa robe de soie rose, ses perles, l'élégance qui émane de l'amitié d'un grand-duc, de même elle avait pris quelque propos insignifiant de mon père, elle l'avait travaillé avec délicatesse, lui avait donné un tour, une appellation précieuse et y enchâssant un de ses regards d'une si belle eau, nuancé d'humilité et de gratitude, elle le rendait changé en un bijou artiste, en quelque chose de « tout à fait exquis ».

« Allons, voyons, il est l'heure que tu t'en ailles », me dit mon oncle.

Je me levai, j'avais une envie irrésistible de baiser la main de la dame en rose, mais il me semblait que c'eût été quelque chose d'audacieux comme un enlèvement. Mon cœur battait tandis que je me disais : « Faut-il le faire, faut-il ne pas le faire », puis je cessai de me demander ce qu'il fallait faire pour pouvoir faire quelque chose. Et d'un geste aveugle et insensé, dépouillé de toutes les raisons que je trouvais il y avait un moment en sa faveur, je portai à mes lèvres la main qu'elle me tendait.

« Comme il est gentil ! il est déjà galant, il a un petit œil pour les femmes : il tient de son oncle. Ce sera un parfait gentleman », ajouta-t-elle en serrant les dents pour donner à la phrase un accent légèrement britannique. « Est-ce qu'il ne pourrait pas venir une fois prendre *a cup of tea*, comme disent nos voisins les Anglais ; il n'aurait qu'à m'envoyer un "bleu" le matin. »

Je ne savais pas ce que c'était qu'un « bleu[1] ». Je ne comprenais pas la moitié des mots que disait la dame, mais la crainte que n'y fût cachée quelque question à laquelle il eût été impoli de ne pas répondre, m'empêchait de cesser de les écouter avec attention, et j'en éprouvais une grande fatigue.

« Mais non, c'est impossible, dit mon oncle, en haussant les épaules, il est très tenu, il travaille beaucoup. Il a tous les prix à son cours », ajouta-t-il, à voix basse pour que je n'entende pas ce mensonge et que je n'y contredise pas. « Qui sait, ce sera peut-être un petit Victor Hugo, une espèce de Vaulabelle[2], vous savez.

— J'adore les artistes, répondit la dame en rose[3], il n'y a qu'eux qui comprennent les femmes... Qu'eux et les êtres d'élite comme vous. Excusez mon ignorance, ami. Qui est Vaulabelle ? Est-ce les volumes dorés qu'il y a dans la petite bibliothèque vitrée de votre boudoir ? Vous savez que vous m'avez promis de me les prêter, j'en aurai grand soin. »

Mon oncle qui détestait prêter ses livres ne répondit rien et me conduisit jusqu'à l'antichambre. Éperdu d'amour pour la dame en rose, je couvris de baisers fous les joues pleines de tabac de mon vieil oncle, et tandis qu'avec assez d'embarras il me laissait entendre sans oser me le dire ouvertement qu'il aimerait autant que je ne parlasse pas de cette visite à mes parents, je lui disais, les larmes aux yeux, que le souvenir de sa bonté était en moi si fort que je trouverais bien un jour le moyen de lui témoigner ma reconnaissance. Il était si fort en effet que deux heures plus tard, après quelques phrases mystérieuses et qui ne me parurent pas donner à mes parents une idée assez nette de la nouvelle importance dont j'étais doué, je trouvai plus explicite de leur raconter dans les moindres détails la visite que je venais de faire. Je ne croyais pas ainsi causer d'ennuis à mon oncle. Comment l'aurais-je cru, puisque je ne le désirais pas. Et je ne pouvais supposer que mes parents trouveraient du mal dans une visite où je n'en trouvais pas. N'arrive-t-il pas tous les jours qu'un ami nous demande de ne pas manquer de l'excuser auprès d'une femme à qui il a été empêché d'écrire, et que nous négligions de le faire jugeant que cette personne ne peut pas attacher d'importance à un silence qui n'en a pas pour nous. Je m'imaginais,

comme tout le monde, que le cerveau des autres était un
réceptacle inerte et docile, sans pouvoir de réaction
spécifique sur ce qu'on y introduisait ; et je ne doutais pas
qu'en déposant dans celui de mes parents la nouvelle de
la connaissance que mon oncle m'avait fait faire, je ne leur
transmisse en même temps comme je le souhaitais, le
jugement bienveillant que je portais sur cette présentation.
Mes parents malheureusement s'en remirent à des principes entièrement différents de ceux que je leur suggérais
d'adopter, quand ils voulurent apprécier l'action de mon
oncle. Mon père et mon grand-père eurent avec lui des
explications violentes ; j'en fus indirectement informé.
Quelques jours après, croisant dehors mon oncle qui
passait en voiture découverte, je ressentis la douleur, la
reconnaissance, le remords que j'aurais voulu lui exprimer.
À côté de leur immensité, je trouvai qu'un coup de
chapeau serait mesquin et pourrait faire supposer à mon
oncle que je ne me croyais pas tenu envers lui à plus qu'à
une banale politesse. Je résolus de m'abstenir de ce geste
insuffisant et je détournai la tête. Mon oncle pensa que
je suivais en cela les ordres de mes parents, il ne le leur
pardonna pas, et il est mort bien des années après sans
qu'aucun de nous l'ait jamais revu.

Aussi je n'entrais plus dans le cabinet de repos maintenant
fermé, de mon oncle Adolphe et après m'être attardé aux
abords de l'arrière-cuisine, quand Françoise, apparaissant
sur le parvis, me disait : « Je vais laisser ma fille de cuisine
servir le café et monter l'eau chaude, il faut que je me sauve
chez Mme Octave », je me décidais à rentrer et montais
directement lire chez moi. La fille de cuisine était une
personne morale, une institution permanente à qui des
attributions invariables assuraient une sorte de continuité
et d'identité, à travers la succession des formes passagères
en lesquelles elle s'incarnait : car nous n'eûmes jamais la
même deux ans de suite. L'année où nous mangeâmes tant
d'asperges, la fille de cuisine habituellement chargée de les
« plumer » était une pauvre créature maladive, dans un état
de grossesse déjà assez avancé quand nous arrivâmes à
Pâques, et on s'étonnait même que Françoise lui laissât faire
tant de courses et de besogne, car elle commençait à porter
difficilement devant elle la mystérieuse corbeille, chaque
jour plus remplie, dont on devinait sous ses amples sarraus
la forme magnifique. Ceux-ci rappelaient les houppelandes

qui revêtent certaines des figures symboliques de Giotto
dont M. Swann m'avait donné des photographies. C'est
lui-même qui nous l'avait fait remarquer et quand il nous
demandait des nouvelles de la fille de cuisine il nous disait :
« Comment va la Charité de Giotto ? » D'ailleurs
elle-même, la pauvre fille, engraissée par sa grossesse,
jusqu'à la figure, jusqu'aux joues qui tombaient droites
et carrées, ressemblait en effet assez à ces vierges, fortes
et hommasses, matrones plutôt, dans lesquelles les vertus
sont personnifiées à l'Arena[1]. Et je me rends compte
maintenant que ces Vertus et ces Vices de Padoue lui
ressemblaient encore d'une autre manière. De même que
l'image de cette fille était accrue par le symbole ajouté
qu'elle portait devant son ventre, sans avoir l'air d'en
comprendre le sens, sans que rien dans son visage en
traduisît la beauté et l'esprit, comme un simple et pesant
fardeau, de même c'est sans paraître s'en douter que la
puissante ménagère qui est représentée à l'Arena au-
dessous du nom « Caritas » et dont la reproduction était
accrochée au mur de ma salle d'études, à Combray, incarne
cette vertu, c'est sans qu'aucune pensée de charité semble
avoir jamais pu être exprimée par son visage énergique
et vulgaire. Par une belle invention du peintre elle foule
aux pieds les trésors de la terre, mais absolument comme
si elle piétinait des raisins pour en extraire le jus ou plutôt
comme elle aurait monté sur des sacs pour se hausser ;
et elle tend à Dieu son cœur enflammé, disons mieux, elle
le lui « passe », comme une cuisinière passe un tire-
bouchon par le soupirail de son sous-sol à quelqu'un qui
le lui demande à la fenêtre du rez-de-chaussée. L'Envie,
elle, aurait eu davantage une certaine expression d'envie.
Mais dans cette fresque-là encore, le symbole tient tant
de place et est représenté comme si réel, le serpent qui
siffle aux lèvres de l'Envie est si gros, il lui remplit si
complètement sa bouche grande ouverte, que les muscles
de sa figure sont distendus pour pouvoir le contenir,
comme ceux d'un enfant qui gonfle un ballon avec son
souffle, et que l'attention de l'Envie — et la nôtre du même
coup — tout entière concentrée sur l'action de ses lèvres,
n'a guère de temps à donner à d'envieuses pensées.

  Malgré toute l'admiration que M. Swann professait pour
ces figures de Giotto, je n'eus longtemps aucun plaisir à
considérer dans notre salle d'études, où on avait accroché

les copies qu'il m'en avait rapportées, cette Charité sans charité, cette Envie qui avait l'air d'une planche illustrant seulement dans un livre de médecine la compression de la glotte ou de la luette par une tumeur de la langue ou par l'introduction de l'instrument de l'opérateur, une Justice, dont le visage grisâtre et mesquinement régulier était celui-là même qui, à Combray, caractérisait certaines jolies bourgeoises pieuses et sèches que je voyais à la messe et dont plusieurs étaient enrôlées d'avance dans les milices de réserve de l'Injustice. Mais plus tard j'ai compris que l'étrangeté saisissante, la beauté spéciale de ces fresques tenait à la grande place que le symbole y occupait, et que le fait qu'il fût représenté non comme un symbole puisque la pensée symbolisée n'était pas exprimée, mais comme réel, comme effectivement subi ou matériellement manié, donnait à la signification de l'œuvre quelque chose de plus littéral et de plus précis, à son enseignement quelque chose de plus concret et de plus frappant. Chez la pauvre fille de cuisine, elle aussi, l'attention n'était-elle pas sans cesse ramenée à son ventre par le poids qui le tirait ; et de même encore, bien souvent la pensée des agonisants est tournée vers le côté effectif, douloureux, obscur, viscéral, vers cet envers de la mort qui est précisément le côté qu'elle leur présente, qu'elle leur fait rudement sentir et qui ressemble beaucoup plus à un fardeau qui les écrase, à une difficulté de respirer, à un besoin de boire, qu'à ce que nous appelons l'idée de la mort.

Il fallait que ces Vertus et ces Vices de Padoue eussent en eux bien de la réalité puisqu'ils m'apparaissaient comme aussi vivants que la servante enceinte, et qu'elle-même ne me semblait pas beaucoup moins allégorique. Et peut-être cette non-participation (du moins apparente) de l'âme d'un être à la vertu qui agit par lui, a aussi en dehors de sa valeur esthétique une réalité sinon psychologique, au moins, comme on dit, physiognomonique. Quand, plus tard, j'ai eu l'occasion de rencontrer, au cours de ma vie, dans des couvents par exemple, des incarnations vraiment saintes de la charité active, elles avaient généralement un air allègre, positif, indifférent et brusque de chirurgien pressé, ce visage où ne se lit aucune commisération, aucun attendrissement devant la souffrance humaine, aucune crainte de la heurter, et qui est le visage sans douceur, le visage antipathique et sublime de la vraie bonté.

Pendant que la fille de cuisine — faisant briller
involontairement la supériorité de Françoise, comme
l'Erreur, par le contraste, rend plus éclatant le triomphe
de la Vérité — servait du café qui, selon maman n'était
que de l'eau chaude, et montait ensuite dans nos chambres
de l'eau chaude qui était à peine tiède, je m'étais étendu
sur mon lit, un livre à la main, dans ma chambre qui
protégeait en tremblant sa fraîcheur transparente et fragile
contre le soleil de l'après-midi derrière ses volets presque
clos où un reflet de jour avait pourtant trouvé moyen de
faire passer ses ailes jaunes, et restait immobile entre le
bois et le vitrage, dans un coin, comme un papillon posé.
Il faisait à peine assez clair pour lire, et la sensation de
la splendeur de la lumière ne m'était donnée que par les
coups frappés dans la rue de la Cure par Camus (averti
par Françoise que ma tante ne « reposait pas » et qu'on
pouvait faire du bruit) contre des caisses poussiéreuses,
mais qui, retentissant dans l'atmosphère sonore, spéciale
aux temps chauds, semblaient faire voler au loin des astres
écarlates ; et aussi par les mouches qui exécutaient devant
moi, dans leur petit concert, comme la musique de
chambre de l'été ; elle ne l'évoque pas à la façon d'un air
de musique humaine, qui, entendu par hasard à la belle
saison, vous la rappelle ensuite ; elle est unie à l'été par
un lien plus nécessaire ; née des beaux jours, ne renaissant
qu'avec eux, contenant un peu de leur essence, elle n'en
réveille pas seulement l'image dans notre mémoire, elle
en certifie le retour, la présence effective, ambiante,
immédiatement accessible.

Cette obscure fraîcheur de ma chambre était au plein
soleil de la rue, ce que l'ombre est au rayon, c'est-à-dire
aussi lumineuse que lui, et offrait à mon imagination le
spectacle total de l'été dont mes sens si j'avais été en
promenade, n'auraient pu jouir que par morceaux ; et ainsi
elle s'accordait bien à mon repos qui (grâce aux aventures
racontées par mes livres et qui venaient l'émouvoir),
supportait pareil au repos d'une main immobile au milieu
d'une eau courante, le choc et l'animation d'un torrent
d'activité.

Mais ma grand-mère, même si le temps trop chaud s'était
gâté, si un orage ou seulement un grain était survenu,
venait me supplier de sortir. Et ne voulant pas renoncer
à ma lecture, j'allais du moins la continuer au jardin, sous

le marronnier, dans une petite guérite en sparterie et en toile au fond de laquelle j'étais assis et me croyais caché aux yeux des personnes qui pourraient venir faire visite à mes parents.

Et ma pensée n'était-elle pas aussi comme une autre crèche au fond de laquelle je sentais que je restais enfoncé, même pour regarder ce qui se passait au-dehors ? Quand je voyais un objet extérieur, la conscience que je le voyais restait entre moi et lui, le bordait d'un mince liséré spirituel qui m'empêchait de jamais toucher directement sa matière ; elle se volatilisait en quelque sorte avant que je prisse contact avec elle, comme un corps incandescent qu'on approche d'un objet mouillé ne touche pas son humidité parce qu'il se fait toujours précéder d'une zone d'évaporation. Dans l'espèce d'écran diapré d'états diffé-rents que, tandis que je lisais, déployait simultanément ma conscience, et qui allaient des aspirations les plus profondé-ment cachées en moi-même jusqu'à la vision tout extérieure de l'horizon que j'avais, au bout du jardin, sous les yeux, ce qu'il y avait d'abord en moi, de plus intime, la poignée sans cesse en mouvement qui gouvernait le reste, c'était ma croyance en la richesse philosophique, en la beauté du livre que je lisais, et mon désir de me les approprier, quel que fût ce livre. Car, même si je l'avais acheté à Combray, en l'apercevant devant l'épicerie Borange, trop distante de la maison pour que Françoise pût s'y fournir comme chez Camus, mais mieux achalandée comme papeterie et librairie, retenu par des ficelles dans la mosaïque des brochures et des livraisons qui revêtaient les deux vantaux de sa porte plus mystérieuse, plus semée de pensées qu'une porte de cathédrale, c'est que je l'avais reconnu pour m'avoir été cité comme un ouvrage remarquable par le professeur ou le camarade qui me paraissait à cette époque détenir le secret de la vérité et de la beauté à demi pressenties, à demi incompréhensibles, dont la connaissance était le but vague mais permanent de ma pensée.

Après cette croyance centrale qui, pendant ma lecture, exécutait d'incessants mouvements du dedans au dehors, vers la découverte de la vérité, venaient les émotions que me donnait l'action à laquelle je prenais part, car ces après-midi-là étaient plus remplis d'événements drama-tiques que ne l'est souvent toute une vie. C'était les événements qui survenaient dans le livre que je lisais ; il est vrai que les personnages qu'ils affectaient n'étaient pas « réels », comme disait Françoise. Mais tous les sentiments que nous font éprouver la joie ou l'infortune d'un personnage réel ne se produisent en nous que par l'intermédiaire d'une image de cette joie ou de cette infortune ; l'ingéniosité du premier romancier consista à comprendre que dans l'appareil de nos émotions, l'image étant le seul élément essentiel, la simplification qui consisterait à supprimer purement et simplement les personnages réels serait un perfectionnement décisif. Un être réel, si profondément que nous sympathisions avec lui, pour une grande part est perçu par nos sens, c'est-à-dire nous reste opaque, offre un poids mort que notre sensibilité ne peut soulever. Qu'un malheur le frappe, ce n'est qu'en une petite partie de la notion totale que nous avons de lui, que nous pourrons en être émus, bien plus, ce n'est qu'en une partie de la notion totale qu'il a de soi, qu'il pourra l'être lui-même. La trouvaille du romancier a été d'avoir l'idée de remplacer ces parties impénétrables à l'âme par une quantité égale de parties immatérielles, c'est-à-dire que notre âme peut s'assimiler. Qu'importe dès lors que les actions, les émotions de ces êtres d'un nouveau genre nous apparaissent comme vraies, puisque nous les avons faites nôtres, puisque c'est en nous qu'elles se produisent, qu'elles tiennent sous leur dépendance, tandis que nous tournons fiévreusement les pages du livre, la rapidité de notre respiration et l'intensité de notre regard. Et une fois que le romancier nous a mis dans cet état, où comme dans tous les états purement intérieurs, toute émotion est décuplée, où son livre va nous troubler à la façon d'un rêve mais d'un rêve plus clair que ceux que nous avons en dormant et dont le souvenir durera davantage, alors, voici qu'il déchaîne en nous pendant une heure tous les bonheurs et tous les malheurs possibles dont nous mettrions dans la vie des années à connaître quelques-uns, et dont les plus intenses ne nous seraient jamais révélés parce que la lenteur avec laquelle ils se produisent nous en ôte la perception ; (ainsi notre cœur change, dans la vie, et c'est la pire douleur ; mais nous ne la connaissons que dans la lecture, en imagination : dans la réalité il change, comme certains phénomènes de la nature se produisent, assez lentement pour que, si nous pouvons constater successivement chacun de ses états différents, en revanche la sensation même du changement nous soit épargnée).

Déjà moins intérieur à mon corps que cette vie des personnages, venait ensuite, à demi projeté devant moi, le paysage où se déroulait l'action et qui exerçait sur ma pensée une bien plus grande influence que l'autre, que celui que j'avais sous les yeux quand je les levais du livre. C'est ainsi que pendant deux étés, dans la chaleur du jardin de Combray, j'ai eu, à cause du livre que je lisais alors, la nostalgie d'un pays montueux et fluviatile, où je verrais beaucoup de scieries et où, au fond de l'eau claire, des morceaux de bois pourrissaient sous des touffes de cresson ; non loin montaient le long de murs bas, des grappes de fleurs violettes et rougeâtres[1]. Et comme le rêve d'une femme qui m'aurait aimé était toujours présent à ma pensée, ces étés-là ce rêve fut imprégné de la fraîcheur des eaux courantes ; et quelle que fût la femme que j'évoquais, des grappes de fleurs violettes et rougeâtres s'élevaient aussitôt de chaque côté d'elle comme des couleurs complémentaires.

Ce n'était pas seulement parce qu'une image dont nous rêvons reste toujours marquée, s'embellit et bénéficie du reflet des couleurs étrangères qui par hasard l'entourent dans notre rêverie ; car ces paysages des livres que je lisais n'étaient pas pour moi que des paysages plus vivement représentés à mon imagination que ceux que Combray mettait sous mes yeux, mais qui eussent été analogues. Par le choix qu'en avait fait l'auteur, par la foi avec laquelle ma pensée allait au-devant de sa parole comme d'une révélation, ils me semblaient être — impression que ne me donnait guère le pays où je me trouvais, et surtout notre jardin, produit sans prestige de la correcte fantaisie du jardinier que méprisait ma grand-mère — une part véritable de la Nature elle-même, digne d'être étudiée et approfondie.

Si mes parents m'avaient permis, quand je lisais un livre, d'aller visiter la région qu'il décrivait, j'aurais cru faire un pas inestimable dans la conquête de la vérité. Car si on a la sensation d'être toujours entouré de son âme, ce n'est pas comme d'une prison immobile ; plutôt on est comme emporté avec elle dans un perpétuel élan pour la dépasser, pour atteindre à l'extérieur, avec une sorte de

découragement, entendant toujours autour de soi cette
sonorité identique qui n'est pas écho du dehors mais
retentissement d'une vibration interne. On cherche à
retrouver dans les choses, devenues par là précieuses, le
reflet que notre âme a projeté sur elles, on est déçu en
constatant qu'elles semblent dépourvues dans la nature,
du charme qu'elles devaient, dans notre pensée, au
voisinage de certaines idées ; parfois on convertit toutes
les forces de cette âme en habileté, en splendeur pour agir
sur des êtres dont nous sentons bien qu'ils sont situés en
dehors de nous et que nous ne les atteindrons jamais.
Aussi, si j'imaginais toujours autour de la femme que
j'aimais, les lieux que je désirais le plus alors, si j'eusse
voulu que ce fût elle qui me les fît visiter, qui m'ouvrît
l'accès d'un monde inconnu, ce n'était pas par le hasard
d'une simple association de pensée ; non, c'est que mes
rêves de voyage et d'amour n'étaient que des moments
— que je sépare artificiellement aujourd'hui comme si je
pratiquais des sections à des hauteurs différentes d'un jet
d'eau irisé et en apparence immobile — dans un même
et infléchissable jaillissement de toutes les forces de ma
vie.

Enfin en continuant à suivre du dedans au dehors les
états simultanément juxtaposés dans ma conscience, et
avant d'arriver jusqu'à l'horizon réel qui les enveloppait,
je trouve des plaisirs d'un autre genre, celui d'être bien
assis, de sentir la bonne odeur de l'air, de ne pas être
dérangé par une visite ; et, quand une heure sonnait au
clocher de Saint-Hilaire, de voir tomber morceau par
morceau ce qui de l'après-midi était déjà consommé,
jusqu'à ce que j'entendisse le dernier coup qui me
permettait de faire le total et après lequel le long silence
qui le suivait semblait faire commencer dans le ciel bleu
toute la partie qui m'était encore concédée pour lire
jusqu'au bon dîner qu'apprêtait Françoise et qui me
réconforterait des fatigues prises, pendant la lecture du
livre, à la suite de son héros. Et à chaque heure il me
semblait que c'était quelques instants seulement auparavant que la précédente avait sonné ; la plus récente venait
s'inscrire tout près de l'autre dans le ciel et je ne pouvais
croire que soixante minutes eussent tenu dans ce petit arc
bleu qui était compris entre leurs deux marques d'or.
Quelquefois même cette heure prématurée sonnait deux

coups de plus que la dernière ; il y en avait donc une que je n'avais pas entendue, quelque chose qui avait eu lieu n'avait pas eu lieu pour moi ; l'intérêt de la lecture, magique comme un profond sommeil, avait donné le change à mes oreilles hallucinées et effacé la cloche d'or sur la surface azurée du silence. Beaux après-midi du dimanche sous le marronnier du jardin de Combray, soigneusement vidés par moi des incidents médiocres de mon existence personnelle que j'y avais remplacés par une vie d'aventures et d'aspirations étranges au sein d'un pays arrosé d'eaux vives, vous m'évoquez encore cette vie quand je pense à vous et vous la contenez en effet pour l'avoir peu à peu contournée et enclose — tandis que je progressais dans ma lecture et que tombait la chaleur du jour — dans le cristal successif, lentement changeant et traversé de feuillages, de vos heures silencieuses, sonores, odorantes et limpides.

Quelquefois j'étais tiré de ma lecture, dès le milieu de l'après-midi, par la fille du jardinier, qui courait comme une folle, renversant sur son passage un oranger, se coupant un doigt, se cassant une dent et criant : « Les voilà, les voilà ! » pour que Françoise et moi nous accourions et ne manquions rien du spectacle. C'était les jours où, pour des manœuvres de garnison, la troupe traversait Combray, prenant généralement la rue Sainte-Hildegarde. Tandis que nos domestiques, assis en rang sur des chaises en dehors de la grille, regardaient les promeneurs dominicaux de Combray et se faisaient voir d'eux, la fille du jardinier par la fente que laissaient entre elles deux maisons lointaines de l'avenue de la Gare, avait aperçu l'éclat des casques. Les domestiques avaient rentré précipitamment leurs chaises, car quand les cuirassiers défilaient rue Sainte-Hildegarde, ils en remplissaient toute la largeur, et le galop des chevaux rasait les maisons, couvrant les trottoirs submergés comme des berges qui offrent un lit trop étroit à un torrent déchaîné.

« Pauvres enfants », disait Françoise à peine arrivée à la grille et déjà en larmes ; « pauvre jeunesse qui sera fauchée comme un pré ; rien que d'y penser j'en suis choquée », ajoutait-elle en mettant la main sur son cœur, là où elle avait reçu ce *choc*.

« C'est beau, n'est-ce pas, madame Françoise, de voir des jeunes gens qui ne tiennent pas à la vie ? » disait le jardinier pour la faire « monter ».

Il n'avait pas parlé en vain :

« De ne pas tenir à la vie ? Mais à quoi donc qu'il faut tenir, si ce n'est pas à la vie, le seul cadeau que le Bon Dieu ne fasse jamais deux fois. Hélas ! mon Dieu ! C'est pourtant vrai qu'ils n'y tiennent pas ! Je les ai vus en 70 ; ils n'ont plus peur de la mort, dans ces misérables guerres ; c'est ni plus ni moins des fous ; et puis ils ne valent plus la corde pour les pendre, ce n'est pas des hommes, c'est des lions. » (Pour Françoise la comparaison d'un homme à un lion, qu'elle prononçait li-on, n'avait rien de flatteur.)

La rue Sainte-Hildegarde tournait trop court pour qu'on pût voir venir de loin, et c'était par cette fente entre les deux maisons de l'avenue de la Gare qu'on apercevait toujours de nouveaux casques courant et brillant au soleil. Le jardinier aurait voulu savoir s'il y en avait encore beaucoup à passer, et il avait soif, car le soleil tapait. Alors tout d'un coup, sa fille s'élançant comme d'une place assiégée, faisait une sortie, atteignait l'angle de la rue, et après avoir bravé cent fois la mort, venait nous rapporter, avec une carafe de coco, la nouvelle qu'ils étaient bien un mille qui venaient sans arrêter, du côté de Thiberzy et de Méséglise. Françoise et le jardinier, réconciliés, discutaient sur la conduite à tenir en cas de guerre :

« Voyez-vous, Françoise, disait le jardinier, la révolution vaudrait mieux, parce que quand on la déclare il n'y a que ceux qui veulent partir qui y vont.

— Ah ! oui, au moins je comprends cela, c'est plus franc. »

Le jardinier croyait qu'à la déclaration de guerre on arrêtait tous les chemins de fer.

« Pardi, pour pas qu'on se sauve », disait Françoise.

Et le jardinier : « Ah ! ils sont malins », car il n'admettait pas que la guerre ne fût pas une espèce de mauvais tour que l'État essayait de jouer au peuple et que, si on avait eu le moyen de le faire, il n'est pas une seule personne qui n'eût filé.

Mais Françoise se hâtait de rejoindre ma tante, je retournais à mon livre, les domestiques se réinstallaient devant la porte à regarder tomber la poussière et l'émotion qu'avaient soulevées les soldats. Longtemps après que l'accalmie était venue, un flot inaccoutumé de promeneurs noircissait encore les rues de Combray. Et devant chaque maison, même celles où ce n'était pas l'habitude, les domestiques ou même les maîtres, assis et regardant, festonnaient le seuil d'un liséré capricieux et sombre comme celui des algues et des coquilles dont une forte marée laisse le crêpe et la broderie au rivage, après qu'elle s'est éloignée.

Sauf ces jours-là, je pouvais d'habitude, au contraire, lire tranquille. Mais l'interruption et le commentaire qui furent apportés une fois par une visite de Swann à la lecture que j'étais en train de faire du livre d'un auteur tout nouveau pour moi, Bergotte[1], eut cette conséquence que, pour longtemps, ce ne fut plus sur un mur décoré de fleurs violettes en quenouille, mais sur un fond tout autre, devant le portail d'une cathédrale gothique, que se détacha désormais l'image d'une des femmes dont je rêvais.

J'avais entendu parler de Bergotte pour la première fois par un de mes camarades plus âgé que moi et pour qui j'avais une grande admiration, Bloch. En m'entendant lui avouer mon admiration pour la *Nuit d'octobre* il avait fait éclater un rire bruyant comme une trompette et m'avait dit : « Défie-toi de ta dilection assez basse pour le sieur de Musset. C'est un coco des plus malfaisants et une assez sinistre brute. Je dois confesser, d'ailleurs, que lui et même le nommé Racine, ont fait chacun dans leur vie un vers assez bien rythmé, et qui a pour lui, ce qui est selon moi le mérite suprême, de ne signifier absolument rien. C'est : "La blanche Oloossone et la blanche Camyre" et "La fille de Minos et de Pasiphaé[2]". Ils m'ont été signalés à la décharge de ces deux malandrins par un article de mon très cher maître, le Père Leconte, agréable aux Dieux Immortels. À propos voici un livre que je n'ai pas le temps de lire en ce moment qui est recommandé, paraît-il, par cet immense bonhomme. Il tient, m'a-t-on dit, l'auteur, le sieur Bergotte, pour un coco des plus subtils ; et bien qu'il fasse preuve, des fois, de mansuétudes assez mal explicables, sa parole est pour moi oracle delphique. Lis donc ces proses lyriques, et si le gigantesque assembleur de rythmes qui a écrit *Bhagavat* et *Le Lévrier de Magnus*[3] a dit vrai, par Apollôn, tu goûteras, cher maître, les joies nectaréennes de l'Olympos. » C'est sur un ton sarcastique qu'il m'avait demandé de l'appeler « cher maître » et qu'il m'appelait lui-même ainsi. Mais en réalité nous prenions un certain plaisir à ce jeu, étant encore rapprochés de l'âge où on croit qu'on crée ce qu'on nomme.

Malheureusement, je ne pus pas apaiser en causant avec Bloch et en lui demandant des explications, le trouble où il m'avait jeté quand il m'avait dit que les beaux vers (à moi qui n'attendais d'eux rien moins que la révélation de la vérité) étaient d'autant plus beaux qu'ils ne signifiaient rien du tout[1]. Bloch en effet ne fut pas réinvité à la maison. Il y avait d'abord été bien accueilli. Mon grand-père, il est vrai, prétendait que chaque fois que je me liais avec un de mes camarades plus qu'avec les autres et que je l'amenais chez nous, c'était toujours un juif, ce qui ne lui eût pas déplu en principe — même son ami Swann était d'origine juive — s'il n'avait trouvé que ce n'était pas d'habitude parmi les meilleurs que je le choisissais. Aussi quand j'amenais un nouvel ami il était bien rare qu'il ne fredonnât pas : « *Ô Dieu de nos Pères* » de *La Juive*[2] ou bien « *Israël, romps ta chaîne*[3] », ne chantant que l'air naturellement (Ti la lam ta lam, talim), mais j'avais peur que mon camarade ne le connût et ne rétablît les paroles.

Avant de les avoir vus, rien qu'en entendant leur nom qui, bien souvent, n'avait rien de particulièrement israélite, il devinait non seulement l'origine juive de ceux de mes amis qui l'étaient en effet, mais même ce qu'il y avait quelquefois de fâcheux dans leur famille.

« Et comment s'appelle-t-il ton ami qui vient ce soir ?
— Dumont, grand-père.
— Dumont ! Oh ! je me méfie. »
Et il chantait :

> *Archers, faites bonne garde !*
> *Veillez sans trêve et sans bruit ;*

Et après nous avoir posé adroitement quelques questions plus précises, il s'écriait : « À la garde ! À la garde ! » ou, si c'était le patient lui-même déjà arrivé qu'il avait forcé à son insu, par un interrogatoire dissimulé, à confesser ses origines, alors pour nous montrer qu'il n'avait plus aucun doute, il se contentait de nous regarder en fredonnant imperceptiblement :

> *De ce timide Israélite*
> *Quoi, vous guidez ici les pas !*

ou :

> *Champs paternels, Hébron, douce vallée[1].*

ou encore :

> *Oui je suis de la race élue.*

Ces petites manies de mon grand-père n'impliquaient aucun sentiment malveillant à l'endroit de mes camarades. Mais Bloch avait déplu à mes parents pour d'autres raisons. Il avait commencé par agacer mon père qui, le voyant mouillé, lui avait dit avec intérêt :

« Mais, monsieur Bloch, quel temps fait-il donc, est-ce qu'il a plu ? Je n'y comprends rien, le baromètre était excellent. »

Il n'en avait tiré que cette réponse :

« Monsieur, je ne puis absolument vous dire s'il a plu. Je vis si résolument en dehors des contingences physiques que mes sens ne prennent pas la peine de me les notifier.

— Mais, mon pauvre fils, il est idiot ton ami, m'avait dit mon père quand Bloch fut parti. Comment ! il ne peut même pas me dire le temps qu'il fait ! Mais il n'y a rien de plus intéressant ! C'est un imbécile. »

Puis Bloch avait déplu à ma grand-mère parce que, après le déjeuner comme elle disait qu'elle était un peu souffrante, il avait étouffé un sanglot et essuyé des larmes.

« Comment veux-tu que ça soit sincère, me dit-elle, puisqu'il ne me connaît pas ; ou bien alors il est fou. »

Et enfin il avait mécontenté tout le monde parce que, étant venu déjeuner une heure et demie en retard et couvert de boue, au lieu de s'excuser, il avait dit :

« Je ne me laisse jamais influencer par les perturbations de l'atmosphère ni par les divisions conventionnelles du temps. Je réhabiliterais volontiers l'usage de la pipe d'opium et du kriss malais, mais j'ignore celui de ces instruments infiniment plus pernicieux et d'ailleurs platement bourgeois, la montre et le parapluie. »

Il serait malgré tout revenu à Combray. Il n'était pas pourtant l'ami que mes parents eussent souhaité pour moi ; ils avaient fini par penser que les larmes que lui avait fait verser l'indisposition de ma grand-mère n'étaient pas feintes ; mais ils savaient d'instinct ou par expérience que les élans de notre sensibilité ont peu d'empire sur la suite de nos actes et la conduite de notre vie, et que le respect des obligations morales, la fidélité aux amis, l'exécution

d'une œuvre, l'observance d'un régime, ont un fondement
plus sûr dans des habitudes aveugles que dans ces
transports momentanés, ardents et stériles. Ils auraient
préféré pour moi à Bloch des compagnons qui ne me
donneraient pas plus qu'il n'est convenu d'accorder à ses
amis, selon les règles de la morale bourgeoise ; qui ne
m'enverraient pas inopinément une corbeille de fruits
parce qu'ils auraient ce jour-là pensé à moi avec tendresse,
mais qui, n'étant pas capables de faire pencher en ma
faveur la juste balance des devoirs et des exigences de
l'amitié sur un simple mouvement de leur imagination et
de leur sensibilité, ne la fausseraient pas davantage à mon
préjudice. Nos torts même font difficilement départir de
ce qu'elles nous doivent ces natures dont ma grand-tante
était le modèle, elle qui brouillée depuis des années avec
une nièce à qui elle ne parlait jamais, ne modifia pas pour
cela le testament où elle lui laissait toute sa fortune, parce
que c'était sa plus proche parente et que cela « se devait ».

Mais j'aimais Bloch, mes parents voulaient me faire
plaisir, les problèmes insolubles que je me posais à propos
de la beauté dénuée de signification de la fille de Minos
et de Pasiphaé me fatiguaient davantage et me rendaient
plus souffrant que n'auraient fait de nouvelles conversations avec lui, bien que ma mère les jugeât pernicieuses.
Et on l'aurait encore reçu à Combray, si, après ce dîner,
comme il venait de m'apprendre — nouvelle qui plus tard
eut beaucoup d'influence sur ma vie, et la rendit plus
heureuse, puis plus malheureuse — que toutes les femmes
ne pensaient qu'à l'amour et qu'il n'y en a pas dont on
ne pût vaincre les résistances, il ne m'avait assuré avoir
entendu dire de la façon la plus certaine que ma
grand-tante avait eu une jeunesse orageuse et avait été
publiquement entretenue. Je ne pus me tenir de répéter
ces propos à mes parents, on le mit à la porte quand il
revint, et quand je l'abordai ensuite dans la rue, il fut
extrêmement froid pour moi.

Mais au sujet de Bergotte il avait dit vrai.

Les premiers jours, comme un air de musique dont on
raffolera, mais qu'on ne distingue pas encore, ce que je
devais tant aimer dans son style ne m'apparut pas. Je ne
pouvais pas quitter le roman que je lisais de lui, mais me
croyais seulement intéressé par le sujet, comme dans ces
premiers moments de l'amour où on va tous les jours

retrouver une femme à quelque réunion, à quelque
divertissement par les agréments desquels on se croit attiré.
Puis je remarquai les expressions rares, presque archaïques
qu'il aimait employer à certains moments où un flot caché
d'harmonie, un prélude intérieur, soulevait son style ; et
c'était aussi à ces moments-là qu'il se mettait à parler du
« vain songe de la vie », de « l'inépuisable torrent des
belles apparences », du « tourment stérile et délicieux
de comprendre et d'aimer », des « émouvantes effigies
qui anoblissent à jamais la façade vénérable et charmante
des cathédrales[1] », qu'il exprimait toute une philosophie
nouvelle pour moi par de merveilleuses images dont on
aurait dit que c'était elles qui avaient éveillé ce chant de
harpes qui s'élevait alors et à l'accompagnement duquel
elles donnaient quelque chose de sublime. Un de ces
passages de Bergotte, le troisième ou le quatrième que
j'eusse isolé du reste, me donna une joie incomparable
à celle que j'avais trouvée au premier, une joie que je me
sentis éprouver en une région plus profonde de moi-
même, plus unie, plus vaste, d'où les obstacles et les
séparations semblaient avoir été enlevés. C'est que,
reconnaissant alors ce même goût pour les expressions
rares, cette même effusion musicale, cette même philosophie idéaliste qui avait déjà été les autres fois, sans que
je m'en rendisse compte, la cause de mon plaisir, je n'eus
plus l'impression d'être en présence d'un morceau
particulier d'un certain livre de Bergotte, traçant à la
surface de ma pensée une figure purement linéaire, mais
plutôt du « morceau idéal » de Bergotte, commun à tous
ses livres et auquel tous les passages analogues qui venaient
se confondre avec lui, auraient donné une sorte
d'épaisseur, de volume, dont mon esprit semblait agrandi.
   Je n'étais pas tout à fait le seul admirateur de Bergotte ;
il était aussi l'écrivain préféré d'une amie de ma mère qui
était très lettrée ; enfin pour lire son dernier livre paru,
le docteur du Boulbon faisait attendre ses malades ; et ce
fut de son cabinet de consultation, et d'un parc voisin de
Combray, que s'envolèrent quelques-unes des premières
graines de cette prédilection pour Bergotte, espèce si rare
alors, aujourd'hui universellement répandue, et dont on
trouve partout en Europe, en Amérique, jusque dans le
moindre village, la fleur idéale et commune. Ce que l'amie
de ma mère et, paraît-il, le docteur du Boulbon aimaient

surtout dans les livres de Bergotte c'était comme moi, ce
même flux mélodique, ces expressions anciennes, quelques
autres très simples et connues, mais pour lesquelles la place
où il les mettait en lumière semblait révéler de sa part
un goût particulier ; enfin, dans les passages tristes, une
certaine brusquerie, un accent presque rauque. Et sans
doute lui-même devait sentir que là étaient ses plus grands
charmes. Car dans les livres qui suivirent, s'il avait
rencontré quelque grande vérité, ou le nom d'une célèbre
cathédrale, il interrompait son récit et dans une invocation,
une apostrophe, une longue prière, il donnait un libre
cours à ces effluves qui dans ses premiers ouvrages restaient
intérieurs à sa prose, décelés seulement alors par les
ondulations de la surface, plus douces peut-être encore,
plus harmonieuses quand elles étaient ainsi voilées et qu'on
n'aurait pu indiquer d'une manière précise où naissait, où
expirait leur murmure. Ces morceaux auxquels il se
complaisait étaient nos morceaux préférés. Pour moi, je
les savais par cœur. J'étais déçu quand il reprenait le fil
de son récit. Chaque fois qu'il parlait de quelque chose
dont la beauté m'était restée jusque-là cachée, des forêts
de pins, de la grêle, de Notre-Dame de Paris, d'*Athalie*
ou de *Phèdre*, il faisait dans une image exploser cette beauté
jusqu'à moi. Aussi sentant combien il y avait de parties
de l'univers que ma perception infirme ne distinguerait
pas s'il ne les rapprochait de moi, j'aurais voulu posséder
une opinion de lui, une métaphore de lui, sur toutes
choses, surtout sur celles que j'aurais l'occasion de voir
moi-même, et entre celles-là, particulièrement sur d'anciens monuments français et certains paysages maritimes,
parce que l'insistance avec laquelle il les citait dans ses
livres prouvait qu'il les tenait pour riches de signification
et de beauté. Malheureusement sur presque toutes choses
j'ignorais son opinion. Je ne doutais pas qu'elle ne fût
entièrement différente des miennes, puisqu'elle descendait
d'un monde inconnu vers lequel je cherchais à m'élever ;
persuadé que mes pensées eussent paru pure ineptie à cet
esprit parfait, j'avais tellement fait table rase de toutes,
que quand par hasard il m'arriva d'en rencontrer, dans
tel de ses livres, une que j'avais déjà eue moi-même, mon
cœur se gonflait comme si un Dieu dans sa bonté me l'avait
rendue, l'avait déclarée légitime et belle. Il arrivait parfois
qu'une page de lui disait les mêmes choses que j'écrivais

souvent la nuit à ma grand-mère et à ma mère quand je ne pouvais pas dormir, si bien que cette page de Bergotte avait l'air d'un recueil d'épigraphes pour être placées en tête de mes lettres. Même plus tard, quand je commençai de composer un livre, certaines phrases dont la qualité ne suffit pas pour me décider à le continuer, j'en retrouvai l'équivalent dans Bergotte. Mais ce n'était qu'alors, quand je les lisais dans son œuvre, que je pouvais en jouir ; quand c'était moi qui les composais, préoccupé qu'elles reflétassent exactement ce que j'apercevais dans ma pensée, craignant de ne pas « faire ressemblant », j'avais bien le temps de me demander si ce que j'écrivais était agréable ! Mais en réalité il n'y avait que ce genre de phrases, ce genre d'idées que j'aimais vraiment. Mes efforts inquiets et mécontents étaient eux-mêmes une marque d'amour, d'amour sans plaisir mais profond. Aussi quand tout d'un coup je trouvais de telles phrases dans l'œuvre d'un autre, c'est-à-dire sans plus avoir de scrupules, de sévérité, sans avoir à me tourmenter, je me laissais enfin aller avec délices au goût que j'avais pour elles, comme un cuisinier qui pour une fois où il n'a pas à faire la cuisine trouve enfin le temps d'être gourmand. Un jour, ayant rencontré dans un livre de Bergotte, à propos d'une vieille servante, une plaisanterie que le magnifique et solennel langage de l'écrivain rendait encore plus ironique mais qui était la même que j'avais souvent faite à ma grand-mère en parlant de Françoise, une autre fois où je vis qu'il ne jugeait pas indigne de figurer dans un de ces miroirs de la vérité qu'étaient ses ouvrages une remarque analogue à celle que j'avais eu l'occasion de faire sur notre ami M. Legrandin (remarques sur Françoise et M. Legrandin qui étaient certes de celles que j'eusse le plus délibérément sacrifiées à Bergotte, persuadé qu'il les trouverait sans intérêt), il me sembla soudain que mon humble vie et les royaumes du vrai n'étaient pas aussi séparés que j'avais crus, qu'ils coïncidaient même sur certains points, et de confiance et de joie je pleurai sur les pages de l'écrivain comme dans les bras d'un père retrouvé.

D'après ses livres j'imaginais Bergotte comme un vieillard faible et déçu qui avait perdu des enfants et ne s'était jamais consolé. Aussi je lisais, je chantais intérieurement sa prose, plus *dolce*, plus *lento* peut-être qu'elle n'était écrite, et la phrase la plus simple s'adressait à moi avec

une intonation attendrie. Plus que tout j'aimais sa
philosophie, je m'étais donné à elle pour toujours. Elle
me rendait impatient d'arriver à l'âge où j'entrerais au
collège, dans la classe appelée Philosophie. Mais je ne
voulais pas qu'on y fît autre chose que vivre uniquement
par la pensée de Bergotte, et si l'on m'avait dit que les
métaphysiciens auxquels je m'attacherais alors ne lui
ressembleraient en rien, j'aurais ressenti le désespoir d'un
amoureux qui veut aimer pour la vie et à qui on parle
des autres maîtresses qu'il aura plus tard.

Un dimanche, pendant ma lecture au jardin, je fus
dérangé par Swann qui venait voir mes parents.

« Qu'est-ce que vous lisez, on peut regarder ? Tiens,
du Bergotte ? Qui donc vous a indiqué ses ouvrages ? »
Je lui dis que c'était Bloch.

« Ah ! oui, ce garçon que j'ai vu une fois ici, qui
ressemble tellement au portrait de Mahomet II par Bellini[1].
Oh ! c'est frappant, il a les mêmes sourcils circonflexes,
le même nez recourbé, les mêmes pommettes saillantes.
Quand il aura une barbiche il sera la même personne.
En tous cas il a du goût, car Bergotte est un charmant
esprit. » Et voyant combien j'avais l'air d'admirer Bergotte, Swann qui ne parlait jamais des gens qu'il connaissait
fit, par bonté, une exception et me dit :

« Je le connais beaucoup, si cela pouvait vous faire
plaisir qu'il écrive un mot en tête de votre volume, je
pourrais le lui demander. » Je n'osai pas accepter, mais
posai à Swann des questions sur Bergotte. « Est-ce que
vous pourriez me dire quel est l'acteur qu'il préfère ? »

« L'acteur, je ne sais pas. Mais je sais qu'il n'égale aucun
artiste homme à la Berma qu'il met au-dessus de tout.
L'avez-vous entendue ?

— Non Monsieur, mes parents ne me permettent pas
d'aller au théâtre.

— C'est malheureux. Vous devriez leur demander. La
Berma dans *Phèdre,* dans *Le Cid,* ce n'est qu'une actrice
si vous voulez, mais vous savez je ne crois pas beaucoup
à la "*hiérarchie !*" des arts ; (et je remarquai comme cela
m'avait souvent frappé dans ses conversations avec les
sœurs de ma grand-mère que quand il parlait de choses
sérieuses, quand il employait une expression qui semblait
impliquer une opinion sur un sujet important, il avait soin
de l'isoler dans une intonation spéciale, machinale et

ironique, comme s'il l'avait mise entre guillemets, semblant ne pas vouloir la prendre à son compte, et dire :
« La *hiérarchie,* vous savez, comme disent les gens
ridicules ? » Mais alors, si c'était ridicule, pourquoi disait-il
la hiérarchie ?) Un instant après il ajouta :« Cela vous
donnera une vision aussi noble que n'importe quel
chef-d'œuvre, je ne sais pas moi... que — et il se mit à
rire — les Reines de Chartres[1] ! » Jusque-là cette horreur
d'exprimer sérieusement son opinion m'avait paru quelque
chose qui devait être élégant et parisien et qui s'opposait
au dogmatisme provincial des sœurs de ma grand-mère ;
et je soupçonnais aussi que c'était une des formes de
l'esprit dans la coterie où vivait Swann et où par réaction
sur le lyrisme des générations antérieures on réhabilitait
à l'excès les petits faits précis, réputés vulgaires autrefois,
et on proscrivait les « phrases ». Mais maintenant je
trouvais quelque chose de choquant dans cette attitude de
Swann en face des choses. Il avait l'air de ne pas oser avoir
une opinion et de n'être tranquille que quand il pouvait
donner méticuleusement des renseignements précis. Mais
il ne se rendait donc pas compte que c'était professer
l'opinion, postuler, que l'exactitude de ces détails avait de
l'importance. Je repensai alors à ce dîner où j'étais si triste
parce que maman ne devait pas monter dans ma chambre
et où il avait dit que les bals chez la princesse de Léon
n'avaient aucune importance. Mais c'était pourtant à ce
genre de plaisirs qu'il employait sa vie. Je trouvais tout
cela contradictoire. Pour quelle autre vie réservait-il de
dire enfin sérieusement ce qu'il pensait des choses, de
formuler des jugements qu'il pût ne pas mettre entre
guillemets, et de ne plus se livrer avec une politesse
pointilleuse à des occupations dont il professait en même
temps qu'elles sont ridicules ? Je remarquai aussi dans la
façon dont Swann me parla de Bergotte quelque chose
qui en revanche ne lui était pas particulier, mais au
contraire était dans ce temps-là commun à tous les
admirateurs de l'écrivain, à l'amie de ma mère, au docteur
du Boulbon. Comme Swann, ils disaient de Bergotte :
« C'est un charmant esprit, si particulier, il a une façon
à lui de dire les choses un peu cherchée, mais si agréable.
On n'a pas besoin de voir la signature, on reconnaît tout
de suite que c'est de lui. » Mais aucun n'aurait été jusqu'à
dire : « C'est un grand écrivain, il a un grand talent. »

Ils ne disaient même pas qu'il avait du talent. Ils ne le disaient pas parce qu'ils ne le savaient pas. Nous sommes très longs à reconnaître dans la physionomie particulière d'un nouvel écrivain le modèle qui porte le nom de « grand talent » dans notre musée des idées générales. Justement parce que cette physionomie est nouvelle nous ne la trouvons pas tout à fait ressemblante à ce que nous appelons talent. Nous disons plutôt originalité, charme, délicatesse, force ; et puis un jour nous nous rendons compte que c'est justement tout cela le talent.

« Est-ce qu'il y a des ouvrages de Bergotte où il ait parlé de la Berma ? demandai-je à M. Swann.

— Je crois dans sa petite plaquette sur Racine[1], mais elle doit être épuisée. Il y a peut-être eu cependant une réimpression. Je m'informerai. Je peux d'ailleurs demander à Bergotte tout ce que vous voulez, il n'y a pas de semaine dans l'année où il ne dîne à la maison. C'est le grand ami de ma fille. Ils vont ensemble visiter les vieilles villes, les cathédrales, les châteaux. »

Comme je n'avais aucune notion sur la hiérarchie sociale, depuis longtemps l'impossibilité que mon père trouvait à ce que nous fréquentions Mme et Mlle Swann avait eu plutôt pour effet, en me faisant imaginer entre elles et nous de grandes distances, de leur donner à mes yeux du prestige. Je regrettais que ma mère ne se teignît pas les cheveux et ne se mît pas de rouge aux lèvres comme j'avais entendu dire par notre voisine Mme Sazerat que Mme Swann le faisait pour plaire, non à son mari, mais à M. de Charlus, et je pensais que nous devions être pour elle un objet de mépris, ce qui me peinait surtout à cause de Mlle Swann qu'on m'avait dit être une si jolie petite fille et à laquelle je rêvais souvent en lui prêtant chaque fois un même visage arbitraire et charmant. Mais quand j'eus appris ce jour-là que Mlle Swann était un être d'une condition si rare, baignant comme dans son élément naturel au milieu de tant de privilèges, que quand elle demandait à ses parents s'il y avait quelqu'un à dîner, on lui répondait par ces syllabes remplies de lumière, par le nom de ce convive d'or qui n'était pour elle qu'un vieil ami de sa famille : Bergotte ; que, pour elle, la causerie intime à table, ce qui correspondait à ce qu'était pour moi la conversation de ma grand-tante, c'étaient des paroles de Bergotte sur tous ces sujets qu'il n'avait pu aborder

dans ses livres, et sur lesquels j'aurais voulu l'écouter
rendre ses oracles ; et qu'enfin, quand elle allait visiter des
villes, il cheminait à côté d'elle, inconnu et glorieux,
comme les Dieux qui descendaient au milieu des mortels ;
alors je sentis en même temps que le prix d'un être comme
Mlle Swann, combien je lui paraîtrais grossier et ignorant,
et j'éprouvai si vivement la douceur et l'impossibilité qu'il
y aurait pour moi à être son ami, que je fus rempli à la
fois de désir et de désespoir. Le plus souvent maintenant
quand je pensais à elle, je la voyais devant le porche d'une
cathédrale, m'expliquant la signification des statues, et,
avec un sourire qui disait du bien de moi, me présentant
comme son ami, à Bergotte. Et toujours le charme de
toutes les idées que faisaient naître en moi les cathédrales,
le charme des coteaux de l'Île-de-France et des plaines de
la Normandie faisait refluer ses reflets sur l'image que je
me formais de Mlle Swann : c'était être tout prêt à l'aimer.
Que nous croyions qu'un être participe à une vie inconnue
où son amour nous ferait pénétrer, c'est, de tout ce
qu'exige l'amour pour naître, ce à quoi il tient le plus,
et qui lui fait faire bon marché du reste. Même les femmes
qui prétendent ne juger un homme que sur son physique,
voient en ce physique l'émanation d'une vie spéciale. C'est
pourquoi elles aiment les militaires, les pompiers ; l'uniforme les rend moins difficiles pour le visage ; elles croient
baiser sous la cuirasse un cœur différent, aventureux et
doux ; et un jeune souverain, un prince héritier, pour faire
les plus flatteuses conquêtes, dans les pays étrangers qu'il
visite, n'a pas besoin du profil régulier qui serait peut-être
indispensable à un coulissier.

Tandis que je lisais au jardin, ce que ma grand-tante
n'aurait pas compris que je fisse en dehors du dimanche,
jour où il est défendu de s'occuper à rien de sérieux et
où elle ne cousait pas (un jour de semaine, elle m'aurait
dit « comment tu t'*amuses* encore à lire, ce n'est pourtant
pas dimanche » en donnant au mot amusement le sens
d'enfantillage et de perte de temps), ma tante Léonie
devisait avec Françoise, en attendant l'heure d'Eulalie. Elle
lui annonçait qu'elle venait de voir passer Mme Goupil
« sans parapluie, avec la robe de soie qu'elle s'est fait faire
à Châteaudun[1]. Si elle a loin à aller avant vêpres elle
pourrait bien la faire saucer ».

« Peut-être, peut-être » (ce qui signifiait peut-être non) disait Françoise pour ne pas écarter définitivement la possibilité d'une alternative plus favorable.

« Tiens, disait ma tante en se frappant le front, cela me fait penser que je n'ai point su si elle était arrivée à l'église après l'élévation. Il faudra que je pense à le demander à Eulalie... Françoise, regardez-moi ce nuage noir derrière le clocher et ce mauvais soleil sur les ardoises, bien sûr que la journée ne se passera pas sans pluie. Ce n'était pas possible que ça reste comme ça, il faisait trop chaud. Et le plus tôt sera le mieux, car tant que l'orage n'aura pas éclaté, mon eau de Vichy ne descendra pas », ajoutait ma tante dans l'esprit de qui le désir de hâter la descente de l'eau de Vichy l'emportait infiniment sur la crainte de voir Mme Goupil gâter sa robe.

« Peut-être, peut-être.

— Et c'est que, quand il pleut sur la place, il n'y a pas grand abri. Comment, trois heures ? s'écriait tout à coup ma tante en pâlissant, mais alors les vêpres sont commencées, j'ai oublié ma pepsine ! Je comprends maintenant pourquoi mon eau de Vichy me restait sur l'estomac. »

Et se précipitant sur un livre de messe relié en velours violet, monté d'or, et d'où, dans sa hâte, elle laissait s'échapper de ces images, bordées d'un bandeau de dentelle de papier jaunissante, qui marquent les pages des fêtes, ma tante, tout en avalant ses gouttes commençait à lire au plus vite les textes sacrés dont l'intelligence lui était légèrement obscurcie par l'incertitude de savoir si, prise aussi longtemps après l'eau de Vichy, la pepsine serait encore capable de la rattraper et de la faire descendre. « Trois heures, c'est incroyable ce que le temps passe ! »

Un petit coup au carreau, comme si quelque chose l'avait heurté, suivi d'une ample chute légère comme de grains de sable qu'on eût laissés tomber d'une fenêtre au-dessus, puis la chute s'étendant, se réglant, adoptant un rythme, devenant fluide, sonore, musicale, innombrable, universelle : c'était la pluie.

« Eh bien ! Françoise, qu'est-ce que je disais ? Ce que cela tombe ! Mais je crois que j'ai entendu le grelot de la porte du jardin, allez donc voir qui est-ce qui peut être dehors par un temps pareil. »

Françoise revenait :

« C'est Mme Amédée (ma grand-mère) qui a dit qu'elle allait faire un tour. Ça pleut pourtant fort.

— Cela ne me surprend point, disait ma tante en levant les yeux au ciel. J'ai toujours dit qu'elle n'avait point l'esprit fait comme tout le monde. J'aime mieux que ce soit elle que moi qui soit dehors en ce moment.

— Mme Amédée, c'est toujours tout l'extrême des autres », disait Françoise avec douceur, réservant pour le moment où elle serait seule avec les autres domestiques, de dire qu'elle croyait ma grand-mère un peu « piquée ».

« Voilà le salut passé ! Eulalie ne viendra plus, soupirait ma tante ; ce sera le temps qui lui aura fait peur.

— Mais il n'est pas cinq heures, Madame Octave, il n'est que quatre heures et demie.

— Que quatre heures et demie ? et j'ai été obligée de relever les petits rideaux pour avoir un méchant rayon de jour. À quatre heures et demie ! Huit jours avant les Rogations[1] ! Ah ! ma pauvre Françoise, il faut que le Bon Dieu soit bien en colère après nous. Aussi, le monde d'aujourd'hui en fait trop ! Comme disait mon pauvre Octave, on a trop oublié le Bon Dieu et il se venge. »

Une vive rougeur animait les joues de ma tante, c'était Eulalie. Malheureusement, à peine venait-elle d'être introduite que Françoise rentrait et avec un sourire qui avait pour but de se mettre elle-même à l'unisson de la joie qu'elle ne doutait pas que ses paroles allaient causer à ma tante, articulant les syllabes pour montrer que, malgré l'emploi du style indirect, elle rapportait, en bonne domestique, les paroles mêmes dont avait daigné se servir le visiteur :

« M. le Curé serait enchanté, ravi, si Madame Octave ne repose pas et pouvait le recevoir. M. le Curé ne veut pas déranger. M. le Curé est en bas, j'y ai dit d'entrer dans la salle. »

En réalité, les visites du curé ne faisaient pas à ma tante un aussi grand plaisir que le supposait Françoise et l'air de jubilation dont celle-ci croyait devoir pavoiser son visage chaque fois qu'elle avait à l'annoncer ne répondait pas entièrement au sentiment de la malade. Le curé (excellent homme avec qui je regrette de ne pas avoir causé davantage car s'il n'entendait rien aux arts, il connaissait beaucoup d'étymologies), habitué à donner aux visiteurs de marque des renseignements sur l'église (il avait même l'intention d'écrire un livre sur la paroisse de Combray), la fatiguait par des explications infinies et d'ailleurs toujours les mêmes[1]. Mais quand elle arrivait ainsi juste en même temps que celle d'Eulalie, sa visite devenait franchement désagréable à ma tante. Elle eût mieux aimé bien profiter d'Eulalie et ne pas avoir tout le monde à la fois. Mais elle n'osait pas ne pas recevoir le curé et faisait seulement signe à Eulalie de ne pas s'en aller en même temps que lui, qu'elle la garderait un peu seule quand il serait parti.

« Monsieur le Curé, qu'est-ce que l'on me disait, qu'il y a un artiste qui a installé son chevalet dans votre église pour copier un vitrail. Je peux dire que je suis arrivée à mon âge sans avoir jamais entendu parler d'une chose pareille ! Qu'est-ce que le monde aujourd'hui va donc chercher ! Et ce qu'il y a de plus vilain dans l'église !

— Je n'irai pas jusqu'à dire que c'est ce qu'il y a de plus vilain, car s'il y a à Saint-Hilaire des parties qui méritent d'être visitées, il y en a d'autres qui sont bien vieilles, dans ma pauvre basilique, la seule de tout le diocèse qu'on n'ait même pas restaurée ! Mon Dieu, le porche est sale et antique, mais enfin d'un caractère majestueux ; passe même pour les tapisseries d'Esther dont personnellement je ne donnerais pas deux sous, mais qui sont placées par les connaisseurs tout de suite après celles de Sens[2]. Je reconnais, d'ailleurs, qu'à côté de certains détails un peu réalistes, elles en présentent d'autres qui témoignent d'un véritable esprit d'observation. Mais qu'on ne vienne pas me parler des vitraux. Cela a-t-il du bon sens de laisser des fenêtres qui ne donnent pas de jour et trompent même la vue par ces reflets d'une couleur que je ne saurais définir, dans une église où il n'y a pas deux dalles qui soient au même niveau et qu'on se refuse à me remplacer sous prétexte que ce sont les tombes des abbés de Combray et des seigneurs de Guermantes, les anciens comtes de Brabant ? Les ancêtres directs du duc de Guermantes d'aujourd'hui et aussi de la duchesse puisqu'elle est une demoiselle de Guermantes qui a épousé son cousin. » (Ma grand-mère qui à force de se désintéresser des personnes finissait par confondre tous les noms, chaque fois qu'on prononçait celui de la duchesse de Guermantes prétendait que ce devait être une parente de Mme de Villeparisis. Tout le monde éclatait de rire ;

elle tâchait de se défendre en alléguant une certaine lettre de faire-part : « Il me semblait me rappeler qu'il y avait du Guermantes là-dedans. » Et pour une fois j'étais avec les autres contre elle, ne pouvant admettre qu'il y eût un lien entre son amie de pension et la descendante de Geneviève de Brabant.) « Voyez Roussainville, ce n'est plus aujourd'hui qu'une paroisse de fermiers, quoique dans l'antiquité cette localité ait dû un grand essor au commerce des chapeaux de feutre et des pendules. (Je ne suis pas certain de l'étymologie de Roussainville. Je croirais volontiers que le nom primitif était Rouville (*Radulfi villa*) comme Châteauroux (*Castrum Radulfi*) mais je vous parlerai de cela une autre fois[1].) Hé bien ! l'église a des vitraux superbes, presque tous modernes, et cette imposante *Entrée de Louis-Philippe à Combray*[2] qui serait mieux à sa place à Combray même, et qui vaut, dit-on, la fameuse verrière de Chartres. Je voyais même hier le frère du docteur Percepied qui est amateur et qui la regarde comme d'un plus beau travail. Mais, comme je le lui disais à cet artiste qui semble du reste très poli, qui est paraît-il un véritable virtuose du pinceau, que lui trouvez-vous donc d'extraordinaire à ce vitrail, qui est encore un peu plus sombre que les autres ?

— Je suis sûre que si vous le demandiez à Monseigneur », disait mollement ma tante qui commençait à penser qu'elle allait être fatiguée, « il ne vous refuserait pas un vitrail neuf.

— Comptez-y, Madame Octave, répondait le curé. Mais c'est justement Monseigneur qui a attaché le grelot à cette malheureuse verrière en prouvant qu'elle représente Gilbert le Mauvais[3], sire de Guermantes, le descendant direct de Geneviève de Brabant qui était une demoiselle de Guermantes, recevant l'absolution de saint Hilaire.

— Mais je ne vois pas où est saint Hilaire ?

— Mais si, dans le coin du vitrail vous n'avez jamais remarqué une dame en robe jaune ? Hé bien ! c'est saint Hilaire qu'on appelle aussi, vous le savez, dans certaines provinces saint Illiers, saint Hélier, et même, dans le Jura, saint Ylie. Ces diverses corruptions de *sanctus Hilarius* ne sont pas du reste les plus curieuses de celles qui se sont produites dans les noms des bienheureux. Ainsi votre patronne, ma bonne Eulalie, *sancta Eulalia*, savez-vous ce qu'elle est devenue en Bourgogne ? *Saint Éloi* tout simplement : elle est devenue un saint[4]. Voyez-vous,

Eulalie, qu'après votre mort on fasse de vous un homme ?

— Monsieur le Curé a toujours le mot pour rigoler.

— Le frère de Gilbert, Charles le Bègue, prince pieux mais qui, ayant perdu de bonne heure son père, Pépin l'Insensé[1], mort des suites de sa maladie mentale, exerçait le pouvoir suprême avec toute la présomption d'une jeunesse à qui la discipline a manqué[2], dès que la figure d'un particulier ne lui revenait pas dans une ville, y faisait massacrer jusqu'au dernier habitant. Gilbert voulant se venger de Charles fit brûler l'église de Combray, la primitive église alors, celle que Théodebert, en quittant avec sa cour la maison de campagne qu'il avait près d'ici, à Thiberzy *(Theodeberciacus[3])*, pour aller combattre les Burgondes, avait promis de bâtir au-dessus du tombeau de saint Hilaire, si le Bienheureux lui procurait la victoire. Il n'en reste que la crypte où Théodore a dû vous faire descendre, puisque Gilbert brûla le reste. Ensuite il défit l'infortuné Charles avec l'aide de Guillaume le Conquérant (le curé prononçait Guilôme) ce qui fait que beaucoup d'Anglais viennent pour visiter. Mais il ne semble pas avoir su se concilier la sympathie des habitants de Combray, car ceux-ci se ruèrent sur lui à la sortie de la messe et lui tranchèrent la tête[4]. Du reste Théodore prête un petit livre qui donne les explications.

« Mais ce qui est incontestablement le plus curieux dans notre église, c'est le point de vue qu'on a du clocher et qui est grandiose. Certainement, pour vous qui n'êtes pas très forte, je ne vous conseillerais pas de monter nos quatre-vingt-dix-sept marches, juste la moitié du célèbre dôme de Milan. Il y a de quoi fatiguer une personne bien portante, d'autant plus qu'on monte plié en deux si on ne veut pas se casser la tête, et on ramasse avec ses effets toutes les toiles d'araignées de l'escalier. En tous cas il faudrait bien vous couvrir, ajoutait-il (sans apercevoir l'indignation que causait à ma tante l'idée qu'elle fût capable de monter dans le clocher), car il fait un de ces courants d'air une fois arrivé là-haut ! Certaines personnes affirment y avoir ressenti le froid de la mort. N'importe, le dimanche il y a toujours des sociétés qui viennent même de très loin pour admirer la beauté du panorama et qui s'en retournent enchantées. Tenez, dimanche prochain, si le temps se maintient, vous trouveriez certainement du monde, comme ce sont les Rogations. Il faut avouer du

reste qu'on jouit de là d'un coup d'œil féerique, avec des
sortes d'échappées sur la plaine qui ont un cachet tout
particulier. Quand le temps est clair on peut distinguer
jusqu'à Verneuil[1]. Surtout on embrasse à la fois des choses
qu'on ne peut voir habituellement que l'une sans l'autre,
comme le cours de la Vivonne et les fossés de Saint-Assise-
lès-Combray, dont elle est séparée par un rideau de grands
arbres, ou encore comme les différents canaux de
Jouy-le-Vicomte (*Gaudiacus vice comitis*[2], comme vous
savez). Chaque fois que je suis allé à Jouy-le-Vicomte,
j'ai bien vu un bout du canal, puis quand j'avais tourné
une rue j'en voyais un autre, mais alors je ne voyais plus
le précédent. J'avais beau les mettre ensemble par la
pensée, cela ne me faisait pas grand effet. Du clocher de
Saint-Hilaire c'est autre chose, c'est tout un réseau où la
localité est prise. Seulement on ne distingue pas d'eau,
on dirait de grandes fentes qui coupent si bien la ville en
quartiers, qu'elle est comme une brioche dont les
morceaux tiennent ensemble mais sont déjà découpés. Il
faudrait pour bien faire être à la fois dans le clocher de
Saint-Hilaire et à Jouy-le-Vicomte. »

Le curé avait tellement fatigué ma tante qu'à peine
était-il parti, elle était obligée de renvoyer Eulalie.

« Tenez, ma pauvre Eulalie », disait-elle d'une voix
faible, en tirant une pièce d'une petite bourse qu'elle avait
à portée de sa main, « voilà pour que vous ne m'oubliiez
pas dans vos prières.

— Ah ! mais Madame Octave, je ne sais pas si je dois,
vous savez bien que ce n'est pas pour cela que je viens ! »
disait Eulalie avec la même hésitation et le même embarras,
chaque fois, que si c'était la première, et avec une
apparence de mécontentement qui égayait ma tante mais
ne lui déplaisait pas, car si un jour Eulalie, en prenant la
pièce, avait un air un peu moins contrarié que de coutume,
ma tante disait :

« Je ne sais pas ce qu'avait Eulalie ; je lui ai pourtant
donné la même chose que d'habitude, elle n'avait pas l'air
contente.

— Je crois qu'elle n'a pourtant pas à se plaindre »,
soupirait Françoise, qui avait une tendance à considérer
comme de la menue monnaie tout ce que lui donnait ma
tante pour elle ou pour ses enfants, et comme des trésors
follement gaspillés pour une ingrate les piécettes mises

chaque dimanche dans la main d'Eulalie, mais si discrète-
ment que Françoise n'arrivait jamais à les voir. Ce n'est
pas que l'argent que ma tante donnait à Eulalie, Françoise
l'eût voulu pour elle. Elle jouissait suffisamment de ce que
ma tante possédait, sachant que les richesses de la maîtresse
du même coup élèvent et embellissent aux yeux de tous
sa servante ; et qu'elle, Françoise, était insigne et glorifiée
dans Combray, Jouy-le-Vicomte et autres lieux, pour les
nombreuses fermes de ma tante, les visites fréquentes et
prolongées du curé, le nombre singulier des bouteilles
d'eau de Vichy consommées. Elle n'était avare que pour
ma tante ; si elle avait géré sa fortune, ce qui eût été son
rêve, elle l'aurait préservée des entreprises d'autrui avec
une férocité maternelle. Elle n'aurait pourtant pas trouvé
grand mal à ce que ma tante, qu'elle savait incurablement
généreuse, se fût laissée aller à donner, si au moins ç'avait
été à des riches. Peut-être pensait-elle que ceux-là, n'ayant
pas besoin des cadeaux de ma tante, ne pouvaient être
soupçonnés de l'aimer à cause d'eux. D'ailleurs offerts à
des personnes d'une grande position de fortune, à
Mme Sazerat, à M. Swann, à M. Legrandin, à Mme Goupil,
à des personnes « de même rang » que ma tante et qui
« allaient bien ensemble », ils lui apparaissaient comme
faisant partie des usages de cette vie étrange et brillante
des gens riches qui chassent, se donnent des bals, se font
des visites et qu'elle admirait en souriant. Mais il n'en allait
plus de même si les bénéficiaires de la générosité de ma
tante étaient de ceux que Françoise appelait « des gens
comme moi, des gens qui ne sont pas plus que moi » et
qui étaient ceux qu'elle méprisait le plus à moins qu'ils
ne l'appelassent « Madame Françoise » et ne se considé-
rassent comme étant « moins qu'elle ». Et quand elle vit
que, malgré ses conseils, ma tante n'en faisait qu'à sa tête
et jetait l'argent — Françoise le croyait du moins — pour
des créatures indignes, elle commença à trouver bien petits
les dons que ma tante lui faisait en comparaison des
sommes imaginaires prodiguées à Eulalie. Il n'y avait pas
dans les environs de Combray de ferme si conséquente
que Françoise ne supposât qu'Eulalie eût pu facilement
l'acheter, avec tout ce que lui rapportaient ses visites. Il
est vrai qu'Eulalie faisait la même estimation des richesses
immenses et cachées de Françoise. Habituellement, quand
Eulalie était partie, Françoise prophétisait sans bien-

veillance sur son compte. Elle la haïssait, mais elle la craignait et se croyait tenue, quand elle était là, à lui faire « bon visage ». Elle se rattrapait après son départ, sans la nommer jamais à vrai dire, mais en proférant des oracles sibyllins, ou des sentences d'un caractère général telles que celles de l'Ecclésiaste, mais dont l'application ne pouvait échapper à ma tante. Après avoir regardé par le coin du rideau si Eulalie avait refermé la porte : « Les personnes flatteuses savent se faire bien venir et ramasser les pépettes ; mais patience, le Bon Dieu les punit tout par un beau jour », disait-elle avec le regard latéral et l'insinuation de Joas pensant exclusivement à Athalie quand il dit :

Le bonheur des méchants comme un torrent s'écoule[1].

Mais quand le curé était venu aussi et que sa visite interminable avait épuisé les forces de ma tante, Françoise sortait de la chambre derrière Eulalie et disait :

« Madame Octave, je vous laisse reposer, vous avez l'air beaucoup fatiguée. »

Et ma tante ne répondait même pas, exhalant un soupir qui semblait devoir être le dernier, les yeux clos, comme morte. Mais à peine Françoise était-elle descendue que quatre coups donnés avec la plus grande violence, retentissaient dans la maison et ma tante, dressée sur son lit criait :

« Est-ce qu'Eulalie est déjà partie ? Croyez-vous que j'ai oublié de lui demander si Mme Goupil était arrivée à la messe avant l'élévation ! Courez vite après elle ! »

Mais Françoise revenait n'ayant pu rattraper Eulalie.

« C'est contrariant, disait ma tante en hochant la tête. La seule chose importante que j'avais à lui demander ! »

Ainsi passait la vie pour ma tante Léonie, toujours identique, dans la douce uniformité de ce qu'elle appelait avec un dédain affecté et une tendresse profonde, son « petit traintrain ». Préservé par tout le monde, non seulement à la maison, où chacun ayant éprouvé l'inutilité de lui conseiller une meilleure hygiène, s'était peu à peu résigné à le respecter, mais même dans le village où, à trois rues de nous, l'emballeur, avant de clouer ses caisses, faisait demander à Françoise si ma tante ne « reposait pas » — ce traintrain fut pourtant troublé une fois cette

année-là. Comme un fruit caché qui serait parvenu à
maturité sans qu'on s'en aperçût et se détacherait
spontanément, survint une nuit la délivrance de la fille de
cuisine. Mais ses douleurs étaient intolérables, et comme
il n'y avait pas de sage-femme à Combray, Françoise dut
partir avant le jour en chercher une à Thiberzy. Ma tante,
à cause des cris de la fille de cuisine, ne put reposer, et
Françoise, malgré la courte distance, n'étant revenue que
très tard, lui manqua beaucoup. Aussi, ma mère me dit-elle
dans la matinée : « Monte donc voir si ta tante n'a besoin
de rien. » J'entrai dans la première pièce et, par la porte
ouverte, vis ma tante, couchée sur le côté, qui dormait ;
je l'entendis ronfler légèrement. J'allais m'en aller doucement mais sans doute le bruit que j'avais fait était intervenu
dans son sommeil et en avait « changé la vitesse », comme
on dit pour les automobiles, car la musique du ronflement
s'interrompit une seconde et reprit un ton plus bas, puis
elle s'éveilla et tourna à demi son visage que je pus voir
alors ; il exprimait une sorte de terreur ; elle venait
évidemment d'avoir un rêve affreux ; elle ne pouvait me
voir de la façon dont elle était placée, et je restais là ne
sachant si je devais m'avancer ou me retirer ; mais déjà
elle semblait revenue au sentiment de la réalité et avait
reconnu le mensonge des visions qui l'avaient effrayée ;
un sourire de joie, de pieuse reconnaissance envers Dieu
qui permet que la vie soit moins cruelle que les rêves,
éclaira faiblement son visage, et avec cette habitude qu'elle
avait prise de se parler à mi-voix à elle-même quand elle
se croyait seule, elle murmura : « Dieu soit loué ! nous
n'avons comme tracas que la fille de cuisine qui accouche.
Voilà-t-il pas que je rêvais que mon pauvre Octave était
ressuscité et qu'il voulait me faire faire une promenade
tous les jours ! » Sa main se tendit vers son chapelet qui
était sur la petite table, mais le sommeil recommençant
ne lui laissa pas la force de l'atteindre : elle se rendormit,
tranquillisée, et je sortis à pas de loup de la chambre sans
qu'elle ni personne eût jamais appris ce que j'avais
entendu.

Quand je dis qu'en dehors d'événements très rares,
comme cet accouchement, le traintrain de ma tante ne
subissait jamais aucune variation, je ne parle pas de celles
qui, se répétant toujours identiques à des intervalles
réguliers, n'introduisaient au sein de l'uniformité qu'une

sorte d'uniformité secondaire. C'est ainsi que tous les samedis, comme Françoise allait dans l'après-midi au marché de Roussainville-le-Pin, le déjeuner était pour tout le monde, une heure plus tôt. Et ma tante avait si bien pris l'habitude de cette dérogation hebdomadaire à ses habitudes, qu'elle tenait à cette habitude-là autant qu'aux autres. Elle y était si bien « routinée », comme disait Françoise, que s'il lui avait fallu un samedi, attendre pour déjeuner l'heure habituelle, cela l'eût autant « dérangée » que si elle avait dû, un autre jour, avancer son déjeuner à l'heure du samedi. Cette avance du déjeuner donnait d'ailleurs au samedi, pour nous tous, une figure particulière, indulgente, et assez sympathique. Au moment où d'habitude on a encore une heure à vivre avant la détente du repas, on savait que, dans quelques secondes, on allait voir arriver des endives précoces, une omelette de faveur, un bifteck immérité. Le retour de ce samedi asymétrique était un de ces petits événements intérieurs, locaux, presque civiques qui, dans les vies tranquilles et les sociétés fermées, créent une sorte de lien national et deviennent le thème favori des conversations, des plaisanteries, des récits exagérés à plaisir ; il eût été le noyau tout prêt pour un cycle légendaire si l'un de nous avait eu la tête épique. Dès le matin, avant d'être habillés, sans raison, pour le plaisir d'éprouver la force de la solidarité, on se disait les uns aux autres avec bonne humeur, avec cordialité, avec patriotisme : « Il n'y a pas de temps à perdre, n'oublions pas que c'est samedi ! » cependant que ma tante, conférant avec Françoise et songeant que la journée serait plus longue que d'habitude, disait : « Si vous leur faisiez un beau morceau de veau, comme c'est samedi. » Si à dix heures et demie un distrait tirait sa montre en disant : « Allons, encore une heure et demie avant le déjeuner », chacun était enchanté d'avoir à lui dire : « Mais voyons, à quoi pensez-vous, vous oubliez que c'est samedi ! » ; on en riait encore un quart d'heure après et on se promettait de monter raconter cet oubli à ma tante pour l'amuser. Le visage du ciel même semblait changé. Après le déjeuner, le soleil, conscient que c'était samedi, flânait une heure de plus au haut du ciel, et quand quelqu'un, pensant qu'on était en retard pour la promenade, disait : « Comment, seulement deux heures ? » en voyant passer les deux coups du clocher de Saint-Hilaire (qui ont l'habitude de ne rencontrer encore personne dans les chemins désertés à cause du repas de midi ou de la sieste, le long de la rivière vive et blanche que le pêcheur même a abandonnée, et passent solitaires dans le ciel vacant où ne restent que quelques nuages paresseux), tout le monde en chœur lui répondait : « Mais ce qui vous trompe, c'est qu'on a déjeuné une heure plus tôt, vous savez bien que c'est samedi ! » La surprise d'un barbare (nous appelions ainsi tous les gens qui ne savaient pas ce qu'avait de particulier le samedi) qui, étant venu à onze heures pour parler à mon père, nous avait trouvés à table, était une des choses qui, dans sa vie, avaient le plus égayé Françoise. Mais si elle trouvait amusant que le visiteur interloqué ne sût pas que nous déjeunions plus tôt le samedi, elle trouvait plus comique encore (tout en sympathisant du fond du cœur avec ce chauvinisme étroit) que mon père, lui, n'eût pas eu l'idée que ce barbare pouvait l'ignorer et eût répondu sans autre explication à son étonnement de nous voir déjà dans la salle à manger : « Mais voyons, c'est samedi ! » Parvenue à ce point de son récit, elle essuyait des larmes d'hilarité et pour accroître le plaisir qu'elle éprouvait, elle prolongeait le dialogue, inventait ce qu'avait répondu le visiteur à qui ce « samedi » n'expliquait rien. Et bien loin de nous plaindre de ses additions, elles ne nous suffisaient pas encore et nous disions : « Mais il me semblait qu'il avait dit aussi autre chose. C'était plus long la première fois quand vous l'avez raconté. » Ma grand-tante elle-même laissait son ouvrage, levait la tête et regardait par-dessus son lorgnon.

Le samedi avait encore ceci de particulier que ce jour-là, pendant le mois de mai, nous sortions après le dîner pour aller au « mois de Marie ».

Comme nous y rencontrions parfois M. Vinteuil[1], très sévère pour le « genre déplorable des jeunes gens négligés, dans les idées de l'époque actuelle », ma mère prenait garde que rien ne clochât dans ma tenue, puis on partait pour l'église[2]. C'est au mois de Marie que je me souviens d'avoir commencé à aimer les aubépines. N'étant pas seulement dans l'église, si sainte, mais où nous avions le droit d'entrer, posées sur l'autel même, inséparables des mystères à la célébration desquels elles prenaient part, elles faisaient courir au milieu des flambeaux et des vases sacrés leurs branches attachées horizontalement les unes aux autres en un apprêt de fête, et qu'enjolivaient encore les festons de leur feuillage sur lequel étaient semés à profusion, comme sur une traîne de mariée, de petits bouquets de boutons d'une blancheur éclatante. Mais, sans oser les regarder qu'à la dérobée, je sentais que ces apprêts pompeux étaient vivants et que c'était la nature elle-même qui, en creusant ces découpures dans les feuilles, en ajoutant l'ornement suprême de ces blancs boutons, avait rendu cette décoration digne de ce qui était à la fois une réjouissance populaire et une solennité mystique. Plus haut s'ouvraient leurs corolles çà et là avec une grâce insouciante, retenant si négligemment comme un dernier et vaporeux atour le bouquet d'étamines, fines comme des fils de la Vierge, qui les embrumait tout entières, qu'en suivant, qu'en essayant de mimer au fond de moi le geste de leur efflorescence, je l'imaginais comme si ç'avait été le mouvement de tête étourdi et rapide, au regard coquet, aux pupilles diminuées, d'une blanche jeune fille, distraite et vive. M. Vinteuil était venu avec sa fille se placer à côté de nous. D'une bonne famille, il avait été le professeur de piano des sœurs de ma grand-mère et quand, après la mort de sa femme et un héritage qu'il avait fait, il s'était retiré auprès de Combray, on le recevait souvent à la maison. Mais d'une pudibonderie excessive, il cessa de venir pour ne pas rencontrer Swann qui avait fait ce qu'il appelait « un mariage déplacé, dans le goût du jour ». Ma mère, ayant appris qu'il composait, lui avait dit par amabilité que, quand elle irait le voir, il faudrait qu'il lui fît entendre quelque chose de lui. M. Vinteuil en aurait eu beaucoup de joie, mais il poussait la politesse et la bonté jusqu'à de tels scrupules que, se mettant toujours à la place des autres, il craignait de les ennuyer et de leur paraître égoïste s'il suivait ou seulement laissait deviner son désir. Le jour où mes parents étaient allés chez lui en visite, je les avais accompagnés, mais ils m'avaient permis de rester dehors, et comme la maison de M. Vinteuil, Montjouvain, était en contrebas d'un monticule buissonneux, où je m'étais caché, je m'étais trouvé de plain-pied avec le salon du second étage, à cinquante centimètres de la fenêtre. Quand on était venu lui annoncer mes parents, j'avais vu M. Vinteuil se hâter de mettre en évidence sur le piano un morceau de musique. Mais une fois mes parents entrés, il l'avait retiré et mis dans un coin. Sans doute avait-il craint de leur laisser supposer qu'il n'était heureux de les voir que pour leur jouer de ses compositions. Et chaque fois que ma mère était revenue à la charge au cours de la visite, il avait répété plusieurs fois : « Mais je ne sais qui a mis cela sur le piano, ce n'est pas sa place », et avait détourné la conversation sur d'autres sujets, justement parce que ceux-là l'intéressaient moins. Sa seule passion était pour sa fille et celle-ci qui avait l'air d'un garçon paraissait si robuste qu'on ne pouvait s'empêcher de sourire en voyant les précautions que son père prenait pour elle, ayant toujours des châles supplémentaires à lui jeter sur les épaules. Ma grand-mère faisait remarquer quelle expression douce, délicate, presque timide passait souvent dans les regards de cette enfant si rude, dont le visage était semé de taches de son. Quand elle venait de prononcer une parole elle l'entendait avec l'esprit de ceux à qui elle l'avait dite, s'alarmait des malentendus possibles et on voyait s'éclairer, se découper comme par transparence, sous la figure hommasse du « bon diable », les traits plus fins d'une jeune fille éplorée.

Quand, au moment de quitter l'église, je m'agenouillai devant l'autel, je sentis tout d'un coup, en me relevant, s'échapper des aubépines une odeur amère et douce d'amandes, et je remarquai alors sur les fleurs de petites places plus blondes, sous lesquelles je me figurai que devait être cachée cette odeur comme sous les parties gratinées le goût d'une frangipane ou sous leurs taches de rousseur celui des joues de Mlle Vinteuil. Malgré la silencieuse immobilité des aubépines, cette intermittente odeur était comme le murmure de leur vie intense dont l'autel vibrait ainsi qu'une haie agreste visitée par de vivantes antennes, auxquelles on pensait en voyant certaines étamines presque rousses qui semblaient avoir gardé la virulence printanière, le pouvoir irritant, d'insectes aujourd'hui métamorphosés en fleurs.

Nous causions un moment avec M. Vinteuil devant le porche en sortant de l'église. Il intervenait entre les gamins qui se chamaillaient sur la place, prenait la défense des petits, faisait des sermons aux grands. Si sa fille nous disait de sa grosse voix combien elle avait été contente de nous voir, aussitôt il semblait qu'en elle-même une sœur plus sensible rougissait de ce propos de bon garçon étourdi qui avait pu nous faire croire qu'elle sollicitait d'être invitée chez nous. Son père lui jetait un manteau sur les épaules, ils montaient dans un petit buggy qu'elle conduisait elle-même et tous deux retournaient à Montjouvain. Quant à nous, comme c'était le lendemain dimanche et qu'on ne se lèverait que pour la grand-messe, s'il faisait clair de lune et que l'air fût chaud, au lieu de nous faire rentrer directement, mon père, par amour de la gloire, nous faisait faire par le calvaire une longue promenade, que le peu d'aptitude de ma mère à s'orienter et à se reconnaître dans son chemin, lui faisait considérer comme la prouesse d'un génie stratégique. Parfois nous allions jusqu'au viaduc, dont les enjambées de pierre commençaient à la gare et me représentaient l'exil et la détresse hors du monde civilisé parce que chaque année en venant de Paris, on nous recommandait de faire bien attention, quand ce serait Combray, de ne pas laisser passer la station, d'être prêts d'avance car le train repartait au bout de deux minutes et s'engageait sur le viaduc au-delà des pays chrétiens dont Combray marquait pour moi l'extrême limite. Nous revenions par le boulevard de la gare, où étaient les plus agréables villas de la commune. Dans chaque jardin le clair de lune, comme Hubert Robert, semait ses degrés rompus de marbre blanc, ses jets d'eau, ses grilles entrouvertes. Sa lumière avait détruit le bureau du Télégraphe. Il n'en subsistait plus qu'une colonne à demi brisée, mais qui gardait la beauté d'une ruine immortelle. Je traînais la jambe, je tombais de sommeil, l'odeur des tilleuls qui embaumait m'apparaissait comme une récompense qu'on ne pouvait obtenir qu'au prix des plus grandes fatigues et qui n'en valait pas la peine. De grilles fort éloignées les unes des autres, des chiens réveillés par nos pas solitaires faisaient alterner des aboiements comme il m'arrive encore quelquefois d'en entendre le soir, et entre lesquels dut venir (quand sur son emplacement on créa le jardin public de Combray) se réfugier le boulevard de la gare, car, où que je me trouve, dès qu'ils commencent à retentir et à se répondre, je l'aperçois, avec ses tilleuls et son trottoir éclairé par la lune.

Tout d'un coup mon père nous arrêtait et demandait à ma mère : « Où sommes-nous ? » Épuisée par la marche, mais fière de lui, elle lui avouait tendrement qu'elle n'en

savait absolument rien. Il haussait les épaules et riait. Alors,
comme s'il l'avait sortie de la poche de son veston avec
sa clef, il nous montrait debout devant nous la petite porte
de derrière de notre jardin qui était venue avec le coin
de la rue du Saint-Esprit nous attendre au bout de ces
chemins inconnus. Ma mère lui disait avec admiration :
« Tu es extraordinaire ! » Et à partir de cet instant, je
n'avais plus un seul pas à faire, le sol marchait pour moi
dans ce jardin où depuis si longtemps mes actes avaient
cessé d'être accompagnés d'attention volontaire : l'Habitude venait de me prendre dans ses bras et me portait
jusqu'à mon lit comme un petit enfant.

Si la journée du samedi, qui commençait une heure plus
tôt, et où elle était privée de Françoise, passait plus
lentement qu'une autre pour ma tante, elle en attendait
pourtant le retour avec impatience depuis le commencement de la semaine, comme contenant toute la nouveauté
et la distraction que fût encore capable de supporter son
corps affaibli et maniaque. Et ce n'est pas cependant qu'elle
n'aspirât parfois à quelque plus grand changement, qu'elle
n'eût de ces heures d'exception où l'on a soif de quelque
chose d'autre que ce qui est, et où ceux que le manque
d'énergie ou d'imagination empêche de tirer d'eux-mêmes
un principe de rénovation, demandent à la minute qui
vient, au facteur qui sonne, de leur apporter du nouveau,
fût-ce du pire, une émotion, une douleur ; où la sensibilité,
que le bonheur a fait taire comme une harpe oisive, veut
résonner sous une main, même brutale, et dût-elle en être
brisée ; où la volonté, qui a si difficilement conquis le droit
d'être livrée sans obstacle à ses désirs, à ses peines, voudrait
jeter les rênes entre les mains d'événements impérieux,
fussent-ils cruels. Sans doute, comme les forces de ma
tante, taries à la moindre fatigue, ne lui revenaient que
goutte à goutte au sein de son repos, le réservoir était
très long à remplir, et il se passait des mois avant qu'elle
eût ce léger trop-plein que d'autres dérivent dans l'activité
et dont elle était incapable de savoir et de décider
comment user. Je ne doute pas qu'alors — comme le désir
de la remplacer par des pommes de terre béchamel finissait
au bout de quelque temps par naître du plaisir même que
lui causait le retour quotidien de la purée dont elle ne
se « fatiguait » pas — elle ne tirât de l'accumulation de

ces jours monotones auxquels elle tenait tant, l'attente d'un cataclysme domestique limité à la durée d'un moment mais qui la forcerait d'accomplir une fois pour toutes un de ces changements dont elle reconnaissait qu'ils lui seraient salutaires et auxquels elle ne pouvait d'elle-même se décider. Elle nous aimait véritablement, elle aurait eu plaisir à nous pleurer ; survenant à un moment où elle se sentait bien et n'était pas en sueur, la nouvelle que la maison était la proie d'un incendie où nous avions déjà tous péri et qui n'allait plus bientôt laisser subsister une seule pierre des murs, mais auquel elle aurait eu tout le temps d'échapper sans se presser, à condition de se lever tout de suite, a dû souvent hanter ses espérances comme unissant aux avantages secondaires de lui faire savourer dans un long regret toute sa tendresse pour nous, et d'être la stupéfaction du village en conduisant notre deuil, courageuse et accablée, moribonde debout, celui bien plus précieux de la forcer au bon moment, sans temps à perdre, sans possibilité d'hésitation énervante, à aller passer l'été dans sa jolie ferme de Mirougrain, où il y avait une chute d'eau. Comme n'était jamais survenu aucun événement de ce genre, dont elle méditait certainement la réussite quand elle était seule absorbée dans ses innombrables jeux de patience (et qui l'eût désespérée au premier commencement de réalisation, au premier de ces petits faits imprévus, de cette parole annonçant une mauvaise nouvelle et dont on ne peut plus jamais oublier l'accent, de tout ce qui porte l'empreinte de la mort réelle, bien différente de sa possibilité logique et abstraite), elle se rabattait pour rendre de temps en temps sa vie plus intéressante, à y introduire des péripéties imaginaires qu'elle suivait avec passion. Elle se plaisait à supposer tout d'un coup que Françoise la volait, qu'elle recourait à la ruse pour s'en assurer, la prenait sur le fait ; habituée, quand elle faisait seule des parties de cartes, à jouer à la fois son jeu et le jeu de son adversaire, elle se prononçait à elle-même les excuses embarrassées de Françoise et y répondait avec tant de feu et d'indignation que l'un de nous, entrant à ces moments-là, la trouvait en nage, les yeux étincelants, ses faux cheveux déplacés laissant voir son front chauve. Françoise entendit peut-être parfois de la chambre voisine de mordants sarcasmes qui s'adressaient à elle et dont l'invention n'eût pas soulagé suffisamment ma tante

s'ils étaient restés à l'état purement immatériel, et si en
les murmurant à mi-voix elle ne leur eût donné plus de
réalité. Quelquefois, ce « spectacle dans un lit[1] » ne
suffisait même pas à ma tante, elle voulait faire jouer ses
pièces. Alors, un dimanche, toutes portes mystérieusement
fermées, elle confiait à Eulalie ses doutes sur la probité
de Françoise, son intention de se défaire d'elle, et une
autre fois, à Françoise ses soupçons de l'infidélité d'Eulalie
à qui la porte serait bientôt fermée ; quelques jours après
elle était dégoûtée de sa confidente de la veille et
racoquinée avec le traître, lesquels d'ailleurs, pour la
prochaine représentation, échangeraient leurs emplois.
Mais les soupçons que pouvait parfois lui inspirer Eulalie,
n'étaient qu'un feu de paille et tombaient vite, faute
d'aliment, Eulalie n'habitant pas la maison. Il n'en était
pas de même de ceux qui concernaient Françoise, que ma
tante sentait perpétuellement sous le même toit qu'elle,
sans que, par crainte de prendre froid si elle sortait de
son lit, elle osât descendre à la cuisine se rendre compte
s'ils étaient fondés. Peu à peu son esprit n'eut plus d'autre
occupation que de chercher à deviner ce qu'à chaque
moment pouvait faire, et chercher à lui cacher, Françoise.
Elle remarquait les plus furtifs mouvements de physionomie de celle-ci, une contradiction dans ses paroles, un désir
qu'elle semblait dissimuler. Et elle lui montrait qu'elle
l'avait démasquée, d'un seul mot qui faisait pâlir Françoise
et que ma tante semblait trouver, à enfoncer au cœur de
la malheureuse, un divertissement cruel. Et le dimanche
suivant, une révélation d'Eulalie — comme ces découvertes qui ouvrent tout d'un coup un champ insoupçonné
à une science naissante et qui se traînait dans l'ornière —
prouvait à ma tante qu'elle était dans ses suppositions bien
au-dessous de la vérité. « Mais Françoise doit le savoir
maintenant que vous y avez donné une voiture. — Que
je lui ai donné une voiture ! s'écriait ma tante. — Ah !
mais je ne sais pas, moi, je croyais, je l'avais vue qui passait
maintenant en calèche, fière comme Artaban, pour aller
au marché de Roussainville. J'avais cru que c'était
Mme Octave qui lui avait donné. » Peu à peu Françoise
et ma tante, comme la bête et le chasseur, ne cessaient
plus de tâcher de prévenir les ruses l'une de l'autre. Ma
mère craignait qu'il ne se développât chez Françoise une
véritable haine pour ma tante qui l'offensait le plus

durement qu'elle le pouvait. En tous cas Françoise attachait
de plus en plus aux moindres paroles, aux moindres gestes
de ma tante une attention extraordinaire. Quand elle avait
quelque chose à lui demander, elle hésitait longtemps sur
la manière dont elle devait s'y prendre. Et quand elle avait
proféré sa requête, elle observait ma tante à la dérobée,
tâchant de deviner dans l'aspect de sa figure ce que celle-ci
avait pensé et déciderait. Et ainsi — tandis que quelque
artiste qui, lisant les Mémoires du XVIIe siècle et désirant
de se rapprocher du grand Roi, croit marcher dans cette
voie en se fabriquant une généalogie qui le fait descendre
d'une famille historique ou en entretenant une correspondance avec un des souverains actuels de l'Europe, tourne
précisément le dos à ce qu'il a le tort de chercher sous
des formes identiques et par conséquent mortes — une
vieille dame de province qui ne faisait qu'obéir sincèrement à d'irrésistibles manies et à une méchanceté née de
l'oisiveté, voyait sans avoir jamais pensé à Louis XIV, les
occupations les plus insignifiantes de sa journée, concer-
nant son lever, son déjeuner, son repos, prendre par leur
singularité despotique un peu de l'intérêt de ce que
Saint-Simon appelait la « mécanique » de la vie à
Versailles[1], et pouvait croire aussi que ses silences, une
nuance de bonne humeur ou de hauteur dans sa
physionomie, étaient de la part de Françoise l'objet d'un
commentaire aussi passionné, aussi craintif que l'étaient
le silence, la bonne humeur, la hauteur du Roi quand un
courtisan, ou même les plus grands seigneurs, lui avaient
remis une supplique, au détour d'une allée, à Versailles.

Un dimanche, où ma tante avait eu la visite simultanée
du curé et d'Eulalie, et s'était ensuite reposée, nous étions
tous montés lui dire bonsoir et maman lui adressait ses
condoléances sur la mauvaise chance qui amenait toujours
ses visiteurs à la même heure :

« Je sais que les choses se sont encore mal arrangées
tantôt, Léonie, lui dit-elle avec douceur, vous avez eu tout
votre monde à la fois. »

Ce que ma grand-tante interrompit par : « Abondance
de biens... » car depuis que sa fille était malade elle croyait
devoir la remonter en lui présentant toujours tout par le
bon côté. Mais mon père prenant la parole :

« Je veux profiter, dit-il, de ce que toute la famille est
réunie pour vous faire un récit sans avoir besoin de le

recommencer à chacun. J'ai peur que nous ne soyons fâchés avec Legrandin : il m'a à peine dit bonjour ce matin. »

Je ne restai pas pour entendre le récit de mon père, car j'étais justement avec lui après la messe quand nous avions rencontré M. Legrandin, et je descendis à la cuisine demander le menu du dîner qui tous les jours me distrayait comme les nouvelles qu'on lit dans un journal et m'excitait à la façon d'un programme de fête. Comme M. Legrandin avait passé près de nous en sortant de l'église, marchant à côté d'une châtelaine du voisinage que nous ne connaissions que de vue, mon père avait fait un salut à la fois amical et réservé, sans que nous nous arrêtions ; M. Legrandin avait à peine répondu, d'un air étonné, comme s'il ne nous reconnaissait pas, et avec cette perspective du regard particulière aux personnes qui ne veulent pas être aimables et qui, du fond subitement prolongé de leurs yeux, ont l'air de vous apercevoir comme au bout d'une route interminable et à une si grande distance qu'elles se contentent de vous adresser un signe de tête minuscule pour le proportionner à vos dimensions de marionnette.

Or, la dame qu'accompagnait Legrandin était une personne vertueuse et considérée ; il ne pouvait être question qu'il fût en bonne fortune et gêné d'être surpris, et mon père se demandait comment il avait pu mécontenter Legrandin. « Je regretterais d'autant plus de le savoir fâché, dit mon père, qu'au milieu de tous ces gens endimanchés il a, avec son petit veston droit, sa cravate molle, quelque chose de si peu apprêté, de si vraiment simple, et un air presque ingénu qui est tout à fait sympathique. » Mais le conseil de famille fut unanimement d'avis que mon père s'était fait une idée, ou que Legrandin, à ce moment-là, était absorbé par quelque pensée. D'ailleurs la crainte de mon père fut dissipée dès le lendemain soir. Comme nous revenions d'une grande promenade, nous aperçûmes près du Pont-Vieux Legrandin, qui à cause des fêtes, restait plusieurs jours à Combray. Il vint à nous la main tendue : « Connaissez-vous, monsieur le liseur, me demanda-t-il, ce vers de Paul Desjardins :

> *Les bois sont déjà noirs, le ciel est encor bleu*[1].

N'est-ce pas la fine notation de cette heure-ci ? Vous n'avez peut-être jamais lu Paul Desjardins. Lisez-le, mon enfant ;

aujourd'hui il se mue, me dit-on, en frère prêcheur, mais ce fut longtemps un aquarelliste limpide...

> *Les bois sont déjà noirs, le ciel est encor bleu...*

Que le ciel reste toujours bleu pour vous, mon jeune ami ; et même à l'heure, qui vient pour moi maintenant, où les bois sont déjà noirs, où la nuit tombe vite, vous vous consolerez comme je fais en regardant du côté du ciel. » Il sortit de sa poche une cigarette, resta longtemps les yeux à l'horizon. « Adieu, les camarades », nous dit-il tout à coup, et il nous quitta.

À cette heure où je descendais apprendre le menu, le dîner était déjà commencé, et Françoise, commandant aux forces de la nature devenues ses aides, comme dans les féeries où les géants se font engager comme cuisiniers, frappait la houille, donnait à la vapeur des pommes de terre à étuver et faisait finir à point par le feu les chefs-d'œuvre culinaires d'abord préparés dans des récipients de céramistes qui allaient des grandes cuves, marmites, chaudrons et poissonnières, aux terrines pour le gibier, moules à pâtisserie, et petits pots de crème en passant par une collection complète de casseroles de toutes dimensions. Je m'arrêtais à voir sur la table, où la fille de cuisine venait de les écosser, les petits pois alignés et nombrés comme des billes vertes dans un jeu ; mais mon ravissement était devant les asperges, trempées d'outremer et de rose et dont l'épi, finement pignoché de mauve et d'azur, se dégrade insensiblement jusqu'au pied — encore souillé pourtant du sol de leur plant — par des irisations qui ne sont pas de la terre. Il me semblait que ces nuances célestes trahissaient les délicieuses créatures qui s'étaient amusées à se métamorphoser en légumes et qui, à travers le déguisement de leur chair comestible et ferme, laissaient apercevoir en ces couleurs naissantes d'aurore, en ces ébauches d'arc-en-ciel, en cette extinction de soirs bleus, cette essence précieuse que je reconnaissais encore quand, toute la nuit qui suivait un dîner où j'en avais mangé, elles jouaient, dans leurs farces poétiques et grossières comme une féerie de Shakespeare, à changer mon pot de chambre en un vase de parfum[1].

La pauvre Charité de Giotto, comme l'appelait Swann, chargée par Françoise de les « plumer », les avait près

d'elle dans une corbeille, son air était douloureux, comme
si elle ressentait tous les malheurs de la terre ; et les légères
couronnes d'azur qui ceignaient les asperges au-dessus de
leurs tuniques de rose étaient finement dessinées, étoile
par étoile, comme le sont dans la fresque les fleurs bandées
autour du front ou piquées dans la corbeille de la Vertu
de Padoue. Et cependant, Françoise tournait à la broche
un de ces poulets, comme elle seule savait en rôtir, qui
avaient porté loin dans Combray l'odeur de ses mérites,
et qui, pendant qu'elle nous les servait à table, faisaient
prédominer la douceur dans ma conception spéciale de
son caractère, l'arôme de cette chair qu'elle savait rendre
si onctueuse et si tendre n'étant pour moi que le propre
parfum d'une de ses vertus.

Mais le jour où, pendant que mon père consultait le
conseil de famille sur la rencontre de Legrandin, je
descendis à la cuisine, était un de ceux où la Charité de
Giotto, très malade de son accouchement récent, ne
pouvait se lever ; Françoise, n'étant plus aidée, était en
retard. Quand je fus en bas, elle était en train, dans
l'arrière-cuisine qui donnait sur la basse-cour, de tuer un
poulet qui, par sa résistance désespérée et bien naturelle,
mais accompagnée par Françoise hors d'elle, tandis qu'elle
cherchait à lui fendre le cou sous l'oreille, des cris de « sale
bête ! sale bête ! », mettait la sainte douceur et l'onction
de notre servante un peu moins en lumière qu'il n'eût fait,
au dîner du lendemain, par sa peau brodée d'or comme
une chasuble et son jus précieux égoutté d'un ciboire[1].
Quand il fut mort, Françoise recueillit le sang qui coulait
sans noyer sa rancune, eut encore un sursaut de colère,
et regardant le cadavre de son ennemi, dit une dernière
fois : « Sale bête ! » Je remontai tout tremblant ; j'aurais
voulu qu'on mît Françoise tout de suite à la porte. Mais
qui m'eût fait des boules aussi chaudes, du café aussi
parfumé, et même... ces poulets ?... Et en réalité, ce lâche
calcul, tout le monde avait eu à le faire comme moi. Car
ma tante Léonie savait — ce que j'ignorais encore — que
Françoise qui, pour sa fille, pour ses neveux, aurait donné
sa vie sans une plainte, était pour d'autres êtres d'une
dureté singulière. Malgré cela ma tante l'avait gardée, car
si elle connaissait sa cruauté, elle appréciait son service.
Je m'aperçus peu à peu que la douceur, la componction,
les vertus de Françoise cachaient des tragédies d'arrière-

cuisine, comme l'histoire découvre que les règnes des Rois et des Reines, qui sont représentés les mains jointes dans les vitraux des églises, furent marqués d'incidents sanglants. Je me rendis compte que, en dehors de ceux de sa parenté, les humains excitaient d'autant plus sa pitié par leurs malheurs, qu'ils vivaient plus éloignés d'elle. Les torrents de larmes qu'elle versait en lisant le journal sur les infortunes des inconnus se tarissaient vite si elle pouvait se représenter la personne qui en était l'objet d'une façon un peu précise. Une de ces nuits qui suivirent l'accouchement de la fille de cuisine, celle-ci fut prise d'atroces coliques ; maman l'entendit se plaindre, se leva et réveilla Françoise qui, insensible, déclara que tous ces cris étaient une comédie, qu'elle voulait « faire la maîtresse ». Le médecin, qui craignait ces crises, avait mis un signet, dans un livre de médecine que nous avions, à la page où elles sont décrites et où il nous avait dit de nous reporter pour trouver l'indication des premiers soins à donner. Ma mère envoya Françoise chercher le livre en lui recommandant de ne pas laisser tomber le signet. Au bout d'une heure, Françoise n'était pas revenue ; ma mère indignée crut qu'elle s'était recouchée et me dit d'aller voir moi-même dans la bibliothèque. J'y trouvai Françoise qui, ayant voulu regarder ce que le signet marquait, lisait la description clinique de la crise et poussait des sanglots maintenant qu'il s'agissait d'une malade-type qu'elle ne connaissait pas. À chaque symptôme douloureux mentionné par l'auteur du traité, elle s'écriait « Hé là ! Sainte Vierge, est-il possible que le Bon Dieu veuille faire souffrir ainsi une malheureuse créature humaine ? Hé ! la pauvre ! »

Mais dès que je l'eus appelée et qu'elle fut revenue près du lit de la Charité de Giotto, ses larmes cessèrent aussitôt de couler ; elle ne put reconnaître ni cette agréable sensation de pitié et d'attendrissement qu'elle connaissait bien et que la lecture des journaux lui avait souvent donnée, ni aucun plaisir de même famille, dans l'ennui et dans l'irritation de s'être levée au milieu de la nuit pour la fille de cuisine, et à la vue des mêmes souffrances dont la description l'avait fait pleurer, elle n'eut plus que des ronchonnements de mauvaise humeur, même d'affreux sarcasmes, disant, quand elle crut que nous étions partis et ne pouvions plus l'entendre : « Elle n'avait qu'à ne pas faire ce qu'il faut pour ça ! ça lui a fait plaisir ! qu'elle ne fasse pas de manières maintenant. Faut-il tout de même qu'un garçon ait été abandonné du Bon Dieu pour aller avec *ça*. Ah ! c'est bien comme on disait dans le patois de ma pauvre mère :

> *Qui du cul d'un chien s'amourose,*
> *Il lui paraît une rose. »*

Si, quand son petit-fils était un peu enrhumé du cerveau, elle partait la nuit, même malade, au lieu de se coucher, pour voir s'il n'avait besoin de rien, faisant quatre lieues à pied avant le jour afin d'être rentrée pour son travail, en revanche ce même amour des siens et son désir d'assurer la grandeur future de sa maison se traduisait dans sa politique à l'égard des autres domestiques par une maxime constante qui fut de n'en jamais laisser un seul s'implanter chez ma tante, qu'elle mettait d'ailleurs une sorte d'orgueil à ne laisser approcher par personne, préférant, quand elle-même était malade, se relever pour lui donner son eau de Vichy plutôt que de permettre l'accès de la chambre de sa maîtresse à la fille de cuisine. Et comme cet hyménoptère observé par Fabre, la guêpe fouisseuse[1], qui pour que ses petits après sa mort aient de la viande fraîche à manger, appelle l'anatomie au secours de sa cruauté et, ayant capturé des charançons et des araignées, leur perce avec un savoir et une adresse merveilleux le centre nerveux d'où dépend le mouvement des pattes, mais non les autres fonctions de la vie, de façon que l'insecte paralysé près duquel elle dépose ses œufs, fournisse aux larves quand elles écloront un gibier docile, inoffensif, incapable de fuite ou de résistance, mais nullement faisandé, Françoise trouvait pour servir sa volonté permanente de rendre la maison intenable à tout domestique, des ruses si savantes et si impitoyables que, bien des années plus tard, nous apprîmes que si cet été-là nous avions mangé presque tous les jours des asperges, c'était parce que leur odeur donnait à la pauvre fille de cuisine chargée de les éplucher des crises d'asthme d'une telle violence qu'elle fut obligée de finir par s'en aller.

Hélas ! nous devions définitivement changer d'opinion sur Legrandin. Un des dimanches qui suivit la rencontre sur le Pont-Vieux après laquelle mon père avait dû confesser son erreur, comme la messe finissait et qu'avec

le soleil et le bruit du dehors quelque chose de si peu
sacré entrait dans l'église que Mme Goupil, Mme Percepied (toutes les personnes qui tout à l'heure, à mon arrivée
un peu en retard, étaient restées les yeux absorbés dans
leur prière et que j'aurais même pu croire ne m'avoir pas
vu entrer si, en même temps, leurs pieds n'avaient repoussé
légèrement le petit banc qui m'empêchait de gagner ma
chaise) commençaient à s'entretenir avec nous à haute voix
de sujets tout temporels comme si nous étions déjà sur
la place, nous vîmes sur le seuil brûlant du porche,
dominant le tumulte bariolé du marché, Legrandin, que
le mari de cette dame avec qui nous l'avions dernièrement
rencontré, était en train de présenter à la femme d'un autre
gros propriétaire terrien des environs. La figure de
Legrandin exprimait une animation, un zèle extraordinaires ; il fit un profond salut avec un renversement
secondaire en arrière, qui ramena brusquement son dos
au-delà de la position de départ et qu'avait dû lui
apprendre le mari de sa sœur, Mme de Cambremer. Ce
redressement rapide fit refluer en une sorte d'onde
fougueuse et musclée la croupe de Legrandin que je ne
supposais pas si charnue ; et je ne sais pourquoi cette
ondulation de pure matière, ce flot tout charnel, sans
expression de spiritualité et qu'un empressement plein de
bassesse fouettait en tempête, éveillèrent tout d'un coup
dans mon esprit la possibilité d'un Legrandin tout différent
de celui que nous connaissions. Cette dame le pria de dire
quelque chose à son cocher, et tandis qu'il allait jusqu'à
la voiture, l'empreinte de joie timide et dévouée que la
présentation avait marquée sur son visage y persistait
encore. Ravi dans une sorte de rêve, il souriait, puis il
revint vers la dame en se hâtant et, comme il marchait
plus vite qu'il n'en avait l'habitude, ses deux épaules
oscillaient de droite et de gauche ridiculement, et il avait
l'air tant il s'y abandonnait entièrement en n'ayant plus
souci du reste, d'être le jouet inerte et mécanique du
bonheur. Cependant, nous sortions du porche, nous
allions passer à côté de lui, il était trop bien élevé pour
détourner la tête, mais il fixa de son regard soudain chargé
d'une rêverie profonde un point si éloigné de l'horizon
qu'il ne put nous voir et n'eut pas à nous saluer. Son visage
restait ingénu au-dessus d'un veston souple et droit qui
avait l'air de se sentir fourvoyé malgré lui au milieu d'un

luxe détesté. Et une lavallière à pois qu'agitait le vent de
la Place continuait à flotter sur Legrandin comme l'éten-
dard de son fier isolement et de sa noble indépendance.
Au moment où nous arrivions à la maison, maman s'aperçut
qu'on avait oublié le saint-honoré et demanda à mon père
de retourner avec moi sur nos pas dire qu'on l'apportât tout
de suite. Nous croisâmes près de l'église Legrandin qui
venait en sens inverse conduisant la même dame à sa
voiture. Il passa contre nous, ne s'interrompit pas de parler
à sa voisine et nous fit du coin de son œil bleu un petit signe
en quelque sorte intérieur aux paupières et qui, n'intéressant pas les muscles de son visage, put passer parfaitement
inaperçu de son interlocutrice ; mais, cherchant à compenser par l'intensité du sentiment le champ un peu étroit où
il en circonscrivait l'expression, dans ce coin d'azur qui
nous était affecté il fit pétiller tout l'entrain de la bonne
grâce qui dépassa l'enjouement, frisa la malice ; il subtilisa
les finesses de l'amabilité jusqu'aux clignements de la
connivence, aux demi-mots, aux sous-entendus, aux
mystères de la complicité ; et finalement exalta les assu-
rances d'amitié jusqu'aux protestations de tendresse,
jusqu'à la déclaration d'amour, illuminant alors pour nous
seuls d'une langueur secrète et invisible à la châtelaine, une
prunelle énamourée dans un visage de glace.

Il avait précisément demandé la veille à mes parents
de m'envoyer dîner ce soir-là avec lui : « Venez tenir
compagnie à votre vieil ami, m'avait-il dit. Comme le
bouquet qu'un voyageur nous envoie d'un pays où nous
ne retournerons plus, faites-moi respirer du lointain de
votre adolescence ces fleurs des printemps que j'ai
traversés moi aussi il y a bien des années. Venez avec la
primevère, la barbe de chanoine, le bassin d'or, venez
avec le sédum dont est fait le bouquet de dilection de la
flore balzacienne[1], avec la fleur du jour de la Résurrection,
la pâquerette et la boule de neige des jardins qui
commence à embaumer dans les allées de votre grand-tante
quand ne sont pas encore fondues les dernières boules de
neige des giboulées de Pâques. Venez avec la glorieuse
vêture de soie du lis digne de Salomon, et l'émail
polychrome des pensées, mais venez surtout avec la brise
fraîche encore des dernières gelées et qui va entrouvrir,
pour les deux papillons qui depuis ce matin attendent à
la porte, la première rose de Jérusalem[2]. »

On se demandait à la maison si on devait m'envoyer tout de même dîner avec M. Legrandin. Mais ma grand-mère refusa de croire qu'il eût été impoli. « Vous reconnaissez vous-même qu'il vient là avec sa tenue toute simple qui n'est guère celle d'un mondain. » Elle déclarait qu'en tous cas, et à tout mettre au pis, s'il l'avait été, mieux valait ne pas avoir l'air de s'en être aperçu. À vrai dire mon père lui-même, qui était pourtant le plus irrité contre l'attitude qu'avait eue Legrandin, gardait peut-être un dernier doute sur le sens qu'elle comportait. Elle était comme toute attitude ou action où se révèle le caractère profond et caché de quelqu'un : elle ne se relie pas à ses paroles antérieures, nous ne pouvons pas la faire confirmer par le témoignage du coupable qui n'avouera pas ; nous en sommes réduits à celui de nos sens dont nous nous demandons, devant ce souvenir isolé et incohérent, s'ils n'ont pas été le jouet d'une illusion ; de sorte que de telles attitudes, les seules qui aient de l'importance, nous laissent souvent quelques doutes.

Je dînai avec Legrandin sur sa terrasse ; il faisait clair de lune : « Il y a une jolie qualité de silence, n'est-ce pas, me dit-il ; aux cœurs blessés comme l'est le mien, un romancier que vous lirez plus tard prétend que conviennent seulement l'ombre et le silence[1]. Et voyez-vous, mon enfant, il vient dans la vie une heure dont vous êtes bien loin encore où les yeux las ne tolèrent plus qu'une lumière, celle qu'une belle nuit comme celle-ci prépare et distille avec l'obscurité, où les oreilles ne peuvent plus écouter de musique que celle que joue le clair de lune sur la flûte du silence. » J'écoutais les paroles de M. Legrandin qui me paraissaient toujours si agréables ; mais troublé par le souvenir d'une femme que j'avais aperçue dernièrement pour la première fois, et pensant, maintenant que je savais que Legrandin était lié avec plusieurs personnalités aristocratiques des environs, que peut-être il connaissait celle-ci, prenant mon courage, je lui dis : « Est-ce que vous connaissez, Monsieur, la... les châtelaines de Guermantes ? », heureux aussi en prononçant ce nom de prendre sur lui une sorte de pouvoir, par le seul fait de le tirer de mon rêve et de lui donner une existence objective et sonore.

Mais à ce nom de Guermantes, je vis au milieu des yeux bleus de notre ami se ficher une petite encoche brune

comme s'ils venaient d'être percés par une pointe invisible,
tandis que le reste de la prunelle réagissait en sécrétant
des flots d'azur. Le cerne de sa paupière noircit, s'abaissa.
Et sa bouche marquée d'un pli amer se ressaisissant plus
vite sourit, tandis que le regard restait douloureux, comme
celui d'un beau martyr dont le corps est hérissé de flèches :
« Non, je ne les connais pas », dit-il, mais au lieu de
donner à un renseignement aussi simple, à une réponse
aussi peu surprenante le ton naturel et courant qui
convenait, il le débita en appuyant sur les mots, en
s'inclinant, en saluant de la tête, à la fois avec l'insistance
qu'on apporte, pour être cru, à une affirmation invraisemblable — comme si ce fait qu'il ne connût pas les
Guermantes ne pouvait être l'effet que d'un hasard
singulier — et aussi avec l'emphase de quelqu'un qui, ne
pouvant pas taire une situation qui lui est pénible, préfère
la proclamer pour donner aux autres l'idée que l'aveu qu'il
fait ne lui cause aucun embarras, est facile, agréable,
spontané, que la situation elle-même — l'absence de
relations avec les Guermantes — pourrait bien avoir été
non pas subie, mais voulue par lui, résulter de quelque
tradition de famille, principe de morale ou vœu mystique
lui interdisant nommément la fréquentation des Guermantes. « Non, reprit-il, expliquant par ses paroles sa
propre intonation, non, je ne les connais pas, je n'ai jamais
voulu, j'ai toujours tenu à sauvegarder ma pleine
indépendance ; au fond je suis une tête jacobine, vous le
savez. Beaucoup de gens sont venus à la rescousse, on me
disait que j'avais tort de ne pas aller à Guermantes, que
je me donnais l'air d'un malotru, d'un vieil ours. Mais voilà
une réputation qui n'est pas pour m'effrayer, elle est si
vraie ! Au fond, je n'aime plus au monde que quelques
églises, deux ou trois livres, à peine davantage de tableaux,
et le clair de lune quand la brise de votre jeunesse apporte
jusqu'à moi l'odeur des parterres que mes vieilles prunelles
ne distinguent plus. » Je ne comprenais pas bien que pour
ne pas aller chez des gens qu'on ne connaît pas, il fût
nécessaire de tenir à son indépendance, et en quoi cela
pouvait vous donner l'air d'un sauvage ou d'un ours. Mais
ce que je comprenais c'est que Legrandin n'était pas tout
à fait véridique quand il disait n'aimer que les églises, le
clair de lune et la jeunesse ; il aimait beaucoup les gens
des châteaux et se trouvait pris devant eux d'une si grande

peur de leur déplaire qu'il n'osait pas leur laisser voir qu'il avait pour amis des bourgeois, des fils de notaires ou d'agents de change, préférant, si la vérité devait se découvrir, que ce fût en son absence, loin de lui et « par défaut » ; il était snob. Sans doute il ne disait jamais rien de tout cela dans le langage que mes parents et moi-même nous aimions tant. Et si je demandais : « Connaissez-vous les Guermantes ? », Legrandin le causeur répondait : « Non, je n'ai jamais voulu les connaître. » Malheureusement il ne le répondait qu'en second, car un autre Legrandin qu'il cachait soigneusement au fond de lui, qu'il ne montrait pas, parce que ce Legrandin-là savait sur le nôtre, sur son snobisme, des histoires compromettantes, un autre Legrandin avait déjà répondu par la blessure du regard, par le rictus de la bouche, par la gravité excessive du ton de la réponse, par les mille flèches dont notre Legrandin s'était trouvé en un instant lardé et alangui, comme un saint Sébastien du snobisme : « Hélas ! que vous me faites mal, non, je ne connais pas les Guermantes, ne réveillez pas la grande douleur de ma vie. » Et comme ce Legrandin enfant terrible, ce Legrandin maître chanteur, s'il n'avait pas le joli langage de l'autre, avait le verbe infiniment plus prompt, composé de ce qu'on appelle « réflexes », quand Legrandin le causeur voulait lui imposer silence, l'autre avait déjà parlé et notre ami avait beau se désoler de la mauvaise impression que les révélations de son *alter ego* avaient dû produire, il ne pouvait qu'entreprendre de la pallier.

Et certes cela ne veut pas dire que M. Legrandin ne fût pas sincère quand il tonnait contre les snobs. Il ne pouvait pas savoir, au moins par lui-même, qu'il le fût, puisque nous ne connaissons jamais que les passions des autres, et que ce que nous arrivons à savoir des nôtres, ce n'est que d'eux que nous avons pu l'apprendre. Sur nous, elles n'agissent que d'une façon seconde, par l'imagination qui substitue aux premiers mobiles, des mobiles de relais qui sont plus décents. Jamais le snobisme de Legrandin ne lui conseillait d'aller voir souvent une duchesse. Il chargeait l'imagination de Legrandin de lui faire apparaître cette duchesse comme parée de toutes les grâces. Legrandin se rapprochait de la duchesse, s'estimant de céder à cet attrait de l'esprit et de la vertu qu'ignorent les infâmes snobs. Seuls les autres savaient qu'il en était un ; car grâce à l'incapacité où ils étaient de comprendre le travail intermédiaire de son imagination, ils voyaient en face l'une de l'autre l'activité mondaine de Legrandin et sa cause première.

Maintenant, à la maison, on n'avait plus aucune illusion sur M. Legrandin et nos relations avec lui s'étaient fort espacées. Maman s'amusait infiniment chaque fois qu'elle prenait Legrandin en flagrant délit du péché qu'il n'avouait pas, qu'il continuait à appeler le péché sans rémission, le snobisme. Mon père, lui, avait de la peine à prendre les dédains de Legrandin avec tant de détachement et de gaieté ; et quand on pensa une année à m'envoyer passer les grandes vacances à Balbec avec ma grand-mère, il dit : « Il faut absolument que j'annonce à Legrandin que vous irez à Balbec, pour voir s'il vous offrira de vous mettre en rapport avec sa sœur. Il ne doit pas se souvenir nous avoir dit qu'elle demeurait à deux kilomètres de là. » Ma grand-mère qui trouvait qu'aux bains de mer il faut être du matin au soir sur la plage à humer le sel et qu'on n'y doit connaître personne, parce que les visites, les promenades sont autant de pris sur l'air marin, demandait au contraire qu'on ne parlât pas de nos projets à Legrandin, voyant déjà sa sœur, Mme de Cambremer, débarquant à l'hôtel au moment où nous serions sur le point d'aller à la pêche et nous forçant à rester enfermés pour la recevoir. Mais maman riait de ses craintes, pensant à part elle que le danger n'était pas si menaçant, que Legrandin ne serait pas si pressé de nous mettre en relations avec sa sœur. Or, sans qu'on eût besoin de lui parler de Balbec, ce fut lui-même, Legrandin, qui, ne se doutant pas que nous eussions jamais l'intention d'aller de ce côté, vint se mettre dans le piège un soir où nous le rencontrâmes au bord de la Vivonne.

« Il y a dans les nuages ce soir des violets et des bleus bien beaux, n'est-ce pas, mon compagnon, dit-il à mon père, un bleu surtout plus floral qu'aérien, un bleu de cinéraire, qui surprend dans le ciel. Et ce petit nuage rose n'a-t-il pas aussi un teint de fleur, d'œillet ou d'hydrangea ? Il n'y a guère que dans la Manche, entre Normandie et Bretagne, que j'ai pu faire de plus riches observations sur cette sorte de règne végétal de l'atmosphère. Là-bas près de Balbec, près de ces lieux si sauvages, il y a une petite baie d'une douceur charmante où le coucher de soleil du

pays d'Auge, le coucher de soleil rouge et or que je suis
loin de dédaigner, d'ailleurs, est sans caractère, insignifiant ; mais dans cette atmosphère humide et douce
s'épanouissent le soir en quelques instants de ces bouquets
célestes, bleus et roses, qui sont incomparables et qui
mettent souvent des heures à se faner. D'autres s'effeuil-
lent tout de suite et c'est alors plus beau encore de voir
le ciel entier que jonche la dispersion d'innombrables
pétales soufrés ou roses. Dans cette baie, dite d'opale, les
plages d'or semblent plus douces encore pour être
attachées comme de blondes Andromèdes à ces terribles
rochers des côtes voisines, à ce rivage funèbre, fameux
par tant de naufrages, où tous les hivers bien des barques
trépassent au péril de la mer. Balbec ! la plus antique
ossature géologique de notre sol, vraiment Ar-mor, la Mer,
la fin de la terre, la région maudite qu'Anatole France
— un enchanteur que devrait lire notre petit ami — a si
bien peinte, sous ses brouillards éternels, comme le
véritable pays des Cimmériens, dans l'*Odyssée*[1]. De Balbec
surtout, où déjà des hôtels se construisent, superposés au
sol antique et charmant qu'ils n'altèrent pas, quel délice
d'excursionner à deux pas dans ces régions primitives et
si belles.

— Ah ! est-ce que vous connaissez quelqu'un à Balbec ?
dit mon père. Justement ce petit-là doit y aller passer deux
mois avec sa grand-mère et peut-être avec ma femme. »

Legrandin pris au dépourvu par cette question à un
moment où ses yeux étaient fixés sur mon père, ne put
les détourner, mais les attachant de seconde en seconde
avec plus d'intensité — et tout en souriant tristement — sur
les yeux de son interlocuteur, avec un air d'amitié et de
franchise et de ne pas craindre de le regarder en face, il
sembla lui avoir traversé la figure comme si elle fût
devenue transparente, et voir en ce moment bien au-delà
derrière elle un nuage vivement coloré qui lui créait un
alibi mental et qui lui permettrait d'établir qu'au moment
où on lui avait demandé s'il connaissait quelqu'un à Balbec,
il pensait à autre chose et n'avait pas entendu la question.
Habituellement de tels regards font dire à l'interlocuteur :
« À quoi pensez-vous donc ? » Mais mon père curieux,
irrité et cruel, reprit :

« Est-ce que vous avez des amis de ce côté-là, que vous
connaissez si bien Balbec ? »

Dans un dernier effort désespéré, le regard souriant de Legrandin atteignit son maximum de tendresse, de vague, de sincérité et de distraction, mais, pensant sans doute qu'il n'y avait plus qu'à répondre, il nous dit :

« J'ai des amis partout où il y a des troupes d'arbres blessés, mais non vaincus, qui se sont rapprochés pour implorer ensemble avec une obstination pathétique un ciel inclément qui n'a pas pitié d'eux.

— Ce n'est pas cela que je voulais dire », interrompit mon père, aussi obstiné que les arbres et aussi impitoyable que le ciel. « Je demandais pour le cas où il arriverait n'importe quoi à ma belle-mère et où elle aurait besoin de ne pas se sentir là-bas en pays perdu, si vous y connaissez du monde ?

— Là comme partout, je connais tout le monde et je ne connais personne, répondit Legrandin qui ne se rendait pas si vite ; beaucoup les choses et fort peu les personnes. Mais les choses elles-mêmes y semblent des personnes, des personnes rares, d'une essence délicate et que la vie aurait déçues. Parfois c'est un castel que vous rencontrez sur la falaise, au bord du chemin où il s'est arrêté pour confronter son chagrin au soir encore rose où monte la lune d'or et dont les barques qui rentrent en striant l'eau diaprée hissent à leurs mâts la flamme et portent les couleurs ; parfois c'est une simple maison solitaire, plutôt laide, l'air timide mais romanesque, qui cache à tous les yeux quelque secret impérissable de bonheur et de désenchantement. Ce pays sans vérité, ajouta-t-il avec une délicatesse machiavélique, ce pays de pure fiction est d'une mauvaise lecture pour un enfant, et ce n'est certes pas lui que je choisirais et recommanderais pour mon petit ami déjà si enclin à la tristesse, pour son cœur prédisposé. Les climats de confidence amoureuse et de regret inutile peuvent convenir au vieux désabusé que je suis, ils sont toujours malsains pour un tempérament qui n'est pas formé. Croyez-moi, reprit-il avec insistance, les eaux de cette baie, déjà à moitié bretonne, peuvent exercer une action sédative, d'ailleurs discutable, sur un cœur qui n'est plus intact comme le mien, sur un cœur dont la lésion n'est plus compensée. Elles sont contre-indiquées à votre âge, petit garçon. Bonne nuit, voisins », ajouta-t-il en nous quittant avec cette brusquerie évasive dont il avait l'habitude et, se retournant vers nous avec un doigt levé de docteur, il résuma sa consultation : « Pas de Balbec avant cinquante ans et encore cela dépend de l'état du cœur », nous cria-t-il.

Mon père lui en reparla dans nos rencontres ultérieures, le tortura de questions, ce fut peine inutile : comme cet escroc érudit qui employait à fabriquer de faux palimpsestes un labeur et une science dont la centième partie eût suffi à lui assurer une situation plus lucrative[1], mais honorable, M. Legrandin, si nous avions insisté encore, aurait fini par édifier toute une éthique de paysage et une géographie céleste de la basse Normandie, plutôt que de nous avouer qu'à deux kilomètres de Balbec habitait sa propre sœur, et d'être obligé à nous offrir une lettre d'introduction qui n'eût pas été pour lui un tel sujet d'effroi s'il avait été absolument certain — comme il aurait dû l'être en effet avec l'expérience qu'il avait du caractère de ma grand-mère — que nous n'en aurions pas profité.

Nous rentrions toujours de bonne heure de nos promenades pour pouvoir faire une visite à ma tante Léonie avant le dîner. Au commencement de la saison, où le jour finit tôt, quand nous arrivions rue du Saint-Esprit, il y avait encore un reflet du couchant sur les vitres de la maison et un bandeau de pourpre au fond des bois du Calvaire, qui se reflétait plus loin dans l'étang, rougeur qui, accompagnée souvent d'un froid assez vif, s'associait, dans mon esprit, à la rougeur du feu au-dessus duquel rôtissait le poulet qui ferait succéder pour moi au plaisir poétique donné par la promenade, le plaisir de la gourmandise, de la chaleur et du repos. Dans l'été au contraire, quand nous rentrions, le soleil ne se couchait pas encore ; et pendant la visite que nous faisions chez ma tante Léonie, sa lumière qui s'abaissait et touchait la fenêtre était arrêtée entre les grands rideaux et les embrasses, divisée, ramifiée, filtrée, et incrustant de petits morceaux d'or le bois de citronnier de la commode, illuminait obliquement la chambre avec la délicatesse qu'elle prend dans les sous-bois. Mais certains jours fort rares, quand nous rentrions, il y avait bien longtemps que la commode avait perdu ses incrustations momentanées, il n'y avait plus quand nous arrivions rue du Saint-Esprit

nul reflet de couchant étendu sur les vitres et l'étang au
pied du calvaire avait perdu sa rougeur, quelquefois il était
déjà couleur d'opale et un long rayon de lune qui allait
en s'élargissant et se fendillait de toutes les rides de l'eau
le traversait tout entier. Alors, en arrivant près de la
maison, nous apercevions une forme sur le pas de la porte
et maman me disait :

« Mon Dieu ! voilà Françoise qui nous guette, ta tante
est inquiète ; aussi nous rentrons trop tard. »

Et sans avoir pris le temps d'enlever nos affaires, nous
montions vite chez ma tante Léonie pour la rassurer et
lui montrer que, contrairement à ce qu'elle imaginait déjà,
il ne nous était rien arrivé, mais que nous étions allés « du
côté de Guermantes » et, dame, quand on faisait cette
promenade-là, ma tante savait pourtant bien qu'on ne
pouvait jamais être sûr de l'heure à laquelle on serait
rentré.

« Là, Françoise, disait ma tante, quand je vous le disais,
qu'ils seraient allés du côté de Guermantes ! Mon Dieu !
ils doivent avoir une faim ! Et votre gigot qui doit être
tout desséché après ce qu'il a attendu. Aussi est-ce une
heure pour rentrer ! Comment, vous êtes allés du côté de
Guermantes !

— Mais je croyais que vous le saviez, Léonie, disait
maman. Je pensais que Françoise nous avait vus sortir par
la petite porte du potager. »

Car il y avait autour de Combray deux « côtés » pour
les promenades, et si opposés qu'on ne sortait pas en effet
de chez nous par la même porte, quand on voulait aller
d'un côté ou de l'autre : le côté de Méséglise-la-Vineuse,
qu'on appelait aussi le côté de chez Swann parce qu'on
passait devant la propriété de M. Swann pour aller par
là, et le côté de Guermantes. De Méséglise-la-Vineuse,
à vrai dire, je n'ai jamais connu que le « côté » et des
gens étrangers qui venaient le dimanche se promener à
Combray, des gens que, cette fois, ma tante elle-même
et nous tous ne « connaissions point » et qu'à ce signe
on tenait pour « des gens qui seront venus de Méséglise ».
Quant à Guermantes je devais un jour en connaître
davantage, mais bien plus tard seulement ; et pendant toute
mon adolescence, si Méséglise était pour moi quelque
chose d'inaccessible comme l'horizon, dérobé à la vue, si
loin qu'on allât, par les plis d'un terrain qui ne ressemblait

déjà plus à celui de Combray, Guermantes lui ne m'est
apparu que comme le terme plutôt idéal que réel de son
propre « côté », une sorte d'expression géographique
abstraite comme la ligne de l'équateur, comme le pôle,
comme l'orient. Alors, « prendre par Guermantes » pour
aller à Méséglise, ou le contraire, m'eût semblé une
expression aussi dénuée de sens que prendre par l'est pour
aller à l'ouest[1]. Comme mon père parlait toujours du côté
de Méséglise comme de la plus belle vue de la plaine qu'il
connût et du côté de Guermantes comme du type de
paysage de rivière, je leur donnais, en les concevant ainsi
comme deux entités, cette cohésion, cette unité qui
n'appartiennent qu'aux créations de notre esprit ; la
moindre parcelle de chacun d'eux me semblait précieuse
et manifester leur excellence particulière, tandis qu'à côté
d'eux, avant qu'on fût arrivé sur le sol sacré de l'un ou
de l'autre, les chemins purement matériels au milieu
desquels ils étaient posés comme l'idéal de la vue de plaine
et l'idéal du paysage de rivière, ne valaient pas plus la peine
d'être regardés que par le spectateur épris d'art dramatique
les petites rues qui avoisinent un théâtre. Mais surtout je
mettais entre eux, bien plus que leurs distances kilo-
métriques la distance qu'il y avait entre les deux parties
de mon cerveau où je pensais à eux, une de ces distances
dans l'esprit qui ne font pas qu'éloigner, qui séparent et
mettent dans un autre plan. Et cette démarcation était
rendue plus absolue encore parce que cette habitude que
nous avions de n'aller jamais vers les deux côtés un même
jour, dans une seule promenade, mais une fois du côté
de Méséglise, une fois du côté de Guermantes, les
enfermait pour ainsi dire loin l'un de l'autre, inconnaissa-
bles l'un à l'autre, dans les vases clos et sans communication
entre eux, d'après-midi différents[2].

Quand on voulait aller du côté de Méséglise, on sortait
(pas trop tôt et même si le ciel était couvert, parce que
la promenade n'était pas bien longue et n'entraînait pas
trop) comme pour aller n'importe où, par la grande porte
de la maison de ma tante sur la rue du Saint-Esprit. On
était salué par l'armurier, on jetait ses lettres à la boîte,
on disait en passant à Théodore, de la part de Françoise,
qu'elle n'avait plus d'huile ou de café, et l'on sortait de
la ville par le chemin qui passait le long de la barrière
blanche du parc de M. Swann. Avant d'y arriver, nous

rencontrions, venue au-devant des étrangers, l'odeur de
ses lilas. Eux-mêmes, d'entre les petits cœurs verts et frais
de leurs feuilles, levaient curieusement au-dessus de la
barrière du parc, leurs panaches de plumes mauves ou
blanches que lustrait, même à l'ombre, le soleil où elles
avaient baigné. Quelques-uns, à demi cachés par la petite
maison en tuiles appelée maison des Archers, où logeait
le gardien, dépassaient son pignon gothique de leur rose
minaret. Les Nymphes du printemps eussent semblé
vulgaires, auprès de ces jeunes houris qui gardaient dans
ce jardin français les tons vifs et purs des miniatures de
la Perse. Malgré mon désir d'enlacer leur taille souple et
d'attirer à moi les boucles étoilées de leur tête odorante,
nous passions sans nous arrêter, mes parents n'allant plus
à Tansonville depuis le mariage de Swann, et, pour ne
pas avoir l'air de regarder dans le parc, au lieu de prendre
le chemin qui longe sa clôture et qui monte directement
aux champs, nous en prenions un autre qui y conduit aussi,
mais obliquement, et nous faisait déboucher trop loin. Un
jour, mon grand-père dit à mon père :

« Vous rappelez-vous que Swann a dit hier que comme
sa femme et sa fille partaient pour Reims[1], il en profiterait
pour aller passer vingt-quatre heures à Paris ? Nous
pourrions longer le parc, puisque ces dames ne sont pas
là, cela nous abrégerait d'autant. »

Nous nous arrêtâmes un moment devant la barrière.
Le temps des lilas approchait de sa fin ; quelques-uns
effusaient encore en hauts lustres mauves les bulles
délicates de leurs fleurs, mais dans bien des parties du
feuillage où déferlait, il y avait seulement une semaine,
leur mousse embaumée, se flétrissait, diminuée et noircie,
une écume creuse, sèche et sans parfum. Mon grand-père
montrait à mon père en quoi l'aspect des lieux était resté
le même, et en quoi il avait changé, depuis la promenade
qu'il avait faite avec M. Swann le jour de la mort de sa
femme, et il saisit cette occasion pour raconter cette
promenade une fois de plus.

Devant nous, une allée bordée de capucines montait
en plein soleil vers le château. À droite, au contraire, le
parc s'étendait en terrain plat. Obscurcie par l'ombre des
grands arbres qui l'entouraient, une pièce d'eau avait été
creusée par les parents de Swann ; mais dans ses créations
les plus factices, c'est sur la nature que l'homme travaille ;

certains lieux font toujours régner autour d'eux leur
empire particulier, arborent leurs insignes immémoriaux
au milieu d'un parc comme ils auraient fait loin de toute
intervention humaine, dans une solitude qui revient
partout les entourer, surgie des nécessités de leur
exposition et superposée à l'œuvre humaine. C'est ainsi
qu'au pied de l'allée qui dominait l'étang artificiel, s'était
composée sur deux rangs, tressés de fleurs de myosotis
et de pervenches, la couronne naturelle, délicate et bleue
qui ceint le front clair-obscur des eaux, et que le glaïeul,
laissant fléchir ses glaives avec un abandon royal, étendait
sur l'eupatoire et la grenouillette au pied mouillé, les fleurs
de lis en lambeaux, violettes et jaunes, de son sceptre
lacustre.

Le départ de Mlle Swann qui — en m'ôtant la chance
terrible de la voir apparaître dans une allée, d'être connu
et méprisé par la petite fille privilégiée qui avait Bergotte
pour ami et allait avec lui visiter des cathédrales — me
rendait la contemplation de Tansonville indifférente la
première fois où elle m'était permise, semblait au contraire
ajouter à cette propriété, aux yeux de mon grand-père et
de mon père, des commodités, un agrément passager, et,
comme fait, pour une excursion en pays de montagnes,
l'absence de tout nuage, rendre cette journée exception-
nellement propice à une promenade de ce côté ; j'aurais
voulu que leurs calculs fussent déjoués, qu'un miracle fît
apparaître Mlle Swann avec son père, si près de nous, que
nous n'aurions pas le temps de l'éviter et serions obligés
de faire sa connaissance. Aussi, quand tout d'un coup,
j'aperçus sur l'herbe, comme un signe de sa présence
possible, un couffin oublié à côté d'une ligne dont le
bouchon flottait sur l'eau, je m'empressai de détourner
d'un autre côté, les regards de mon père et de mon
grand-père. D'ailleurs Swann nous ayant dit que c'était
mal à lui de s'absenter, car il avait pour le moment de
la famille à demeure, la ligne pouvait appartenir à quelque
invité. On n'entendait aucun bruit de pas dans les allées.
Divisant la hauteur d'un arbre incertain, un invisible oiseau
s'ingéniant à faire trouver la journée courte, explorait
d'une note prolongée, la solitude environnante, mais il
recevait d'elle une réplique si unanime, un choc en retour
si redoublé de silence et d'immobilité qu'on aurait dit qu'il
venait d'arrêter pour toujours l'instant qu'il avait cherché

à faire passer plus vite. La lumière tombait si implacable du ciel devenu fixe que l'on aurait voulu se soustraire à son attention, et l'eau dormante elle-même, dont des insectes irritaient perpétuellement le sommeil, rêvant sans doute de quelque Maelström imaginaire, augmentait le trouble où m'avait jeté la vue du flotteur de liège en semblant l'entraîner à toute vitesse sur les étendues silencieuses du ciel reflété ; presque vertical il paraissait prêt à plonger et déjà je me demandais si, sans tenir compte du désir et de la crainte que j'avais de la connaître, je n'avais pas le devoir de faire prévenir Mlle Swann que le poisson mordait — quand il me fallut rejoindre en courant mon père et mon grand-père qui m'appelaient, étonnés que je ne les eusse pas suivis dans le petit chemin qui monte vers les champs et où ils s'étaient engagés. Je le trouvai tout bourdonnant de l'odeur des aubépines. La haie formait comme une suite de chapelles qui disparaissaient sous la jonchée de leurs fleurs amoncelées en reposoir ; au-dessous d'elles, le soleil posait à terre un quadrillage de clarté, comme s'il venait de traverser une verrière ; leur parfum s'étendait aussi onctueux, aussi délimité en sa forme que si j'eusse été devant l'autel de la Vierge, et les fleurs, aussi parées, tenaient chacune d'un air distrait son étincelant bouquet d'étamines, fines et rayonnantes nervures de style flamboyant comme celles qui à l'église ajouraient la rampe du jubé ou les meneaux du vitrail et qui s'épanouissaient en blanche chair de fleur de fraisier. Combien naïves et paysannes en comparaison sembleraient les églantines qui, dans quelques semaines, monteraient elles aussi en plein soleil le même chemin rustique, en la soie unie de leur corsage rougissant qu'un souffle défait[1].

Mais j'avais beau rester devant les aubépines à respirer, à porter devant ma pensée qui ne savait ce qu'elle devait en faire, à perdre, à retrouver leur invisible et fixe odeur, à m'unir au rythme qui jetait leurs fleurs, ici et là, avec une allégresse juvénile et à des intervalles inattendus comme certains intervalles musicaux, elles m'offraient indéfiniment le même charme avec une profusion inépuisable, mais sans me le laisser approfondir davantage, comme ces mélodies qu'on rejoue cent fois de suite sans descendre plus avant dans leur secret. Je me détournais d'elles un moment, pour les aborder ensuite avec des forces plus

fraîches. Je poursuivais jusque sur le talus qui, derrière
la haie, montait en pente raide vers les champs, quelque
coquelicot perdu, quelques bluets restés paresseusement
en arrière, qui le décoraient çà et là de leurs fleurs comme
la bordure d'une tapisserie où apparaît clairsemé le motif
agreste qui triomphera sur le panneau ; rares encore,
espacés comme les maisons isolées qui annoncent déjà
l'approche d'un village, ils m'annonçaient l'immense
étendue où déferlent les blés, où moutonnent les nuages,
et la vue d'un seul coquelicot hissant au bout de son
cordage et faisant cingler au vent sa flamme rouge,
au-dessus de sa bouée graisseuse et noire, me faisait battre
le cœur, comme au voyageur qui aperçoit sur une terre
basse une première barque échouée que répare un calfat,
et s'écrie, avant de l'avoir encore vue : « La Mer ! »

Puis je revenais devant les aubépines comme devant ces
chefs-d'œuvre dont on croit qu'on saura mieux les voir
quand on a cessé un moment de les regarder, mais j'avais
beau me faire un écran de mes mains pour n'avoir qu'elles
sous les yeux, le sentiment qu'elles éveillaient en moi
restait obscur et vague, cherchant en vain à se dégager,
à venir adhérer à leurs fleurs. Elles ne m'aidaient pas à
l'éclaircir, et je ne pouvais demander à d'autres fleurs de
le satisfaire. Alors me donnant cette joie que nous
éprouvons quand nous voyons de notre peintre préféré
une œuvre qui diffère de celles que nous connaissions,
ou bien si l'on nous mène devant un tableau dont nous
n'avions vu jusque-là qu'une esquisse au crayon, si un
morceau entendu seulement au piano nous apparaît ensuite
revêtu des couleurs de l'orchestre, mon grand-père
m'appelant et me désignant la haie de Tansonville, me dit :
« Toi qui aimes les aubépines, regarde un peu cette épine
rose ; est-elle jolie ! » En effet c'était une épine, mais rose,
plus belle encore que les blanches. Elle aussi avait une
parure de fête — de ces seules vraies fêtes que sont les
fêtes religieuses, puisqu'un caprice contingent ne les
applique pas comme les fêtes mondaines à un jour
quelconque qui ne leur est pas spécialement destiné, qui
n'a rien d'essentiellement férié — mais une parure plus
riche encore, car les fleurs attachées sur la branche, les
unes au-dessus des autres, de manière à ne laisser aucune
place qui ne fût décorée, comme des pompons qui
enguirlandent une houlette rococo, étaient « en cou-

leur », par conséquent d'une qualité supérieure selon
l'esthétique de Combray, si l'on en jugeait par l'échelle
des prix dans le « magasin » de la Place, ou chez Camus
où étaient plus chers ceux des biscuits qui étaient roses.
Moi-même j'appréciais plus le fromage à la crème rose,
celui où l'on m'avait permis d'écraser des fraises. Et
justement ces fleurs avaient choisi une de ces teintes de
chose mangeable, ou de tendre embellissement à une
toilette pour une grande fête, qui, parce qu'elles leur
présentent la raison de leur supériorité, sont celles qui
semblent belles avec le plus d'évidence aux yeux des
enfants, et à cause de cela, gardent toujours pour eux
quelque chose de plus vif et de plus naturel que les autres
teintes, même lorsqu'ils ont compris qu'elles ne promettaient rien à leur gourmandise et n'avaient pas été choisies
par la couturière. Et certes, je l'avais tout de suite senti,
comme devant les épines blanches mais avec plus
d'émerveillement, que ce n'était pas facticement, par un
artifice de fabrication humaine, qu'était traduite l'intention
de festivité dans les fleurs, mais que c'était la nature qui,
spontanément, l'avait exprimée avec la naïveté d'une
commerçante de village travaillant pour un reposoir, en
surchargeant l'arbuste de ces rosettes d'un ton trop tendre
et d'un pompadour provincial. Au haut des branches,
comme autant de ces petits rosiers aux pots cachés dans
des papiers en dentelles, dont aux grandes fêtes on faisait
rayonner sur l'autel les minces fusées, pullulaient mille
petits boutons d'une teinte plus pâle qui, en s'entrouvrant,
laissaient voir, comme au fond d'une coupe de marbre
rose, de rouges sanguines et trahissaient plus encore que
les fleurs, l'essence particulière, irrésistible, de l'épine, qui,
partout où elle bourgeonnait, où elle allait fleurir, ne le
pouvait qu'en rose. Intercalé dans la haie, mais aussi
différent d'elle qu'une jeune fille en robe de fête au milieu
de personnes en négligé qui resteront à la maison, tout
prêt pour le mois de Marie, dont il semblait faire partie
déjà, tel brillait en souriant dans sa fraîche toilette rose,
l'arbuste catholique et délicieux[1].

La haie laissait voir à l'intérieur du parc une allée bordée
de jasmins, de pensées et de verveines entre lesquelles des
giroflées ouvraient leur bourse fraîche, du rose odorant
et passé d'un cuir ancien de Cordoue, tandis que sur le
gravier un long tuyau d'arrosage peint en vert, déroulant

ses circuits, dressait, aux points où il était percé, au-dessus des fleurs dont il imbibait les parfums, l'éventail vertical et prismatique de ses gouttelettes multicolores. Tout à coup, je m'arrêtai, je ne pus plus bouger, comme il arrive quand une vision ne s'adresse pas seulement à nos regards, mais requiert des perceptions plus profondes et dispose de notre être tout entier. Une fillette d'un blond roux qui avait l'air de rentrer de promenade et tenait à la main une bêche de jardinage, nous regardait, levant son visage semé de taches roses. Ses yeux noirs brillaient et comme je ne savais pas alors, ni ne l'ai appris depuis, réduire en ses éléments objectifs une impression forte, comme je n'avais pas, ainsi qu'on dit, assez « d'esprit d'observation » pour dégager la notion de leur couleur, pendant longtemps, chaque fois que je repensai à elle, le souvenir de leur éclat se présentait aussitôt à moi comme celui d'un vif azur, puisqu'elle était blonde : de sorte que, peut-être si elle n'avait pas eu des yeux aussi noirs — ce qui frappait tant la première fois qu'on la voyait — je n'aurais pas été, comme je le fus, plus particulièrement amoureux, en elle, de ses yeux bleus.

Je la regardais, d'abord de ce regard qui n'est pas que le porte-parole des yeux, mais à la fenêtre duquel se penchent tous les sens, anxieux et pétrifiés, le regard qui voudrait toucher, capturer, emmener le corps qu'il regarde et l'âme avec lui ; puis tant j'avais peur que d'une seconde à l'autre mon grand-père et mon père, apercevant cette jeune fille, me fissent éloigner en me disant de courir un peu devant eux, d'un second regard, inconsciemment supplicateur, qui tâchait de la forcer à faire attention à moi, à me connaître ! Elle jeta en avant et de côté ses pupilles pour prendre connaissance de mon grand-père et de mon père, et sans doute l'idée qu'elle en rapporta fut celle que nous étions ridicules, car elle se détourna et d'un air indifférent et dédaigneux, se plaça de côté pour épargner à son visage d'être dans leur champ visuel ; et tandis que continuant à marcher et ne l'ayant pas aperçue, ils m'avaient dépassé, elle laissa ses regards filer de toute leur longueur dans ma direction, sans expression particulière, sans avoir l'air de me voir, mais avec une fixité et un sourire dissimulé, que je ne pouvais interpréter d'après les notions que l'on m'avait données sur la bonne éducation, que comme une preuve d'outrageant mépris ;

et sa main esquissait en même temps un geste indécent, auquel quand il était adressé en public à une personne qu'on ne connaissait pas, le petit dictionnaire de civilité que je portais en moi ne donnait qu'un seul sens, celui d'une intention insolente.

« Allons, Gilberte, viens ; qu'est-ce que tu fais », cria d'une voix perçante et autoritaire une dame en blanc que je n'avais pas vue, et à quelque distance de laquelle un monsieur habillé de coutil et que je ne connaissais pas, fixait sur moi des yeux qui lui sortaient de la tête ; et cessant brusquement de sourire, la jeune fille prit sa bêche et s'éloigna sans se retourner de mon côté, d'un air docile, impénétrable et sournois.

Ainsi passa près de moi ce nom de Gilberte, donné comme un talisman qui me permettrait peut-être de retrouver un jour celle dont il venait de faire une personne et qui, l'instant d'avant, n'était qu'une image incertaine. Ainsi passa-t-il, proféré au-dessus des jasmins et des giroflées, aigre et frais comme les gouttes de l'arrosoir vert ; imprégnant, irisant la zone d'air pur qu'il avait traversée — et qu'il isolait — du mystère de la vie de celle qu'il désignait pour les êtres heureux qui vivaient, qui voyageaient avec elle ; déployant sous l'épinier rose, à hauteur de mon épaule, la quintessence de leur familiarité, pour moi si douloureuse, avec elle, avec l'inconnu de sa vie où je n'entrerais pas.

Un instant (tandis que nous nous éloignions et que mon grand-père murmurait : « Ce pauvre Swann, quel rôle ils lui font jouer : on le fait partir pour qu'elle reste seule avec son Charlus, car c'est lui, je l'ai reconnu ! Et cette petite, mêlée à toute cette infamie ! ») l'impression laissée en moi par le ton despotique avec lequel la mère de Gilberte lui avait parlé sans qu'elle répliquât, en me la montrant comme forcée d'obéir à quelqu'un, comme n'étant pas supérieure à tout, calma un peu ma souffrance, me rendit quelque espoir et diminua mon amour. Mais bien vite cet amour s'éleva de nouveau en moi comme une réaction par quoi mon cœur humilié voulait se mettre de niveau avec Gilberte ou l'abaisser jusqu'à lui. Je l'aimais, je regrettais de ne pas avoir eu le temps et l'inspiration de l'offenser, de lui faire mal, et de la forcer à se souvenir de moi. Je la trouvais si belle que j'aurais voulu pouvoir revenir sur mes pas, pour lui crier en haussant les épaules : « Comme je vous trouve laide, grotesque, comme vous me répugnez ! » Cependant je m'éloignais, emportant pour toujours, comme premier type d'un bonheur inaccessible aux enfants de mon espèce de par des lois naturelles impossibles à transgresser, l'image d'une petite fille rousse, à la peau semée de taches roses, qui tenait une bêche et qui riait en laissant filer sur moi de longs regards sournois et inexpressifs. Et déjà le charme dont son nom avait encensé cette place sous les épines roses où il avait été entendu ensemble par elle et par moi, allait gagner, enduire, embaumer, tout ce qui l'approchait, ses grands-parents que les miens avaient eu l'ineffable bonheur de connaître, la sublime profession d'agent de change, le douloureux quartier des Champs-Élysées qu'elle habitait à Paris[1].

« Léonie, dit mon grand-père en rentrant, j'aurais voulu t'avoir avec nous tantôt. Tu ne reconnaîtrais pas Tansonville. Si j'avais osé, je t'aurais coupé une branche de ces épines roses que tu aimais tant. » Mon grand-père racontait ainsi notre promenade à ma tante Léonie, soit pour la distraire, soit qu'on n'eût pas perdu tout espoir d'arriver à la faire sortir. Or elle aimait beaucoup autrefois cette propriété, et d'ailleurs les visites de Swann avaient été les dernières qu'elle avait reçues, alors qu'elle fermait déjà sa porte à tout le monde. Et de même que quand il venait maintenant prendre de ses nouvelles (elle était la seule personne de chez nous qu'il demandât encore à voir), elle lui faisait répondre qu'elle était fatiguée, mais qu'elle le laisserait entrer la prochaine fois, de même elle dit ce soir-là : « Oui, un jour qu'il fera beau, j'irai en voiture jusqu'à la porte du parc. » C'est sincèrement qu'elle le disait. Elle eût aimé revoir Swann et Tansonville ; mais le désir qu'elle en avait suffisait à ce qui lui restait de forces ; sa réalisation les eût excédées. Quelquefois le beau temps lui rendait un peu de vigueur, elle se levait, s'habillait ; la fatigue commençait avant qu'elle fût passée dans l'autre chambre et elle réclamait son lit. Ce qui avait commencé pour elle — plus tôt seulement que cela n'arrive d'habitude — c'est ce grand renoncement de la vieillesse qui se prépare à la mort, s'enveloppe dans sa chrysalide, et qu'on peut observer, à la fin des vies qui se prolongent tard, même entre les anciens amants qui se sont le plus aimés, entre les amis unis par les liens les plus spirituels et qui à partir d'une certaine année cessent de faire le voyage ou la sortie nécessaire pour se voir, cessent de s'écrire et savent qu'ils ne communiqueront plus en ce monde. Ma tante devait parfaitement savoir qu'elle ne reverrait pas Swann, qu'elle ne quitterait plus jamais la maison, mais cette réclusion définitive devait lui être rendue assez aisée pour la raison même qui selon nous aurait dû la lui rendre plus douloureuse : c'est que cette réclusion lui était imposée par la diminution qu'elle pouvait constater chaque jour dans ses forces, et qui, en faisant de chaque action, de chaque mouvement, une fatigue, sinon une souffrance, donnait pour elle à l'inaction, à l'isolement, au silence, la douceur réparatrice et bénie du repos.

Ma tante n'alla pas voir la haie d'épines roses, mais à tous moments je demandais à mes parents si elle n'irait pas, si autrefois elle allait souvent à Tansonville, tâchant de les faire parler des parents et grands-parents de Mlle Swann qui me semblaient grands comme des Dieux. Ce nom, devenu pour moi presque mythologique, de Swann, quand je causais avec mes parents, je languissais du besoin de le leur entendre dire, je n'osais pas le prononcer moi-même, mais je les entraînais sur des sujets qui avoisinaient Gilberte et sa famille, qui la concernaient, où je ne me sentais pas exilé trop loin d'elle ; et je contraignais tout d'un coup mon père, en feignant de croire par exemple que la charge de mon grand-père avait été déjà avant lui dans notre famille, ou que la haie d'épines roses que voulait voir ma tante Léonie se trouvait en terrain communal, à rectifier mon assertion, à me dire, comme malgré moi, comme de lui-même : « Mais non, cette charge-là était au père de *Swann*, cette haie fait partie du parc de *Swann*. » Alors j'étais obligé de reprendre ma respiration, tant, en se posant sur la place où il était toujours écrit en moi, pesait à m'étouffer ce nom qui, au moment où je l'entendais, me paraissait plus plein que tout autre, parce qu'il était lourd de toutes les fois où, d'avance, je l'avais mentalement proféré. Il me causait un plaisir que j'étais confus d'avoir osé réclamer à mes parents, car ce plaisir était si grand qu'il avait dû exiger d'eux pour qu'ils me le procurassent beaucoup de peine, et sans compensation, puisqu'il n'était pas un plaisir pour eux. Aussi je détournais la conversation par discrétion. Par scrupule

aussi. Toutes les séductions singulières que je mettais dans
ce nom de Swann, je les retrouvais en lui dès qu'ils le
prononçaient. Il me semblait alors tout d'un coup que mes
parents ne pouvaient pas ne pas les ressentir, qu'ils se
trouvaient placés à mon point de vue, qu'ils apercevaient
à leur tour, absolvaient, épousaient mes rêves, et j'étais
malheureux comme si je les avais vaincus et dépravés.

Cette année-là, quand, un peu plus tôt que d'habitude,
mes parents eurent fixé le jour de rentrer à Paris, le matin
du départ, comme on m'avait fait friser pour être
photographié, coiffer avec précaution un chapeau que je
n'avais encore jamais mis et revêtir une douillette de
velours, après m'avoir cherché partout, ma mère me trouva
en larmes dans le petit raidillon, contigu à Tansonville,
en train de dire adieu aux aubépines, entourant de mes
bras les branches piquantes, et, comme une princesse de
tragédie à qui pèseraient ces vains ornements, ingrat
envers l'importune main qui en formant tous ces nœuds
avait pris soin sur mon front d'assembler mes cheveux[1],
foulant aux pieds mes papillotes arrachées et mon chapeau
neuf. Ma mère ne fut pas touchée par mes larmes, mais
elle ne put retenir un cri à la vue de la coiffe défoncée
et de la douillette perdue. Je ne l'entendis pas : « Ô mes
pauvres petites aubépines, disais-je en pleurant, ce n'est
pas vous qui voudriez me faire du chagrin, me forcer à
partir. Vous, vous ne m'avez jamais fait de peine ! Aussi
je vous aimerai toujours. » Et, essuyant mes larmes, je leur
promettais, quand je serais grand, de ne pas imiter la vie
insensée des autres hommes et, même à Paris, les jours
de printemps, au lieu d'aller faire des visites et écouter
des niaiseries, de partir dans la campagne voir les
premières aubépines.

Une fois dans les champs, on ne les quittait plus pendant
tout le reste de la promenade qu'on faisait du côté de
Méséglise. Ils étaient perpétuellement parcourus, comme
par un chemineau invisible, par le vent qui était pour moi
le génie particulier de Combray. Chaque année, le jour
de notre arrivée, pour sentir que j'étais bien à Combray,
je montais le retrouver qui courait dans les sayons[2] et me
faisait courir à sa suite. On avait toujours le vent à côté
de soi du côté de Méséglise, sur cette plaine bombée où
pendant des lieues il ne rencontre aucun accident de
terrain. Je savais que Mlle Swann allait souvent à Laon[3]

passer quelques jours et, bien que ce fût à plusieurs lieues,
la distance se trouvant compensée par l'absence de tout
obstacle, quand, par les chauds après-midi, je voyais un
même souffle, venu de l'extrême horizon, abaisser les blés
les plus éloignés, se propager comme un flot sur toute
l'immense étendue et venir se coucher, murmurant et
tiède, parmi les sainfoins et les trèfles, à mes pieds, cette
plaine qui nous était commune à tous deux semblait nous
rapprocher, nous unir, je pensais que ce souffle avait passé
auprès d'elle, que c'était quelque message d'elle qu'il me
chuchotait sans que je pusse le comprendre, et je
l'embrassais au passage. À gauche était un village qui
s'appelait Champieu (*Campus Pagani,* selon le curé[1]). Sur
la droite, on apercevait par-delà les blés, les deux clochers
ciselés et rustiques de Saint-André-des-Champs[2], eux-
mêmes effilés, écailleux, imbriqués d'alvéoles, guillochés,
jaunissants et grumeleux, comme deux épis.

À intervalles symétriques, au milieu de l'inimitable
ornementation de leurs feuilles qu'on ne peut confondre
avec la feuille d'aucun autre arbre fruitier, les pommiers
ouvraient leurs larges pétales de satin blanc ou suspen-
daient les timides bouquets de leurs rougissants boutons.
C'est du côté de Méséglise que j'ai remarqué pour la
première fois l'ombre ronde que les pommiers font sur
la terre ensoleillée, et aussi ces soies d'or impalpable que
le couchant tisse obliquement sous les feuilles, et que je
voyais mon père interrompre de sa canne sans les faire
jamais dévier.

Parfois dans le ciel de l'après-midi passait la lune blanche
comme une nuée, furtive, sans éclat, comme une actrice
dont ce n'est pas l'heure de jouer et qui, de la salle, en
toilette de ville, regarde un moment ses camarades,
s'effaçant, ne voulant pas qu'on fasse attention à elle.
J'aimais à retrouver son image dans des tableaux et dans
des livres, mais ces œuvres d'art étaient bien différentes
— du moins pendant les premières années, avant que
Bloch eût accoutumé mes yeux et ma pensée à des
harmonies plus subtiles — de celles où la lune me
paraîtrait belle aujourd'hui et où je ne l'eusse pas reconnue
alors. C'était, par exemple, quelque roman de Saintine,
un paysage de Gleyre[3] où elle découpe nettement sur le
ciel une faucille d'argent, de ces œuvres naïvement
incomplètes comme étaient mes propres impressions et que

les sœurs de ma grand-mère s'indignaient de me voir aimer. Elles pensaient qu'on doit mettre devant les enfants, et qu'ils font preuve de goût en aimant d'abord, les œuvres que, parvenu à la maturité, on admire définitivement. C'est sans doute qu'elles se figuraient les mérites esthétiques comme des objets matériels qu'un œil ouvert ne peut faire autrement que de percevoir, sans avoir eu besoin d'en mûrir lentement des équivalents dans son propre cœur.

C'est du côté de Méséglise, à Montjouvain, maison située au bord d'une grande mare et adossée à un talus buissonneux que demeurait M. Vinteuil. Aussi croisait-on souvent sur la route sa fille, conduisant un buggy à toute allure. À partir d'une certaine année on ne la rencontra plus seule, mais avec une amie plus âgée, qui avait mauvaise réputation dans le pays et qui un jour s'installa définitivement à Montjouvain. On disait : « Faut-il que ce pauvre M. Vinteuil soit aveuglé par la tendresse pour ne pas s'apercevoir de ce qu'on raconte, et permettre à sa fille, lui qui se scandalise d'une parole *déplacée*, de faire vivre sous son toit une femme pareille. Il dit que c'est une femme supérieure, un grand cœur et qu'elle aurait eu des dispositions extraordinaires pour la musique si elle les avait cultivées. Il peut être sûr que ce n'est pas de musique qu'elle s'occupe avec sa fille. » M. Vinteuil le disait ; et il est en effet remarquable combien une personne excite toujours d'admiration pour ses qualités morales chez les parents de toute autre personne avec qui elle a des relations charnelles. L'amour physique, si injustement décrié, force tellement tout être à manifester jusqu'aux moindres parcelles qu'il possède de bonté, d'abandon de soi, qu'elles resplendissent jusqu'aux yeux de l'entourage immédiat. Le docteur Percepied à qui sa grosse voix et ses gros sourcils permettaient de tenir tant qu'il voulait le rôle de perfide dont il n'avait pas le physique, sans compromettre en rien sa réputation inébranlable et imméritée de bourru bienfaisant, savait faire rire aux larmes le curé et tout le monde en disant d'un ton rude : « Hé bien ! il paraît qu'elle fait de la musique avec son amie, Mlle Vinteuil. Ça a l'air de vous étonner. Moi je sais pas. C'est le père Vinteuil qui m'a encore dit ça hier. Après tout, elle a bien le droit d'aimer la musique, c'te fille. Moi je ne suis pas pour contrarier les vocations artistiques des enfants, Vinteuil non plus à ce qu'il paraît.

Et puis lui aussi il fait de la musique avec l'amie de sa
fille. Ah ! sapristi on en fait une musique dans c'te boîte-là.
Mais qu'est-ce que vous avez à rire ? mais ils font trop
de musique ces gens. L'autre jour j'ai rencontré le père
Vinteuil près du cimetière. Il ne tenait pas sur ses
jambes. »

Pour ceux qui comme nous virent à cette époque
M. Vinteuil éviter les personnes qu'il connaissait, se
détourner quand il les apercevait, vieillir en quelques mois,
s'absorber dans son chagrin, devenir incapable de tout
effort qui n'avait pas directement le bonheur de sa fille
pour but, passer des journées entières devant la tombe
de sa femme — il eût été difficile de ne pas comprendre
qu'il était en train de mourir de chagrin, et de supposer
qu'il ne se rendait pas compte des propos qui couraient.
Il les connaissait, peut-être même y ajoutait-il foi. Il n'est
peut-être pas une personne, si grande que soit sa vertu,
que la complexité des circonstances ne puisse amener à
vivre un jour dans la familiarité du vice qu'elle condamne
le plus formellement — sans qu'elle le reconnaisse
d'ailleurs tout à fait sous le déguisement de faits
particuliers qu'il revêt pour entrer en contact avec elle et
la faire souffrir : paroles bizarres, attitude inexplicable, un
certain soir, de tel être qu'elle a par ailleurs tant de raisons
pour aimer. Mais pour un homme comme M. Vinteuil il
devait entrer bien plus de souffrance que pour un autre
dans la résignation à une de ces situations qu'on croit à
tort être l'apanage exclusif du monde de la bohème : elles
se produisent chaque fois qu'a besoin de se réserver la
place et la sécurité qui lui sont nécessaires, un vice que
la nature elle-même fait épanouir chez un enfant, parfois
rien qu'en mêlant les vertus de son père et de sa mère,
comme la couleur de ses yeux. Mais de ce que M. Vinteuil
connaissait peut-être la conduite de sa fille, il ne s'ensuit
pas que son culte pour elle en eût été diminué. Les faits
ne pénètrent pas dans le monde où vivent nos croyances,
ils n'ont pas fait naître celles-ci, ils ne les détruisent pas ;
ils peuvent leur infliger les plus constants démentis sans
les affaiblir, et une avalanche de malheurs ou de maladies
se succédant sans interruption dans une famille, ne la fera
pas douter de la bonté de son Dieu ou du talent de son
médecin. Mais quand M. Vinteuil songeait à sa fille et à
lui-même du point de vue du monde, du point de vue

de leur réputation, quand il cherchait à se situer avec elle
au rang qu'ils occupaient dans l'estime générale, alors ce
jugement d'ordre social, il le portait exactement comme
l'eût fait l'habitant de Combray qui lui eût été le plus
hostile, il se voyait avec sa fille dans le dernier bas-fond,
et ses manières en avaient reçu depuis peu cette humilité,
ce respect pour ceux qui se trouvaient au-dessus de lui
et qu'il voyait d'en bas (eussent-ils été fort au-dessous de
lui jusque-là), cette tendance à chercher à remonter jusqu'à
eux, qui est une résultante presque mécanique de toutes
les déchéances. Un jour que nous marchions avec Swann
dans une rue de Combray, M. Vinteuil qui débouchait
d'une autre, s'était trouvé trop brusquement en face de
nous pour avoir le temps de nous éviter ; et Swann avec
cette orgueilleuse charité de l'homme du monde qui, au
milieu de la dissolution de tous ses préjugés moraux, ne
trouve dans l'infamie d'autrui qu'une raison d'exercer
envers lui une bienveillance dont les témoignages chatouil-
lent d'autant plus l'amour-propre de celui qui les donne,
qu'il les sent plus précieux à celui qui les reçoit, avait
longuement causé avec M. Vinteuil, à qui, jusque-là il
n'adressait pas la parole, et lui avait demandé avant de
nous quitter s'il n'enverrait pas un jour sa fille jouer à
Tansonville. C'était une invitation qui, il y a deux ans, eût
indigné M. Vinteuil, mais qui, maintenant, le remplissait
de sentiments si reconnaissants qu'il se croyait obligé par
eux, à ne pas avoir l'indiscrétion de l'accepter. L'amabilité
de Swann envers sa fille lui semblait être en soi-même un
appui si honorable et si délicieux qu'il pensait qu'il valait
peut-être mieux ne pas s'en servir, pour avoir la douceur
toute platonique de le conserver.

« Quel homme exquis », nous dit-il, quand Swann nous
eut quittés, avec la même enthousiaste vénération qui tient
de spirituelles et jolies bourgeoises en respect et sous le
charme d'une duchesse, fût-elle laide et sotte. « Quel
homme exquis ! Quel malheur qu'il ait fait un mariage
tout à fait déplacé. »

Et alors, tant les gens les plus sincères sont mêlés
d'hypocrisie et dépouillent en causant avec une personne
l'opinion qu'ils ont d'elle et expriment dès qu'elle n'est
plus là, mes parents déplorèrent avec M. Vinteuil le
mariage de Swann au nom de principes et de convenances
auxquels (par cela même qu'ils les invoquaient en commun

avec lui, en braves gens de même acabit) ils avaient l'air
de sous-entendre qu'il n'était pas contrevenu à Montjouvain. M. Vinteuil n'envoya pas sa fille chez Swann. Et
celui-ci fut le premier à le regretter. Car chaque fois qu'il
venait de quitter M. Vinteuil, il se rappelait qu'il avait
depuis quelque temps un renseignement à lui demander
sur quelqu'un qui portait le même nom que lui, un de
ses parents, croyait-il. Et cette fois-là il s'était bien promis
de ne pas oublier ce qu'il avait à lui dire, quand M. Vinteuil
enverrait sa fille à Tansonville.

Comme la promenade du côté de Méséglise était la
moins longue des deux que nous faisions autour de
Combray et qu'à cause de cela on la réservait pour les
temps incertains, le climat du côté de Méséglise était assez
pluvieux et nous ne perdions jamais de vue la lisière des
bois de Roussainville dans l'épaisseur desquels nous
pourrions nous mettre à couvert.

Souvent le soleil se cachait derrière une nuée qui
déformait son ovale et dont il jaunissait la bordure. L'éclat,
mais non la clarté, était enlevé à la campagne où toute
vie semblait suspendue, tandis que le petit village de
Roussainville sculptait sur le ciel le relief de ses arêtes
blanches avec une précision et un fini accablants. Un peu
de vent faisait envoler un corbeau qui retombait dans le
lointain, et, contre le ciel blanchissant, le lointain des bois
paraissait plus bleu, comme peint dans ces camaïeux qui
décorent les trumeaux des anciennes demeures.

Mais d'autres fois se mettait à tomber la pluie dont nous
avait menacés le capucin que l'opticien avait à sa
devanture ; les gouttes d'eau comme des oiseaux migra-
teurs qui prennent leur vol tous ensemble, descendaient
à rangs pressés du ciel. Elles ne se séparent point, elles
ne vont pas à l'aventure pendant la rapide traversée, mais
chacune tenant sa place, attire à elle celle qui la suit et
le ciel en est plus obscurci qu'au départ des hirondelles.
Nous nous réfugiions dans le bois. Quand leur voyage
semblait fini, quelques-unes, plus débiles, plus lentes,
arrivaient encore. Mais nous ressortions de notre abri, car
les gouttes se plaisent aux feuillages, et la terre était déjà
presque séchée que plus d'une s'attardait à jouer sur les
nervures d'une feuille, et suspendue à la pointe, reposée,
brillant au soleil, tout d'un coup se laissait glisser de toute
la hauteur de la branche et nous tombait sur le nez.

Souvent aussi nous allions nous abriter, pêle-mêle avec les Saints et les Patriarches de pierre sous le porche de Saint-André-des-Champs. Que cette église était française ! Au-dessus de la porte, les Saints, les rois-chevaliers une fleur de lys à la main, des scènes de noces et de funérailles, étaient représentés comme ils pouvaient l'être dans l'âme de Françoise. Le sculpteur avait aussi narré certaines anecdotes relatives à Aristote et à Virgile[1] de la même façon que Françoise à la cuisine parlait volontiers de saint Louis comme si elle l'avait personnellement connu, et généralement pour faire honte par la comparaison à mes grands-parents moins « justes ». On sentait que les notions que l'artiste médiéval et la paysanne médiévale (survivant au XIXᵉ siècle) avaient de l'histoire ancienne ou chrétienne, et qui se distinguaient par autant d'inexactitude que de bonhomie, ils les tenaient non des livres, mais d'une tradition à la fois antique et directe, ininterrompue, orale, déformée, méconnaissable et vivante. Une autre personnalité de Combray que je reconnaissais aussi, virtuelle et prophétisée, dans la sculpture gothique de Saint-André-des-Champs c'était le jeune Théodore, le garçon de chez Camus. Françoise sentait d'ailleurs si bien en lui un pays et un contemporain que, quand ma tante Léonie était trop malade pour que Françoise pût suffire à la retourner dans son lit, à la porter dans son fauteuil, plutôt que de laisser la fille de cuisine monter se faire « bien voir » de ma tante, elle appelait Théodore. Or, ce garçon qui passait et avec raison pour si mauvais sujet, était tellement rempli de l'âme qui avait décoré Saint-André-des-Champs et notamment des sentiments de respect que Françoise trouvait dus aux « pauvres malades », à « sa pauvre maîtresse », qu'il avait pour soulever la tête de ma tante sur son oreiller la mine naïve et zélée des petits anges des bas-reliefs, s'empressant, un cierge à la main, autour de la Vierge défaillante, comme si les visages de pierre sculptée, grisâtres et nus, ainsi que sont les bois en hiver, n'étaient qu'un ensommeillement, qu'une réserve, prête à refleurir dans la vie en innombrables visages populaires, révérends et futés comme celui de Théodore, enluminés de la rougeur d'une pomme mûre. Non plus appliquée à la pierre comme ces petits anges, mais détachée du porche, d'une stature plus qu'humaine, debout sur un socle comme sur un tabouret qui lui évitât de poser ses pieds sur le sol humide, une sainte avait les joues pleines, le sein ferme et qui gonflait la draperie comme une grappe mûre dans un sac de crin, le front étroit, le nez court et mutin, les prunelles enfoncées, l'air valide, insensible et courageux des paysannes de la contrée. Cette ressemblance qui insinuait dans la statue une douceur que je n'y avais pas cherchée, était souvent certifiée par quelque fille des champs, venue comme nous se mettre à couvert et dont la présence, pareille à celle de ces feuillages pariétaires qui ont poussé à côté des feuillages sculptés, semblait destinée à permettre, par une confrontation avec la nature, de juger de la vérité de l'œuvre d'art. Devant nous, dans le lointain, terre promise ou maudite, Roussainville, dans les murs duquel je n'ai jamais pénétré, Roussainville, tantôt, quand la pluie avait déjà cessé pour nous, continuait à être châtié comme un village de la Bible par toutes les lances de l'orage qui flagellaient obliquement les demeures de ses habitants, ou bien était déjà pardonné par Dieu le Père qui faisait descendre vers lui, inégalement longues, comme les rayons d'un ostensoir d'autel, les tiges d'or effrangées de son soleil reparu.

Quelquefois le temps était tout à fait gâté, il fallait rentrer et rester enfermé dans la maison. Çà et là au loin dans la campagne que l'obscurité et l'humidité faisaient ressembler à la mer, des maisons isolées, accrochées au flanc d'une colline plongée dans la nuit et dans l'eau, brillaient comme des petits bateaux qui ont replié leurs voiles et sont immobiles au large pour toute la nuit. Mais qu'importait la pluie, qu'importait l'orage ! L'été, le mauvais temps n'est qu'une humeur passagère, superficielle, du beau temps sous-jacent et fixe, bien différent du beau temps instable et fluide de l'hiver et qui, au contraire, installé sur la terre où il s'est solidifié en denses feuillages sur lesquels la pluie peut s'égoutter sans compromettre la résistance de leur permanente joie, a hissé pour toute la saison, jusque dans les rues du village, aux murs des maisons et des jardins, ses pavillons de soie violette ou blanche. Assis dans le petit salon, où j'attendais l'heure du dîner en lisant, j'entendais l'eau dégoutter de nos marronniers, mais je savais que l'averse ne faisait que vernir leurs feuilles et qu'ils promettaient de demeurer là, comme des gages de l'été, toute la nuit pluvieuse, à

assurer la continuité du beau temps ; qu'il avait beau
pleuvoir, demain, au-dessus de la barrière blanche de
Tansonville, onduleraient, aussi nombreuses, de petites
feuilles en forme de cœur ; et c'est sans tristesse que
j'apercevais le peuplier de la rue des Perchamps adresser
à l'orage des supplications et des salutations désespérées ;
c'est sans tristesse que j'entendais au fond du jardin les
derniers roulements du tonnerre roucouler dans les lilas.

Si le temps était mauvais dès le matin, mes parents
renonçaient à la promenade et je ne sortais pas. Mais je
pris ensuite l'habitude d'aller, ces jours-là, marcher seul
du côté de Méséglise-la-Vineuse, dans l'automne où nous
dûmes venir à Combray pour la succession de ma tante
Léonie, car elle était enfin morte, faisant triompher à la
fois ceux qui prétendaient que son régime affaiblissant
finirait par la tuer, et non moins les autres qui avaient
toujours soutenu qu'elle souffrait d'une maladie non pas
imaginaire mais organique, à l'évidence de laquelle les
sceptiques seraient bien obligés de se rendre quand elle
y aurait succombé ; et ne causant par sa mort de grande
douleur qu'à un seul être, mais à celui-là, sauvage. Pendant
les quinze jours que dura la dernière maladie de ma tante,
Françoise ne la quitta pas un instant, ne se déshabilla pas,
ne laissa personne lui donner aucun soin, et ne quitta son
corps que quand il fut enterré. Alors nous comprîmes que
cette sorte de crainte où Françoise avait vécu des mauvaises
paroles, des soupçons, des colères de ma tante avait
développé chez elle un sentiment que nous avions pris
pour de la haine et qui était de la vénération et de l'amour.
Sa véritable maîtresse, aux décisions impossibles à prévoir,
aux ruses difficiles à déjouer, au bon cœur facile à fléchir,
sa souveraine, son mystérieux et tout-puissant monarque
n'était plus. À côté d'elle nous comptions pour bien peu
de chose. Il était loin le temps où quand nous avions
commencé à venir passer nos vacances à Combray, nous
possédions autant de prestige que ma tante aux yeux de
Françoise. Cet automne-là tout occupés des formalités à
remplir, des entretiens avec les notaires et avec les
fermiers, mes parents n'ayant guère de loisir pour faire
des sorties que le temps d'ailleurs contrariait, prirent
l'habitude de me laisser aller me promener sans eux du
côté de Méséglise, enveloppé dans un grand plaid qui me
protégeait contre la pluie et que je jetais d'autant plus

volontiers sur mes épaules que je sentais que ses rayures
écossaises scandalisaient Françoise, dans l'esprit de qui on
n'aurait pu faire entrer l'idée que la couleur des vêtements
n'a rien à faire avec le deuil et à qui d'ailleurs le chagrin
que nous avions de la mort de ma tante plaisait peu, parce
que nous n'avions pas donné de grand repas funèbre, que
nous ne prenions pas un son de voix spécial pour parler
d'elle, que même parfois je chantonnais. Je suis sûr que
dans un livre — et en cela j'étais bien moi-même comme
Françoise — cette conception du deuil d'après la *Chanson
de Roland*[1] et le portail de Saint-André-des-Champs m'eût
été sympathique. Mais dès que Françoise était auprès de
moi, un démon me poussait à souhaiter qu'elle fût en
colère, je saisissais le moindre prétexte pour lui dire que
je regrettais ma tante parce que c'était une bonne femme,
malgré ses ridicules, mais nullement parce que c'était ma
tante, qu'elle eût pu être ma tante et me sembler odieuse,
et sa mort ne me faire aucune peine, propos qui m'eussent
semblé ineptes dans un livre.

Si alors Françoise remplie comme un poète d'un flot
de pensées confuses sur le chagrin, sur les souvenirs de
famille, s'excusait de ne pas savoir répondre à mes théories
et disait : « Je ne sais pas m'esprimer », je triomphais de
cet aveu avec un bon sens ironique et brutal digne du
docteur Percepied ; et si elle ajoutait : « Elle était tout
de même de la parentèse, il reste toujours le respect qu'on
doit à la parentèse », je haussais les épaules et je me disais :
« Je suis bien bon de discuter avec une illettrée qui fait
des cuirs pareils », adoptant ainsi pour juger Françoise le
point de vue mesquin d'hommes dont ceux qui les
méprisent le plus dans l'impartialité de la méditation, sont
fort capables de tenir le rôle quand ils jouent une des
scènes vulgaires de la vie.

Mes promenades de cet automne-là furent d'autant plus
agréables que je les faisais après de longues heures passées
sur un livre[2]. Quand j'étais fatigué d'avoir lu toute la
matinée dans la salle, jetant mon plaid sur mes épaules,
je sortais : mon corps obligé depuis longtemps de garder
l'immobilité, mais qui s'était chargé sur place d'animation
et de vitesse accumulées, avait besoin ensuite, comme une
toupie qu'on lâche, de les dépenser dans toutes les
directions. Les murs des maisons, la haie de Tansonville,
les arbres du bois de Roussainville, les buissons auxquels

s'adosse Montjouvain, recevaient des coups de parapluie
ou de canne, entendaient des cris joyeux, qui n'étaient,
les uns et les autres, que des idées confuses qui m'exaltaient
et qui n'ont pas atteint le repos dans la lumière, pour avoir
préféré à un lent et difficile éclaircissement, le plaisir d'une
dérivation plus aisée vers une issue immédiate. La plupart
des prétendues traductions de ce que nous avons ressenti
ne font ainsi que nous en débarrasser en le faisant sortir
de nous sous une forme indistincte qui ne nous apprend
pas à le connaître. Quand j'essaye de faire le compte de
ce que je dois au côté de Méséglise, des humbles
découvertes dont il fut le cadre fortuit ou le nécessaire
inspirateur, je me rappelle que c'est, cet automne-là, dans
une de ces promenades, près du talus broussailleux qui
protège Montjouvain, que je fus frappé pour la première
fois de ce désaccord entre nos impressions et leur
expression habituelle. Après une heure de pluie et de vent
contre lesquels j'avais lutté avec allégresse, comme
j'arrivais au bord de la mare de Montjouvain, devant une
petite cahute recouverte en tuiles où le jardinier de M.
Vinteuil serrait ses instruments de jardinage, le soleil
venait de reparaître, et ses dorures lavées par l'averse
reluisaient à neuf dans le ciel, sur les arbres, sur le mur
de la cahute, sur son toit de tuile encore mouillé, à la crête
duquel se promenait une poule. Le vent qui soufflait tirait
horizontalement les herbes folles qui avaient poussé dans
la paroi du mur, et les plumes de duvet de la poule, qui,
les unes et les autres se laissaient filer au gré de son souffle
jusqu'à l'extrémité de leur longueur, avec l'abandon de
choses inertes et légères. Le toit de tuile faisait dans la
mare, que le soleil rendait de nouveau réfléchissante, une
marbrure rose, à laquelle je n'avais encore jamais fait
attention. Et voyant sur l'eau et à la face du mur un pâle
sourire répondre au sourire du ciel, je m'écriai dans mon
enthousiasme en brandissant mon parapluie refermé :
« Zut, zut, zut, zut. » Mais en même temps je sentis que
mon devoir eût été de ne pas m'en tenir à ces mots opaques
et de tâcher de voir plus clair dans mon ravissement.

Et c'est à ce moment-là encore — grâce à un paysan
qui passait, l'air déjà d'être d'assez mauvaise humeur, qui
le fut davantage quand il faillit recevoir mon parapluie
dans la figure, et qui répondit sans chaleur à mes « beau
temps, n'est-ce pas, il fait bon marcher » — que j'appris

que les mêmes émotions ne se produisent pas simultanément, dans un ordre préétabli, chez tous les hommes. Plus
tard chaque fois qu'une lecture un peu longue m'avait mis
en humeur de causer, le camarade à qui je brûlais
d'adresser la parole venait justement de se livrer au plaisir
de la conversation et désirait maintenant qu'on le laissât
lire tranquille[1]. Si je venais de penser à mes parents avec
tendresse et de prendre les décisions les plus sages et les
plus propres à leur faire plaisir, ils avaient employé le
même temps à apprendre une peccadille que j'avais
oubliée et qu'ils me reprochaient sévèrement au moment
où je m'élançais vers eux pour les embrasser.

Parfois à l'exaltation que me donnait la solitude, s'en
ajoutait une autre que je ne savais pas en départager
nettement, causée par le désir de voir surgir devant moi
une paysanne, que je pourrais serrer dans mes bras. Né
brusquement, et sans que j'eusse eu le temps de le
rapporter exactement à sa cause, au milieu de pensées très
différentes, le plaisir dont il était accompagné ne me
semblait qu'un degré supérieur de celui qu'elles me
donnaient. Je faisais un mérite de plus à tout ce qui était
à ce moment-là dans mon esprit, au reflet rose du toit de
tuile, aux herbes folles, au village de Roussainville où je
désirais depuis longtemps aller, aux arbres de son bois,
au clocher de son église, de cet émoi nouveau qui me les
faisait seulement paraître plus désirables parce que je
croyais que c'était eux qui le provoquaient, et qui semblait
ne vouloir que me porter vers eux plus rapidement quand
il enflait ma voile d'une brise puissante, inconnue et
propice. Mais si ce désir qu'une femme apparût ajoutait
pour moi aux charmes de la nature quelque chose de plus
exaltant, les charmes de la nature, en retour, élargissaient
ce que celui de la femme aurait eu de trop restreint. Il
me semblait que la beauté des arbres c'était encore la
sienne et que l'âme de ces horizons, du village de
Roussainville, des livres que je lisais cette année-là, son
baiser me la livrerait ; et mon imagination reprenant des
forces au contact de ma sensualité, ma sensualité se
répandant dans tous les domaines de mon imagination,
mon désir n'avait plus de limites. C'est qu'aussi — comme
il arrive dans ces moments de rêverie au milieu de la nature
où l'action de l'habitude étant suspendue, nos notions
abstraites des choses mises de côté, nous croyons d'une

foi profonde, à l'originalité, à la vie individuelle du lieu
où nous nous trouvons — la passante qu'appelait mon désir
me semblait être non un exemplaire quelconque de ce type
général : la femme, mais un produit nécessaire et naturel
de ce sol. Car en ce temps-là tout ce qui n'était pas moi,
la terre et les êtres, me paraissait plus précieux, plus
important, doué d'une existence plus réelle que cela ne
paraît aux hommes faits. Et la terre et les êtres je ne les
séparais pas. J'avais le désir d'une paysanne de Méséglise
ou de Roussainville, d'une pêcheuse de Balbec, comme
j'avais le désir de Méséglise et de Balbec. Le plaisir qu'elles
pouvaient me donner m'aurait paru moins vrai, je n'aurais
plus cru en lui, si j'en avais modifié à ma guise les
conditions. Connaître à Paris une pêcheuse de Balbec ou
une paysanne de Méséglise c'eût été recevoir des
coquillages que je n'aurais pas vus sur la plage, une fougère
que je n'aurais pas trouvée dans les bois, c'eût été
retrancher au plaisir que la femme me donnerait tous ceux
au milieu desquels l'avait enveloppée mon imagination.
Mais errer ainsi dans les bois de Roussainville sans une
paysanne à embrasser, c'était ne pas connaître de ces bois
le trésor caché, la beauté profonde. Cette fille que je ne
voyais que criblée de feuillages, elle était elle-même pour
moi comme une plante locale d'une espèce plus élevée
seulement que les autres et dont la structure permet
d'approcher de plus près qu'en elles, la saveur profonde
du pays. Je pouvais d'autant plus facilement le croire (et
que les caresses par lesquelles elle m'y ferait parvenir,
seraient aussi d'une sorte particulière et dont je n'aurais
pas pu connaître le plaisir par une autre qu'elle), que j'étais
pour longtemps encore à l'âge où l'on n'a pas encore
abstrait ce plaisir de la possession des femmes différentes
avec lesquelles on l'a goûté, où on ne l'a pas réduit à une
notion générale qui les fait considérer dès lors comme les
instruments interchangeables d'un plaisir toujours identique. Il n'existe même pas, isolé, séparé et formulé dans
l'esprit, comme le but qu'on poursuit en s'approchant
d'une femme, comme la cause du trouble préalable qu'on
ressent. À peine y songe-t-on comme à un plaisir qu'on
aura ; plutôt, on l'appelle son charme à elle ; car on ne
pense pas à soi, on ne pense qu'à sortir de soi.
Obscurément attendu, immanent et caché, il porte
seulement à un tel paroxysme au moment où il s'accomplit,

les autres plaisirs que nous causent les doux regards, les
baisers de celle qui est auprès de nous, qu'il nous apparaît
surtout à nous-même comme une sorte de transport de
notre reconnaissance pour la bonté de cœur de notre
compagne et pour sa touchante prédilection à notre égard
que nous mesurons aux bienfaits, au bonheur dont elle
nous comble.

Hélas, c'était en vain que j'implorais le donjon de
Roussainville, que je lui demandais de faire venir auprès
de moi quelque enfant de son village, comme au seul
confident que j'avais eu de mes premiers désirs, quand
au haut de notre maison de Combray, dans le petit cabinet
sentant l'iris, je ne voyais que sa tour au milieu du carreau
de la fenêtre entrouverte, pendant qu'avec les hésitations
héroïques du voyageur qui entreprend une exploration ou
du désespéré qui se suicide, défaillant, je me frayais en
moi-même une route inconnue et que je croyais mortelle,
jusqu'au moment où une trace naturelle comme celle d'un
colimaçon s'ajoutait aux feuilles du cassis sauvage qui se
penchaient jusqu'à moi. En vain je le suppliais maintenant.
En vain, tenant l'étendue dans le champ de ma vision, je
la drainais de mes regards qui eussent voulu en ramener
une femme. Je pouvais aller jusqu'au porche de Saint-
André-des-Champs ; jamais ne s'y trouvait la paysanne que
je n'eusse pas manqué d'y rencontrer si j'avais été avec
mon grand-père et dans l'impossibilité de lier conversation
avec elle. Je fixais indéfiniment le tronc d'un arbre
lointain, de derrière lequel elle allait surgir et venir à moi ;
l'horizon scruté restait désert, la nuit tombait, c'était sans
espoir que mon attention s'attachait, comme pour aspirer
les créatures qu'ils pouvaient receler, à ce sol stérile, à
cette terre épuisée ; et ce n'était plus d'allégresse, c'était
de rage que je frappais les arbres du bois de Roussainville
d'entre lesquels ne sortait pas plus d'êtres vivants que s'ils
eussent été des arbres peints sur la toile d'un panorama,
quand, ne pouvant me résigner à rentrer à la maison avant
d'avoir serré dans mes bras la femme que j'avais tant
désirée, j'étais pourtant obligé de reprendre le chemin de
Combray en m'avouant à moi-même qu'était de moins en
moins probable le hasard qui l'eût mise sur mon chemin.
Et s'y fût-elle trouvée, d'ailleurs, eussé-je osé lui parler ?
Il me semblait qu'elle m'eût considéré comme un fou ;
je cessais de croire partagés par d'autres êtres, de croire

vrais en dehors de moi les désirs que je formais pendant ces promenades et qui ne se réalisaient pas. Ils ne m'apparaissaient plus que comme les créations purement subjectives, impuissantes, illusoires, de mon tempérament. Ils n'avaient plus de lien avec la nature, avec la réalité qui dès lors perdait tout charme et toute signification et n'était plus à ma vie qu'un cadre conventionnel comme l'est à la fiction d'un roman le wagon sur la banquette duquel le voyageur le lit pour tuer le temps.

C'est peut-être d'une impression ressentie aussi auprès de Montjouvain, quelques années plus tard, impression restée obscure alors, qu'est sortie, bien après, l'idée que je me suis faite du sadisme[1]. On verra plus tard que, pour de tout autres raisons, le souvenir de cette impression devait jouer un rôle important dans ma vie. C'était par un temps très chaud ; mes parents, qui avaient dû s'absenter pour toute la journée, m'avaient dit de rentrer aussi tard que je voudrais ; et étant allé jusqu'à la mare de Montjouvain où j'aimais revoir les reflets du toit de tuile, je m'étais étendu à l'ombre et endormi dans les buissons du talus qui domine la maison, là où j'avais attendu mon père autrefois, un jour qu'il était allé voir M. Vinteuil. Il faisait presque nuit quand je m'éveillai, je voulus me lever, mais je vis Mlle Vinteuil (autant que je pus la reconnaître, car je ne l'avais pas vue souvent à Combray, et seulement quand elle était encore une enfant, tandis qu'elle commençait d'être une jeune fille) qui probablement venait de rentrer, en face de moi, à quelques centimètres de moi, dans cette chambre où son père avait reçu le mien et dont elle avait fait son petit salon à elle. La fenêtre était entrouverte, la lampe était allumée, je voyais tous ses mouvements sans qu'elle me vît, mais en m'en allant j'aurais fait craquer les buissons, elle m'aurait entendu et elle aurait pu croire que je m'étais caché là pour l'épier.

Elle était en grand deuil, car son père était mort depuis peu. Nous n'étions pas allés la voir, ma mère ne l'avait pas voulu à cause d'une vertu qui chez elle limitait seule les effets de la bonté : la pudeur ; mais elle la plaignait profondément. Ma mère se rappelait la triste fin de vie de M. Vinteuil, tout absorbée d'abord par les soins de mère et de bonne d'enfant qu'il donnait à sa fille, puis par les souffrances que celle-ci lui avait causées ; elle

revoyait le visage torturé qu'avait eu le vieillard tous les
derniers temps ; elle savait qu'il avait renoncé à jamais à
achever de transcrire au net toute son œuvre des dernières
années, pauvres morceaux d'un vieux professeur de piano,
d'un ancien organiste de village dont nous imaginions bien
qu'ils n'avaient guère de valeur en eux-mêmes, mais que
nous ne méprisions pas parce qu'ils en avaient tant pour
lui dont ils avaient été la raison de vivre avant qu'il les
sacrifiât à sa fille, et qui pour la plupart pas même notés,
conservés seulement dans sa mémoire, quelques-uns
inscrits sur des feuillets épars, illisibles, resteraient
inconnus ; ma mère pensait à cet autre renoncement plus
cruel encore auquel M. Vinteuil avait été contraint, le
renoncement à un avenir de bonheur honnête et respecté
pour sa fille ; quand elle évoquait toute cette détresse
suprême de l'ancien maître de piano de mes tantes, elle
éprouvait un véritable chagrin et songeait avec effroi à
celui autrement amer que devait éprouver Mlle Vinteuil
tout mêlé du remords d'avoir à peu près tué son père.
« Pauvre M. Vinteuil, disait ma mère, il a vécu et il est
mort pour sa fille, sans avoir reçu son salaire. Le recevra-t-il
après sa mort et sous quelle forme ? Il ne pourrait lui venir
que d'elle. »

Au fond du salon de Mlle Vinteuil, sur la cheminée était
posé un petit portrait de son père que vivement elle alla
chercher au moment où retentit le roulement d'une voiture
qui venait de la route, puis elle se jeta sur un canapé, et
tira près d'elle une petite table sur laquelle elle plaça le
portrait, comme M. Vinteuil autrefois avait mis à côté de
lui le morceau qu'il avait le désir de jouer à mes parents.
Bientôt son amie entra. Mlle Vinteuil l'accueillit sans se
lever, ses deux mains derrière la tête et se recula sur le
bord opposé du sofa comme pour lui faire une place. Mais
aussitôt elle sentit qu'elle semblait ainsi lui imposer une
attitude qui lui était peut-être importune. Elle pensa que
son amie aimerait peut-être mieux être loin d'elle sur une
chaise, elle se trouva indiscrète, la délicatesse de son cœur
s'en alarma ; reprenant toute la place sur le sofa elle ferma
les yeux et se mit à bâiller pour indiquer que l'envie de
dormir était la seule raison pour laquelle elle s'était ainsi
étendue. Malgré la familiarité rude et dominatrice qu'elle
avait avec sa camarade, je reconnaissais les gestes
obséquieux et réticents, les brusques scrupules de son

père. Bientôt elle se leva, feignit de vouloir fermer les
volets et de n'y pas réussir.

« Laisse donc tout ouvert, j'ai chaud, dit son amie.

— Mais c'est assommant, on nous verra », répondit
Mlle Vinteuil.

Mais elle devina sans doute que son amie penserait
qu'elle n'avait dit ces mots que pour la provoquer à lui
répondre par certains autres qu'elle avait en effet le désir
d'entendre, mais que par discrétion elle voulait lui laisser
l'initiative de prononcer. Aussi son regard que je ne
pouvais distinguer, dut-il prendre l'expression qui plaisait
tant à ma grand-mère, quand elle ajouta vivement :

« Quand je dis nous voir, je veux dire nous voir lire,
c'est assommant, quelque chose insignifiante qu'on fasse,
de penser que des yeux vous voient. »

Par une générosité instinctive et une politesse involontaire elle taisait les mots prémédités qu'elle avait jugés
indispensables à la pleine réalisation de son désir. Et à tous
moments au fond d'elle-même une vierge timide et
suppliante implorait et faisait reculer un soudard fruste et
vainqueur.

« Oui, c'est probable qu'on nous regarde à cette
heure-ci, dans cette campagne fréquentée, dit ironiquement son amie. Et puis quoi ? » ajouta-t-elle (en croyant
devoir accompagner d'un clignement d'yeux malicieux et
tendre, ces mots qu'elle récita par bonté, comme un texte
qu'elle savait être agréable à Mlle Vinteuil, d'un ton
qu'elle s'efforçait de rendre cynique) « quand même on
nous verrait ce n'en est que meilleur. »

Mlle Vinteuil frémit et se leva. Son cœur scrupuleux
et sensible ignorait quelles paroles devaient spontanément
venir s'adapter à la scène que ses sens réclamaient. Elle
cherchait le plus loin qu'elle pouvait de sa vraie nature
morale, à trouver le langage propre à la fille vicieuse
qu'elle désirait d'être, mais les mots qu'elle pensait que
celle-ci eût prononcés sincèrement lui paraissaient faux
dans sa bouche. Et le peu qu'elle s'en permettait était dit
sur un ton guindé où ses habitudes de timidité paralysaient
ses velléités d'audace, et s'entremêlait de : « tu n'as pas
froid, tu n'as pas trop chaud, tu n'as pas envie d'être seule
et de lire ? »

« Mademoiselle me semble avoir des pensées bien
lubriques, ce soir », finit-elle par dire, répétant sans doute

une phrase qu'elle avait entendue autrefois dans la bouche de son amie.

Dans l'échancrure de son corsage de crêpe Mlle Vinteuil sentit que son amie piquait un baiser, elle poussa un petit cri, s'échappa, et elles se poursuivirent en sautant, faisant voleter leurs larges manches comme des ailes et gloussant et piaillant comme des oiseaux amoureux. Puis Mlle Vinteuil finit par tomber sur le canapé, recouverte par le corps de son amie. Mais celle-ci tournait le dos à la petite table sur laquelle était placé le portrait de l'ancien professeur de piano. Mlle Vinteuil comprit que son amie ne le verrait pas si elle n'attirait pas sur lui son attention, et elle lui dit, comme si elle venait seulement de le remarquer :

« Oh ! ce portrait de mon père qui nous regarde, je ne sais pas qui a pu le mettre là, j'ai pourtant dit vingt fois que ce n'était pas sa place. »

Je me souvins que c'étaient les mots que M. Vinteuil avait dits à mon père à propos du morceau de musique. Ce portrait leur servait sans doute habituellement pour des profanations rituelles, car son amie lui répondit par ces paroles qui devaient faire partie de ses réponses liturgiques :

« Mais laisse-le donc où il est, il n'est plus là pour nous embêter. Crois-tu qu'il pleurnicherait, qu'il voudrait te mettre ton manteau, s'il te voyait là, la fenêtre ouverte, le vilain singe. »

Mlle Vinteuil répondit par des paroles de doux reproche : « Voyons, voyons », qui prouvaient la bonté de sa nature, non qu'elles fussent dictées par l'indignation que cette façon de parler de son père eût pu lui causer (évidemment c'était là un sentiment qu'elle s'était habituée, à l'aide de quels sophismes ? à faire taire en elle dans ces minutes-là), mais parce qu'elles étaient comme un frein que pour ne pas se montrer égoïste elle mettait elle-même au plaisir que son amie cherchait à lui procurer. Et puis cette modération souriante en répondant à ces blasphèmes, ce reproche hypocrite et tendre, paraissaient peut-être à sa nature franche et bonne, une forme particulièrement infâme, une forme doucereuse de cette scélératesse qu'elle cherchait à s'assimiler. Mais elle ne put résister à l'attrait du plaisir qu'elle éprouverait à être traitée avec douceur par une personne si implacable envers un mort sans défense ; elle sauta sur les genoux de son amie, et lui tendit chastement son front à baiser comme elle aurait pu faire si elle avait été sa fille, sentant avec délices qu'elles allaient ainsi toutes deux au bout de la cruauté en ravissant à M. Vinteuil, jusque dans le tombeau, sa paternité. Son amie lui prit la tête entre ses mains et lui déposa un baiser sur le front avec cette docilité que lui rendait facile la grande affection qu'elle avait pour Mlle Vinteuil et le désir de mettre quelque distraction dans la vie si triste maintenant de l'orpheline.

« Sais-tu ce que j'ai envie de lui faire à cette vieille horreur ? » dit-elle en prenant le portrait.

Et elle murmura à l'oreille de Mlle Vinteuil quelque chose que je ne pus entendre.

« Oh ! tu n'oserais pas.

— Je n'oserais pas cracher dessus ? sur *ça* ? » dit l'amie avec une brutalité voulue.

Je n'en entendis pas davantage, car Mlle Vinteuil, d'un air las, gauche, affairé, honnête et triste vint fermer les volets et la fenêtre, mais je savais maintenant, pour toutes les souffrances que pendant sa vie M. Vinteuil avait supportées à cause de sa fille, ce qu'après la mort il avait reçu d'elle en salaire.

Et pourtant j'ai pensé depuis que si M. Vinteuil avait pu assister à cette scène, il n'eût peut-être pas encore perdu sa foi dans le bon cœur de sa fille, et peut-être même n'eût-il pas eu en cela tout à fait tort. Certes, dans les habitudes de Mlle Vinteuil l'apparence du mal était si entière qu'on aurait eu de la peine à la rencontrer réalisée à ce degré de perfection ailleurs que chez une sadique ; c'est à la lumière de la rampe des théâtres du boulevard plutôt que sous la lampe d'une maison de campagne véritable qu'on peut voir une fille faire cracher une amie sur le portrait d'un père qui n'a vécu que pour elle ; et il n'y a guère que le sadisme qui donne un fondement dans la vie à l'esthétique du mélodrame[1]. Dans la réalité, en dehors des cas de sadisme, une fille aurait peut-être des manquements aussi cruels que ceux de Mlle Vinteuil envers la mémoire et les volontés de son père mort, mais elle ne les résumerait pas expressément en un acte d'un symbolisme aussi rudimentaire et aussi naïf ; ce que sa conduite aurait de criminel serait plus voilé aux yeux des autres et même à ses yeux à elle qui ferait le mal sans se l'avouer. Mais, au-delà de l'apparence, dans le cœur de Mlle Vinteuil, le mal, au début du moins, ne fut sans doute pas sans mélange. Une sadique comme elle est l'artiste du mal, ce qu'une créature entièrement mauvaise ne pourrait être car le mal ne lui serait pas extérieur, il lui semblerait tout naturel, ne se distinguerait même pas d'elle ; et la vertu, la mémoire des morts, la tendresse filiale, comme elle n'en aurait pas le culte, elle ne trouverait pas un plaisir sacrilège à les profaner. Les sadiques de l'espèce de Mlle Vinteuil sont des êtres si purement sentimentaux, si naturellement vertueux que même le plaisir sensuel leur paraît quelque chose de mauvais, le privilège des méchants. Et quand ils se concèdent à eux-mêmes de s'y livrer un moment, c'est dans la peau des méchants qu'ils tâchent d'entrer et de faire entrer leur complice, de façon à avoir eu un moment l'illusion de s'être évadés de leur âme scrupuleuse et tendre, dans le monde inhumain du plaisir. Et je comprenais combien elle l'eût désiré en voyant combien il lui était impossible d'y réussir. Au moment où elle se voulait si différente de son père, ce qu'elle me rappelait c'était les façons de penser, de dire, du vieux professeur de piano. Bien plus que sa photographie, ce qu'elle profanait, ce qu'elle faisait servir à ses plaisirs mais qui restait entre eux et elle et l'empêchait de les goûter directement, c'était la ressemblance de son visage, les yeux bleus de sa mère à lui qu'il lui avait transmis comme un bijou de famille, ces gestes d'amabilité qui interposaient entre le vice de Mlle Vinteuil et elle une phraséologie, une mentalité qui n'était pas faite pour lui et l'empêchait de le connaître comme quelque chose de très différent des nombreux devoirs de politesse auxquels elle se consacrait d'habitude. Ce n'est pas le mal qui lui donnait l'idée du plaisir, qui lui semblait agréable ; c'est le plaisir qui lui semblait malin. Et comme chaque fois qu'elle s'y adonnait il s'accompagnait pour elle de ces pensées mauvaises qui le reste du temps étaient absentes de son âme vertueuse, elle finissait par trouver au plaisir quelque chose de diabolique, par l'identifier au Mal. Peut-être Mlle Vinteuil sentait-elle que son amie n'était pas foncièrement mauvaise, et qu'elle n'était pas sincère au moment où elle lui tenait ces propos blasphématoires. Du moins avait-elle le plaisir d'embrasser sur son visage, des sourires, des regards, feints peut-être, mais analogues dans leur expression vicieuse et basse à ceux qu'aurait eus non un être de bonté et de souffrance, mais un être de cruauté et de plaisir. Elle pouvait s'imaginer un instant qu'elle jouait vraiment les jeux qu'eût joués avec une complice aussi dénaturée, une fille qui aurait ressenti en effet ces sentiments barbares à l'égard de la mémoire de son père. Peut-être n'eût-elle pas pensé que le mal fût un état si rare, si extraordinaire, si dépaysant, où il était si reposant d'émigrer, si elle avait su discerner en elle comme en tout le monde, cette indifférence aux souffrances qu'on cause et qui, quelques autres noms qu'on lui donne, est la forme terrible et permanente de la cruauté.

S'il était assez simple d'aller du côté de Méséglise, c'était une autre affaire d'aller du côté de Guermantes, car la promenade était longue et l'on voulait être sûr du temps qu'il ferait. Quand on semblait entrer dans une série de beaux jours ; quand Françoise désespérée qu'il ne tombât pas une goutte d'eau pour les « pauvres récoltes », et ne voyant que de rares nuages blancs nageant à la surface calme et bleue du ciel s'écriait en gémissant : « Ne dirait-on pas qu'on voit ni plus ni moins des chiens de mer qui jouent en montrant là-haut leurs museaux ? Ah ! ils pensent bien à faire pleuvoir pour les pauvres laboureurs ! Et puis quand les blés seront poussés, alors la pluie se mettra à tomber tout à petit patapon, sans discontinuer, sans plus savoir sur quoi elle tombe que si c'était sur la mer » ; quand mon père avait reçu invariablement les mêmes réponses favorables du jardinier et du baromètre, alors on disait au dîner : « Demain s'il fait le même temps, nous irons du côté de Guermantes. » On partait tout de suite après déjeuner par la petite porte du jardin et on tombait dans la rue des Perchamps, étroite et formant un angle aigu, remplie de graminées au milieu desquelles deux ou trois guêpes passaient la journée à herboriser, aussi bizarre que son nom d'où me semblaient dériver ses particularités curieuses et sa personnalité revêche, et qu'on chercherait en vain dans le Combray d'aujourd'hui où sur son tracé ancien s'élève l'école. Mais ma rêverie (semblable à ces architectes élèves de Viollet-le-Duc[1], qui, croyant retrouver sous un jubé Renaissance et un autel du XVIIe siècle les traces d'un chœur roman, remettent tout l'édifice dans l'état où il devait être au

XIIe siècle) ne laisse pas une pierre du bâtiment nouveau, reperce et « restitue » la rue des Perchamps. Elle a d'ailleurs pour ces reconstitutions, des données plus précises que n'en ont généralement les restaurateurs : quelques images conservées par ma mémoire, les dernières peut-être qui existent encore actuellement, et destinées à être bientôt anéanties, de ce qu'était le Combray du temps de mon enfance ; et parce que c'est lui-même qui les a tracées en moi avant de disparaître, émouvantes — si on peut comparer un obscur portrait à ces effigies glorieuses dont ma grand-mère aimait à me donner des reproductions — comme ces gravures anciennes de la Cène ou ce tableau de Gentile Bellini dans lesquels l'on voit en un état qui n'existe plus aujourd'hui le chef-d'œuvre de Vinci et le portail de Saint-Marc[1].

On passait, rue de l'Oiseau, devant la vieille hôtellerie de l'Oiseau Flesché dans la grande cour de laquelle entrèrent quelquefois au XVIIe siècle les carrosses des duchesses de Montpensier, de Guermantes et de Montmorency[2] quand elles avaient à venir à Combray pour quelque contestation avec leurs fermiers, pour une question d'hommage. On gagnait le mail entre les arbres duquel apparaissait le clocher de Saint-Hilaire. Et j'aurais voulu pouvoir m'asseoir là et rester toute la journée à lire en écoutant les cloches ; car il faisait si beau et si tranquille que, quand sonnait l'heure, on aurait dit non qu'elle rompait le calme du jour mais qu'elle le débarrassait de ce qu'il contenait et que le clocher avec l'exactitude indolente et soigneuse d'une personne qui n'a rien d'autre à faire, venait seulement — pour exprimer et laisser tomber les quelques gouttes d'or que la chaleur y avait lentement et naturellement amassées — de presser, au moment voulu, la plénitude du silence.

Le plus grand charme du côté de Guermantes, c'est qu'on y avait presque tout le temps à côté de soi le cours de la Vivonne. On la traversait une première fois, dix minutes après avoir quitté la maison, sur une passerelle dite le Pont-Vieux. Dès le lendemain de notre arrivée, le jour de Pâques, après le sermon s'il faisait beau temps, je courais jusque-là, voir dans ce désordre d'un matin de grande fête où quelques préparatifs somptueux font paraître plus sordides les ustensiles de ménage qui traînent encore, la rivière qui se promenait déjà en bleu ciel entre

les terres encore noires et nues, accompagnée seulement
d'une bande de coucous arrivés trop tôt et de primevères
en avance, cependant que çà et là une violette au bec bleu
laissait fléchir sa tige sous le poids de la goutte d'odeur
qu'elle tenait dans son cornet. Le Pont-Vieux débouchait
dans un sentier de halage qui à cet endroit se tapissait l'été
du feuillage bleu d'un noisetier sous lequel un pêcheur
en chapeau de paille avait pris racine. À Combray où je
savais quelle individualité de maréchal ferrant ou de
garçon épicier était dissimulée sous l'uniforme du suisse
ou le surplis de l'enfant de chœur, ce pêcheur est la seule
personne dont je n'aie jamais découvert l'identité. Il devait
connaître mes parents, car il soulevait son chapeau quand
nous passions ; je voulais alors demander son nom, mais
on me faisait signe de me taire pour ne pas effrayer le
poisson. Nous nous engagions dans le sentier de halage
qui dominait le courant d'un talus de plusieurs pieds ; de
l'autre côté la rive était basse, étendue en vastes prés
jusqu'au village et jusqu'à la gare qui en était distante.
Ils étaient semés des restes, à demi enfouis dans l'herbe,
du château des anciens comtes de Combray qui au Moyen
Âge avait de ce côté le cours de la Vivonne comme défense
contre les attaques des sires de Guermantes et des abbés
de Martinville[1]. Ce n'étaient plus que quelques fragments
de tours bossuant la prairie, à peine apparents, quelques
créneaux d'où jadis l'arbalétrier lançait des pierres, d'où
le guetteur surveillait Novepont, Clairefontaine, Martinville-le-Sec, Bailleau-l'Exempt, toutes terres vassales de
Guermantes entre lesquelles Combray était enclavé,
aujourd'hui au ras de l'herbe, dominés par les enfants de
l'école des frères qui venaient là apprendre leurs leçons
ou jouer aux récréations — passé presque descendu dans
la terre, couché au bord de l'eau comme un promeneur
qui prend le frais, mais me donnant fort à songer, me
faisant ajouter dans le nom de Combray à la petite ville
d'aujourd'hui une cité très différente, retenant mes pensées
par son visage incompréhensible et d'autrefois qu'il cachait
à demi sous les boutons d'or. Ils étaient fort nombreux
à cet endroit qu'ils avaient choisi pour leurs jeux sur
l'herbe, isolés, par couples, par troupes, jaunes comme un
jaune d'œuf, brillants d'autant plus, me semblait-il, que
ne pouvant dériver vers aucune velléité de dégustation
le plaisir que leur vue me causait, je l'accumulais dans leur

surface dorée, jusqu'à ce qu'il devînt assez puissant pour produire de l'inutile beauté ; et cela dès ma plus petite enfance, quand du sentier de halage je tendais les bras vers eux sans pouvoir épeler complètement leur joli nom de Princes de contes de fées français, venus peut-être il y a bien des siècles d'Asie mais apatriés pour toujours au village, contents du modeste horizon, aimant le soleil et le bord de l'eau, fidèles à la petite vue de la gare, gardant encore pourtant comme certaines de nos vieilles toiles peintes, dans leur simplicité populaire, un poétique éclat d'orient.

Je m'amusais à regarder les carafes que les gamins mettaient dans la Vivonne pour prendre les petits poissons, et qui, remplies par la rivière, où elles sont à leur tour encloses, à la fois « contenant » aux flancs transparents comme une eau durcie, et « contenu » plongé dans un plus grand contenant de cristal liquide et courant, évoquaient l'image de la fraîcheur d'une façon plus délicieuse et plus irritante qu'elles n'eussent fait sur une table servie, en ne la montrant qu'en fuite dans cette allitération perpétuelle entre l'eau sans consistance où les mains ne pouvaient la capter et le verre sans fluidité où le palais ne pourrait en jouir. Je me promettais de venir là plus tard avec des lignes ; j'obtenais qu'on tirât un peu de pain des provisions du goûter ; j'en jetais dans la Vivonne des boulettes qui semblaient suffire pour y provoquer un phénomène de sursaturation, car l'eau se solidifiait aussitôt autour d'elles en grappes ovoïdes de têtards inanitiés qu'elle tenait sans doute jusque-là en dissolution, invisibles, tout près d'être en voie de cristallisation.

Bientôt le cours de la Vivonne s'obstrue de plantes d'eau. Il y en a d'abord d'isolées comme tel nénuphar à qui le courant au travers duquel il était placé d'une façon malheureuse laissait si peu de repos que comme un bac actionné mécaniquement il n'abordait une rive que pour retourner à celle d'où il était venu, refaisant éternellement la double traversée. Poussé vers la rive, son pédoncule se dépliait, s'allongeait, filait, atteignait l'extrême limite de sa tension jusqu'au bord où le courant le reprenait, le vert cordage se repliait sur lui-même et ramenait la pauvre plante à ce qu'on peut d'autant mieux appeler son point de départ qu'elle n'y restait pas une seconde sans en repartir par une répétition de la même manœuvre. Je la retrouvais de promenade en promenade, toujours dans la même situation, faisant penser à certains neurasthéniques au nombre desquels mon grand-père comptait ma tante Léonie, qui nous offrent sans changement au cours des années le spectacle des habitudes bizarres qu'ils se croient chaque fois à la veille de secouer et qu'ils gardent toujours ; pris dans l'engrenage de leurs malaises et de leurs manies, les efforts dans lesquels ils se débattent inutilement pour en sortir ne font qu'assurer le fonctionnement et faire jouer le déclic de leur diététique étrange, inéluctable et funeste. Tel était ce nénuphar, pareil aussi à quelqu'un de ces malheureux dont le tourment singulier, qui se répète indéfiniment durant l'éternité, excitait la curiosité de Dante et dont il se serait fait raconter plus longuement les particularités et la cause par le supplicié lui-même, si Virgile, s'éloignant à grands pas, ne l'avait forcé à le rattraper au plus vite, comme moi mes parents[1].

Mais plus loin le courant se ralentit, il traverse une propriété dont l'accès était ouvert au public par celui à qui elle appartenait et qui s'y était complu à des travaux d'horticulture aquatique, faisant fleurir, dans les petits étangs que forme la Vivonne, de véritables jardins de nymphéas[2]. Comme les rives étaient à cet endroit très boisées, les grandes ombres des arbres donnaient à l'eau un fond qui était habituellement d'un vert sombre mais que parfois, quand nous rentrions par certains soirs rassérénés d'après-midi orageux, j'ai vu d'un bleu clair et cru, tirant sur le violet, d'apparence cloisonnée et de goût japonais. Çà et là, à la surface, rougissait comme une fraise une fleur de nymphéa au cœur écarlate, blanc sur les bords. Plus loin, les fleurs plus nombreuses étaient plus pâles, moins lisses, plus grenues, plus plissées, et disposées par le hasard en enroulements si gracieux qu'on croyait voir flotter à la dérive, comme après l'effeuillement mélancolique d'une fête galante, des roses mousseuses en guirlandes dénouées. Ailleurs un coin semblait réservé aux espèces communes qui montraient le blanc et le rose proprets de la julienne, lavés comme de la porcelaine avec un soin domestique, tandis qu'un peu plus loin, pressées les unes contre les autres en une véritable plate-bande flottante, on eût dit des pensées des jardins qui étaient venues poser comme des papillons leurs ailes bleuâtres et glacées, sur

l'obliquité transparente de ce parterre d'eau ; de ce
parterre céleste aussi : car il donnait aux fleurs un sol d'une
couleur plus précieuse, plus émouvante que la couleur des
fleurs elles-mêmes ; et, soit que pendant l'après-midi il fît
étinceler sous les nymphéas le kaléidoscope d'un bonheur
attentif, silencieux et mobile, ou qu'il s'emplît vers le soir,
comme quelque port lointain, du rose et de la rêverie du
couchant, changeant sans cesse pour rester toujours en
accord, autour des corolles de teintes plus fixes, avec ce
qu'il y a de plus profond, de plus fugitif, de plus mystérieux
— avec ce qu'il y a d'infini — dans l'heure, il semblait
les avoir fait fleurir en plein ciel.

Au sortir de ce parc, la Vivonne redevient courante.
Que de fois j'ai vu, j'ai désiré imiter quand je serais libre
de vivre à ma guise, un rameur, qui, ayant lâché l'aviron,
s'était couché à plat sur le dos, la tête en bas, au fond de
sa barque, et la laissant flotter à la dérive, ne pouvant voir
que le ciel qui filait lentement au-dessus de lui, portait sur
son visage l'avant-goût du bonheur et de la paix.

Nous nous asseyions entre les iris au bord de l'eau. Dans
le ciel férié, flânait longuement un nuage oisif. Par
moments, oppressée par l'ennui, une carpe se dressait hors
de l'eau dans une aspiration anxieuse. C'était l'heure du
goûter. Avant de repartir nous restions longtemps à
manger des fruits, du pain et du chocolat, sur l'herbe où
parvenaient jusqu'à nous, horizontaux, affaiblis, mais
denses et métalliques encore, des sons de la cloche de
Saint-Hilaire qui ne s'étaient pas mélangés à l'air qu'ils
traversaient depuis si longtemps, et côtelés par la
palpitation successive de toutes leurs lignes sonores,
vibraient en rasant les fleurs, à nos pieds.

Parfois, au bord de l'eau entourée de bois, nous
rencontrions une maison dite de plaisance, isolée, perdue,
qui ne voyait rien, du monde, que la rivière qui baignait
ses pieds. Une jeune femme dont le visage pensif et les
voiles élégants n'étaient pas de ce pays et qui sans doute
était venue, selon l'expression populaire « s'enterrer » là,
goûter le plaisir amer de sentir que son nom, le nom
surtout de celui dont elle n'avait pu garder le cœur, y était
inconnu, s'encadrait dans la fenêtre qui ne lui laissait pas
regarder plus loin que la barque amarrée près de la porte[1].
Elle levait distraitement les yeux en entendant derrière
les arbres de la rive la voix des passants dont avant qu'elle

eût aperçu leur visage, elle pouvait être certaine que jamais
ils n'avaient connu, ni ne connaîtraient l'infidèle, que rien
dans leur passé ne gardait sa marque, que rien dans leur
avenir n'aurait l'occasion de la recevoir. On sentait que,
dans son renoncement, elle avait volontairement quitté des
lieux où elle aurait pu du moins apercevoir celui qu'elle
aimait, pour ceux-ci qui ne l'avaient jamais vu. Et je la
regardais, revenant de quelque promenade sur un chemin
où elle savait qu'il ne passerait pas, ôter de ses mains
résignées de longs gants d'une grâce inutile.

Jamais dans la promenade du côté de Guermantes nous
ne pûmes remonter jusqu'aux sources de la Vivonne[1],
auxquelles j'avais souvent pensé et qui avaient pour moi
une existence si abstraite, si idéale, que j'avais été aussi
surpris quand on m'avait dit qu'elles se trouvaient dans
le département, à une certaine distance kilométrique de
Combray, que le jour où j'avais appris qu'il y avait un autre
point précis de la terre où s'ouvrait, dans l'Antiquité,
l'entrée des Enfers. Jamais non plus nous ne pûmes pousser
jusqu'au terme que j'eusse tant souhaité d'atteindre,
jusqu'à Guermantes. Je savais que là résidaient des
châtelains, le duc et la duchesse de Guermantes[2], je savais
qu'ils étaient des personnages réels et actuellement
existants, mais chaque fois que je pensais à eux, je me les
représentais tantôt en tapisserie, comme était la comtesse
de Guermantes, dans le « Couronnement d'Esther » de
notre église, tantôt de nuances changeantes comme était
Gilbert le Mauvais dans le vitrail où il passait du vert chou
au bleu prune selon que j'étais encore à prendre de l'eau
bénite ou que j'arrivais à nos chaises, tantôt tout à fait
impalpables comme l'image de Geneviève de Brabant,
ancêtre de la famille de Guermantes, que la lanterne
magique promenait sur les rideaux de ma chambre ou
faisait monter au plafond — enfin toujours enveloppés
du mystère des temps mérovingiens et baignant comme
dans un coucher de soleil dans la lumière orangée qui
émane de cette syllabe : « antes ». Mais si malgré cela
ils étaient pour moi, en tant que duc et duchesse, des êtres
réels, bien qu'étranges, en revanche leur personne ducale
se distendait démesurément, s'immatérialisait, pour pouvoir contenir en elle ce Guermantes dont ils étaient duc
et duchesse, tout ce « côté de Guermantes » ensoleillé,
le cours de la Vivonne, ses nymphéas et ses grands arbres,

et tant de beaux après-midi. Et je savais qu'ils ne portaient pas seulement le titre de duc et de duchesse de Guermantes, mais que depuis le xive siècle où, après avoir inutilement essayé de vaincre ses anciens seigneurs ils s'étaient alliés à eux par des mariages, ils étaient comtes de Combray, les premiers des citoyens de Combray par conséquent et pourtant les seuls qui n'y habitassent pas. Comtes de Combray, possédant Combray au milieu de leur nom, de leur personne, et sans doute ayant effectivement en eux cette étrange et pieuse tristesse qui était spéciale à Combray ; propriétaires de la ville, mais non d'une maison particulière, demeurant sans doute dehors, dans la rue, entre ciel et terre, comme ce Gilbert de Guermantes, dont je ne voyais aux vitraux de l'abside de Saint-Hilaire que l'envers de laque noire, si je levais la tête, quand j'allais chercher du sel chez Camus.

Puis il arriva que sur le côté de Guermantes je passai parfois devant de petits enclos humides où montaient des grappes de fleurs sombres. Je m'arrêtais, croyant acquérir une notion précieuse, car il me semblait avoir sous les yeux un fragment de cette région fluviatile, que je désirais tant connaître depuis que je l'avais vue décrite par un de mes écrivains préférés[1]. Et ce fut avec elle, avec son sol imaginaire traversé de cours d'eau bouillonnants, que Guermantes, changeant d'aspect dans ma pensée, s'identifia, quand j'eus entendu le docteur Percepied nous parler des fleurs et des belles eaux vives qu'il y avait dans le parc du château. Je rêvais que Mme de Guermantes m'y faisait venir, éprise pour moi d'un soudain caprice ; tout le jour elle y pêchait la truite avec moi. Et le soir me tenant par la main, en passant devant les petits jardins de ses vassaux, elle me montrait le long des murs bas, les fleurs qui y appuient leurs quenouilles violettes et rouges et m'apprenait leurs noms. Elle me faisait lui dire le sujet des poèmes que j'avais l'intention de composer. Et ces rêves m'avertissaient que puisque je voulais un jour être un écrivain, il était temps de savoir ce que je comptais écrire. Mais dès que je me le demandais, tâchant de trouver un sujet où je pusse faire tenir une signification philosophique infinie, mon esprit s'arrêtait de fonctionner, je ne voyais plus que le vide en face de mon attention, je sentais que je n'avais pas de génie ou peut-être une maladie cérébrale l'empêchait de naître. Parfois je comptais sur mon père

pour arranger cela. Il était si puissant, si en faveur auprès
des gens en place qu'il arrivait à nous faire transgresser les
lois que Françoise m'avait appris à considérer comme plus
inéluctables que celles de la vie et de la mort, à faire retarder
d'un an pour notre maison, seule de tout le quartier, les
travaux de « ravalement », à obtenir du ministre pour le
fils de Mme Sazerat qui voulait aller aux eaux, l'autorisation
qu'il passât le baccalauréat deux mois d'avance, dans la série
des candidats dont le nom commençait par un A au lieu
d'attendre le tour des S. Si j'étais tombé gravement malade,
si j'avais été capturé par des brigands, persuadé que mon
père avait trop d'intelligences avec les puissances suprêmes,
de trop irrésistibles lettres de recommandation auprès du
Bon Dieu, pour que ma maladie ou ma captivité pussent
être autre chose que de vains simulacres sans danger pour
moi, j'aurais attendu avec calme l'heure inévitable du
retour à la bonne réalité, l'heure de la délivrance ou de la
guérison ; peut-être cette absence de génie, ce trou noir qui
se creusait dans mon esprit quand je cherchais le sujet de
mes écrits futurs, n'était-il aussi qu'une illusion sans
consistance, et cesserait-elle par l'intervention de mon père
qui avait dû convenir avec le Gouvernement et avec la
Providence que je serais le premier écrivain de l'époque.
Mais d'autres fois tandis que mes parents s'impatientaient
de me voir rester en arrière et ne pas les suivre, ma vie
actuelle au lieu de me sembler une création artificielle de
mon père et qu'il pouvait modifier à son gré, m'apparaissait
au contraire comme comprise dans une réalité qui n'était
pas faite pour moi, contre laquelle il n'y avait pas de recours,
au cœur de laquelle je n'avais pas d'allié, qui ne cachait rien
au-delà d'elle-même. Il me semblait alors que j'existais de
la même façon que les autres hommes, que je vieillirais, que
je mourrais comme eux, et que parmi eux j'étais seulement
du nombre de ceux qui n'ont pas de dispositions pour
écrire. Aussi, découragé, je renonçais à jamais à la littérature, malgré les encouragements que m'avait donnés Bloch.
Ce sentiment intime, immédiat, que j'avais du néant de ma
pensée, prévalait contre toutes les paroles flatteuses qu'on
pouvait me prodiguer, comme chez un méchant dont
chacun vante les bonnes actions, les remords de sa
conscience.

Un jour ma mère me dit : « Puisque tu parles toujours
de Mme de Guermantes, comme le docteur Percepied l'a

très bien soignée il y a quatre ans, elle doit venir à
Combray pour assister au mariage de sa fille. Tu pourras
l'apercevoir à la cérémonie. » C'était du reste par le
docteur Percepied que j'avais le plus entendu parler de
Mme de Guermantes, et il nous avait même montré le
numéro d'une revue illustrée où elle était représentée dans
le costume qu'elle portait à un bal travesti chez la princesse
de Léon[1].

Tout d'un coup pendant la messe de mariage, un
mouvement que fit le suisse en se déplaçant me permit
de voir assise dans une chapelle une dame blonde avec
un grand nez, des yeux bleus et perçants, une cravate
bouffante en soie mauve, lisse, neuve et brillante, et un
petit bouton au coin du nez. Et parce que dans la surface
de son visage rouge, comme si elle eût eu très chaud, je
distinguais, diluées et à peine perceptibles, des parcelles
d'analogie avec le portrait qu'on m'avait montré, parce
que surtout les traits particuliers que je relevais en elle,
si j'essayais de les énoncer, se formulaient précisément
dans les mêmes termes : un grand nez, des yeux bleus,
dont s'était servi le docteur Percepied quand il avait décrit
devant moi la duchesse de Guermantes, je me dis : « Cette
dame ressemble à Mme de Guermantes » ; or la chapelle
où elle suivait la messe était celle de Gilbert le Mauvais,
sous les plates tombes de laquelle, dorées et distendues
comme des alvéoles de miel, reposaient les anciens comtes
de Brabant, et que je me rappelais être à ce qu'on m'avait
dit réservée à la famille de Guermantes quand quelqu'un
de ses membres venait pour une cérémonie à Combray ;
il ne pouvait vraisemblablement y avoir qu'une seule
femme ressemblant au portrait de Mme de Guermantes,
qui fût ce jour-là, jour où elle devait justement venir, dans
cette chapelle : c'était elle ! Ma déception était grande.
Elle provenait de ce que je n'avais jamais pris garde
quand je pensais à Mme de Guermantes, que je me la
représentais avec les couleurs d'une tapisserie ou d'un
vitrail, dans un autre siècle, d'une autre matière que le
reste des personnes vivantes. Jamais je ne m'étais avisé
qu'elle pouvait avoir une figure rouge, une cravate mauve
comme Mme Sazerat, et l'ovale de ses joues me fit
tellement souvenir de personnes que j'avais vues à la
maison que le soupçon m'effleura, pour se dissiper
d'ailleurs aussitôt après, que cette dame, en son principe

générateur, en toutes ses molécules, n'était peut-être pas
substantiellement la duchesse de Guermantes, mais que
son corps, ignorant du nom qu'on lui appliquait, appartenait à un certain type féminin, qui comprenait aussi des
femmes de médecins et de commerçants. « C'est cela, ce
n'est que cela, Mme de Guermantes ! », disait la mine
attentive et étonnée avec laquelle je contemplais cette
image qui naturellement n'avait aucun rapport avec celles
qui sous le même nom de Mme de Guermantes étaient
apparues tant de fois dans mes songes, puisque, elle, elle
n'avait pas été comme les autres arbitrairement formée par
moi, mais qu'elle m'avait sauté aux yeux pour la première
fois il y a un moment seulement, dans l'église ; qui n'était
pas de la même nature, n'était pas colorable à volonté
comme celles qui se laissaient imbiber de la teinte orangée
d'une syllabe, mais était si réelle que tout, jusqu'à ce petit
bouton qui s'enflammait au coin du nez, certifiait son
assujettissement aux lois de la vie, comme, dans une
apothéose de théâtre, un plissement de la robe de la fée,
un tremblement de son petit doigt, dénoncent la présence
matérielle d'une actrice vivante, là où nous étions
incertains si nous n'avions pas devant les yeux une simple
projection lumineuse.

Mais en même temps, sur cette image que le nez
proéminent, les yeux perçants, épinglaient dans ma vision
(peut-être parce que c'était eux qui l'avaient d'abord
atteinte, qui y avaient fait la première encoche, au moment
où je n'avais pas encore le temps de songer que la femme
qui apparaissait devant moi pouvait être Mme de
Guermantes), sur cette image toute récente, inchangeable,
j'essayais d'appliquer l'idée : « C'est Mme de Guermantes » sans parvenir qu'à la faire manœuvrer en face
de l'image, comme deux disques séparés par un intervalle.
Mais cette Mme de Guermantes à laquelle j'avais si souvent
rêvé, maintenant que je voyais qu'elle existait effectivement en dehors de moi, en prit plus de puissance encore
sur mon imagination qui, un moment paralysée au contact
d'une réalité si différente de ce qu'elle attendait, se mit
à réagir et à me dire : « Glorieux dès avant Charlemagne,
les Guermantes avaient le droit de vie et de mort sur leurs
vassaux ; la duchesse de Guermantes descend de Geneviève de Brabant. Elle ne connaît, ni ne consentirait à
connaître aucune des personnes qui sont ici. »

Et — ô merveilleuse indépendance des regards humains, retenus au visage par une corde si lâche, si longue, si extensible qu'ils peuvent se promener seuls loin de lui — pendant que Mme de Guermantes était assise dans la chapelle au-dessus des tombes de ses morts, ses regards flânaient çà et là, montaient le long des piliers, s'arrêtaient même sur moi, comme un rayon de soleil errant dans la nef, mais un rayon de soleil qui, au moment où je reçus sa caresse, me sembla conscient. Quant à Mme de Guermantes elle-même, comme elle restait immobile, assise comme une mère qui semble ne pas voir les audaces espiègles et les entreprises indiscrètes de ses enfants qui jouent et interpellent des personnes qu'elle ne connaît pas, il me fut impossible de savoir si elle approuvait ou blâmait dans le désœuvrement de son âme, le vagabondage de ses regards.

Je trouvais important qu'elle ne partît pas avant que j'eusse pu la regarder suffisamment, car je me rappelais que depuis des années je considérais sa vue comme éminemment désirable, et je ne détachais pas mes yeux d'elle, comme si chacun de mes regards eût pu matériellement emporter et mettre en réserve en moi le souvenir du nez proéminent, des joues rouges, de toutes ces particularités qui me semblaient autant de renseignements précieux, authentiques et singuliers sur son visage. Maintenant que me le faisaient trouver beau toutes les pensées que j'y rapportais — et peut-être surtout, forme de l'instinct de conservation des meilleures parties de nous-mêmes, ce désir qu'on a toujours de ne pas avoir été déçu — la replaçant (puisque c'était une seule personne qu'elle et cette duchesse de Guermantes que j'avais évoquée jusque-là) hors du reste de l'humanité dans laquelle la vue pure et simple de son corps me l'avait fait un instant confondre, je m'irritais en entendant dire autour de moi : « Elle est mieux que Mme Sazerat, que Mlle Vinteuil », comme si elle leur eût été comparable. Et mes regards s'arrêtant à ses cheveux blonds, à ses yeux bleus, à l'attache de son cou et omettant les traits qui eussent pu me rappeler d'autres visages, je m'écriais devant ce croquis volontairement incomplet : « Qu'elle est belle ! Quelle noblesse ! Comme c'est bien une fière Guermantes, la descendante de Geneviève de Brabant, que j'ai devant moi ! » Et l'attention avec laquelle j'éclairais son visage

l'isolait tellement, qu'aujourd'hui si je repense à cette
cérémonie, il m'est impossible de revoir une seule des
personnes qui y assistaient sauf elle et le suisse qui répondit
affirmativement quand je lui demandai si cette dame était
bien Mme de Guermantes. Mais elle, je la revois, surtout
au moment du défilé dans la sacristie qu'éclairait le soleil
intermittent et chaud d'un jour de vent et d'orage, et dans
laquelle Mme de Guermantes se trouvait au milieu de tous
ces gens de Combray dont elle ne savait même pas les
noms, mais dont l'infériorité proclamait trop sa suprématie
pour qu'elle ne ressentît pas pour eux une sincère
bienveillance et auxquels du reste elle espérait imposer
davantage encore à force de bonne grâce et de simplicité.
Aussi, ne pouvant émettre ces regards volontaires, chargés
d'une signification précise, qu'on adresse à quelqu'un
qu'on connaît, mais seulement laisser ses pensées distraites
s'échapper incessamment devant elle en un flot de lumière
bleue qu'elle ne pouvait contenir, elle ne voulait pas qu'il
pût gêner, paraître dédaigner ces petites gens qu'il
rencontrait au passage, qu'il atteignait à tous moments. Je
revois encore, au-dessus de sa cravate mauve, soyeuse et
gonflée, le doux étonnement de ses yeux auxquels elle
avait ajouté sans oser le destiner à personne mais pour
que tous pussent en prendre leur part un sourire un peu
timide de suzeraine qui a l'air de s'excuser auprès de ses
vassaux et de les aimer. Ce sourire tomba sur moi qui ne
la quittais pas des yeux. Alors me rappelant ce regard
qu'elle avait laissé s'arrêter sur moi, pendant la messe, bleu
comme un rayon de soleil qui aurait traversé le vitrail de
Gilbert le Mauvais, je me dis : « Mais sans doute elle fait
attention à moi. » Je crus que je lui plaisais, qu'elle
penserait encore à moi quand elle aurait quitté l'église,
qu'à cause de moi elle serait peut-être triste le soir à
Guermantes. Et aussitôt je l'aimai, car s'il peut quelquefois
suffire pour que nous aimions une femme qu'elle nous
regarde avec mépris comme j'avais cru qu'avait fait
Mlle Swann et que nous pensions qu'elle ne pourra jamais
nous appartenir, quelquefois aussi il peut suffire qu'elle
nous regarde avec bonté comme faisait Mme de Guermantes et que nous pensions qu'elle pourra nous appartenir. Ses yeux bleuissaient comme une pervenche impossible
à cueillir et que pourtant elle m'eût dédiée ; et le soleil
menacé par un nuage, mais dardant encore de toute sa

force sur la place et dans la sacristie, donnait une carnation de géranium aux tapis rouges qu'on y avait étendus par terre pour la solennité et sur lesquels s'avançait en souriant Mme de Guermantes, et ajoutait à leur lainage un velouté rose, un épiderme de lumière, cette sorte de tendresse, de sérieuse douceur dans la pompe et dans la joie qui caractérisent certaines pages de *Lohengrin*, certaines peintures de Carpaccio, et qui font comprendre que Baudelaire ait pu appliquer au son de la trompette l'épithète de délicieux[1].

Combien depuis ce jour, dans mes promenades du côté de Guermantes, il me parut plus affligeant encore qu'auparavant de n'avoir pas de dispositions pour les lettres, et de devoir renoncer à être jamais un écrivain célèbre. Les regrets que j'en éprouvais, tandis que je restais seul à rêver un peu à l'écart, me faisaient tant souffrir, que pour ne plus les ressentir, de lui-même par une sorte d'inhibition devant la douleur, mon esprit s'arrêtait entièrement de penser aux vers, aux romans, à un avenir poétique sur lequel mon manque de talent m'interdisait de compter. Alors, bien en dehors de toutes ces préoccupations littéraires et ne s'y rattachant en rien, tout d'un coup un toit, un reflet de soleil sur une pierre, l'odeur d'un chemin me faisaient arrêter par un plaisir particulier qu'ils me donnaient, et aussi parce qu'ils avaient l'air de cacher au-delà de ce que je voyais, quelque chose qu'ils invitaient à venir prendre et que malgré mes efforts je n'arrivais pas à découvrir. Comme je sentais que cela se trouvait en eux, je restais là, immobile, à regarder, à respirer, à tâcher d'aller avec ma pensée au-delà de l'image ou de l'odeur. Et s'il me fallait rattraper mon grand-père, poursuivre ma route, je cherchais à les retrouver, en fermant les yeux ; je m'attachais à me rappeler exactement la ligne du toit, la nuance de la pierre qui, sans que je pusse comprendre pourquoi, m'avaient semblé pleines, prêtes à s'entrouvrir, à me livrer ce dont elles n'étaient qu'un couvercle. Certes ce n'était pas des impressions de ce genre qui pouvaient me rendre l'espérance que j'avais perdue de pouvoir être un jour écrivain et poète, car elles étaient toujours liées à un objet particulier dépourvu de valeur intellectuelle et ne se rapportant à aucune vérité abstraite. Mais du moins elles me donnaient un plaisir irraisonné, l'illusion d'une sorte de fécondité et par là me distrayaient de l'ennui, du sentiment de mon impuissance que j'avais éprouvés chaque fois que j'avais cherché un sujet philosophique pour une grande œuvre littéraire. Mais le devoir de conscience était si ardu que m'imposaient ces impressions de forme, de parfum ou de couleur — de tâcher d'apercevoir ce qui se cachait derrière elles, que je ne tardais pas à me chercher à moi-même des excuses qui me permissent de me dérober à ces efforts et de m'épargner cette fatigue. Par bonheur mes parents m'appelaient, je sentais que je n'avais pas présentement la tranquillité nécessaire pour poursuivre utilement ma recherche, et qu'il valait mieux n'y plus penser jusqu'à ce que je fusse rentré, et ne pas me fatiguer d'avance sans résultat. Alors je ne m'occupais plus de cette chose inconnue qui s'enveloppait d'une forme ou d'un parfum, bien tranquille puisque je la ramenais à la maison, protégée par le revêtement d'images sous lesquelles je la trouverais vivante, comme les poissons que les jours où on m'avait laissé aller à la pêche, je rapportais dans mon panier couverts par une couche d'herbe qui préservait leur fraîcheur. Une fois à la maison je songeais à autre chose et ainsi s'entassaient dans mon esprit (comme dans ma chambre les fleurs que j'avais cueillies dans mes promenades ou les objets qu'on m'avait donnés), une pierre où jouait un reflet, un toit, un son de cloche, une odeur de feuilles, bien des images différentes sous lesquelles il y a longtemps qu'est morte la réalité pressentie que je n'ai pas eu assez de volonté pour arriver à découvrir. Une fois pourtant — où notre promenade s'étant prolongée fort au-delà de sa durée habituelle, nous avions été bien heureux de rencontrer à mi-chemin du retour, comme l'après-midi finissait, le docteur Percepied qui passait en voiture à bride abattue, nous avait reconnus et fait monter avec lui — j'eus une impression de ce genre et ne l'abandonnai pas sans un peu l'approfondir. On m'avait fait monter près du cocher, nous allions comme le vent parce que le docteur avait encore avant de rentrer à Combray à s'arrêter à Martinville-le-Sec chez un malade à la porte duquel il avait été convenu que nous l'attendrions. Au tournant d'un chemin j'éprouvai tout à coup ce plaisir spécial qui ne ressemblait à aucun autre, à apercevoir les deux clochers de Martinville, sur lesquels donnait le soleil couchant et que le mouvement de notre

voiture et les lacets du chemin avaient l'air de faire changer
de place, puis celui de Vieuxvicq qui, séparé d'eux par
une colline et une vallée, et situé sur un plateau plus élevé
dans le lointain, semblait pourtant tout voisin d'eux.

En constatant, en notant la forme de leur flèche, le
déplacement de leurs lignes, l'ensoleillement de leur
surface, je sentais que je n'allais pas au bout de mon
impression, que quelque chose était derrière ce mouvement, derrière cette clarté, quelque chose qu'ils semblaient
contenir et dérober à la fois.

Les clochers paraissaient si éloignés et nous avions l'air
de si peu nous rapprocher d'eux, que je fus étonné quand,
quelques instants après, nous nous arrêtâmes devant
l'église de Martinville. Je ne savais pas la raison du plaisir
que j'avais eu à les apercevoir à l'horizon et l'obligation
de chercher à découvrir cette raison me semblait bien
pénible ; j'avais envie de garder en réserve dans ma tête
ces lignes remuantes au soleil et de n'y plus penser
maintenant. Et il est probable que si je l'avais fait, les deux
clochers seraient allés à jamais rejoindre tant d'arbres, de
toits, de parfums, de sons, que j'avais distingués des autres
à cause de ce plaisir obscur qu'ils m'avaient procuré et
que je n'ai jamais approfondi. Je descendis causer avec mes
parents en attendant le docteur. Puis nous repartîmes, je
repris ma place sur le siège, je tournai la tête pour voir
encore les clochers qu'un peu plus tard, j'aperçus une
dernière fois au tournant d'un chemin. Le cocher, qui ne
semblait pas disposé à causer, ayant à peine répondu à mes
propos, force me fut, faute d'autre compagnie, de me
rabattre sur celle de moi-même et d'essayer de me rappeler
mes clochers. Bientôt leurs lignes et leurs surfaces
ensoleillées, comme si elles avaient été une sorte d'écorce,
se déchirèrent, un peu de ce qui m'était caché en elles
m'apparut, j'eus une pensée qui n'existait pas pour moi
l'instant avant, qui se formula en mots dans ma tête, et
le plaisir que m'avait fait tout à l'heure éprouver leur vue
s'en trouva tellement accru que, pris d'une sorte d'ivresse,
je ne pus plus penser à autre chose. À ce moment et comme
nous étions déjà loin de Martinville en tournant la tête
je les aperçus de nouveau, tout noirs cette fois, car le soleil
était déjà couché. Par moments les tournants du chemin
me les dérobaient, puis ils se montrèrent une dernière fois
et enfin je ne les vis plus.

Sans me dire que ce qui était caché derrière les clochers de Martinville devait être quelque chose d'analogue à une jolie phrase, puisque c'était sous la forme de mots qui me faisaient plaisir, que cela m'était apparu, demandant un crayon et du papier au docteur, je composai malgré les cahots de la voiture, pour soulager ma conscience et obéir à mon enthousiasme, le petit morceau suivant que j'ai retrouvé depuis et auquel je n'ai eu à faire subir que peu de changements[1] :

« Seuls, s'élevant du niveau de la plaine et comme perdus en rase campagne, montaient vers le ciel les deux clochers de Martinville. Bientôt nous en vîmes trois : venant se placer en face d'eux par une volte hardie, un clocher retardataire, celui de Vieuxvicq, les avait rejoints. Les minutes passaient, nous allions vite et pourtant les trois clochers étaient toujours au loin devant nous, comme trois oiseaux posés sur la plaine, immobiles et qu'on distingue au soleil. Puis le clocher de Vieuxvicq s'écarta, prit ses distances, et les clochers de Martinville restèrent seuls, éclairés par la lumière du couchant que même à cette distance, sur leurs pentes, je voyais jouer et sourire. Nous avions été si longs à nous rapprocher d'eux, que je pensais au temps qu'il faudrait encore pour les atteindre quand, tout d'un coup, la voiture ayant tourné, elle nous déposa à leurs pieds ; et ils s'étaient jetés si rudement au-devant d'elle, qu'on n'eut que le temps d'arrêter pour ne pas se heurter au porche. Nous poursuivîmes notre route ; nous avions déjà quitté Martinville depuis un peu de temps et le village après nous avoir accompagnés quelques secondes avait disparu, que restés seuls à l'horizon à nous regarder fuir, ses clochers et celui de Vieuxvicq agitaient encore en signe d'adieu leurs cimes ensoleillées. Parfois l'un s'effaçait pour que les deux autres pussent nous apercevoir un instant encore ; mais la route changea de direction, ils virèrent dans la lumière comme trois pivots d'or et disparurent à mes yeux. Mais, un peu plus tard, comme nous étions déjà près de Combray, le soleil étant maintenant couché, je les aperçus une dernière fois de très loin qui n'étaient plus que comme trois fleurs peintes sur le ciel au-dessus de la ligne basse des champs. Ils me faisaient penser aussi aux trois jeunes filles d'une légende, abandonnées dans une solitude où tombait déjà l'obscurité ; et tandis que nous nous éloignions au galop, je

les vis timidement chercher leur chemin et après quelques
gauches trébuchements de leurs nobles silhouettes, se
serrer les uns contre les autres, glisser l'un derrière l'autre,
ne plus faire sur le ciel encore rose qu'une seule forme
noire, charmante et résignée, et s'effacer dans la nuit. »
Je ne repensai jamais à cette page, mais à ce moment-là,
quand, au coin du siège où le cocher du docteur plaçait
habituellement dans un panier les volailles qu'il avait
achetées au marché de Martinville, j'eus fini de l'écrire,
je me trouvai si heureux, je sentais qu'elle m'avait si
parfaitement débarrassé de ces clochers et de ce qu'ils
cachaient derrière eux, que, comme si j'avais été moi-
même une poule et si je venais de pondre un œuf, je me
mis à chanter à tue-tête.

Pendant toute la journée, dans ces promenades, j'avais
pu rêver au plaisir que ce serait d'être l'ami de la duchesse
de Guermantes, de pêcher la truite, de me promener en
barque sur la Vivonne, et, avide de bonheur, ne demander
en ces moments-là rien d'autre à la vie que de se composer
toujours d'une suite d'heureux après-midi. Mais quand sur
le chemin du retour j'avais aperçu sur la gauche une ferme,
assez distante de deux autres qui étaient au contraire très
rapprochées, et à partir de laquelle pour entrer dans
Combray il n'y avait plus qu'à prendre une allée de chênes
bordée d'un côté de prés appartenant chacun à un petit
clos et plantés à intervalles égaux de pommiers qui y
portaient, quand ils étaient éclairés par le soleil couchant,
le dessin japonais de leurs ombres, brusquement mon cœur
se mettait à battre, je savais qu'avant une demi-heure nous
serions rentrés, et que, comme c'était de règle les jours
où nous étions allés du côté de Guermantes et où le dîner
était servi plus tard, on m'enverrait me coucher sitôt ma
soupe prise, de sorte que ma mère, retenue à table comme
s'il y avait du monde à dîner, ne monterait pas me dire
bonsoir dans mon lit. La zone de tristesse où je venais
d'entrer était aussi distincte de la zone où je m'élançais
avec joie il y avait un moment encore, que dans certains
ciels une bande rose est séparée comme par une ligne
d'une bande verte ou d'une bande noire. On voit un oiseau
voler dans le rose, il va en atteindre la fin, il touche presque
au noir, puis il y est entré. Les désirs qui tout à l'heure
m'entouraient, d'aller à Guermantes, de voyager, d'être
heureux, j'étais maintenant tellement en dehors d'eux que

leur accomplissement ne m'eût fait aucun plaisir. Comme
j'aurais donné tout cela pour pouvoir pleurer toute la nuit
dans les bras de maman ! Je frissonnais, je ne détachais
pas mes yeux angoissés du visage de ma mère, qui
n'apparaîtrait pas ce soir dans la chambre où je me voyais
déjà par la pensée, j'aurais voulu mourir. Et cet état
durerait jusqu'au lendemain, quand les rayons du matin,
appuyant, comme le jardinier, leurs barreaux au mur
revêtu de capucines qui grimpaient jusqu'à ma fenêtre,
je sauterais à bas du lit pour descendre vite au jardin, sans
plus me rappeler que le soir ramènerait jamais l'heure de
quitter ma mère. Et de la sorte c'est du côté de Guermantes
que j'ai appris à distinguer ces états qui se succèdent en
moi, pendant certaines périodes, et vont jusqu'à se
partager chaque journée, l'un revenant chasser l'autre,
avec la ponctualité de la fièvre ; contigus, mais si extérieurs
l'un à l'autre, si dépourvus de moyens de communication
entre eux, que je ne puis plus comprendre, plus même
me représenter dans l'un, ce que j'ai désiré, ou redouté,
ou accompli dans l'autre.

Aussi le côté de Méséglise et le côté de Guermantes
restent-ils pour moi liés à bien des petits événements de
celle de toutes les diverses vies que nous menons
parallèlement, qui est la plus pleine de péripéties, la plus
riche en épisodes, je veux dire la vie intellectuelle. Sans
doute elle progresse en nous insensiblement et les vérités
qui en ont changé pour nous le sens et l'aspect, qui nous
ont ouvert de nouveaux chemins, nous en préparions
depuis longtemps la découverte ; mais c'était sans le
savoir ; et elles ne datent pour nous que du jour, de la
minute où elles nous sont devenues visibles. Les fleurs qui
jouaient alors sur l'herbe, l'eau qui passait au soleil, tout
le paysage qui environna leur apparition continue à
accompagner leur souvenir de son visage inconscient ou
distrait ; et certes quand ils étaient longuement contemplés
par cet humble passant, par cet enfant qui rêvait — comme
l'est un roi, par un mémorialiste perdu dans la foule —, ce
coin de nature, ce bout de jardin n'eussent pu penser que
ce serait grâce à lui qu'ils seraient appelés à survivre en leurs
particularités les plus éphémères ; et pourtant ce parfum
d'aubépine qui butine le long de la haie où les églantiers
le remplaceront bientôt, un bruit de pas sans écho sur le
gravier d'une allée, une bulle formée contre une plante

aquatique par l'eau de la rivière et qui crève aussitôt, mon
exaltation les a portés et a réussi à leur faire traverser tant
d'années successives, tandis qu'alentour les chemins se sont
effacés et que sont morts ceux qui les foulèrent et le
souvenir de ceux qui les foulèrent. Parfois ce morceau de
paysage amené ainsi jusqu'à aujourd'hui se détache si isolé
de tout, qu'il flotte incertain dans ma pensée comme une
Délos fleurie, sans que je puisse dire de quel pays, de
quel temps — peut-être tout simplement de quel rêve — il
vient. Mais c'est surtout comme à des gisements profonds
de mon sol mental, comme aux terrains résistants sur
lesquels je m'appuie encore, que je dois penser au côté
de Méséglise et au côté de Guermantes. C'est parce que
je croyais aux choses, aux êtres, tandis que je les parcourais,
que les choses, les êtres qu'ils m'ont fait connaître, sont
les seuls que je prenne encore au sérieux et qui me
donnent encore de la joie. Soit que la foi qui crée soit
tarie en moi, soit que la réalité ne se forme que dans la
mémoire, les fleurs qu'on me montre aujourd'hui pour
la première fois ne me semblent pas de vraies fleurs. Le
côté de Méséglise avec ses lilas, ses aubépines, ses bluets,
ses coquelicots, ses pommiers, le côté de Guermantes avec
sa rivière à têtards, ses nymphéas et ses boutons d'or, ont
constitué à tout jamais pour moi la figure des pays où
j'aimerais vivre, où j'exige avant tout qu'on puisse aller
à la pêche, se promener en canot, voir des ruines de
fortifications gothiques et trouver au milieu des blés, ainsi
qu'était Saint-André-des-Champs, une église monumentale, rustique et dorée comme une meule ; et les bluets,
les aubépines, les pommiers qu'il m'arrive quand je voyage
de rencontrer encore dans les champs, parce qu'ils sont
situés à la même profondeur, au niveau de mon passé, sont
immédiatement en communication avec mon cœur. Et
pourtant, parce qu'il y a quelque chose d'individuel dans
les lieux, quand me saisit le désir de revoir le côté de
Guermantes, on ne le satisferait pas en me menant au bord
d'une rivière où il y aurait d'aussi beaux, de plus beaux
nymphéas que dans la Vivonne, pas plus que le soir en
rentrant — à l'heure où s'éveillait en moi cette angoisse
qui plus tard émigre dans l'amour, et peut devenir à jamais
inséparable de lui — je n'aurais souhaité que vînt me dire
bonsoir une mère plus belle et plus intelligente que la
mienne. Non ; de même que ce qu'il me fallait pour que

je pusse m'endormir heureux, avec cette paix sans trouble qu'aucune maîtresse n'a pu me donner depuis puisqu'on doute d'elles encore au moment où on croit en elles, et qu'on ne possède jamais leur cœur comme je recevais dans un baiser celui de ma mère, tout entier, sans la réserve d'une arrière-pensée, sans le reliquat d'une intention qui ne fût pas pour moi — c'est que ce fût elle, c'est qu'elle inclinât vers moi ce visage où il y avait au-dessous de l'œil quelque chose qui était, paraît-il, un défaut, et que j'aimais à l'égal du reste, de même ce que je veux revoir, c'est le côté de Guermantes que j'ai connu, avec la ferme qui est peu éloignée des deux suivantes serrées l'une contre l'autre, à l'entrée de l'allée des chênes; ce sont ces prairies où, quand le soleil les rend réfléchissantes comme une mare, se dessinent les feuilles des pommiers, c'est ce paysage dont parfois, la nuit dans mes rêves, l'individualité m'étreint avec une puissance presque fantastique et que je ne peux plus retrouver au réveil. Sans doute pour avoir à jamais indissolublement uni en moi des impressions différentes rien que parce qu'ils me les avaient fait éprouver en même temps, le côté de Méséglise ou le côté de Guermantes m'ont exposé, pour l'avenir, à bien des déceptions et même à bien des fautes. Car souvent j'ai voulu revoir une personne sans discerner que c'était simplement parce qu'elle me rappelait une haie d'aubépines, et j'ai été induit à croire, à faire croire à un regain d'affection, par un simple désir de voyage. Mais par là même aussi, et en restant présents en celles de mes impressions d'aujourd'hui auxquelles ils peuvent se relier, ils leur donnent des assises, de la profondeur, une dimension de plus qu'aux autres. Ils leur ajoutent aussi un charme, une signification qui n'est que pour moi. Quand par les soirs d'été le ciel harmonieux gronde comme une bête fauve et que chacun boude l'orage, c'est au côté de Méséglise que je dois de rester seul en extase à respirer, à travers le bruit de la pluie qui tombe, l'odeur d'invisibles et persistants lilas.

C'est ainsi que je restais souvent jusqu'au matin à songer au temps de Combray, à mes tristes soirées sans sommeil, à tant de jours aussi dont l'image m'avait été plus récemment rendue par la saveur — ce qu'on aurait appelé à Combray le « parfum » — d'une tasse de thé, et par association de souvenirs à ce que, bien des années après avoir quitté cette petite ville, j'avais appris, au sujet d'un amour que Swann avait eu avant ma naissance, avec cette précision dans les détails plus facile à obtenir quelquefois pour la vie de personnes mortes il y a des siècles que pour celle de nos meilleurs amis, et qui semble impossible comme semblait impossible de causer d'une ville à une autre — tant qu'on ignore le biais par lequel cette impossibilité a été tournée. Tous ces souvenirs ajoutés les uns aux autres ne formaient plus qu'une masse, mais non sans qu'on ne pût distinguer entre eux — entre les plus anciens, et ceux plus récents, nés d'un parfum, puis ceux qui n'étaient que les souvenirs d'une autre personne de qui je les avais appris — sinon des fissures, des failles véritables, du moins ces veinures, ces bigarrures de coloration, qui dans certaines roches, dans certains marbres, révèlent des différences d'origine, d'âge, de « formation »

Certes quand approchait le matin, il y avait bien longtemps qu'était dissipée la brève incertitude de mon réveil. Je savais dans quelle chambre je me trouvais effectivement, je l'avais reconstruite autour de moi dans l'obscurité, et — soit en m'orientant par la seule mémoire, soit en m'aidant, comme indication, d'une faible lueur aperçue, au pied de laquelle je plaçais les rideaux de la croisée — je l'avais reconstruite tout entière et meublée comme un architecte et un tapissier qui gardent leur ouverture primitive aux fenêtres et aux portes, j'avais reposé les glaces et remis la commode à sa place habituelle. Mais à peine le jour — et non plus le reflet d'une dernière braise sur une tringle de cuivre que j'avais pris pour lui — traçait-il dans l'obscurité, et comme à la craie, sa première raie blanche et rectificative, que la fenêtre avec ses rideaux, quittait le cadre de la porte où je l'avais située par erreur, tandis que pour lui faire place, le bureau que ma mémoire avait maladroitement installé là se sauvait à toute vitesse, poussant devant lui la cheminée et écartant le mur mitoyen du couloir ; une courette régnait à l'endroit où il y a un instant encore s'étendait le cabinet de toilette, et la demeure que j'avais rebâtie dans les ténèbres était allée rejoindre les demeures entrevues dans le tourbillon du réveil, mise en fuite par ce pâle signe qu'avait tracé au-dessus des rideaux le doigt levé du jour.

Deuxième partie

UN AMOUR DE SWANN[1]

Pour faire partie du « petit noyau », du « petit groupe », du « petit clan » des Verdurin, une condition était suffisante mais elle était nécessaire : il fallait adhérer tacitement à un Credo dont un des articles était que le jeune pianiste, protégé par Mme Verdurin[2] cette année-là et dont elle disait : « Ça ne devrait pas être permis de savoir jouer Wagner comme ça ! », « enfonçait » à la fois Planté et Rubinstein et que le docteur Cottard avait plus de diagnostic que Potain[3]. Toute « nouvelle recrue » à qui les Verdurin ne pouvaient pas persuader que les soirées des gens qui n'allaient pas chez eux étaient ennuyeuses comme la pluie, se voyait immédiatement exclue. Les femmes étant à cet égard plus rebelles que les hommes à déposer toute curiosité mondaine et l'envie de se renseigner par soi-même sur l'agrément des autres salons, et les Verdurin sentant d'autre part que cet esprit d'examen et ce démon de frivolité pouvait par contagion devenir fatal à l'orthodoxie de la petite église, ils avaient été amenés à rejeter successivement tous les « fidèles » du sexe féminin.

En dehors de la jeune femme du docteur, ils étaient réduits presque uniquement cette année-là (bien que Mme Verdurin fût elle-même vertueuse et d'une respectable famille bourgeoise excessivement riche et entièrement obscure avec laquelle elle avait peu à peu cessé volontairement toute relation) à une personne presque du demi-monde, Mme de Crécy, que Mme Verdurin appelait

par son petit nom, Odette, et déclarait être « un amour »
et à la tante du pianiste, laquelle devait avoir tiré le
cordon ; personnes ignorantes du monde et à la naïveté
de qui il avait été si facile de faire accroire que la princesse
de Sagan[1] et la duchesse de Guermantes étaient obligées
de payer des malheureux pour avoir du monde à leurs
dîners, que si on leur avait offert de les faire inviter chez
ces deux grandes dames, l'ancienne concierge et la cocotte
eussent dédaigneusement refusé.

Les Verdurin n'invitaient pas à dîner : on avait chez
eux « son couvert mis ». Pour la soirée, il n'y avait pas
de programme. Le jeune pianiste jouait, mais seulement
si « ça lui chantait », car on ne forçait personne et comme
disait M. Verdurin : « Tout pour les amis, vivent les
camarades ! » Si le pianiste voulait jouer la chevauchée
de *La Walkyrie* ou le prélude de *Tristan*, Mme Verdurin
protestait, non que cette musique lui déplût, mais au
contraire parce qu'elle lui causait trop d'impression.
« Alors vous tenez à ce que j'aie ma migraine ? Vous savez
bien que c'est la même chose chaque fois qu'il joue ça.
Je sais ce qui m'attend ! Demain quand je voudrai me
lever, bonsoir, plus personne ! » S'il ne jouait pas, on
causait, et l'un des amis, le plus souvent leur peintre favori
d'alors, « lâchait », comme disait M. Verdurin, « une
grosse faribole qui faisait s'esclaffer tout le monde »,
Mme Verdurin surtout, à qui — tant elle avait l'habitude
de prendre au propre les expressions figurées des émotions
qu'elle éprouvait — le docteur Cottard (un jeune débutant
à cette époque) dut un jour remettre sa mâchoire qu'elle
avait décrochée pour avoir trop ri.

L'habit noir était défendu parce qu'on était entre
« copains » et pour ne pas ressembler aux « ennuyeux »
dont on se garait comme de la peste et qu'on n'invitait
qu'aux grandes soirées, données le plus rarement possible
et seulement si cela pouvait amuser le peintre ou faire
connaître le musicien. Le reste du temps on se contentait
de jouer des charades, de souper en costumes, mais entre
soi, en ne mêlant aucun étranger au petit « noyau ».

Mais au fur et à mesure que les « camarades » avaient
pris plus de place dans la vie de Mme Verdurin, les
ennuyeux, les réprouvés, ce fut tout ce qui retenait les
amis loin d'elle, ce qui les empêchait quelquefois d'être
libres, ce fut la mère de l'un, la profession de l'autre, la

maison de campagne ou la mauvaise santé d'un troisième. Si le docteur Cottard croyait devoir partir en sortant de table pour retourner auprès d'un malade en danger : « Qui sait, lui disait Mme Verdurin, cela lui fera peut-être beaucoup plus de bien que vous n'alliez pas le déranger ce soir ; il passera une bonne nuit sans vous ; demain matin vous irez de bonne heure et vous le trouverez guéri. » Dès le commencement de décembre elle était malade à la pensée que les fidèles « lâcheraient » pour le jour de Noël et le 1er janvier. La tante du pianiste exigeait qu'il vînt dîner ce jour-là en famille chez sa mère à elle :

« Vous croyez qu'elle en mourrait, votre mère, s'écria durement Mme Verdurin, si vous ne dîniez pas avec elle le jour de l'An, comme en *province* ! »

Ses inquiétudes renaissaient à la semaine sainte :

« Vous, Docteur, un savant, un esprit fort, vous venez naturellement le Vendredi saint comme un autre jour ? » dit-elle à Cottard, la première année, d'un ton assuré comme si elle ne pouvait douter de la réponse. Mais elle tremblait en attendant qu'il l'eût prononcée, car s'il n'était pas venu, elle risquait de se trouver seule.

« Je viendrai le Vendredi saint... vous faire mes adieux, car nous allons passer les fêtes de Pâques en Auvergne.

— En Auvergne ? pour vous faire manger par les puces et la vermine, grand bien vous fasse ! »

Et après un silence :

« Si vous nous l'aviez dit au moins, nous aurions tâché d'organiser cela et de faire le voyage ensemble dans des conditions confortables. »

De même, si un « fidèle » avait un ami, ou une « habituée » un flirt qui serait capable de faire « lâcher » quelquefois, les Verdurin, qui ne s'effrayaient pas qu'une femme eût un amant pourvu qu'elle l'eût chez eux, l'aimât en eux, et ne le leur préférât pas, disaient : « Eh bien ! amenez-le votre ami. » Et on l'engageait à l'essai, pour voir s'il était capable de ne pas avoir de secrets pour Mme Verdurin, s'il était susceptible d'être agrégé au « petit clan ». S'il ne l'était pas on prenait à part le fidèle qui l'avait présenté et on lui rendait le service de le brouiller avec son ami ou avec sa maîtresse. Dans le cas contraire, le « nouveau » devenait à son tour un fidèle. Aussi quand cette année-là, la demi-mondaine raconta à

M. Verdurin qu'elle avait fait la connaissance d'un homme
charmant, M. Swann[1], et insinua qu'il serait très heureux
d'être reçu chez eux, M. Verdurin transmit-il séance
tenante la requête à sa femme. (Il n'avait jamais d'avis
qu'après sa femme, dont son rôle particulier était de mettre
à exécution les désirs, ainsi que les désirs des fidèles, avec
de grandes ressources d'ingéniosité.)

« Voici Mme de Crécy qui a quelque chose à te
demander. Elle désirerait te présenter un de ses amis,
M. Swann. Qu'en dis-tu ?

— Mais voyons, est-ce qu'on peut refuser quelque
chose à une petite perfection comme ça ? Taisez-vous, on
ne vous demande pas votre avis, je vous dis que vous êtes
une perfection.

— Puisque vous le voulez, répondit Odette sur un ton
de marivaudage, et elle ajouta : vous savez que je ne suis
pas *fishing for compliments*.

— Eh bien ! amenez-le votre ami, s'il est agréable. »

Certes le « petit noyau » n'avait aucun rapport avec
la société où fréquentait Swann, et de purs mondains
auraient trouvé que ce n'était pas la peine d'y occuper
comme lui une situation exceptionnelle pour se faire
présenter chez les Verdurin. Mais Swann aimait tellement
les femmes, qu'à partir du jour où il avait connu à peu
près toutes celles de l'aristocratie et où elles n'avaient plus
rien eu à lui apprendre, il n'avait plus tenu à ces lettres
de naturalisation, presque des titres de noblesse, que lui
avait octroyées le faubourg Saint-Germain, que comme à
une sorte de valeur d'échange, de lettre de crédit dénuée
de prix en elle-même, mais lui permettant de s'improviser
une situation dans tel petit trou de province ou tel milieu
obscur de Paris, où la fille du hobereau ou du greffier lui
avait semblé jolie. Car le désir ou l'amour lui rendait alors
un sentiment de vanité dont il était maintenant exempt
dans l'habitude de la vie (bien que ce fût lui sans doute
qui autrefois l'avait dirigé vers cette carrière mondaine
où il avait gaspillé dans les plaisirs frivoles les dons de
son esprit et fait servir son érudition en matière d'art à
conseiller les dames de la société dans leurs achats de
tableaux et pour l'ameublement de leurs hôtels), et qui
lui faisait désirer de briller, aux yeux d'une inconnue dont
il s'était épris, d'une élégance que le nom de Swann à lui
tout seul n'impliquait pas. Il le désirait surtout si l'inconnue

était d'humble condition. De même que ce n'est pas à un autre homme intelligent qu'un homme intelligent aura peur de paraître bête, ce n'est pas par un grand seigneur, c'est par un rustre qu'un homme élégant craindra de voir son élégance méconnue. Les trois quarts des frais d'esprit et des mensonges de vanité qui ont été prodigués depuis que le monde existe par des gens qu'ils ne faisaient que diminuer, l'ont été pour des inférieurs. Et Swann qui était simple et négligent avec une duchesse, tremblait d'être méprisé, posait, quand il était devant une femme de chambre.

Il n'était pas comme tant de gens qui par paresse ou sentiment résigné de l'obligation que crée la grandeur sociale de rester attaché à un certain rivage, s'abstiennent des plaisirs que la réalité leur présente en dehors de la position mondaine où ils vivent cantonnés jusqu'à leur mort, se contentant de finir par appeler plaisirs, faute de mieux, une fois qu'ils sont parvenus à s'y habituer, les divertissements médiocres ou les supportables ennuis qu'elle renferme. Swann, lui, ne cherchait pas à trouver jolies les femmes avec qui il passait son temps, mais à passer son temps avec les femmes qu'il avait d'abord trouvées jolies. Et c'était souvent des femmes de beauté assez vulgaire, car les qualités physiques qu'il recherchait sans s'en rendre compte étaient en complète opposition avec celles qui lui rendaient admirables les femmes sculptées ou peintes par les maîtres qu'il préférait. La profondeur, la mélancolie de l'expression, glaçaient ses sens que suffisait au contraire à éveiller une chair saine, plantureuse et rose.

Si en voyage il rencontrait une famille qu'il eût été plus élégant de ne pas chercher à connaître, mais dans laquelle une femme se présentait à ses yeux parée d'un charme qu'il n'avait pas encore connu, rester dans son « quant à soi » et tromper le désir qu'elle avait fait naître, substituer un plaisir différent au plaisir qu'il eût pu connaître avec elle, en écrivant à une ancienne maîtresse de venir le rejoindre, lui eût semblé une aussi lâche abdication devant la vie, un aussi stupide renoncement à un bonheur nouveau que si au lieu de visiter le pays, il s'était confiné dans sa chambre en regardant des vues de Paris. Il ne s'enfermait pas dans l'édifice de ses relations, mais en avait fait, pour pouvoir le reconstruire à pied d'œuvre sur de nouveaux frais partout où une femme lui avait plu, une de ces tentes démontables comme les explorateurs en emportent avec eux. Pour ce qui n'en était pas transportable ou échangeable contre un plaisir nouveau, il l'eût donné pour rien, si enviable que cela parût à d'autres. Que de fois son crédit auprès d'une duchesse, fait du désir accumulé depuis des années que celle-ci avait eu de lui être agréable sans en avoir trouvé l'occasion, il s'en était défait d'un seul coup en réclamant d'elle par une indiscrète dépêche une recommandation télégraphique qui le mît en relation, sur l'heure, avec un de ses intendants dont il avait remarqué la fille à la campagne, comme ferait un affamé qui troquerait un diamant contre un morceau de pain. Même, après coup, il s'en amusait, car il y avait en lui, rachetée par de rares délicatesses, une certaine muflerie. Puis, il appartenait à cette catégorie d'hommes intelligents qui ont vécu dans l'oisiveté et qui cherchent une consolation et peut-être une excuse dans l'idée que cette oisiveté offre à leur intelligence des objets aussi dignes d'intérêt que pourrait faire l'art ou l'étude, que la « Vie » contient des situations plus intéressantes, plus romanesques que tous les romans. Il l'assurait du moins et le persuadait aisément aux plus affinés de ses amis du monde, notamment au baron de Charlus, qu'il s'amusait à égayer par le récit des aventures piquantes qui lui arrivaient, soit qu'ayant rencontré en chemin de fer une femme qu'il avait ensuite ramenée chez lui il eût découvert qu'elle était la sœur d'un souverain entre les mains de qui se mêlaient en ce moment tous les fils de la politique européenne, au courant de laquelle il se trouvait ainsi tenu d'une façon très agréable, soit que par le jeu complexe des circonstances, il dépendît du choix qu'allait faire le conclave, s'il pourrait ou non devenir l'amant d'une cuisinière.

Ce n'était pas seulement d'ailleurs la brillante phalange de vertueuses douairières, de généraux, d'académiciens, avec lesquels il était particulièrement lié, que Swann forçait avec tant de cynisme à lui servir d'entremetteurs. Tous ses amis avaient l'habitude de recevoir de temps en temps des lettres de lui où un mot de recommandation ou d'introduction leur était demandé avec une habileté diplomatique qui, persistant à travers les amours successives et les prétextes différents, accusait, plus que n'eussent fait les maladresses, un caractère permanent et des buts identiques. Je me suis souvent fait raconter bien des années plus tard, quand je commençai à m'intéresser à son caractère à cause des ressemblances qu'en de tout autres parties il offrait avec le mien, que quand il écrivait à mon grand-père (qui ne l'était pas encore, car c'est vers l'époque de ma naissance[1] que commença la grande liaison de Swann et elle interrompit longtemps ces pratiques), celui-ci, en reconnaissant sur l'enveloppe l'écriture de son ami, s'écriait : « Voilà Swann qui va demander quelque chose : à la garde ! » Et soit méfiance, soit par le sentiment inconsciemment diabolique qui nous pousse à n'offrir une chose qu'aux gens qui n'en ont pas envie, mes grands-parents opposaient une fin de non-recevoir absolue aux prières les plus faciles à satisfaire qu'il leur adressait, comme de le présenter à une jeune fille qui dînait tous les dimanches à la maison, et qu'ils étaient obligés, chaque fois que Swann leur en reparlait, de faire semblant de ne plus voir, alors que pendant toute la semaine on se demandait qui on pourrait bien inviter avec elle, finissant souvent par ne trouver personne, faute de faire signe à celui qui en eût été si heureux.

Quelquefois tel couple ami de mes grands-parents et qui jusque-là s'était plaint de ne jamais voir Swann, leur annonçait avec satisfaction et peut-être un peu le désir d'exciter l'envie, qu'il était devenu tout ce qu'il y a de plus charmant pour eux, qu'il ne les quittait plus. Mon grand-père ne voulait pas troubler leur plaisir mais regardait ma grand-mère en fredonnant :

> *Quel est donc ce mystère ?*
> *Je n'y puis rien comprendre[2].*

ou :

> *Vision fugitive[3]...*

ou :

> *Dans ces affaires*
> *Le mieux est de ne rien voir[4].*

Quelques mois après, si mon grand-père demandait au nouvel ami de Swann : « Et Swann, le voyez-vous toujours beaucoup ? » la figure de l'interlocuteur s'allongeait : « Ne prononcez jamais son nom devant moi ! — Mais je croyais que vous étiez si liés... » Il avait été ainsi pendant quelques mois le familier de cousins de ma grand-mère, dînant presque chaque jour chez eux. Brusquement il cessa de venir, sans avoir prévenu. On le crut malade, et la cousine de ma grand-mère allait envoyer demander de ses nouvelles, quand à l'office elle trouva une lettre de lui qui traînait par mégarde dans le livre de comptes de la cuisinière. Il y annonçait à cette femme qu'il allait quitter Paris, qu'il ne pourrait plus venir. Elle était sa maîtresse, et au moment de rompre, c'était elle seule qu'il avait jugé utile d'avertir.

Quand sa maîtresse du moment était au contraire une personne mondaine ou du moins une personne qu'une extraction trop humble ou une situation trop irrégulière n'empêchait pas qu'il fît recevoir dans le monde, alors pour elle il y retournait, mais seulement dans l'orbite particulier où elle se mouvait ou bien où il l'avait entraînée. « Inutile de compter sur Swann ce soir, disait-on, vous savez bien que c'est le jour d'Opéra de son Américaine. » Il la faisait inviter dans les salons particulièrement fermés où il avait ses habitudes, ses dîners hebdomadaires, son poker ; chaque soir, après qu'un léger crépelage ajouté à la brosse de ses cheveux roux avait tempéré de quelque douceur la vivacité de ses yeux verts, il choisissait une fleur pour sa boutonnière et partait pour retrouver sa maîtresse à dîner chez l'une ou l'autre des femmes de sa coterie ; et alors, pensant à l'admiration et à l'amitié que les gens à la mode pour qui il faisait la pluie et le beau temps et qu'il allait retrouver là, lui prodigueraient devant la femme qu'il aimait, il retrouvait du charme à cette vie mondaine sur laquelle il s'était blasé, mais dont la matière, pénétrée et colorée chaudement d'une flamme insinuée qui s'y jouait, lui semblait précieuse et belle depuis qu'il y avait incorporé un nouvel amour.

Mais, tandis que chacune de ces liaisons, ou chacun de ces flirts, avait été la réalisation plus ou moins complète d'un rêve né de la vue d'un visage ou d'un corps que Swann avait, spontanément, sans s'y efforcer, trouvés charmants, en revanche, quand un jour au théâtre il fut présenté à Odette de Crécy par un de ses amis d'autrefois, qui lui avait parlé d'elle comme d'une femme ravissante avec qui il pourrait peut-être arriver à quelque chose, mais en la lui donnant pour plus difficile qu'elle n'était en réalité afin de paraître lui-même avoir fait quelque chose de plus aimable en la lui faisant connaître, elle était apparue à

Swann non pas certes sans beauté, mais d'un genre de beauté qui lui était indifférent, qui ne lui inspirait aucun désir, lui causait même une sorte de répulsion physique, de ces femmes comme tout le monde a les siennes, différentes pour chacun, et qui sont l'opposé du type que nos sens réclament. Pour lui plaire elle avait un profil trop accusé, la peau trop fragile, les pommettes trop saillantes, les traits trop tirés. Ses yeux étaient beaux mais si grands qu'ils fléchissaient sous leur propre masse, fatiguaient le reste de son visage et lui donnaient toujours l'air d'avoir mauvaise mine ou d'être de mauvaise humeur. Quelque temps après cette présentation au théâtre, elle lui avait écrit pour lui demander à voir ses collections qui l'intéressaient tant, « elle, ignorante qui avait le goût des jolies choses », disant qu'il lui semblait qu'elle le connaîtrait mieux, quand elle l'aurait vu dans « son home » où elle l'imaginait « si confortable avec son thé et ses livres », quoiqu'elle ne lui eût pas caché sa surprise qu'il habitât ce quartier qui devait être si triste et « qui était si peu *smart* pour lui qui l'était tant ». Et après qu'il l'eut laissée venir, en le quittant, elle lui avait dit son regret d'être restée si peu dans cette demeure où elle avait été heureuse de pénétrer, parlant de lui comme s'il avait été pour elle quelque chose de plus que les autres êtres qu'elle connaissait et semblant établir entre leurs deux personnes une sorte de trait d'union romanesque qui l'avait fait sourire. Mais à l'âge déjà un peu désabusé dont approchait Swann et où l'on sait se contenter d'être amoureux pour le plaisir de l'être sans trop exiger de réciprocité, ce rapprochement des cœurs, s'il n'est plus comme dans la première jeunesse le but vers lequel tend nécessairement l'amour, lui reste uni en revanche par une association d'idées si forte qu'il peut en devenir la cause, s'il se présente avant lui. Autrefois on rêvait de posséder le cœur de la femme dont on était amoureux ; plus tard, sentir qu'on possède le cœur d'une femme peut suffire à vous en rendre amoureux. Ainsi, à l'âge où il semblerait, comme on cherche surtout dans l'amour un plaisir subjectif, que la part du goût pour la beauté d'une femme devait y être la plus grande, l'amour peut naître — l'amour le plus physique — sans qu'il y ait eu, à sa base, un désir préalable. À cette époque de la vie, on a déjà été atteint plusieurs fois par l'amour ; il n'évolue plus seul suivant ses propres

lois inconnues et fatales, devant notre cœur étonné et
passif. Nous venons à son aide, nous le faussons par la
mémoire, par la suggestion. En reconnaissant un de ses
symptômes, nous nous rappelons, nous faisons renaître les
autres. Comme nous possédons sa chanson, gravée en nous
tout entière, nous n'avons pas besoin qu'une femme nous
en dise le début — rempli par l'admiration qu'inspire la
beauté — pour en trouver la suite. Et si elle commence
au milieu — là où les cœurs se rapprochent, où l'on parle
de n'exister plus que l'un pour l'autre — nous avons assez
l'habitude de cette musique pour rejoindre tout de suite
notre partenaire au passage où elle nous attend.

Odette de Crécy retourna voir Swann, puis rapprocha
ses visites ; et sans doute chacune d'elles renouvelait pour
lui la déception qu'il éprouvait à se retrouver devant
ce visage dont il avait un peu oublié les particularités
dans l'intervalle et qu'il ne s'était rappelé ni si expressif
ni, malgré sa jeunesse, si fané ; il regrettait, pendant
qu'elle causait avec lui, que la grande beauté qu'elle avait
ne fût pas du genre de celles qu'il aurait spontanément
préférées. Il faut d'ailleurs dire que le visage d'Odette
paraissait plus maigre et plus proéminent parce que le
front et le haut des joues, cette surface unie et plus plane
était recouverte par la masse de cheveux qu'on portait
alors prolongés en « devants », soulevés en « crêpés »,
répandus en mèches folles le long des oreilles ; et quant
à son corps qui était admirablement fait, il était difficile
d'en apercevoir la continuité (à cause des modes de
l'époque et quoiqu'elle fût une des femmes de Paris qui
s'habillaient le mieux), tant le corsage, s'avançant en
saillie comme sur un ventre imaginaire et finissant
brusquement en pointe pendant que par en dessous
commençait à s'enfler le ballon des doubles jupes, donnait
à la femme l'air d'être composée de pièces différentes
mal emmanchées les unes dans les autres ; tant les ruchés,
les volants, le gilet suivaient en toute indépendance, selon
la fantaisie de leur dessin ou la consistance de leur étoffe,
la ligne qui les conduisait aux nœuds, aux bouillons de
dentelle, aux effilés de jais perpendiculaires, ou qui les
dirigeait le long du busc, mais ne s'attachaient nullement
à l'être vivant, qui selon que l'architecture de ces
fanfreluches se rapprochait ou s'écartait trop de la sienne,
s'y trouvait engoncé ou perdu.

Mais, quand Odette était partie, Swann souriait en pensant qu'elle lui avait dit combien le temps lui durerait jusqu'à ce qu'il lui permît de revenir ; il se rappelait l'air inquiet, timide, avec lequel elle l'avait une fois prié que ce ne fût pas dans trop longtemps, et les regards qu'elle avait eus à ce moment-là, fixés sur lui en une imploration craintive, et qui la faisaient touchante sous le bouquet de fleurs de pensées artificielles fixé devant son chapeau rond de paille blanche, à brides de velours noir. « Et vous, avait-elle dit, vous ne viendriez pas une fois chez moi prendre le thé ? » Il avait allégué des travaux en train, une étude — en réalité abandonnée depuis des années — sur Ver Meer de Delft[1]. « Je comprends que je ne peux rien faire, moi chétive, à côté de grands savants comme vous autres, lui avait-elle répondu. Je serais comme la grenouille devant l'aréopage[2]. Et pourtant j'aimerais tant m'instruire, savoir, être initiée. Comme cela doit être amusant de bouquiner, de fourrer son nez dans de vieux papiers ! » avait-elle ajouté avec l'air de contentement de soi-même que prend une femme élégante pour affirmer que sa joie est de se livrer sans crainte de se salir à une besogne malpropre, comme de faire la cuisine en « mettant elle-même les mains à la pâte ». « Vous allez vous moquer de moi, ce peintre qui vous empêche de me voir (elle voulait parler de Ver Meer), je n'avais jamais entendu parler de lui ; vit-il encore ? Est-ce qu'on peut voir de ses œuvres à Paris, pour que je puisse me représenter ce que vous aimez, deviner un peu ce qu'il y a sous ce grand front qui travaille tant, dans cette tête qu'on sent toujours en train de réfléchir, me dire : voilà, c'est à cela qu'il est en train de penser. Quel rêve ce serait d'être mêlée à vos travaux ! » Il s'était excusé sur sa peur des amitiés nouvelles, ce qu'il avait appelé, par galanterie, sa peur d'être malheureux. « Vous avez peur d'une affection ? Comme c'est drôle, moi qui ne cherche que cela, qui donnerais ma vie pour en trouver une », avait-elle dit d'une voix si naturelle, si convaincue, qu'il en avait été remué. « Vous avez dû souffrir par une femme. Et vous croyez que les autres sont comme elle. Elle n'a pas su vous comprendre ; vous êtes un être si à part. C'est cela que j'ai aimé d'abord en vous, j'ai bien senti que vous n'étiez pas comme tout le monde. — Et puis d'ailleurs vous aussi, lui avait-il dit, je sais bien ce que c'est que les femmes,

vous devez avoir des tas d'occupations, être peu libre.
— Moi, je n'ai jamais rien à faire ! Je suis toujours libre,
je le serai toujours pour vous. À n'importe quelle heure
du jour ou de la nuit où il pourrait vous être commode
de me voir, faites-moi chercher, et je serai trop heureuse
d'accourir. Le ferez-vous ? Savez-vous ce qui serait gentil,
ce serait de vous faire présenter à Mme Verdurin chez
qui je vais tous les soirs. Croyez-vous ! si on s'y retrouvait
et si je pensais que c'est un peu pour moi que vous y
êtes ! »

Et sans doute, en se rappelant ainsi leurs entretiens, en
pensant ainsi à elle quand il était seul, il faisait seulement
jouer son image entre beaucoup d'autres images de
femmes dans des rêveries romanesques ; mais si, grâce à
une circonstance quelconque (ou même peut-être sans que
ce fût grâce à elle, la circonstance qui se présente au
moment où un état, latent jusque-là, se déclare, pouvant
n'avoir influé en rien sur lui) l'image d'Odette de Crécy
venait à absorber toutes ces rêveries, si celles-ci n'étaient
plus séparables de son souvenir, alors l'imperfection de
son corps ne garderait plus aucune importance, ni qu'il
eût été, plus ou moins qu'un autre corps, selon le goût
de Swann, puisque devenu le corps de celle qu'il aimait,
il serait désormais le seul qui fût capable de lui causer des
joies et des tourments.

Mon grand-père avait précisément connu, ce qu'on
n'aurait pu dire d'aucun de leurs amis actuels, la famille
de ces Verdurin. Mais il avait perdu toute relation avec
celui qu'il appelait le « jeune Verdurin » et qu'il
considérait, un peu en gros, comme tombé — tout en
gardant de nombreux millions — dans la bohème et la
racaille. Un jour il reçut une lettre de Swann lui demandant
s'il ne pourrait pas le mettre en rapport avec les Verdurin :
« À la garde ! à la garde ! s'était écrié mon grand-père, ça
ne m'étonne pas du tout, c'est bien par là que devait finir
Swann. Joli milieu ! D'abord je ne peux pas faire ce qu'il
me demande parce que je ne connais plus ce monsieur. Et
puis ça doit cacher une histoire de femme, je ne me mêle
pas de ces affaires-là. Ah bien ! nous allons avoir de
l'agrément si Swann s'affuble des petits Verdurin. »

Et sur la réponse négative de mon grand-père, c'est
Odette qui avait amené elle-même Swann chez les
Verdurin.

Les Verdurin avaient eu à dîner, le jour où Swann y
fit ses débuts, le docteur et Mme Cottard, le jeune pianiste
et sa tante, et le peintre qui avait alors leur faveur, auxquels
s'étaient joints dans la soirée quelques autres fidèles.

Le docteur Cottard ne savait jamais d'une façon certaine
de quel ton il devait répondre à quelqu'un, si son
interlocuteur voulait rire ou était sérieux. Et à tout hasard
il ajoutait à toutes ses expressions de physionomie l'offre
d'un sourire conditionnel et provisoire dont la finesse
expectante le disculperait du reproche de naïveté, si le
propos qu'on lui avait tenu se trouvait avoir été facétieux.
Mais comme pour faire face à l'hypothèse opposée il n'osait
pas laisser ce sourire s'affirmer nettement sur son visage,
on y voyait flotter perpétuellement une incertitude où se
lisait la question qu'il n'osait pas poser : « Dites-vous cela
pour de bon ? » Il n'était pas plus assuré de la façon dont
il devait se comporter dans la rue, et même en général
dans la vie, que dans un salon, et on le voyait opposer
aux passants, aux voitures, aux événements un malicieux
sourire qui ôtait d'avance à son attitude toute impropriété,
puisqu'il prouvait, si elle n'était pas de mise, qu'il le savait
bien et que s'il avait adopté celle-là, c'était par plaisanterie.

Sur tous les points cependant où une franche question
lui semblait permise, le docteur ne se faisait pas faute de
s'efforcer de restreindre le champ de ses doutes et de
compléter son instruction.

C'est ainsi que, sur les conseils qu'une mère prévoyante
lui avait donnés quand il avait quitté sa province, il ne
laissait jamais passer soit une locution ou un nom propre
qui lui étaient inconnus, sans tâcher de se faire documenter
sur eux.

Pour les locutions, il était insatiable de renseignements,
car, leur supposant parfois un sens plus précis qu'elles
n'ont, il eût désiré savoir ce qu'on voulait dire exactement
par celles qu'il entendait le plus souvent employer : la
beauté du diable, du sang bleu, une vie de bâton de chaise,
le quart d'heure de Rabelais[1], être le prince des élégances,
donner carte blanche, être réduit à quia, etc., et dans quels
cas déterminés il pouvait à son tour les faire figurer dans
ses propos. À leur défaut, il plaçait des jeux de mots qu'il
avait appris. Quant aux noms de personnes nouveaux
qu'on prononçait devant lui il se contentait seulement de
les répéter sur un ton interrogatif qu'il pensait suffisant

pour lui valoir des explications qu'il n'aurait pas l'air de demander.

Comme le sens critique qu'il croyait exercer sur tout lui faisait complètement défaut, le raffinement de politesse qui consiste à affirmer, à quelqu'un qu'on oblige, sans souhaiter d'en être cru, que c'est à lui qu'on a obligation, était peine perdue avec lui, il prenait tout au pied de la lettre. Quel que fût l'aveuglement de Mme Verdurin à son égard, elle avait fini, tout en continuant à le trouver très fin, par être agacée de voir que quand elle l'invitait dans une avant-scène à entendre Sarah Bernhardt, lui disant, pour plus de grâce : « Vous êtes trop aimable d'être venu, Docteur, d'autant plus que je suis sûre que vous avez déjà souvent entendu Sarah Bernhardt, et puis nous sommes peut-être trop près de la scène », le docteur Cottard qui était entré dans la loge avec un sourire qui attendait pour se préciser ou pour disparaître que quelqu'un d'autorisé le renseignât sur la valeur du spectacle, lui répondait : « En effet on est beaucoup trop près et on commence à être fatigué de Sarah Bernhardt. Mais vous m'avez exprimé le désir que je vienne. Pour moi vos désirs sont des ordres. Je suis trop heureux de vous rendre ce petit service. Que ne ferait-on pas pour vous être agréable, vous êtes si bonne ! » Et il ajoutait : « Sarah Bernhardt, c'est bien la Voix d'Or, n'est-ce pas ? On écrit souvent aussi qu'elle brûle les planches. C'est une expression bizarre, n'est-ce pas ? » dans l'espoir de commentaires qui ne venaient point.

« Tu sais, avait dit Mme Verdurin à son mari, je crois que nous faisons fausse route quand par modestie nous déprécions ce que nous offrons au docteur. C'est un savant qui vit en dehors de l'existence pratique, il ne connaît pas par lui-même la valeur des choses et il s'en rapporte à ce que nous lui en disons. — Je n'avais pas osé te le dire, mais je l'avais remarqué », répondit M. Verdurin. Et au jour de l'An suivant, au lieu d'envoyer au docteur Cottard un rubis de trois mille francs en lui disant que c'était bien peu de chose, M. Verdurin acheta pour trois cents francs une pierre reconstituée en laissant entendre qu'on pouvait difficilement en voir d'aussi belle.

Quand Mme Verdurin avait annoncé qu'on aurait, dans la soirée, M. Swann : « Swann ? » s'était écrié le docteur d'un accent rendu brutal par la surprise, car la moindre nouvelle prenait toujours plus au dépourvu que quiconque cet homme qui se croyait perpétuellement préparé à tout. Et voyant qu'on ne lui répondait pas : « Swann ? Qui ça, Swann ! » hurla-t-il au comble d'une anxiété qui se détendit soudain quand Mme Verdurin eut dit : « Mais l'ami dont Odette nous avait parlé. — Ah ! bon, bon, ça va bien », répondit le docteur apaisé. Quant au peintre, il se réjouissait de l'introduction de Swann chez Mme Verdurin, parce qu'il le supposait amoureux d'Odette et qu'il aimait à favoriser les liaisons. « Rien ne m'amuse comme de faire des mariages, confia-t-il, dans l'oreille, au docteur Cottard, j'en ai déjà réussi beaucoup, même entre femmes ! »

En disant aux Verdurin que Swann était très « smart », Odette leur avait fait craindre un « ennuyeux ». Il leur fit au contraire une excellente impression dont à leur insu sa fréquentation dans la société élégante était une des causes indirectes. Il avait en effet sur les hommes même intelligents qui ne sont jamais allés dans le monde, une des supériorités de ceux qui y ont un peu vécu, qui est de ne plus le transfigurer par le désir ou par l'horreur qu'il inspire à l'imagination, de le considérer comme sans aucune importance. Leur amabilité, séparée de tout snobisme et de la peur de paraître trop aimable, devenue indépendante, a cette aisance, cette grâce des mouvements de ceux dont les membres assouplis exécutent exactement ce qu'ils veulent, sans participation indiscrète et maladroite du reste du corps. La simple gymnastique élémentaire de l'homme du monde tendant la main avec bonne grâce au jeune homme inconnu qu'on lui présente et s'inclinant avec réserve devant l'ambassadeur à qui on le présente, avait fini par passer sans qu'il en fût conscient dans toute l'attitude sociale de Swann, qui vis-à-vis de gens d'un milieu inférieur au sien comme étaient les Verdurin et leurs amis, fit instinctivement montre d'un empressement, se livra à des avances, dont, selon eux, un ennuyeux se fût abstenu. Il n'eut un moment de froideur qu'avec le docteur Cottard : en le voyant lui cligner de l'œil et lui sourire d'un air ambigu avant qu'ils se fussent encore parlé (mimique que Cottard appelait « laisser venir »), Swann crut que le docteur le connaissait sans doute pour s'être trouvé avec lui en quelque lieu de plaisir, bien que lui-même y allât pourtant fort peu, n'ayant jamais vécu

dans le monde de la noce. Trouvant l'allusion de mauvais
goût, surtout en présence d'Odette qui pourrait en prendre
une mauvaise idée de lui, il affecta un air glacial. Mais
quand il apprit qu'une dame qui se trouvait près de lui
était Mme Cottard, il pensa qu'un mari aussi jeune n'aurait
pas cherché à faire allusion devant sa femme à des
divertissements de ce genre ; et il cessa de donner à l'air
entendu du docteur la signification qu'il redoutait. Le
peintre invita tout de suite Swann à venir avec Odette à
son atelier, Swann le trouva gentil. « Peut-être qu'on vous
favorisera plus que moi, dit Mme Verdurin, sur un ton
qui feignait d'être piqué, et qu'on vous montrera le
portrait de Cottard (elle l'avait commandé au peintre).
Pensez bien, "monsieur" Biche[1] », rappela-t-elle au peintre, à qui c'était une plaisanterie consacrée de dire
monsieur, « à rendre le joli regard, le petit côté fin,
amusant, de l'œil. Vous savez que ce que je veux surtout
avoir, c'est son sourire, ce que je vous ai demandé, c'est
le portrait de son sourire. » Et comme cette expression lui
sembla remarquable elle la répéta très haut pour être sûre
que plusieurs invités l'eussent entendue, et même, sous un
prétexte vague, en fit d'abord rapprocher quelques-uns.
Swann demanda à faire la connaissance de tout le monde,
même d'un vieil ami des Verdurin, Saniette, à qui sa
timidité, sa simplicité et son bon cœur avaient fait perdre
partout la considération que lui avaient value sa science
d'archiviste, sa grosse fortune, et la famille distinguée dont
il sortait. Il avait dans la bouche, en parlant, une bouillie
qui était adorable parce qu'on sentait qu'elle trahissait
moins un défaut de la langue qu'une qualité de l'âme,
comme un reste de l'innocence du premier âge qu'il n'avait
jamais perdue. Toutes les consonnes qu'il ne pouvait
prononcer figuraient comme autant de duretés dont il était
incapable. En demandant à être présenté à M. Saniette,
Swann fit à Mme Verdurin l'effet de renverser les rôles
(au point qu'en réponse, elle dit en insistant sur la
différence : « Monsieur Swann, voudriez-vous avoir la
bonté de me permettre de vous présenter notre ami
Saniette »), mais excita chez Saniette une sympathie
ardente que d'ailleurs les Verdurin ne révélèrent jamais
à Swann, car Saniette les agaçait un peu et ils ne tenaient
pas à lui faire des amis. Mais en revanche Swann les toucha
infiniment en croyant devoir demander tout de suite à faire

la connaissance de la tante du pianiste. En robe noire comme toujours, parce qu'elle croyait qu'en noir on est toujours bien et que c'est ce qu'il y a de plus distingué, elle avait le visage excessivement rouge comme chaque fois qu'elle venait de manger. Elle s'inclina devant Swann avec respect, mais se redressa avec majesté. Comme elle n'avait aucune instruction et avait peur de faire des fautes de français, elle prononçait exprès d'une manière confuse, pensant que si elle lâchait un cuir il serait estompé d'un tel vague qu'on ne pourrait le distinguer avec certitude, de sorte que sa conversation n'était qu'un graillonnement indistinct duquel émergeaient de temps à autre les rares vocables dont elle se sentait sûre. Swann crut pouvoir se moquer légèrement d'elle en parlant à M. Verdurin, lequel au contraire fut piqué.

« C'est une si excellente femme, répondit-il. Je vous accorde qu'elle n'est pas étourdissante ; mais je vous assure qu'elle est agréable quand on cause seul avec elle. — Je n'en doute pas, s'empressa de concéder Swann. Je voulais dire qu'elle ne me semblait pas "éminente", ajouta-t-il en détachant cet adjectif, et en somme c'est plutôt un compliment ! — Tenez, dit M. Verdurin, je vais vous étonner, elle écrit d'une manière charmante. Vous n'avez jamais entendu son neveu ? c'est admirable, n'est-ce pas, Docteur ? Voulez-vous que je lui demande de jouer quelque chose, monsieur Swann ? — Mais ce sera un bonheur... », commençait à répondre Swann, quand le docteur l'interrompit d'un air moqueur. En effet ayant retenu que dans la conversation l'emphase, l'emploi de formes solennelles, était suranné, dès qu'il entendait un mot grave dit sérieusement comme venait de l'être le mot « bonheur », il croyait que celui qui l'avait prononcé venait de se montrer prudhommesque. Et si, de plus, ce mot se trouvait figurer par hasard dans ce qu'il appelait un vieux cliché, si courant que ce mot fût d'ailleurs, le docteur supposait que la phrase commencée était ridicule, et la terminait ironiquement par le lieu commun qu'il semblait accuser son interlocuteur d'avoir voulu placer, alors que celui-ci n'y avait jamais pensé.

« Un bonheur pour la France ! » s'écria-t-il malicieusement en levant les bras avec emphase.

M. Verdurin ne put s'empêcher de rire.

« Qu'est-ce qu'ils ont à rire, toutes ces bonnes gens-là, on a l'air de ne pas engendrer la mélancolie dans votre petit coin là-bas, s'écria Mme Verdurin. Si vous croyez que je m'amuse, moi, à rester toute seule en pénitence », ajouta-t-elle sur un ton dépité, en faisant l'enfant.

Mme Verdurin était assise sur un haut siège suédois en sapin ciré, qu'un violoniste de ce pays lui avait donné et qu'elle conservait, quoiqu'il rappelât la forme d'un escabeau et jurât avec les beaux meubles anciens qu'elle avait, mais elle tenait à garder en évidence les cadeaux que les fidèles avaient l'habitude de lui faire de temps en temps, afin que les donateurs eussent le plaisir de les reconnaître quand ils venaient. Aussi tâchait-elle de persuader qu'on s'en tînt aux fleurs et aux bonbons, qui du moins se détruisent ; mais elle n'y réussissait pas et c'était chez elle une collection de chauffe-pieds, de coussins, de pendules, de paravents, de baromètres, de potiches, dans une accumulation de redites et un disparate d'étrennes.

De ce poste élevé elle participait avec entrain à la conversation des fidèles et s'égayait de leurs « fumisteries », mais depuis l'accident qui était arrivé à sa mâchoire, elle avait renoncé à prendre la peine de pouffer effectivement et se livrait à la place à une mimique conventionnelle qui signifiait, sans fatigue ni risques pour elle, qu'elle riait aux larmes. Au moindre mot que lâchait un habitué contre un ennuyeux ou contre un ancien habitué rejeté au camp des ennuyeux — et pour le plus grand désespoir de M. Verdurin qui avait eu longtemps la prétention d'être aussi aimable que sa femme, mais qui riant pour de bon s'essoufflait vite et avait été distancé et vaincu par cette ruse d'une incessante et fictive hilarité — elle poussait un petit cri, fermait entièrement ses yeux d'oiseau qu'une taie commençait à voiler, et brusquement, comme si elle n'eût eu que le temps de cacher un spectacle indécent ou de parer à un accès mortel, plongeant sa figure dans ses mains qui la recouvraient et n'en laissaient plus rien voir, elle avait l'air de s'efforcer de réprimer, d'anéantir un rire qui, si elle s'y fût abandonnée, l'eût conduite à l'évanouissement. Telle, étourdie par la gaieté des fidèles, ivre de camaraderie, de médisance et d'assentiment, Mme Verdurin, juchée sur son perchoir, pareille à un oiseau dont on eût trempé le colifichet dans du vin chaud, sanglotait d'amabilité.

Cependant M. Verdurin, après avoir demandé à Swann la permission d'allumer sa pipe (« ici on ne se gêne pas, on est entre camarades »), priait le jeune artiste de se mettre au piano.

« Allons, voyons, ne l'ennuie pas, il n'est pas ici pour être tourmenté, s'écria Mme Verdurin, je ne veux pas qu'on le tourmente, moi !

— Mais pourquoi veux-tu que ça l'ennuie ? dit M. Verdurin, M. Swann ne connaît peut-être pas la sonate en *fa* dièse que nous avons découverte, il va nous jouer l'arrangement pour piano.

— Ah ! non, non, pas ma sonate ! cria Mme Verdurin, je n'ai pas envie à force de pleurer de me ficher un rhume de cerveau avec névralgies faciales, comme la dernière fois ; merci du cadeau, je ne tiens pas à recommencer ; vous êtes bons vous autres, on voit bien que ce n'est pas vous qui garderez le lit huit jours ! »

Cette petite scène qui se renouvelait chaque fois que le pianiste allait jouer enchantait les amis aussi bien que si elle avait été nouvelle, comme une preuve de la séduisante originalité de la « Patronne » et de sa sensibilité musicale. Ceux qui étaient près d'elle faisaient signe à ceux qui plus loin fumaient ou jouaient aux cartes, de se rapprocher, qu'il se passait quelque chose, leur disant comme on fait au Reichstag dans les moments intéressants : « Écoutez, écoutez[1]. » Et le lendemain on donnait des regrets à ceux qui n'avaient pas pu venir en leur disant que la scène avait été encore plus amusante que d'habitude.

« Eh bien ! voyons, c'est entendu, dit M. Verdurin, il ne jouera que l'andante.

— Que l'andante, comme tu y vas ! s'écria Mme Verdurin. C'est justement l'andante qui me casse bras et jambes. Il est vraiment superbe, le Patron ! C'est comme si dans la *Neuvième* il disait : nous n'entendrons que le finale, ou dans *Les Maîtres* que l'ouverture. »

Le docteur cependant poussait Mme Verdurin à laisser jouer le pianiste, non pas qu'il crût feints les troubles que la musique lui donnait — il y reconnaissait certains états neurasthéniques — mais par cette habitude qu'ont beaucoup de médecins de faire fléchir immédiatement la sévérité de leurs prescriptions dès qu'est en jeu, chose qui leur semble beaucoup plus importante, quelque réunion mondaine dont ils font partie et dont la personne à qui ils conseillent d'oublier pour une fois sa dyspepsie ou sa grippe, est un des facteurs essentiels.

« Vous ne serez pas malade cette fois-ci, vous verrez, lui dit-il en cherchant à la suggestionner du regard. Et si vous êtes malade nous vous soignerons.

— Bien vrai ? » répondit Mme Verdurin, comme si devant l'espérance d'une telle faveur il n'y avait plus qu'à capituler. Peut-être aussi, à force de dire qu'elle serait malade, y avait-il des moments où elle ne se rappelait plus que c'était un mensonge et prenait une âme de malade. Or ceux-ci, fatigués d'être toujours obligés de faire dépendre de leur sagesse la rareté de leurs accès, aiment se laisser aller à croire qu'ils pourront faire impunément tout ce qui leur plaît et leur fait mal d'habitude, à condition de se remettre en les mains d'un être puissant, qui, sans qu'ils aient aucune peine à prendre, d'un mot ou d'une pilule, les remettra sur pied.

Odette était allée s'asseoir sur un canapé de tapisserie qui était près du piano :

« Vous savez, j'ai ma petite place », dit-elle à Mme Verdurin.

Celle-ci, voyant Swann sur une chaise, le fit lever :

« Vous n'êtes pas bien là, allez donc vous mettre à côté d'Odette, n'est-ce pas Odette, vous ferez bien une place à M. Swann ?

— Quel joli Beauvais, dit avant de s'asseoir Swann qui cherchait à être aimable.

— Ah ! je suis contente que vous appréciiez mon canapé, répondit Mme Verdurin. Et je vous préviens que si vous voulez en voir d'aussi beau, vous pouvez y renoncer tout de suite. Jamais ils n'ont rien fait de pareil. Les petites chaises aussi sont des merveilles. Tout à l'heure vous regarderez cela. Chaque bronze correspond comme attribut au petit sujet du siège ; vous savez, vous avez de quoi vous amuser si vous voulez regarder cela, je vous promets un bon moment. Rien que les petites frises des bordures, tenez là, la petite vigne sur fond rouge de *L'Ours et les Raisins*[1]. Est-ce dessiné ? Qu'est-ce que vous en dites, je crois qu'ils le savaient plutôt, dessiner ! Est-elle assez appétissante cette vigne ? Mon mari prétend que je n'aime pas les fruits parce que j'en mange moins que lui. Mais non, je suis plus gourmande que vous tous, mais je n'ai pas besoin de me les mettre dans la bouche puisque je jouis par les yeux. Qu'est-ce que vous avez tous à rire ? Demandez au docteur, il vous dira que ces raisins-là me purgent. D'autres font des cures de Fontainebleau[1], moi je fais ma petite cure de Beauvais. Mais, monsieur Swann, vous ne partirez pas sans avoir touché les petits bronzes des dossiers. Est-ce assez doux comme patine ? Mais non, à pleines mains, touchez-les bien.

— Ah ! si madame Verdurin commence à peloter les bronzes, nous n'entendrons pas de musique ce soir, dit le peintre.

— Taisez-vous, vous êtes un vilain. Au fond, dit-elle en se tournant vers Swann, on nous défend à nous autres femmes des choses moins voluptueuses que cela. Mais il n'y a pas une chair comparable à cela ! Quand M. Verdurin me faisait l'honneur d'être jaloux de moi — allons, sois poli au moins, ne dis pas que tu ne l'as jamais été...

— Mais je ne dis absolument rien. Voyons, Docteur, je vous prends à témoin : est-ce que j'ai dit quelque chose ? »

Swann palpait les bronzes par politesse et n'osait pas cesser tout de suite.

« Allons, vous les caresserez plus tard ; maintenant c'est vous qu'on va caresser, qu'on va caresser dans l'oreille ; vous aimez cela, je pense ; voilà un petit jeune homme qui va s'en charger. »

Or quand le pianiste eut joué, Swann fut plus aimable encore avec lui qu'avec les autres personnes qui se trouvaient là. Voici pourquoi :

L'année précédente, dans une soirée, il avait entendu une œuvre musicale exécutée au piano et au violon. D'abord, il n'avait goûté que la qualité matérielle des sons sécrétés par les instruments. Et ç'avait déjà été un grand plaisir quand, au-dessous de la petite ligne du violon, mince, résistante, dense et directrice, il avait vu tout d'un coup chercher à s'élever en un clapotement liquide, la masse de la partie de piano, multiforme, indivise, plane et entrechoquée comme la mauve agitation des flots que charme et bémolise le clair de lune. Mais à un moment donné, sans pouvoir nettement distinguer un contour, donner un nom à ce qui lui plaisait, charmé tout d'un coup, il avait cherché à recueillir la phrase ou l'harmonie — il ne savait lui-même — qui passait et qui lui avait ouvert plus largement l'âme, comme certaines odeurs de roses circulant dans l'air humide du soir ont la propriété de dilater nos narines. Peut-être est-ce parce qu'il ne savait pas la musique qu'il avait pu éprouver une impression aussi confuse, une de ces impressions qui sont peut-être pourtant les seules purement musicales, inétendues, entièrement originales, irréductibles à tout autre ordre d'impressions. Une impression de ce genre, pendant un instant, est pour ainsi dire *sine materia*. Sans doute les notes que nous entendons alors, tendent déjà, selon leur hauteur et leur quantité, à couvrir devant nos yeux des surfaces de dimensions variées, à tracer des arabesques, à nous donner des sensations de largeur, de ténuité, de stabilité, de caprice. Mais les notes sont évanouies avant que ces sensations soient assez formées en nous pour ne pas être submergées par celles qu'éveillent déjà les notes suivantes ou même simultanées. Et cette impression continuerait à envelopper de sa liquidité et de son « fondu » les motifs qui par instants en émergent, à peine discernables, pour plonger aussitôt et disparaître, connus seulement par le plaisir particulier qu'ils donnent, impossibles à décrire, à se rappeler, à nommer, ineffables — si la mémoire, comme un ouvrier qui travaille à établir des fondations durables au milieu des flots, en fabriquant pour nous des fac-similés de ces phrases fugitives, ne nous permettait de les comparer à celles qui leur succèdent et de les différencier. Ainsi à peine la sensation délicieuse que Swann avait ressentie était-elle expirée, que sa mémoire lui en avait fourni séance tenante une transcription sommaire et provisoire, mais sur laquelle il avait jeté les yeux tandis que le morceau continuait, si bien que, quand la même impression était tout d'un coup revenue, elle n'était déjà plus insaisissable. Il s'en représentait l'étendue, les groupements symétriques, la graphie, la valeur expressive ; il avait devant lui cette chose qui n'est plus de la musique pure, qui est du dessin, de l'architecture, de la pensée, et qui permet de se rappeler la musique. Cette fois il avait distingué nettement une phrase s'élevant pendant quelques instants au-dessus des ondes sonores. Elle lui avait proposé aussitôt des voluptés particulières, dont il n'avait jamais eu l'idée avant de l'entendre, dont il sentait que rien autre qu'elle ne pourrait les lui faire connaître, et il avait éprouvé pour elle comme un amour inconnu.

D'un rythme lent elle le dirigeait ici d'abord, puis là, puis ailleurs, vers un bonheur noble, inintelligible et précis. Et tout d'un coup, au point où elle était arrivée et d'où il se préparait à la suivre, après une pause d'un instant, brusquement elle changeait de direction et d'un mouvement nouveau, plus rapide, menu, mélancolique, incessant et doux, elle l'entraînait avec elle vers des perspectives inconnues. Puis elle disparut. Il souhaita passionnément la revoir une troisième fois. Et elle reparut en effet mais sans lui parler plus clairement, en lui causant même une volupté moins profonde. Mais rentré chez lui il eut besoin d'elle, il était comme un homme dans la vie de qui une passante qu'il a aperçue un moment vient de faire entrer l'image d'une beauté nouvelle qui donne à sa propre sensibilité une valeur plus grande, sans qu'il sache seulement s'il pourra revoir jamais celle qu'il aime déjà et dont il ignore jusqu'au nom.

Même cet amour pour une phrase musicale sembla un instant devoir amorcer chez Swann la possibilité d'une sorte de rajeunissement. Depuis si longtemps il avait renoncé à appliquer sa vie à un but idéal et la bornait à la poursuite de satisfactions quotidiennes, qu'il croyait, sans jamais se le dire formellement, que cela ne changerait plus jusqu'à sa mort ; bien plus, ne se sentant plus d'idées élevées dans l'esprit, il avait cessé de croire à leur réalité, sans pouvoir non plus la nier tout à fait. Aussi avait-il pris l'habitude de se réfugier dans des pensées sans importance qui lui permettaient de laisser de côté le fond des choses. De même qu'il ne se demandait pas s'il n'eût pas mieux fait de ne pas aller dans le monde, mais en revanche savait avec certitude que s'il avait accepté une invitation il devait s'y rendre et que s'il ne faisait pas de visite après il lui fallait laisser des cartes, de même dans sa conversation il s'efforçait de ne jamais exprimer avec cœur une opinion intime sur les choses, mais de fournir des détails matériels qui valaient en quelque sorte par eux-mêmes et lui permettaient de ne pas donner sa mesure. Il était extrêmement précis pour une recette de cuisine, pour la date de la naissance ou de la mort d'un peintre, pour la nomenclature de ses œuvres. Parfois malgré tout il se laissait aller à émettre un jugement sur une œuvre, sur une manière de comprendre la vie, mais il donnait alors à ses paroles un ton ironique comme s'il n'adhérait pas tout entier à ce qu'il disait. Or, comme certains valétudi-

naires chez qui tout d'un coup un pays où ils sont arrivés,
un régime différent, quelquefois une évolution organique,
spontanée et mystérieuse, semblent amener une telle
régression de leur mal qu'ils commencent à envisager la
possibilité inespérée de commencer sur le tard une vie toute
différente, Swann trouvait en lui, dans le souvenir de la
phrase qu'il avait entendue, dans certaines sonates qu'il
s'était fait jouer, pour voir s'il ne l'y découvrirait pas, la
présence d'une de ces réalités invisibles auxquelles il avait
cessé de croire et auxquelles, comme si la musique avait
eu sur la sécheresse morale dont il souffrait une sorte
d'influence élective, il se sentait de nouveau le désir et
presque la force de consacrer sa vie. Mais n'étant pas arrivé
à savoir de qui était l'œuvre qu'il avait entendue, il n'avait
pu se la procurer et avait fini par l'oublier. Il avait bien
rencontré dans la semaine quelques personnes qui se
trouvaient comme lui à cette soirée et les avait interrogées ;
mais plusieurs étaient arrivées après la musique ou parties
avant ; certaines pourtant étaient là pendant qu'on l'exécutait mais étaient allées causer dans un autre salon, et
d'autres, restées à écouter, n'avaient pas entendu plus que
les premières. Quant aux maîtres de maison, ils savaient
que c'était une œuvre nouvelle que les artistes qu'ils avaient
engagés avaient demandé à jouer ; ceux-ci étant partis en
tournée, Swann ne put pas en savoir davantage. Il avait bien
des amis musiciens, mais tout en se rappelant le plaisir
spécial et intraduisible que lui avait fait la phrase, en voyant
devant ses yeux les formes qu'elle dessinait, il était pourtant
incapable de la leur chanter. Puis il cessa d'y penser.

Or, quelques minutes à peine après que le petit pianiste
avait commencé de jouer chez Mme Verdurin, tout d'un
coup, après une note haute longuement tenue pendant
deux mesures, il vit approcher, s'échappant de sous cette
sonorité prolongée et tendue comme un rideau sonore
pour cacher le mystère de son incubation, il reconnut,
secrète, bruissante et divisée, la phrase aérienne et
odorante qu'il aimait. Et elle était si particulière, elle avait
un charme si individuel et qu'aucun autre n'aurait pu
remplacer, que ce fut pour Swann comme s'il eût rencontré
dans un salon ami une personne qu'il avait admirée dans
la rue et désespérait de jamais retrouver. À la fin, elle
s'éloigna, indicatrice, diligente, parmi les ramifications de
son parfum, laissant sur le visage de Swann le reflet de

son sourire. Mais maintenant il pouvait demander le nom de son inconnue (on lui dit que c'était l'andante de la *Sonate pour piano et violon* de Vinteuil[1]), il la tenait, il pourrait l'avoir chez lui aussi souvent qu'il voudrait, essayer d'apprendre son langage et son secret.

Aussi quand le pianiste eut fini, Swann s'approcha-t-il de lui pour lui exprimer une reconnaissance dont la vivacité plut beaucoup à Mme Verdurin.

« Quel charmeur, n'est-ce pas, dit-elle à Swann ; la comprend-il assez, sa sonate, le petit misérable ? Vous ne saviez pas que le piano pouvait atteindre à ça. C'est tout, excepté du piano, ma parole ! Chaque fois j'y suis reprise, je crois entendre un orchestre. C'est même plus beau que l'orchestre, plus complet. »

Le jeune pianiste s'inclina, et, souriant, soulignant les mots comme s'il avait fait un trait d'esprit :

« Vous êtes très indulgente pour moi », dit-il.

Et tandis que Mme Verdurin disait à son mari : « Allons, donne-lui de l'orangeade, il l'a bien méritée », Swann racontait à Odette comment il avait été amoureux de cette petite phrase. Quand Mme Verdurin, ayant dit d'un peu loin : « Eh bien ! il me semble qu'on est en train de vous dire de belles choses, Odette », elle répondit : « Oui, de très belles » et Swann trouva délicieuse sa simplicité. Cependant il demandait des renseignements sur Vinteuil, sur son œuvre, sur l'époque de sa vie où il avait composé cette sonate, sur ce qu'avait pu signifier pour lui la petite phrase, c'est cela surtout qu'il aurait voulu savoir.

Mais tous ces gens qui faisaient profession d'admirer ce musicien (quand Swann avait dit que sa sonate était vraiment belle, Mme Verdurin s'était écriée : « Je vous crois un peu qu'elle est belle ! Mais on n'avoue pas qu'on ne connaît pas la sonate de Vinteuil, on n'a pas le droit de ne pas la connaître », et le peintre avait ajouté : « Ah ! c'est tout à fait une très grande machine, n'est-ce pas ? Ce n'est pas, si vous voulez, la chose "cher" et "public", n'est-ce pas ? mais c'est la très grosse impression pour les artistes »), ces gens semblaient ne s'être jamais posé ces questions car ils furent incapables d'y répondre.

Même à une ou deux remarques particulières que fit Swann sur sa phrase préférée :

« Tiens, c'est amusant, je n'avais jamais fait attention ; je vous dirai que je n'aime pas beaucoup chercher la petite bête et m'égarer dans des pointes d'aiguilles ; on ne perd pas son temps à couper les cheveux en quatre ici, ce n'est pas le genre de la maison », répondit Mme Verdurin, que le docteur Cottard regardait avec une admiration béate et un zèle studieux se jouer au milieu de ce flot d'expressions toutes faites. D'ailleurs lui et Mme Cottard, avec une sorte de bon sens comme en ont aussi certaines gens du peuple, se gardaient bien de donner une opinion ou de feindre l'admiration pour une musique qu'ils s'avouaient l'un à l'autre, une fois rentrés chez eux, ne pas plus comprendre que la peinture de « M. Biche ». Comme le public ne connaît du charme, de la grâce, des formes de la nature que ce qu'il en a puisé dans les poncifs d'un art lentement assimilé, et qu'un artiste original commence par rejeter ces poncifs, M. et Mme Cottard, image en cela du public, ne trouvaient ni dans la sonate de Vinteuil, ni dans les portraits du peintre, ce qui faisait pour eux l'harmonie de la musique et la beauté de la peinture. Il leur semblait quand le pianiste jouait la sonate qu'il accrochait au hasard sur le piano des notes que ne reliaient pas en effet les formes auxquelles ils étaient habitués, et que le peintre jetait au hasard des couleurs sur ses toiles. Quand, dans celles-ci, ils pouvaient reconnaître une forme, ils la trouvaient alourdie et vulgarisée (c'est-à-dire dépourvue de l'élégance de l'école de peinture à travers laquelle ils voyaient dans la rue même les êtres vivants), et sans vérité, comme si M. Biche n'eût pas su comment était construite une épaule et que les femmes n'ont pas les cheveux mauves.

Pourtant les fidèles s'étant dispersés, le docteur sentit qu'il y avait là une occasion propice et, pendant que Mme Verdurin disait un dernier mot sur la sonate de Vinteuil, comme un nageur débutant qui se jette à l'eau pour apprendre mais choisit un moment où il n'y a pas trop de monde pour le voir :

« Alors, c'est ce qu'on appelle un musicien *di primo cartello* ! » s'écria-t-il avec une brusque résolution.

Swann apprit seulement que l'apparition récente de la sonate de Vinteuil avait produit une grande impression dans une école de tendances très avancées, mais était entièrement inconnue du grand public.

« Je connais bien quelqu'un qui s'appelle Vinteuil », dit Swann, en pensant au professeur de piano des sœurs de ma grand-mère.

— C'est peut-être lui, s'écria Mme Verdurin.

— Oh ! non, répondit Swann en riant. Si vous l'aviez vu deux minutes, vous ne vous poseriez pas la question.

— Alors poser la question, c'est la résoudre ? dit le docteur.

— Mais ce pourrait être un parent, reprit Swann, cela serait assez triste, mais enfin un homme de génie peut être le cousin d'une vieille bête. Si cela était, j'avoue qu'il n'y a pas de supplice que je ne m'imposerais pour que la vieille bête me présentât à l'auteur de la sonate : d'abord le supplice de fréquenter la vieille bête, et qui doit être affreux. »

Le peintre savait que Vinteuil était à ce moment très malade et que le docteur Potain craignait de ne pouvoir le sauver.

« Comment, s'écria Mme Verdurin, il y a encore des gens qui se font soigner par Potain !

— Ah ! madame Verdurin, dit Cottard, sur un ton de marivaudage, vous oubliez que vous parlez d'un de mes confrères, je devrais dire un de mes maîtres. »

Le peintre avait entendu dire que Vinteuil était menacé d'aliénation mentale. Et il assurait qu'on pouvait s'en apercevoir à certains passages de sa sonate. Swann ne trouva pas cette remarque absurde, mais elle le troubla ; car une œuvre de musique pure ne contenant aucun des rapports logiques dont l'altération dans le langage dénonce la folie, la folie reconnue dans une sonate lui paraissait quelque chose d'aussi mystérieux que la folie d'une chienne, la folie d'un cheval, qui pourtant s'observent en effet.

« Laissez-moi donc tranquille avec vos maîtres, vous en savez dix fois autant que lui », répondit Mme Verdurin au docteur Cottard, du ton d'une personne qui a le courage de ses opinions et tient bravement tête à ceux qui ne sont pas du même avis qu'elle. « Vous ne tuez pas vos malades, vous au moins !

— Mais, Madame, il est de l'Académie, répliqua le docteur d'un ton ironique. Si un malade préfère mourir de la main d'un des princes de la science... C'est beaucoup plus chic de pouvoir dire : "C'est Potain qui me soigne."

— Ah ! c'est plus chic ? dit Mme Verdurin. Alors il y a du chic dans les maladies, maintenant ? je ne savais pas ça... Ce que vous m'amusez ! s'écria-t-elle tout à coup en plongeant sa figure dans ses mains. Et moi, bonne bête qui discutais sérieusement sans m'apercevoir que vous me faisiez monter à l'arbre. »

Quant à M. Verdurin, trouvant que c'était un peu fatigant de se mettre à rire pour si peu, il se contenta de tirer une bouffée de sa pipe en songeant avec tristesse qu'il ne pouvait plus rattraper sa femme sur le terrain de l'amabilité.

« Vous savez que votre ami nous plaît beaucoup », dit Mme Verdurin à Odette au moment où celle-ci lui souhaitait le bonsoir. « Il est simple, charmant ; si vous n'avez jamais à nous présenter que des amis comme cela, vous pouvez les amener. »

M. Verdurin fit remarquer que pourtant Swann n'avait pas apprécié la tante du pianiste.

« Il s'est senti un peu dépaysé, cet homme, répondit Mme Verdurin, tu ne voudrais pourtant pas que, la première fois, il ait déjà le ton de la maison comme Cottard qui fait partie de notre petit clan depuis plusieurs années. La première fois ne compte pas, c'était utile pour prendre langue. Odette, il est convenu qu'il viendra nous retrouver demain au Châtelet[1]. Si vous alliez le prendre ?

— Mais non, il ne veut pas.

— Ah ! enfin, comme vous voudrez. Pourvu qu'il n'aille pas lâcher au dernier moment ! »

À la grande surprise de Mme Verdurin, il ne lâcha jamais. Il allait les rejoindre n'importe où, quelquefois dans les restaurants de banlieue où on allait peu encore car ce n'était pas la saison, plus souvent au théâtre, que Mme Verdurin aimait beaucoup ; et comme un jour, chez elle, elle dit devant lui que pour les soirs de premières, de galas, un coupe-file leur eût été fort utile, que cela les avait beaucoup gênés de ne pas en avoir le jour de l'enterrement de Gambetta[2], Swann qui ne parlait jamais de ses relations brillantes, mais seulement de celles mal cotées qu'il eût jugé peu délicat de cacher, et au nombre desquelles il avait pris dans le faubourg Saint-Germain l'habitude de ranger les relations avec le monde officiel, répondit :

« Je vous promets de m'en occuper, vous l'aurez à temps pour la reprise des *Danicheff*[3], je déjeune justement demain avec le Préfet de police à l'Élysée.

— Comment ça, à l'Élysée ? cria le docteur Cottard d'une voix tonnante.

« — Oui, chez M. Grévy[1] », répondit Swann, un peu gêné de l'effet que sa phrase avait produit.

Et le peintre dit au docteur en manière de plaisanterie : « Ça vous prend souvent ? »

Généralement, une fois l'explication donnée, Cottard disait : « Ah ! bon, bon, ça va bien » et ne montrait plus trace d'émotion. Mais cette fois-ci, les derniers mots de Swann, au lieu de lui procurer l'apaisement habituel, portèrent au comble son étonnement qu'un homme avec qui il dînait, qui n'avait ni fonctions officielles, ni illustration d'aucune sorte, frayât avec le chef de l'État.

« Comment ça, M. Grévy ? vous connaissez M. Grévy ? » dit-il à Swann de l'air stupide et incrédule d'un municipal à qui un inconnu demande à voir le Président de la République et qui, comprenant par ces mots « à qui il a affaire », comme disent les journaux, assure au pauvre dément qu'il va être reçu à l'instant et le dirige sur l'Infirmerie spéciale du Dépôt.

« Je le connais un peu, nous avons des amis communs (il n'osa pas dire que c'était le prince de Galles), du reste il invite très facilement et je vous assure que ces déjeuners n'ont rien d'amusant, ils sont d'ailleurs très simples, on n'est jamais plus de huit à table », répondit Swann qui tâchait d'effacer ce que semblaient avoir de trop éclatant, aux yeux de son interlocuteur, des relations avec le Président de la République.

Aussitôt Cottard, s'en rapportant aux paroles de Swann, adopta cette opinion, au sujet de la valeur d'une invitation chez M. Grévy, que c'était chose fort peu recherchée et qui courait les rues. Dès lors il ne s'étonna plus que Swann, aussi bien qu'un autre, fréquentât l'Élysée, et même il le plaignait un peu d'aller à des déjeuners que l'invité avouait lui-même être ennuyeux.

« Ah ! bien, bien, ça va bien », dit-il sur le ton d'un douanier, méfiant tout à l'heure, mais qui, après vos explications, vous donne son visa et vous laisse passer sans ouvrir vos malles.

« Ah ! je vous crois qu'ils ne doivent pas être amusants ces déjeuners, vous avez de la vertu d'y aller », dit Mme Verdurin, à qui le Président de la République apparaissait comme un ennuyeux particulièrement redoutable parce qu'il disposait de moyens de séduction et de contrainte qui, employés à l'égard des fidèles, eussent été capables de les faire lâcher. « Il paraît qu'il est sourd comme un pot et qu'il mange avec ses doigts.

— En effet, alors, cela ne doit pas beaucoup vous amuser d'y aller », dit le docteur avec une nuance de commisération ; et, se rappelant le chiffre de huit convives : « Sont-ce des déjeuners intimes ? » demanda-t-il vivement avec un zèle de linguiste plus encore qu'une curiosité de badaud.

Mais le prestige qu'avait à ses yeux le Président de la République finit pourtant par triompher et de l'humilité de Swann et de la malveillance de Mme Verdurin, et à chaque dîner Cottard demandait avec intérêt : « Verrons-nous ce soir M. Swann ? Il a des relations personnelles avec M. Grévy. C'est bien ce qu'on appelle un gentleman ? » Il alla même jusqu'à lui offrir une carte d'invitation pour l'exposition dentaire.

« Vous serez admis avec les personnes qui seront avec vous, mais on ne laisse pas entrer les chiens. Vous comprenez, je vous dis cela parce que j'ai eu des amis qui ne le savaient pas et qui s'en sont mordu les doigts. »

Quant à M. Verdurin, il remarqua le mauvais effet qu'avait produit sur sa femme cette découverte que Swann avait des amitiés puissantes dont il n'avait jamais parlé.

Si l'on n'avait pas arrangé une partie au-dehors c'est chez les Verdurin que Swann retrouvait le petit noyau, mais il ne venait que le soir et n'acceptait presque jamais à dîner malgré les instances d'Odette.

« Je pourrais même dîner seule avec vous, si vous aimiez mieux cela, lui disait-elle.

— Et Mme Verdurin ?

— Oh ! ce serait bien simple. Je n'aurais qu'à dire que ma robe n'a pas été prête, que mon cab est venu en retard. Il y a toujours moyen de s'arranger.

— Vous êtes gentille. »

Mais Swann se disait que, s'il montrait à Odette (en consentant seulement à la retrouver après dîner) qu'il y avait des plaisirs qu'il préférait à celui d'être avec elle, le goût qu'elle ressentait pour lui ne connaîtrait pas de longtemps la satiété. Et, d'autre part, préférant infiniment à celle d'Odette la beauté d'une petite ouvrière fraîche et bouffie comme une rose et dont il était épris, il aimait mieux passer le commencement de la soirée avec elle, étant sûr de voir Odette ensuite. C'est pour les mêmes raisons qu'il n'acceptait jamais qu'Odette vînt le chercher pour aller chez les Verdurin. La petite ouvrière l'attendait près de chez lui à un coin de rue que son cocher Rémi connaissait, elle montait à côté de Swann et restait dans ses bras jusqu'au moment où la voiture l'arrêtait devant chez les Verdurin. À son entrée, tandis que Mme Verdurin montrant des roses qu'il avait envoyées le matin lui disait : « Je vous gronde » et lui indiquait une place à côté d'Odette, le pianiste jouait, pour eux deux, la petite phrase de Vinteuil qui était comme l'air national de leur amour. Il commençait par la tenue des trémolos de violon que pendant quelques mesures on entend seuls, occupant tout le premier plan, puis tout d'un coup ils semblaient s'écarter et, comme dans ces tableaux de Pieter De Hooch, qu'approfondit le cadre étroit d'une porte entrouverte, tout au loin, d'une couleur autre, dans le velouté d'une lumière interposée, la petite phrase apparaissait, dansante, pastorale, intercalée, épisodique, appartenant à un autre monde. Elle passait à plis simples et immortels, distribuant çà et là les dons de sa grâce, avec le même ineffable sourire ; mais Swann y croyait distinguer maintenant du désenchantement. Elle semblait connaître la vanité de ce bonheur dont elle montrait la voie. Dans sa grâce légère, elle avait quelque chose d'accompli, comme le détachement qui succède au regret. Mais peu lui importait, il la considérait moins en elle-même — en ce qu'elle pouvait exprimer pour un musicien qui ignorait l'existence et de lui et d'Odette quand il l'avait composée, et pour tous ceux qui l'entendraient dans des siècles — que comme un gage, un souvenir de son amour qui, même pour les Verdurin, pour le petit pianiste, faisait penser à Odette en même temps qu'à lui, les unissait ; c'était au point que, comme Odette, par caprice, l'en avait prié, il avait renoncé à son projet de se faire jouer par un artiste la sonate entière, dont il continua à ne connaître que ce passage. « Qu'avez-vous besoin du reste ? lui avait-elle dit. C'est ça *notre* morceau. » Et même, souffrant de songer, au moment où elle passait si proche et pourtant à l'infini, que tandis qu'elle s'adressait à eux, elle ne les connaissait pas, il regrettait presque qu'elle eût une signification, une beauté intrinsèque et fixe, étrangère à eux, comme en des bijoux donnés, ou même en des lettres écrites par une femme aimée, nous en voulons à l'eau de la gemme, et aux mots du langage, de ne pas être faits uniquement de l'essence d'une liaison passagère et d'un être particulier.

Souvent il se trouvait qu'il s'était tant attardé avec la jeune ouvrière avant d'aller chez les Verdurin, qu'une fois la petite phrase jouée par le pianiste, Swann s'apercevait qu'il était bientôt l'heure qu'Odette rentrât. Il la reconduisait jusqu'à la porte de son petit hôtel, rue La Pérouse[1], derrière l'Arc de Triomphe. Et c'était peut-être à cause de cela, pour ne pas lui demander toutes les faveurs, qu'il sacrifiait le plaisir moins nécessaire pour lui de la voir plus tôt, d'arriver chez les Verdurin avec elle, à l'exercice de ce droit qu'elle lui reconnaissait de partir ensemble et auquel il attachait plus de prix, parce que, grâce à cela, il avait l'impression que personne ne la voyait, ne se mettait entre eux, ne l'empêchait d'être encore avec lui, après qu'il l'avait quittée.

Ainsi revenait-elle dans la voiture de Swann ; un soir, comme elle venait d'en descendre et qu'il lui disait à demain, elle cueillit précipitamment dans le petit jardin qui précédait la maison un dernier chrysanthème et le lui donna avant qu'il fût reparti. Il le tint serré contre sa bouche pendant le retour, et quand au bout de quelques jours la fleur fut fanée, il l'enferma précieusement dans son secrétaire.

Mais il n'entrait jamais chez elle. Deux fois seulement dans l'après-midi, il était allé participer à cette opération capitale pour elle : « prendre le thé ». L'isolement et le vide de ces courtes rues (faites presque toutes de petits hôtels contigus, dont tout à coup venait rompre la monotonie quelque sinistre échoppe, témoignage historique et reste sordide du temps où ces quartiers étaient encore mal famés), la neige qui était restée dans le jardin et aux arbres, le négligé de la saison, le voisinage de la nature, donnaient quelque chose de plus mystérieux à la chaleur, aux fleurs qu'il avait trouvées en entrant.

Laissant à gauche, au rez-de-chaussée surélevé, la chambre à coucher d'Odette qui donnait derrière sur une petite rue parallèle, un escalier droit entre des murs peints de couleur sombre et d'où tombaient des étoffes orientales, des fils de chapelets turcs et une grande lanterne japonaise suspendue à une cordelette de soie (mais qui, pour ne pas priver les visiteurs des derniers conforts de la civilisation occidentale, s'éclairait au gaz), montait au salon et au petit

salon. Ils étaient précédés d'un étroit vestibule dont le mur
quadrillé d'un treillage de jardin, mais doré, était bordé
dans toute sa longueur d'une caisse rectangulaire où
fleurissaient comme dans une serre une rangée de ces gros
chrysanthèmes encore rares à cette époque, mais bien
éloignés cependant de ceux que les horticulteurs réussirent
plus tard à obtenir. Swann était agacé par la mode qui
depuis l'année dernière se portait sur eux, mais il avait
eu plaisir, cette fois, à voir la pénombre de la pièce zébrée
de rose, d'orangé et de blanc par les rayons odorants de
ces astres éphémères qui s'allument dans les jours gris.
Odette l'avait reçu en robe de chambre de soie rose, le
cou et les bras nus. Elle l'avait fait asseoir près d'elle dans
un des nombreux retraits mystérieux qui étaient ménagés
dans les enfoncements du salon, protégés par d'immenses
palmiers contenus dans des cache-pot de Chine, ou par
des paravents auxquels étaient fixés des photographies, des
nœuds de rubans et des éventails. Elle lui avait dit : « Vous
n'êtes pas confortable comme cela, attendez, moi je vais
bien vous arranger », et avec le petit rire vaniteux qu'elle
aurait eu pour quelque invention particulière à elle, avait
installé derrière la tête de Swann, sous ses pieds, des
coussins de soie japonaise qu'elle pétrissait comme si elle
avait été prodigue de ces richesses et insoucieuse de leur
valeur. Mais quand le valet de chambre était venu apporter
successivement les nombreuses lampes qui, presque toutes
enfermées dans des potiches chinoises, brûlaient isolées
ou par couples, toutes sur des meubles différents comme
sur des autels et qui dans le crépuscule déjà presque
nocturne de cette fin d'après-midi d'hiver avaient fait
reparaître un coucher de soleil plus durable, plus rose et
plus humain — faisant peut-être rêver dans la rue quelque
amoureux arrêté devant le mystère de la présence que
décelaient et cachaient à la fois les vitres rallumées —, elle
avait surveillé sévèrement du coin de l'œil le domestique
pour voir s'il les posait bien à leur place consacrée. Elle
pensait qu'en en mettant une seule là où il ne fallait pas,
l'effet d'ensemble de son salon eût été détruit, et son
portrait, placé sur un chevalet oblique drapé de peluche,
mal éclairé. Aussi suivait-elle avec fièvre les mouvements
de cet homme grossier et le réprimanda-t-elle vivement
parce qu'il avait passé trop près de deux jardinières qu'elle
se réservait de nettoyer elle-même dans sa peur qu'on ne

les abîmât et qu'elle alla regarder de près pour voir s'il
ne les avait pas écornées. Elle trouvait à tous ses bibelots
chinois des formes « amusantes », et aussi aux orchidées,
aux catleyas surtout, qui étaient, avec les chrysanthèmes,
ses fleurs préférées, parce qu'ils avaient le grand mérite
de ne pas ressembler à des fleurs, mais d'être en soie, en
satin[1]. « Celle-là a l'air d'être découpée dans la doublure
de mon manteau », dit-elle à Swann en lui montrant une
orchidée, avec une nuance d'estime pour cette fleur si
« chic », pour cette sœur élégante et imprévue que la
nature lui donnait, si loin d'elle dans l'échelle des êtres
et pourtant raffinée, plus digne que bien des femmes
qu'elle lui fît une place dans son salon. En lui montrant
tour à tour des chimères à langues de feu décorant une
potiche ou brodées sur un écran, les corolles d'un bouquet
d'orchidées, un dromadaire d'argent niellé aux yeux
incrustés de rubis qui voisinait sur la cheminée avec un
crapaud de jade, elle affectait tour à tour d'avoir peur de
la méchanceté, ou de rire de la cocasserie des monstres,
de rougir de l'indécence des fleurs et d'éprouver un
irrésistible désir d'aller embrasser le dromadaire et le
crapaud qu'elle appelait : « chéris ». Et ces affectations
contrastaient avec la sincérité de certaines de ses dévotions,
notamment à Notre-Dame de Laghet[2] qui l'avait jadis,
quand elle habitait Nice, guérie d'une maladie mortelle,
et dont elle portait toujours sur elle une médaille d'or à
laquelle elle attribuait un pouvoir sans limites. Odette fit
à Swann « son » thé, lui demanda : « Citron ou crème ? »
et comme il répondit « crème », lui dit en riant : « Un
nuage ! » Et comme il le trouvait bon : « Vous voyez que
je sais ce que vous aimez. » Ce thé en effet avait paru
à Swann quelque chose de précieux comme à elle-même
et l'amour a tellement besoin de se trouver une
justification, une garantie de durée, dans des plaisirs qui
au contraire sans lui n'en seraient pas et finissent avec lui,
que quand il l'avait quittée à sept heures pour rentrer chez
lui s'habiller, pendant tout le trajet qu'il fit dans son coupé,
ne pouvant contenir la joie que cet après-midi lui avait
causée, il se répétait : « Ce serait bien agréable d'avoir
ainsi une petite personne chez qui on pourrait trouver cette
chose si rare, du bon thé. » Une heure après, il reçut un
mot d'Odette et reconnut tout de suite cette grande
écriture dans laquelle une affectation de raideur britanni-

que imposait une apparence de discipline à des caractères informes qui eussent signifié peut-être pour des yeux moins prévenus le désordre de la pensée, l'insuffisance de l'éducation, le manque de franchise et de volonté. Swann avait oublié son étui à cigarettes chez Odette. « Que n'y avez-vous oublié aussi votre cœur, je ne vous aurais pas laissé le reprendre. »

Une seconde visite qu'il lui fit eut plus d'importance peut-être. En se rendant chez elle ce jour-là, comme chaque fois qu'il devait la voir, d'avance il se la représentait ; et la nécessité où il était, pour trouver jolie sa figure, de limiter aux seules pommettes roses et fraîches, les joues qu'elle avait si souvent jaunes, languissantes, parfois piquées de petits points rouges, l'affligeait comme une preuve que l'idéal est inaccessible et le bonheur médiocre. Il lui apportait une gravure qu'elle désirait voir. Elle était un peu souffrante ; elle le reçut en peignoir de crêpe de Chine mauve, ramenant sur sa poitrine, comme un manteau, une étoffe richement brodée. Debout à côté de lui, laissant couler le long de ses joues ses cheveux qu'elle avait dénoués, fléchissant une jambe dans une attitude légèrement dansante pour pouvoir se pencher sans fatigue vers la gravure qu'elle regardait, en inclinant la tête, de ses grands yeux, si fatigués et maussades quand elle ne s'animait pas, elle frappa Swann par sa ressemblance avec cette figure de Zéphora, la fille de Jéthro, qu'on voit dans une fresque de la chapelle Sixtine[1]. Swann avait toujours eu ce goût particulier d'aimer à retrouver dans la peinture des maîtres non pas seulement les caractères généraux de la réalité qui nous entoure, mais ce qui semble au contraire le moins susceptible de généralité, les traits individuels des visages que nous connaissons : ainsi, dans la matière d'un buste du doge Lorédan par Antoine Rizzo[2], la saillie des pommettes, l'obliquité des sourcils, enfin la ressemblance criante de son cocher Rémi ; sous les couleurs d'un Ghirlandajo, le nez de M. de Palancy ; dans un portrait de Tintoret[3], l'envahissement du gras de la joue par l'implantation des premiers poils des favoris, la cassure du nez, la pénétration du regard, la congestion des paupières du docteur du Boulbon. Peut-être ayant toujours gardé un remords d'avoir borné sa vie aux relations mondaines, à la conversation, croyait-il trouver une sorte d'indulgent pardon à lui accordé par les grands artistes, dans ce fait qu'ils avaient eux aussi considéré avec plaisir, fait entrer dans leur œuvre, de tels visages qui donnent à celle-ci un singulier certificat de réalité et de vie, une saveur moderne ; peut-être aussi s'était-il tellement laissé gagner par la frivolité des gens du monde qu'il éprouvait le besoin de trouver dans une œuvre ancienne ces allusions anticipées et rajeunissantes à des noms propres d'aujourd'hui. Peut-être au contraire avait-il gardé suffisamment une nature d'artiste pour que ces caractéristiques individuelles lui causassent du plaisir en prenant une signification plus générale, dès qu'il les apercevait déracinées, délivrées, dans la ressemblance d'un portrait plus ancien avec un original qu'il ne représentait pas. Quoi qu'il en soit, et peut-être parce que la plénitude d'impressions qu'il avait depuis quelque temps, et bien qu'elle lui fût venue plutôt avec l'amour de la musique, avait enrichi même son goût pour la peinture, le plaisir fut plus profond, et devait exercer sur Swann une influence durable, qu'il trouva à ce moment-là dans la ressemblance d'Odette avec la Zéphora de ce Sandro di Mariano auquel on donne plus volontiers son surnom populaire de Botticelli[1] depuis que celui-ci évoque au lieu de l'œuvre véritable du peintre l'idée banale et fausse qui s'en est vulgarisée. Il n'estima plus le visage d'Odette selon la plus ou moins bonne qualité de ses joues et d'après la douceur purement carnée qu'il supposait devoir leur trouver en les touchant avec ses lèvres si jamais il osait l'embrasser, mais comme un écheveau de lignes subtiles et belles que ses regards dévidèrent, poursuivant la courbe de leur enroulement, rejoignant la cadence de la nuque à l'effusion des cheveux et à la flexion des paupières, comme en un portrait d'elle en lequel son type devenait intelligible et clair.

Il la regardait ; un fragment de la fresque apparaissait dans son visage et dans son corps, que dès lors il chercha toujours à y retrouver, soit qu'il fût auprès d'Odette, soit qu'il pensât seulement à elle, et bien qu'il ne tînt sans doute au chef-d'œuvre florentin que parce qu'il le retrouvait en elle, pourtant cette ressemblance lui conférait à elle aussi une beauté, la rendait plus précieuse. Swann se reprocha d'avoir méconnu le prix d'un être qui eût paru adorable au grand Sandro, et il se félicita que le plaisir qu'il avait à voir Odette trouvât une justification dans sa propre culture esthétique. Il se dit qu'en associant la pensée d'Odette à ses rêves de bonheur il ne s'était pas résigné à un pis-aller aussi imparfait qu'il l'avait cru jusqu'ici, puisqu'elle contentait en lui ses goûts d'art les plus raffinés. Il oubliait qu'Odette n'était pas plus pour cela une femme selon son désir, puisque précisément son désir avait toujours été orienté dans un sens opposé à ses goûts esthétiques. Le mot d'« œuvre florentine » rendit un grand service à Swann. Il lui permit, comme un titre, de faire pénétrer l'image d'Odette dans un monde de rêves, où elle n'avait pas eu accès jusqu'ici et où elle s'imprégna de noblesse. Et, tandis que la vue purement charnelle qu'il avait eue de cette femme, en renouvelant perpétuellement ses doutes sur la qualité de son visage, de son corps, de toute sa beauté, affaiblissait son amour, ces doutes furent détruits, cet amour assuré quand il eut à la place pour base les données d'une esthétique certaine ; sans compter que le baiser et la possession qui semblaient naturels et médiocres s'ils lui étaient accordés par une chair abîmée, venant couronner l'adoration d'une pièce de musée, lui parurent devoir être surnaturels et délicieux.

Et quand il était tenté de regretter que depuis des mois il ne fît plus que voir Odette, il se disait qu'il était raisonnable de donner beaucoup de son temps à un chef-d'œuvre inestimable, coulé pour une fois dans une matière différente et particulièrement savoureuse, en un exemplaire rarissime qu'il contemplait tantôt avec l'humilité, la spiritualité et le désintéressement d'un artiste, tantôt avec l'orgueil, l'égoïsme et la sensualité d'un collectionneur.

Il plaça sur sa table de travail, comme une photographie d'Odette, une reproduction de la fille de Jéthro. Il admirait les grands yeux, le délicat visage qui laissait deviner la peau imparfaite, les boucles merveilleuses des cheveux le long des joues fatiguées, et adaptant ce qu'il trouvait beau jusque-là d'une façon esthétique à l'idée d'une femme vivante, il le transformait en mérites physiques qu'il se félicitait de trouver réunis dans un être qu'il pourrait posséder. Cette vague sympathie qui nous porte vers un chef-d'œuvre que nous regardons, maintenant qu'il connaissait l'original charnel de la fille de Jéthro, elle devenait un désir qui suppléa désormais à celui que le corps d'Odette ne lui avait pas d'abord inspiré. Quand il avait regardé longtemps ce Botticelli, il pensait à son

Botticelli à lui qu'il trouvait plus beau encore et, approchant de lui la photographie de Zéphora, il croyait serrer Odette contre son cœur.

Et cependant ce n'était pas seulement la lassitude d'Odette qu'il s'ingéniait à prévenir, c'était quelquefois aussi la sienne propre ; sentant que depuis qu'Odette avait toutes facilités pour le voir, elle semblait n'avoir pas grand-chose à lui dire, il craignait que les façons un peu insignifiantes, monotones, et comme définitivement fixées, qui étaient maintenant les siennes quand ils étaient ensemble, ne finissent par tuer en lui cet espoir romanesque d'un jour où elle voudrait déclarer sa passion, qui seul l'avait rendu et gardé amoureux. Et pour renouveler un peu l'aspect moral, trop figé, d'Odette, et dont il avait peur de se fatiguer, il lui écrivait tout d'un coup une lettre pleine de déceptions feintes et de colères simulées qu'il lui faisait porter avant le dîner. Il savait qu'elle allait être effrayée, lui répondre, et il espérait que dans la contraction que la peur de le perdre ferait subir à son âme, jailliraient des mots qu'elle ne lui avait encore jamais dits ; — et en effet c'est de cette façon qu'il avait obtenu les lettres les plus tendres qu'elle lui eût encore écrites dont l'une, qu'elle lui avait fait porter à midi de la « Maison Dorée » (c'était le jour de la fête de Paris-Murcie donnée pour les inondés de Murcie[1]), commençait par ces mots : « Mon ami, ma main tremble si fort que je peux à peine écrire », et qu'il avait gardée dans le même tiroir que la fleur séchée du chrysanthème. Ou bien si elle n'avait pas eu le temps de lui écrire, quand il arriverait chez les Verdurin, elle irait vivement à lui et lui dirait : « J'ai à vous parler », et il contemplerait avec curiosité sur son visage et dans ses paroles ce qu'elle lui avait caché jusque-là de son cœur.

Rien qu'en approchant de chez les Verdurin, quand il apercevait, éclairées par des lampes, les grandes fenêtres dont on ne fermait jamais les volets, il s'attendrissait en pensant à l'être charmant qu'il allait voir épanoui dans leur lumière d'or. Parfois les ombres des invités se détachaient minces et noires, en écran, devant les lampes, comme ces petites gravures qu'on intercale de place en place dans un abat-jour translucide dont les autres feuillets ne sont que clarté. Il cherchait à distinguer la silhouette d'Odette. Puis, dès qu'il était arrivé, sans qu'il s'en rendît compte, ses yeux brillaient d'une telle joie que M. Verdurin disait au peintre : « Je crois que ça chauffe. » Et la présence d'Odette ajoutait en effet pour Swann à cette maison ce dont n'était pourvue aucune de celles où il était reçu : une sorte d'appareil sensitif, de réseau nerveux qui se ramifiait dans toutes les pièces et apportait des excitations constantes à son cœur.

Ainsi le simple fonctionnement de cet organisme social qu'était le petit « clan » prenait automatiquement pour Swann des rendez-vous quotidiens avec Odette et lui permettait de feindre une indifférence à la voir, ou même un désir de ne plus la voir, qui ne lui faisait pas courir de grands risques, puisque, quoi qu'il lui eût écrit dans la journée, il la verrait forcément le soir et la ramènerait chez elle.

Mais une fois qu'ayant songé avec maussaderie à cet inévitable retour ensemble, il avait emmené jusqu'au Bois sa jeune ouvrière pour retarder le moment d'aller chez les Verdurin, il arriva chez eux si tard qu'Odette, croyant qu'il ne viendrait plus, était partie. En voyant qu'elle n'était plus dans le salon, Swann ressentit une souffrance au cœur[1] ; il tremblait d'être privé d'un plaisir qu'il mesurait pour la première fois, ayant eu jusque-là cette certitude de le trouver quand il le voulait qui pour tous les plaisirs nous diminue ou même nous empêche d'apercevoir aucunement leur grandeur.

« As-tu vu la tête qu'il a fait quand il s'est aperçu qu'elle n'était pas là ? dit M. Verdurin à sa femme, je crois qu'on peut dire qu'il est pincé !

— La tête qu'il a fait ? » demanda avec violence le docteur Cottard qui, étant allé un instant voir un malade, revenait chercher sa femme et ne savait pas de qui on parlait.

« Comment, vous n'avez pas rencontré devant la porte le plus beau des Swann...

— Non. M. Swann est venu ?

— Oh ! un instant seulement. Nous avons eu un Swann très agité, très nerveux. Vous comprenez, Odette était partie.

— Vous voulez dire qu'elle est du dernier bien avec lui, qu'elle lui a fait voir l'heure du berger », dit le docteur, expérimentant avec prudence le sens de ces expressions.

« Mais non, il n'y a absolument rien, et entre nous, je trouve qu'elle a bien tort et qu'elle se conduit comme une fameuse cruche, qu'elle est du reste.

— Ta, ta, ta, dit M. Verdurin, qu'est-ce que tu en sais, qu'il n'y a rien ? nous n'avons pas été y voir, n'est-ce pas ?

— À moi, elle me l'aurait dit, répliqua fièrement Mme Verdurin. Je vous dis qu'elle me raconte toutes ses petites affaires ! Comme elle n'a plus personne en ce moment, je lui ai dit qu'elle devrait coucher avec lui. Elle prétend qu'elle ne peut pas, qu'elle a bien eu un fort béguin pour lui mais qu'il est timide avec elle, que cela l'intimide à son tour, et puis qu'elle ne l'aime pas de cette manière-là, que c'est un être idéal, qu'elle a peur de déflorer le sentiment qu'elle a pour lui, est-ce que je sais, moi ? Ce serait pourtant absolument ce qu'il lui faut.

— Tu me permettras de ne pas être de ton avis, dit M. Verdurin, il ne me revient qu'à demi ce monsieur ; je le trouve poseur. »

Mme Verdurin s'immobilisa, prit une expression inerte comme si elle était devenue une statue, fiction qui lui permit d'être censée ne pas avoir entendu ce mot insupportable de poseur qui avait l'air d'impliquer qu'on pouvait « poser » avec eux, donc qu'on était « plus qu'eux ».

« Enfin, s'il n'y a rien, je ne pense pas que ce soit que ce monsieur la croit *vertueuse*, dit ironiquement M. Verdurin. Et après tout, on ne peut rien dire, puisqu'il a l'air de la croire intelligente. Je ne sais si tu as entendu ce qu'il lui débitait l'autre soir sur la sonate de Vinteuil ; j'aime Odette de tout mon cœur, mais pour lui faire des théories d'esthétique, il faut tout de même être un fameux jobard !

— Voyons, ne dites pas du mal d'Odette, dit Mme Verdurin en faisant l'enfant. Elle est charmante.

— Mais cela ne l'empêche pas d'être charmante ; nous ne disons pas du mal d'elle, nous disons que ce n'est pas une vertu ni une intelligence. Au fond, dit-il au peintre, tenez-vous tant que ça à ce qu'elle soit vertueuse ? Elle serait peut-être beaucoup moins charmante, qui sait ? »

Sur le palier, Swann avait été rejoint par le maître d'hôtel qui ne se trouvait pas là au moment où il était arrivé et avait été chargé par Odette de lui dire — mais il y avait bien une heure déjà — au cas où il viendrait encore, qu'elle irait probablement prendre du chocolat chez Prévost avant de rentrer. Swann partit chez Prévost[1], mais à chaque pas sa voiture était arrêtée par d'autres ou par des gens qui traversaient, odieux obstacles qu'il eût été heureux de

renverser si le procès-verbal de l'agent ne l'eût retardé
plus encore que le passage du piéton. Il comptait le temps
qu'il mettait, ajoutait quelques secondes à toutes les
minutes pour être sûr de ne pas les avoir faites trop courtes,
ce qui lui eût laissé croire plus grande qu'elle n'était en
réalité sa chance d'arriver assez tôt et de trouver encore
Odette. Et à un moment, comme un fiévreux qui vient
de dormir et qui prend conscience de l'absurdité des
rêvasseries qu'il ruminait sans se distinguer nettement
d'elles, Swann tout d'un coup aperçut en lui l'étrangeté
des pensées qu'il roulait depuis le moment où on lui avait
dit chez les Verdurin qu'Odette était déjà partie, la
nouveauté de la douleur au cœur dont il souffrait, mais
qu'il constata seulement comme s'il venait de s'éveiller.
Quoi ? toute cette agitation parce qu'il ne verrait Odette
que demain, ce que précisément il avait souhaité, il y a
une heure, en se rendant chez Mme Verdurin ! Il fut bien
obligé de constater que dans cette même voiture qui
l'emmenait chez Prévost, il n'était plus le même, et qu'il
n'était plus seul, qu'un être nouveau était là avec lui,
adhérent, amalgamé à lui, duquel il ne pourrait peut-être
pas se débarrasser, avec qui il allait être obligé d'user de
ménagements comme avec un maître ou avec une maladie.
Et pourtant depuis un moment qu'il sentait qu'une
nouvelle personne s'était ainsi ajoutée à lui, sa vie lui
paraissait plus intéressante. C'est à peine s'il se disait que
cette rencontre possible chez Prévost (de laquelle l'attente
saccageait, dénudait à ce point les moments qui la
précédaient qu'il ne trouvait plus une seule idée, un seul
souvenir derrière lequel il pût faire reposer son esprit),
il était probable pourtant, si elle avait lieu, qu'elle serait
comme les autres, fort peu de chose. Comme chaque soir,
dès qu'il serait avec Odette, jetant furtivement sur son
changeant visage un regard aussitôt détourné de peur
qu'elle n'y vît l'avance d'un désir et ne crût plus à son
désintéressement, il cesserait de pouvoir penser à elle, trop
occupé à trouver des prétextes qui lui permissent de ne
pas la quitter tout de suite et de s'assurer, sans avoir l'air
d'y tenir, qu'il la retrouverait le lendemain chez les
Verdurin : c'est-à-dire de prolonger pour l'instant et de
renouveler un jour de plus la déception et la torture que
lui apportait la vaine présence de cette femme qu'il
approchait sans oser l'étreindre.

Elle n'était pas chez Prévost ; il voulut chercher dans
tous les restaurants des boulevards. Pour gagner du temps,
pendant qu'il visitait les uns, il envoya dans les autres son
cocher Rémi (le doge Lorédan de Rizzo) qu'il alla attendre
ensuite — n'ayant rien trouvé lui-même — à l'endroit qu'il
lui avait désigné. La voiture ne revenait pas et Swann se
représentait le moment qui approchait, à la fois comme
celui où Rémi lui dirait : « Cette dame est là » et comme
celui où Rémi lui dirait : « Cette dame n'était dans aucun
des cafés. » Et ainsi il voyait la fin de la soirée devant lui,
une et pourtant alternative, précédée soit par la rencontre
d'Odette qui abolirait son angoisse, soit par le renoncement forcé à la trouver ce soir, par l'acceptation de rentrer
chez lui sans l'avoir vue.

Le cocher revint, mais, au moment où il s'arrêta devant
Swann, celui-ci ne lui dit pas : « Avez-vous trouvé cette
dame ? » mais : « Faites-moi donc penser demain à
commander du bois, je crois que la provision doit
commencer à s'épuiser. » Peut-être se disait-il que si Rémi
avait trouvé Odette dans un café où elle l'attendait, la fin
de la soirée néfaste était déjà anéantie par la réalisation
commencée de la fin de soirée bienheureuse et qu'il n'avait
pas besoin de se presser d'atteindre un bonheur capturé
et en lieu sûr, qui ne s'échapperait plus. Mais aussi c'était
par force d'inertie ; il avait dans l'âme le manque de
souplesse que certains êtres ont dans le corps, ceux-là qui
au moment d'éviter un choc, d'éloigner une flamme de
leur habit, d'accomplir un mouvement urgent, prennent
leur temps, commencent par rester une seconde dans la
situation où ils étaient auparavant comme pour y trouver
leur point d'appui, leur élan. Et sans doute si le cocher
l'avait interrompu en lui disant : « Cette dame est là »,
il eût répondu : « Ah ! oui, c'est vrai, la course que je
vous avais donnée, tiens, je n'aurais pas cru » et aurait
continué à lui parler provision de bois pour lui cacher
l'émotion qu'il avait eue et se laisser à lui-même le temps
de rompre avec l'inquiétude et de se donner au bonheur.

Mais le cocher revint lui dire qu'il ne l'avait
trouvée nulle part, et ajouta son avis, en vieux
serviteur :

« Je crois que Monsieur n'a plus qu'à rentrer. »

Mais l'indifférence que Swann jouait facilement quand
Rémi ne pouvait plus rien changer à la réponse qu'il

apportait tomba, quand il le vit essayer de le faire renoncer à son espoir et à sa recherche :

« Mais pas du tout, s'écria-t-il, il faut que nous trouvions cette dame ; c'est de la plus haute importance. Elle serait extrêmement ennuyée, pour une affaire, et froissée, si elle ne m'avait pas vu.

— Je ne vois pas comment cette dame pourrait être froissée, répondit Rémi, puisque c'est elle qui est partie sans attendre Monsieur, qu'elle a dit qu'elle allait chez Prévost et qu'elle n'y était pas. »

D'ailleurs on commençait à éteindre partout. Sous les arbres des boulevards, dans une obscurité mystérieuse, les passants plus rares erraient, à peine reconnaissables. Parfois l'ombre d'une femme qui s'approchait de lui, lui murmurant un mot à l'oreille, lui demandant de la ramener, fit tressaillir Swann. Il frôlait anxieusement tous ces corps obscurs comme si parmi les fantômes des morts, dans le royaume sombre, il eût cherché Eurydice.

De tous les modes de production de l'amour, de tous les agents de dissémination du mal sacré, il est bien l'un des plus efficaces, ce grand souffle d'agitation qui parfois passe sur nous. Alors l'être avec qui nous nous plaisons à ce moment-là, le sort en est jeté, c'est lui que nous aimerons. Il n'est même pas besoin qu'il nous plût jusque-là plus ou même autant que d'autres. Ce qu'il fallait, c'est que notre goût pour lui devînt exclusif. Et cette condition-là est réalisée quand — à ce moment où il nous fait défaut — à la recherche des plaisirs que son agrément nous donnait, s'est brusquement substitué en nous un besoin anxieux, qui a pour objet cet être même, un besoin absurde, que les lois de ce monde rendent impossible à satisfaire et difficile à guérir — le besoin insensé et douloureux de le posséder.

Swann se fit conduire dans les derniers restaurants ; c'est la seule hypothèse du bonheur qu'il avait envisagée avec calme ; ne cachait plus maintenant son agitation, le prix qu'il attachait à cette rencontre et il promit en cas de succès une récompense à son cocher, comme si, en lui inspirant le désir de réussir qui viendrait s'ajouter à celui qu'il en avait lui-même, il pouvait faire qu'Odette, au cas où elle fût déjà rentrée se coucher, se trouvât pourtant dans un restaurant du boulevard. Il poussa jusqu'à la Maison Dorée, entra deux fois chez Tortoni et, sans l'avoir vue davantage, venait de ressortir du Café anglais[1], marchant à grands pas, l'air hagard, pour rejoindre sa voiture qui l'attendait au coin du boulevard des Italiens, quand il heurta une personne qui venait en sens contraire : c'était Odette ; elle lui expliqua plus tard que n'ayant pas trouvé de place chez Prévost, elle était allée souper à la Maison Dorée dans un enfoncement où il ne l'avait pas découverte, et elle regagnait sa voiture.

Elle s'attendait si peu à le voir qu'elle eut un mouvement d'effroi. Quant à lui, il avait couru Paris non parce qu'il croyait possible de la rejoindre, mais parce qu'il lui était trop cruel d'y renoncer. Mais cette joie que sa raison n'avait cessé d'estimer, pour ce soir, irréalisable, ne lui en paraissait maintenant que plus réelle ; car, il n'y avait pas collaboré par la prévision des vraisemblances, elle lui restait extérieure ; il n'avait pas besoin de tirer de son esprit pour la lui fournir, c'est d'elle-même qu'émanait, c'est elle-même qui projetait vers lui, cette vérité qui rayonnait au point de dissiper comme un songe l'isolement qu'il avait redouté, et sur laquelle il appuyait, il reposait, sans penser, sa rêverie heureuse. Ainsi un voyageur arrivé par un beau temps au bord de la Méditerranée, incertain de l'existence des pays qu'il vient de quitter, laisse éblouir sa vue, plutôt qu'il ne leur jette des regards, par les rayons qu'émet vers lui l'azur lumineux et résistant des eaux.

Il monta avec elle dans la voiture qu'elle avait et dit à la sienne de suivre.

Elle tenait à la main un bouquet de catleyas et Swann vit, sous sa fanchon de dentelle, qu'elle avait dans les cheveux des fleurs de cette même orchidée attachées à une aigrette en plumes de cygne. Elle était habillée, sous sa mantille, d'un flot de velours noir qui, par un rattrapé oblique, découvrait sur un large triangle le bas d'une jupe de faille blanche et laissait voir un empiècement, également de faille blanche, à l'ouverture du corsage décolleté, où étaient enfoncées d'autres fleurs de catleyas. Elle était à peine remise de la frayeur que Swann lui avait causée quand un obstacle fit faire un écart au cheval. Ils furent vivement déplacés, elle avait jeté un cri et restait toute palpitante, sans respiration.

« Ce n'est rien, lui dit-il, n'ayez pas peur. »

Et il la tenait par l'épaule, l'appuyant contre lui pour la maintenir ; puis il lui dit :

« Surtout, ne me parlez pas, ne me répondez que par signes pour ne pas vous essouffler encore davantage. Cela ne vous gêne pas que je remette droites les fleurs de votre corsage qui ont été déplacées par le choc ? J'ai peur que vous ne les perdiez, je voudrais les enfoncer un peu. »

Elle, qui n'avait pas été habituée à voir les hommes faire tant de façons avec elle, dit en souriant :

« Non, pas du tout, ça ne me gêne pas. »

Mais lui, intimidé par sa réponse, peut-être aussi pour avoir l'air d'avoir été sincère quand il avait pris ce prétexte, ou même commençant déjà à croire qu'il l'avait été, s'écria :

« Oh ! non, surtout, ne parlez pas, vous allez encore vous essouffler, vous pouvez bien me répondre par gestes, je vous comprendrai bien. Sincèrement je ne vous gêne pas ? Voyez, il y a un peu... je pense que c'est du pollen qui s'est répandu sur vous, vous permettez que je l'essuie avec ma main ? Je ne vais pas trop fort, je ne suis pas trop brutal ? Je vous chatouille peut-être un peu ? mais c'est que je ne voudrais pas toucher le velours de la robe pour ne pas le friper. Mais, voyez-vous, il était vraiment nécessaire de les fixer, ils seraient tombés ; et comme cela, en les enfonçant un peu moi-même... Sérieusement, je ne suis pas désagréable ? Et en les respirant pour voir s'ils n'ont vraiment pas d'odeur, non plus ? Je n'en ai jamais senti, je peux ? dites la vérité. »

Souriant, elle haussa légèrement les épaules, comme pour dire « vous êtes fou, vous voyez bien que ça me plaît ».

Il élevait son autre main le long de la joue d'Odette ; elle le regarda fixement, de l'air languissant et grave qu'ont les femmes du maître florentin avec lesquelles il lui avait trouvé de la ressemblance ; amenés au bord des paupières, ses yeux brillants, larges et minces, comme les leurs, semblaient prêts à se détacher ainsi que deux larmes. Elle fléchissait le cou comme on leur voit faire à toutes, dans les scènes païennes comme dans les tableaux religieux. Et, en une attitude qui sans doute lui était habituelle, qu'elle savait convenable à ces moments-là et qu'elle faisait attention à ne pas oublier de prendre, elle semblait avoir besoin de toute sa force pour retenir son visage, comme si une force invisible l'eût attiré vers Swann. Et ce fut Swann qui, avant qu'elle le laissât tomber, comme malgré

elle, sur ses lèvres, le retint un instant, à quelque distance,
entre ses deux mains. Il avait voulu laisser à sa pensée le
temps d'accourir, de reconnaître le rêve qu'elle avait si
longtemps caressé et d'assister à sa réalisation, comme une
parente qu'on appelle pour prendre sa part du succès d'un
enfant qu'elle a beaucoup aimé. Peut-être aussi Swann
attachait-il sur ce visage d'Odette non encore possédée,
ni même encore embrassée par lui, qu'il voyait pour la
dernière fois, ce regard avec lequel, un jour de départ,
on voudrait emporter un paysage qu'on va quitter pour
toujours.

Mais il était si timide avec elle, qu'ayant fini par la
posséder ce soir-là, en commençant par arranger ses
catleyas, soit crainte de la froisser, soit peur de paraître
rétrospectivement avoir menti, soit manque d'audace pour
formuler une exigence plus grande que celle-là (qu'il
pouvait renouveler puisqu'elle n'avait pas fâché Odette
la première fois), les jours suivants il usa du même
prétexte. Si elle avait des catleyas à son corsage, il disait :
« C'est malheureux, ce soir, les catleyas n'ont pas besoin
d'être arrangés, ils n'ont pas été déplacés comme l'autre
soir ; il me semble pourtant que celui-ci n'est pas très droit.
Je peux voir s'ils ne sentent pas plus que les autres ? »
Ou bien, si elle n'en avait pas : « Oh ! pas de catleyas
ce soir, pas moyen de me livrer à mes petits arrange-
ments. » De sorte que, pendant quelque temps, ne fut pas
changé l'ordre qu'il avait suivi le premier soir, en débutant
par des attouchements de doigts et de lèvres sur la gorge
d'Odette, et que ce fut par eux encore que commençaient
chaque fois ses caresses ; et bien plus tard, quand
l'arrangement (ou le simulacre rituel d'arrangement) des
catleyas fut depuis longtemps tombé en désuétude, la
métaphore « faire catleya », devenue un simple vocable
qu'ils employaient sans y penser quand ils voulaient
signifier l'acte de la possession physique — où d'ailleurs
l'on ne possède rien —, survécut dans leur langage, où
elle le commémorait, à cet usage oublié. Et peut-être cette
manière particulière de dire « faire l'amour » ne signifiait-
elle pas exactement la même chose que ses synonymes.
On a beau être blasé sur les femmes, considérer la
possession des plus différentes comme toujours la même
et connue d'avance, elle devient au contraire un plaisir
nouveau s'il s'agit de femmes assez difficiles — ou crues

telles par nous — pour que nous soyons obligés de la faire naître de quelque épisode imprévu de nos relations avec elles, comme avait été la première fois pour Swann l'arrangement des catleyas. Il espérait en tremblant, ce soir-là (mais Odette, se disait-il, si elle était la dupe de sa ruse, ne pouvait le deviner), que c'était la possession de cette femme qui allait sortir d'entre leurs larges pétales mauves ; et le plaisir qu'il éprouvait déjà et qu'Odette ne tolérait peut-être, pensait-il, que parce qu'elle ne l'avait pas reconnu, lui semblait, à cause de cela — comme il put paraître au premier homme qui le goûta parmi les fleurs du paradis terrestre — un plaisir qui n'avait pas existé jusque-là, qu'il cherchait à créer, un plaisir — ainsi que le nom spécial qu'il lui donna en garda la trace — entièrement particulier et nouveau.

Maintenant, tous les soirs, quand il l'avait ramenée chez elle, il fallait qu'il entrât, et souvent elle ressortait en robe de chambre et le conduisait jusqu'à sa voiture, l'embrassait aux yeux du cocher, disant : « Qu'est-ce que cela peut me faire, que me font les autres ? » Les soirs où il n'allait pas chez les Verdurin (ce qui arrivait parfois depuis qu'il pouvait la voir autrement), les soirs de plus en plus rares où il allait dans le monde, elle lui demandait de venir chez elle avant de rentrer, quelque heure qu'il fût. C'était le printemps, un printemps pur et glacé. En sortant de soirée, il montait dans sa victoria, étendait une couverture sur ses jambes, répondait aux amis qui s'en allaient en même temps que lui et lui demandaient de revenir avec eux, qu'il ne pouvait pas, qu'il n'allait pas du même côté, et le cocher partait au grand trot sachant où on allait. Eux s'étonnaient, et de fait, Swann n'était plus le même. On ne recevait plus jamais de lettre de lui où il demandât à connaître une femme. Il ne faisait plus attention à aucune, s'abstenait d'aller dans les endroits où on en rencontre. Dans un restaurant, à la campagne, il avait l'attitude inverse de celle à quoi, hier encore, on l'eût reconnu et qui avait semblé devoir toujours être la sienne. Tant une passion est en nous comme un caractère momentané et différent qui se substitue à l'autre et abolit les signes jusque-là invariables par lesquels il s'exprimait ! En revanche ce qui était invariable maintenant, c'était que, où que Swann se trouvât, il ne manquât pas d'aller rejoindre Odette. Le trajet qui le séparait d'elle était celui qu'il parcourait

inévitablement et comme la pente même, irrésistible et
rapide, de sa vie. À vrai dire, souvent resté tard dans le
monde, il aurait mieux aimé rentrer directement chez lui
sans faire cette longue course et ne la voir que le
lendemain ; mais le fait même de se déranger à une heure
anormale pour aller chez elle, de deviner que les amis qui
le quittaient se disaient : « Il est très tenu, il y a
certainement une femme qui le force à aller chez elle à
n'importe quelle heure », lui faisait sentir qu'il menait la
vie des hommes qui ont une affaire amoureuse dans leur
existence, et en qui le sacrifice qu'ils font de leur repos
et de leurs intérêts à une rêverie voluptueuse fait naître
un charme intérieur. Puis, sans qu'il s'en rendît compte,
cette certitude qu'elle l'attendait, qu'elle n'était pas ailleurs
avec d'autres, qu'il ne reviendrait pas sans l'avoir vue,
neutralisait cette angoisse oubliée mais toujours prête à
renaître qu'il avait éprouvée le soir où Odette n'était plus
chez les Verdurin et dont l'apaisement actuel était si doux
que cela pouvait s'appeler du bonheur. Peut-être était-ce
à cette angoisse qu'il était redevable de l'importance
qu'Odette avait prise pour lui. Les êtres nous sont
d'habitude si indifférents que, quand nous avons mis dans
l'un d'eux de telles possibilités de souffrance et de joie
pour nous, il nous semble appartenir à un autre univers,
il s'entoure de poésie, il fait de notre vie comme une
étendue émouvante où il sera plus ou moins rapproché
de nous. Swann ne pouvait se demander sans trouble ce
qu'Odette deviendrait pour lui dans les années qui allaient
venir. Parfois, en voyant, de sa victoria, dans ces belles
nuits froides, la lune brillante qui répandait sa clarté entre
ses yeux et les rues désertes, il pensait à cette autre figure
claire et légèrement rosée comme celle de la lune, qui,
un jour, avait surgi devant sa pensée et, depuis, projetait
sur le monde la lumière mystérieuse dans laquelle il le
voyait. S'il arrivait après l'heure où Odette envoyait ses
domestiques se coucher, avant de sonner à la porte du petit
jardin, il allait d'abord dans la rue où donnait au
rez-de-chaussée, entre les fenêtres toutes pareilles, mais
obscures, des hôtels contigus, la fenêtre, seule éclairée,
de sa chambre. Il frappait au carreau, et elle, avertie,
répondait et allait l'attendre de l'autre côté, à la porte
d'entrée. Il trouvait ouverts sur son piano quelques-uns
des morceaux qu'elle préférait : la *Valse des Roses* ou *Pauvre*

Fou de Tagliafico[1] (qu'on devait, selon sa volonté écrite,
faire exécuter à son enterrement), il lui demandait de jouer
à la place la petite phrase de la sonate de Vinteuil, bien
qu'Odette jouât fort mal, mais la vision la plus belle qui
nous reste d'une œuvre est souvent celle qui s'éleva
au-dessus des sons faux tirés par des doigts malhabiles, d'un
piano désaccordé. La petite phrase continuait à s'associer
pour Swann à l'amour qu'il avait pour Odette. Il sentait
bien que cet amour, c'était quelque chose qui ne
correspondait à rien d'extérieur, de constatable par
d'autres que lui ; il se rendait compte que les qualités
d'Odette ne justifiaient pas qu'il attachât tant de prix aux
moments passés auprès d'elle. Et souvent, quand c'était
l'intelligence positive qui régnait seule en Swann, il voulait
cesser de sacrifier tant d'intérêts intellectuels et sociaux
à ce plaisir imaginaire. Mais la petite phrase, dès qu'il
l'entendait, savait rendre libre en lui l'espace qui pour elle
était nécessaire, les proportions de l'âme de Swann s'en
trouvaient changées ; une marge y était réservée à une
jouissance qui elle non plus ne correspondait à aucun objet
extérieur et qui pourtant, au lieu d'être purement
individuelle comme celle de l'amour, s'imposait à Swann
comme une réalité supérieure aux choses concrètes. Cette
soif d'un charme inconnu, la petite phrase l'éveillait en
lui, mais ne lui apportait rien de précis pour l'assouvir.
De sorte que ces parties de l'âme de Swann où la petite
phrase avait effacé le souci des intérêts matériels, les
considérations humaines et valables pour tous, elle les avait
laissées vacantes et en blanc, et il était libre d'y inscrire
le nom d'Odette. Puis à ce que l'affection d'Odette pouvait
avoir d'un peu court et décevant, la petite phrase venait
ajouter, amalgamer son essence mystérieuse. À voir
le visage de Swann pendant qu'il écoutait la phrase, on
aurait dit qu'il était en train d'absorber un anesthésique
qui donnait plus d'amplitude à sa respiration. Et le plaisir
que lui donnait la musique et qui allait bientôt créer chez
lui un véritable besoin, ressemblait en effet, à ces
moments-là, au plaisir qu'il aurait eu à expérimenter des
parfums, à entrer en contact avec un monde pour lequel
nous ne sommes pas faits, qui nous semble sans forme parce
que nos yeux ne le perçoivent pas, sans signification parce
qu'il échappe à notre intelligence, que nous n'atteignons
que par un seul sens. Grand repos, mystérieuse rénovation

pour Swann — pour lui dont les yeux quoique délicats
amateurs de peinture, dont l'esprit quoique fin observateur
de mœurs, portaient à jamais la trace indélébile de la
sécheresse de sa vie — de se sentir transformé en une
créature étrangère à l'humanité, aveugle, dépourvue de
facultés logiques, presque une fantastique licorne, une
créature chimérique ne percevant le monde que par l'ouïe.
Et comme dans la petite phrase il cherchait cependant un
sens où son intelligence ne pouvait descendre, quelle
étrange ivresse il avait à dépouiller son âme la plus
intérieure de tous les secours du raisonnement et à la faire
passer seule dans le couloir, dans le filtre obscur du son !
Il commençait à se rendre compte de tout ce qu'il y avait
de douloureux, peut-être même de secrètement inapaisé
au fond de la douceur de cette phrase, mais il ne pouvait
pas en souffrir. Qu'importait qu'elle lui dît que l'amour
est fragile, le sien était si fort ! Il jouait avec la tristesse
qu'elle répandait, il la sentait passer sur lui, mais comme
une caresse qui rendait plus profond et plus doux le
sentiment qu'il avait de son bonheur. Il la faisait rejouer
dix fois, vingt fois à Odette, exigeant qu'en même temps
elle ne cessât pas de l'embrasser. Chaque baiser appelle
un autre baiser. Ah ! dans ces premiers temps où l'on aime,
les baisers naissent si naturellement ! Ils foisonnent si
pressés les uns contre les autres ; et l'on aurait autant de
peine à compter les baisers qu'on s'est donnés pendant
une heure que les fleurs d'un champ au mois de mai. Alors
elle faisait mine de s'arrêter, disant : « Comment veux-tu
que je joue comme cela si tu me tiens ? je ne peux tout
faire à la fois, sache au moins ce que tu veux, est-ce que
je dois jouer la phrase ou faire des petites caresses ? »,
lui se fâchait et elle éclatait d'un rire qui se changeait et
retombait sur lui, en une pluie de baisers. Ou bien elle
le regardait d'un air maussade, il revoyait un visage digne
de figurer dans la *Vie de Moïse* de Botticelli, il l'y situait,
il donnait au cou d'Odette l'inclinaison nécessaire ; et
quand il l'avait bien peinte à la détrempe[1], au XVᵉ siècle,
sur la muraille de la Sixtine, l'idée qu'elle était cependant
restée là, près du piano, dans le moment actuel, prête à
être embrassée et possédée, l'idée de sa matérialité et de
sa vie venait l'enivrer avec une telle force que, l'œil égaré,
les mâchoires tendues comme pour dévorer, il se
précipitait sur cette vierge de Botticelli et se mettait à lui

pincer les joues. Puis, une fois qu'il l'avait quittée, non sans être rentré pour l'embrasser encore parce qu'il avait oublié d'emporter dans son souvenir quelque particularité de son odeur ou de ses traits, tandis qu'il revenait dans sa victoria, il bénissait Odette de lui permettre ces visites quotidiennes, dont il sentait qu'elles ne devaient pas lui causer à elle une bien grande joie, mais qui en le préservant de devenir jaloux — en lui ôtant l'occasion de souffrir de nouveau du mal qui s'était déclaré en lui le soir où il ne l'avait pas trouvée chez les Verdurin — l'aideraient à arriver, sans avoir plus d'autres de ces crises dont la première avait été si douloureuse et resterait la seule, au bout de ces heures singulières de sa vie, heures presque enchantées, à la façon de celles où il traversait Paris au clair de lune. Et, remarquant, pendant ce retour, que l'astre était maintenant déplacé par rapport à lui, et presque au bout de l'horizon, sentant que son amour obéissait, lui aussi, à des lois immuables et naturelles, il se demandait si cette période où il était entré durerait encore longtemps, si bientôt sa pensée ne verrait plus le cher visage qu'occupant une position lointaine et diminuée, et près de cesser de répandre du charme. Car Swann en trouvait aux choses, depuis qu'il était amoureux, comme au temps où, adolescent, il se croyait artiste ; mais ce n'était plus le même charme, celui-ci, c'est Odette seule qui le leur conférait. Il sentait renaître en lui les inspirations de sa jeunesse qu'une vie frivole avait dissipées, mais elles portaient toutes le reflet, la marque d'un être particulier ; et, dans les longues heures qu'il prenait maintenant un plaisir délicat à passer chez lui, seul avec son âme en convalescence, il redevenait peu à peu lui-même, mais à une autre.

Il n'allait chez elle que le soir, et il ne savait rien de l'emploi de son temps pendant le jour, pas plus que de son passé, au point qu'il lui manquait même ce petit renseignement initial qui, en nous permettant de nous imaginer ce que nous ne savons pas, nous donne envie de le connaître. Aussi ne se demandait-il pas ce qu'elle pouvait faire, ni quelle avait été sa vie. Il souriait seulement quelquefois en pensant qu'il y a quelques années, quand il ne la connaissait pas, on lui avait parlé d'une femme qui, s'il se rappelait bien, devait certainement être elle, comme d'une fille, d'une femme entretenue, une de ces femmes auxquelles il attribuait encore, comme il avait peu vécu dans leur société, le caractère entier, foncièrement pervers, dont les dota longtemps l'imagination de certains romanciers. Il se disait qu'il n'y a souvent qu'à prendre le contre-pied des réputations que fait le monde pour juger exactement une personne, quand, à un tel caractère, il opposait celui d'Odette, bonne, naïve, éprise d'idéal, presque si incapable de ne pas dire la vérité que, l'ayant un jour priée, pour pouvoir dîner seul avec elle, d'écrire aux Verdurin qu'elle était souffrante, le lendemain, il l'avait vue, devant Mme Verdurin qui lui demandait si elle allait mieux, rougir, balbutier et refléter malgré elle, sur son visage, le chagrin, le supplice que cela lui était de mentir, et, tandis qu'elle multipliait dans sa réponse les détails inventés sur sa prétendue indisposition de la veille, avoir l'air de faire demander pardon, par ses regards suppliants et sa voix désolée, de la fausseté de ses paroles.

Certains jours pourtant, mais rares, elle venait chez lui dans l'après-midi, interrompre sa rêverie ou cette étude sur Ver Meer à laquelle il s'était remis dernièrement. On venait lui dire que Mme de Crécy était dans son petit salon. Il allait l'y retrouver, et quand il ouvrait la porte, au visage rosé d'Odette, dès qu'elle avait aperçu Swann, venait — changeant la forme de sa bouche, le regard de ses yeux, le modelé de ses joues — se mélanger un sourire. Une fois seul, il revoyait ce sourire, celui qu'elle avait eu la veille, un autre dont elle l'avait accueilli telle ou telle fois, celui qui avait été sa réponse, en voiture, quand il lui avait demandé s'il lui était désagréable en redressant les catleyas ; et la vie d'Odette pendant le reste du temps, comme il n'en connaissait rien, lui apparaissait, avec son fond neutre et sans couleurs semblable à ces feuilles d'études de Watteau, où on voit çà et là, à toutes les places, dans tous les sens, dessinés aux trois crayons sur le papier chamois, d'innombrables sourires. Mais, parfois, dans un coin de cette vie que Swann voyait toute vide, si même son esprit lui disait qu'elle ne l'était pas, parce qu'il ne pouvait pas l'imaginer, quelque ami, qui, se doutant qu'ils s'aimaient, ne se fût pas risqué à lui rien dire d'elle que d'insignifiant, lui décrivait la silhouette d'Odette, qu'il avait aperçue, le matin même, montant à pied la rue Abbatucci dans une « visite » garnie de skunks, sous un

chapeau « à la Rembrandt »[1] et un bouquet de violettes
à son corsage. Ce simple croquis bouleversait Swann parce
qu'il lui faisait tout d'un coup apercevoir qu'Odette avait
une vie qui n'était pas tout entière à lui ; il voulait savoir
à qui elle avait cherché à plaire par cette toilette qu'il ne
lui connaissait pas ; il se promettait de lui demander où
elle allait, à ce moment-là, comme si dans toute la vie
incolore — presque inexistante, parce qu'elle lui était
invisible — de sa maîtresse, il n'y avait qu'une seule chose
en dehors de tous ces sourires adressés à lui : sa démarche
sous un chapeau à la Rembrandt, avec un bouquet de
violettes au corsage.

Sauf en lui demandant la petite phrase de Vinteuil au
lieu de la *Valse des Roses*, Swann ne cherchait pas à lui faire
jouer plutôt des choses qu'il aimât et, pas plus en musique
qu'en littérature, à corriger son mauvais goût. Il se rendait
bien compte qu'elle n'était pas intelligente. En lui disant
qu'elle aimerait tant qu'il lui parlât des grands poètes, elle
s'était imaginée qu'elle allait connaître tout de suite des
couplets héroïques et romanesques dans le genre de ceux
du vicomte de Borelli[2], en plus émouvant encore. Pour
Ver Meer de Delft, elle lui demanda s'il avait souffert par
une femme, si c'était une femme qui l'avait inspiré, et
Swann lui ayant avoué qu'on n'en savait rien, elle s'était
désintéressée de ce peintre. Elle disait souvent : « Je crois
bien, la poésie, naturellement, il n'y aurait rien de plus
beau si c'était vrai, si les poètes pensaient tout ce qu'ils
disent. Mais bien souvent, il n'y a pas plus intéressé que
ces gens-là. J'en sais quelque chose, j'avais une amie qui
a aimé une espèce de poète. Dans ses vers il ne parlait
que de l'amour, du ciel, des étoiles. Ah ! ce qu'elle a été
refaite ! Il lui a croqué plus de trois cent mille francs. »
Si alors Swann cherchait à lui apprendre en quoi consistait
la beauté artistique, comment il fallait admirer les vers ou
les tableaux, au bout d'un instant, elle cessait d'écouter,
disant : « Oui... je ne me figurais pas que c'était comme
cela. » Et il sentait qu'elle éprouvait une telle déception
qu'il préférait mentir en lui disant que tout cela n'était
rien, que ce n'était encore que des bagatelles, qu'il n'avait
pas le temps d'aborder le fond, qu'il y avait autre chose.
Mais elle lui disait vivement : « Autre chose ? quoi ?...
Dis-le alors », mais il ne le disait pas, sachant combien
cela lui paraîtrait mince et différent de ce qu'elle espérait,

moins sensationnel et moins touchant, et craignant que, désillusionnée de l'art, elle ne le fût en même temps de l'amour.

Et en effet elle trouvait Swann intellectuellement inférieur à ce qu'elle aurait cru. « Tu gardes toujours ton sang-froid, je ne peux te définir. » Elle s'émerveillait davantage de son indifférence à l'argent, de sa gentillesse pour chacun, de sa délicatesse. Et il arrive en effet souvent pour de plus grands que n'était Swann, pour un savant, pour un artiste, quand il n'est pas méconnu par ceux qui l'entourent, que celui de leurs sentiments qui prouve que la supériorité de son intelligence s'est imposée à eux, ce n'est pas leur admiration pour ses idées, car elles leur échappent, mais leur respect pour sa bonté. C'est aussi du respect qu'inspirait à Odette la situation qu'avait Swann dans le monde, mais elle ne désirait pas qu'il cherchât à l'y faire recevoir. Peut-être sentait-elle qu'il ne pourrait pas y réussir, et même craignait-elle que rien qu'en parlant d'elle il ne provoquât des révélations qu'elle redoutait. Toujours est-il qu'elle lui avait fait promettre de ne jamais prononcer son nom. La raison pour laquelle elle ne voulait pas aller dans le monde, lui avait-elle dit, était une brouille qu'elle avait eue autrefois avec une amie qui, pour se venger, avait ensuite dit du mal d'elle. Swann objectait : « Mais tout le monde n'a pas connu ton amie. — Mais si, ça fait la tache d'huile, le monde est si méchant. » D'une part Swann ne comprit pas cette histoire, mais d'autre part il savait que ces propositions : « Le monde est si méchant », « un propos calomnieux fait la tache d'huile », sont généralement tenues pour vraies ; il devait y avoir des cas auxquels elles s'appliquaient. Celui d'Odette était-il l'un de ceux-là ? Il se le demandait, mais pas longtemps, car il était sujet, lui aussi, à cette lourdeur d'esprit qui s'appesantissait sur son père, quand il se posait un problème difficile. D'ailleurs ce monde qui faisait si peur à Odette, ne lui inspirait peut-être pas de grands désirs, car pour qu'elle se le représentât bien nettement, il était trop éloigné de celui qu'elle connaissait. Pourtant, tout en étant restée à certains égards vraiment simple (elle avait par exemple gardé pour amie une petite couturière retirée dont elle grimpait presque chaque jour l'escalier raide, obscur et fétide), elle avait soif de chic, mais ne s'en faisait pas la même idée que les gens du monde. Pour eux, le

chic est une émanation de quelques personnes peu
nombreuses qui le projettent jusqu'à un degré assez
éloigné — et plus ou moins affaibli dans la mesure où l'on
est distant du centre de leur intimité — dans le cercle de
leurs amis ou des amis de leurs amis dont les noms forment
une sorte de répertoire. Les gens du monde le possèdent
dans leur mémoire, ils ont sur ces matières une érudition
d'où ils ont extrait une sorte de goût, de tact, si bien que
Swann par exemple, sans avoir besoin de faire appel à son
savoir mondain, s'il lisait dans un journal les noms des
personnes qui se trouvaient à un dîner pouvait dire
immédiatement la nuance du chic de ce dîner, comme un
lettré, à la simple lecture d'une phrase, apprécie exactement la qualité littéraire de son auteur. Mais Odette faisait
partie des personnes (extrêmement nombreuses, quoi
qu'en pensent les gens du monde, et comme il y en a dans
toutes les classes de la société) qui ne possèdent pas ces
notions, imaginent un chic tout autre, qui revêt divers
aspects selon le milieu auquel elles appartiennent, mais
a pour caractère particulier — que ce soit celui dont rêvait
Odette, ou celui devant lequel s'inclinait Mme Cottard
— d'être directement accessible à tous. L'autre, celui des
gens du monde, l'est à vrai dire aussi, mais il y faut quelque
délai. Odette disait de quelqu'un :

« Il ne va jamais que dans les endroits chics. »

Et si Swann lui demandait ce qu'elle entendait par là,
elle lui répondait avec un peu de mépris :

« Mais les endroits chics, parbleu ! Si, à ton âge, il faut
t'apprendre ce que c'est que les endroits chics, que veux-tu
que je te dise, moi ? par exemple, le dimanche matin
l'avenue de l'Impératrice, à cinq heures le tour du Lac,
le jeudi l'Éden Théâtre, le vendredi l'Hippodrome, les
bals¹...

— Mais quels bals ?

— Mais les bals qu'on donne à Paris, les bals chics, je
veux dire. Tiens, Herbinger, tu sais, celui qui est chez un
coulissier ? mais si, tu dois savoir, c'est un des hommes
les plus lancés de Paris, ce grand jeune homme blond qui
est tellement snob, il a toujours une fleur à la boutonnière,
une raie dans le dos, des pantalons clairs ; il est avec ce
vieux tableau qu'il promène à toutes les premières. Eh
bien ! il a donné un bal, l'autre soir, il y avait tout ce qu'il
y a de chic à Paris. Ce que j'aurais aimé y aller ! mais il

fallait présenter sa carte d'invitation à la porte et je n'avais pas pu en avoir. Au fond, j'aime autant ne pas y être allée, c'était une tuerie, je n'aurais rien vu. C'est plutôt pour pouvoir dire qu'on était chez Herbinger. Et tu sais, moi, la gloriole ! Du reste, tu peux bien te dire que sur cent qui racontent qu'elles y étaient, il y a bien la moitié dont ça n'est pas vrai... Mais ça m'étonne que toi, un homme si "pschutt[1]", tu n'y étais pas. »

Mais Swann ne cherchait nullement à lui faire modifier cette conception du chic ; pensant que la sienne n'était pas plus vraie, était aussi sotte, dénuée d'importance, il ne trouvait aucun intérêt à en instruire sa maîtresse, si bien qu'après des mois elle ne s'intéressait aux personnes chez qui il allait que pour les cartes de pesage, de concours hippique, les billets de première qu'il pouvait avoir par elles. Elle souhaitait qu'il cultivât des relations si utiles, mais elle était par ailleurs portée à les croire peu chic, depuis qu'elle avait vu passer dans la rue la marquise de Villeparisis en robe de laine noire, avec un bonnet à brides.

« Mais elle a l'air d'une ouvreuse, d'une vieille concierge, darling ! Ça, une marquise ! Je ne suis pas marquise, mais il faudrait me payer bien cher pour me faire sortir nippée comme ça ! »

Elle ne comprenait pas que Swann habitât l'hôtel du quai d'Orléans[2] que, sans oser le lui avouer, elle trouvait indigne de lui.

Certes, elle avait la prétention d'aimer les « antiquités » et prenait un air ravi et fin pour dire qu'elle adorait passer toute une journée à « bibeloter », à chercher « du bric-à-brac », des choses « du temps ». Bien qu'elle s'entêtât dans une sorte de point d'honneur (et semblât pratiquer quelque précepte familial) en ne répondant jamais aux questions et en ne « rendant pas de comptes » sur l'emploi de ses journées, elle parla une fois à Swann d'une amie qui l'avait invitée et chez qui tout était « de l'époque ». Mais Swann ne put arriver à lui faire dire quelle était cette époque. Pourtant, après avoir réfléchi, elle répondit que c'était « moyenâgeux ». Elle entendait par là qu'il y avait des boiseries. Quelque temps après, elle lui reparla de son amie et ajouta, sur le ton hésitant et de l'air entendu dont on cite quelqu'un avec qui on a dîné la veille et dont on n'avait jamais entendu le nom, mais que vos amphitryons avaient l'air de considérer

comme quelqu'un de si célèbre qu'on espère que
l'interlocuteur saura bien de qui vous voulez parler : « Elle
a une salle à manger... du... dix-huitième ! » Elle trouvait
du reste cela affreux, nu, comme si la maison n'était pas
finie, les femmes y paraissaient affreuses et la mode n'en
prendrait jamais. Enfin, une troisième fois, elle en reparla
et montra à Swann l'adresse de l'homme qui avait fait cette
salle à manger et qu'elle avait envie de faire venir, quand
elle aurait de l'argent, pour voir s'il ne pourrait pas lui
en faire, non pas certes une pareille, mais celle qu'elle
rêvait et que malheureusement les dimensions de son petit
hôtel ne comportaient pas, avec de hauts dressoirs, des
meubles Renaissance et des cheminées comme au château
de Blois. Ce jour-là, elle laissa échapper devant Swann ce
qu'elle pensait de son habitation du quai d'Orléans ;
comme il avait critiqué que l'amie d'Odette donnât, non
pas dans le Louis XVI, car, disait-il, bien que cela ne se
fasse pas, cela peut être charmant, mais dans le faux ancien :
« Tu ne voudrais pas qu'elle vécût comme toi au milieu
de meubles cassés et de tapis usés », lui dit-elle, le respect
humain de la bourgeoise l'emportant encore chez elle sur
le dilettantisme de la cocotte.

De ceux qui aimaient à bibeloter, qui aimaient les vers,
méprisaient les bas calculs, rêvaient d'honneur et d'amour,
elle faisait une élite supérieure au reste de l'humanité. Il
n'y avait pas besoin qu'on eût réellement ces goûts pourvu
qu'on les proclamât ; d'un homme qui lui avait avoué à
dîner qu'il aimait à flâner, à se salir les doigts dans les
vieilles boutiques, qu'il ne serait jamais apprécié par ce
siècle commercial, car il ne se souciait pas de ses intérêts,
et qu'il était pour cela d'un autre temps, elle revenait en
disant : « Mais c'est une âme adorable, un sensible, je ne
m'en étais jamais doutée ! » et elle se sentait pour lui une
immense et soudaine amitié. Mais, en revanche ceux qui,
comme Swann, avaient ces goûts, mais n'en parlaient pas,
la laissaient froide. Sans doute elle était obligée d'avouer
que Swann ne tenait pas à l'argent, mais elle ajoutait d'un
air boudeur : « Mais lui, ça n'est pas la même chose » ;
et en effet, ce qui parlait à son imagination, ce n'était pas
la pratique du désintéressement, c'en était le vocabulaire.

Sentant que souvent il ne pouvait pas réaliser ce qu'elle
rêvait, il cherchait du moins à ce qu'elle se plût avec lui,
à ne pas contrecarrer ces idées vulgaires, ce mauvais goût

qu'elle avait en toutes choses, et qu'il aimait d'ailleurs comme tout ce qui venait d'elle, qui l'enchantaient même, car c'était autant de traits particuliers grâce auxquels l'essence de cette femme lui apparaissait, devenait visible. Aussi, quand elle avait l'air heureux parce qu'elle devait aller à la *Reine Topaze*[1], ou que son regard devenait sérieux, inquiet et volontaire, si elle avait peur de manquer la fête des fleurs ou simplement l'heure du thé, avec muffins et toasts, au « Thé de la Rue Royale[2] » où elle croyait que l'assiduité était indispensable pour consacrer la réputation d'élégance d'une femme, Swann, transporté comme nous le sommes par le naturel d'un enfant ou par la vérité d'un portrait qui semble sur le point de parler, sentait si bien l'âme de sa maîtresse affleurer à son visage qu'il ne pouvait résister à venir l'y toucher avec ses lèvres. « Ah ! elle veut qu'on la mène à la fête des fleurs, la petite Odette, elle veut se faire admirer, eh bien, on l'y mènera, nous n'avons qu'à nous incliner. » Comme la vue de Swann était un peu basse, il dut se résigner à se servir de lunettes pour travailler chez lui, et à adopter, pour aller dans le monde, le monocle qui le défigurait moins. La première fois qu'elle lui en vit un dans l'œil, elle ne put contenir sa joie : « Je trouve que pour un homme, il n'y a pas à dire, ça a beaucoup de chic ! Comme tu es bien ainsi ! tu as l'air d'un vrai gentleman. Il ne te manque qu'un titre ! » ajouta-t-elle, avec une nuance de regret. Il aimait qu'Odette fût ainsi, de même que, s'il avait été épris d'une Bretonne, il aurait été heureux de la voir en coiffe et de lui entendre dire qu'elle croyait aux revenants. Jusque-là, comme beaucoup d'hommes chez qui leur goût pour les arts se développe indépendamment de la sensualité, un disparate bizarre avait existé entre les satisfactions qu'il accordait à l'un et à l'autre, jouissant, dans la compagnie de femmes de plus en plus grossières, des séductions d'œuvres de plus en plus raffinées, emmenant une petite bonne dans une baignoire grillée à la représentation d'une pièce décadente qu'il avait envie d'entendre ou à une exposition de peinture impressionniste, et persuadé d'ailleurs qu'une femme du monde cultivée n'y eût pas compris davantage, mais n'aurait pas su se taire aussi gentiment. Mais, au contraire, depuis qu'il aimait Odette, sympathiser avec elle, tâcher de n'avoir qu'une âme à eux deux lui était si doux, qu'il cherchait à se plaire aux choses qu'elle aimait, et il trouvait un plaisir d'autant plus profond non seulement à imiter ses habitudes, mais à adopter ses opinions, que, comme elles n'avaient aucune racine dans sa propre intelligence, elles lui rappelaient seulement son amour, à cause duquel il les avait préférées. S'il retournait à *Serge Panine*, s'il recherchait les occasions d'aller voir conduire Olivier Métra[1], c'était pour la douceur d'être initié dans toutes les conceptions d'Odette, de se sentir de moitié dans tous ses goûts. Ce charme de le rapprocher d'elle, qu'avaient les ouvrages ou les lieux qu'elle aimait, lui semblait plus mystérieux que celui qui est intrinsèque à de plus beaux, mais qui ne la lui rappelaient pas. D'ailleurs, ayant laissé s'affaiblir les croyances intellectuelles de sa jeunesse, et son scepticisme d'homme du monde ayant à son insu pénétré jusqu'à elles, il pensait (ou du moins il avait si longtemps pensé cela qu'il le disait encore) que les objets de nos goûts n'ont pas en eux une valeur absolue, mais que tout est affaire d'époque, de classe, consiste en modes, dont les plus vulgaires valent celles qui passent pour les plus distinguées. Et comme il jugeait que l'importance attachée par Odette à avoir des cartes pour le vernissage n'était pas en soi quelque chose de plus ridicule que le plaisir qu'il avait autrefois à déjeuner chez le prince de Galles, de même, il ne pensait pas que l'admiration qu'elle professait pour Monte-Carlo ou pour le Righi[2] fût plus déraisonnable que le goût qu'il avait, lui, pour la Hollande qu'elle se figurait laide et pour Versailles qu'elle trouvait triste. Aussi, se privait-il d'y aller, ayant plaisir à se dire que c'était pour elle, qu'il voulait ne sentir, n'aimer qu'avec elle.

Comme tout ce qui environnait Odette et n'était en quelque sorte que le mode selon lequel il pouvait la voir, causer avec elle, il aimait la société des Verdurin. Là, comme au fond de tous les divertissements, repas, musique, jeux, soupers costumés, parties de campagne, parties de théâtre, même les rares « grandes soirées » données pour les « ennuyeux », il y avait la présence d'Odette, la vue d'Odette, la conversation avec Odette, dont les Verdurin faisaient à Swann, en l'invitant, le don inestimable, il se plaisait mieux que partout ailleurs dans le « petit noyau », et cherchait à lui attribuer des mérites réels, car il s'imaginait ainsi que, par goût, il le fréquenterait toute sa vie. Or, n'osant pas se dire, par peur de ne pas le croire, qu'il aimerait toujours Odette, du moins en supposant qu'il fréquenterait toujours les Verdurin (proposition qui, *a priori*, soulevait moins d'objections de principe de la part de son intelligence), il se voyait dans l'avenir continuant à rencontrer chaque soir Odette ; cela ne revenait peut-être pas tout à fait au même que l'aimer toujours, mais pour le moment, pendant qu'il aimait, croire qu'il ne cesserait pas un jour de la voir, c'est tout ce qu'il demandait. « Quel charmant milieu, se disait-il. Comme c'est au fond la vraie vie qu'on mène là ! Comme on y est plus intelligent, plus artiste que dans le monde ! Comme Mme Verdurin, malgré de petites exagérations un peu risibles, a un amour sincère de la peinture, de la musique, quelle passion pour les œuvres, quel désir de faire plaisir aux artistes ! Elle se fait une idée inexacte des gens du monde ; mais avec cela que le monde n'en a pas une plus fausse encore des milieux artistes ! Peut-être n'ai-je pas de grands besoins intellectuels à assouvir dans la conversation, mais je me plais parfaitement bien avec Cottard, quoiqu'il fasse des calembours ineptes. Et quant au peintre, si sa prétention est déplaisante quand il cherche à étonner, en revanche c'est une des plus belles intelligences que j'aie connues. Et puis surtout, là, on se sent libre, on fait ce qu'on veut sans contrainte, sans cérémonie. Quelle dépense de bonne humeur il se fait par jour dans ce salon-là ! Décidément, sauf quelques rares exceptions, je n'irai plus jamais que dans ce milieu. C'est là que j'aurai de plus en plus mes habitudes et ma vie. »

Et comme les qualités qu'il croyait intrinsèques aux Verdurin n'étaient que le reflet sur eux de plaisirs qu'avait goûtés chez eux son amour pour Odette, ces qualités devenaient plus sérieuses, plus profondes, plus vitales, quand ces plaisirs l'étaient aussi. Comme Mme Verdurin donnait parfois à Swann ce qui seul pouvait constituer pour lui le bonheur ; comme, tel soir où il se sentait anxieux parce qu'Odette avait causé avec un invité plus qu'avec un autre, et où, irrité contre elle, il ne voulait pas prendre l'initiative de lui demander si elle reviendrait avec lui, Mme Verdurin lui apportait la paix et la joie en disant spontanément : « Odette, vous allez ramener M. Swann, n'est-ce pas ? » — comme, cet été qui venait et où il s'était d'abord demandé avec inquiétude si Odette ne s'absenterait pas sans lui, s'il pourrait continuer à la voir tous les

jours, Mme Verdurin allait les inviter à le passer tous deux
chez elle à la campagne, — Swann, laissant à son insu la
reconnaissance et l'intérêt s'infiltrer dans son intelligence
et influer sur ses idées, allait jusqu'à proclamer que
Mme Verdurin était une grande âme. De quelques gens
exquis ou éminents que tel de ses anciens camarades de
l'école du Louvre[1] lui parlât : « Je préfère cent fois les
Verdurin », lui répondait-il. Et, avec une solennité qui
était nouvelle chez lui : « Ce sont des êtres magnanimes,
et la magnanimité est, au fond, la seule chose qui importe
et qui distingue ici-bas. Vois-tu, il n'y a que deux classes
d'êtres : les magnanimes et les autres ; et je suis arrivé à
un âge où il faut prendre parti, décider une fois pour toutes
qui on veut aimer, et qui on veut dédaigner, se tenir à ceux
qu'on aime et, pour réparer le temps qu'on a gâché avec
les autres, ne plus les quitter jusqu'à sa mort. Eh bien ! »
ajoutait-il avec cette légère émotion qu'on éprouve quand,
même sans bien s'en rendre compte, on dit une chose, non
parce qu'elle est vraie, mais parce qu'on a plaisir à la dire
et qu'on l'écoute dans sa propre voix comme si elle venait
d'ailleurs que de nous-mêmes, « le sort en est jeté, j'ai
choisi d'aimer les seuls cœurs magnanimes et de ne plus
vivre que dans la magnanimité. Tu me demandes si
Mme Verdurin est véritablement intelligente. Je t'assure
qu'elle m'a donné les preuves d'une noblesse de cœur,
d'une hauteur d'âme où, que veux-tu, on n'atteint pas sans
une hauteur égale de pensée. Certes elle a la profonde
intelligence des arts. Mais ce n'est peut-être pas là qu'elle
est le plus admirable ; et telle petite action ingénieusement,
exquisement bonne, qu'elle a accomplie pour moi, telle
géniale attention, tel geste familièrement sublime, révèlent
une compréhension plus profonde de l'existence que tous
les traités de philosophie. »

Il aurait pourtant pu se dire qu'il y avait des anciens
amis de ses parents aussi simples que les Verdurin, des
camarades de sa jeunesse aussi épris d'art, qu'il connaissait
d'autres êtres d'un grand cœur, et que, pourtant, depuis
qu'il avait opté pour la simplicité, les arts et la magnanimité, il ne les voyait plus jamais. Mais ceux-là ne
connaissaient pas Odette, et, s'ils l'avaient connue, ne se
seraient pas souciés de la rapprocher de lui.

Ainsi il n'y avait sans doute pas, dans tout le milieu
Verdurin, un seul fidèle qui les aimât ou crût les aimer

autant que Swann. Et pourtant, quand M. Verdurin avait
dit que Swann ne lui revenait pas, non seulement il avait
exprimé sa propre pensée, mais il avait deviné celle de
sa femme. Sans doute Swann avait pour Odette une
affection trop particulière et dont il avait négligé de faire
de Mme Verdurin la confidente quotidienne : sans doute
la discrétion même avec laquelle il usait de l'hospitalité
des Verdurin, s'abstenant souvent de venir dîner pour une
raison qu'ils ne soupçonnaient pas et à la place de laquelle
ils voyaient le désir de ne pas manquer une invitation chez
des « ennuyeux », sans doute aussi, et malgré toutes les
précautions qu'il avait prises pour la leur cacher, la
découverte progressive qu'ils faisaient de sa brillante
situation mondaine, tout cela contribuait à leur irritation
contre lui. Mais la raison profonde en était autre. C'est
qu'ils avaient très vite senti en lui un espace réservé,
impénétrable, où il continuait à professer silencieusement
pour lui-même que la princesse de Sagan n'était pas
grotesque et que les plaisanteries de Cottard n'étaient pas
drôles, enfin, et bien que jamais il ne se départît de son
amabilité et ne se révoltât contre leurs dogmes, une
impossibilité de les lui imposer, de l'y convertir entièrement, comme ils n'en avaient jamais rencontré une pareille
chez personne. Ils lui auraient pardonné de fréquenter des
ennuyeux (auxquels d'ailleurs, dans le fond de son cœur,
il préférait mille fois les Verdurin et tout le petit noyau),
s'il avait consenti, pour le bon exemple, à les renier en
présence des fidèles. Mais c'est une abjuration qu'ils
comprirent qu'on ne pourrait pas lui arracher.

Quelle différence avec un « nouveau » qu'Odette leur
avait demandé d'inviter, quoiqu'elle ne l'eût rencontré que
peu de fois, et sur lequel ils fondaient beaucoup d'espoir,
le comte de Forcheville[1] ! (Il se trouva qu'il était justement
le beau-frère de Saniette, ce qui remplit d'étonnement les
fidèles : le vieil archiviste avait des manières si humbles
qu'ils l'avaient toujours cru d'un rang social inférieur au
leur et ne s'attendaient pas à apprendre qu'il appartenait
à un monde riche et relativement aristocratique.) Sans
doute Forcheville était grossièrement snob, alors que
Swann ne l'était pas ; sans doute il était bien loin de placer,
comme lui, le milieu des Verdurin au-dessus de tous les
autres. Mais il n'avait pas cette délicatesse de nature qui
empêchait Swann de s'associer aux critiques trop ma-

nifestement fausses que dirigeait Mme Verdurin contre
des gens qu'il connaissait. Quant aux tirades prétentieuses
et vulgaires que le peintre lançait à certains jours, aux
plaisanteries de commis voyageur que risquait Cottard et
auxquelles Swann, qui les aimait l'un et l'autre, trouvait
facilement des excuses mais n'avait pas le courage et
l'hypocrisie d'applaudir, Forcheville était au contraire d'un
niveau intellectuel qui lui permettait d'être abasourdi,
émerveillé par les unes, sans d'ailleurs les comprendre,
et de se délecter aux autres. Et justement le premier dîner
chez les Verdurin auquel assista Forcheville mit en lumière
toutes ces différences, fit ressortir ses qualités et précipita
la disgrâce de Swann.

Il y avait à ce dîner, en dehors des habitués, un
professeur de la Sorbonne, Brichot[1], qui avait rencontré
M. et Mme Verdurin aux eaux et, si ses fonctions
universitaires et ses travaux d'érudition n'avaient pas
rendu très rares ses moments de liberté, serait volontiers
venu souvent chez eux. Car il avait cette curiosité, cette
superstition de la vie qui, unie à un certain scepticisme
relatif à l'objet de leurs études, donne dans n'importe
quelle profession, à certains hommes intelligents, médecins
qui ne croient pas à la médecine, professeurs de lycée qui
ne croient pas au thème latin, la réputation d'esprits larges,
brillants, et même supérieurs. Il affectait chez Mme Verdurin de chercher ses comparaisons dans ce qu'il y avait de
plus actuel quand il parlait de philosophie et d'histoire,
d'abord parce qu'il croyait qu'elles ne sont qu'une
préparation à la vie et qu'il s'imaginait trouver en action
dans le petit clan ce qu'il n'avait connu jusqu'ici que dans
les livres, puis peut-être aussi parce que, s'étant vu
inculquer autrefois, et ayant gardé à son insu, le respect
de certains sujets, il croyait dépouiller l'universitaire en
prenant avec eux des hardiesses qui, au contraire, ne lui
paraissaient telles, que parce qu'il l'était resté.

Dès le commencement du repas, comme M. de
Forcheville, placé à la droite de Mme Verdurin qui avait
fait pour le « nouveau » de grands frais de toilette, lui
disait : « C'est original, cette robe blanche », le docteur
qui n'avait cessé de l'observer, tant il était curieux de savoir
comment était fait ce qu'il appelait un « de », et qui
cherchait une occasion d'attirer son attention et d'entrer
plus en contact avec lui, saisit au vol le mot « blanche »

et, sans lever le nez de son assiette, dit : « blanche ? Blanche de Castille ? », puis sans bouger la tête lança furtivement de droite et de gauche des regards incertains et souriants. Tandis que Swann, par l'effort douloureux et vain qu'il fit pour sourire, témoigna qu'il jugeait ce calembour stupide, Forcheville avait montré à la fois qu'il en goûtait la finesse et qu'il savait vivre, en contenant dans de justes limites une gaieté dont la franchise avait charmé Mme Verdurin.

« Qu'est-ce que vous dites d'un savant comme cela ? avait-elle demandé à Forcheville. Il n'y a pas moyen de causer sérieusement deux minutes avec lui. Est-ce que vous leur en dites comme cela, à votre hôpital ? avait-elle ajouté en se tournant vers le docteur, ça ne doit pas être ennuyeux tous les jours, alors. Je vois qu'il va falloir que je demande à m'y faire admettre.

— Je crois avoir entendu que le docteur parlait de cette vieille chipie de Blanche de Castille, si j'ose m'exprimer ainsi. N'est-il pas vrai, Madame ? » demanda Brichot à Mme Verdurin qui, pâmant, les yeux fermés, précipita sa figure dans ses mains d'où s'échappèrent des cris étouffés. « Mon Dieu, Madame, je ne voudrais pas alarmer les âmes respectueuses s'il y en a autour de cette table, *sub rosa*[1]... Je reconnais d'ailleurs que notre ineffable république athénienne[2] — ô combien ! — pourrait honorer en cette capétienne obscurantiste le premier des préfets de police à poigne. Si fait, mon cher hôte, si fait, si fait », reprit-il de sa voix bien timbrée qui détachait chaque syllabe, en réponse à une objection de M. Verdurin. « La *Chronique de Saint-Denis* dont nous ne pouvons contester la sûreté d'information ne laisse aucun doute à cet égard. Nulle ne pourrait être mieux choisie comme patronne par un prolétariat laïcisateur que cette mère d'un saint à qui elle en fit d'ailleurs voir de saumâtres, comme dit Suger et autres saint Bernard[3] ; car avec elle chacun en prenait pour son grade.

— Quel est ce monsieur ? » demanda Forcheville à Mme Verdurin, « il a l'air d'être de première force.

— Comment, vous ne connaissez pas le fameux Brichot ? il est célèbre dans toute l'Europe.

— Ah ! c'est Bréchot, s'écria Forcheville qui n'avait pas bien entendu, vous m'en direz tant », ajouta-t-il tout en attachant sur l'homme célèbre des yeux écarquillés. « C'est

toujours intéressant de dîner avec un homme en vue. Mais,
dites-moi, vous nous invitez là avec des convives de choix.
On ne s'ennuie pas chez vous.

— Oh ! vous savez, ce qu'il y a surtout, dit modeste-
ment Mme Verdurin, c'est qu'ils se sentent en confiance.
Ils parlent de ce qu'ils veulent, et la conversation rejaillit
en fusées. Ainsi Brichot, ce soir, ce n'est rien : je l'ai vu,
vous savez, chez moi, éblouissant, à se mettre à genoux
devant ; eh bien ! chez les autres, ce n'est plus le même
homme, il n'a plus d'esprit, il faut lui arracher les mots,
il est même ennuyeux.

— C'est curieux ! » dit Forcheville étonné.

Un genre d'esprit comme celui de Brichot aurait été
tenu pour stupidité pure dans la coterie où Swann avait
passé sa jeunesse, bien qu'il soit compatible avec une
intelligence réelle. Et celle du professeur, vigoureuse et
bien nourrie, aurait probablement pu être enviée par bien
des gens du monde que Swann trouvait spirituels. Mais
ceux-ci avaient fini par lui inculquer si bien leurs goûts
et leurs répugnances, au moins en tout ce qui touche à
la vie mondaine et même en celle de ses parties annexes
qui devrait plutôt relever du domaine de l'intelligence :
la conversation, que Swann ne put trouver les plaisanteries
de Brichot que pédantesques, vulgaires et grasses à
écœurer. Puis il était choqué dans l'habitude qu'il avait
des bonnes manières, par le ton rude et militaire
qu'affectait, en s'adressant à chacun, l'universitaire cocar-
dier. Enfin, peut-être avait-il surtout perdu, ce soir-là, de
son indulgence en voyant l'amabilité que Mme Verdurin
déployait pour ce Forcheville qu'Odette avait eu la
singulière idée d'amener. Un peu gênée vis-à-vis de
Swann, elle lui avait demandé en arrivant :

« Comment trouvez-vous mon invité ? »

Et lui, s'apercevant pour la première fois que Forcheville
qu'il connaissait depuis longtemps pouvait plaire à une
femme et était assez bel homme, avait répondu :
« Immonde ! » Certes, il n'avait pas l'idée d'être jaloux
d'Odette, mais il ne se sentait pas aussi heureux que
d'habitude et quand Brichot, ayant commencé à raconter
l'histoire de la mère de Blanche de Castille qui « avait
été avec Henri Plantagenet des années avant de l'épouser[1] », voulut s'en faire demander la suite par Swann en
lui disant : « N'est-ce pas, monsieur Swann ? » sur le ton

martial qu'on prend pour se mettre à la portée d'un paysan ou pour donner du cœur à un troupier, Swann coupa l'effet de Brichot à la grande fureur de la maîtresse de la maison, en répondant qu'on voulût bien l'excuser de s'intéresser si peu à Blanche de Castille, mais qu'il avait quelque chose à demander au peintre. Celui-ci, en effet, était allé dans l'après-midi visiter l'exposition d'un artiste, ami de Mme Verdurin, qui était mort récemment, et Swann aurait voulu savoir par lui (car il appréciait son goût) si vraiment il y avait dans ces dernières œuvres plus que la virtuosité qui stupéfiait déjà dans les précédentes.

« À ce point de vue-là c'était extraordinaire, mais cela ne semblait pas d'un art, comme on dit, très "élevé", dit Swann en souriant.

— Élevé... à la hauteur d'une institution », interrompit Cottard en levant les bras avec une gravité simulée.

Toute la table éclata de rire.

« Quand je vous disais qu'on ne peut pas garder son sérieux avec lui, dit Mme Verdurin à Forcheville. Au moment où on s'y attend le moins, il vous sort une calembredaine. »

Mais elle remarqua que seul Swann ne s'était pas déridé. Du reste il n'était pas très content que Cottard fît rire de lui devant Forcheville. Mais le peintre, au lieu de répondre d'une façon intéressante à Swann, ce qu'il eût probablement fait s'il eût été seul avec lui, préféra se faire admirer des convives en plaçant un morceau sur l'habileté du maître disparu.

« Je me suis approché, dit-il, pour voir comment c'était fait, j'ai mis le nez dessus. Ah ! bien ouiche ! on ne pourrait pas dire si c'est fait avec de la colle, avec du rubis, avec du savon, avec du bronze, avec du soleil, avec du caca !

— Et un font douze », s'écria trop tard le docteur dont personne ne comprit l'interruption.

« Ça a l'air fait avec rien, reprit le peintre, pas plus moyen de découvrir le truc que dans *La Ronde* ou *Les Régentes* et c'est encore plus fort comme patte que Rembrandt et que Hals[1]. Tout y est, mais non, je vous jure. »

Et comme les chanteurs parvenus à la note la plus haute qu'ils puissent donner continuent en voix de tête, piano, il se contenta de murmurer, et en riant, comme si en effet cette peinture eût été dérisoire à force de beauté :

« Ça sent bon, ça vous prend à la tête, ça vous coupe la respiration, ça vous fait des chatouilles, et pas mèche de savoir avec quoi c'est fait, c'en est sorcier, c'est de la rouerie, c'est du miracle (éclatant tout à fait de rire) : c'en est malhonnête ! » Et s'arrêtant, redressant gravement la tête, prenant une note de basse profonde qu'il tâcha de rendre harmonieuse, il ajouta : « Et c'est si loyal ! »

Sauf au moment où il avait dit : « plus fort que *La Ronde* », blasphème qui avait provoqué une protestation de Mme Verdurin qui tenait *La Ronde* pour le plus grand chef-d'œuvre de l'univers avec la *Neuvième* et la *Samothrace*, et à : « fait avec du caca », qui avait fait jeter à Forcheville un coup d'œil circulaire sur la table pour voir si le mot passait et avait ensuite amené sur sa bouche un sourire prude et conciliant, tous les convives, excepté Swann, avaient attaché sur le peintre des regards fascinés par l'admiration.

« Ce qu'il m'amuse quand il s'emballe comme ça », s'écria, quand il eut terminé, Mme Verdurin, ravie que la table fût justement si intéressante le jour où M. de Forcheville venait pour la première fois. « Et toi, qu'est-ce que tu as à rester comme cela, bouche bée comme une grande bête ? dit-elle à son mari. Tu sais pourtant qu'il parle bien ; on dirait que c'est la première fois qu'il vous entend. Si vous l'aviez vu pendant que vous parliez, il vous buvait. Et demain il nous récitera tout ce que vous avez dit sans manger un mot.

— Mais non, c'est pas de la blague, dit le peintre, enchanté de son succès, vous avez l'air de croire que je fais le boniment, que c'est du chiqué ; je vous y mènerai voir, vous direz si j'ai exagéré, je vous fiche mon billet que vous revenez plus emballée que moi !

— Mais nous ne croyons pas que vous exagérez, nous voulons seulement que vous mangiez, et que mon mari mange aussi ; redonnez de la sole normande à Monsieur, vous voyez bien que la sienne est froide. Nous ne sommes pas si pressés, vous servez comme s'il y avait le feu, attendez donc un peu pour donner la salade. »

Mme Cottard qui était modeste et parlait peu, savait pourtant ne pas manquer d'assurance quand une heureuse inspiration lui avait fait trouver un mot juste. Elle sentait qu'il aurait du succès, cela la mettait en confiance, et ce qu'elle en faisait était moins pour briller que pour être utile à la carrière de son mari. Aussi ne laissa-t-elle pas échapper le mot de salade que venait de prononcer Mme Verdurin.

« Ce n'est pas de la salade japonaise ? » dit-elle à mi-voix en se tournant vers Odette.

Et ravie et confuse de l'à-propos et de la hardiesse qu'il y avait à faire ainsi une allusion discrète, mais claire, à la nouvelle et retentissante pièce de Dumas, elle éclata d'un rire charmant d'ingénue, peu bruyant, mais si irrésistible qu'elle resta quelques instants sans pouvoir le maîtriser. « Qui est cette dame ? Elle a de l'esprit », dit Forcheville.

« Non, mais nous vous en ferons si vous venez tous dîner vendredi.

— Je vais vous paraître bien provinciale, monsieur, dit Mme Cottard à Swann, mais je n'ai pas encore vu cette fameuse *Francillon* dont tout le monde parle[1]. Le docteur y est déjà allé (je me rappelle même qu'il m'a dit avoir eu le très grand plaisir de passer la soirée avec vous) et j'avoue que je n'ai pas trouvé raisonnable qu'il louât des places pour y retourner avec moi. Évidemment, au Théâtre-Français, on ne regrette jamais sa soirée, c'est toujours si bien joué, mais comme nous avons des amis très aimables » (Mme Cottard prononçait rarement un nom propre et se contentait de dire « des amis à nous », « une de mes amies », par « distinction », sur un ton factice, et avec l'air d'importance d'une personne qui ne nomme que qui elle veut) « qui ont souvent des loges et ont la bonne idée de nous emmener à toutes les nouveautés qui en valent la peine, je suis toujours sûre de voir *Francillon* un peu plus tôt ou un peu plus tard, et de pouvoir me former une opinion. Je dois pourtant confesser que je me trouve assez sotte, car, dans tous les salons où je vais en visite, on ne parle naturellement que de cette malheureuse salade japonaise. On commence même à en être un peu fatigué », ajouta-t-elle en voyant que Swann n'avait pas l'air aussi intéressé qu'elle aurait cru par une si brûlante actualité. « Il faut avouer pourtant que cela donne quelquefois prétexte à des idées assez amusantes. Ainsi j'ai une de mes amies qui est très originale, quoique très jolie femme, très entourée, très lancée, et qui prétend qu'elle a fait faire chez elle cette salade japonaise, mais en faisant mettre tout ce qu'Alexandre Dumas fils dit dans la pièce.

Elle avait invité quelques amies à venir en manger. Malheureusement je n'étais pas des élues. Mais elle nous l'a raconté tantôt, à son jour ; il paraît que c'était détestable, elle nous a fait rire aux larmes. Mais vous savez, tout est dans la manière de raconter », dit-elle en voyant que Swann gardait un air grave.

Et supposant que c'était peut-être parce qu'il n'aimait pas *Francillon* :

« Du reste, je crois que j'aurai une déception. Je ne crois pas que cela vaille *Serge Panine*, l'idole de Mme de Crécy. Voilà au moins des sujets qui ont du fond, qui font réfléchir ; mais donner une recette de salade sur la scène du Théâtre-Français ! Tandis que *Serge Panine !* Du reste, c'est comme tout ce qui vient de la plume de Georges Ohnet, c'est toujours si bien écrit. Je ne sais pas si vous connaissez *Le Maître de Forges*[1] que je préférerais encore à *Serge Panine.*

— Pardonnez-moi, lui dit Swann d'un air ironique, mais j'avoue que mon manque d'admiration est à peu près égal pour ces deux chefs-d'œuvre.

— Vraiment, qu'est-ce que vous leur reprochez ? Est-ce un parti pris ? Trouvez-vous peut-être que c'est un peu triste ? D'ailleurs, comme je dis toujours, il ne faut jamais discuter sur les romans ni sur les pièces de théâtre. Chacun a sa manière de voir et vous pouvez trouver détestable ce que j'aime le mieux. »

Elle fut interrompue par Forcheville qui interpellait Swann. En effet, tandis que Mme Cottard parlait de *Francillon*, Forcheville avait exprimé à Mme Verdurin son admiration pour ce qu'il avait appelé le petit « speech » du peintre.

« Monsieur a une facilité de parole, une mémoire ! » avait-il dit à Mme Verdurin quand le peintre eut terminé, « comme j'en ai rarement rencontré. Bigre ! je voudrais bien en avoir autant. Il ferait un excellent prédicateur. On peut dire qu'avec M. Bréchot, vous avez là deux numéros qui se valent, je ne sais même pas si comme platine, celui-ci ne damerait pas encore le pion au professeur. Ça vient plus naturellement, c'est moins recherché. Quoi qu'il ait, chemin faisant, quelques mots un peu réalistes, mais c'est le goût du jour, je n'ai pas souvent vu tenir le crachoir avec une pareille dextérité, comme nous disions aux régiment, où pourtant j'avais un camarade que justement

Monsieur me rappelait un peu. À propos de n'importe quoi, je ne sais que vous dire, sur ce verre, par exemple, il pouvait dégoiser pendant des heures, non, pas à propos de ce verre, ce que je dis est stupide ; mais à propos de la bataille de Waterloo, de tout ce que vous voudrez, et il nous envoyait chemin faisant des choses auxquelles vous n'auriez jamais pensé. Du reste Swann était dans le même régiment ; il a dû le connaître.

— Vous voyez souvent M. Swann ? demanda Mme Verdurin.

— Mais non », répondit M. de Forcheville, et comme pour se rapprocher plus aisément d'Odette il désirait être agréable à Swann, voulant saisir cette occasion, pour le flatter, de parler de ses belles relations, mais d'en parler en homme du monde, sur un ton de critique cordiale et n'avoir pas l'air de l'en féliciter comme d'un succès inespéré : « N'est-ce pas, Swann ? je ne vous vois jamais. D'ailleurs, comment faire pour le voir ? Cet animal-là est tout le temps fourré chez les La Trémoïlle[1], chez les Laumes, chez tout ça !... » Imputation d'autant plus fausse d'ailleurs que depuis un an Swann n'allait plus guère que chez les Verdurin. Mais le seul nom de personnes qu'ils ne connaissaient pas était accueilli chez eux par un silence réprobateur. M. Verdurin, craignant la pénible impression que ces noms d'« ennuyeux », surtout lancés ainsi sans tact à la face de tous les fidèles, avaient dû produire sur sa femme, jeta sur elle à la dérobée un regard plein d'inquiète sollicitude. Il vit alors que dans sa résolution de ne pas prendre acte, de ne pas avoir été touchée par la nouvelle qui venait de lui être notifiée, de ne pas seulement rester muette, mais d'avoir été sourde, comme nous l'affectons quand un ami fautif essaye de glisser dans la conversation une excuse que ce serait avoir l'air d'admettre que de l'avoir écoutée sans protester, ou quand on prononce devant nous le nom défendu d'un ingrat, Mme Verdurin, pour que son silence n'eût pas l'air d'un consentement, mais du silence ignorant des choses inanimées, avait soudain dépouillé son visage de toute vie, de toute motilité ; son front bombé n'était plus qu'une belle étude de ronde bosse où le nom de ces La Trémoïlle chez qui était toujours fourré Swann, n'avait pu pénétrer ; son nez légèrement froncé laissait voir une échancrure qui semblait calquée sur la vie. On eût dit que sa bouche entrouverte allait parler. Ce n'était plus qu'une cire perdue, qu'un masque de plâtre, qu'une maquette pour un monument, qu'un buste pour le Palais de l'industrie[1], devant lequel le public s'arrêterait certainement pour admirer comment le sculpteur, en exprimant l'imprescriptible dignité des Verdurin opposée à celle des La Trémoïlle et des Laumes qu'ils valent certes ainsi que tous les ennuyeux de la terre, était arrivé à donner une majesté presque papale à la blancheur et à la rigidité de la pierre. Mais le marbre finit par s'animer et fit entendre qu'il fallait ne pas être dégoûté pour aller chez ces gens-là, car la femme était toujours ivre et le mari si ignorant qu'il disait collidor pour corridor.

« On me paierait bien cher que je ne laisserais pas entrer ça chez moi... » conclut Mme Verdurin, en regardant Swann d'un air impérieux.

Sans doute elle n'espérait pas qu'il se soumettrait jusqu'à imiter la sainte simplicité de la tante du pianiste qui venait de s'écrier :

« Voyez-vous ça ? Ce qui m'étonne, c'est qu'ils trouvent encore des personnes qui consentent à leur causer ! il me semble que j'aurais peur : un mauvais coup est si vite reçu ! Comment y a-t-il encore du peuple assez brute pour leur courir après ? »

Mais que ne répondait-il du moins comme Forcheville : « Dame, c'est une duchesse ; il y a des gens que ça impressionne encore », ce qui avait permis au moins à Mme Verdurin de répliquer : « Grand bien leur fasse ! » Au lieu de cela, Swann se contenta de rire d'un air qui signifiait qu'il ne pouvait même pas prendre au sérieux une pareille extravagance. M. Verdurin, continuant à jeter sur sa femme des regards furtifs, voyait avec tristesse et comprenait trop bien qu'elle éprouvait la colère d'un grand inquisiteur qui ne parvient pas à extirper l'hérésie, et pour tâcher d'amener Swann à une rétractation, comme le courage de ses opinions paraît toujours un calcul et une lâcheté aux yeux de ceux à l'encontre de qui il s'exerce, M. Verdurin l'interpella :

« Dites donc franchement votre pensée, nous n'irons pas le leur répéter. »

À quoi Swann répondit :

« Mais ce n'est pas du tout par peur de la duchesse (si c'est des La Trémoïlle que vous parlez). Je vous assure

que tout le monde aime aller chez elle. Je ne vous dis pas
qu'elle soit "profonde" (il prononça profonde, comme si
ç'avait été un mot ridicule, car son langage gardait la trace
d'habitudes d'esprit qu'une certaine rénovation, marquée
par l'amour de la musique, lui avait momentanément fait
perdre — il exprimait parfois ses opinions avec chaleur —)
mais, très sincèrement, elle est intelligente et son mari est
un véritable lettré. Ce sont des gens charmants. »

Si bien que Mme Verdurin, sentant que par ce seul
infidèle elle serait empêchée de réaliser l'unité morale du
petit noyau, ne put pas s'empêcher dans sa rage contre
cet obstiné qui ne voyait pas combien ses paroles la
faisaient souffrir, de lui crier du fond du cœur :

« Trouvez-le si vous voulez, mais du moins ne nous le
dites pas.

— Tout dépend de ce que vous appelez intelligence,
dit Forcheville qui voulait briller à son tour. Voyons,
Swann, qu'entendez-vous par intelligence ?

— Voilà ! s'écria Odette, voilà les grandes choses dont
je lui demande de me parler, mais il ne veut jamais.

— Mais si... protesta Swann.

— Cette blague ! dit Odette.

— Blague à tabac ? demanda le docteur.

— Pour vous, reprit Forcheville, l'intelligence, est-ce
le bagout du monde, les personnes qui savent s'insinuer ?

— Finissez votre entremets qu'on puisse enlever votre
assiette », dit Mme Verdurin d'un ton aigre en s'adressant
à Saniette, lequel absorbé dans des réflexions, avait cessé
de manger. Et peut-être un peu honteuse du ton qu'elle
avait pris : « Cela ne fait rien, vous avez votre temps, mais
si je vous le dis, c'est pour les autres, parce que cela
empêche de servir.

— Il y a, dit Brichot en martelant les syllabes, une
définition bien curieuse de l'intelligence dans ce doux
anarchiste de Fénelon[1]...

— Écoutez ! dit à Forcheville et au docteur Mme Verdurin, il va nous dire la définition de l'intelligence par
Fénelon, c'est intéressant, on n'a pas toujours l'occasion
d'apprendre cela. »

Mais Brichot attendait que Swann eût donné la sienne.
Celui-ci ne répondit pas et en se dérobant fit manquer la
brillante joute que Mme Verdurin se réjouissait d'offrir
à Forcheville.

— Naturellement, c'est comme avec moi, dit Odette d'un ton boudeur, je ne suis pas fâchée de voir que je ne suis pas la seule qu'il ne trouve pas à la hauteur.

— Ces de La Trémouaille que Mme Verdurin nous a montrés comme si peu recommandables, demanda Brichot, en articulant avec force, descendent-ils de ceux que cette bonne snob de Mme de Sévigné avouait être heureuse de connaître parce que cela faisait bien pour ses paysans[1] ? Il est vrai que la marquise avait une autre raison, et qui pour elle devait primer celle-là, car gendelettre dans l'âme, elle faisait passer la copie avant tout. Or dans le journal qu'elle envoyait régulièrement à sa fille, c'est Mme de la Trémouaille, bien documentée par ses grandes alliances, qui faisait la politique étrangère.

— Mais non, je ne crois pas que ce soit la même famille », dit à tout hasard Mme Verdurin.

Saniette qui, depuis qu'il avait rendu précipitamment au maître d'hôtel son assiette encore pleine, s'était replongé dans un silence méditatif, en sortit enfin pour raconter en riant l'histoire d'un dîner qu'il avait fait avec le duc de La Trémoïlle et d'où il résultait que celui-ci ne savait pas que George Sand était le pseudonyme d'une femme. Swann, qui avait de la sympathie pour Saniette, crut devoir lui donner sur la culture du duc des détails montrant qu'une telle ignorance de la part de celui-ci était matériellement impossible ; mais tout d'un coup il s'arrêta, il venait de comprendre que Saniette n'avait pas besoin de ces preuves et savait que l'histoire était fausse, pour la raison qu'il venait de l'inventer il y avait un moment. Cet excellent homme souffrait d'être trouvé si ennuyeux par les Verdurin ; et ayant conscience d'avoir été plus terne encore à ce dîner que d'habitude, il n'avait voulu le laisser finir sans avoir réussi à amuser. Il capitula si vite, eut l'air si malheureux de voir manqué l'effet sur lequel il avait compté et répondit d'un ton si lâche à Swann pour que celui-ci ne s'acharnât pas à une réfutation désormais inutile : « C'est bon, c'est bon ; en tous cas, même si je me trompe, ce n'est pas un crime, je pense », que Swann aurait voulu pouvoir dire que l'histoire était vraie et délicieuse. Le docteur qui les avait écoutés eut l'idée que c'était le cas de dire : *Se non è vero*, mais il n'était pas assez sûr des mots et craignit de s'embrouiller.

Après le dîner, Forcheville alla de lui-même vers le docteur.

« Elle n'a pas dû être mal, Mme Verdurin, et puis c'est une femme avec qui on peut causer, pour moi tout est là. Évidemment elle commence à avoir un peu de bouteille. Mais Mme de Crécy, voilà une petite femme qui a l'air intelligente, ah ! saperlipopette, on voit tout de suite qu'elle a l'œil américain[1], celle-là ! Nous parlons de Mme de Crécy », dit-il à M. Verdurin qui s'approchait, la pipe à la bouche. « Je me figure que comme corps de femme...

— J'aimerais mieux l'avoir dans mon lit que le tonnerre », dit précipitamment Cottard qui depuis quelques instants attendait en vain que Forcheville reprît haleine pour placer cette vieille plaisanterie dont il craignait que ne revînt pas l'à-propos si la conversation changeait de cours, et qu'il débita avec cet excès de spontanéité et d'assurance qui cherche à masquer la froideur et l'émoi inséparables d'une récitation. Forcheville la connaissait, il la comprit et s'en amusa. Quant à M. Verdurin, il ne marchanda pas sa gaieté, car il avait trouvé depuis peu pour la signifier un symbole autre que celui dont usait sa femme, mais aussi simple et aussi clair. À peine avait-il commencé à faire le mouvement de tête et d'épaules de quelqu'un qui s'esclaffe qu'aussitôt il se mettait à tousser comme si, en riant trop fort, il avait avalé la fumée de sa pipe. Et la gardant toujours au coin de sa bouche, il prolongeait indéfiniment le simulacre de suffocation et d'hilarité. Ainsi lui et Mme Verdurin qui, en face, écoutant le peintre qui lui racontait une histoire, fermait les yeux avant de précipiter son visage dans ses mains, avaient l'air de deux masques de théâtre qui figuraient différemment la gaîté.

M. Verdurin avait d'ailleurs fait sagement en ne retirant pas sa pipe de sa bouche, car Cottard qui avait besoin de s'éloigner un instant fit à mi-voix une plaisanterie qu'il avait apprise depuis peu et qu'il renouvelait chaque fois qu'il avait à aller au même endroit : « Il faut que j'aille entretenir un instant le duc d'Aumale[2] », de sorte que la quinte de M. Verdurin recommença.

« Voyons, enlève donc ta pipe de ta bouche, tu vois bien que tu vas t'étouffer à te retenir de rire comme ça », lui dit Mme Verdurin qui venait offrir des liqueurs.

« Quel homme charmant que votre mari, il a de l'esprit comme quatre, déclara Forcheville à Mme Cottard. Merci madame. Un vieux troupier comme moi, ça ne refuse jamais la goutte.

— M. de Forcheville trouve Odette charmante, dit M. Verdurin à sa femme.

— Mais justement elle voudrait déjeuner une fois avec vous. Nous allons combiner ça, mais il ne faut pas que Swann le sache. Vous savez, il met un peu de froid. Ça ne vous empêchera pas de venir dîner, naturellement, nous espérons vous avoir très souvent. Avec la belle saison qui vient, nous allons souvent dîner en plein air. Cela ne vous ennuie pas, les petits dîners au Bois ? Bien, bien, ce sera très gentil. Est-ce que vous n'allez pas travailler de votre métier, vous ! » cria-t-elle au petit pianiste, afin de faire montre, devant un nouveau de l'importance de Forcheville, à la fois de son esprit et de son pouvoir tyrannique sur les fidèles.

« M. de Forcheville était en train de me dire du mal de toi », dit Mme Cottard à son mari quand il rentra au salon.

Et lui, poursuivant l'idée de la noblesse de Forcheville qui l'occupait depuis le commencement du dîner, lui dit :

« Je soigne en ce moment une baronne, la baronne Putbus ; les Putbus étaient aux Croisades, n'est-ce pas ? Ils ont, en Poméranie[1], un lac qui est grand comme dix fois la place de la Concorde. Je la soigne pour de l'arthrite sèche, c'est une femme charmante. Elle connaît du reste Mme Verdurin, je crois. »

Ce qui permit à Forcheville, quand il se retrouva, un moment après, seul avec Mme Cottard, de compléter le jugement favorable qu'il avait porté sur son mari :

« Et puis il est intéressant, on voit qu'il connaît du monde. Dame, ça sait tant de choses, les médecins !

— Je vais jouer la phrase de la Sonate pour M. Swann, dit le pianiste.

— Ah ! bigre ! ce n'est pas au moins le "Serpent à Sonates[2]" ? » demanda M. de Forcheville pour faire de l'effet.

Mais le docteur Cottard, qui n'avait jamais entendu ce calembour, ne le comprit pas et crut à une erreur de M. de Forcheville. Il s'approcha vivement pour la rectifier :

« Mais non, ce n'est pas serpent à sonates qu'on dit, c'est serpent à sonnettes », dit-il d'un ton zélé, impatient et triomphal.

Forcheville lui expliqua le calembour. Le docteur rougit.

« Avouez qu'il est drôle, Docteur ?

— Oh ! je le connais depuis si longtemps », répondit Cottard.

Mais ils se turent ; sous l'agitation des trémolos de violon qui la protégeaient de leur tenue frémissante à deux octaves de là — et comme dans un pays de montagne, derrière l'immobilité apparente et vertigineuse d'une cascade, on aperçoit, deux cents pieds plus bas, la forme minuscule d'une promeneuse — la petite phrase venait d'apparaître, lointaine, gracieuse, protégée par le long déferlement du rideau transparent, incessant et sonore. Et Swann, en son cœur, s'adressa à elle comme à une confidente de son amour, comme à une amie d'Odette qui devrait bien lui dire de ne pas faire attention à ce Forcheville.

« Ah ! vous arrivez tard », dit Mme Verdurin à un fidèle qu'elle n'avait invité qu'en « cure-dents », « nous avons eu "un" Brichot incomparable, d'une éloquence ! Mais il est parti. N'est-ce pas, monsieur Swann ? Je crois que c'est la première fois que vous vous rencontriez avec lui », dit-elle pour lui faire remarquer que c'était à elle qu'il devait de le connaître. « N'est-ce pas, il a été délicieux, notre Brichot ? »

Swann s'inclina poliment.

« Non ? il ne vous a pas intéressé ? lui demanda sèchement Mme Verdurin.

— Mais si, Madame, beaucoup, j'ai été ravi. Il est peut-être un peu péremptoire et un peu jovial pour mon goût. Je lui voudrais parfois un peu d'hésitations et de douceur, mais on sent qu'il sait tant de choses et il a l'air d'un bien brave homme. »

Tout le monde se retira fort tard. Les premiers mots de Cottard à sa femme furent :

« J'ai rarement vu Mme Verdurin aussi en verve que ce soir.

— Qu'est-ce que c'est exactement que cette Mme Verdurin, un demi-castor[1] ? » dit Forcheville au peintre à qui il proposa de revenir avec lui.

Odette le vit s'éloigner avec regret, elle n'osa pas ne pas revenir avec Swann, mais fut de mauvaise humeur en voiture, et quand il lui demanda s'il devait entrer chez elle, elle lui dit : « Bien entendu », en haussant les épaules avec impatience. Quand tous les invités furent partis, Mme Verdurin dit à son mari :

« As-tu remarqué comme Swann a ri d'un rire niais quand nous avons parlé de Mme La Trémoïlle ? »

Elle avait remarqué que devant ce nom Swann et Forcheville avaient plusieurs fois supprimé la particule. Ne doutant pas que ce fût pour montrer qu'ils n'étaient pas intimidés par les titres, elle souhaitait d'imiter leur fierté, mais n'avait pas bien saisi par quelle forme grammaticale elle se traduisait. Aussi sa vicieuse façon de parler l'emportant sur son intransigeance républicaine, elle disait encore les de La Trémoïlle ou plutôt par une abréviation en usage dans les paroles des chansons de café-concert et les légendes des caricaturistes et qui dissimulait le de, les d'La Trémoïlle, mais elle se rattrapait en disant : « Madame La Trémoïlle. » « La *Duchesse*, comme dit Swann », ajouta-t-elle ironiquement avec un sourire qui prouvait qu'elle ne faisait que citer et ne prenait pas à son compte une dénomination aussi naïve et ridicule.

« Je te dirai que je l'ai trouvé extrêmement bête. »

Et M. Verdurin lui répondit :

« Il n'est pas franc, c'est un monsieur cauteleux, toujours entre le zist et le zest. Il veut toujours ménager la chèvre et le chou. Quelle différence avec Forcheville ! Voilà au moins un homme qui vous dit carrément sa façon de penser. Ça vous plaît ou ça ne vous plaît pas. Ce n'est pas comme l'autre qui n'est jamais ni figue ni raisin. Du reste Odette a l'air de préférer joliment le Forcheville, et je lui donne raison. Et puis enfin, puisque Swann veut nous la faire à l'homme du monde, au champion des duchesses, au moins l'autre a son titre ; il est toujours comte de Forcheville », ajouta-t-il d'un air délicat, comme si, au courant de l'histoire de ce comté, il en soupesait minutieusement la valeur particulière.

« Je te dirai, dit Mme Verdurin, qu'il a cru devoir lancer contre Brichot quelques insinuations venimeuses et assez ridicules. Naturellement, comme il a vu que Brichot était aimé dans la maison, c'était une manière de nous atteindre, de bêcher notre dîner. On sent le bon petit camarade qui vous débinera en sortant.

— Mais je te l'ai dit, répondit M. Verdurin, c'est le
raté, le petit individu envieux de tout ce qui est un peu
grand. »

En réalité il n'y avait pas un fidèle qui ne fût plus
malveillant que Swann ; mais tous ils avaient la précaution
d'assaisonner leurs médisances de plaisanteries connues,
d'une petite pointe d'émotion et de cordialité ; tandis que
la moindre réserve que se permettait Swann, dépouillée
des formules de convention telles que : « Ce n'est pas du
mal que nous disons » et auxquelles il dédaignait de
s'abaisser, paraissait une perfidie. Il y a des auteurs
originaux dont la moindre hardiesse révolte parce qu'ils
n'ont pas d'abord flatté les goûts du public et ne lui ont
pas servi les lieux communs auxquels il est habitué ; c'est
de la même manière que Swann indignait M. Verdurin.
Pour Swann comme pour eux, c'était la nouveauté de son
langage qui faisait croire à la noirceur de ses intentions.

Swann ignorait encore la disgrâce dont il était menacé
chez les Verdurin et continuait à voir leurs ridicules en
beau, au travers de son amour.

Il n'avait de rendez-vous avec Odette, au moins le plus
souvent, que le soir ; mais le jour, ayant peur de la fatiguer
de lui en allant chez elle, il aurait aimé du moins ne pas
cesser d'occuper sa pensée et à tous moments il cherchait
à trouver une occasion d'y intervenir, mais d'une façon
agréable pour elle. Si, à la devanture d'un fleuriste ou d'un
joaillier, la vue d'un arbuste ou d'un bijou le charmait,
aussitôt il pensait à les envoyer à Odette, imaginant le
plaisir qu'ils lui avaient procuré ressenti par elle, venant
accroître la tendresse qu'elle avait pour lui, et les faisait
porter immédiatement rue La Pérouse, pour ne pas
retarder l'instant où, comme elle recevrait quelque chose
de lui, il se sentirait en quelque sorte près d'elle. Il voulait
surtout qu'elle les reçût avant de sortir pour que la
reconnaissance qu'elle éprouverait lui valût un accueil plus
tendre quand elle le verrait chez les Verdurin, ou même,
qui sait ? si le fournisseur faisait assez diligence, peut-être
une lettre qu'elle lui enverrait avant le dîner, ou sa venue
à elle en personne chez lui, en une visite supplémentaire,
pour le remercier. Comme jadis quand il expérimentait
sur la nature d'Odette les réactions du dépit, il cherchait
par celles de la gratitude à tirer d'elle des parcelles intimes
de sentiment qu'elle ne lui avait pas révélées encore.

Souvent elle avait des embarras d'argent et, pressée par une dette, le priait de lui venir en aide. Il en était heureux comme de tout ce qui pouvait donner à Odette une grande idée de l'amour qu'il avait pour elle, ou simplement une grande idée de son influence, de l'utilité dont il pouvait lui être. Sans doute si on lui avait dit au début : « c'est ta situation qui lui plaît », et maintenant : « c'est pour ta fortune qu'elle t'aime », il ne l'aurait pas cru, et n'aurait pas été d'ailleurs très mécontent qu'on se la figurât tenant à lui — qu'on les sentît unis l'un à l'autre — par quelque chose d'aussi fort que le snobisme ou l'argent. Mais, même s'il avait pensé que c'était vrai, peut-être n'eût-il pas souffert de découvrir à l'amour d'Odette pour lui cet étai plus durable que l'agrément ou les qualités qu'elle pouvait lui trouver : l'intérêt, l'intérêt qui empêcherait de venir jamais le jour où elle aurait pu être tentée de cesser de le voir. Pour l'instant, en la comblant de présents, en lui rendant des services, il pouvait se reposer sur des avantages extérieurs à sa personne, à son intelligence, du soin épuisant de lui plaire par lui-même. Et cette volupté d'être amoureux, de ne vivre que d'amour, de la réalité de laquelle il doutait parfois, le prix dont en somme il la payait, en dilettante de sensations immatérielles, lui en augmentait la valeur — comme on voit des gens incertains si le spectacle de la mer et le bruit de ses vagues sont délicieux, s'en convaincre ainsi que de la rare qualité de leurs goûts désintéressés, en louant cent francs par jour la chambre d'hôtel qui leur permet de les goûter.

Un jour que des réflexions de ce genre le ramenaient encore au souvenir du temps où on lui avait parlé d'Odette comme d'une femme entretenue, et où une fois de plus il s'amusait à opposer cette personnification étrange : la femme entretenue — chatoyant amalgame d'éléments inconnus et diaboliques, serti, comme une apparition de Gustave Moreau[1], de fleurs vénéneuses entrelacées à des joyaux précieux — et cette Odette sur le visage de qui il avait vu passer les mêmes sentiments de pitié pour un malheureux, de révolte contre une injustice, de gratitude pour un bienfait, qu'il avait vu éprouver autrefois par sa propre mère, par ses amis, cette Odette dont les propos avaient si souvent trait aux choses qu'il connaissait le mieux lui-même, à ses collections, à sa chambre, à son vieux domestique, au banquier chez qui il avait ses titres, il se

trouva que cette dernière image du banquier lui rappela
qu'il aurait à y prendre de l'argent. En effet, si ce mois-ci
il venait moins largement à l'aide d'Odette dans ses
difficultés matérielles qu'il n'avait fait le mois dernier où
il lui avait donné cinq mille francs, et s'il ne lui offrait
pas une rivière de diamants qu'elle désirait, il ne
renouvellerait pas en elle cette admiration qu'elle avait
pour sa générosité, cette reconnaissance, qui le rendaient
si heureux, et même il risquerait de lui faire croire que
son amour pour elle, comme elle en verrait les manifestations devenir moins grandes, avait diminué. Alors, tout
d'un coup, il se demanda si cela, ce n'était pas précisément
l'« entretenir » (comme si, en effet, cette notion d'entretenir pouvait être extraite d'éléments non pas mystérieux
ni pervers, mais appartenant au fond quotidien et privé
de sa vie, tels que ce billet de mille francs, domestique
et familier, déchiré et recollé, que son valet de chambre,
après lui avoir payé les comptes du mois et le terme, avait
serré dans le tiroir du vieux bureau où Swann l'avait repris
pour l'envoyer avec quatre autres à Odette) et si on ne
pouvait pas appliquer à Odette, depuis qu'il la connaissait
(car il ne soupçonna pas un instant qu'elle eût jamais pu
recevoir d'argent de personne avant lui), ce mot qu'il avait
cru si inconciliable avec elle, de « femme entretenue ».
Il ne put approfondir cette idée, car un accès d'une paresse
d'esprit qui était chez lui congénitale, intermittente et
providentielle, vint à ce moment éteindre toute lumière
dans son intelligence, aussi brusquement que, plus tard,
quand on eut installé partout l'éclairage électrique, on put
couper l'électricité dans une maison. Sa pensée tâtonna
un instant dans l'obscurité, il retira ses lunettes, en essuya
les verres, se passa la main sur les yeux, et ne revit la
lumière que quand il se retrouva en présence d'une idée
toute différente, à savoir qu'il faudrait tâcher d'envoyer
le mois prochain six ou sept mille francs à Odette au lieu
de cinq, à cause de la surprise et de la joie que cela lui
causerait.

Le soir, quand il ne restait pas chez lui à attendre l'heure
de retrouver Odette chez les Verdurin ou plutôt dans un
des restaurants d'été qu'ils affectionnaient au Bois et
surtout à Saint-Cloud, il allait dîner dans quelqu'une de
ces maisons élégantes dont il était jadis le convive habituel.
Il ne voulait pas perdre contact avec des gens qui

— savait-on ? — pourraient peut-être un jour être utiles
à Odette et grâce auxquels, en attendant, il réussissait
souvent à lui être agréable. Puis l'habitude qu'il avait eue
longtemps du monde, du luxe, lui en avait donné, en
même temps que le dédain, le besoin, de sorte qu'à partir
du moment où les réduits les plus modestes lui étaient
apparus exactement sur le même pied que les plus
princières demeures, ses sens étaient tellement accoutumés
aux secondes qu'il eût éprouvé quelque malaise à se
trouver dans les premiers. Il avait la même considération
— à un degré d'identité qu'ils n'auraient pu croire — pour
des petits bourgeois qui faisaient danser au cinquième
étage d'un escalier D, palier à gauche, que pour la
princesse de Parme[1] qui donnait les plus belles fêtes de
Paris ; mais il n'avait pas la sensation d'être au bal en se
tenant avec les pères dans la chambre à coucher de la
maîtresse de la maison et la vue des lavabos recouverts
de serviettes, des lits, transformés en vestiaires, sur le
couvre-pied desquels s'entassaient les pardessus et les
chapeaux, lui donnait la même sensation d'étouffement
que peut causer aujourd'hui à des gens habitués à vingt
ans d'électricité l'odeur d'une lampe qui charbonne ou
d'une veilleuse qui file. Le jour où il dînait en ville, il
faisait atteler pour sept heures et demie ; il s'habillait tout
en songeant à Odette et ainsi il ne se trouvait pas seul,
car la pensée constante d'Odette donnait aux moments où
il était loin d'elle le même charme particulier qu'à ceux
où elle était là. Il montait en voiture, mais il sentait que
cette pensée y avait sauté en même temps et s'installait
sur ses genoux comme une bête aimée qu'on emmène
partout et qu'il garderait avec lui à table, à l'insu des
convives. Il la caressait, se réchauffait à elle, et, éprouvant
une sorte de langueur, se laissait aller à un léger
frémissement qui crispait son cou et son nez, et était
nouveau chez lui, tout en fixant à sa boutonnière le
bouquet d'ancolies. Se sentant souffrant et triste depuis
quelque temps, surtout depuis qu'Odette avait présenté
Forcheville aux Verdurin, Swann aurait aimé aller se
reposer un peu à la campagne. Mais il n'aurait pas eu le
courage de quitter Paris un seul jour pendant qu'Odette
y était. L'air était chaud ; c'étaient les plus beaux jours du
printemps. Et il avait beau traverser une ville de pierre
pour se rendre en quelque hôtel clos, ce qui était sans cesse

devant ses yeux, c'était un parc qu'il possédait près de
Combray, où, dès quatre heures, avant d'arriver au plant
d'asperges, grâce au vent qui vient des champs de
Méséglise, on pouvait goûter sous une charmille autant
de fraîcheur qu'au bord de l'étang cerné de myosotis et
de glaïeuls, et où, quand il dînait, enlacées par son
jardinier, couraient autour de la table les groseilles et les
roses.

Après dîner, si le rendez-vous au Bois ou à Saint-Cloud
était de bonne heure, il partait si vite en sortant de table
— surtout si la pluie menaçait de tomber et de faire rentrer
plus tôt les « fidèles » — qu'une fois la princesse des
Laumes (chez qui on avait dîné tard et que Swann avait
quittée avant qu'on servît le café pour rejoindre les
Verdurin dans l'île du Bois) dit :

« Vraiment, si Swann avait trente ans de plus et une
maladie de la vessie, on l'excuserait de filer ainsi. Mais
tout de même il se moque du monde. »

Il se disait que le charme du printemps qu'il ne pouvait
pas aller goûter à Combray, il le trouverait du moins dans
l'île des Cygnes[1] ou à Saint-Cloud. Mais comme il ne
pouvait penser qu'à Odette, il ne savait même pas s'il avait
senti l'odeur des feuilles, s'il y avait eu du clair de lune.
Il était accueilli par la petite phrase de la sonate jouée dans
le jardin sur le piano du restaurant. S'il n'y en avait pas
là, les Verdurin prenaient une grande peine pour en faire
descendre un d'une chambre ou d'une salle à manger :
ce n'est pas que Swann fût rentré en faveur auprès d'eux,
au contraire. Mais l'idée d'organiser un plaisir ingénieux
pour quelqu'un, même pour quelqu'un qu'ils n'aimaient
pas, développait chez eux, pendant les moments nécessaires à ces préparatifs, des sentiments éphémères et
occasionnels de sympathie et de cordialité. Parfois il se
disait que c'était un nouveau soir de printemps de plus
qui passait, il se contraignait à faire attention aux arbres,
au ciel. Mais l'agitation où le mettait la présence d'Odette,
et aussi un léger malaise fébrile qui ne le quittait guère
depuis quelque temps, le privait du calme et du bien-être
qui sont le fond indispensable aux impressions que peut
donner la nature.

Un soir où Swann avait accepté de dîner avec les
Verdurin, comme pendant le dîner il venait de dire que
le lendemain il avait un banquet d'anciens camarades,

Odette lui avait répondu en pleine table, devant Forcheville, qui était maintenant un des fidèles, devant le peintre,
devant Cottard :

« Oui, je sais que vous avez votre banquet, je ne
vous verrai donc que chez moi, mais ne venez pas trop
tard. »

Bien que Swann n'eût encore jamais pris bien sérieusement ombrage de l'amitié d'Odette pour tel ou tel fidèle,
il éprouvait une douceur profonde à l'entendre avouer
ainsi devant tous, avec cette tranquille impudeur, leurs
rendez-vous quotidiens du soir, la situation privilégiée
qu'il avait chez elle et la préférence pour lui qui y était
impliquée. Certes Swann avait souvent pensé qu'Odette
n'était à aucun degré une femme remarquable, et la
suprématie qu'il exerçait sur un être qui lui était si inférieur
n'avait rien qui dût lui paraître si flatteur à voir proclamer
à la face des « fidèles », mais depuis qu'il s'était aperçu
qu'à beaucoup d'hommes Odette semblait une femme
ravissante et désirable, le charme qu'avait pour eux son
corps avait éveillé en lui un besoin douloureux de la
maîtriser entièrement dans les moindres parties de son
cœur. Et il avait commencé d'attacher un prix inestimable
à ces moments passés chez elle le soir, où il l'asseyait sur
ses genoux, lui faisait dire ce qu'elle pensait d'une chose,
d'une autre, où il recensait les seuls biens à la possession
desquels il tînt maintenant sur terre. Aussi, après ce dîner,
la prenant à part, il ne manqua pas de la remercier avec
effusion, cherchant à lui enseigner selon les degrés de la
reconnaissance qu'il lui témoignait, l'échelle des plaisirs
qu'elle pouvait lui causer, et dont le suprême était de le
garantir, pendant le temps que son amour durerait et l'y
rendrait vulnérable, des atteintes de la jalousie.

Quand il sortit le lendemain du banquet, il pleuvait à
verse, il n'avait à sa disposition que sa victoria ; un ami
lui proposa de le reconduire chez lui en coupé, et comme
Odette, par le fait qu'elle lui avait demandé de venir, lui
avait donné la certitude qu'elle n'attendait personne, c'est
l'esprit tranquille et le cœur content que, plutôt que de
partir ainsi dans la pluie, il serait rentré chez lui se coucher.
Mais peut-être, si elle voyait qu'il n'avait pas l'air de tenir
à passer toujours avec elle, sans aucune exception, la fin
de la soirée, négligerait-elle de la lui réserver, justement
une fois où il l'aurait particulièrement désiré.

Il arriva chez elle après onze heures, et, comme il s'excusait de n'avoir pu venir plus tôt, elle se plaignit que ce fût en effet bien tard, l'orage l'avait rendue souffrante, elle se sentait mal à la tête et le prévint qu'elle ne le garderait pas plus d'une demi-heure, qu'à minuit elle le renverrait ; et, peu après, elle se sentit fatiguée et désira s'endormir.

« Alors, pas de catleyas ce soir ? lui dit-il, moi qui espérais un bon petit catleya. »

Et d'un air un peu boudeur et nerveux, elle lui répondit :

« Mais non, mon petit, pas de catleyas ce soir, tu vois bien que je suis souffrante !

— Cela t'aurait peut-être fait du bien, mais enfin je n'insiste pas. »

Elle le pria d'éteindre la lumière avant de s'en aller, il referma lui-même les rideaux du lit et partit. Mais quand il fut rentré chez lui, l'idée lui vint brusquement que peut-être Odette attendait quelqu'un ce soir, qu'elle avait seulement simulé la fatigue et qu'elle ne lui avait demandé d'éteindre que pour qu'il crût qu'elle allait s'endormir, qu'aussitôt qu'il avait été parti, elle avait rallumé, et fait entrer celui qui devait passer la nuit auprès d'elle. Il regarda l'heure. Il y avait à peu près une heure et demie qu'il l'avait quittée, il ressortit, prit un fiacre et se fit arrêter tout près de chez elle, dans une petite rue perpendiculaire à celle sur laquelle donnait, derrière, son hôtel et où il allait quelquefois frapper à la fenêtre de sa chambre à coucher pour qu'elle vînt lui ouvrir ; il descendit de voiture, tout était désert et noir dans ce quartier, il n'eut que quelques pas à faire à pied et déboucha presque devant chez elle. Parmi l'obscurité de toutes les fenêtres éteintes depuis longtemps dans la rue, il en vit une seule d'où débordait — entre les volets qui en pressaient la pulpe mystérieuse et dorée — la lumière qui remplissait la chambre et qui, tant d'autres soirs, du plus loin qu'il l'apercevait en arrivant dans la rue, le réjouissait et lui annonçait : « elle est là qui t'attend » et qui maintenant, le torturait en lui disant : « elle est là avec celui qu'elle attendait ». Il voulait savoir qui ; il se glissa le long du mur jusqu'à la fenêtre, mais entre les lames obliques des volets il ne pouvait rien voir ; il entendait seulement dans le silence de la nuit le murmure d'une conversation. Certes, il souffrait de voir cette lumière dans l'atmosphère d'or de laquelle se mouvait derrière le châssis le couple invisible et détesté, d'entendre ce murmure qui révélait la présence de celui qui était venu après son départ, la fausseté d'Odette, le bonheur qu'elle était en train de goûter avec lui.

Et pourtant il était content d'être venu : le tourment qui l'avait forcé de sortir de chez lui avait perdu de son acuité en perdant de son vague, maintenant que l'autre vie d'Odette, dont il avait eu, à ce moment-là, le brusque et impuissant soupçon, il la tenait là, éclairée en plein par la lampe, prisonnière sans le savoir dans cette chambre où, quand il le voudrait, il entrerait la surprendre et la capturer ; ou plutôt il allait frapper aux volets comme il faisait souvent quand il venait très tard ; ainsi du moins, Odette apprendrait qu'il avait su, qu'il avait vu la lumière et entendu la causerie, et lui, qui tout à l'heure, se la représentait comme se riant avec l'autre de ses illusions, maintenant, c'était eux qu'il voyait, confiants dans leur erreur, trompés en somme par lui qu'ils croyaient bien loin d'ici et qui, lui, savait déjà qu'il allait frapper aux volets. Et peut-être, ce qu'il ressentait en ce moment de presque agréable, c'était autre chose aussi que l'apaisement d'un doute et d'une douleur : un plaisir de l'intelligence. Si, depuis qu'il était amoureux, les choses avaient repris pour lui un peu de l'intérêt délicieux qu'il leur trouvait autrefois, mais seulement là où elles étaient éclairées par le souvenir d'Odette, maintenant, c'était une autre faculté de sa studieuse jeunesse que sa jalousie ranimait, la passion de la vérité, mais d'une vérité, elle aussi, interposée entre lui et sa maîtresse, ne recevant sa lumière que d'elle, vérité tout individuelle qui avait pour objet unique, d'un prix infini et presque d'une beauté désintéressée, les actions d'Odette, ses relations, ses projets, son passé. À toute autre époque de sa vie, les petits faits et gestes quotidiens d'une personne avaient toujours paru sans valeur à Swann si on lui en faisait le commérage, il le trouvait insignifiant, et, tandis qu'il l'écoutait, ce n'était que sa plus vulgaire attention qui y était intéressée ; c'était pour lui un des moments où il se sentait le plus médiocre. Mais dans cette étrange période de l'amour, l'individuel prend quelque chose de si profond, que cette curiosité qu'il sentait s'éveiller en lui à l'égard des moindres occupations d'une femme, c'était celle qu'il avait eue autrefois pour l'Histoire. Et tout ce dont il aurait eu honte jusqu'ici, espionner devant une fenêtre, qui sait ? demain, peut-être faire parler habilement les indifférents, soudoyer les domestiques, écouter aux portes, ne lui semblait plus, aussi bien que le déchiffrement des textes, la comparaison des témoignages et l'interprétation des monuments, que des méthodes d'investigation scientifique d'une véritable valeur intellectuelle et appropriées à la recherche de la vérité.

Sur le point de frapper contre les volets, il eut un moment de honte en pensant qu'Odette allait savoir qu'il avait eu des soupçons, qu'il était revenu, qu'il s'était posté dans la rue. Elle lui avait dit souvent l'horreur qu'elle avait des jaloux, des amants qui espionnent. Ce qu'il allait faire était bien maladroit, et elle allait le détester désormais, tandis qu'en ce moment encore, tant qu'il n'avait pas frappé, peut-être, même en le trompant, l'aimait-elle. Que de bonheurs possibles dont on sacrifie ainsi la réalisation à l'impatience d'un plaisir immédiat ! Mais le désir de connaître la vérité était plus fort et lui sembla plus noble. Il savait que la réalité de circonstances qu'il eût donné sa vie pour restituer exactement, était lisible derrière cette fenêtre striée de lumière, comme sous la couverture enluminée d'or d'un de ces manuscrits précieux à la richesse artistique elle-même desquels le savant qui les consulte ne peut rester indifférent. Il éprouvait une volupté à connaître la vérité qui le passionnait dans cet exemplaire unique, éphémère et précieux, d'une matière translucide, si chaude et si belle. Et puis l'avantage qu'il se sentait — qu'il avait tant besoin de se sentir — sur eux, était peut-être moins de savoir, que de pouvoir leur montrer qu'il savait. Il se haussa sur la pointe des pieds. Il frappa. On n'avait pas entendu, il refrappa plus fort, la conversation s'arrêta. Une voix d'homme dont il chercha à distinguer auquel de ceux des amis d'Odette qu'il connaissait elle pouvait appartenir demanda :

« Qui est là ? »

Il n'était pas sûr de la reconnaître. Il frappa encore une fois. On ouvrit la fenêtre, puis les volets. Maintenant, il n'y avait plus moyen de reculer et, puisqu'elle allait tout savoir, pour ne pas avoir l'air trop malheureux, trop jaloux et curieux, il se contenta de crier d'un air négligent et gai :

« Ne vous dérangez pas, je passais par là, j'ai vu de la lumière, j'ai voulu savoir si vous n'étiez plus souffrante. »

Il regarda. Devant lui, deux vieux messieurs étaient à la fenêtre, l'un tenant une lampe, et alors, il vit la chambre, une chambre inconnue. Ayant l'habitude, quand il venait chez Odette très tard, de reconnaître sa fenêtre à ce que c'était la seule éclairée entre les fenêtres toutes pareilles, il s'était trompé et avait frappé à la fenêtre suivante qui appartenait à la maison voisine. Il s'éloigna en s'excusant et rentra chez lui, heureux que la satisfaction de sa curiosité eût laissé leur amour intact et qu'après avoir simulé depuis si longtemps vis-à-vis d'Odette une sorte d'indifférence, il ne lui eût pas donné, par sa jalousie, cette preuve qu'il l'aimait trop, qui, entre deux amants, dispense, à tout jamais, d'aimer assez, celui qui la reçoit. Il ne lui parla pas de cette mésaventure, lui-même n'y songeait plus. Mais, par moments, un mouvement de sa pensée venait en rencontrer le souvenir qu'elle n'avait pas aperçu, le heurtait, l'enfonçait plus avant, et Swann avait ressenti une douleur brusque et profonde. Comme si ç'avait été une douleur physique, les pensées de Swann ne pouvaient pas l'amoindrir ; mais du moins la douleur physique, parce qu'elle est indépendante de la pensée, la pensée peut s'arrêter sur elle, constater qu'elle a diminué, qu'elle a momentanément cessé. Mais cette douleur-là, la pensée, rien qu'en se la rappelant, la recréait. Vouloir n'y pas penser, c'était y penser encore, en souffrir encore. Et quand, causant avec des amis, il oubliait son mal, tout d'un coup un mot qu'on lui disait le faisait changer de visage, comme un blessé dont un maladroit vient de toucher sans précaution le membre douloureux. Quand il quittait Odette, il était heureux, il se sentait calme, il se rappelait les sourires qu'elle avait eus, railleurs en parlant de tel ou tel autre, et tendres pour lui, la lourdeur de sa tête qu'elle avait détachée de son axe pour l'incliner, la laisser tomber, presque malgré elle, sur ses lèvres, comme elle avait fait la première fois en voiture, les regards mourants qu'elle lui avait jetés pendant qu'elle était dans ses bras, tout en contractant frileusement contre l'épaule sa tête inclinée.

Mais aussitôt sa jalousie, comme si elle était l'ombre de son amour, se complétait du double de ce nouveau sourire qu'elle lui avait adressé le soir même — et qui, inverse maintenant, raillait Swann et se chargeait d'amour pour un autre —, de cette inclinaison de sa tête mais renversée vers d'autres lèvres, et, données à un autre, de toutes les marques de tendresse qu'elle avait eues pour lui. Et tous les souvenirs voluptueux qu'il emportait de chez elle étaient comme autant d'esquisses, de « projets » pareils à ceux que vous soumet un décorateur, et qui permettaient à Swann de se faire une idée des attitudes ardentes ou pâmées qu'elle pouvait avoir avec d'autres. De sorte qu'il en arrivait à regretter chaque plaisir qu'il goûtait près d'elle, chaque caresse inventée et dont il avait eu l'imprudence de lui signaler la douceur, chaque grâce qu'il lui découvrait, car il savait qu'un instant après, elles allaient enrichir d'instruments nouveaux son supplice.

Celui-ci était rendu plus cruel encore quand revenait à Swann le souvenir d'un bref regard qu'il avait surpris, il y avait quelques jours, et pour la première fois, dans les yeux d'Odette. C'était après dîner, chez les Verdurin. Soit que Forcheville, sentant que Saniette, son beau-frère, n'était pas en faveur chez eux, eût voulu le prendre comme tête de Turc et briller devant eux à ses dépens, soit qu'il eût été irrité par un mot maladroit que celui-ci venait de lui dire et qui, d'ailleurs, passa inaperçu pour les assistants qui ne savaient pas quelle allusion désobligeante il pouvait renfermer, bien contre le gré de celui qui le prononçait sans malice aucune, soit enfin qu'il cherchât depuis quelque temps une occasion de faire sortir de la maison quelqu'un qui le connaissait trop bien et qu'il savait trop délicat pour qu'il ne se sentît pas gêné à certains moments rien que de sa présence, Forcheville répondit à ce propos maladroit de Saniette avec une telle grossièreté, se mettant à l'insulter, s'enhardissant, au fur et à mesure qu'il vociférait, de l'effroi, de la douleur, des supplications de l'autre, que le malheureux, après avoir demandé à Mme Verdurin s'il devait rester, et n'ayant pas reçu de réponse, s'était retiré en balbutiant, les larmes aux yeux. Odette avait assisté impassible à cette scène, mais quand la porte se fut refermée sur Saniette, faisant descendre en quelque sorte de plusieurs crans l'expression habituelle de son visage, pour pouvoir se trouver, dans la bassesse, de plain-pied avec Forcheville, elle avait brillanté ses prunelles d'un sourire sournois de félicitations pour l'audace qu'il avait eue, d'ironie pour celui qui en avait été victime ; elle lui avait jeté un regard de complicité dans le mal, qui voulait si bien dire : « Voilà une exécution, ou je ne m'y connais

pas. Avez-vous vu son air penaud ? il en pleurait », que
Forcheville, quand ses yeux rencontrèrent ce regard,
dégrisé soudain de la colère ou de la simulation de colère
dont il était encore chaud, sourit et répondit :

« Il n'avait qu'à être aimable, il serait encore ici, une
bonne correction peut être utile à tout âge. »

Un jour[1] que Swann était sorti au milieu de l'après-midi
pour faire une visite, n'ayant pas trouvé la personne qu'il
voulait rencontrer, il eut l'idée d'entrer chez Odette à cette
heure où il n'allait jamais chez elle, mais où il savait qu'elle
était toujours à la maison à faire sa sieste ou à écrire des
lettres avant l'heure du thé, et où il aurait plaisir à la voir
un peu sans la déranger. Le concierge lui dit qu'il croyait
qu'elle était là ; il sonna, crut entendre du bruit, entendre
marcher, mais on n'ouvrit pas. Anxieux, irrité, il alla dans
la petite rue où donnait l'autre face de l'hôtel, se mit,
devant la fenêtre de la chambre d'Odette ; les rideaux
l'empêchaient de rien voir, il frappa avec force aux
carreaux, appela ; personne n'ouvrit. Il vit que des voisins
le regardaient. Il partit, pensant qu'après tout, il s'était
peut-être trompé en croyant entendre des pas ; mais il en
resta si préoccupé qu'il ne pouvait penser à autre chose.
Une heure après, il revint. Il la trouva ; elle lui dit qu'elle
était chez elle tantôt quand il avait sonné, mais dormait ;
la sonnette l'avait éveillée, elle avait deviné que c'était
Swann, elle avait couru après lui, mais il était déjà parti.
Elle avait bien entendu frapper aux carreaux. Swann
reconnut tout de suite dans ce dire un de ces fragments
d'un fait exact que les menteurs pris de court se consolent
de faire entrer dans la composition du fait faux qu'ils
inventent, croyant y faire sa part et y dérober sa
ressemblance à la Vérité. Certes quand Odette venait de
faire quelque chose qu'elle ne voulait pas révéler, elle le
cachait bien au fond d'elle-même. Mais dès qu'elle se
trouvait en présence de celui à qui elle voulait mentir,
un trouble la prenait, toutes ses idées s'effondraient, ses
facultés d'invention et de raisonnement étaient paralysées,
elle ne trouvait plus dans sa tête que le vide, il fallait
pourtant dire quelque chose, et elle rencontrait à sa portée
précisément la chose qu'elle avait voulu dissimuler et qui,
étant vraie, était seule restée là. Elle en détachait un petit
morceau, sans importance par lui-même, se disant qu'après
tout c'était mieux ainsi puisque c'était un détail véritable

qui n'offrait pas les mêmes dangers qu'un détail faux. « Ça
du moins, c'est vrai, se disait-elle, c'est toujours autant de
gagné, il peut s'informer, il reconnaîtra que c'est vrai, ce
n'est toujours pas ça qui me trahira. » Elle se trompait,
c'était cela qui la trahissait, elle ne se rendait pas compte
que ce détail vrai avait des angles qui ne pouvaient
s'emboîter que dans les détails contigus du fait vrai dont
elle l'avait arbitrairement détaché et qui, quels que fussent
les détails inventés entre lesquels elle le placerait,
révéleraient toujours par la matière excédente et les vides
non remplis, que ce n'était pas d'entre ceux-là qu'il venait.
« Elle avoue qu'elle m'avait entendu sonner, puis frapper,
et qu'elle avait cru que c'était moi, qu'elle avait envie de
me voir, se disait Swann. Mais cela ne s'arrange pas avec
le fait qu'elle n'ait pas fait ouvrir. »

Mais il ne lui fit pas remarquer cette contradiction, car
il pensait que, livrée à elle-même, Odette produirait
peut-être quelque mensonge qui serait un faible indice de
la vérité ; elle parlait ; il ne l'interrompait pas, il recueillait
avec une piété avide et douloureuse ces mots qu'elle lui
disait et qu'il sentait (justement parce qu'elle la cachait
derrière eux tout en lui parlant) garder vaguement, comme
le voile sacré, l'empreinte, dessiner l'incertain modelé,
de cette réalité infiniment précieuse et hélas ! introuvable :
— ce qu'elle faisait tantôt à trois heures[1], quand il était
venu — de laquelle il ne posséderait jamais que ces
mensonges, illisibles et divins vestiges, et qui n'existait plus
que dans le souvenir recéleur de cet être qui la contemplait
sans savoir l'apprécier, mais ne la lui livrerait pas. Certes
il se doutait bien par moments qu'en elles-mêmes les
actions quotidiennes d'Odette n'étaient pas passionnément
intéressantes, et que les relations qu'elle pouvait avoir avec
d'autres hommes n'exhalaient pas naturellement, d'une
façon universelle et pour tout être pensant, une tristesse
morbide, capable de donner la fièvre du suicide. Il se
rendait compte alors que cet intérêt, cette tristesse
n'existaient qu'en lui comme une maladie, et que, quand
celle-ci serait guérie, les actes d'Odette, les baisers qu'elle
aurait pu donner redeviendraient inoffensifs comme ceux
de tant d'autres femmes. Mais que la curiosité douloureuse
que Swann y portait maintenant n'eût sa cause qu'en lui,
n'était pas pour lui faire trouver déraisonnable de
considérer cette curiosité comme importante et de mettre

tout en œuvre pour lui donner satisfaction. C'est que Swann arrivait à un âge dont la philosophie — favorisée par celle de l'époque, par celle aussi du milieu où Swann avait beaucoup vécu, de cette coterie de la princesse des Laumes où il était convenu qu'on est intelligent dans la mesure où on doute de tout et où on ne trouvait de réel et d'incontestable que les goûts de chacun — n'est déjà plus celle de la jeunesse, mais une philosophie positive, presque médicale, d'hommes qui au lieu d'extérioriser les objets de leurs aspirations, essayent de dégager de leurs années déjà écoulées un résidu fixe d'habitudes, de passions qu'ils puissent considérer en eux comme caractéristiques et permanentes et auxquelles, délibérément, ils veilleront d'abord que le genre d'existence qu'ils adoptent puisse donner satisfaction. Swann trouvait sage de faire dans sa vie la part de la souffrance qu'il éprouvait à ignorer ce qu'avait fait Odette, aussi bien que la part de la recrudescence qu'un climat humide causait à son eczéma ; de prévoir dans son budget une disponibilité importante pour obtenir sur l'emploi des journées d'Odette des renseignements sans lesquels il se sentirait malheureux, aussi bien qu'il en réservait pour d'autres goûts dont il savait qu'il pouvait attendre du plaisir, au moins avant qu'il fût amoureux, comme celui des collections et de la bonne cuisine.

Quand il voulut dire adieu à Odette pour rentrer, elle lui demanda de rester encore et le retint même vivement, en lui prenant le bras, au moment où il allait ouvrir la porte pour sortir. Mais il n'y prit pas garde, car, dans la multitude des gestes, des propos, des petits incidents qui remplissent une conversation, il est inévitable que nous passions, sans y rien remarquer qui éveille notre attention, près de ceux qui cachent une vérité que nos soupçons cherchent au hasard, et que nous nous arrêtions au contraire à ceux sous lesquels il n'y a rien. Elle lui redisait tout le temps : « Quel malheur que toi, qui ne viens jamais l'après-midi, pour une fois que cela t'arrive, je ne t'aie pas vu. » Il savait bien qu'elle n'était pas assez amoureuse de lui pour avoir un regret si vif d'avoir manqué sa visite, mais comme elle était bonne, désireuse de lui faire plaisir, et souvent triste quand elle l'avait contrarié, il trouva tout naturel qu'elle le fût cette fois de l'avoir privé de ce plaisir de passer une heure ensemble qui était très grand, non pour elle, mais pour lui. C'était pourtant une chose assez peu importante pour que l'air douloureux qu'elle continuait d'avoir finît par l'étonner. Elle rappelait ainsi plus encore qu'il ne le trouvait d'habitude, les figures de femmes du peintre de la Primavera. Elle avait en ce moment leur visage abattu et navré qui semble succomber sous le poids d'une douleur trop lourde pour elles, simplement quand elles laissent l'enfant Jésus jouer avec une grenade ou regardent Moïse verser de l'eau dans une auge[1]. Il lui avait déjà vu une fois une telle tristesse, mais ne savait plus quand. Et tout d'un coup, il se rappela : c'était quand Odette avait menti en parlant à Mme Verdurin le lendemain de ce dîner où elle n'était pas venue sous prétexte qu'elle était malade et en réalité pour rester avec Swann. Certes, eût-elle été la plus scrupuleuse des femmes qu'elle n'aurait pu avoir de remords d'un mensonge aussi innocent. Mais ceux que faisait couramment Odette l'étaient moins et servaient à empêcher des découvertes qui auraient pu lui créer, avec les uns ou avec les autres, de terribles difficultés. Aussi quand elle mentait, prise de peur, se sentant peu armée pour se défendre, incertaine du succès, elle avait envie de pleurer, par fatigue, comme certains enfants qui n'ont pas dormi. Puis elle savait que son mensonge lésait d'ordinaire gravement l'homme à qui elle le faisait, et à la merci duquel elle allait peut-être tomber si elle mentait mal. Alors elle se sentait à la fois humble et coupable devant lui. Et quand elle avait à faire un mensonge insignifiant et mondain, par association de sensations et de souvenirs, elle éprouvait le malaise d'un surmenage et le regret d'une méchanceté.

Quel mensonge déprimant était-elle en train de faire à Swann pour qu'elle eût ce regard douloureux, cette voix plaintive qui semblaient fléchir sous l'effort qu'elle s'imposait, et demander grâce ? Il eut l'idée que ce n'était pas seulement la vérité sur l'incident de l'après-midi qu'elle s'efforçait de lui cacher, mais quelque chose de plus actuel, peut-être de non encore survenu et de tout prochain, et qui pourrait l'éclairer sur cette vérité. À ce moment, il entendit un coup de sonnette. Odette ne cessa plus de parler, mais ses paroles n'étaient qu'un gémissement : son regret de ne pas avoir vu Swann dans l'après-midi, de ne pas lui avoir ouvert, était devenu un véritable désespoir.

On entendit la porte d'entrée se refermer et le bruit d'une voiture, comme si repartait une personne — celle probablement que Swann ne devait pas rencontrer – à qui on avait dit qu'Odette était sortie. Alors en songeant que rien qu'en venant à une heure où il n'en avait pas l'habitude, il s'était trouvé déranger tant de choses qu'elle ne voulait pas qu'il sût, il éprouva un sentiment de découragement, presque de détresse. Mais comme il aimait Odette, comme il avait l'habitude de tourner vers elle toutes ses pensées, la pitié qu'il eût pu s'inspirer à lui-même, ce fut pour elle qu'il la ressentit, et il murmura : « Pauvre chérie ! » Quand il la quitta, elle prit plusieurs lettres qu'elle avait sur sa table et lui demanda s'il ne pourrait pas les mettre à la poste. Il les emporta et, une fois rentré, s'aperçut qu'il avait gardé les lettres sur lui. Il retourna jusqu'à la poste, les tira de sa poche et avant de les jeter dans la boîte regarda les adresses. Elles étaient toutes pour des fournisseurs, sauf une pour Forcheville. Il la tenait dans sa main. Il se disait : « Si je voyais ce qu'il y a dedans, je saurais comment elle l'appelle, comment elle lui parle, s'il y a quelque chose entre eux. Peut-être même qu'en ne la regardant pas, je commets une indélicatesse à l'égard d'Odette, car c'est la seule manière de me délivrer d'un soupçon peut-être calomnieux pour elle, destiné en tous cas à la faire souffrir et que rien ne pourrait plus détruire, une fois la lettre partie. »

Il rentra chez lui en quittant la poste, mais il avait gardé sur lui cette dernière lettre. Il alluma une bougie et en approcha l'enveloppe qu'il n'avait pas osé ouvrir. D'abord il ne put rien lire, mais l'enveloppe était mince, et en la faisant adhérer à la carte dure qui y était incluse, il put à travers sa transparence lire les derniers mots. C'était une formule finale très froide. Si, au lieu que ce fût lui qui regardât une lettre adressée à Forcheville, c'eût été Forcheville qui eût lu une lettre adressée à Swann, il aurait pu voir des mots autrement tendres ! Il maintint immobile la carte qui dansait dans l'enveloppe plus grande qu'elle, puis, la faisant glisser avec le pouce, en amena successive-ment les différentes lignes sous la partie de l'enveloppe qui n'était pas doublée, la seule à travers laquelle on pouvait lire.

Malgré cela il ne distinguait pas bien. D'ailleurs cela ne faisait rien, car il en avait assez vu pour se rendre

compte qu'il s'agissait d'un petit événement sans importance et qui ne touchait nullement à des relations
amoureuses ; c'était quelque chose qui se rapportait à un
oncle d'Odette. Swann avait bien lu au commencement
de la ligne : « J'ai eu raison », mais ne comprenait pas
ce qu'Odette avait eu raison de faire, quand soudain, un
mot qu'il n'avait pas pu déchiffrer d'abord apparut et
éclaira le sens de la phrase tout entière : « J'ai eu raison
d'ouvrir, c'était mon oncle. » D'ouvrir ! alors Forcheville
était là tantôt quand Swann avait sonné et elle l'avait fait
partir, d'où le bruit qu'il avait entendu.

Alors il lut toute la lettre ; à la fin elle s'excusait d'avoir
agi aussi sans façon avec lui et lui disait qu'il avait oublié
ses cigarettes chez elle, la même phrase qu'elle avait écrite
à Swann une des premières fois qu'il était venu. Mais pour
Swann elle avait ajouté : « puissiez-vous y avoir laissé votre
cœur, je ne vous aurais pas laissé le reprendre ». Pour
Forcheville rien de tel : aucune allusion qui pût faire
supposer une intrigue entre eux. À vrai dire d'ailleurs,
Forcheville était en tout ceci plus trompé que lui puisque
Odette lui écrivait pour lui faire croire que le visiteur était
son oncle. En somme c'était lui, Swann, l'homme à qui
elle attachait de l'importance et pour qui elle avait
congédié l'autre. Et pourtant, s'il n'y avait rien entre
Odette et Forcheville, pourquoi n'avoir pas ouvert tout
de suite, pourquoi avoir dit : « J'ai bien fait d'ouvrir,
c'était mon oncle » ? si elle ne faisait rien de mal à ce
moment-là, comment Forcheville pourrait-il même s'expliquer qu'elle eût pu ne pas ouvrir ? Swann restait là, désolé,
confus et pourtant heureux, devant cette enveloppe
qu'Odette lui avait remise sans crainte, tant était absolue
la confiance qu'elle avait en sa délicatesse, mais à travers
le vitrage transparent de laquelle se dévoilait à lui, avec
le secret d'un incident qu'il n'aurait jamais cru possible
de connaître, un peu de la vie d'Odette, comme dans une
étroite section lumineuse pratiquée à même l'inconnu. Puis
sa jalousie s'en réjouissait, comme si cette jalousie eût eu
une vitalité indépendante, égoïste, vorace de tout ce qui
la nourrirait, fût-ce aux dépens de lui-même. Maintenant
elle avait un aliment et Swann allait pouvoir commencer
à s'inquiéter chaque jour des visites qu'Odette avait reçues
vers cinq heures, à chercher à apprendre où se trouvait
Forcheville à cette heure-là. Car la tendresse de Swann

continuait à garder le même caractère que lui avait imprimé dès le début à la fois l'ignorance où il était de l'emploi des journées d'Odette et la paresse cérébrale qui l'empêchait de suppléer à l'ignorance par l'imagination. Il ne fut pas jaloux d'abord de toute la vie d'Odette, mais des seuls moments où une circonstance, peut-être mal interprétée, l'avait amené à supposer qu'Odette avait pu le tromper. Sa jalousie, comme une pieuvre qui jette une première, puis une seconde, puis une troisième amarre, s'attacha solidement à ce moment de cinq heures du soir[1], puis à un autre, puis à un autre encore. Mais Swann ne savait pas inventer ses souffrances. Elles n'étaient que le souvenir, la perpétuation d'une souffrance qui lui était venue du dehors.

Mais là tout lui en apportait. Il voulut éloigner Odette de Forcheville, l'emmener quelques jours dans le Midi. Mais il croyait qu'elle était désirée par tous les hommes qui se trouvaient dans l'hôtel et qu'elle-même les désirait. Aussi lui qui jadis en voyage recherchait les gens nouveaux, les assemblées nombreuses, on le voyait sauvage, fuyant la société des hommes comme si elle l'eût cruellement blessé. Et comment n'aurait-il pas été misanthrope quand dans tout homme il voyait un amant possible pour Odette ? Et ainsi sa jalousie, plus encore que n'avait fait le goût voluptueux et riant qu'il avait eu d'abord pour Odette, altérait le caractère de Swann et changeait du tout au tout, aux yeux des autres, l'aspect même des signes extérieurs par lesquels ce caractère se manifestait.

Un mois après le jour où il avait lu la lettre adressée par Odette à Forcheville, Swann alla à un dîner que les Verdurin donnaient au Bois. Au moment où on se préparait à partir, il remarqua des conciliabules entre Mme Verdurin et plusieurs des invités et crut comprendre qu'on rappelait au pianiste de venir le lendemain à une partie à Chatou[2] ; or, lui, Swann, n'y était pas invité.

Les Verdurin n'avaient parlé qu'à demi-voix et en termes vagues, mais le peintre, distrait sans doute, s'écria :

« Il ne faudra aucune lumière et qu'il joue la sonate *Clair de lune* dans l'obscurité pour mieux voir s'éclairer les choses. »

Mme Verdurin, voyant que Swann était à deux pas, prit cette expression où le désir de faire taire celui qui parle et de garder un air innocent aux yeux de celui qui entend, se neutralise en une nullité intense du regard, où l'immobile signe d'intelligence du complice se dissimule sous les sourires de l'ingénu et qui enfin, commune à tous ceux qui s'aperçoivent d'une gaffe, la révèle instantanément sinon à ceux qui la font, du moins à celui qui en est l'objet. Odette eut soudain l'air d'une désespérée qui renonce à lutter contre les difficultés écrasantes de la vie, et Swann comptait anxieusement les minutes qui le séparaient du moment où, après avoir quitté ce restaurant, pendant le retour avec elle, il allait pouvoir lui demander des explications, obtenir qu'elle n'allât pas le lendemain à Chatou ou qu'elle l'y fît inviter, et apaiser dans ses bras l'angoisse qu'il ressentait. Enfin on demanda les voitures. Mme Verdurin dit à Swann : « Alors, adieu, à bientôt, n'est-ce pas ? » tâchant par l'amabilité du regard et la contrainte du sourire de l'empêcher de penser qu'elle ne lui disait pas, comme elle eût toujours fait jusqu'ici : « À demain à Chatou, à après-demain chez moi. »

M. et Mme Verdurin firent monter avec eux Forcheville, la voiture de Swann s'était rangée derrière la leur dont il attendait le départ pour faire monter Odette dans la sienne.

« Odette, nous vous ramenons, dit Mme Verdurin, nous avons une petite place pour vous à côté de M. de Forcheville.

— Oui, Madame, répondit Odette.

— Comment, mais je croyais que je vous reconduisais », s'écria Swann, disant sans dissimulation les mots nécessaires, car la portière était ouverte, les secondes étaient comptées, et il ne pouvait rentrer sans elle dans l'état où il était.

« Mais Mme Verdurin m'a demandé...

— Voyons, vous pouvez bien revenir seul, nous vous l'avons laissée assez de fois, dit Mme Verdurin.

— Mais c'est que j'avais une chose importante à dire à Madame.

— Eh bien ! vous la lui écrirez...

— Adieu », lui dit Odette en lui tendant la main.

Il essaya de sourire mais il avait l'air atterré[1].

« As-tu vu les façons que Swann se permet maintenant avec nous ? dit Mme Verdurin à son mari quand ils furent rentrés. J'ai cru qu'il allait me manger, parce que nous ramenions Odette. C'est d'une inconvenance, vraiment !

Alors, qu'il dise tout de suite que nous tenons une maison de rendez-vous ! Je ne comprends pas qu'Odette supporte des manières pareilles. Il a absolument l'air de dire : vous m'appartenez. Je dirai ma manière de penser à Odette, j'espère qu'elle comprendra. »

Et elle ajouta encore, un instant après, avec colère : « Non, mais voyez-vous, cette sale bête ! » employant sans s'en rendre compte, et peut-être en obéissant au même besoin obscur de se justifier — comme Françoise à Combray quand le poulet ne voulait pas mourir — les mots qu'arrachent les derniers sursauts d'un animal inoffensif qui agonise, au paysan qui est en train de l'écraser.

Et quand la voiture de Mme Verdurin fut partie et que celle de Swann s'avança, son cocher le regardant lui demanda s'il n'était pas malade ou s'il n'était pas arrivé de malheur.

Swann le renvoya, il voulait marcher et ce fut à pied, par le Bois, qu'il rentra. Il parlait seul, à haute voix, et sur le même ton un peu factice qu'il avait pris jusqu'ici quand il détaillait les charmes du petit noyau et exaltait la magnanimité des Verdurin. Mais de même que les propos, les sourires, les baisers d'Odette lui devenaient aussi odieux qu'il les avait trouvés doux, s'ils étaient adressés à d'autres que lui, de même, le salon des Verdurin, qui tout à l'heure encore lui semblait amusant, respirant un goût vrai pour l'art et même une sorte de noblesse morale, maintenant que c'était un autre que lui qu'Odette allait y rencontrer, y aimer librement, lui exhibait ses ridicules, sa sottise, son ignominie.

Il se représentait avec dégoût la soirée du lendemain à Chatou. « D'abord cette idée d'aller à Chatou ! Comme des merciers qui viennent de fermer leur boutique ! Vraiment ces gens sont sublimes de bourgeoisisme, ils ne doivent pas exister réellement, ils doivent sortir du théâtre de Labiche ! »

Il y aurait là les Cottard, peut-être Brichot. « Est-ce assez grotesque, cette vie de petites gens qui vivent les uns sur les autres, qui se croiraient perdus, ma parole, s'ils ne se retrouvaient pas tous demain *à Chatou* ! » Hélas ! il y aurait aussi le peintre, le peintre qui aimait à « faire des mariages », qui inviterait Forcheville à venir avec Odette à son atelier. Il voyait Odette avec une toilette trop habillée

pour cette partie de campagne, « car elle est si vulgaire
et surtout, la pauvre petite, elle est tellement bête !!! »

Il entendait les plaisanteries que ferait Mme Verdurin
après dîner, les plaisanteries qui, quel que fût l'ennuyeux
qu'elles eussent pour cible, l'avaient toujours amusé parce
qu'il voyait Odette en rire, en rire avec lui, presque en
lui. Maintenant il sentait que c'était peut-être de lui qu'on
allait faire rire Odette. « Quelle gaieté fétide ! » disait-il
en donnant à sa bouche une expression de dégoût si forte
qu'il avait lui-même la sensation musculaire de sa grimace
jusque dans son cou révulsé contre le col de sa chemise.
« Et comment une créature dont le visage est fait à l'image
de Dieu peut-elle trouver matière à rire dans ces
plaisanteries nauséabondes ? Toute narine un peu délicate
se détournerait avec horreur pour ne pas se laisser
offusquer par de tels relents. C'est vraiment incroyable de
penser qu'un être humain peut ne pas comprendre qu'en
se permettant un sourire à l'égard d'un semblable qui lui
a tendu loyalement la main, il se dégrade jusqu'à une fange
d'où il ne sera plus possible à la meilleure volonté du
monde de jamais le relever. J'habite à trop de milliers de
mètres d'altitude au-dessus des bas-fonds où clapotent et
clabaudent de tels sales papotages, pour que je puisse être
éclaboussé par les plaisanteries d'une Verdurin », s'écria-
t-il, en relevant la tête, en redressant fièrement son corps
en arrière. « Dieu m'est témoin que j'ai sincèrement voulu
tirer Odette de là, et l'élever dans une atmosphère plus
noble et plus pure. Mais la patience humaine a des bornes,
et la mienne est à bout », se dit-il, comme si cette mission
d'arracher Odette à une atmosphère de sarcasmes datait
de plus longtemps que de quelques minutes, et comme
s'il ne se l'était pas donnée seulement depuis qu'il pensait
que ces sarcasmes l'avaient peut-être lui-même pour objet
et tentaient de détacher Odette de lui.

Il voyait le pianiste prêt à jouer la sonate *Clair de lune*
et les mines de Mme Verdurin s'effrayant du mal que la
musique de Beethoven allait faire à ses nerfs : « Idiote,
menteuse ! s'écria-t-il, et ça croit aimer *l'Art* ! » Elle dirait
à Odette, après lui avoir insinué adroitement quelques
mots louangeurs pour Forcheville, comme elle avait fait
si souvent pour lui : « Vous allez faire une petite place
à côté de vous à M. de Forcheville. » « Dans l'obscurité !
maquerelle, entremetteuse ! » « Entremetteuse », c'était

le nom qu'il donnait aussi à la musique qui les convierait à se taire, à rêver ensemble, à se regarder, à se prendre la main. Il trouvait du bon à la sévérité contre les arts, de Platon, de Bossuet[1], et de la vieille éducation française.

En somme la vie qu'on menait chez les Verdurin et qu'il avait appelée si souvent « la vraie vie » lui semblait la pire de toutes, et leur petit noyau le dernier des milieux. « C'est vraiment, disait-il, ce qu'il y a de plus bas dans l'échelle sociale, le dernier cercle de Dante. Nul doute que le texte auguste ne se réfère aux Verdurin ! Au fond, comme les gens du monde, dont on peut médire, mais qui tout de même sont autre chose que ces bandes de voyous, montrent leur profonde sagesse en refusant de les connaître, d'y salir même le bout de leurs doigts ! Quelle divination dans ce *Noli me tangere*[2] du faubourg Saint-Germain ! » Il avait quitté depuis bien longtemps les allées du Bois, il était presque arrivé chez lui, que, pas encore dégrisé de sa douleur et de la verve d'insincérité dont les intonations menteuses, la sonorité artificielle de sa propre voix lui versaient d'instant en instant plus abondamment l'ivresse, il continuait encore à pérorer tout haut dans le silence de la nuit : « Les gens du monde ont leurs défauts que personne ne reconnaît mieux que moi, mais enfin ce sont tout de même des gens avec qui certaines choses sont impossibles. Telle femme élégante que j'ai connue était loin d'être parfaite, mais enfin il y avait tout de même chez elle un fond de délicatesse, une loyauté dans les procédés qui l'auraient rendue, quoi qu'il arrivât, incapable d'une félonie et qui suffisent à mettre des abîmes entre elle et une mégère comme la Verdurin. Verdurin ! quel nom ! Ah ! on peut dire qu'ils sont complets, qu'ils sont beaux dans leur genre ! Dieu merci, il n'était que temps de ne plus condescendre à la promiscuité avec cette infamie, avec ces ordures. »

Mais, comme les vertus qu'il attribuait tantôt encore aux Verdurin n'auraient pas suffi, même s'ils les avaient vraiment possédées, mais s'ils n'avaient pas favorisé et protégé son amour, à provoquer chez Swann cette ivresse où il s'attendrissait sur leur magnanimité et qui, même propagée à travers d'autres personnes, ne pouvait lui venir que d'Odette, — de même, l'immoralité, eût-elle été réelle, qu'il trouvait aujourd'hui aux Verdurin aurait été impuissante, s'ils n'avaient pas invité Odette avec Forcheville

et sans lui, à déchaîner son indignation et à lui faire flétrir
« leur infamie ». Et sans doute la voix de Swann était plus
clairvoyante que lui-même, quand elle se refusait à
prononcer ces mots pleins de dégoût pour le milieu
Verdurin et la joie d'en avoir fini avec lui, autrement que
sur un ton factice et comme s'ils étaient choisis plutôt pour
assouvir sa colère que pour exprimer sa pensée. Celle-ci,
en effet, pendant qu'il se livrait à ces invectives, était
probablement, sans qu'il s'en aperçût, occupée d'un objet
tout à fait différent, car une fois arrivé chez lui, à peine
eut-il refermé la porte cochère, que brusquement il se
frappa le front, et, la faisant rouvrir, ressortit en s'écriant
d'une voix naturelle cette fois : « Je crois que j'ai trouvé
le moyen de me faire inviter demain au dîner de
Chatou ! » Mais le moyen devait être mauvais, car Swann
ne fut pas invité : le docteur Cottard qui, appelé en
province pour un cas grave, n'avait pas vu les Verdurin
depuis plusieurs jours et n'avait pu aller à Chatou, dit, le
lendemain de ce dîner, en se mettant à table chez eux :
« Mais, est-ce que nous ne verrons pas M. Swann, ce
soir ? Il est bien ce qu'on appelle un ami personnel du...

— Mais j'espère bien que non ! s'écria Mme Verdurin,
Dieu nous en préserve, il est assommant, bête et mal
élevé. »

Cottard à ces mots manifesta en même temps son
étonnement et sa soumission, comme devant une vérité
contraire à tout ce qu'il avait cru jusque-là, mais d'une
évidence irrésistible ; et, baissant d'un air ému et peureux
son nez dans son assiette, il se contenta de répondre :
« Ah ! ah ! ah ! ah ! ah ! » en traversant à reculons, dans
sa retraite repliée en bon ordre jusqu'au fond de lui-
même, le long d'une gamme descendante, tout le registre
de sa voix. Et il ne fut plus question de Swann chez les
Verdurin.

Alors ce salon qui avait réuni Swann et Odette devint
un obstacle à leurs rendez-vous. Elle ne lui disait plus
comme au premier temps de leur amour : « Nous nous
verrons en tous cas demain soir, il y a un souper chez les
Verdurin », mais : « Nous ne pourrons pas nous voir
demain soir, il y a un souper chez les Verdurin. » Ou bien
les Verdurin devaient l'emmener à l'Opéra-Comique voir
Une nuit de Cléopâtre[1] et Swann lisait dans les yeux d'Odette

cet effroi qu'il lui demandât de n'y pas aller, que naguère il n'aurait pu se retenir de baiser au passage sur le visage de sa maîtresse, et qui maintenant l'exaspérait. « Ce n'est pas de la colère, pourtant, se disait-il à lui-même, que j'éprouve en voyant l'envie qu'elle a d'aller picorer dans cette musique stercoraire. C'est du chagrin, non pas certes pour moi, mais pour elle ; du chagrin de voir qu'après avoir vécu plus de six mois en contact quotidien avec moi, elle n'a pas su devenir assez une autre pour éliminer spontanément Victor Massé ! Surtout pour ne pas être arrivée à comprendre qu'il y a des soirs où un être d'une essence un peu délicate doit savoir renoncer à un plaisir, quand on le lui demande. Elle devrait savoir dire "je n'irai pas", ne fût-ce que par intelligence, puisque c'est sur sa réponse qu'on classera une fois pour toutes sa qualité d'âme. » Et s'étant persuadé à lui-même que c'était seulement en effet pour pouvoir porter un jugement plus favorable sur la valeur spirituelle d'Odette qu'il désirait que ce soir-là elle restât avec lui au lieu d'aller à l'Opéra-Comique, il lui tenait le même raisonnement, au même degré d'insincérité qu'à soi-même, et même à un degré de plus, car alors il obéissait aussi au désir de la prendre par l'amour-propre.

« Je te jure », lui disait-il, quelques instants avant qu'elle partît pour le théâtre, « qu'en te demandant de ne pas sortir, tous mes souhaits, si j'étais égoïste seraient pour que tu me refuses, car j'ai mille choses à faire ce soir et je me trouverai moi-même pris au piège et bien ennuyé si contre toute attente tu me réponds que tu n'iras pas. Mais mes occupations, mes plaisirs, ne sont pas tout, je dois penser à toi. Il peut venir un jour où, me voyant à jamais détaché de toi, tu auras le droit de me reprocher de ne pas t'avoir avertie dans les minutes décisives où je sentais que j'allais porter sur toi un de ces jugements sévères auxquels l'amour ne résiste pas longtemps. Vois-tu, *Une nuit de Cléopâtre* (quel titre !) n'est rien dans la circonstance. Ce qu'il faut savoir, c'est si vraiment tu es cet être qui est au dernier rang de l'esprit, et même du charme, l'être méprisable qui n'est pas capable de renoncer à un plaisir. Alors, si tu es cela, comment pourrait-on t'aimer, car tu n'es même pas une personne, une créature définie, imparfaite, mais du moins perfectible ? Tu es une eau informe qui coule selon la pente qu'on lui offre, un poisson sans mémoire et sans réflexion qui, tant qu'il vivra dans son aquarium, se heurtera cent fois par jour contre le vitrage qu'il continuera à prendre pour de l'eau[1]. Comprends-tu que ta réponse, je ne dis pas aura pour effet que je cesserai de t'aimer immédiatement, bien entendu, mais te rendra moins séduisante à mes yeux quand je comprendrai que tu n'es pas une personne, que tu es au-dessous de toutes les choses et ne sais te placer au-dessus d'aucune ? Évidemment j'aurais mieux aimé te demander comme une chose sans importance, de renoncer à *Une nuit de Cléopâtre* (puisque tu m'obliges à me souiller les lèvres de ce nom abject) dans l'espoir que tu irais cependant. Mais, décidé à tenir un tel compte, à tirer de telles conséquences de ta réponse, j'ai trouvé plus loyal de t'en prévenir. »

Odette depuis un moment donnait des signes d'émotion et d'incertitude. À défaut du sens de ce discours, elle comprenait qu'il pouvait rentrer dans le genre commun des « laïus » et scènes de reproches ou de supplications, dont l'habitude qu'elle avait des hommes lui permettait, sans s'attacher aux détails des mots, de conclure qu'ils ne les prononceraient pas s'ils n'étaient pas amoureux, que du moment qu'ils étaient amoureux, il était inutile de leur obéir, qu'ils ne le seraient que plus après. Aussi aurait-elle écouté Swann avec le plus grand calme si elle n'avait vu que l'heure passait et que pour peu qu'il parlât encore quelque temps, elle allait, comme elle le lui dit avec un sourire tendre, obstiné et confus, « finir par manquer l'Ouverture ! ».

D'autres fois il lui disait que ce qui plus que tout ferait qu'il cesserait de l'aimer, c'est qu'elle ne voulût pas renoncer à mentir. « Même au simple point de vue de la coquetterie, lui disait-il, ne comprends-tu donc pas combien tu perds de ta séduction en t'abaissant à mentir ? Par un aveu, combien de fautes tu pourrais racheter ! Vraiment tu es bien moins intelligente que je ne croyais ! » Mais c'est en vain que Swann lui exposait ainsi toutes les raisons qu'elle avait de ne pas mentir ; elles auraient pu ruiner chez Odette un système général du mensonge ; mais Odette n'en possédait pas ; elle se contentait seulement, dans chaque cas où elle voulait que Swann ignorât quelque chose qu'elle avait fait, de ne pas le lui dire. Ainsi le mensonge était pour elle un expédient d'ordre particulier ;

et ce qui seul pouvait décider si elle devait s'en servir ou avouer la vérité, c'était une raison d'ordre particulier aussi, la chance plus ou moins grande qu'il y avait pour que Swann pût découvrir qu'elle n'avait pas dit la vérité.

Physiquement, elle traversait une mauvaise phase : elle épaississait ; et le charme expressif et dolent, les regards étonnés et rêveurs qu'elle avait autrefois semblaient avoir disparu avec sa première jeunesse. De sorte qu'elle était devenue si chère à Swann au moment pour ainsi dire où il la trouvait précisément bien moins jolie. Il la regardait longuement pour tâcher de ressaisir le charme qu'il lui avait connu, et ne le retrouvait pas. Mais savoir que sous cette chrysalide nouvelle, c'était toujours Odette qui vivait, toujours la même volonté fugace, insaisissable et sournoise, suffisait à Swann pour qu'il continuât de mettre la même passion à chercher à la capter. Puis il regardait des photographies d'il y avait deux ans, il se rappelait comme elle avait été délicieuse. Et cela le consolait un peu de se donner tant de mal pour elle.

Quand les Verdurin l'emmenaient à Saint-Germain, à Chatou, à Meulan, souvent, si c'était dans la belle saison, ils proposaient, sur place, de rester à coucher et de ne revenir que le lendemain. Mme Verdurin cherchait à apaiser les scrupules du pianiste dont la tante était restée à Paris.

« Elle sera enchantée d'être débarrassée de vous pour un jour. Et comment s'inquiéterait-elle, elle vous sait avec nous ; d'ailleurs je prends tout sous mon bonnet. »

Mais si elle n'y réussissait pas, M. Verdurin partait en campagne, trouvait un bureau de télégraphe ou un messager et s'informait de ceux des fidèles qui avaient quelqu'un à faire prévenir. Mais Odette le remerciait et disait qu'elle n'avait de dépêche à faire pour personne, car elle avait dit à Swann une fois pour toutes qu'en lui en envoyant une aux yeux de tous, elle se compromettrait. Parfois c'était pour plusieurs jours qu'elle s'absentait, les Verdurin l'emmenaient voir les tombeaux de Dreux, ou à Compiègne admirer, sur le conseil du peintre, des couchers de soleil en forêt, et on poussait jusqu'au château de Pierrefonds[1].

« Penser qu'elle pourrait visiter de vrais monuments avec moi qui ai étudié l'architecture pendant dix ans et qui suis tout le temps supplié de mener à Beauvais ou à

Saint-Loup-de-Naud[1] des gens de la plus haute valeur et
ne le ferais que pour elle, et qu'à la place elle va avec
les dernières des brutes s'extasier successivement devant
les déjections de Louis-Philippe et devant celles de
Viollet-le-Duc ! Il me semble qu'il n'y a pas besoin d'être
artiste pour cela et que, même sans flair particulièrement
fin, on ne choisit pas d'aller villégiaturer dans des latrines
pour être plus à portée de respirer des excréments. »

Mais quand elle était partie pour Dreux ou pour
Pierrefonds — hélas, sans lui permettre d'y aller, comme
par hasard, de son côté, car « cela ferait un effet
déplorable », disait-elle — il se plongeait dans le plus
enivrant des romans d'amour, l'indicateur des chemins de
fer, qui lui apprenait les moyens de la rejoindre,
l'après-midi, le soir, ce matin même ! Le moyen ? presque
davantage : l'autorisation. Car enfin l'indicateur et les
trains eux-mêmes n'étaient pas faits pour des chiens. Si
on faisait savoir au public, par voie d'imprimés, qu'à huit
heures du matin partait un train qui arrivait à Pierrefonds
à dix heures, c'est donc qu'aller à Pierrefonds était un acte
licite, pour lequel la permission d'Odette était superflue ;
et c'était aussi un acte qui pouvait avoir un tout autre motif
que le désir de rencontrer Odette, puisque des gens qui
ne la connaissaient pas l'accomplissaient chaque jour, en
assez grand nombre pour que cela valût la peine de faire
chauffer des locomotives.

En somme elle ne pouvait tout de même pas l'empêcher
d'aller à Pierrefonds s'il en avait envie ! Or justement, il
sentait qu'il en avait envie, et que s'il n'avait pas connu
Odette, certainement il y serait allé. Il y avait longtemps
qu'il voulait se faire une idée plus précise des travaux de
restauration de Viollet-de-Duc. Et par le temps qu'il faisait,
il éprouvait l'impérieux désir d'une promenade dans la
forêt de Compiègne.

Ce n'était vraiment pas de chance qu'elle lui défendît
le seul endroit qui le tentait aujourd'hui. Aujourd'hui !
S'il y allait malgré son interdiction, il pourrait la voir
aujourd'hui même ! Mais alors que, si elle eût retrouvé à
Pierrefonds quelque indifférent, elle lui eût dit joyeuse-
ment : « Tiens, vous ici ! », et lui aurait demandé d'aller
la voir à l'hôtel où elle était descendue avec les Verdurin,
au contraire si elle l'y rencontrait, lui, Swann, elle serait
froissée, elle se dirait qu'elle était suivie, elle l'aimerait

moins, peut-être se détournerait-elle avec colère en
l'apercevant. « Alors, je n'ai plus le droit de voyager ! »
lui dirait-elle au retour, tandis qu'en somme c'était lui qui
n'avait plus le droit de voyager !

Il avait eu un moment l'idée, pour pouvoir aller à
Compiègne et à Pierrefonds sans avoir l'air que ce fût pour
rencontrer Odette, de s'y faire emmener par un de ses
amis, le marquis de Forestelle, qui avait un château dans
le voisinage. Celui-ci, à qui il avait fait part de son projet
sans lui en dire le motif, ne se sentait pas de joie et
s'émerveillait que Swann, pour la première fois depuis
quinze ans, consentît enfin à venir voir sa propriété et,
puisqu'il ne voulait pas s'y arrêter, lui avait-il dit, lui promît
du moins de faire ensemble des promenades et des
excursions pendant plusieurs jours. Swann s'imaginait déjà
là-bas avec M. de Forestelle. Même avant d'y voir Odette,
même s'il ne réussissait pas à l'y voir, quel bonheur il aurait
à mettre le pied sur cette terre où, ne sachant pas l'endroit
exact, à tel moment, de sa présence, il sentirait palpiter
partout la possibilité de sa brusque apparition : dans la
cour du château, devenu beau pour lui parce que c'était
à cause d'elle qu'il était allé le voir ; dans toutes les rues
de la ville, qui lui semblait romanesque ; sur chaque route
de la forêt, rosée par un couchant profond et tendre ;
— asiles innombrables et alternatifs, où venait simultanément se réfugier, dans l'incertaine ubiquité de ses
espérances, son cœur heureux, vagabond et multiplié.
« Surtout, dirait-il à M. de Forestelle, prenons garde de
ne pas tomber sur Odette et les Verdurin ; je viens
d'apprendre qu'ils sont justement aujourd'hui à Pierrefonds. On a assez le temps de se voir à Paris, ce ne serait
pas la peine de le quitter pour ne pas pouvoir faire un
pas les uns sans les autres. » Et son ami ne comprendrait
pas pourquoi une fois là-bas il changerait vingt fois de
projets, inspecterait les salles à manger de tous les hôtels
de Compiègne sans se décider à s'asseoir dans aucune de
celles où pourtant on n'avait pas vu trace de Verdurin,
ayant l'air de rechercher ce qu'il disait vouloir fuir et du
reste le fuyant dès qu'il l'aurait trouvé, car s'il avait
rencontré le petit groupe, il s'en serait écarté avec
affectation, content d'avoir vu Odette et qu'elle l'eût vu,
surtout qu'elle l'eût vu ne se souciant pas d'elle. Mais non,
elle devinerait bien que c'était pour elle qu'il était là. Et

quand M. de Forestelle venait le chercher pour partir, il lui disait : « Hélas ! non, je ne peux pas aller aujourd'hui à Pierrefonds, Odette y est justement. » Et Swann était heureux malgré tout de sentir que, si seul de tous les mortels il n'avait pas le droit en ce jour d'aller à Pierrefonds, c'était parce qu'il était en effet pour Odette quelqu'un de différent des autres, son amant, et que cette restriction apportée pour lui au droit universel de libre circulation, n'était qu'une des formes de cet esclavage, de cet amour qui lui était si cher. Décidément il valait mieux ne pas risquer de se brouiller avec elle, patienter, attendre son retour. Il passait ses journées penché sur une carte de la forêt de Compiègne comme si ç'avait été la carte du Tendre, s'entourait de photographies du château de Pierrefonds. Dès que venait le jour où il était possible qu'elle revînt, il rouvrait l'indicateur, calculait quel train elle avait dû prendre et, si elle s'était attardée, ceux qui lui restaient encore. Il ne sortait pas de peur de manquer une dépêche, ne se couchait pas pour le cas où, revenue par le dernier train, elle aurait voulu lui faire la surprise de venir le voir au milieu de la nuit. Justement il entendait sonner à la porte cochère, il lui semblait qu'on tardait à ouvrir, il voulait éveiller le concierge, se mettait à la fenêtre pour appeler Odette si c'était elle, car malgré les recommandations qu'il était descendu faire plus de dix fois lui-même, on était capable de lui dire qu'il n'était pas là. C'était un domestique qui rentrait. Il remarquait le vol incessant des voitures qui passaient, auquel il n'avait jamais fait attention autrefois. Il écoutait chacune venir au loin, s'approcher, dépasser sa porte sans s'être arrêtée et porter plus loin un message qui n'était pas pour lui. Il attendait toute la nuit, bien inutilement, car les Verdurin ayant avancé leur retour, Odette était à Paris depuis midi ; elle n'avait pas eu l'idée de l'en prévenir ; ne sachant que faire, elle avait été passer sa soirée seule au théâtre et il y avait longtemps qu'elle était rentrée se coucher et dormait.

C'est qu'elle n'avait même pas pensé à lui. Et de tels moments où elle oubliait jusqu'à l'existence de Swann étaient plus utiles à Odette, servaient mieux à lui attacher Swann, que toute sa coquetterie. Car ainsi Swann vivait dans cette agitation douloureuse qui avait déjà été assez puissante pour faire éclore son amour le soir où il n'avait pas trouvé Odette chez les Verdurin et l'avait cherchée toute la soirée. Et il n'avait pas, comme j'eus à Combray dans mon enfance, des journées heureuses pendant lesquelles s'oublient les souffrances qui renaîtront le soir. Les journées, Swann les passait sans Odette ; et par moments il se disait que laisser une aussi jolie femme sortir ainsi seule dans Paris était aussi imprudent que de poser un écrin plein de bijoux au milieu de la rue. Alors il s'indignait contre tous les passants comme contre autant de voleurs. Mais leur visage collectif et informe échappant à son imagination ne nourrissait pas sa jalousie. Il fatiguait la pensée de Swann, lequel, se passant la main sur les yeux, s'écriait : « À la grâce de Dieu », comme ceux qui après s'être acharnés à étreindre le problème de la réalité du monde extérieur ou de l'immortalité de l'âme accordent la détente d'un acte de foi à leur cerveau lassé. Mais toujours la pensée de l'absente était indissolublement mêlée aux actes les plus simples de la vie de Swann — déjeuner, recevoir son courrier, sortir, se coucher — par la tristesse même qu'il avait à les accomplir sans elle, comme ces initiales de Philibert le Beau que dans l'église de Brou, à cause du regret qu'elle avait de lui, Marguerite d'Autriche entrelaça partout aux siennes[1]. Certains jours au lieu de rester chez lui, il allait prendre son déjeuner dans un restaurant assez voisin dont il avait apprécié autrefois la bonne cuisine et où maintenant il n'allait plus que pour une de ces raisons, à la fois mystiques et saugrenues, qu'on appelle romanesques ; c'est que ce restaurant (lequel existe encore) portait le même nom que la rue habitée par Odette : *Lapérouse*[2]. Quelquefois, quand elle avait fait un court déplacement, ce n'est qu'après plusieurs jours qu'elle songeait à lui faire savoir qu'elle était revenue à Paris. Et elle lui disait tout simplement, sans plus prendre comme autrefois la précaution de se couvrir à tout hasard d'un petit morceau emprunté à la vérité, qu'elle venait d'y rentrer à l'instant même par le train du matin. Ces paroles étaient mensongères ; du moins pour Odette elles étaient mensongères, inconsistantes, n'ayant pas, comme si elles avaient été vraies, un point d'appui dans le souvenir de son arrivée à la gare ; même elle était empêchée de se les représenter au moment où elle les prononçait, par l'image contradictoire de ce qu'elle avait fait de tout différent au moment où elle prétendait être descendue du train. Mais dans l'esprit de Swann au

contraire ces paroles qui ne rencontraient aucun obstacle
venaient s'incruster et prendre l'inamovibilité d'une vérité
si indubitable que si un ami lui disait être venu par le
train et ne pas avoir vu Odette il était persuadé que c'était
l'ami qui se trompait de jour ou d'heure, puisque son dire
ne se conciliait pas avec les paroles d'Odette. Celles-ci ne
lui eussent paru mensongères que s'il s'était d'abord défié
qu'elles le fussent. Pour qu'il crût qu'elle mentait, un
soupçon préalable était une condition nécessaire. C'était
d'ailleurs aussi une condition suffisante. Alors tout ce que
disait Odette lui paraissait suspect. L'entendait-il citer un
nom, c'était certainement celui d'un de ses amants ; une
fois cette supposition forgée, il passait des semaines à se
désoler ; il s'aboucha même une fois avec une agence de
renseignements pour savoir l'adresse, l'emploi du temps
de l'inconnu qui ne le laisserait respirer que quand il serait
parti en voyage, et dont il finit par apprendre que c'était
un oncle d'Odette mort depuis vingt ans.

Bien qu'elle ne lui permît pas en général de la rejoindre
dans des lieux publics disant que cela ferait jaser, il arrivait
que dans une soirée où il était invité comme elle — chez
Forcheville, chez le peintre, ou à un bal de charité dans
un ministère — il se trouvât en même temps qu'elle. Il
la voyait mais n'osait pas rester de peur de l'irriter en ayant
l'air d'épier les plaisirs qu'elle prenait avec d'autres et qui
— tandis qu'il rentrait solitaire, qu'il allait se coucher
anxieux comme je devais l'être moi-même quelques années
plus tard les soirs où il viendrait dîner à la maison, à
Combray[1] — lui semblaient illimités parce qu'il n'en avait
pas vu la fin. Et une fois ou deux il connut par de tels
soirs de ces joies qu'on serait tenté, si elles ne subissaient
avec tant de violence le choc en retour de l'inquiétude
brusquement arrêtée, d'appeler des joies calmes, parce
qu'elles consistent en un apaisement : il était allé passer
un instant à un raout chez le peintre et s'apprêtait à le
quitter ; il y laissait Odette muée en une brillante
étrangère, au milieu d'hommes à qui ses regards et sa
gaieté, qui n'étaient pas pour lui, semblaient parler de
quelque volupté qui serait goûtée là ou ailleurs (peut-être
au « Bal des Incohérents[2] » où il tremblait qu'elle n'allât
ensuite) et qui causait à Swann plus de jalousie que l'union
charnelle même parce qu'il l'imaginait plus difficilement ;
il était déjà prêt à passer la porte de l'atelier quand il

s'entendait rappeler par ces mots (qui en retranchant de la fête cette fin qui l'épouvantait, la lui rendaient rétrospectivement innocente, faisaient du retour d'Odette une chose non plus inconcevable et terrible, mais douce et connue et qui tiendrait à côté de lui, pareille à un peu de sa vie de tous les jours, dans sa voiture, et dépouillaient Odette elle-même de son apparence trop brillante et gaie, montraient que ce n'était qu'un déguisement qu'elle avait revêtu un moment, pour lui-même, non en vue de mystérieux plaisirs, et duquel elle était déjà lasse), par ces mots qu'Odette lui jetait, comme il était déjà sur le seuil : « Vous ne voudriez pas m'attendre cinq minutes, je vais partir, nous reviendrions ensemble, vous me ramèneriez chez moi. »

Il est vrai qu'un jour Forcheville avait demandé à être ramené en même temps, mais comme arrivé devant la porte d'Odette il avait sollicité la permission d'entrer aussi, Odette lui avait répondu en montrant Swann : « Ah ! cela dépend de ce monsieur-là, demandez-lui. Enfin, entrez un moment si vous voulez, mais pas longtemps parce que je vous préviens qu'il aime causer tranquillement avec moi, et qu'il n'aime pas beaucoup qu'il y ait des visites quand il vient. Ah ! si vous connaissiez cet être-là autant que je le connais ! n'est-ce pas, *my love*, il n'y a que moi qui vous connaisse bien ? »

Et Swann était peut-être encore plus touché de la voir ainsi lui adresser en présence de Forcheville, non seulement ces paroles de tendresse, de prédilection, mais encore certaines critiques comme : « Je suis sûre que vous n'avez pas encore répondu à vos amis pour votre dîner de dimanche. N'y allez pas si vous ne voulez pas, mais soyez au moins poli », ou : « Avez-vous laissé seulement ici votre essai sur Ver Meer pour pouvoir l'avancer un peu demain ? Quel paresseux ! Je vous ferai travailler, moi ! », qui prouvaient qu'Odette se tenait au courant de ses invitations dans le monde et de ses études d'art, qu'ils avaient bien une vie à eux deux. Et en disant cela elle lui adressait un sourire au fond duquel il la sentait toute à lui.

Alors à ces moments-là, pendant qu'elle leur faisait de l'orangeade, tout d'un coup, comme quand un réflecteur mal réglé d'abord promène autour d'un objet, sur la muraille, de grandes ombres fantastiques qui viennent

ensuite se replier et s'anéantir en lui, toutes les idées
terribles et mouvantes qu'il se faisait d'Odette s'évanouissaient, rejoignaient le corps charmant que Swann avait
devant lui. Il avait le brusque soupçon que cette heure
passée chez Odette, sous la lampe, n'était peut-être pas une
heure factice, à son usage à lui (destinée à masquer cette
chose effrayante et délicieuse à laquelle il pensait sans cesse
sans pouvoir bien se la représenter, une heure de la vraie
vie d'Odette, de la vie d'Odette quand lui n'était pas là),
avec des accessoires de théâtre et des fruits de carton, mais
était peut-être une heure pour de bon de la vie d'Odette
que s'il n'avait pas été là, elle eût avancé à Forcheville le
même fauteuil et lui eût versé non un breuvage inconnu,
mais précisément cette orangeade que le monde habité par
Odette n'était pas cet autre monde effroyable et surnaturel
où il passait son temps à la situer et qui n'existait peut-être
que dans son imagination, mais l'univers réel, ne dégageant
aucune tristesse spéciale, comprenant cette table où il allait
pouvoir écrire et cette boisson à laquelle il lui serait permis
de goûter, tous ces objets qu'il contemplait avec autant de
curiosité et d'admiration que de gratitude, car si en
absorbant ses rêves ils l'en avaient délivré, eux en revanche
s'en étaient enrichis, ils lui en montraient la réalisation
palpable, et ils intéressaient son esprit, ils prenaient du
relief devant ses regards en même temps qu'ils tranquil-
lisaient son cœur. Ah ! si le destin avait permis qu'il pût
n'avoir qu'une seule demeure avec Odette et que chez elle
il fût chez lui, si en demandant au domestique ce qu'il y
avait à déjeuner, c'eût été le menu d'Odette qu'il avait
appris en réponse, si quand Odette voulait aller le matin
se promener avenue du Bois de Boulogne, son devoir de
bon mari l'avait obligé, n'eût-il pas envie de sortir, à
l'accompagner, portant son manteau quand elle avait trop
chaud, et le soir après le dîner si elle avait envie de rester
chez elle en déshabillé, s'il avait été forcé de rester là près
d'elle, à faire ce qu'elle voudrait ; alors combien tous les
riens de la vie de Swann qui lui semblaient si tristes, au
contraire parce qu'ils auraient en même temps fait partie
de la vie d'Odette auraient pris, même les plus familiers
— et comme cette lampe, cette orangeade, ce fauteuil qui
contenaient tant de rêve, qui matérialisaient tant de désir
— une sorte de douceur surabondante et de densité
mystérieuse.

Pourtant il se doutait bien que ce qu'il regrettait ainsi c'était un calme, une paix qui n'auraient pas été pour son amour une atmosphère favorable. Quand Odette cesserait d'être pour lui une créature toujours absente, regrettée, imaginaire quand le sentiment qu'il aurait pour elle ne serait plus ce même trouble mystérieux que lui causait la phrase de la sonate, mais de l'affection, de la reconnaissance quand s'établiraient entre eux des rapports normaux qui mettraient fin à sa folie et à sa tristesse, alors sans doute les actes de la vie d'Odette lui paraîtraient peu intéressants en eux-mêmes — comme il avait déjà eu plusieurs fois le soupçon qu'ils étaient, par exemple le jour où il avait lu à travers l'enveloppe la lettre adressée à Forcheville. Considérant son mal avec autant de sagacité que s'il se l'était inoculé pour en faire l'étude, il se disait que quand il serait guéri ce que pourrait faire Odette lui serait indifférent. Mais du sein de son état morbide, à vrai dire il redoutait à l'égal de la mort une telle guérison, qui eût été en effet la mort de tout ce qu'il était actuellement.

Après ces tranquilles soirées les soupçons de Swann étaient calmés ; il bénissait Odette et le lendemain, dès le matin, il faisait envoyer chez elle les plus beaux bijoux, parce que ces bontés de la veille avaient excité ou sa gratitude, ou le désir de les voir se renouveler, ou un paroxysme d'amour qui avait besoin de se dépenser.

Mais à d'autres moments sa douleur le reprenait, il s'imaginait qu'Odette était la maîtresse de Forcheville et que quand tous deux l'avaient vu, du fond du landau des Verdurin, au Bois, la veille de la fête de Chatou où il n'avait pas été invité, la prier vainement, avec cet air de désespoir qu'avait remarqué jusqu'à son cocher, de revenir avec lui, puis s'en retourner de son côté, seul et vaincu, elle avait dû avoir pour le désigner à Forcheville et lui dire : « Hein ! ce qu'il rage ! » les mêmes regards, brillants, malicieux, abaissés et sournois, que le jour où celui-ci avait chassé Saniette de chez les Verdurin.

Alors Swann la détestait. « Mais aussi, je suis trop bête, se disait-il, je paie avec mon argent le plaisir des autres. Elle fera tout de même bien de faire attention et de ne pas trop tirer sur la corde, car je pourrais bien ne plus rien donner du tout. En tous cas, renonçons provisoirement aux gentillesses supplémentaires ! Penser que pas

plus tard qu'hier, comme elle disait avoir envie d'assister
à la saison de Bayreuth, j'ai eu la bêtise de lui proposer
de louer un des jolis châteaux du roi de Bavière pour nous
deux dans les environs[1]. Et d'ailleurs elle n'a pas paru plus
ravie que cela, elle n'a encore dit ni oui ni non ; espérons
qu'elle refusera, grand Dieu ! Entendre du Wagner
pendant quinze jours avec elle qui s'en soucie comme un
poisson d'une pomme, ce serait gai ! » Et sa haine, tout
comme son amour, ayant besoin de se manifester et d'agir,
il se plaisait à pousser de plus en plus loin ses imaginations
mauvaises, parce que, grâce aux perfidies qu'il prêtait à
Odette, il la détestait davantage et pourrait si — ce qu'il
cherchait à se figurer — elles se trouvaient être vraies,
avoir une occasion de la punir et d'assouvir sur elle sa
rage grandissante. Il alla ainsi jusqu'à supposer qu'il allait
recevoir une lettre d'elle où elle lui demanderait de
l'argent pour louer ce château près de Bayreuth, mais en
le prévenant qu'il n'y pourrait pas venir, parce qu'elle avait
promis à Forcheville et aux Verdurin de les inviter. Ah !
comme il eût aimé qu'elle pût avoir cette audace ! Quelle
joie il aurait à refuser, à rédiger la réponse vengeresse
dont il se complaisait à choisir, à énoncer tout haut les
termes, comme s'il avait reçu la lettre en réalité !

Or, c'est ce qui arriva le lendemain même. Elle lui
écrivit que les Verdurin et leurs amis avaient manifesté
le désir d'assister à ces représentations de Wagner et que,
s'il voulait bien lui envoyer cet argent, elle aurait enfin,
après avoir été si souvent reçue chez eux, le plaisir de les
inviter à son tour. De lui, elle ne disait pas un mot, il était
sous-entendu que leur présence excluait la sienne.

Alors cette terrible réponse dont il avait arrêté chaque
mot la veille sans oser espérer qu'elle pourrait servir
jamais, il avait la joie de la lui faire porter. Hélas ! il sentait
bien qu'avec l'argent qu'elle avait, ou qu'elle trouverait
facilement, elle pourrait tout de même louer à Bayreuth
puisqu'elle en avait envie, elle qui n'était pas capable de
faire de différence entre Bach et Clapisson[2]. Mais elle y
vivrait malgré tout plus chichement. Pas moyen, comme
s'il lui eût envoyé cette fois quelques billets de mille francs,
d'organiser chaque soir, dans un château, de ces soupers
fins après lesquels elle se serait peut-être passé la fantaisie
— qu'il était possible qu'elle n'eût jamais eue encore — de
tomber dans les bras de Forcheville. Et puis du moins,

ce voyage détesté, ce n'était pas lui, Swann, qui le paierait !
— Ah ! s'il avait pu l'empêcher ! si elle avait pu se fouler
le pied avant de partir, si le cocher de la voiture qui
l'emmènerait à la gare avait consenti, à n'importe quel
prix, à la conduire dans un lieu où elle fût restée quelque
temps séquestrée, cette femme perfide, aux yeux émaillés
par un sourire de complicité adressé à Forcheville,
qu'Odette était pour Swann depuis quarante-huit heures !

Mais elle ne l'était jamais pour très longtemps ; au bout
de quelques jours le regard luisant et fourbe perdait de
son éclat et de sa duplicité, cette image d'une Odette
exécrée disant à Forcheville : « Ce qu'il rage ! » commençait à pâlir, à s'effacer. Alors, progressivement reparaissait
et s'élevait en brillant doucement, le visage de l'autre
Odette, de celle qui adressait aussi un sourire à Forcheville,
mais un sourire où il n'y avait pour Swann que de la
tendresse, quand elle disait : « Ne restez pas longtemps,
car ce monsieur-là n'aime pas beaucoup que j'aie des visites
quand il a envie d'être auprès de moi. Ah ! si vous
connaissiez cet être-là autant que je le connais ! », ce même
sourire qu'elle avait pour remercier Swann de quelque trait
de sa délicatesse qu'elle prisait si fort, de quelque conseil
qu'elle lui avait demandé dans une de ces circonstances
graves où elle n'avait confiance qu'en lui.

Alors, à cette Odette-là, il se demandait comment il avait
pu écrire cette lettre outrageante dont sans doute jusqu'ici
elle ne l'eût pas cru capable, et qui avait dû le faire
descendre du rang élevé, unique, que par sa bonté, sa
loyauté, il avait conquis dans son estime. Il allait lui devenir
moins cher, car c'était pour ces qualités-là, qu'elle ne
trouvait ni à Forcheville ni à aucun autre, qu'elle l'aimait.
C'était à cause d'elles qu'Odette lui témoignait si souvent
une gentillesse qu'il comptait pour rien au moment où il
était jaloux, parce qu'elle n'était pas une marque de désir,
et prouvait même plutôt de l'affection que de l'amour, mais
dont il recommençait à sentir l'importance au fur et à
mesure que la détente spontanée de ses soupçons, souvent
accentuée par la distraction que lui apportait une lecture
d'art ou la conversation d'un ami, rendait sa passion moins
exigeante de réciprocités.

Maintenant qu'après cette oscillation, Odette était
naturellement revenue à la place d'où la jalousie de Swann
l'avait un moment écartée, dans l'angle où il la trouvait

charmante, il se la figurait pleine de tendresse, avec un
regard de consentement, si jolie ainsi, qu'il ne pouvait
s'empêcher d'avancer les lèvres vers elle comme si elle
avait été là et qu'il eût pu l'embrasser ; et il lui gardait
de ce regard enchanteur et bon autant de reconnaissance
que si elle venait de l'avoir réellement et si ce n'eût pas
été seulement son imagination qui venait de le peindre
pour donner satisfaction à son désir.

Comme il avait dû lui faire de la peine ! Certes il trouvait
des raisons valables à son ressentiment contre elle, mais
elles n'auraient pas suffi à le lui faire éprouver s'il ne l'avait
pas autant aimée. N'avait-il pas eu des griefs aussi graves
contre d'autres femmes, auxquelles il eût néanmoins
volontiers rendu service aujourd'hui, étant contre elles
sans colère parce qu'il ne les aimait plus ? S'il devait jamais
un jour se trouver dans le même état d'indifférence
vis-à-vis d'Odette, il comprendrait que c'était sa jalousie
seule qui lui avait fait trouver quelque chose d'atroce,
d'impardonnable, à ce désir, au fond si naturel, provenant
d'un peu d'enfantillage et aussi d'une certaine délicatesse
d'âme, de pouvoir à son tour, puisqu'une occasion s'en
présentait, rendre des politesses aux Verdurin, jouer à la
maîtresse de maison.

Il revenait à ce point de vue — opposé à celui de son
amour et de sa jalousie et auquel il se plaçait quelquefois
par une sorte d'équité intellectuelle et pour faire la part
des diverses probabilités — d'où il essayait de juger Odette
comme s'il ne l'avait pas aimée, comme si elle était pour
lui une femme comme les autres, comme si la vie d'Odette
n'avait pas été, dès qu'il n'était plus là, différente, tramée
en cachette de lui, ourdie contre lui.

Pourquoi croire qu'elle goûterait là-bas avec Forcheville
ou avec d'autres des plaisirs enivrants qu'elle n'avait pas
connus auprès de lui et que seule sa jalousie forgeait de
toutes pièces ? À Bayreuth comme à Paris, s'il arrivait que
Forcheville pensât à lui, ce n'eût pu être que comme à
quelqu'un qui comptait beaucoup dans la vie d'Odette,
à qui il était obligé de céder la place, quand ils se
rencontraient chez elle. Si Forcheville et elle triomphaient
d'être là-bas malgré lui, c'est lui qui l'aurait voulu en
cherchant inutilement à l'empêcher d'y aller, tandis que
s'il avait approuvé son projet, d'ailleurs défendable, elle
aurait eu l'air d'être là-bas d'après son avis, elle s'y serait

sentie envoyée, logée par lui, et le plaisir qu'elle aurait éprouvé à recevoir ces gens qui l'avaient tant reçue, c'est à Swann qu'elle en aurait su gré.

Et — au lieu qu'elle allait partir brouillée avec lui, sans l'avoir revu — s'il lui envoyait cet argent, s'il l'encourageait à ce voyage et s'occupait de le lui rendre agréable, elle allait accourir, heureuse, reconnaissante, et il aurait cette joie de la voir qu'il n'avait pas goûtée depuis près d'une semaine et que rien ne pouvait lui remplacer. Car sitôt que Swann pouvait se la représenter sans horreur, qu'il revoyait de la bonté dans son sourire, et que le désir de l'enlever à tout autre n'était plus ajouté par la jalousie à son amour, cet amour redevenait surtout un goût pour les sensations que lui donnait la personne d'Odette, pour le plaisir qu'il avait à admirer comme un spectacle ou à interroger comme un phénomène, le lever d'un de ses regards, la formation d'un de ses sourires, l'émission d'une intonation de sa voix. Et ce plaisir différent de tous les autres avait fini par créer en lui un besoin d'elle et qu'elle seule pouvait assouvir par sa présence ou ses lettres, presque aussi désintéressé, presque aussi artistique, aussi pervers, qu'un autre besoin qui caractérisait cette période nouvelle de la vie de Swann où à la sécheresse, à la dépression des années antérieures avait succédé une sorte de trop-plein spirituel, sans qu'il sût davantage à quoi il devait cet enrichissement inespéré de sa vie intérieure qu'une personne de santé délicate qui à partir d'un certain moment se fortifie, engraisse, et semble pendant quelque temps s'acheminer vers une complète guérison : cet autre besoin qui se développait aussi en dehors du monde réel, c'était celui d'entendre, de connaître de la musique.

Ainsi, par le chimisme même de son mal, après qu'il avait fait de la jalousie avec son amour, il recommençait à fabriquer de la tendresse, de la pitié pour Odette. Elle était redevenue l'Odette charmante et bonne. Il avait des remords d'avoir été dur pour elle. Il voulait qu'elle vînt près de lui et, auparavant, il voulait lui avoir procuré quelque plaisir, pour voir la reconnaissance pétrir son visage et modeler son sourire.

Aussi Odette, sûre de le voir venir après quelques jours, aussi tendre et soumis qu'avant, lui demander une réconciliation, prenait-elle l'habitude de ne plus craindre de lui déplaire et même de l'irriter et lui refusait-elle, quand cela lui était commode, les faveurs auxquelles il tenait le plus.

Peut-être ne savait-elle pas combien il avait été sincère vis-à-vis d'elle pendant la brouille, quand il lui avait dit qu'il ne lui enverrait pas d'argent et chercherait à lui faire du mal. Peut-être ne savait-elle pas davantage combien il l'était, vis-à-vis sinon d'elle, du moins de lui-même, en d'autres cas où dans l'intérêt de l'avenir de leur liaison, pour montrer à Odette qu'il était capable de se passer d'elle, qu'une rupture restait toujours possible, il décidait de rester quelque temps sans aller chez elle.

Parfois c'était après quelques jours où elle ne lui avait pas causé de souci nouveau ; et comme, des visites prochaines qu'il lui ferait, il savait qu'il ne pouvait tirer nulle bien grande joie mais plus probablement quelque chagrin qui mettait fin au calme où il se trouvait, il lui écrivait qu'étant très occupé il ne pourrait la voir aucun des jours qu'il lui avait dit. Or une lettre d'elle, se croisant avec la sienne, le priait précisément de déplacer un rendez-vous. Il se demandait pourquoi ; ses soupçons, sa douleur le reprenaient. Il ne pouvait plus tenir, dans l'état nouveau d'agitation où il se trouvait, l'engagement qu'il avait pris dans l'état antérieur de calme relatif, il courait chez elle et exigeait de la voir tous les jours suivants. Et même si elle ne lui avait pas écrit la première, si elle répondait seulement, en y acquiesçant, à sa demande d'une courte séparation, cela suffisait pour qu'il ne pût plus rester sans la voir. Car, contrairement au calcul de Swann, le consentement d'Odette avait tout changé en lui. Comme tous ceux qui possèdent une chose, pour savoir ce qui arriverait s'il cessait un moment de la posséder il avait ôté cette chose de son esprit, en y laissant tout le reste dans le même état que quand elle était là. Or l'absence d'une chose, ce n'est pas que cela, ce n'est pas un simple manque partiel, c'est un bouleversement de tout le reste, c'est un état nouveau qu'on ne peut prévoir dans l'ancien.

Mais d'autres fois au contraire — Odette était sur le point de partir en voyage — c'était après quelque petite querelle dont il choisissait le prétexte, qu'il se résolvait à ne pas lui écrire et à ne pas la revoir avant son retour, donnant ainsi les apparences, et demandant le bénéfice, d'une grande brouille qu'elle croirait peut-être définitive, à une séparation dont la plus longue part était inévitable du fait du voyage et qu'il faisait commencer seulement un peu plus tôt. Déjà il se figurait Odette inquiète, affligée de n'avoir reçu ni visite ni lettre et cette image, en calmant sa jalousie, lui rendait facile de se déshabituer de la voir. Sans doute, par moments, tout au bout de son esprit où sa résolution la refoulait grâce à toute la longueur interposée des trois semaines de séparation acceptée, c'était avec plaisir qu'il considérait l'idée qu'il reverrait Odette à son retour ; mais c'était aussi avec si peu d'impatience, qu'il commençait à se demander s'il ne doublerait pas volontiers la durée d'une abstinence si facile. Elle ne datait encore que de trois jours, temps beaucoup moins long que celui qu'il avait souvent passé en ne voyant pas Odette, et sans l'avoir comme maintenant prémédité. Et pourtant voici qu'une légère contrariété ou un malaise physique — en l'incitant à considérer le moment présent comme un moment exceptionnel, en dehors de la règle, où la sagesse même admettrait d'accueillir l'apaisement qu'apporte un plaisir et de donner congé, jusqu'à la reprise utile de l'effort, à la volonté — suspendait l'action de celle-ci qui cessait d'exercer sa compression ; ou, moins que cela, le souvenir d'un renseignement qu'il avait oublié de demander à Odette, si elle avait décidé la couleur dont elle voulait faire repeindre sa voiture, ou pour une certaine valeur de bourse, si c'était des actions ordinaires ou privilégiées qu'elle désirait acquérir (c'était très joli de lui montrer qu'il pouvait rester sans la voir, mais si après ça la peinture était à refaire ou si les actions ne donnaient pas de dividende, il serait bien avancé), voici que comme un caoutchouc tendu qu'on lâche ou comme l'air dans une machine pneumatique qu'on entrouvre, l'idée de la revoir, des lointains où elle était maintenue, revenait d'un bond dans le champ du présent et des possibilités immédiates.

Elle y revenait sans plus trouver de résistance, et d'ailleurs si irrésistible que Swann avait eu bien moins de peine à sentir s'approcher un à un les quinze jours qu'il devait rester séparé d'Odette, qu'il n'en avait à attendre les dix minutes que son cocher mettait pour atteler la voiture qui allait l'emmener chez elle et qu'il passait dans des transports d'impatience et de joie où il ressaisissait mille fois pour lui prodiguer sa tendresse cette idée de la retrouver qui, par un retour si brusque, au moment où

il la croyait si loin, était de nouveau près de lui dans sa
plus proche conscience. C'est qu'elle ne trouvait plus pour
lui faire obstacle le désir de chercher sans plus tarder à
lui résister, qui n'existait plus chez Swann depuis que,
s'étant prouvé à lui-même — il le croyait du moins — qu'il
en était si aisément capable, il ne voyait plus aucun
inconvénient à ajourner un essai de séparation qu'il était
certain maintenant de mettre à exécution dès qu'il le
voudrait. C'est aussi que cette idée de la revoir revenait
parée pour lui d'une nouveauté, d'une séduction, douée
d'une virulence que l'habitude avait émoussées, mais qui
s'étaient retrempées dans cette privation non de trois jours
mais de quinze (car la durée d'un renoncement doit se
calculer, par anticipation, sur le terme assigné), et de ce
qui jusque-là eût été un plaisir attendu qu'on sacrifie
aisément, avait fait un bonheur inespéré contre lequel on
est sans force. C'est enfin qu'elle y revenait embellie par
l'ignorance où était Swann de ce qu'Odette avait pu
penser, faire peut-être, en voyant qu'il ne lui avait pas
donné signe de vie, si bien que ce qu'il allait trouver c'était
la révélation passionnante d'une Odette presque inconnue.

Mais elle, de même qu'elle avait cru que son refus
d'argent n'était qu'une feinte, ne voyait qu'un prétexte
dans le renseignement que Swann venait lui demander sur
la voiture à repeindre ou la valeur à acheter. Car elle ne
reconstituait pas les diverses phases de ces crises qu'il
traversait et, dans l'idée qu'elle s'en faisait, elle omettait
d'en comprendre le mécanisme, ne croyant qu'à ce qu'elle
connaissait d'avance, à la nécessaire, à l'infaillible et
toujours identique terminaison. Idée incomplète — d'autant plus profonde peut-être — si on la jugeait du point
de vue de Swann qui eût sans doute trouvé qu'il était
incompris d'Odette, comme un morphinomane ou un
tuberculeux, persuadés qu'ils ont été arrêtés, l'un par un
événement extérieur au moment où il allait se délivrer
de son habitude invétérée, l'autre par une indisposition
accidentelle au moment où il allait être enfin rétabli, se
sentent incompris du médecin qui n'attache pas la même
importance qu'eux à ces prétendues contingences, simples
déguisements selon lui, revêtus, pour redevenir sensibles
à ses malades, par le vice et l'état morbide qui, en réalité,
n'ont pas cessé de peser incurablement sur eux tandis qu'ils
berçaient des rêves de sagesse ou de guérison. Et de fait,

l'amour de Swann en était arrivé à ce degré où le médecin et, dans certaines affections, le chirurgien le plus audacieux, se demandent si priver un malade de son vice ou lui ôter son mal, est encore raisonnable ou même possible.

Certes l'étendue de cet amour, Swann n'en avait pas une conscience directe. Quand il cherchait à le mesurer, il lui arrivait parfois qu'il semblât diminué, presque réduit à rien ; par exemple, le peu de goût, presque le dégoût que lui avaient inspiré, avant qu'il aimât Odette, ses traits expressifs, son teint sans fraîcheur, lui revenait à certains jours. « Vraiment il y a progrès sensible, se disait-il le lendemain ; à voir exactement les choses, je n'avais presque aucun plaisir hier à être dans son lit : c'est curieux, je la trouvais même laide. » Et certes, il était sincère, mais son amour s'étendait bien au-delà des régions du désir physique. La personne même d'Odette n'y tenait plus une grande place. Quand du regard il rencontrait sur sa table la photographie d'Odette, ou quand elle venait le voir, il avait peine à identifier la figure de chair ou de bristol avec le trouble douloureux et constant qui habitait en lui. Il se disait presque avec étonnement : « C'est elle », comme si tout d'un coup on nous montrait extériorisée devant nous une de nos maladies et que nous ne la trouvions pas ressemblante à ce que nous souffrons. « Elle », il essayait de se demander ce que c'était ; car c'est une ressemblance de l'amour et de la mort, plutôt que celles, si vagues, que l'on redit toujours, de nous faire interroger plus avant, dans la peur que sa réalité se dérobe, le mystère de la personnalité. Et cette maladie qu'était l'amour de Swann avait tellement multiplié, il était si étroitement mêlé à toutes les habitudes de Swann, à tous ses actes, à sa pensée, à sa santé, à son sommeil, à sa vie, même à ce qu'il désirait pour après sa mort, il ne faisait tellement plus qu'un avec lui, qu'on n'aurait pas pu l'arracher de lui sans le détruire lui-même à peu près tout entier : comme on dit en chirurgie, son amour n'était plus opérable.

Par cet amour Swann avait été tellement détaché de tous les intérêts, que quand par hasard il retournait dans le monde en se disant que ses relations, comme une monture élégante qu'elle n'aurait pas d'ailleurs su estimer très exactement, pouvaient lui rendre à lui-même un peu de prix aux yeux d'Odette (et ç'aurait peut-être été vrai en effet si elles n'avaient été avilies par cet amour même, qui pour Odette dépréciait toutes les choses qu'il touchait par le fait qu'il semblait les proclamer moins précieuses), il y éprouvait, à côté de la détresse d'être dans des lieux, au milieu de gens qu'elle ne connaissait pas, le plaisir désintéressé qu'il aurait pris à un roman ou à un tableau où sont peints les divertissements d'une classe oisive, comme, chez lui, il se complaisait à considérer le fonctionnement de sa vie domestique, l'élégance de sa garde-robe et de sa livrée, le bon placement de ses valeurs, de la même façon qu'à lire dans Saint-Simon, qui était un de ses auteurs favoris, la mécanique des journées, le menu des repas de Mme de Maintenon, ou l'avarice avisée et le grand train de Lulli[1]. Et dans la faible mesure où ce détachement n'était pas absolu, la raison de ce plaisir nouveau que goûtait Swann, c'était de pouvoir émigrer un moment dans les rares parties de lui-même restées presque étrangères à son amour, à son chagrin. À cet égard cette personnalité, que lui attribuait ma grand-tante, de « fils Swann », distincte de sa personnalité plus indivi- duelle de Charles Swann, était celle où il se plaisait maintenant le mieux. Un jour que, pour l'anniversaire de la princesse de Parme (et parce qu'elle pouvait souvent être indirectement agréable à Odette en lui faisant avoir des places pour des galas, des jubilés), il avait voulu lui envoyer des fruits, ne sachant pas trop comment les commander, il en avait chargé une cousine de sa mère qui, ravie de faire une commission pour lui, lui avait écrit, en lui rendant compte, qu'elle n'avait pas pris tous les fruits au même endroit, mais les raisins chez Crapote dont c'est la spécialité, les fraises chez Jauret, les poires chez Chevet[2] où elles étaient plus belles, etc., « chaque fruit visité et examiné un par un par moi ». Et en effet, par les remerciements de la princesse, il avait pu juger du parfum des fraises et du moelleux des poires. Mais surtout le « chaque fruit visité et examiné un par un par moi » avait été un apaisement à sa souffrance, en emmenant sa conscience dans une région où il se rendait rarement, bien qu'elle lui appartînt comme héritier d'une famille de riche et bonne bourgeoisie où s'étaient conservés héréditaire- ment, tout prêts à être mis à son service dès qu'il le souhaitait, la connaissance des « bonnes adresses » et l'art de savoir bien faire une commande.

Certes, il avait trop longtemps oublié qu'il était le « fils Swann » pour ne pas ressentir, quand il le redevenait un moment, un plaisir plus vif que ceux qu'il eût pu éprouver le reste du temps et sur lesquels il était blasé ; et si l'amabilité des bourgeois, pour lesquels il restait surtout cela, était moins vive que celle de l'aristocratie (mais plus flatteuse d'ailleurs, car chez eux du moins elle ne se sépare jamais de la considération), une lettre d'altesse, quelques divertissements princiers qu'elle lui proposât, ne pouvait lui être aussi agréable que celle qui lui demandait d'être témoin, ou seulement d'assister à un mariage dans la famille de vieux amis de ses parents, dont les uns avaient continué à le voir — comme mon grand-père qui, l'année précédente, l'avait invité au mariage de ma mère[1] — et dont certains autres le connaissaient personnellement à peine mais se croyaient des devoirs de politesse envers le fils, envers le digne successeur de feu M. Swann.

Mais, par les intimités déjà anciennes qu'il avait parmi eux, les gens du monde, dans une certaine mesure, faisaient aussi partie de sa maison, de son domestique et de sa famille. Il se sentait, à considérer ses brillantes amitiés, le même appui hors de lui-même, le même confort, qu'à regarder les belles terres, la belle argenterie, le beau linge de table, qui lui venaient des siens. Et la pensée que s'il tombait chez lui frappé d'une attaque ce serait tout naturellement le duc de Chartres, le prince de Reuss, le duc de Luxembourg[2] et le baron de Charlus que son valet de chambre courrait chercher, lui apportait la même consolation qu'à notre vieille Françoise de savoir qu'elle serait ensevelie dans des draps fins à elle, marqués, non reprisés (ou si finement que cela ne donnait qu'une plus haute idée du soin de l'ouvrière), linceul de l'image fréquente duquel elle tirait une certaine satisfaction, sinon de bien-être, au moins d'amour-propre. Mais surtout, comme dans toutes celles de ses actions et de ses pensées qui se rapportaient à Odette, Swann était constamment dominé et dirigé par le sentiment inavoué qu'il lui était, peut-être pas moins cher, mais moins agréable à voir que quiconque, que le plus ennuyeux fidèle des Verdurin, — quand il se reportait à un monde pour qui il était l'homme exquis par excellence, qu'on faisait tout pour attirer, qu'on se désolait de ne pas voir, il recommençait à croire à l'existence d'une vie plus heureuse, presque à

en éprouver l'appétit, comme il arrive à un malade alité
depuis des mois, à la diète, et qui aperçoit dans un journal
le menu d'un déjeuner officiel ou l'annonce d'une croisière
en Sicile.

S'il était obligé de donner des excuses aux gens du
monde pour ne pas leur faire de visites, c'était de lui en
faire qu'il cherchait à s'excuser auprès d'Odette. Encore
les payait-il (se demandant à la fin du mois, pour peu qu'il
eût un peu abusé de sa patience et fût allé souvent la voir,
si c'était assez de lui envoyer quatre mille francs[1]), et pour
chacune trouvait un prétexte, un présent à lui apporter,
un renseignement dont elle avait besoin, M. de Charlus
qu'il avait rencontré allant chez elle et qui avait exigé qu'il
l'accompagnât. Et à défaut d'aucun, il priait M. de Charlus
de courir chez elle, de lui dire comme spontanément, au
cours de la conversation, qu'il se rappelait avoir à parler
à Swann, qu'elle voulût bien lui faire demander de passer
tout de suite chez elle ; mais le plus souvent Swann
attendait en vain et M. de Charlus lui disait le soir que
son moyen n'avait pas réussi. De sorte que si elle faisait
maintenant de fréquentes absences, même à Paris, quand
elle y restait, elle le voyait peu, et elle qui, quand
elle l'aimait, lui disait : « Je suis toujours libre » et
« Qu'est-ce que l'opinion des autres peut me faire ? »,
maintenant, chaque fois qu'il voulait la voir, elle invoquait
les convenances ou prétextait des occupations. Quand il
parlait d'aller à une fête de charité, à un vernissage, à une
première où elle serait, elle lui disait qu'il voulait afficher
leur liaison, qu'il la traitait comme une fille. C'est au point
que pour tâcher de n'être pas partout privé de la
rencontrer, Swann qui savait qu'elle connaissait et
affectionnait beaucoup mon grand-oncle Adolphe dont il
avait été lui-même l'ami, alla le voir un jour dans son petit
appartement de la rue de Bellechasse afin de lui demander
d'user de son influence sur Odette[2]. Comme elle prenait
toujours, quand elle parlait à Swann de mon oncle, des
airs poétiques, disant : « Ah ! lui, ce n'est pas comme toi,
c'est une si belle chose, si grande, si jolie, que son amitié
pour moi ! Ce n'est pas lui qui me considérerait assez peu
pour vouloir se montrer avec moi dans tous les lieux
publics », Swann fut embarrassé et ne savait pas à quel
ton il devait se hausser pour parler d'elle à mon oncle.
Il posa d'abord l'excellence *a priori* d'Odette, l'axiome de

sa supra-humanité séraphique, la révélation de ses vertus indémontrables et dont la notion ne pouvait dériver de l'expérience. « Je veux parler avec vous. Vous, vous savez quelle femme au-dessus de toutes les femmes, quel être adorable, quel ange est Odette. Mais vous savez ce que c'est que la vie de Paris. Tout le monde ne connaît pas Odette sous le jour où nous la connaissons vous et moi. Alors il y a des gens qui trouvent que je joue un rôle un peu ridicule ; elle ne peut même pas admettre que je la rencontre dehors, au théâtre. Vous, en qui elle a tant de confiance, ne pourriez-vous lui dire quelques mots pour moi, lui assurer qu'elle s'exagère le tort qu'un salut de moi lui cause ? »

Mon oncle conseilla à Swann de rester un peu sans voir Odette qui ne l'en aimerait que plus, et à Odette de laisser Swann la retrouver partout où cela lui plairait. Quelques jours après, Odette disait à Swann qu'elle venait d'avoir une déception en voyant que mon oncle était pareil à tous les hommes : il venait d'essayer de la prendre de force. Elle calma Swann qui au premier moment voulait aller provoquer mon oncle, mais il refusa de lui serrer la main quand il le rencontra. Il regretta d'autant plus cette brouille avec mon oncle Adolphe qu'il avait espéré, s'il l'avait revu quelquefois et avait pu causer en toute confiance avec lui, tâcher de tirer au clair certains bruits relatifs à la vie qu'Odette avait menée autrefois à Nice. Or mon oncle Adolphe y passait l'hiver. Et Swann pensait que c'était même peut-être là qu'il avait connu Odette. Le peu qui avait échappé à quelqu'un devant lui, relativement à un homme qui aurait été l'amant d'Odette, avait bouleversé Swann. Mais les choses qu'il aurait, avant de les connaître, trouvé le plus affreux d'apprendre et le plus impossible de croire, une fois qu'il les savait, elles étaient incorporées à tout jamais à sa tristesse, il les admettait, il n'aurait plus pu comprendre qu'elles n'eussent pas été. Seulement chacune opérait sur l'idée qu'il se faisait de sa maîtresse une retouche ineffaçable. Il crut même comprendre une fois que cette légèreté des mœurs d'Odette qu'il n'eût pas soupçonnée, était assez connue, et qu'à Bade et à Nice, quand elle y passait jadis plusieurs mois, elle avait eu une sorte de notoriété galante. Il chercha, pour les interroger, à se rapprocher de certains viveurs ; mais ceux-ci savaient qu'il connaissait Odette ;

et puis il avait peur de les faire penser de nouveau à elle, de les mettre sur ses traces. Mais lui à qui jusque-là rien n'aurait pu paraître aussi fastidieux que tout ce qui se rapportait à la vie cosmopolite de Bade ou de Nice, apprenant qu'Odette avait peut-être fait autrefois la fête dans ces villes de plaisir, sans qu'il dût jamais arriver à savoir si c'était seulement pour satisfaire à des besoins d'argent que grâce à lui elle n'avait plus, ou à des caprices qui pouvaient renaître, maintenant il se penchait avec une angoisse impuissante, aveugle et vertigineuse vers l'abîme sans fond où étaient allées s'engloutir ces années du début du Septennat[1] pendant lesquelles on passait l'hiver sur la promenade des Anglais, l'été sous les tilleuls de Bade, et il leur trouvait une profondeur douloureuse mais magnifique comme celle que leur eût prêtée un poète ; et il eût mis à reconstituer les petits faits de la chronique de la Côte d'Azur d'alors, si elle avait pu l'aider à comprendre quelque chose du sourire ou des regards — pourtant si honnêtes et si simples — d'Odette, plus de passion que l'esthéticien qui interroge les documents subsistant de la Florence du XVe siècle pour tâcher d'entrer plus avant dans l'âme de la Primavera, de la bella Vanna, ou de la Vénus, de Botticelli[2]. Souvent sans lui rien dire il la regardait, il songeait ; elle lui disait : « Comme tu as l'air triste ! » Il n'y avait pas bien longtemps encore, de l'idée qu'elle était une créature bonne, analogue aux meilleures qu'il eût connues, il avait passé à l'idée qu'elle était une femme entretenue ; inversement il lui était arrivé depuis de revenir de l'Odette de Crécy, peut-être trop connue des fêtards, des hommes à femmes, à ce visage d'une expression parfois si douce, à cette nature si humaine. Il se disait : « Qu'est-ce que cela veut dire qu'à Nice tout le monde sache qui est Odette de Crécy ? Ces réputations-là, même vraies, sont faites avec les idées des autres » ; il pensait que cette légende — fût-elle authentique — était extérieure à Odette, n'était pas en elle comme une personnalité irréductible et malfaisante ; que la créature qui avait pu être amenée à mal faire, c'était une femme aux bons yeux, au cœur plein de pitié pour la souffrance, au corps docile qu'il avait tenu, qu'il avait serré dans ses bras et manié, une femme qu'il pourrait arriver un jour à posséder toute, s'il réussissait à se rendre indispensable à elle. Elle était là, souvent fatiguée, le visage vidé pour un instant de la préoccupation fébrile et joyeuse des choses inconnues qui faisaient souffrir Swann ; elle écartait ses cheveux avec ses mains ; son front, sa figure paraissaient plus larges ; alors, tout d'un coup, quelque pensée simplement humaine, quelque bon sentiment comme il en existe dans toutes les créatures, quand dans un moment de repos ou de repliement elles sont livrées à elles-mêmes, jaillissait de ses yeux comme un rayon jaune. Et aussitôt tout son visage s'éclairait comme une campagne grise, couverte de nuages qui soudain s'écartent, pour sa transfiguration, au moment du soleil couchant. La vie qui était en Odette à ce moment-là, l'avenir même qu'elle semblait rêveusement regarder, Swann aurait pu les partager avec elle ; aucune agitation mauvaise ne semblait y avoir laissé de résidu. Si rares qu'ils devinssent, ces moments-là ne furent pas inutiles. Par le souvenir Swann reliait ces parcelles, abolissait les intervalles, coulait comme en or une Odette de bonté et de calme pour laquelle il fit plus tard (comme on le verra dans la deuxième partie de cet ouvrage) des sacrifices que l'autre Odette n'eût pas obtenus. Mais que ces moments étaient rares, et que maintenant il la voyait peu ! Même pour leur rendez-vous du soir, elle ne lui disait qu'à la dernière minute si elle pourrait le lui accorder, car, comptant qu'elle le trouverait toujours libre, elle voulait d'abord être certaine que personne d'autre ne lui proposerait de venir. Elle alléguait qu'elle était obligée d'attendre une réponse de la plus haute importance pour elle, et même si après qu'elle avait fait venir Swann des amis demandaient à Odette, quand la soirée était déjà commencée, de les rejoindre au théâtre ou à souper, elle faisait un bond joyeux et s'habillait à la hâte. Au fur et à mesure qu'elle avançait dans sa toilette, chaque mouvement qu'elle faisait rapprochait Swann du moment où il faudrait la quitter, où elle s'enfuirait d'un élan irrésistible ; et quand, enfin prête, plongeant une dernière fois dans son miroir ses regards tendus et éclairés par l'attention, elle remettait un peu de rouge à ses lèvres, fixait une mèche sur son front et demandait son manteau de soirée bleu ciel avec des glands d'or, Swann avait l'air si triste qu'elle ne pouvait réprimer un geste d'impatience et disait : « Voilà comme tu me remercies de t'avoir gardé jusqu'à la dernière minute. Moi qui croyais avoir fait quelque chose de gentil.

C'est bon à savoir pour une autre fois ! » Parfois, au risque
de la fâcher, il se promettait de chercher à savoir où elle
était allée, il rêvait d'une alliance avec Forcheville qui
peut-être aurait pu le renseigner. D'ailleurs quand il savait
avec qui elle passait la soirée, il était bien rare qu'il ne
pût pas découvrir dans toutes ses relations à lui quelqu'un
qui connaissait, fût-ce indirectement, l'homme avec qui
elle était sortie et pouvait facilement en obtenir tel ou tel
renseignement. Et tandis qu'il écrivait à un de ses amis
pour lui demander de chercher à éclaircir tel ou tel point,
il éprouvait le repos de cesser de se poser ses questions
sans réponses et de transférer à un autre la fatigue
d'interroger. Il est vrai que Swann n'était guère plus
avancé quand il avait certains renseignements. Savoir ne
permet pas toujours d'empêcher, mais du moins les choses
que nous savons, nous les tenons, sinon entre nos mains,
du moins dans notre pensée où nous les disposons à notre
gré, ce qui nous donne l'illusion d'une sorte de pouvoir
sur elles. Il était heureux toutes les fois où M. de Charlus
était avec Odette. Entre M. de Charlus et elle, Swann savait
qu'il ne pouvait rien se passer[1], que quand M. de Charlus
sortait avec elle c'était par amitié pour lui et qu'il ne ferait
pas difficulté à lui raconter ce qu'elle avait fait. Quelquefois
elle avait déclaré si catégoriquement à Swann qu'il lui était
impossible de le voir un certain soir, elle avait l'air de tenir
tant à une sortie, que Swann attachait une véritable
importance à ce que M. de Charlus fût libre de
l'accompagner. Le lendemain, sans oser poser beaucoup
de questions à M. de Charlus, il le contraignait, en ayant
l'air de ne pas bien comprendre ses premières réponses,
à lui en donner de nouvelles, après chacune desquelles
il se sentait plus soulagé, car il apprenait bien vite
qu'Odette avait occupé sa soirée aux plaisirs les plus
innocents. « Mais comment, mon petit Mémé, je ne
comprends pas bien..., ce n'est pas en sortant de chez elle
que vous êtes allés au musée Grévin[2] ? Vous étiez allés
ailleurs d'abord. Non ? Oh ! que c'est drôle ! Vous ne
savez pas comme vous m'amusez, mon petit Mémé. Mais
quelle drôle d'idée elle a eue d'aller ensuite au Chat Noir[3],
c'est bien une idée d'elle... Non ? c'est vous. C'est curieux.
Après tout ce n'est pas une mauvaise idée, elle devait y
connaître beaucoup de monde ? Non ? elle n'a parlé à
personne ? C'est extraordinaire. Alors vous êtes restés là

comme cela tous les deux tout seuls ? Je vois d'ici cette scène. Vous êtes gentil, mon petit Mémé, je vous aime bien. » Swann se sentait soulagé. Pour lui à qui il était arrivé, en causant avec des indifférents qu'il écoutait à peine, d'entendre quelquefois certaines phrases (celle-ci par exemple : « J'ai vu hier Mme de Crécy, elle était avec un monsieur que je ne connais pas »), phrases qui aussitôt dans le cœur de Swann passaient à l'état solide, s'y durcissaient comme une incrustation, le déchiraient, n'en bougeaient plus, qu'ils étaient doux au contraire ces mots : « Elle ne connaissait personne, elle n'a parlé à personne », comme ils circulaient aisément en lui, qu'ils étaient fluides, faciles, respirables ! Et pourtant au bout d'un instant il se disait qu'Odette devait le trouver bien ennuyeux pour que ce fussent là les plaisirs qu'elle préférait à sa compagnie. Et leur insignifiance, si elle le rassurait, lui faisait pourtant de la peine comme une trahison.

Même quand il ne pouvait savoir où elle était allée, il lui aurait suffi pour calmer l'angoisse qu'il éprouvait alors, et contre laquelle la présence d'Odette, la douceur d'être auprès d'elle était le seul spécifique (un spécifique qui à la longue aggravait le mal avec bien des remèdes, mais du moins calmait momentanément la souffrance), il lui aurait suffi, si Odette l'avait seulement permis, de rester chez elle tant qu'elle ne serait pas là, de l'attendre jusqu'à cette heure du retour dans l'apaisement de laquelle seraient venues se confondre les heures qu'un prestige, un maléfice lui avaient fait croire différentes des autres. Mais elle ne le voulait pas ; il revenait chez lui ; il se forçait en chemin à former divers projets, il cessait de songer à Odette ; même il arrivait, tout en se déshabillant, à rouler en lui des pensées assez joyeuses ; c'est le cœur plein de l'espoir d'aller le lendemain voir quelque chef-d'œuvre qu'il se mettait au lit et éteignait sa lumière ; mais, dès que, pour se préparer à dormir, il cessait d'exercer sur lui-même une contrainte dont il n'avait même pas conscience tant elle était devenue habituelle, au même instant un frisson glacé refluait en lui et il se mettait à sangloter. Il ne voulait même pas savoir pourquoi, s'essuyait les yeux, se disait en riant : « C'est charmant, je deviens névropathe. » Puis il ne pouvait penser sans une grande lassitude que le lendemain il faudrait recommencer de chercher à savoir ce qu'Odette avait fait, à mettre en jeu des influences pour tâcher de la voir. Cette nécessité d'une activité sans trêve, sans variété, sans résultats, lui était si cruelle qu'un jour, apercevant une grosseur sur son ventre, il ressentit une véritable joie à la pensée qu'il avait peut-être une tumeur mortelle, qu'il n'allait plus avoir à s'occuper de rien, que c'était la maladie qui allait le gouverner, faire de lui son jouet, jusqu'à la fin prochaine. Et en effet si, à cette époque, il lui arriva souvent sans se l'avouer de désirer la mort, c'était pour échapper moins à l'acuité de ses souffrances qu'à la monotonie de son effort.

Et pourtant il aurait voulu vivre jusqu'à l'époque où il ne l'aimerait plus, où elle n'aurait aucune raison de lui mentir et où il pourrait enfin apprendre d'elle si le jour où il était allé la voir dans l'après-midi, elle était ou non couchée avec Forcheville. Souvent pendant quelques jours, le soupçon qu'elle aimait quelqu'un d'autre le détournait de se poser cette question relative à Forcheville, la lui rendait presque indifférente, comme ces formes nouvelles d'un même état maladif qui semblent momentanément nous avoir délivrés des précédentes. Même il y avait des jours où il n'était tourmenté par aucun soupçon. Il se croyait guéri. Mais le lendemain matin, au réveil, il sentait à la même place la même douleur dont, la veille pendant la journée, il avait comme dilué la sensation dans le torrent des impressions différentes. Mais elle n'avait pas bougé de place. Et même, c'était l'acuité de cette douleur qui avait réveillé Swann.

Comme Odette ne lui donnait aucun renseignement sur ces choses si importantes qui l'occupaient tant chaque jour (bien qu'il eût assez vécu pour savoir qu'il n'y en a jamais d'autres que les plaisirs), il ne pouvait pas chercher longtemps de suite à les imaginer, son cerveau fonctionnait à vide ; alors il passait son doigt sur ses paupières fatiguées comme il aurait essuyé le verre de son lorgnon, et cessait entièrement de penser. Il surnageait pourtant à cet inconnu certaines occupations qui réapparaissaient de temps en temps, vaguement rattachées par elle à quelque obligation envers des parents éloignés ou des amis d'autrefois, qui, parce qu'ils étaient les seuls qu'elle lui citait souvent comme l'empêchant de le voir, paraissaient à Swann former le cadre fixe, nécessaire, de la vie d'Odette. À cause

du ton dont elle lui disait de temps à autre « Le jour où
je vais avec mon amie à l'Hippodrome », si, s'étant senti
malade et ayant pensé : « Peut-être Odette voudrait bien
passer chez moi », il se rappelait brusquement que c'était
justement ce jour-là, il se disait : « Ah ! non, ce n'est pas
la peine de lui demander de venir, j'aurais dû y penser plus
tôt, c'est le jour où elle va avec son amie à l'Hippodrome.
Réservons-nous pour ce qui est possible ; c'est inutile de
s'user à proposer des choses inacceptables et refusées
d'avance. » Et ce devoir qui incombait à Odette d'aller à
l'Hippodrome et devant lequel Swann s'inclinait ainsi ne
lui paraissait pas seulement inéluctable ; mais ce caractère
de nécessité dont il était empreint semblait rendre plausible
et légitime tout ce qui de près ou de loin se rapportait à lui.
Si, Odette dans la rue ayant reçu d'un passant un salut qui
avait éveillé la jalousie de Swann, elle répondait aux
questions de celui-ci en rattachant l'existence de l'inconnu
à un des deux ou trois grands devoirs dont elle lui parlait,
si, par exemple, elle disait : « C'est un monsieur qui était
dans la loge de mon amie avec qui je vais à l'Hippodrome », cette explication calmait les soupçons de Swann,
qui en effet trouvait inévitable que l'amie eût d'autres
invités qu'Odette dans sa loge à l'Hippodrome, mais n'avait
jamais cherché ou réussi à se les figurer. Ah ! comme il eût
aimé la connaître, l'amie qui allait à l'Hippodrome, et
qu'elle l'y emmenât avec Odette ! Comme il aurait donné
toutes ses relations pour n'importe quelle personne qu'avait
l'habitude de voir Odette, fût-ce une manucure ou une
demoiselle de magasin ! Il eût fait pour elles plus de frais
que pour des reines. Ne lui auraient-elles pas fourni, dans
ce qu'elles contenaient de la vie d'Odette, le seul calmant
efficace pour ses souffrances ? Comme il aurait couru avec
joie passer les journées chez telle de ces petites gens avec
lesquelles Odette gardait des relations, soit par intérêt, soit
par simplicité véritable ! Comme il eût volontiers élu
domicile à jamais au cinquième étage de telle maison
sordide et enviée où Odette ne l'emmenait pas et où, s'il
y avait habité avec la petite couturière retirée dont il eût
volontiers fait semblant d'être l'amant, il aurait presque
chaque jour reçu sa visite ! Dans ces quartiers presque
populaires, quelle existence modeste, abjecte, mais douce,
mais nourrie de calme et de bonheur, il eût accepté de vivre
indéfiniment !

Il arrivait encore parfois, quand, ayant rencontré Swann, elle voyait s'approcher d'elle quelqu'un qu'il ne connaissait pas, qu'il pût remarquer sur le visage d'Odette cette tristesse qu'elle avait eue le jour où il était venu pour la voir pendant que Forcheville était là. Mais c'était rare ; car les jours où, malgré tout ce qu'elle avait à faire et la crainte de ce que penserait le monde, elle arrivait à voir Swann, ce qui dominait maintenant dans son attitude était l'assurance : grand contraste, peut-être revanche inconsciente ou réaction naturelle de l'émotion craintive qu'aux premiers temps où elle l'avait connu, elle éprouvait auprès de lui, et même loin de lui, quand elle commençait une lettre par ces mots : « Mon ami, ma main tremble si fort que je peux à peine écrire » (elle le prétendait du moins et un peu de cet émoi devait être sincère pour qu'elle désirât d'en feindre davantage). Swann lui plaisait alors. On ne tremble jamais que pour soi, que pour ceux qu'on aime. Quand notre bonheur n'est plus dans leurs mains, de quel calme, de quelle aisance, de quelle hardiesse on jouit auprès d'eux ! En lui parlant, en lui écrivant, elle n'avait plus de ces mots par lesquels elle cherchait à se donner l'illusion qu'il lui appartenait, faisant naître les occasions de dire « mon », « mien », quand il s'agissait de lui : « Vous êtes mon bien, c'est le parfum de notre amitié, je le garde », de lui parler de l'avenir, de la mort même, comme d'une seule chose pour eux deux. Dans ce temps-là, à tout ce qu'il disait, elle répondait avec admiration : « Vous, vous ne serez jamais comme tout le monde » ; elle regardait sa longue tête un peu chauve, dont les gens qui connaissaient les succès de Swann pensaient : « Il n'est pas régulièrement beau, si vous voulez, mais il est chic : ce toupet, ce monocle, ce sourire ! », et, plus curieuse peut-être de connaître ce qu'il était que désireuse d'être sa maîtresse, elle disait : « Si je pouvais savoir ce qu'il y a dans cette tête-là ! »

Maintenant, à toutes les paroles de Swann elle répondait d'un ton parfois irrité, parfois indulgent : « Ah ! tu ne seras donc jamais comme tout le monde ! » Elle regardait cette tête qui n'était qu'un peu plus vieillie par le souci (mais dont maintenant tous pensaient, en vertu de cette même aptitude qui permet de découvrir les intentions d'un morceau symphonique dont on a lu le programme, et les ressemblances d'un enfant quand on connaît sa parenté :

« Il n'est pas positivement laid si vous voulez, mais il est ridicule ; ce monocle, ce toupet, ce sourire ! », réalisant dans leur imagination suggestionnée la démarcation immatérielle qui sépare à quelques mois de distance une tête d'amant de cœur et une tête de cocu), elle disait : « Ah ! si je pouvais changer, rendre raisonnable ce qu'il y a dans cette tête-là. » Toujours prêt à croire ce qu'il souhaitait, si seulement les manières d'être d'Odette avec lui laissaient place au doute, il se jetait avidement sur cette parole : « Tu le peux si tu le veux », lui disait-il.

Et il tâchait de lui montrer que l'apaiser, le diriger, le faire travailler, serait une noble tâche à laquelle ne demandaient qu'à se vouer d'autres femmes qu'elle, entre les mains desquelles il est vrai d'ajouter que la noble tâche ne lui eût paru plus qu'une indiscrète et insupportable usurpation de sa liberté. « Si elle ne m'aimait pas un peu, se disait-il, elle ne souhaiterait pas de me transformer. Pour me transformer, il faudra qu'elle me voie davantage. » Ainsi trouvait-il dans ce reproche qu'elle lui faisait, comme une preuve d'intérêt, d'amour peut-être ; et en effet, elle lui en donnait maintenant si peu qu'il était obligé de considérer comme telles les défenses qu'elle lui faisait d'une chose ou d'une autre. Un jour, elle lui déclara qu'elle n'aimait pas son cocher, qu'il lui montait peut-être la tête contre elle, qu'en tous cas il n'était pas avec lui de l'exactitude et de la déférence qu'elle voulait. Elle sentait qu'il désirait lui entendre dire : « Ne le prends plus pour venir chez moi », comme il aurait désiré un baiser. Comme elle était de bonne humeur, elle le lui dit ; il fut attendri. Le soir, causant avec M. de Charlus avec qui il avait la douceur de pouvoir parler d'elle ouvertement (car les moindres propos qu'il tenait, même aux personnes qui ne la connaissaient pas, se rapportaient en quelque manière à elle), il lui dit : « Je crois pourtant qu'elle m'aime ; elle est si gentille pour moi, ce que je fais ne lui est certainement pas indifférent. » Et si, au moment d'aller chez elle, montant dans sa voiture avec un ami qu'il devait laisser en route, l'autre lui disait : « Tiens, ce n'est pas Lorédan qui est sur le siège ? », avec quelle joie mélancolique Swann lui répondait : « Oh ! sapristi non ! je te dirai, je ne peux pas prendre Lorédan quand je vais rue La Pérouse. Odette n'aime pas que je prenne Lorédan, elle ne le trouve pas bien pour moi ;

enfin que veux-tu, les femmes, tu sais ! je sais que ça lui déplairait beaucoup. Ah bien oui ! je n'aurais eu qu'à prendre Rémi ! j'en aurais eu une histoire ! »

Ces nouvelles façons indifférentes, distraites, irritables, qui étaient maintenant celles d'Odette avec lui, certes Swann en souffrait ; mais il ne connaissait pas sa souffrance ; comme c'était progressivement, jour par jour, qu'Odette s'était refroidie à son égard, ce n'est qu'en mettant en regard de ce qu'elle était aujourd'hui ce qu'elle avait été au début, qu'il aurait pu sonder la profondeur du changement qui s'était accompli. Or ce changement c'était sa profonde, sa secrète blessure qui lui faisait mal jour et nuit, et dès qu'il sentait que ses pensées allaient un peu trop près d'elle, vivement il les dirigeait d'un autre côté de peur de trop souffrir. Il se disait bien d'une façon abstraite : « Il fut un temps où Odette m'aimait davantage », mais jamais il ne revoyait ce temps. De même qu'il y avait dans son cabinet une commode qu'il s'arrangeait à ne pas regarder, qu'il faisait un crochet pour éviter en entrant et en sortant, parce que dans un tiroir étaient serrés le chrysanthème qu'elle lui avait donné le premier soir où il l'avait reconduite, les lettres où elle disait : « Que n'y avez-vous oublié aussi votre cœur, je ne vous aurais pas laissé le reprendre » et « À quelque heure du jour et de la nuit que vous ayez besoin de moi, faites-moi signe et disposez de ma vie », de même il y avait en lui une place dont il ne laissait jamais approcher son esprit, lui faisant faire s'il le fallait le détour d'un long raisonnement pour qu'il n'eût pas à passer devant elle : c'était celle où vivait le souvenir des jours heureux.

Mais sa si précautionneuse prudence fut déjouée un soir qu'il était allé dans le monde.

C'était chez la marquise de Saint-Euverte, à la dernière, pour cette année-là, des soirées où elle faisait entendre des artistes qui lui servaient ensuite pour ses concerts de charité. Swann, qui avait voulu successivement aller à toutes les précédentes et n'avait pu s'y résoudre, avait reçu, tandis qu'il s'habillait pour se rendre à celle-ci, la visite du baron de Charlus qui venait lui offrir de retourner avec lui chez la marquise, si sa compagnie devait l'aider à s'y ennuyer un peu moins, à s'y trouver moins triste. Mais Swann lui avait répondu :

« Vous ne doutez pas du plaisir que j'aurais à être avec vous. Mais le plus grand plaisir que vous puissiez me faire, c'est d'aller plutôt voir Odette. Vous savez l'excellente influence que vous avez sur elle. Je crois qu'elle ne sort pas ce soir avant d'aller chez son ancienne couturière où du reste elle sera sûrement contente que vous l'accompagniez. En tous cas vous la trouveriez chez elle avant. Tâchez de la distraire et aussi de lui parler raison. Si vous pouviez arranger quelque chose pour demain qui lui plaise et que nous pourrions faire tous les trois ensemble... Tâchez aussi de poser des jalons pour cet été, si elle avait envie de quelque chose, d'une croisière que nous ferions tous les trois, que sais-je ? Quant à ce soir, je ne compte pas la voir ; maintenant si elle le désirait ou si vous trouviez un joint, vous n'avez qu'à m'envoyer un mot chez Mme de Saint-Euverte jusqu'à minuit, et après chez moi. Merci de tout ce que vous faites pour moi, vous savez comme je vous aime. »

Le baron lui promit d'aller faire la visite qu'il désirait après qu'il l'aurait conduit jusqu'à la porte de l'hôtel Saint-Euverte, où Swann arriva tranquillisé par la pensée que M. de Charlus passerait la soirée rue La Pérouse, mais dans un état de mélancolique indifférence à toutes les choses qui ne touchaient pas Odette, et en particulier aux choses mondaines, qui leur donnait le charme de ce qui, n'étant plus un but pour notre volonté, nous apparaît en soi-même. Dès sa descente de voiture, au premier plan de ce résumé fictif de leur vie domestique que les maîtresses de maison prétendent offrir à leurs invités les jours de cérémonie et où elles cherchent à respecter la vérité du costume et celle du décor, Swann prit plaisir à voir les héritiers des « tigres » de Balzac[1], les grooms, suivants ordinaires de la promenade, qui, chapeautés et bottés, restaient dehors devant l'hôtel sur le sol de l'avenue, ou devant les écuries, comme des jardiniers auraient été rangés à l'entrée de leurs parterres. La disposition particulière qu'il avait toujours eue à chercher des analogies entre les êtres vivants et les portraits des musées s'exerçait encore mais d'une façon plus constante et plus générale ; c'est la vie mondaine tout entière, maintenant qu'il en était détaché, qui se présentait à lui comme une suite de tableaux. Dans le vestibule où autrefois, quand il était un mondain, il entrait enveloppé dans son pardessus pour en sortir en frac, mais sans savoir ce qui s'y était passé, étant par la pensée, pendant les quelques instants qu'il y séjournait, ou bien encore dans la fête qu'il venait de quitter, ou bien déjà dans la fête où on allait l'introduire, pour la première fois il remarqua, réveillée par l'arrivée inopinée d'un invité aussi tardif, la meute éparse, magnifique et désœuvrée des grands valets de pied qui dormaient çà et là sur des banquettes et des coffres et qui, soulevant leurs nobles profils aigus de lévriers, se dressèrent et, rassemblés, formèrent le cercle autour de lui.

L'un d'eux, d'aspect particulièrement féroce et assez semblable à l'exécuteur dans certains tableaux de la Renaissance qui figurent des supplices, s'avança vers lui d'un air implacable pour lui prendre ses affaires. Mais la dureté de son regard d'acier était compensée par la douceur de ses gants de fil, si bien qu'en approchant de Swann il semblait témoigner du mépris pour sa personne et des égards pour son chapeau. Il le prit avec un soin auquel l'exactitude de sa pointure donnait quelque chose de méticuleux et une délicatesse que rendait presque touchante l'appareil de sa force. Puis il le passa à un de ses aides, nouveau et timide, qui exprimait l'effroi qu'il ressentait en roulant en tous sens des regards furieux et montrait l'agitation d'une bête captive dans les premières heures de sa domesticité.

À quelques pas, un grand gaillard en livrée rêvait, immobile, sculptural, inutile, comme ce guerrier purement décoratif qu'on voit dans les tableaux les plus tumultueux de Mantegna, songer, appuyé sur son bouclier, tandis qu'on se précipite et qu'on s'égorge à côté de lui ; détaché du groupe de ses camarades qui s'empressaient autour de Swann, il semblait aussi résolu à se désintéresser de cette scène, qu'il suivait vaguement de ses yeux glauques et cruels, que si c'eût été le massacre des Innocents ou le martyre de saint Jacques. Il semblait précisément appartenir à cette race disparue — ou qui peut-être n'exista jamais que dans le retable de San Zeno et les fresques des Eremitani où Swann l'avait approchée et où elle rêve encore — issue de la fécondation d'une statue antique par quelque modèle padouan du Maître ou quelque Saxon d'Albert Dürer[1]. Et les mèches de ses cheveux roux crespelés par la nature, mais collés par la brillantine, étaient

largement traitées comme elles sont dans la sculpture
grecque qu'étudiait sans cesse le peintre de Mantoue[1], et
qui, si dans la création elle ne figure que l'homme, sait
du moins tirer de ses simples formes des richesses si variées
et comme empruntées à toute la nature vivante, qu'une
chevelure, par l'enroulement lisse et les becs aigus de ses
boucles, ou dans la superposition du triple et fleurissant
diadème de ses tresses, a l'air à la fois d'un paquet d'algues,
d'une nichée de colombes, d'un bandeau de jacinthes et
d'une torsade de serpents.

D'autres encore, colossaux aussi, se tenaient sur les
degrés d'un escalier monumental que leur présence
décorative et leur immobilité marmoréenne auraient pu
faire nommer comme celui du Palais ducal : « l'Escalier
des Géants[2] » et dans lequel Swann s'engagea avec la
tristesse de penser qu'Odette ne l'avait jamais gravi. Ah !
avec quelle joie au contraire il eût grimpé les étages noirs,
malodorants et casse-cou de la petite couturière retirée,
dans le « cinquième » de laquelle il aurait été si heureux
de payer plus cher qu'une avant-scène hebdomadaire à
l'Opéra le droit de passer la soirée quand Odette y venait,
et même les autres jours, pour pouvoir parler d'elle, vivre
avec les gens qu'elle avait l'habitude de voir quand il
n'était pas là et qui à cause de cela lui paraissaient recéler,
de la vie de sa maîtresse, quelque chose de plus réel, de
plus inaccessible et de plus mystérieux. Tandis que dans
cet escalier pestilentiel et désiré de l'ancienne couturière,
comme il n'y en avait pas un second pour le service, on
voyait le soir devant chaque porte une boîte au lait vide
et sale préparée sur le paillasson, dans l'escalier magnifique
et dédaigné que Swann montait à ce moment, d'un côté
et de l'autre, à des hauteurs différentes, devant chaque
anfractuosité que faisait dans le mur la fenêtre de la loge
ou la porte d'un appartement, représentant le service
intérieur qu'ils dirigeaient et en faisant hommage aux
invités, un concierge, un majordome, un argentier (braves
gens qui vivaient le reste de la semaine un peu
indépendants dans leur domaine, y dînaient chez eux
comme de petits boutiquiers et seraient peut-être demain
au service bourgeois d'un médecin ou d'un industriel),
attentifs à ne pas manquer aux recommandations qu'on
leur avait faites avant de leur laisser endosser la livrée
éclatante qu'ils ne revêtaient qu'à de rares intervalles et

dans laquelle ils ne se sentaient pas très à leur aise, se tenaient sous l'arcature de leur portail avec un éclat pompeux tempéré de bonhomie populaire, comme des saints dans leur niche ; et un énorme suisse, habillé comme à l'église, frappait les dalles de sa canne au passage de chaque arrivant. Parvenu en haut de l'escalier le long duquel l'avait suivi un domestique à face blême, avec une petite queue de cheveux, noués d'un catogan, derrière la tête, comme un sacristain de Goya[1] ou un tabellion du répertoire, Swann passa devant un bureau où des valets, assis comme des notaires devant de grands registres, se levèrent et inscrivirent son nom. Il traversa alors un petit vestibule qui — tel que certaines pièces aménagées par leur propriétaire pour servir de cadre à une seule œuvre d'art, dont elles tirent leur nom, et d'une nudité voulue, ne contiennent rien d'autre — exhibait à son entrée, comme quelque précieuse effigie de Benvenuto Cellini représentant un homme de guet[2], un jeune valet de pied, le corps légèrement fléchi en avant, dressant sur son hausse-col rouge une figure plus rouge encore d'où s'échappaient des torrents de feu, de timidité et de zèle, et qui, perçant les tapisseries d'Aubusson tendues devant le salon où on écoutait la musique, de son regard impétueux, vigilant, éperdu, avait l'air, avec une impassibi- lité militaire ou une foi surnaturelle — allégorie de l'alarme, incarnation de l'attente, commémoration du branle-bas — d'épier, ange ou vigie, d'une tour de donjon ou de cathédrale, l'apparition de l'ennemi ou l'heure du Jugement. Il ne restait plus à Swann qu'à pénétrer dans la salle du concert dont un huissier chargé de chaînes lui ouvrit les portes en s'inclinant, comme il lui aurait remis les clefs d'une ville. Mais il pensait à la maison où il aurait pu se trouver en ce moment même, si Odette l'avait permis, et le souvenir entrevu d'une boîte au lait vide sur un paillasson lui serra le cœur.

Swann retrouva rapidement le sentiment de la laideur masculine, quand, au-delà de la tenture de tapisserie, au spectacle des domestiques succéda celui des invités. Mais cette laideur même de visages, qu'il connaissait pourtant si bien, lui semblait neuve depuis que leurs traits — au lieu d'être pour lui des signes pratiquement utilisables à l'identification de telle personne qui lui avait représenté jusque-là un faisceau de plaisirs à poursuivre, d'ennuis à éviter ou de politesses à rendre — reposaient, coordonnés seulement par des rapports esthétiques, dans l'autonomie de leurs lignes. Et en ces hommes, au milieu desquels Swann se trouva enserré, il n'était pas jusqu'aux monocles que beaucoup portaient (et qui, autrefois, auraient tout au plus permis à Swann de dire qu'ils portaient un monocle), qui, déliés maintenant de signifier une habitude, la même pour tous, ne lui apparussent chacun avec une sorte d'individualité. Peut-être parce qu'il ne regarda le général de Froberville et le marquis de Bréauté qui causaient dans l'entrée que comme deux personnages dans un tableau, alors qu'ils avaient été longtemps pour lui les amis utiles qui l'avaient présenté au Jockey et assisté dans des duels, le monocle du général, resté entre ses paupières comme un éclat d'obus dans sa figure vulgaire, balafrée et triomphale, au milieu du front qu'il éborgnait comme l'œil unique du cyclope, apparut à Swann comme une blessure monstrueuse qu'il pouvait être glorieux d'avoir reçue, mais qu'il était indécent d'exhiber ; tandis que celui que M. de Bréauté ajoutait, en signe de festivité, aux gants gris perle, au « gibus », à la cravate blanche et substituait au binocle familier (comme faisait Swann lui-même) pour aller dans le monde, portait, collé à son revers, comme une préparation d'histoire naturelle sous un microscope, un regard infinitésimal et grouillant d'amabilité, qui ne cessait de sourire à la hauteur des plafonds, à la beauté des fêtes, à l'intérêt des programmes et à la qualité des rafraîchissements.

« Tiens, vous voilà, mais il y a des éternités qu'on ne vous a vu », dit à Swann le général qui, remarquant ses traits tirés et en concluant que c'était peut-être une maladie grave qui l'éloignait du monde, ajouta : « Vous avez bonne mine, vous savez ! » pendant que M. de Bréauté demandait : « Comment, vous, mon cher, qu'est-ce que vous pouvez bien faire ici ? » à un romancier mondain qui venait d'installer au coin de son œil un monocle, son seul organe d'investigation psychologique et d'impitoyable analyse, et répondit d'un air important et mystérieux, en roulant l'*r* :

« J'observe. »

Le monocle du marquis de Forestelle était minuscule, n'avait aucune bordure et obligeant à une crispation incessante et douloureuse l'œil où il s'incrustait comme

un cartilage superflu dont la présence est inexplicable et
la matière recherchée, il donnait au visage du marquis une
délicatesse mélancolique, et le faisait juger par les femmes
comme capable de grands chagrins d'amour. Mais celui
de M. de Saint-Candé, entouré d'un gigantesque anneau,
comme Saturne, était le centre de gravité d'une figure qui
s'ordonnait à tout moment par rapport à lui, dont le nez
frémissant et rouge et la bouche lippue et sarcastique
tâchaient par leurs grimaces d'être à la hauteur des feux
roulants d'esprit dont étincelait le disque de verre, et se
voyait préférer aux plus beaux regards du monde par des
jeunes femmes snobs et dépravées qu'il faisait rêver de
charmes artificiels et d'un raffinement de volupté ; et
cependant, derrière le sien, M. de Palancy qui, avec sa
grosse tête de carpe aux yeux ronds, se déplaçait lentement
au milieu des fêtes, en desserrant d'instant en instant ses
mandibules comme pour chercher son orientation, avait
l'air de transporter seulement avec lui un fragment
accidentel, et peut-être purement symbolique, du vitrage
de son aquarium, partie destinée à figurer le tout, qui
rappela à Swann, grand admirateur des *Vices* et des *Vertus*
de Giotto à Padoue, cet Injuste à côté duquel un rameau
feuillu évoque les forêts où se cache son repaire[1].

Swann s'était avancé, sur l'insistance de Mme de
Saint-Euverte, et pour entendre un air d'*Orphée* qu'exécutait un flûtiste[2], s'était mis dans un coin où il avait
malheureusement comme seule perspective deux dames
déjà mûres assises l'une à côté de l'autre, la marquise de
Cambremer et la vicomtesse de Franquetot, lesquelles,
parce qu'elles étaient cousines, passaient leur temps dans
les soirées, portant leurs sacs et suivies de leurs filles, à
se chercher comme dans une gare et n'étaient tranquilles
que quand elles avaient marqué, par leur éventail ou leur
mouchoir, deux places voisines : Mme de Cambremer,
comme elle avait très peu de relations, étant d'autant plus
heureuse d'avoir une compagne, Mme de Franquetot, qui
était au contraire très lancée, trouvant quelque chose
d'élégant, d'original, à montrer à toutes ses belles
connaissances qu'elle leur préférait une dame obscure avec
qui elle avait en commun des souvenirs de jeunesse. Plein
d'une mélancolique ironie, Swann les regardait écouter
l'intermède de piano (*Saint François parlant aux oiseaux* de
Liszt[3]) qui avait succédé à l'air de flûte, et suivre le jeu

vertigineux du virtuose, Mme de Franquetot anxieusement, les yeux éperdus comme si les touches sur lesquelles
il courait avec agilité avaient été une suite de trapèzes
d'où il pouvait tomber d'une hauteur de quatre-vingts
mètres, et non sans lancer à sa voisine des regards
d'étonnement, de dénégation qui signifiaient : « Ce n'est
pas croyable, je n'aurais jamais pensé qu'un homme pût
faire cela », Mme de Cambremer, en femme qui a reçu
une forte éducation musicale, battant la mesure avec sa
tête transformée en balancier de métronome dont
l'amplitude et la rapidité d'oscillations d'une épaule à
l'autre étaient devenus telles (avec cette espèce d'égare-
ment et d'abandon du regard qu'ont les douleurs qui
ne se connaissent plus ni ne cherchent à se maîtriser et
disent « Que voulez-vous ! ») qu'à tout moment elle
accrochait avec ses solitaires les pattes de son corsage et
était obligée de redresser les raisins noirs qu'elle avait
dans les cheveux, sans cesser pour cela d'accélérer le
mouvement. De l'autre côté de Mme de Franquetot, mais
un peu en avant, était la marquise de Gallardon, occupée
à sa pensée favorite, l'alliance qu'elle avait avec les
Guermantes et d'où elle tirait pour le monde et pour
elle-même beaucoup de gloire avec quelque honte, les
plus brillants d'entre eux la tenant un peu à l'écart,
peut-être parce qu'elle était ennuyeuse, ou parce qu'elle
était méchante, ou parce qu'elle était d'une branche
inférieure, ou peut-être sans aucune raison. Quand elle
se trouvait auprès de quelqu'un qu'elle ne connaissait pas,
comme en ce moment auprès de Mme de Franquetot,
elle souffrait que la conscience qu'elle avait de sa parenté
avec les Guermantes ne pût se manifester extérieurement
en caractères visibles comme ceux qui, dans les mosaïques
des églises byzantines, placés les uns au-dessous des autres,
inscrivent en une colonne verticale, à côté d'un saint
personnage, les mots qu'il est censé prononcer. Elle
songeait en ce moment qu'elle n'avait jamais reçu une
invitation ni une visite de sa jeune cousine la princesse
des Laumes, depuis six ans que celle-ci était mariée. Cette
pensée la remplissait de colère, mais aussi de fierté ; car,
à force de dire aux personnes qui s'étonnaient de ne pas
la voir chez Mme des Laumes, que c'est parce qu'elle
aurait été exposée à y rencontrer la princesse Mathilde[1]
— ce que sa famille ultralégitimiste ne lui aurait jamais

pardonné —, elle avait fini par croire que c'était en effet la raison pour laquelle elle n'allait pas chez sa jeune cousine. Elle se rappelait pourtant qu'elle avait demandé plusieurs fois à Mme des Laumes comment elle pourrait faire pour la rencontrer, mais ne se le rappelait que confusément et d'ailleurs neutralisait et au-delà ce souvenir un peu humiliant en murmurant : « Ce n'est tout de même pas à moi à faire les premiers pas, j'ai vingt ans de plus qu'elle. » Grâce à la vertu de ces paroles intérieures, elle rejetait fièrement en arrière ses épaules détachées de son buste et sur lesquelles sa tête posée presque horizontalement faisait penser à la tête « rapportée » d'un orgueilleux faisan qu'on sert sur une table avec toutes ses plumes. Ce n'est pas qu'elle ne fût par nature courtaude, hommasse et boulotte ; mais les camouflets l'avaient redressée comme ces arbres qui, nés dans une mauvaise position au bord d'un précipice, sont forcés de croître en arrière pour garder leur équilibre. Obligée, pour se consoler de ne pas être tout à fait l'égale des autres Guermantes, de se dire sans cesse que c'était par intransigeance de principes et fierté qu'elle les voyait peu, cette pensée avait fini par modeler son corps et par lui enfanter une sorte de prestance qui passait aux yeux des bourgeoises pour un signe de race et troublait quelquefois d'un désir fugitif le regard fatigué des hommes de cercle. Si on avait fait subir à la conversation de Mme de Gallardon ces analyses qui en relevant la fréquence plus ou moins grande de chaque terme permettent de découvrir la clef d'un langage chiffré, on se fût rendu compte qu'aucune expression, même la plus usuelle, n'y revenait aussi souvent que « chez mes cousins de Guermantes », « chez ma tante de Guermantes », « la santé d'Elzéar de Guermantes », « la baignoire de ma cousine de Guermantes ». Quand on lui parlait d'un personnage illustre, elle répondait que sans le connaître personnellement elle l'avait rencontré mille fois chez sa tante de Guermantes, mais elle répondait cela d'un ton si glacial et d'une voix si sourde qu'il était clair que si elle ne le connaissait pas personnellement c'était en vertu de tous les principes indéracinables et entêtés auxquels ses épaules touchaient en arrière, comme à ces échelles sur lesquelles les professeurs de gymnastique vous font étendre pour vous développer le thorax.

Or, la princesse des Laumes, qu'on ne se serait pas attendu à voir chez Mme de Saint-Euverte, venait précisément d'arriver. Pour montrer qu'elle ne cherchait pas à faire sentir dans un salon, où elle ne venait que par condescendance, la supériorité de son rang, elle était entrée en effaçant les épaules là même où il n'y avait aucune foule à fendre et personne à laisser passer, restant exprès dans le fond, de l'air d'y être à sa place, comme un roi qui fait la queue à la porte d'un théâtre tant que les autorités n'ont pas été prévenues qu'il est là ; et, bornant simplement son regard — pour ne pas avoir l'air de signaler sa présence et de réclamer des égards — à la considération d'un dessin du tapis ou de sa propre jupe, elle se tenait debout à l'endroit qui lui avait paru le plus modeste (et d'où elle savait bien qu'une exclamation ravie de Mme de Saint-Euverte allait la tirer dès que celle-ci l'aurait aperçue), à côté de Mme de Cambremer qui lui était inconnue. Elle observait la mimique de sa voisine mélomane, mais ne l'imitait pas. Ce n'est pas que, pour une fois qu'elle venait passer cinq minutes chez Mme de Saint-Euverte, la princesse des Laumes n'eût souhaité, pour que la politesse qu'elle lui faisait comptât double, se montrer le plus aimable possible. Mais par nature, elle avait horreur de ce qu'elle appelait « les exagérations » et tenait à montrer qu'elle « n'avait pas à » se livrer à des manifestations qui n'allaient pas avec le « genre » de la coterie où elle vivait, mais qui pourtant d'autre part ne laissaient pas de l'impressionner, à la faveur de cet esprit d'imitation voisin de la timidité que développe chez les gens les plus sûrs d'eux-mêmes l'ambiance d'un milieu nouveau, fût-il inférieur. Elle commençait à se demander si cette gesticulation n'était pas rendue nécessaire par le morceau qu'on jouait et qui ne rentrait peut-être pas dans le cadre de la musique qu'elle avait entendue jusqu'à ce jour, si s'abstenir n'était pas faire preuve d'incompréhension à l'égard de l'œuvre et d'inconvenance vis-à-vis de la maîtresse de la maison : de sorte que pour exprimer par une « cote mal taillée » ses sentiments contradictoires, tantôt elle se contentait de remonter la bride de ses épaulettes ou d'assurer dans ses cheveux blonds les petites boules de corail ou d'émail rose, givrées de diamant, qui lui faisaient une coiffure simple et charmante, en examinant avec une froide curiosité sa fougueuse voisine, tantôt de son éventail elle battait pendant un instant la mesure, mais, pour ne pas abdiquer son indépendance, à contretemps. Le pianiste ayant terminé le morceau de Liszt et ayant commencé un prélude de Chopin, Mme de Cambremer lança à Mme de Franquetot un sourire attendri de satisfaction compétente et d'allusion au passé. Elle avait appris dans sa jeunesse à caresser les phrases, au long col sinueux et démesuré, de Chopin, si libres, si flexibles, si tactiles, qui commencent par chercher et essayer leur place en dehors et bien loin de la direction de leur départ, bien loin du point où on avait pu espérer qu'atteindrait leur attouchement, et qui ne se jouent dans cet écart de fantaisie que pour revenir plus délibérément — d'un retour plus prémédité, avec plus de précision, comme sur un cristal qui résonnerait jusqu'à faire crier — vous frapper au cœur.

Vivant dans une famille provinciale qui avait peu de relations, n'allant guère au bal, elle s'était grisée dans la solitude de son manoir, à ralentir, à précipiter la danse de tous ces couples imaginaires, à les égrener comme des fleurs, à quitter un moment le bal pour entendre le vent souffler dans les sapins, au bord du lac, et à y voir tout d'un coup s'avancer, plus différent de tout ce qu'on a jamais rêvé que ne sont les amants de la terre, un mince jeune homme à la voix un peu chantante, étrangère et fausse, en gants blancs. Mais aujourd'hui la beauté démodée de cette musique semblait défraîchie[1]. Privée depuis quelques années de l'estime des connaisseurs, elle avait perdu son honneur et son charme, et ceux mêmes dont le goût est mauvais n'y trouvaient plus qu'un plaisir inavoué et médiocre. Mme de Cambremer jeta un regard furtif derrière elle. Elle savait que sa jeune bru (pleine de respect pour sa nouvelle famille, sauf en ce qui touchait les choses de l'esprit sur lesquelles, sachant jusqu'à l'harmonie et jusqu'au grec, elle avait des lumières spéciales) méprisait Chopin et souffrait quand elle en entendait jouer. Mais loin de la surveillance de cette wagnérienne qui était plus loin avec un groupe de personnes de son âge, Mme de Cambremer se laissait aller à des impressions délicieuses. La princesse des Laumes les éprouvait aussi. Sans être par nature douée pour la musique, elle avait reçu il y a quinze ans les leçons qu'un professeur de piano du faubourg Saint-Germain, femme de génie qui avait été à la fin de sa vie réduite à la misère,

avait recommencé, à l'âge de soixante-dix ans, à donner
aux filles et aux petites-filles de ses anciennes élèves.
Elle était morte aujourd'hui. Mais sa méthode, son beau
son, renaissaient parfois sous les doigts de ses élèves,
même de celles qui étaient devenues pour le reste des
personnes médiocres, avaient abandonné la musique et
n'ouvraient presque plus jamais un piano. Aussi Mme
des Laumes put-elle secouer la tête, en pleine connaissance
de cause, avec une appréciation juste de la façon dont
le pianiste jouait ce prélude qu'elle savait par cœur. La
fin de la phrase commencée chanta d'elle-même sur ses
lèvres. Et elle murmura « C'est toujours *ch*armant », avec
un double *ch* au commencement du mot qui était une
marque de délicatesse et dont elle sentait ses lèvres si
romanesquement froissées comme une belle fleur, qu'elle
harmonisa instinctivement son regard avec elles en lui
donnant à ce moment-là une sorte de sentimentalité et
de vague. Cependant Mme de Gallardon était en train
de se dire qu'il était fâcheux qu'elle n'eût que bien
rarement l'occasion de rencontrer la princesse des
Laumes, car elle souhaitait lui donner une leçon en ne
répondant pas à son salut. Elle ne savait pas que sa cousine
fût là. Un mouvement de tête de Mme de Franquetot
la lui découvrit. Aussitôt elle se précipita vers elle en
dérangeant tout le monde ; mais désireuse de garder un
air hautain et glacial qui rappelât à tous qu'elle ne désirait
pas avoir de relations avec une personne chez qui on
pouvait se trouver nez à nez avec la princesse Mathilde,
et au-devant de qui elle n'avait pas à aller car elle n'était
pas « sa contemporaine », elle voulut pourtant compenser
cet air de hauteur et de réserve par quelque propos qui
justifiât sa démarche et forçât la princesse à engager la
conversation ; aussi une fois arrivée près de sa cousine,
Mme de Gallardon, avec un visage dur, une main tendue
comme une carte forcée, lui dit : « Comment va ton
mari ? » de la même voix soucieuse que si le prince avait
été gravement malade. La princesse, éclatant d'un rire qui
lui était particulier et qui était destiné à la fois à montrer
aux autres qu'elle se moquait de quelqu'un et aussi à se
faire paraître plus jolie en concentrant les traits de son
visage autour de sa bouche animée et de son regard
brillant, lui répondit :

« Mais le mieux du monde ! »

Et elle rit encore. Cependant tout en redressant sa taille
et refroidissant sa mine, inquiète encore pourtant de l'état
du prince, Mme de Gallardon dit à sa cousine :

« Oriane (ici Mme des Laumes regarda d'un air étonné
et rieur un tiers invisible vis-à-vis duquel elle semblait tenir
à attester qu'elle n'avait jamais autorisé Mme de Gallardon
à l'appeler par son prénom), je tiendrais beaucoup à ce
que tu viennes un moment demain soir chez moi entendre
un quintette avec clarinette de Mozart[1]. Je voudrais avoir
ton appréciation. »

Elle semblait non pas adresser une invitation, mais
demander un service, et avoir besoin de l'avis de la
princesse sur le quintette de Mozart, comme si ç'avait été
un plat de la composition d'une nouvelle cuisinière sur
les talents de laquelle il lui eût été précieux de recueillir
l'opinion d'un gourmet.

« Mais je connais ce quintette, je peux te dire tout de
suite... que je l'aime !

— Tu sais, mon mari n'est pas bien, son foie..., cela
lui ferait grand plaisir de te voir », reprit Mme de
Gallardon, faisant maintenant à la princesse une obligation
de charité de paraître à sa soirée.

La princesse n'aimait pas à dire aux gens qu'elle ne
voulait pas aller chez eux. Tous les jours elle écrivait son
regret d'avoir été privée — par une visite inopinée de sa
belle-mère, par une invitation de son beau-frère, par
l'Opéra, par une partie de campagne — d'une soirée à
laquelle elle n'aurait jamais songé à se rendre. Elle donnait
ainsi à beaucoup de gens la joie de croire qu'elle était de
leurs relations, qu'elle eût été volontiers chez eux, qu'elle
n'avait été empêchée de le faire que par les contretemps
princiers qu'ils étaient flattés de voir entrer en concurrence
avec leur soirée. Puis, faisant partie de cette spirituelle
coterie des Guermantes où survivait quelque chose de
l'esprit alerte, dépouillé de lieux communs et de sentiments convenus, qui descend de Mérimée et a trouvé sa
dernière expression dans le théâtre de Meilhac et Halévy[2],
elle l'adaptait même aux rapports sociaux, le transposait
jusque dans sa politesse qui s'efforçait d'être positive,
précise, de se rapprocher de l'humble vérité. Elle ne
développait pas longuement à une maîtresse de maison
l'expression du désir qu'elle avait d'aller à sa soirée ;
elle trouvait plus aimable de lui exposer quelques petits

faits d'où dépendrait qu'il lui fût ou non possible de s'y rendre.

« Écoute, je vais te dire, dit-elle à Mme de Gallardon, il faut demain soir que j'aille chez une amie qui m'a demandé mon jour depuis longtemps. Si elle nous emmène au théâtre, il n'y aura pas, avec la meilleure volonté, possibilité que j'aille chez toi ; mais si nous restons chez elle, comme je sais que nous serons seuls, je pourrai la quitter.

— Tiens, tu as vu ton ami M. Swann ?

— Mais non, cet amour de Charles, je ne savais pas qu'il fût là, je vais tâcher qu'il me voie.

— C'est drôle qu'il aille même chez la mère Saint-Euverte, dit Mme de Gallardon. Oh ! je sais qu'il est intelligent, ajouta-t-elle en voulant dire par là intrigant, mais cela ne fait rien, un Juif chez la sœur et la belle-sœur de deux archevêques !

— J'avoue à ma honte que je n'en suis pas choquée, dit la princesse des Laumes.

— Je sais qu'il est converti, et même déjà ses parents et ses grands-parents. Mais on dit que les convertis restent plus attachés à leur religion que les autres, que c'est une frime, est-ce vrai ?

— Je suis sans lumières à ce sujet. »

Le pianiste qui avait à jouer deux morceaux de Chopin, après avoir terminé le prélude avait attaqué aussitôt une polonaise. Mais depuis que Mme de Gallardon avait signalé à sa cousine la présence de Swann, Chopin ressuscité aurait pu venir jouer lui-même toutes ses œuvres sans que Mme des Laumes pût y faire attention. Elle faisait partie d'une de ces deux moitiés de l'humanité chez qui la curiosité qu'a l'autre moitié pour les êtres qu'elle ne connaît pas est remplacée par l'intérêt pour les êtres qu'elle connaît. Comme beaucoup de femmes du faubourg Saint-Germain, la présence dans un endroit où elle se trouvait de quelqu'un de sa coterie, et auquel d'ailleurs elle n'avait rien de particulier à dire, accaparait exclusivement son attention aux dépens de tout le reste. À partir de ce moment, dans l'espoir que Swann la remarquerait, la princesse ne fit plus, comme une souris blanche apprivoisée à qui on tend puis on retire un morceau de sucre, que tourner sa figure, remplie de mille signes de connivence dénués de rapports avec le sentiment de la polonaise de Chopin, dans la direction où était Swann et si celui-ci changeait de place, elle déplaçait parallèlement son sourire aimanté.

« Oriane, ne te fâche pas », reprit Mme de Gallardon qui ne pouvait jamais s'empêcher de sacrifier ses plus grandes espérances sociales et d'éblouir un jour le monde, au plaisir obscur, immédiat et privé de dire quelque chose de désagréable, « il y a des gens qui prétendent que ce M. Swann, c'est quelqu'un qu'on ne peut pas recevoir chez soi, est-ce vrai ?

— Mais... tu dois bien savoir que c'est vrai, répondit la princesse des Laumes, puisque tu l'as invité cinquante fois et qu'il n'est jamais venu. »

Et quittant sa cousine mortifiée, elle éclata de nouveau d'un rire qui scandalisa les personnes qui écoutaient la musique, mais attira l'attention de Mme de Saint-Euverte, restée par politesse près du piano et qui aperçut seulement alors la princesse. Mme de Saint-Euverte était d'autant plus ravie de voir Mme des Laumes qu'elle la croyait encore à Guermantes en train de soigner son beau-père malade.

« Mais comment, princesse, vous étiez là ?

— Oui, je m'étais mise dans un petit coin, j'ai entendu de belles choses.

— Comment, vous êtes là depuis déjà un long moment !

— Mais oui, un très long moment qui m'a semblé très court, long seulement parce que je ne vous voyais pas. »

Mme de Saint-Euverte voulut donner son fauteuil à la princesse qui répondit :

« Mais pas du tout ! Pourquoi ? Je suis bien n'importe où ! »

Et, avisant avec intention, pour mieux manifester sa simplicité de grande dame, un petit siège sans dossier :

« Tenez, ce pouf, c'est tout ce qu'il me faut. Cela me fera tenir droite. Oh ! mon Dieu, je fais encore du bruit, je vais me faire conspuer. »

Cependant le pianiste redoublant de vitesse, l'émotion musicale était à son comble, un domestique passait des rafraîchissements sur un plateau et faisait tinter des cuillers et, comme chaque semaine, Mme de Saint-Euverte lui faisait, sans qu'il la vît, des signes de s'en aller. Une nouvelle mariée, à qui on avait appris qu'une jeune femme ne doit pas avoir l'air blasé, souriait de plaisir, et cherchait des yeux la maîtresse de maison pour lui témoigner par

son regard sa reconnaissance d'avoir « pensé à elle » pour
un pareil régal. Pourtant, quoique avec plus de calme que
Mme de Franquetot, ce n'est pas sans inquiétude qu'elle
suivait le morceau ; mais la sienne avait pour objet, au lieu
du pianiste, le piano sur lequel une bougie tressautant à
chaque fortissimo risquait, sinon de mettre le feu à
l'abat-jour, du moins de faire des taches sur le palissandre.
À la fin elle n'y tint plus et escaladant les deux marches
de l'estrade, sur laquelle était placé le piano, se précipita
pour enlever la bobèche. Mais à peine ses mains
allaient-elles la toucher que, sur un dernier accord, le
morceau finit et le pianiste se leva. Néanmoins l'initiative
hardie de cette jeune femme, la courte promiscuité qui
en résulta entre elle et l'instrumentiste, produisirent une
impression généralement favorable.

« Vous avez remarqué ce qu'a fait cette personne,
princesse », dit le général de Froberville à la princesse
des Laumes qu'il était venu saluer et que Mme de
Saint-Euverte quitta un instant. « C'est curieux. Est-ce
donc une artiste ?

— Non, c'est une petite Mme de Cambremer »,
répondit étourdiment la princesse et elle ajouta vivement :
« Je vous répète ce que j'ai entendu dire, je n'ai aucune
espèce de notion de qui c'est, on a dit derrière moi que
c'étaient des voisins de campagne de Mme de Saint-
Euverte, mais je ne crois pas que personne les connaisse.
Ça doit être des "gens de la campagne" ! Du reste, je ne
sais pas si vous êtes très répandu dans la brillante société
qui se trouve ici, mais je n'ai pas idée du nom de toutes
ces étonnantes personnes. À quoi pensez-vous qu'ils
passent leur vie en dehors des soirées de Mme de
Saint-Euverte ? Elle a dû les faire venir avec les musiciens,
les chaises et les rafraîchissements. Avouez que ces "invités
de chez Belloir¹" sont magnifiques. Est-ce que vraiment
elle a le courage de louer ces figurants toutes les semaines ?
Ce n'est pas possible !

— Ah ! Mais Cambremer, c'est un nom authentique et
ancien², dit le général.

— Je ne vois aucun mal à ce que ce soit ancien, répondit
sèchement la princesse, mais en tous cas ce n'est pas
euphonique », ajouta-t-elle en détachant le mot euphonique
comme s'il était entre guillemets, petite affectation de débit
qui était particulière à la coterie Guermantes.

« Vous trouvez ? Elle est jolie à croquer, dit le général qui ne perdait pas Mme de Cambremer de vue. Ce n'est pas votre avis, princesse ?

— Elle se met trop en avant, je trouve que chez une si jeune femme, ce n'est pas agréable, car je ne crois pas qu'elle soit ma contemporaine », répondit Mme des Laumes (cette expression étant commune aux Gallardon et aux Guermantes).

Mais la princesse voyant que M. de Froberville continuait à regarder Mme de Cambremer, ajouta moitié par méchanceté pour celle-ci, moitié par amabilité pour le général : « Pas agréable... pour son mari ! Je regrette de ne pas la connaître puisqu'elle vous tient à cœur, je vous aurais présenté », dit la princesse qui probablement n'en aurait rien fait si elle avait connu la jeune femme. « Je vais être obligée de vous dire bonsoir, parce que c'est la fête d'une amie à qui je dois aller la souhaiter », dit-elle d'un ton modeste et vrai, réduisant la réunion mondaine à laquelle elle se rendait à la simplicité d'une cérémonie ennuyeuse mais où il était obligatoire et touchant d'aller. « D'ailleurs je dois y retrouver Basin qui, pendant que j'étais ici, est allé voir ses amis que vous connaissez, je crois, qui ont un nom de pont, les Iéna[1].

— Ç'a été d'abord un nom de victoire, princesse, dit le général. Qu'est-ce que vous voulez, pour un vieux briscard comme moi », ajouta-t-il en ôtant son monocle pour l'essuyer, comme il aurait changé un pansement, tandis que la princesse détournait instinctivement les yeux, « cette noblesse d'Empire, c'est autre chose bien entendu, mais enfin, pour ce que c'est, c'est très beau dans son genre, ce sont des gens qui en somme se sont battus en héros.

— Mais je suis pleine de respect pour les héros, dit la princesse, sur un ton légèrement ironique : si je ne vais pas avec Basin chez cette princesse d'Iéna, ce n'est pas du tout pour ça, c'est tout simplement parce que je ne les connais pas. Basin les connaît, les chérit. Oh ! non, ce n'est pas ce que vous pouvez penser, ce n'est pas un flirt, je n'ai pas à m'y opposer ! Du reste, pour ce que cela sert quand je veux m'y opposer ! » ajouta-t-elle d'une voix mélancolique, car tout le monde savait que dès le lendemain du jour où le prince des Laumes avait épousé sa ravissante cousine, il n'avait pas cessé de la tromper. « Mais enfin ce n'est pas le cas, ce sont des gens qu'il a connus autrefois, il en fait ses choux gras, je trouve cela très bien. D'abord je vous dirai que rien que ce qu'il m'a dit de leur maison... Pensez que tous leurs meubles sont "Empire" !

— Mais, princesse, naturellement, c'est parce que c'est le mobilier de leurs grands-parents.

— Mais je ne vous dis pas, mais ça n'est pas moins laid pour ça. Je comprends très bien qu'on ne puisse pas avoir de jolies choses, mais au moins qu'on n'ait pas de choses ridicules. Qu'est-ce que vous voulez ? je ne connais rien de plus pompier, de plus bourgeois que cet horrible style, avec ces commodes qui ont des têtes de cygnes comme des baignoires.

— Mais je crois même qu'ils ont de belles choses, ils doivent avoir la fameuse table de mosaïque sur laquelle a été signé le traité de...

— Ah ! Mais qu'ils aient des choses intéressantes au point de vue de l'histoire, je ne vous dis pas. Mais ça ne peut pas être beau... puisque c'est horrible ! Moi j'ai aussi des choses comme ça que Basin a héritées des Montes-quiou[1]. Seulement elles sont dans les greniers de Guermantes où personne ne les voit. Enfin, du reste, ce n'est pas la question, je me précipiterais chez eux avec Basin, j'irais les voir même au milieu de leurs sphinx et de leur cuivre si je les connaissais, mais... je ne les connais pas ! Moi, on m'a toujours dit quand j'étais petite que ce n'était pas poli d'aller chez les gens qu'on ne connaissait pas, dit-elle en prenant un ton puéril. Alors, je fais ce qu'on m'a appris. Voyez-vous ces braves gens s'ils voyaient entrer une personne qu'ils ne connaissent pas ? Ils me recevraient peut-être très mal ! » dit la princesse.

Et par coquetterie elle embellit le sourire que cette supposition lui arrachait, en donnant à son regard bleu fixé sur le général une expression rêveuse et douce.

« Ah ! princesse, vous savez bien qu'ils ne se tiendraient pas de joie...

— Mais non, pourquoi ? » lui demanda-t-elle avec une extrême vivacité, soit pour ne pas avoir l'air de savoir que c'est parce qu'elle était une des plus grandes dames de France, soit pour avoir le plaisir de l'entendre dire au général. « Pourquoi ? Qu'en savez-vous ? Cela leur serait peut-être tout ce qu'il y a de plus désagréable. Moi je ne sais pas, mais si j'en juge par moi, cela m'ennuie déjà tant de voir les personnes que je connais, je crois que s'il fallait

voir des gens que je ne connais pas, "même héroïques",
je deviendrais folle. D'ailleurs, voyons, sauf lorsqu'il s'agit
de vieux amis comme vous qu'on connaît sans cela, je ne
sais pas si l'héroïsme serait d'un format très portatif dans
le monde. Ça m'ennuie déjà souvent de donner des dîners,
mais s'il fallait offrir le bras à Spartacus pour aller à table...
Non vraiment, ce ne serait jamais à Vercingétorix que je
ferais signe comme quatorzième. Je sens que je le
réserverais pour les grandes soirées. Et comme je n'en
donne pas...

— Ah ! princesse, vous n'êtes pas Guermantes pour des
prunes. Le possédez-vous assez, l'esprit des Guermantes !

— Mais on dit toujours l'esprit *des* Guermantes, je n'ai
jamais pu comprendre pourquoi. Vous en connaissez donc
d'autres qui en aient », ajouta-t-elle dans un éclat de rire
écumant et joyeux, les traits de son visage concentrés,
accouplés dans le réseau de son animation, les yeux
étincelants, enflammés d'un ensoleillement radieux de
gaîté que seuls avaient le pouvoir de faire rayonner ainsi
les propos, fussent-ils tenus par la princesse elle-même, qui
étaient une louange de son esprit ou de sa beauté. « Tenez,
voilà Swann qui a l'air de saluer votre Cambremer ; là...
il est à côté de la mère Saint-Euverte, vous ne voyez pas !
Demandez-lui de vous présenter. Mais dépêchez-vous, il
cherche à s'en aller !

— Avez-vous remarqué quelle affreuse mine il a ? dit
le général.

— Mon petit Charles ! Ah ! enfin il vient, je commen-
çais à supposer qu'il ne voulait pas me voir ! »

Swann aimait beaucoup la princesse des Laumes, puis
sa vue lui rappelait Guermantes, terre voisine de Combray,
tout ce pays qu'il aimait tant et où il ne retournait plus
pour ne pas s'éloigner d'Odette. Usant des formes
mi-artistes, mi-galantes, par lesquelles il savait plaire à la
princesse et qu'il retrouvait tout naturellement quand il
se retrempait un instant dans son ancien milieu — et
voulant d'autre part pour lui-même exprimer la nostalgie
qu'il avait de la campagne :

« Ah ! » dit-il à la cantonade, pour être entendu à la
fois de Mme de Saint-Euverte à qui il parlait et de Mme des
Laumes pour qui il parlait, « voici la charmante princesse !
Voyez, elle est venue tout exprès de Guermantes pour
entendre le *Saint-François d'Assise* de Liszt et elle n'a eu

le temps, comme une jolie mésange, que d'aller piquer pour les mettre sur sa tête quelques petits fruits de prunier des oiseaux et d'aubépine ; il y a même encore de petites gouttes de rosée, un peu de la gelée blanche qui doit faire gémir la duchesse. C'est très joli, ma chère princesse.

— Comment, la princesse est venue exprès de Guermantes ? Mais c'est trop ! Je ne savais pas, je suis confuse », s'écria naïvement Mme de Saint-Euverte qui était peu habituée au tour d'esprit de Swann. Et examinant la coiffure de la princesse : « Mais c'est vrai, cela imite... comment dirais-je, pas les châtaignes, non oh ! c'est une idée ravissante, mais comment la princesse pouvait-elle connaître mon programme ! Les musiciens ne me l'ont même pas communiqué à moi. »

Swann, habitué quand il était auprès d'une femme avec qui il avait gardé des habitudes galantes de langage, de dire des choses délicates que beaucoup de gens du monde ne comprenaient pas, ne daigna pas expliquer à Mme de Saint-Euverte qu'il n'avait parlé que par métaphore. Quant à la princesse, elle se mit à rire aux éclats, parce que l'esprit de Swann était extrêmement apprécié dans sa coterie et aussi parce qu'elle ne pouvait entendre un compliment s'adressant à elle sans lui trouver les grâces les plus fines et une irrésistible drôlerie.

« Hé bien ! je suis ravie, Charles, si mes petits fruits d'aubépine vous plaisent. Pourquoi est-ce que vous saluez cette Cambremer, est-ce que vous êtes aussi son voisin de campagne ? »

Mme de Saint-Euverte voyant que la princesse avait l'air content de causer avec Swann s'était éloignée.

« Mais vous l'êtes vous-même, princesse.

— Moi, mais ils ont donc des campagnes partout, ces gens ! Mais comme j'aimerais être à leur place !

— Ce ne sont pas les Cambremer, c'étaient ses parents à elle ; elle est une demoiselle Legrandin qui venait à Combray[1]. Je ne sais pas si vous savez que vous êtes comtesse de Combray et que le chapitre vous doit une redevance ?

— Je ne sais pas ce que me doit le chapitre, mais je sais que je suis tapée de cent francs tous les ans par le curé, ce dont je me passerais. Enfin ces Cambremer ont un nom bien étonnant. Il finit juste à temps, mais il finit mal ! dit-elle en riant.

— Il ne commence pas mieux, répondit Swann.

— En effet cette double abréviation !...

— C'est quelqu'un de très en colère et de très convenable qui n'a pas osé aller jusqu'au bout du premier mot.

— Mais puisqu'il ne devait pas pouvoir s'empêcher de commencer le second, il aurait mieux fait d'achever le premier pour en finir une bonne fois. Nous sommes en train de faire des plaisanteries d'un goût charmant, mon petit Charles, mais comme c'est ennuyeux de ne plus vous voir, ajouta-t-elle d'un ton câlin, j'aime tant causer avec vous. Pensez que je n'aurais même pas pu faire comprendre à cet idiot de Froberville que le nom de Cambremer était étonnant. Avouez que la vie est une chose affreuse. Il n'y a que quand je vous vois que je cesse de m'ennuyer. »

Et sans doute cela n'était pas vrai. Mais Swann et la princesse avaient une même manière de juger les petites choses qui avait pour effet — à moins que ce ne fût pour cause — une grande analogie dans la façon de s'exprimer et jusque dans la prononciation. Cette ressemblance ne frappait pas parce que rien n'était plus différent que leurs deux voix. Mais si on parvenait par la pensée à ôter aux propos de Swann la sonorité qui les enveloppait, les moustaches d'entre lesquelles ils sortaient, on se rendait compte que c'étaient les mêmes phrases, les mêmes inflexions, le tour de la coterie Guermantes. Pour les choses importantes, Swann et la princesse n'avaient les mêmes idées sur rien. Mais depuis que Swann était si triste, ressentant toujours cette espèce de frisson qui précède le moment où l'on va pleurer, il avait le même besoin de parler du chagrin qu'un assassin a de parler de son crime. En entendant la princesse lui dire que la vie était une chose affreuse, il éprouva la même douceur que si elle lui avait parlé d'Odette.

« Oh ! oui, la vie est une chose affreuse. Il faut que nous nous voyions, ma chère amie. Ce qu'il y a de gentil avec vous, c'est que vous n'êtes pas gaie. On pourrait passer une soirée ensemble.

— Mais je crois bien, pourquoi ne viendriez-vous pas à Guermantes, ma belle-mère serait folle de joie. Cela passe pour très laid, mais je vous dirai que ce pays ne me déplaît pas, j'ai horreur des pays "pittoresques".

— Je crois bien, c'est admirable, répondit Swann, c'est presque trop beau, trop vivant pour moi, en ce moment ; c'est un pays pour être heureux. C'est peut-être parce que j'y ai vécu, mais les choses m'y parlent tellement ! Dès qu'il se lève un souffle d'air, que les blés commencent à remuer, il me semble qu'il y a quelqu'un qui va arriver, que je vais recevoir une nouvelle ; et ces petites maisons au bord de l'eau... je serais bien malheureux !

— Oh ! mon petit Charles, prenez garde, voilà l'affreuse Rampillon[1] qui m'a vue, cachez-moi, rappelez-moi donc ce qui lui est arrivé, je confonds, elle a marié sa fille ou son amant, je ne sais plus ; peut-être les deux... et ensemble !... Ah ! non, je me rappelle, elle a été répudiée par son prince... ayez l'air de me parler, pour que cette Bérénice ne vienne pas m'inviter à dîner. Du reste, je me sauve. Écoutez, mon petit Charles, pour une fois que je vous vois, vous ne voulez pas vous laisser enlever et que je vous emmène chez la princesse de Parme qui serait tellement contente, et Basin aussi qui doit m'y rejoindre. Si on n'avait pas de vos nouvelles par Mémé... Pensez que je ne vous vois plus jamais ! »

Swann refusa ; ayant prévenu M. de Charlus qu'en quittant de chez Mme de Saint-Euverte il rentrerait directement chez lui, il ne se souciait pas en allant chez la princesse de Parme de risquer de manquer un mot qu'il avait tout le temps espéré se voir remettre par un domestique pendant la soirée, et que peut-être il allait trouver chez son concierge. « Ce pauvre Swann, dit ce soir-là Mme des Laumes à son mari, il est toujours gentil, mais il a l'air bien malheureux. Vous le verrez, car il a promis de venir dîner un de ces jours. Je trouve ridicule au fond qu'un homme de son intelligence souffre pour une personne de ce genre et qui n'est même pas intéressante, car on la dit idiote », ajouta-t-elle avec la sagesse des gens non amoureux qui trouvent qu'un homme d'esprit ne devrait être malheureux que pour une personne qui en valût la peine ; c'est à peu près comme s'étonner qu'on daigne souffrir du choléra par le fait d'un être aussi petit que le bacille virgule[2].

Swann voulait partir, mais au moment où il allait enfin s'échapper, le général de Froberville lui demanda à connaître Mme de Cambremer et il fut obligé de rentrer avec lui dans le salon pour la chercher.

« Dites donc, Swann, j'aimerais mieux être le mari de cette femme-là que d'être massacré par les sauvages, qu'en dites-vous ? »

Ces mots « massacré par les sauvages » percèrent douloureusement le cœur de Swann ; aussitôt il éprouva le besoin de continuer la conversation avec le général :

« Ah ! lui dit-il, il y a eu de bien belles vies qui ont fini de cette façon... Ainsi vous savez... ce navigateur dont Dumont d'Urville ramena les cendres, La Pérouse... » (Et Swann était déjà heureux comme s'il avait parlé d'Odette.) « C'est un beau caractère et qui m'intéresse beaucoup que celui de La Pérouse, ajouta-t-il d'un air mélancolique.

— Ah ! parfaitement, La Pérouse, dit le général. C'est un nom connu. Il a sa rue.

— Vous connaissez quelqu'un rue La Pérouse ? demanda Swann d'un air agité.

— Je ne connais que Mme de Chanlivault, la sœur de ce brave Chaussepierre. Elle nous a donné une jolie soirée de comédie l'autre jour. C'est un salon qui sera un jour très élégant, vous verrez !

— Ah ! elle demeure rue La Pérouse. C'est sympathique, c'est une jolie rue, si triste.

— Mais non, c'est que vous n'y êtes pas allé depuis quelque temps ; ce n'est plus triste, cela commence à se construire, tout ce quartier-là. »

Quand enfin Swann présenta M. de Froberville à la jeune Mme de Cambremer, comme c'était la première fois qu'elle entendait le nom du général, elle esquissa le sourire de joie et de surprise qu'elle aurait eu si on n'en avait jamais prononcé devant elle d'autre que celui-là, car ne connaissant pas les amis de sa nouvelle famille, à chaque personne qu'on lui amenait, elle croyait que c'était l'un d'eux, et pensant qu'elle faisait preuve de tact en ayant l'air d'en avoir tant entendu parler depuis qu'elle était mariée, elle tendait la main d'un air hésitant destiné à prouver la réserve apprise qu'elle avait à vaincre et la sympathie spontanée qui réussissait à en triompher. Aussi ses beaux-parents, qu'elle croyait encore les gens les plus brillants de France, déclaraient-ils qu'elle était un ange ; d'autant plus qu'ils préféraient paraître, en la faisant épouser à leur fils, avoir cédé à l'attrait plutôt de ses qualités que de sa grande fortune.

« On voit que vous êtes musicienne dans l'âme, Madame », lui dit le général en faisant inconsciemment allusion à l'incident de la bobèche.

Mais le concert recommença et Swann comprit qu'il ne pourrait pas s'en aller avant la fin de ce nouveau numéro du programme. Il souffrait de rester enfermé au milieu de ces gens dont la bêtise et les ridicules le frappaient d'autant plus douloureusement qu'ignorant son amour, incapables, s'ils l'avaient connu, de s'y intéresser et de faire autre chose que d'en sourire comme d'un enfantillage ou de le déplorer comme une folie, ils le lui faisaient apparaître sous l'aspect d'un état subjectif qui n'existait que pour lui, dont rien d'extérieur ne lui affirmait la réalité ; il souffrait surtout, et au point que même le son des instruments lui donnait envie de crier, de prolonger son exil dans ce lieu où Odette ne viendrait jamais, où personne, où rien ne la connaissait, d'où elle était entièrement absente.

Mais tout à coup ce fut comme si elle était entrée, et cette apparition lui fut une si déchirante souffrance qu'il dut porter la main à son cœur[1]. C'est que le violon était monté à des notes hautes où il restait comme pour une attente, une attente qui se prolongeait sans qu'il cessât de les tenir, dans l'exaltation où il était d'apercevoir déjà l'objet de son attente qui s'approchait, et avec un effort désespéré pour tâcher de durer jusqu'à son arrivée, de l'accueillir avant d'expirer, de lui maintenir encore un moment de toutes ses dernières forces le chemin ouvert pour qu'il pût passer, comme on soutient une porte qui sans cela retomberait. Et avant que Swann eût eu le temps de comprendre, et de se dire : « C'est la petite phrase de la sonate de Vinteuil, n'écoutons pas ! » tous ses souvenirs du temps où Odette était éprise de lui, et qu'il avait réussi jusqu'à ce jour à maintenir invisibles dans les profondeurs de son être, trompés par ce brusque rayon du temps d'amour qu'ils crurent revenu, s'étaient réveillés et, à tire-d'aile, étaient remontés lui chanter éperdument, sans pitié pour son infortune présente, les refrains oubliés du bonheur.

Au lieu des expressions abstraites « temps où j'étais heureux », « temps où j'étais aimé », qu'il avait souvent prononcées jusque-là et sans trop souffrir, car son intelligence n'y avait enfermé du passé que de prétendus extraits qui n'en conservaient rien, il retrouva tout ce qui de ce bonheur perdu avait fixé à jamais la spécifique et volatile essence ; il revit tout, les pétales neigeux et frisés du chrysanthème qu'elle lui avait jeté dans sa voiture, qu'il avait gardé contre ses lèvres — l'adresse en relief de la « Maison Dorée » sur la lettre où il avait lu : « Ma main tremble si fort en vous écrivant » — le rapprochement de ses sourcils quand elle lui avait dit d'un air suppliant : « Ce n'est pas dans trop longtemps que vous me ferez signe ? » ; il sentit l'odeur du fer du coiffeur par lequel il se faisait relever sa « brosse » pendant que Lorédan allait chercher la petite ouvrière, les pluies d'orage qui tombèrent si souvent ce printemps-là, le retour glacial dans sa victoria, au clair de lune, toutes les mailles d'habitudes mentales, d'impressions saisonnières, de réactions cutanées, qui avaient étendu sur une suite de semaines un réseau uniforme dans lequel son corps se trouvait repris. À ce moment-là, il satisfaisait une curiosité voluptueuse en connaissant les plaisirs des gens qui vivent par l'amour. Il avait cru qu'il pourrait s'en tenir là, qu'il ne serait pas obligé d'en apprendre les douleurs ; comme maintenant le charme d'Odette lui était peu de chose auprès de cette formidable terreur qui le prolongeait comme un trouble halo, cette immense angoisse de ne pas savoir à tous moments ce qu'elle avait fait, de ne pas la posséder partout et toujours ! Hélas, il se rappela l'accent dont elle s'était écriée : « Mais je pourrai toujours vous voir, je suis toujours libre ! » elle qui ne l'était plus jamais ! l'intérêt, la curiosité qu'elle avait eus pour sa vie à lui, le désir passionné qu'il lui fît la faveur — redoutée au contraire par lui en ce temps-là comme une cause d'ennuyeux dérangements — de l'y laisser pénétrer ; comme elle avait été obligée de le prier pour qu'il se laissât mener chez les Verdurin ; et quand il la faisait venir chez lui une fois par mois, comme il avait fallu, avant qu'il se laissât fléchir, qu'elle lui répétât le délice que serait cette habitude de se voir tous les jours dont elle rêvait alors qu'elle ne lui semblait à lui qu'un fastidieux tracas, puis qu'elle avait prise en dégoût et définitivement rompue, pendant qu'elle était devenue pour lui un si invincible et si douloureux besoin. Il ne savait pas dire si vrai quand, à la troisième fois qu'il l'avait vue, comme elle lui répétait : « Mais pourquoi ne me laissez-vous pas venir plus souvent ? », il lui avait dit en riant, avec galanterie : « Par peur de souffrir ». Maintenant, hélas ! il arrivait encore parfois qu'elle lui écrivît d'un restaurant ou d'un hôtel sur du papier qui en portait le nom imprimé ; mais c'était comme des lettres de feu qui le brûlaient. « C'est écrit de l'hôtel Vouillemont[1] ? Qu'y peut-elle être allée faire ? Avec qui ? Que s'y est-il passé ? » Il se rappela les becs de gaz qu'on éteignait boulevard des Italiens quand il l'avait rencontrée contre tout espoir parmi les ombres errantes dans cette nuit qui lui avait semblé presque surnaturelle et qui en effet — nuit d'un temps où il n'avait même pas à se demander s'il ne la contrarierait pas en la cherchant, en la retrouvant, tant il était sûr qu'elle n'avait pas de plus grande joie que de le voir et de rentrer avec lui — appartenait bien à un monde mystérieux où on ne peut jamais revenir quand les portes s'en sont refermées. Et Swann aperçut, immobile en face de ce bonheur revécu, un malheureux qui lui fit pitié parce qu'il ne le reconnut pas tout de suite, si bien qu'il dut baisser les yeux pour qu'on ne vît pas qu'ils étaient pleins de larmes. C'était lui-même.

Quand il l'eut compris, sa pitié cessa, mais il fut jaloux de l'autre lui-même qu'elle avait aimé, il fut jaloux de ceux dont il s'était dit souvent sans trop souffrir « elle les aime peut-être », maintenant qu'il avait échangé l'idée vague d'aimer, dans laquelle il n'y a pas d'amour, contre les pétales du chrysanthème et l'« en-tête » de la Maison d'Or, qui, eux, en étaient pleins. Puis sa souffrance devenant trop vive, il passa sa main sur son front, laissa tomber son monocle, en essuya le verre. Et sans doute s'il s'était vu à ce moment-là, il eût ajouté à la collection de ceux qu'il avait distingués le monocle qu'il déplaçait comme une pensée importune et sur la face embuée duquel, avec un mouchoir, il cherchait à effacer des soucis.

Il y a dans le violon — si, ne voyant pas l'instrument, on ne peut pas rapporter ce qu'on entend à son image, laquelle modifie la sonorité — des accents qui lui sont si communs avec certaines voix de contralto, qu'on a l'illusion qu'une chanteuse s'est ajoutée au concert. On lève les yeux, on ne voit que les étuis, précieux comme des boîtes chinoises, mais, par moments, on est encore trompé par l'appel décevant de la sirène ; parfois aussi on croit entendre un génie captif qui se débat au fond de la

docte boîte, ensorcelée et frémissante, comme un diable
dans un bénitier ; parfois enfin, c'est, dans l'air, comme
un être surnaturel et pur qui passe en déroulant son
message invisible.

Comme si les instrumentistes, beaucoup moins jouaient
la petite phrase qu'ils n'exécutaient les rites exigés d'elle
pour qu'elle apparût, et procédaient aux incantations
nécessaires pour obtenir et prolonger quelques instants le
prodige de son évocation, Swann, qui ne pouvait pas plus
la voir que si elle avait appartenu à un monde ultra-violet,
et qui goûtait comme le rafraîchissement d'une métamorphose dans la cécité momentanée dont il était frappé en
approchant d'elle, Swann la sentait présente, comme une
déesse protectrice et confidente de son amour, et qui pour
pouvoir arriver jusqu'à lui devant la foule et l'emmener
à l'écart pour lui parler, avait revêtu le déguisement de
cette apparence sonore. Et tandis qu'elle passait, légère,
apaisante et murmurée comme un parfum, lui disant ce
qu'elle avait à lui dire et dont il scrutait tous les mots,
regrettant de les voir s'envoler si vite, il faisait involontairement avec ses lèvres le mouvement de baiser au passage
le corps harmonieux et fuyant. Il ne se sentait plus exilé
et seul puisque, elle, qui s'adressait à lui, lui parlait à
mi-voix d'Odette. Car il n'avait plus comme autrefois
l'impression qu'Odette et lui n'étaient pas connus de la
petite phrase. C'est que si souvent elle avait été témoin
de leurs joies ! Il est vrai que souvent aussi elle l'avait averti
de leur fragilité. Et même, alors que dans ce temps-là il
devinait de la souffrance dans son sourire, dans son
intonation limpide et désenchantée, aujourd'hui il y
trouvait plutôt la grâce d'une résignation presque gaie.
De ces chagrins dont elle lui parlait autrefois et qu'il la
voyait, sans qu'il fût atteint par eux, entraîner en souriant
dans son cours sinueux et rapide, de ces chagrins qui
maintenant étaient devenus les siens sans qu'il eût
l'espérance d'en être jamais délivré, elle semblait lui dire
comme jadis de son bonheur : « Qu'est-ce, cela ? tout cela
n'est rien. » Et la pensée de Swann se porta pour la
première fois dans un élan de pitié et de tendresse vers
ce Vinteuil, vers ce frère inconnu et sublime qui lui aussi
avait dû tant souffrir ; qu'avait pu être sa vie ? au fond
de quelles douleurs avait-il puisé cette force de dieu, cette
puissance illimitée de créer ? Quand c'était la petite phrase

qui lui parlait de la vanité de ses souffrances, Swann
trouvait de la douceur à cette même sagesse qui tout à
l'heure pourtant lui avait paru intolérable quand il croyait
la lire dans les visages des indifférents qui considéraient
son amour comme une divagation sans importance. C'est
que la petite phrase au contraire, quelque opinion qu'elle
pût avoir sur la brève durée de ces états de l'âme, y voyait
quelque chose, non pas comme faisaient tous ces gens, de
moins sérieux que la vie positive, mais au contraire de si
supérieur à elle que seul il valait la peine d'être exprimé.
Ces charmes d'une tristesse intime, c'était eux qu'elle
essayait d'imiter, de recréer, et jusqu'à leur essence qui
est pourtant d'être incommunicables et de sembler frivoles
à tout autre qu'à celui qui les éprouve, la petite phrase
l'avait captée, rendue visible. Si bien qu'elle faisait
confesser leur prix et goûter leur douceur divine, par tous
ces mêmes assistants — si seulement ils étaient un peu
musiciens — qui ensuite les méconnaîtraient dans la vie,
en chaque amour particulier qu'ils verraient naître près
d'eux. Sans doute la forme sous laquelle elle les avait
codifiés ne pouvait pas se résoudre en raisonnements. Mais
depuis plus d'une année que, lui révélant à lui-même bien
des richesses de son âme, l'amour de la musique était pour
quelque temps au moins né en lui, Swann tenait les motifs
musicaux pour de véritables idées, d'un autre monde, d'un
autre ordre, idées voilées de ténèbres, inconnues, impénétrables à l'intelligence, mais qui n'en sont pas moins
parfaitement distinctes les unes des autres, inégales entre
elles de valeur et de signification. Quand après la soirée
Verdurin, se faisant rejouer la petite phrase, il avait
cherché à démêler comment à la façon d'un parfum, d'une
caresse, elle le circonvenait, elle l'enveloppait, il s'était
rendu compte que c'était au faible écart entre les cinq notes
qui la composaient et au rappel constant de deux d'entre
elles qu'était due cette impression de douceur rétractée
et frileuse ; mais en réalité il savait qu'il raisonnait ainsi
non sur la phrase elle-même mais sur de simples valeurs,
substituées pour la commodité de son intelligence à la
mystérieuse entité qu'il avait perçue, avant de connaître
les Verdurin, à cette soirée où il avait entendu pour la
première fois la sonate. Il savait que le souvenir même
du piano faussait encore le plan dans lequel il voyait les
choses de la musique, que le champ ouvert au musicien

n'est pas un clavier mesquin de sept notes, mais un clavier incommensurable, encore presque tout entier inconnu, où seulement çà et là, séparées par d'épaisses ténèbres inexplorées, quelques-unes des millions de touches de tendresse, de passion, de courage, de sérénité, qui le composent, chacune aussi différente des autres qu'un univers d'un autre univers, ont été découvertes par quelques grands artistes qui nous rendent le service, en éveillant en nous le correspondant du thème qu'ils ont trouvé, de nous montrer quelle richesse, quelle variété, cache à notre insu cette grande nuit impénétrée et décourageante de notre âme que nous prenons pour du vide et pour du néant. Vinteuil avait été l'un de ces musiciens. En sa petite phrase, quoiqu'elle présentât à la raison une surface obscure, on sentait un contenu si consistant, si explicite, auquel elle donnait une force si nouvelle, si originale, que ceux qui l'avaient entendue la conservaient en eux de plain-pied avec les idées de l'intelligence. Swann s'y reportait comme à une conception de l'amour et du bonheur dont immédiatement il savait aussi bien en quoi elle était particulière, qu'il le savait pour *La Princesse de Clèves* ou pour *René*, quand leur nom se présentait à sa mémoire. Même quand il ne pensait pas à la petite phrase, elle existait latente dans son esprit au même titre que certaines autres notions sans équivalent, comme les notions de la lumière, du son, du relief, de la volupté physique, qui sont les riches possessions dont se diversifie et se pare notre domaine intérieur. Peut-être les perdrons-nous, peut-être s'effaceront-elles, si nous retournons au néant. Mais tant que nous vivons, nous ne pouvons pas plus faire que nous ne les ayons connues que nous ne le pouvons pour quelque objet réel, que nous ne pouvons par exemple douter de la lumière de la lampe qu'on allume devant les objets métamorphosés de notre chambre d'où s'est échappé jusqu'au souvenir de l'obscurité. Par là, la phrase de Vinteuil avait, comme tel thème de *Tristan*[1] par exemple, qui nous représente aussi une certaine acquisition sentimentale, épousé notre condition mortelle, pris quelque chose d'humain qui était assez touchant. Son sort était lié à l'avenir, à la réalité de notre âme dont elle était un des ornements les plus particuliers, les mieux différenciés. Peut-être est-ce le néant qui est le vrai et tout notre rêve est-il inexistant, mais alors nous sentons qu'il faudra que ces phrases musicales, ces notions qui existent par rapport à lui, ne soient rien non plus. Nous périrons, mais nous avons pour otages ces captives divines qui suivront notre chance. Et la mort avec elles a quelque chose de moins amer, de moins inglorieux, peut-être de moins probable.

Swann n'avait donc pas tort de croire que la phrase de la sonate existât réellement. Certes, humaine à ce point de vue, elle appartenait pourtant à un ordre de créatures surnaturelles et que nous n'avons jamais vues, mais que malgré cela nous reconnaissons avec ravissement quand quelque explorateur de l'invisible arrive à en capter une, à l'amener, du monde divin où il a accès, briller quelques instants au-dessus du nôtre. C'est ce que Vinteuil avait fait pour la petite phrase. Swann sentait que le compositeur s'était contenté, avec ses instruments de musique, de la dévoiler, de la rendre visible, d'en suivre et d'en respecter le dessin d'une main si tendre, si prudente, si délicate et si sûre que le son s'altérait à tout moment, s'estompant pour indiquer une ombre, revivifié quand il lui fallait suivre à la piste un plus hardi contour. Et une preuve que Swann ne se trompait pas quand il croyait à l'existence réelle de cette phrase, c'est que tout amateur un peu fin se fût tout de suite aperçu de l'imposture, si Vinteuil ayant eu moins de puissance pour en voir et en rendre les formes, avait cherché à dissimuler, en ajoutant çà et là des traits de son cru, les lacunes de sa vision ou les défaillances de sa main.

Elle avait disparu. Swann savait qu'elle reparaîtrait à la fin du dernier mouvement, après tout un long morceau que le pianiste de Mme Verdurin sautait toujours. Il y avait là d'admirables idées que Swann n'avait pas distinguées à la première audition et qu'il percevait maintenant, comme si elles se fussent, dans le vestiaire de sa mémoire, débarrassées du déguisement uniforme de la nouveauté. Swann écoutait tous les thèmes épars qui entreraient dans la composition de la phrase, comme les prémisses dans la conclusion nécessaire, il assistait à sa genèse. « Ô audace aussi géniale peut-être, se disait-il, que celle d'un Lavoisier, d'un Ampère, l'audace d'un Vinteuil expérimentant, découvrant les lois secrètes d'une force inconnue, menant à travers l'inexploré, vers le seul but possible, l'attelage invisible auquel il se fie et qu'il n'apercevra jamais ! » Le beau dialogue que Swann entendit entre le piano et le violon au commencement du dernier morceau ! La suppression des mots humains, loin d'y laisser régner la fantaisie, comme on aurait pu croire, l'en avait éliminée ; jamais le langage parlé ne fut si inflexiblement nécessité, ne connut à ce point la pertinence des questions, l'évidence des réponses. D'abord le piano solitaire se plaignit, comme un oiseau abandonné de sa compagne ; le violon l'entendit, lui répondit comme d'un arbre voisin. C'était comme au commencement du monde, comme s'il n'y avait encore eu qu'eux deux sur la terre, ou plutôt dans ce monde fermé à tout le reste, construit par la logique d'un créateur et où ils ne seraient jamais que tous les deux : cette sonate. Est-ce un oiseau, est-ce l'âme incomplète encore de la petite phrase, est-ce une fée, cet être invisible et gémissant dont le piano ensuite redisait tendrement la plainte ? Ses cris étaient si soudains que le violoniste devait se précipiter sur son archet pour les recueillir. Merveilleux oiseau ! le violoniste semblait vouloir le charmer, l'apprivoiser, le capter[1]. Déjà il avait passé dans son âme, déjà la petite phrase évoquée agitait comme celui d'un médium le corps vraiment possédé du violoniste. Swann savait qu'elle allait parler une fois encore. Et il s'était si bien dédoublé que l'attente de l'instant imminent où il allait se retrouver en face d'elle le secoua d'un de ces sanglots qu'un beau vers ou une triste nouvelle provoquent en nous, non pas quand nous sommes seuls, mais si nous les apprenons à des amis en qui nous nous apercevons comme un autre dont l'émotion probable les attendrit. Elle reparut, mais cette fois pour se suspendre dans l'air et se jouer un instant seulement, comme immobile, et pour expirer après. Aussi Swann ne perdait-il rien du temps si court où elle se prorogeait. Elle était encore là comme une bulle irisée qui se soutient. Tel un arc-en-ciel, dont l'éclat faiblit, s'abaisse, puis se relève et avant de s'éteindre, s'exalte un moment comme il n'avait pas encore fait : aux deux couleurs qu'elle avait jusque-là laissé paraître, elle ajouta d'autres cordes diaprées, toutes celles du prisme, et les fit chanter. Swann n'osait pas bouger et aurait voulu faire tenir tranquilles aussi les autres personnes, comme si le moindre mouvement avait pu compromettre le prestige surnaturel, délicieux et fragile qui était si près de s'évanouir. Personne, à dire vrai, ne songeait à parler. La parole ineffable d'un seul absent, peut-être d'un mort (Swann ne savait pas si Vinteuil vivait encore), s'exhalant au-dessus des rites de ces officiants, suffisait à tenir en échec l'attention de trois cents personnes, et faisait de cette estrade où une âme était ainsi évoquée un des plus nobles autels où pût s'accomplir une cérémonie surnaturelle. De sorte que, quand la phrase se fut enfin défaite, flottant en lambeaux dans les motifs suivants qui déjà avaient pris sa place, si Swann au premier instant fut irrité de voir la comtesse de Monteriender, célèbre par ses naïvetés, se pencher vers lui pour lui confier ses impressions avant même que la sonate fût finie, il ne put s'empêcher de sourire, et peut-être de trouver aussi un sens profond qu'elle n'y voyait pas, dans les mots dont elle se servit. Émerveillée par la virtuosité des exécutants, la comtesse s'écria en s'adressant à Swann : « C'est prodigieux, je n'ai jamais rien vu d'aussi fort... » Mais un scrupule d'exactitude lui faisant corriger cette première assertion, elle ajouta cette réserve : « rien d'aussi fort... depuis les tables tournantes[1] ! »

À partir de cette soirée, Swann comprit que le sentiment qu'Odette avait eu pour lui ne renaîtrait jamais, que ses espérances de bonheur ne se réaliseraient plus. Et les jours où par hasard elle avait encore été gentille et tendre avec lui, si elle avait eu quelque attention, il notait ces signes apparents et menteurs d'un léger retour vers lui, avec cette sollicitude attendrie et sceptique, cette joie désespérée de ceux qui, soignant un ami arrivé aux derniers jours d'une maladie incurable, relatent comme des faits précieux : « Hier, il a fait ses comptes lui-même et c'est lui qui a relevé une erreur d'addition que nous avions faite ; il a mangé un œuf avec plaisir, s'il le digère bien on essaiera demain d'une côtelette », quoiqu'ils les sachent dénués de signification à la veille d'une mort inévitable. Sans doute Swann était certain que s'il avait vécu maintenant loin d'Odette, elle aurait fini par lui devenir indifférente, de sorte qu'il aurait été content qu'elle quittât Paris pour toujours ; il aurait eu le courage de rester ; mais il n'avait pas celui de partir.

Il en avait eu souvent la pensée. Maintenant qu'il s'était remis à son étude sur Ver Meer, il aurait eu besoin de retourner au moins quelques jours à la Haye, à Dresde, à Brunswick. Il était persuadé qu'une *Toilette de Diane* qui avait été achetée par le Mauritshuis à la vente Goldschmidt comme un Nicolas Maes, était en réalité de Ver Meer[1]. Et il aurait voulu pouvoir étudier le tableau sur place pour étayer sa conviction. Mais quitter Paris pendant qu'Odette y était et même quand elle était absente — car dans des lieux nouveaux où les sensations ne sont pas amorties par l'habitude, on retrempe, on ranime une douleur —, c'était pour lui un projet si cruel qu'il ne se sentait capable d'y penser sans cesse que parce qu'il se savait résolu à ne l'exécuter jamais. Mais il arrivait qu'en dormant l'intention du voyage renaissait en lui — sans qu'il se rappelât que ce voyage était impossible — et elle s'y réalisait. Un jour il rêva qu'il partait pour un an ; penché à la portière du wagon vers un jeune homme qui sur le quai lui disait adieu en pleurant, Swann cherchait à le convaincre de partir avec lui. Le train s'ébranlant, l'anxiété le réveilla, il se rappela qu'il ne partait pas, qu'il verrait Odette ce soir-là, le lendemain et presque chaque jour. Alors, encore tout ému de son rêve, il bénit les circonstances particulières qui le rendaient indépendant, grâce auxquelles il pouvait rester près d'Odette, et aussi réussir à ce qu'elle lui permît de la voir quelquefois ; et, récapitulant tous ces avantages : sa situation, — sa fortune, dont elle avait souvent trop besoin pour ne pas reculer devant une rupture (ayant même, disait-on, une arrière-pensée de se faire épouser par lui), — cette amitié de M. de Charlus qui à vrai dire ne lui avait jamais fait obtenir grand-chose d'Odette, mais lui donnait la douceur de sentir qu'elle entendait parler de lui d'une manière flatteuse par cet ami commun pour qui elle avait une si grande estime, — et jusqu'à son intelligence enfin, qu'il employait tout entière à combiner chaque jour une intrigue nouvelle qui rendît sa présence sinon agréable, du moins nécessaire à Odette — il songea à ce qu'il serait devenu si tout cela lui avait manqué, il songea que s'il avait été, comme tant d'autres, pauvre, humble, dénué, obligé d'accepter toute besogne, ou lié à des parents, à une épouse, il aurait pu être obligé de quitter Odette, que ce rêve dont l'effroi était encore si proche aurait pu être vrai, et il se dit : « On ne connaît pas son bonheur. On n'est jamais aussi malheureux qu'on croit. » Mais il compta que cette existence durait déjà depuis plusieurs années, que tout ce qu'il pouvait espérer c'est qu'elle durât toujours, qu'il sacrifierait ses travaux,

ses plaisirs, ses amis, finalement toute sa vie à l'attente
quotidienne d'un rendez-vous qui ne pouvait rien lui
apporter d'heureux, et il se demanda s'il ne se trompait
pas, si ce qui avait favorisé sa liaison et en avait empêché
la rupture n'avait pas desservi sa destinée, si l'événement
désirable, ce n'aurait pas été celui dont il se réjouissait
tant qu'il n'eût eu lieu qu'en rêve : son départ ; il se dit
qu'on ne connaît pas son malheur, qu'on n'est jamais si
heureux qu'on croit.

Quelquefois il espérait qu'elle mourrait sans souffrances
dans un accident, elle qui était dehors, dans les rues, sur
les routes, du matin au soir. Et comme elle revenait saine
et sauve, il admirait que le corps humain fût si souple et
si fort, qu'il pût continuellement tenir en échec, déjouer
tous les périls qui l'environnent (et que Swann trouvait
innombrables depuis que son secret désir les avait
supputés) et permît ainsi aux êtres de se livrer chaque jour
et à peu près impunément à leur œuvre de mensonge,
à la poursuite du plaisir. Et Swann sentait bien près de
son cœur ce Mahomet II dont il aimait le portrait par
Bellini et qui, ayant senti qu'il était devenu amoureux fou
d'une de ses femmes, la poignarda afin, dit naïvement son
biographe vénitien, de retrouver sa liberté d'esprit[1]. Puis
il s'indignait de ne penser ainsi qu'à soi, et les souffrances
qu'il avait éprouvées lui semblaient ne mériter aucune pitié
puisque lui-même faisait si bon marché de la vie d'Odette.

Ne pouvant se séparer d'elle sans retour, du moins, s'il
l'avait vue sans séparations, sa douleur aurait fini par
s'apaiser et peut-être son amour par s'éteindre. Et du
moment qu'elle ne voulait pas quitter Paris à jamais, il
eût souhaité qu'elle ne le quittât jamais. Du moins comme
il savait que la seule grande absence qu'elle faisait était
tous les ans celle d'août et septembre, il avait le loisir
plusieurs mois d'avance d'en dissoudre l'idée amère dans
tout le Temps à venir qu'il portait en lui par anticipation
et qui, composé de jours homogènes aux jours actuels,
circulait transparent et froid en son esprit où il entretenait
la tristesse, mais sans lui causer de trop vives souffrances.
Mais cet avenir intérieur, ce fleuve, incolore et libre, voici
qu'une seule parole d'Odette venait l'atteindre jusqu'en
Swann et, comme un morceau de glace, l'immobilisait,
durcissait sa fluidité, le faisait geler tout entier ; et
Swann s'était senti soudain rempli d'une masse énorme

et infrangible qui pesait sur les parois intérieures de son être jusqu'à le faire éclater : c'est qu'Odette lui avait dit, avec un regard souriant et sournois qui l'observait : « Forcheville va faire un beau voyage, à la Pentecôte. Il va en Égypte », et Swann avait aussitôt compris que cela signifiait : « Je vais aller en Égypte à la Pentecôte avec Forcheville. » Et en effet, si quelques jours après, Swann lui disait : « Voyons, à propos de ce voyage que tu m'as dit que tu ferais avec Forcheville », elle répondait étourdiment : « Oui, mon petit, nous partons le 19, on t'enverra une vue des Pyramides. » Alors il voulait apprendre si elle était la maîtresse de Forcheville, le lui demander à elle-même. Il savait que, superstitieuse comme elle était, il y avait certains parjures qu'elle ne ferait pas, et puis la crainte, qui l'avait retenu jusqu'ici, d'irriter Odette en l'interrogeant, de se faire détester d'elle, n'existait plus maintenant qu'il avait perdu tout espoir d'en être jamais aimé.

Un jour il reçut une lettre anonyme, qui lui disait qu'Odette avait été la maîtresse d'innombrables hommes (dont on lui citait quelques-uns, parmi lesquels Forcheville, M. de Bréauté et le peintre), de femmes, et qu'elle fréquentait les maisons de passe. Il fut tourmenté de penser qu'il y avait parmi ses amis un être capable de lui avoir adressé cette lettre (car par certains détails elle révélait chez celui qui l'avait écrite une connaissance familière de la vie de Swann). Il chercha qui cela pouvait être. Mais il n'avait jamais eu aucun soupçon des actions inconnues des êtres, de celles qui sont sans liens visibles avec leurs propos. Et quand il voulut savoir si c'était plutôt sous le caractère apparent de M. de Charlus, de M. des Laumes, de M. d'Orsan, qu'il devait situer la région inconnue où cet acte ignoble avait dû naître, comme aucun de ces hommes n'avait jamais approuvé devant lui les lettres anonymes et que tout ce qu'ils lui avaient dit impliquait qu'ils les réprouvaient, il ne vit pas de raisons pour relier cette infamie plutôt à la nature de l'un que de l'autre. Celle de M. de Charlus était un peu d'un détraqué mais foncièrement bonne et tendre ; celle de M. des Laumes, un peu sèche, mais saine et droite. Quant à M. d'Orsan, Swann n'avait jamais rencontré personne qui dans les circonstances même les plus tristes vînt à lui avec une parole plus sentie, un geste plus discret et plus juste. C'était au point qu'il ne pouvait comprendre le rôle peu délicat qu'on prêtait à M. d'Orsan dans la liaison qu'il avait avec une femme riche, et que chaque fois que Swann pensait à lui, il était obligé de laisser de côté cette mauvaise réputation inconciliable avec tant de témoignages certains de délicatesse. Un instant Swann sentit que son esprit s'obscurcissait et il pensa à autre chose pour retrouver un peu de lumière. Puis il eut le courage de revenir vers ces réflexions. Mais alors après n'avoir pu soupçonner personne, il lui fallut soupçonner tout le monde. Après tout M. de Charlus l'aimait, avait bon cœur. Mais c'était un névropathe, peut-être demain pleurerait-il de le savoir malade, et aujourd'hui par jalousie, par colère, sur quelque idée subite qui s'était emparée de lui, avait-il désiré lui faire du mal. Au fond, cette race d'hommes est la pire de toutes. Certes, le prince des Laumes était bien loin d'aimer Swann autant que M. de Charlus. Mais à cause de cela même il n'avait pas avec lui les mêmes susceptibilités ; et puis c'était une nature froide sans doute, mais aussi incapable de vilenies que de grandes actions. Swann se repentait de ne s'être pas attaché dans la vie qu'à de tels êtres. Puis il songeait que ce qui empêche les hommes de faire du mal à leur prochain, c'est la bonté, qu'il ne pouvait au fond répondre que de natures analogues à la sienne, comme était, à l'égard du cœur, celle de M. de Charlus. La seule pensée de faire cette peine à Swann eût révolté celui-ci. Mais avec un homme insensible, d'une autre humanité, comme était le prince des Laumes, comment prévoir à quels actes pouvaient le conduire des mobiles d'une essence différente ? Avoir du cœur c'est tout, et M. de Charlus en avait. M. d'Orsan n'en manquait pas non plus et ses relations cordiales mais peu intimes avec Swann, nées de l'agrément que, pensant de même sur tout, ils avaient à causer ensemble, étaient de plus de repos que l'affection exaltée de M. de Charlus, capable de se porter à des actes de passion, bons ou mauvais. S'il y avait quelqu'un par qui Swann s'était toujours senti compris et délicatement aimé, c'était par M. d'Orsan. Oui, mais cette vie peu honorable qu'il menait ? Swann regrettait de n'en avoir pas tenu compte, d'avoir souvent avoué en plaisantant qu'il n'avait jamais éprouvé si vivement des sentiments de sympathie et d'estime que dans la société d'une canaille. Ce n'est pas pour rien, se disait-il

maintenant, que depuis que les hommes jugent leur
prochain, c'est sur ses actes. Il n'y a que cela qui signifie
quelque chose, et nullement ce que nous disons, ce que
nous pensons. Charlus et des Laumes peuvent avoir tels
ou tels défauts, ce sont d'honnêtes gens. Orsan n'en a
peut-être pas, mais ce n'est pas un honnête homme. Il a
pu mal agir une fois de plus. Puis Swann soupçonna Rémi
qui, il est vrai, n'aurait pu qu'inspirer la lettre, mais cette
piste lui parut un instant la bonne. D'abord Lorédan avait
des raisons d'en vouloir à Odette. Et puis comment ne
pas supposer que nos domestiques, vivant dans une
situation inférieure à la nôtre, ajoutant à notre fortune et
à nos défauts des richesses et des vices imaginaires pour
lesquels ils nous envient et nous méprisent, se trouveront
fatalement amenés à agir autrement que des gens de notre
monde ? Il soupçonna aussi mon grand-père. Chaque fois
que Swann lui avait demandé un service, ne le lui avait-il
pas toujours refusé ? Puis avec ses idées bourgeoises il avait
pu croire agir pour le bien de Swann. Celui-ci soupçonna
encore Bergotte, le peintre, les Verdurin, admira une fois
de plus au passage la sagesse des gens du monde de ne
pas vouloir frayer avec ces milieux artistes où de telles
choses sont possibles, peut-être même avouées sous le nom
de bonnes farces ; mais il se rappelait des traits de droiture
de ces bohèmes, et les rapprocha de la vie d'expédients,
presque d'escroqueries, où le manque d'argent, le besoin
de luxe, la corruption des plaisirs conduisent souvent
l'aristocratie. Bref, cette lettre anonyme prouvait qu'il
connaissait un être capable de scélératesse, mais il ne voyait
pas plus de raison pour que cette scélératesse fût cachée
dans le tuf — inexploré d'autrui — du caractère de
l'homme tendre que de l'homme froid, de l'artiste que
du bourgeois, du grand seigneur que du valet. Quel
critérium adopter pour juger les hommes ? Au fond il n'y
avait pas une seule des personnes qu'il connaissait qui ne
pût être capable d'une infamie. Fallait-il cesser de les voir
toutes ? Son esprit se voila ; il passa deux ou trois fois ses
mains sur son front, essuya les verres de son lorgnon avec
son mouchoir et, songeant qu'après tout des gens qui le
valaient fréquentaient M. de Charlus, le prince des Laumes
et les autres, il se dit que cela signifiait, sinon qu'ils fussent
incapables d'infamie, du moins que c'est une nécessité de
la vie à laquelle chacun se soumet, de fréquenter des gens

qui n'en sont peut-être pas incapables. Et il continua à
serrer la main à tous ces amis qu'il avait soupçonnés, avec
cette réserve de pur style qu'ils avaient peut-être cherché
à le désespérer. Quant au fond même de la lettre, il ne
s'en inquiéta pas, car pas une des accusations formulées
contre Odette n'avait l'ombre de vraisemblance. Swann
comme beaucoup de gens avait l'esprit paresseux et
manquait d'invention. Il savait bien comme une vérité
générale que la vie des êtres est pleine de contrastes, mais
pour chaque être en particulier il imaginait toute la partie
de sa vie qu'il ne connaissait pas comme identique à la
partie qu'il connaissait. Il imaginait ce qu'on lui taisait à
l'aide de ce qu'on lui disait. Dans les moments où Odette
était auprès de lui, s'ils parlaient ensemble d'une action
indélicate commise ou d'un sentiment indélicat éprouvé
par un autre, elle les flétrissait en vertu des mêmes
principes que Swann avait toujours entendu professer par
ses parents et auxquels il était resté fidèle ; et puis elle
arrangeait ses fleurs, elle buvait une tasse de thé, elle
s'inquiétait des travaux de Swann. Donc Swann étendait
ces habitudes au reste de la vie d'Odette, il répétait ces
gestes quand il voulait se représenter les moments où elle
était loin de lui. Si on la lui avait dépeinte telle qu'elle
était, ou plutôt qu'elle avait été si longtemps avec lui, mais
auprès d'un autre homme, il eût souffert, car cette image
lui eût paru vraisemblable. Mais qu'elle allât chez des
maquerelles, se livrât à des orgies avec des femmes, qu'elle
menât la vie crapuleuse de créatures abjectes, quelle
divagation insensée, à la réalisation de laquelle, Dieu
merci, les chrysanthèmes imaginés, les thés successifs, les
indignations vertueuses ne laissaient aucune place ! Seulement de temps à autre, il laissait entendre à Odette que,
par méchanceté, on lui racontait tout ce qu'elle faisait ;
et, se servant, à propos, d'un détail insignifiant mais vrai,
qu'il avait appris par hasard, comme s'il était le seul petit
bout qu'il laissât passer malgré lui, entre tant d'autres,
d'une reconstitution complète de la vie d'Odette qu'il
tenait cachée en lui, il l'amenait à supposer qu'il était
renseigné sur des choses qu'en réalité il ne savait ni même
ne soupçonnait, car si bien souvent il adjurait Odette de
ne pas altérer la vérité, c'était seulement, qu'il s'en rendît
compte ou non, pour qu'Odette lui dît tout ce qu'elle
faisait. Sans doute, comme il le disait à Odette, il aimait

la sincérité, mais il l'aimait comme une proxénète pouvant le tenir au courant de la vie de sa maîtresse. Aussi son amour de la sincérité, n'étant pas désintéressé, ne l'avait pas rendu meilleur. La vérité qu'il chérissait c'était celle que lui dirait Odette ; mais lui-même, pour obtenir cette vérité, ne craignait pas de recourir au mensonge, le mensonge qu'il ne cessait de peindre à Odette comme conduisant à la dégradation toute créature humaine. En somme il mentait autant qu'Odette parce que, plus malheureux qu'elle, il n'était pas moins égoïste. Et elle, entendant Swann lui raconter ainsi à elle-même des choses qu'elle avait faites, le regardait d'un air méfiant, et, à toute aventure, fâché, pour ne pas avoir l'air de s'humilier et de rougir de ses actes.

Un jour, étant dans la période de calme la plus longue qu'il eût encore pu traverser sans être repris d'accès de jalousie, il avait accepté d'aller le soir au théâtre avec la princesse des Laumes. Ayant ouvert le journal, pour chercher ce qu'on jouait, la vue du titre : *Les Filles de marbre* de Théodore Barrière[1] le frappa si cruellement qu'il eut un mouvement de recul et détourna la tête. Éclairé comme par la lumière de la rampe, à la place nouvelle où il figurait, ce mot de « marbre » qu'il avait perdu la faculté de distinguer tant il avait l'habitude de l'avoir souvent sous les yeux, lui était soudain redevenu visible et l'avait aussitôt fait souvenir de cette histoire qu'Odette lui avait racontée autrefois, d'une visite qu'elle avait faite au Salon du Palais de l'industrie[2] avec Mme Verdurin et où celle-ci lui avait dit : « Prends garde, je saurai bien te dégeler, tu n'es pas de marbre. » Odette lui avait affirmé que ce n'était qu'une plaisanterie, et il n'y avait attaché aucune importance. Mais il avait alors plus de confiance en elle qu'aujourd'hui. Et justement la lettre anonyme parlait d'amours de ce genre. Sans oser lever les yeux vers le journal, il le déplia, tourna une feuille pour ne plus voir ce mot : *Les Filles de marbre* et commença à lire machinalement les nouvelles des départements. Il y avait eu une tempête dans la Manche, on signalait des dégâts à Dieppe, à Cabourg, à Beuzeval. Aussitôt il fit un nouveau mouvement en arrière.

Le nom de Beuzeval l'avait fait penser à celui d'une autre localité de cette région, Beuzeville, qui porte uni à celui-là par un trait d'union un autre nom, celui de

Bréauté, qu'il avait vu souvent sur les cartes, mais dont pour la première fois il remarquait que c'était le même que celui de son ami M. de Bréauté, dont la lettre anonyme disait qu'il avait été l'amant d'Odette. Après tout, pour M. de Bréauté, l'accusation n'était pas invraisemblable ; mais en ce qui concernait Mme Verdurin, il y avait impossibilité. De ce qu'Odette mentait quelquefois, on ne pouvait conclure qu'elle ne disait jamais la vérité et, dans ces propos qu'elle avait échangés avec Mme Verdurin et qu'elle avait racontés elle-même à Swann, il avait reconnu ces plaisanteries inutiles et dangereuses que, par inexpérience de la vie et ignorance du vice, tiennent des femmes dont ils révèlent l'innocence et qui — comme par exemple Odette — sont plus éloignées qu'aucune d'éprouver une tendresse exaltée pour une autre femme. Tandis qu'au contraire, l'indignation avec laquelle elle avait repoussé les soupçons qu'elle avait involontairement fait naître un instant en lui par son récit, cadrait avec tout ce qu'il savait des goûts, du tempérament de sa maîtresse. Mais à ce moment, par une de ces inspirations de jaloux, analogues à celle qui apporte au poète ou au savant, qui n'a encore qu'une rime ou qu'une observation, l'idée ou la loi qui leur donnera toute leur puissance, Swann se rappela pour la première fois une phrase qu'Odette lui avait dite il y avait déjà deux ans : « Oh ! Mme Verdurin, en ce moment il n'y en a que pour moi, je suis un amour, elle m'embrasse, elle veut que je fasse des courses avec elle, elle veut que je la tutoie. » Loin de voir alors dans cette phrase un rapport quelconque avec les absurdes propos destinés à simuler le vice que lui avait racontés Odette, il l'avait accueillie comme la preuve d'une chaleureuse amitié. Maintenant voilà que le souvenir de cette tendresse de Mme Verdurin était venu brusquement rejoindre le souvenir de sa conversation de mauvais goût. Il ne pouvait plus les séparer dans son esprit et les vit mêlées aussi dans la réalité, la tendresse donnant quelque chose de sérieux et d'important à ces plaisanteries qui en retour lui faisaient perdre de son innocence. Il alla chez Odette. Il s'assit loin d'elle. Il n'osait l'embrasser, ne sachant si en elle, si en lui, c'était l'affection ou la colère qu'un baiser réveillerait. Il se taisait, il regardait mourir leur amour. Tout à coup il prit une résolution[1].

« Odette, lui dit-il, mon chéri, je sais bien que je suis odieux, mais il faut que je te demande des choses. Tu te souviens de l'idée que j'avais eue à propos de toi et de Mme Verdurin ? Dis-moi si c'était vrai, avec elle ou avec une autre. »

Elle secoua la tête en fronçant la bouche, signe fréquemment employé par les gens pour répondre qu'ils n'iront pas, que cela les ennuie, à quelqu'un qui leur a demandé : « Viendrez-vous voir passer la cavalcade, assisterez-vous à la Revue ? » Mais ce hochement de tête affecté ainsi d'habitude à un événement à venir mêle à cause de cela de quelque incertitude la dénégation d'un événement passé. De plus il n'évoque que des raisons de convenance personnelle plutôt que la réprobation, qu'une impossibilité morale. En voyant Odette lui faire ainsi le signe que c'était faux, Swann comprit que c'était peut-être vrai.

« Je te l'ai dit, tu le sais bien, ajouta-t-elle d'un air irrité et malheureux.

— Oui, je sais, mais en es-tu sûre ? Ne me dis pas : "Tu le sais bien", dis-moi : "Je n'ai jamais fait ce genre de choses avec aucune femme." »

Elle répéta comme une leçon, sur un ton ironique et comme si elle voulait se débarrasser de lui :

« Je n'ai jamais fait ce genre de choses avec aucune femme.

— Peux-tu me le jurer sur ta médaille de Notre-Dame de Laghet ? »

Swann savait qu'Odette ne se parjurerait pas sur cette médaille-là.

« Oh ! que tu me rends malheureuse », s'écria-t-elle en se dérobant par un sursaut à l'étreinte de sa question. « Mais as-tu bientôt fini ? Qu'est-ce que tu as aujourd'hui ? Tu as donc décidé qu'il fallait que je te déteste, que je t'exècre ? Voilà, je voulais reprendre avec toi le bon temps comme autrefois et voilà ton remerciement ! »

Mais, ne la lâchant pas, comme un chirurgien attend la fin du spasme qui interrompt son intervention mais ne l'y fait pas renoncer :

« Tu as bien tort de te figurer que je t'en voudrais le moins du monde, Odette, lui dit-il avec une douceur persuasive et menteuse. Je ne te parle jamais que de ce que je sais, et j'en sais toujours bien plus long que je ne

dis. Mais toi seule peux adoucir par ton aveu ce qui me
fait te haïr tant que cela ne m'a été dénoncé que par
d'autres. Ma colère contre toi ne vient pas de tes actions,
je te pardonne tout puisque je t'aime, mais de ta fausseté,
de ta fausseté absurde qui te fait persévérer à nier des
choses que je sais. Mais comment veux-tu que je puisse
continuer à t'aimer, quand je te vois me soutenir, me jurer
une chose que je sais fausse ? Odette, ne prolonge pas cet
instant qui est une torture pour nous deux. Si tu le veux,
ce sera fini dans une seconde, tu seras pour toujours
délivrée. Dis-moi sur ta médaille, si oui ou non, tu as jamais
fait ces choses.

« Mais je n'en sais rien, moi, s'écria-t-elle avec colère,
peut-être il y a très longtemps, sans me rendre compte
de ce que je faisais, peut-être deux ou trois fois. »

Swann avait envisagé toutes les possibilités. La réalité
est donc quelque chose qui n'a aucun rapport avec les
possibilités, pas plus qu'un coup de couteau que nous
recevons avec les légers mouvements des nuages au-dessus
de notre tête, puisque ces mots « deux ou trois fois »
marquèrent à vif une sorte de croix dans son cœur. Chose
étrange que ces mots « deux ou trois fois », rien que des
mots, des mots prononcés dans l'air, à distance, puissent
ainsi déchirer le cœur comme s'ils le touchaient véritablement, puissent rendre malade, comme un poison qu'on
absorberait. Involontairement Swann pensa à ce mot qu'il
avait entendu chez Mme de Saint-Euverte : « C'est ce que
j'ai vu de plus fort depuis les tables tournantes. » Cette
souffrance qu'il ressentait ne ressemblait à rien de ce qu'il
avait cru. Non pas seulement parce que dans ses heures
de plus entière méfiance il avait rarement imaginé si loin
dans le mal, mais parce que, même quand il imaginait cette
chose, elle restait vague, incertaine, dénuée de cette
horreur particulière qui s'était échappée des mots « peut-
être deux ou trois fois », dépourvue de cette cruauté
spécifique aussi différente de tout ce qu'il avait connu
qu'une maladie dont on est atteint pour la première fois.
Et pourtant cette Odette d'où lui venait tout ce mal, ne
lui était pas moins chère, bien au contraire plus précieuse,
comme si au fur et à mesure que grandissait la souffrance,
grandissait en même temps le prix du calmant, du
contrepoison que seule cette femme possédait. Il voulait
lui donner plus de soins comme à une maladie qu'on

découvre soudain plus grave. Il voulait que la chose affreuse qu'elle lui avait dit avoir faite « deux ou trois fois » ne pût pas se renouveler. Pour cela il lui fallait veiller sur Odette. On dit souvent qu'en dénonçant à un ami les fautes de sa maîtresse, on ne réussit qu'à le rapprocher d'elle parce qu'il ne leur ajoute pas foi, mais combien davantage s'il leur ajoute foi ! Mais se disait Swann, comment réussir à la protéger ? Il pouvait peut-être la préserver d'une certaine femme mais il y en avait des centaines d'autres, et il comprit quelle folie avait passé sur lui quand il avait, le soir où il n'avait pas trouvé Odette chez les Verdurin, commencé de désirer la possession, toujours impossible, d'un autre être. Heureusement pour Swann, sous les souffrances nouvelles qui venaient d'entrer dans son âme comme des hordes d'envahisseurs, il existait un fond de nature plus ancien, plus doux et silencieusement laborieux, comme les cellules d'un organe blessé qui se mettent aussitôt en mesure de refaire les tissus lésés, comme les muscles d'un membre paralysé qui tendent à reprendre leurs mouvements. Ces plus anciens, plus autochtones habitants de son âme, employèrent un instant toutes les forces de Swann à ce travail obscurément réparateur qui donne l'illusion du repos à un convalescent, à un opéré. Cette fois-ci, ce fut moins comme d'habitude dans le cerveau de Swann que se produisit cette détente par épuisement, ce fut plutôt dans son cœur. Mais toutes les choses de la vie qui ont existé une fois tendent à se recréer, et comme un animal expirant qu'agite de nouveau le sursaut d'une convulsion qui semblait finie, sur le cœur, un instant épargné, de Swann, d'elle-même la même souffrance vint retracer la même croix. Il se rappela ces soirs de clair de lune où, allongé dans sa victoria qui le menait rue La Pérouse, il cultivait voluptueusement en lui les émotions de l'homme amoureux, sans savoir le fruit empoisonné qu'elles produiraient nécessairement. Mais toutes ces pensées ne durèrent que l'espace d'une seconde, le temps qu'il portât la main à son cœur, reprît sa respiration et parvînt à sourire pour dissimuler sa torture. Déjà il recommençait à poser ses questions. Car sa jalousie qui avait pris une peine qu'un ennemi ne se serait pas donnée pour arriver à lui faire assener ce coup, à lui faire faire la connaissance de la douleur la plus cruelle qu'il eût encore jamais connue, sa jalousie ne trouvait pas qu'il eût assez souffert et cherchait à lui faire recevoir une blessure plus profonde encore. Telle, comme une divinité méchante, sa jalousie inspirait Swann et le poussait à sa perte. Ce ne fut pas sa faute, mais celle d'Odette seulement si d'abord son supplice ne s'aggrava pas.

« Ma chérie, lui dit-il, c'est fini, était-ce avec une personne que je connais ?

— Mais non, je te jure, d'ailleurs je crois que j'ai exagéré, que je n'ai pas été jusque-là. »

Il sourit et reprit :

« Que veux-tu ? cela ne fait rien, mais c'est malheureux que tu ne puisses pas me dire le nom. De pouvoir me représenter la personne, cela m'empêcherait de plus jamais y penser. Je le dis pour toi, parce que je ne t'ennuierais plus. C'est si calmant de se représenter les choses ! Ce qui est affreux, c'est ce qu'on ne peut pas imaginer. Mais tu as déjà été si gentille, je ne veux pas te fatiguer. Je te remercie de tout mon cœur de tout le bien que tu m'as fait. C'est fini. Seulement ce mot : "Il y a combien de temps ?"

— Oh ! Charles, mais tu ne vois pas que tu me tues ! c'est tout ce qu'il y a de plus ancien. Je n'y avais jamais repensé, on dirait que tu veux absolument me redonner ces idées-là. Tu seras bien avancé », dit-elle, avec une sottise inconsciente et une méchanceté voulue.

« Oh ! je voulais seulement savoir si c'est depuis que je te connais. Mais ce serait si naturel, est-ce que ça se passait ici ? tu ne peux pas me dire un certain soir, que je me représente ce que je faisais ce soir-là ; tu comprends bien qu'il n'est pas possible que tu ne te rappelles pas avec qui, Odette, mon amour.

— Mais je ne sais pas, moi, je crois que c'était au Bois un soir où tu es venu nous retrouver dans l'île. Tu avais dîné chez la princesse des Laumes », dit-elle, heureuse de fournir un détail précis qui attestait sa véracité. « À une table voisine il y avait une femme que je n'avais pas vue depuis très longtemps. Elle m'a dit : "Venez donc derrière le petit rocher voir l'effet du clair de lune sur l'eau." D'abord j'ai bâillé et j'ai répondu : "Non, je suis fatiguée et je suis bien ici." Elle a assuré qu'il n'y avait jamais eu un clair de lune pareil. Je lui ai dit : "Cette blague !" ; je savais bien où elle voulait en venir. »

Odette racontait cela presque en riant, soit que cela lui parût tout naturel, ou parce qu'elle croyait en atténuer

ainsi l'importance, ou pour ne pas avoir l'air humilié. En
voyant le visage de Swann, elle changea de ton :

« Tu es un misérable, tu te plais à me torturer, à me
faire faire des mensonges que je dis afin que tu me laisses
tranquille. »

Ce second coup porté à Swann était plus atroce encore
que le premier. Jamais il n'avait supposé que ce fût une
chose aussi récente, cachée à ses yeux, qui n'avaient pas
su la découvrir, non dans un passé qu'il n'avait pas connu,
mais dans des soirs qu'il se rappelait si bien, qu'il avait
vécus avec Odette, qu'il avait crus connus si bien par lui
et qui maintenant prenaient rétrospectivement quelque
chose de fourbe et d'atroce ; au milieu d'eux tout d'un
coup se creusait cette ouverture béante, ce moment dans
l'île du Bois. Odette sans être intelligente avait le charme
du naturel. Elle avait raconté, elle avait mimé cette scène
avec tant de simplicité que Swann, haletant, voyait tout :
le bâillement d'Odette, le petit rocher. Il l'entendait
répondre — gaiement, hélas ! — : « Cette blague ! » Il
sentait qu'elle ne dirait rien de plus ce soir, qu'il n'y avait
aucune révélation nouvelle à attendre en ce moment ; il
lui dit : « Mon pauvre chéri, pardonne-moi, je sens que
je te fais de la peine, c'est fini, je n'y pense plus. »

Mais elle vit que ses yeux restaient fixés sur les choses
qu'il ne savait pas et sur ce passé de leur amour, monotone
et doux dans sa mémoire parce qu'il était vague, et que
déchirait maintenant comme une blessure cette minute
dans l'île du Bois, au clair de lune, après le dîner chez
la princesse des Laumes. Mais il avait tellement pris
l'habitude de trouver la vie intéressante — d'admirer les
curieuses découvertes qu'on peut y faire — que tout en
souffrant au point de croire qu'il ne pourrait pas supporter
longtemps une pareille douleur, il se disait : « La vie est
vraiment étonnante et réserve de belles surprises ; en
somme le vice est quelque chose de plus répandu qu'on
ne croit. Voilà une femme en qui j'avais confiance, qui
a l'air si simple, si honnête, en tous cas, si même elle était
légère, qui semblait bien normale et saine dans ses goûts ;
sur une dénonciation invraisemblable, je l'interroge, et le
peu qu'elle m'avoue révèle bien plus que ce qu'on eût
pu soupçonner. » Mais il ne pouvait pas se borner à ces
remarques désintéressées. Il cherchait à apprécier exactement la valeur de ce qu'elle lui avait raconté, afin de savoir

s'il devait conclure que ces choses, elle les avait faites
souvent, qu'elles se renouvelleraient. Il se répétait ces mots
qu'elle avait dits : « Je voyais bien où elle voulait en
venir », « Deux ou trois fois », « Cette blague ! », mais
ils ne reparaissaient pas désarmés dans la mémoire de
Swann, chacun d'eux tenait son couteau et lui en portait
un nouveau coup. Pendant bien longtemps, comme un
malade ne peut s'empêcher d'essayer à toute minute de
faire le mouvement qui lui est douloureux, il se redisait
ces mots : « Je suis bien ici », « Cette blague ! », mais
la souffrance était si forte qu'il était obligé de s'arrêter.
Il s'émerveillait que des actes que toujours il avait jugés
si légèrement, si gaiement, maintenant fussent devenus
pour lui graves comme une maladie dont on peut mourir.
Il connaissait bien des femmes à qui il eût pu demander
de surveiller Odette. Mais comment espérer qu'elles se
placeraient au même point de vue que lui et ne resteraient
pas à celui qui avait été si longtemps le sien, qui avait
toujours guidé sa vie voluptueuse, ne lui diraient pas en
riant : « Vilain jaloux qui veut priver les autres d'un
plaisir » ? Par quelle trappe soudainement abaissée (lui
qui n'avait eu autrefois de son amour pour Odette que
des plaisirs délicats) avait-il été brusquement précipité dans
ce nouveau cercle de l'enfer d'où il n'apercevait pas
comment il pourrait jamais sortir. Pauvre Odette ! il ne
lui en voulait pas. Elle n'était qu'à demi coupable. Ne
disait-on pas que c'était par sa propre mère qu'elle avait
été livrée, presque enfant, à Nice, à un riche Anglais ?
Mais quelle vérité douloureuse prenaient pour lui ces
lignes du *Journal d'un poète* d'Alfred de Vigny qu'il avait
lues avec indifférence autrefois : « Quand on se sent pris
d'amour pour une femme, on devrait se dire : Comment
est-elle entourée ? Quelle a été sa vie ? Tout le bonheur
de la vie est appuyé là-dessus[1]. » Swann s'étonnait que
de simples phrases épelées par sa pensée, comme « Cette
blague ! », « Je voyais bien où elle voulait en venir »
pussent lui faire si mal. Mais il comprenait que ce qu'il
croyait de simples phrases n'était que les pièces de
l'armature entre lesquelles tenait, pouvait lui être rendue,
la souffrance qu'il avait éprouvée pendant le récit
d'Odette. Car c'était bien cette souffrance-là qu'il éprouvait de nouveau. Il avait beau savoir maintenant — même
il eut beau, le temps passant, avoir un peu oublié, avoir

pardonné —, au moment où il se redisait ses mots, la souffrance ancienne le refaisait tel qu'il était avant qu'Odette ne parlât : ignorant, confiant ; sa cruelle jalousie le replaçait pour le faire frapper par l'aveu d'Odette dans la position de quelqu'un qui ne sait pas encore, et au bout de plusieurs mois cette vieille histoire le bouleversait toujours comme une révélation. Il admirait la terrible puissance recréatrice de sa mémoire. Ce n'est que de l'affaiblissement de cette génératrice dont la fécondité diminue avec l'âge qu'il pouvait espérer un apaisement à sa torture. Mais quand paraissait un peu épuisé le pouvoir qu'avait de le faire souffrir un des mots prononcés par Odette, alors un de ceux sur lesquels l'esprit de Swann s'était moins arrêté jusque-là, un mot presque nouveau venait relayer les autres et le frappait avec une vigueur intacte. La mémoire du soir où il avait dîné chez la princesse des Laumes lui était douloureuse, mais ce n'était que le centre de son mal. Celui-ci irradiait confusément à l'entour dans tous les jours avoisinants. Et à quelque point d'elle qu'il voulût toucher dans ses souvenirs, c'est la saison tout entière où les Verdurin avaient si souvent dîné dans l'île du Bois qui lui faisait mal. Si mal que peu à peu les curiosités qu'excitait en lui sa jalousie furent neutralisées par la peur des tortures nouvelles qu'il s'infligerait en les satisfaisant. Il se rendait compte que toute la période de la vie d'Odette écoulée avant qu'elle ne le rencontrât, période qu'il n'avait jamais cherché à se représenter, n'était pas l'étendue abstraite qu'il voyait vaguement, mais avait été faite d'années particulières, remplie d'incidents concrets. Mais en les apprenant, il craignait que ce passé incolore, fluide et supportable, ne prît un corps tangible et immonde, un visage individuel et diabolique. Et il continuait à ne pas chercher à le concevoir, non plus par paresse de penser, mais par peur de souffrir. Il espérait qu'un jour il finirait par pouvoir entendre le nom de l'île du Bois, de la princesse des Laumes, sans ressentir le déchirement ancien, et trouvait imprudent de provoquer Odette à lui fournir de nouvelles paroles, le nom d'endroits, de circonstances différentes qui, son mal à peine calmé, le feraient renaître sous une autre forme.

Mais souvent les choses qu'il ne connaissait pas, qu'il redoutait maintenant de connaître, c'est Odette elle-même

qui les lui révélait spontanément, et sans s'en rendre
compte ; en effet l'écart que le vice mettait entre la vie
réelle d'Odette et la vie relativement innocente que Swann
avait cru, et bien souvent croyait encore, que menait sa
maîtresse, cet écart, Odette en ignorait l'étendue : un être
vicieux, affectant toujours la même vertu devant les êtres
de qui il ne veut pas que soient soupçonnés ses vices, n'a
pas de contrôle pour se rendre compte combien ceux-ci,
dont la croissance continue est insensible pour lui-même,
l'entraînent peu à peu loin des façons de vivre normales.
Dans leur cohabitation, au sein de l'esprit d'Odette, avec
le souvenir des actions qu'elle cachait à Swann, d'autres
peu à peu en recevaient le reflet, étaient contagionnées
par elles, sans qu'elle pût leur trouver rien d'étrange, sans
qu'elles détonnassent dans le milieu particulier où elle les
faisait vivre en elle ; mais si elle les racontait à Swann,
il était épouvanté par la révélation de l'ambiance qu'elles
trahissaient. Un jour il cherchait, sans blesser Odette, à
lui demander si elle n'avait jamais été chez des entremetteuses. À vrai dire il était convaincu que non ; la lecture
de la lettre anonyme en avait introduit la supposition dans
son intelligence, mais d'une façon mécanique ; elle n'y
avait rencontré aucune créance, mais en fait y était restée,
et Swann, pour être débarrassé de la présence purement
matérielle mais pourtant gênante du soupçon, souhaitait
qu'Odette l'extirpât. « Oh ! non ! Ce n'est pas que je ne
sois pas persécutée pour cela », ajouta-t-elle, en dévoilant
dans un sourire une satisfaction de vanité qu'elle ne
s'apercevait plus ne pas pouvoir paraître légitime à Swann.
« Il y en a une qui est encore restée plus de deux heures
hier à m'attendre, elle me proposait n'importe quel prix.
Il paraît qu'il y a un ambassadeur qui lui a dit : "Je me
tue si vous ne me l'amenez pas." On lui a dit que j'étais
sortie, j'ai fini par aller moi-même lui parler pour qu'elle
s'en aille. J'aurais voulu que tu voies comme je l'ai reçue,
ma femme de chambre qui m'entendait de la pièce voisine
m'a dit que je criais à tue-tête : "Mais puisque je vous
dis que je ne veux pas ! C'est une idée comme ça, ça ne
me plaît pas. Je pense que je suis libre de faire ce que
je veux, tout de même ! Si j'avais besoin d'argent, je
comprends..." Le concierge a ordre de ne plus la laisser
entrer. Il dira que je suis à la campagne. Ah ! j'aurais voulu
que tu sois caché quelque part. Je crois que tu aurais été

content, mon chéri. Elle a du bon, tout de même, tu vois, ta petite Odette, quoiqu'on la trouve si détestable. »

D'ailleurs ses aveux même, quand elle lui en faisait, de fautes qu'elle le supposait avoir découvertes, servaient plutôt pour Swann de point de départ à de nouveaux doutes qu'ils ne mettaient un terme aux anciens. Car ils n'étaient jamais exactement proportionnés à ceux-ci. Odette avait eu beau retrancher de sa confession tout l'essentiel, il restait dans l'accessoire quelque chose que Swann n'avait jamais imaginé, qui l'accablait de sa nouveauté et allait lui permettre de changer les termes du problème de sa jalousie. Et ces aveux, il ne pouvait plus les oublier. Son âme les charriait, les rejetait, les berçait, comme des cadavres. Et elle en était empoisonnée.

Une fois elle lui parla d'une visite que Forcheville lui avait faite le jour de la fête de Paris-Murcie. « Comment, tu le connaissais déjà ? Ah ! oui, c'est vrai », dit-il, en se reprenant pour ne pas paraître l'avoir ignoré. Et tout d'un coup il se mit à trembler à la pensée que le jour de cette fête de Paris-Murcie où il avait reçu d'elle la lettre qu'il avait si précieusement gardée, elle déjeunait peut-être avec Forcheville à la Maison d'Or. Elle lui jura que non. « Pourtant la Maison d'Or me rappelle je ne sais quoi que j'ai su ne pas être vrai », lui dit-il pour l'effrayer. « Oui, que je n'y étais pas allée le soir où je t'ai dit que j'en sortais quand tu m'avais cherchée chez Prévost », lui répondit-elle (croyant à son air qu'il le savait), avec une décision où il y avait, beaucoup plutôt que du cynisme, de la timidité, une peur de contrarier Swann et que par amour-propre elle voulait cacher, puis le désir de lui montrer qu'elle pouvait être franche. Aussi frappa-t-elle avec une netteté et une vigueur de bourreau et qui étaient exemptes de cruauté car Odette n'avait pas conscience du mal qu'elle faisait à Swann ; et même elle se mit à rire, peut-être, il est vrai, surtout pour ne pas avoir l'air humilié, confus. « C'est vrai que je n'avais pas été à la Maison Dorée, que je sortais de chez Forcheville. J'avais vraiment été chez Prévost, ça c'était pas de la blague, il m'y avait rencontrée et m'avait demandé d'entrer regarder ses gravures. Mais il était venu quelqu'un pour le voir. Je t'ai dit que je venais de la Maison d'Or, parce que j'avais peur que cela ne t'ennuie. Tu vois, c'était plutôt gentil de ma part. Mettons que j'aie eu tort, au moins je te le dis

carrément. Quel intérêt aurais-je à ne pas te dire aussi bien que j'avais déjeuné avec lui le jour de la Fête Paris-Murcie, si c'était vrai ? D'autant plus qu'à ce moment-là on ne se connaissait pas encore beaucoup tous les deux, dis, chéri. »
Il lui sourit avec la lâcheté soudaine de l'être sans forces qu'avaient fait de lui ces accablantes paroles. Ainsi, même dans les mois auxquels il n'avait jamais plus osé repenser parce qu'ils avaient été trop heureux, dans ces mois où elle l'avait aimé, elle lui mentait déjà ! Aussi bien que ce moment (le premier soir qu'ils avaient « fait catleya ») où elle lui avait dit sortir de la Maison Dorée, combien devait-il y en avoir eu d'autres, receleurs eux aussi d'un mensonge que Swann n'avait pas soupçonné. Il se rappela qu'elle lui avait dit un jour : « Je n'aurais qu'à dire à Mme Verdurin que ma robe n'a pas été prête, que mon cab est venu en retard. Il y a toujours moyen de s'arranger. » À lui aussi probablement, bien des fois où elle lui avait glissé de ces mots qui expliquent un retard, justifient un changement d'heure dans un rendez-vous, ils avaient dû cacher, sans qu'il s'en fût douté alors, quelque chose qu'elle avait à faire avec un autre, avec un autre à qui elle avait dit : « Je n'aurai qu'à dire à Swann que ma robe n'a pas été prête, que mon cab est arrivé en retard, il y a toujours moyen de s'arranger. » Et sous tous les souvenirs les plus doux de Swann, sous les paroles les plus simples que lui avait dites autrefois Odette, qu'il avait crues comme paroles d'évangile, sous les actions quotidiennes qu'elle lui avait racontées, sous les lieux les plus accoutumées, la maison de sa couturière, l'avenue du Bois, l'Hippodrome, il sentait, dissimulée à la faveur de cet excédent de temps qui dans les journées les plus détaillées laisse encore au jeu, de la place, et peut servir de cachette à certaines actions, il sentait s'insinuer la présence possible et souterraine de mensonges qui lui rendaient ignoble tout ce qui lui était resté le plus cher (ses meilleurs soirs, la rue La Pérouse elle-même qu'Odette avait toujours dû quitter à d'autres heures que celles qu'elle lui avait dites) faisant circuler partout un peu de la ténébreuse horreur qu'il avait ressentie en entendant l'aveu relatif à la Maison Dorée, et, comme les bêtes immondes dans la Désolation de Ninive, ébranlant pierre à pierre tout son passé[1]. Si maintenant il se détournait chaque fois que sa mémoire lui disait le nom cruel de la Maison Dorée, ce n'était plus,

comme tout récemment encore à la soirée de Mme de
Saint-Euverte, parce qu'il lui rappelait un bonheur qu'il
avait perdu depuis longtemps, mais un malheur qu'il venait
seulement d'apprendre. Puis il en fut du nom de la Maison
Dorée comme de celui de l'île du Bois, il cessa peu à peu
de faire souffrir Swann. Car ce que nous croyons notre
amour, notre jalousie, n'est pas une même passion
continue, indivisible. Ils se composent d'une infinité
d'amours successifs, de jalousies différentes et qui sont
éphémères, mais par leur multitude ininterrompue donnent l'impression de la continuité, l'illusion de l'unité. La
vie de l'amour de Swann, la fidélité de sa jalousie, étaient
faites de la mort, de l'infidélité, d'innombrables désirs,
d'innombrables doutes, qui avaient tous Odette pour
objet. S'il était resté longtemps sans la voir, ceux qui
mouraient n'auraient pas été remplacés par d'autres. Mais
la présence d'Odette continuait d'ensemencer le cœur de
Swann de tendresses et de soupçons alternés.

Certains soirs elle redevenait tout d'un coup avec lui
d'une gentillesse dont elle l'avertissait durement qu'il
devait profiter tout de suite, sous peine de ne pas la voir
se renouveler avant des années ; il fallait rentrer immédiatement chez elle « faire catleya », et ce désir qu'elle
prétendait avoir de lui était si soudain, si inexplicable, si
impérieux, les caresses qu'elle lui prodiguait ensuite si
démonstratives et si insolites, que cette tendresse brutale
et sans vraisemblance faisait autant de chagrin à Swann
qu'un mensonge et qu'une méchanceté. Un soir qu'il était
ainsi, sur l'ordre qu'elle lui en avait donné, rentré avec
elle, et qu'elle entremêlait ses baisers de paroles passionnées qui contrastaient avec sa sécheresse ordinaire, il crut
tout d'un coup entendre du bruit ; il se leva, chercha
partout, ne trouva personne, mais n'eut pas le courage de
reprendre sa place auprès d'elle qui alors, au comble de
la rage, brisa un vase[1] et dit à Swann : « On ne peut jamais
rien faire avec toi ! » Et il resta incertain si elle n'avait
pas caché quelqu'un dont elle avait voulu faire souffrir la
jalousie ou allumer les sens.

Quelquefois il allait dans des maisons de rendez-vous,
espérant apprendre quelque chose d'elle, sans oser la
nommer cependant. « J'ai une petite qui va vous plaire »,
disait l'entremetteuse. Et il restait une heure à causer
tristement avec quelque pauvre fille étonnée qu'il ne fît

rien de plus. Une toute jeune et ravissante lui dit un jour :
« Ce que je voudrais, c'est trouver un ami, alors il pourrait
être sûr, je n'irais plus jamais avec personne. — Vraiment,
crois-tu que ce soit possible qu'une femme soit touchée
qu'on l'aime, ne vous trompe jamais ? lui demanda Swann
anxieusement. — Pour sûr ! ça dépend des caractères ! »
Swann ne pouvait s'empêcher de dire à ces filles les mêmes
choses qui auraient plu à la princesse des Laumes. À celle
qui cherchait un ami, il dit en souriant : « C'est gentil,
tu as mis des yeux bleus de la couleur de ta ceinture.
— Vous aussi, vous avez des manchettes bleues. — Comme
nous avons une belle conversation, pour un endroit de
ce genre ! Je ne t'ennuie pas ? tu as peut-être à faire ?
— Non, j'ai tout mon temps. Si vous m'auriez ennuyée,
je vous l'aurais dit. Au contraire, j'aime bien vous entendre
causer. — Je suis très flatté. N'est-ce pas que nous causons
gentiment ? dit-il à l'entremetteuse qui venait d'entrer.
— Mais oui, c'est justement ce que je me disais. Comme
ils sont sages ! Voilà ! on vient maintenant pour causer chez
moi. Le Prince le disait, l'autre jour, c'est bien mieux ici
que chez sa femme. Il paraît que maintenant dans le monde
elles ont toutes un genre, c'est un vrai scandale ! Je vous
quitte, je suis discrète. » Et elle laissa Swann avec la fille
qui avait les yeux bleus. Mais bientôt il se leva et lui dit
adieu, elle lui était indifférente, elle ne connaissait pas
Odette.

Le peintre ayant été malade, le docteur Cottard lui
conseilla un voyage en mer ; plusieurs fidèles parlèrent de
partir avec lui ; les Verdurin ne purent se résoudre à rester
seuls, louèrent un yacht, puis s'en rendirent acquéreurs
et ainsi Odette fit de fréquentes croisières. Chaque fois
qu'elle était partie depuis un peu de temps, Swann sentait
qu'il commençait à se détacher d'elle, mais comme si cette
distance morale était proportionnée à la distance matérielle, dès qu'il savait Odette de retour, il ne pouvait pas
rester sans la voir. Une fois, partis pour un mois seulement,
croyaient-ils, soit qu'ils eussent été tentés en route, soit
que M. Verdurin eût sournoisement arrangé les choses
d'avance pour faire plaisir à sa femme et n'eût averti les
fidèles qu'au fur et à mesure, d'Alger ils allèrent à Tunis,
puis en Italie, puis en Grèce, à Constantinople, en Asie
Mineure. Le voyage durait depuis près d'un an. Swann
se sentait absolument tranquille, presque heureux. Bien

que Mme Verdurin eût cherché à persuader au pianiste
et au docteur Cottard que la tante de l'un et les malades
de l'autre n'avaient aucun besoin d'eux et qu'en tous cas
il était imprudent de laisser Mme Cottard rentrer à Paris
que M. Verdurin assurait être en révolution[1], elle fut
obligée de leur rendre leur liberté à Constantinople. Et
le peintre partit avec eux. Un jour, peu après le retour
de ces trois voyageurs, Swann voyant passer un omnibus
pour le Luxembourg où il avait à faire, avait sauté dedans,
et s'y était trouvé assis en face de Mme Cottard qui faisait
sa tournée de visites « de jours » en grande tenue, plumet
au chapeau, robe de soie, manchon, en-tout-cas[2], porte-
cartes, et gants blancs nettoyés. Revêtue de ces insignes,
quand il faisait sec elle allait à pied d'une maison à l'autre,
dans un même quartier, mais pour passer ensuite dans un
quartier différent usait de l'omnibus avec correspondance.
Pendant les premiers instants, avant que la gentillesse
native de la femme eût pu percer l'empesé de la petite
bourgeoise, et ne sachant trop d'ailleurs si elle devait
parler des Verdurin à Swann, elle tint tout naturellement,
de sa voix lente, gauche et douce que par moments
l'omnibus couvrait complètement de son tonnerre, des
propos choisis parmi ceux qu'elle entendait et répétait dans
les vingt-cinq maisons dont elle montait les étages dans
une journée :

    « Je ne vous demande pas, Monsieur, si un homme dans
le mouvement comme vous a vu, aux Mirlitons, le portrait
de Machard qui fait courir tout Paris[3]. Eh bien, qu'en
dites-vous ? Êtes-vous dans le camp de ceux qui approuvent
ou dans le camp de ceux qui blâment ? Dans tous les salons
on ne parle que du portrait de Machard, on n'est pas chic,
on n'est pas pur, on n'est pas dans le train, si on ne donne
pas son opinion sur le portrait de Machard. »

    Swann ayant répondu qu'il n'avait pas vu ce portrait,
Mme Cottard eut peur de l'avoir blessé en l'obligeant à
le confesser.

    « Ah ! c'est très bien, au moins vous l'avouez franche-
ment, vous ne vous croyez pas déshonoré parce que vous
n'avez pas vu le portrait de Machard. Je trouve cela très
beau de votre part. Hé bien, moi je l'ai vu, les avis sont
partagés, il y en a qui trouvent que c'est un peu léché,
un peu crème fouettée, moi, je le trouve idéal. Évidemment elle ne ressemble pas aux femmes bleues et jaunes

de notre ami Biche. Mais je dois vous l'avouer franchement, vous ne me trouverez pas très fin de siècle, mais
je le dis comme je le pense, je ne comprends pas. Mon
Dieu, je reconnais les qualités qu'il y a dans le portrait
de mon mari, c'est moins étrange que ce qu'il fait
d'habitude, mais il a fallu qu'il lui fasse des moustaches
bleues. Tandis que Machard ! Tenez, justement le mari
de l'amie chez qui je vais en ce moment (ce qui me donne
le très grand plaisir de faire route avec vous) lui a promis,
s'il est nommé à l'Académie (c'est un des collègues du
docteur) de lui faire faire son portrait par Machard.
Évidemment c'est un beau rêve ! J'ai une autre amie qui
prétend qu'elle aime mieux Leloir. Je ne suis qu'une
pauvre profane et Leloir est peut-être encore supérieur
comme science. Mais je trouve que la première qualité
d'un portrait, surtout quand il coûte dix mille francs, est
d'être ressemblant et d'une ressemblance agréable. »

Ayant tenu ces propos que lui inspiraient la hauteur de
son aigrette, le chiffre de son porte-cartes, le petit numéro
tracé à l'encre dans ses gants par le teinturier et l'embarras
de parler à Swann des Verdurin, Mme Cottard, voyant
qu'on était encore loin du coin de la rue Bonaparte où
le conducteur devait l'arrêter, écouta son cœur qui lui
conseillait d'autres paroles.

« Les oreilles ont dû vous tinter, Monsieur, lui dit-elle,
pendant le voyage que nous avons fait avec Mme
Verdurin. On ne parlait que de vous. »

Swann fut bien étonné, il supposait que son nom n'était
jamais proféré devant les Verdurin.

« D'ailleurs, ajouta Mme Cottard, Mme de Crécy était
là et c'est tout dire. Quand Odette est quelque part elle
ne peut jamais rester bien longtemps sans parler de vous.
Et vous pensez que ce n'est pas en mal. Comment ! vous
en doutez ? » dit-elle, en voyant un geste sceptique de
Swann.

Et emportée par la sincérité de sa conviction, ne mettant
d'ailleurs aucune mauvaise pensée sous ce mot qu'elle
prenait seulement dans le sens où on l'emploie pour parler
de l'affection qui unit des amis :

« Mais elle vous adore ! Ah ! je crois qu'il ne faudrait
pas dire ça de vous devant elle ! On serait bien arrangé !
À propos de tout, si on voyait un tableau par exemple
elle disait : "Ah ! s'il était là, c'est lui qui saurait vous dire

si c'est authentique ou non. Il n'y a personne comme lui
pour ça." Et à tout moment elle demandait : "Qu'est-ce
qu'il peut faire en ce moment ? Si seulement il travaillait
un peu ! C'est malheureux, un garçon si doué, qu'il soit
si paresseux." (Vous me pardonnez, n'est-ce pas ?) "En
ce moment je le vois, il pense à nous, il se demande où
nous sommes." Elle a même eu un mot que j'ai trouvé
bien joli ; M. Verdurin lui disait : "Mais comment
pouvez-vous voir ce qu'il fait en ce moment puisque vous
êtes à huit cents lieues de lui ?" Alors Odette lui a
répondu : "Rien n'est impossible à l'œil d'une amie." Non
je vous jure, je ne vous dis pas cela pour vous flatter, vous
avez là une vraie amie comme on n'en a pas beaucoup.
Je vous dirai du reste que si vous ne le savez pas, vous
êtes le seul. Mme Verdurin me le disait encore le dernier
jour (vous savez, les veilles de départ on cause mieux) :
"Je ne dis pas qu'Odette ne nous aime pas, mais tout ce
que nous lui disons ne pèserait pas lourd auprès de ce que
lui dirait M. Swann." Oh ! mon Dieu, voilà que le
conducteur m'arrête, en bavardant avec vous j'allais laisser
passer la rue Bonaparte... me rendriez-vous le service de
me dire si mon aigrette est droite ? »

Et Mme Cottard sortit de son manchon pour la tendre
à Swann sa main gantée de blanc d'où s'échappa, avec une
correspondance, une vision de haute vie qui remplit
l'omnibus, mêlée à l'odeur du teinturier. Et Swann se sentit
déborder de tendresse pour elle, autant que pour Mme
Verdurin (et presque autant que pour Odette, car le
sentiment qu'il éprouvait pour cette dernière, n'étant plus
mêlé de douleur, n'était plus guère de l'amour), tandis
que de la plate-forme il la suivait de ses yeux attendris,
qui enfilait courageusement la rue Bonaparte, l'aigrette
haute, d'une main relevant sa jupe, de l'autre tenant son
en-tout-cas et son porte-cartes dont elle laissait voir le
chiffre, laissant baller devant elle son manchon.

Pour faire concurrence aux sentiments maladifs que
Swann avait pour Odette, Mme Cottard, meilleur théra-
peute que n'eût été son mari, avait greffé à côté d'eux
d'autres sentiments, normaux ceux-là, de gratitude, d'amitié des sentiments qui dans l'esprit de Swann rendraient
Odette plus humaine (plus semblable aux autres femmes,
parce que d'autres femmes aussi pouvaient les lui inspirer),
hâteraient sa transformation définitive en cette Odette

aimée d'affection paisible, qui l'avait ramené un soir après une fête chez le peintre boire un verre d'orangeade avec Forcheville et près de qui Swann avait entrevu qu'il pourrait vivre heureux.

Jadis ayant souvent pensé avec terreur qu'un jour il cesserait d'être épris d'Odette, il s'était promis d'être vigilant et, dès qu'il sentirait que son amour commencerait à le quitter, de s'accrocher à lui, de le retenir. Mais voici qu'à l'affaiblissement de son amour correspondait simultanément un affaiblissement du désir de rester amoureux. Car on ne peut pas changer, c'est-à-dire devenir une autre personne, tout en continuant à obéir aux sentiments de celle qu'on n'est plus. Parfois le nom aperçu dans un journal, d'un des hommes qu'il supposait avoir pu être les amants d'Odette, lui redonnait de la jalousie. Mais elle était bien légère et comme elle lui prouvait qu'il n'était pas encore complètement sorti de ce temps où il avait tant souffert — mais aussi où il avait connu une manière de sentir si voluptueuse — et que les hasards de la route lui permettraient peut-être d'en apercevoir encore furtivement et de loin les beautés, cette jalousie lui procurait plutôt une excitation agréable comme au morne Parisien qui quitte Venise pour retrouver la France, un dernier moustique prouve que l'Italie et l'été ne sont pas encore bien loin. Mais le plus souvent le temps si particulier de sa vie d'où il sortait, quand il faisait effort sinon pour y rester du moins, pour en avoir une vision claire pendant qu'il le pouvait encore, il s'apercevait qu'il ne le pouvait déjà plus ; il aurait voulu apercevoir comme un paysage qui allait disparaître cet amour qu'il venait de quitter ; mais il est si difficile d'être double et de se donner le spectacle véridique d'un sentiment qu'on a cessé de posséder, que bientôt, l'obscurité se faisant dans son cerveau, il ne voyait plus rien, renonçait à regarder, retirait son lorgnon, en essuyait les verres ; et il se disait qu'il valait mieux se reposer un peu, qu'il serait encore temps tout à l'heure, et se rencognait avec l'incuriosité, dans l'engourdissement du voyageur ensommeillé qui rabat son chapeau sur ses yeux pour dormir dans le wagon qu'il sent l'entraîner de plus en plus vite, loin du pays où il a si longtemps vécu et qu'il s'était promis de ne pas laisser fuir sans lui donner un dernier adieu. Même, comme ce voyageur s'il se réveille seulement en France, quand Swann ramassa par

hasard près de lui la preuve que Forcheville avait été
l'amant d'Odette, il s'aperçut qu'il n'en ressentait aucune
douleur, que l'amour était loin maintenant, et regretta de
n'avoir pas été averti du moment où il le quittait pour
toujours. Et de même qu'avant d'embrasser Odette pour
la première fois il avait cherché à imprimer dans sa
mémoire le visage qu'elle avait eu si longtemps pour lui
et qu'allait transformer le souvenir de ce baiser, de même
il eût voulu, en pensée au moins, avoir pu faire ses adieux,
pendant qu'elle existait encore, à cette Odette lui inspirant
de l'amour, de la jalousie, à cette Odette lui causant des
souffrances et que maintenant il ne reverrait jamais. Il se
trompait. Il devait la revoir une fois encore, quelques
semaines plus tard. Ce fut en dormant, dans le crépuscule
d'un rêve[1]. Il se promenait avec Mme Verdurin, le docteur
Cottard, un jeune homme en fez qu'il ne pouvait identifier,
le peintre, Odette, Napoléon III et mon grand-père, sur
un chemin qui suivait la mer et la surplombait à pic tantôt
de très haut, tantôt de quelques mètres seulement, de sorte
qu'on montait et redescendait constamment ; ceux des
promeneurs qui redescendaient déjà n'étaient plus visibles
à ceux qui montaient encore, le peu de jour qui restât
faiblissait et il semblait alors qu'une nuit noire allait
s'étendre immédiatement. Par moments les vagues sautaient jusqu'au bord et Swann sentait sur sa joue des
éclaboussures glacées. Odette lui disait de les essuyer, il
ne pouvait pas et en était confus vis-à-vis d'elle, ainsi que
d'être en chemise de nuit. Il espérait qu'à cause de
l'obscurité on ne s'en rendait pas compte, mais cependant
Mme Verdurin le fixa d'un regard étonné durant un long
moment pendant lequel il vit sa figure se déformer, son
nez s'allonger et qu'elle avait de grandes moustaches. Il
se détourna pour regarder Odette, ses joues étaient pâles,
avec des petits points rouges, ses traits tirés, cernés, mais
elle le regardait avec des yeux pleins de tendresse prêts
à se détacher comme des larmes pour tomber sur lui et
il se sentait l'aimer tellement qu'il aurait voulu l'emmener
tout de suite. Tout d'un coup Odette tourna son poignet,
regarda une petite montre et dit : « Il faut que je m'en
aille », elle prenait congé de tout le monde, de la même
façon, sans prendre à part Swann, sans lui dire où elle le
reverrait le soir ou un autre jour. Il n'osa pas le lui
demander, il aurait voulu la suivre et était obligé, sans

se retourner vers elle, de répondre en souriant à une question de Mme Verdurin, mais son cœur battait horriblement, il éprouvait de la haine pour Odette, il aurait voulu crever ses yeux qu'il aimait tant tout à l'heure, écraser ses joues sans fraîcheur. Il continuait à monter avec Mme Verdurin, c'est-à-dire à s'éloigner à chaque pas d'Odette, qui descendait en sens inverse. Au bout d'une seconde, il y eut beaucoup d'heures qu'elle était partie. Le peintre fit remarquer à Swann que Napoléon III s'était éclipsé un instant après elle. « C'était certainement entendu entre eux, ajouta-t-il, ils ont dû se rejoindre en bas de la côte mais n'ont pas voulu dire adieu ensemble à cause des convenances. Elle est sa maîtresse. » Le jeune homme inconnu se mit à pleurer. Swann essaya de le consoler. « Après tout elle a raison », lui dit-il en lui essuyant les yeux et en lui ôtant son fez pour qu'il fût plus à son aise. « Je le lui ai conseillé dix fois. Pourquoi en être triste ? C'était bien l'homme qui pouvait la comprendre. » Ainsi Swann se parlait-il à lui-même, car le jeune homme qu'il n'avait pu identifier d'abord était aussi lui ; comme certains romanciers, il avait distribué sa personnalité à deux personnages, celui qui faisait le rêve, et un qu'il voyait devant lui coiffé d'un fez.

Quant à Napoléon III, c'est à Forcheville que quelque vague association d'idées, puis une certaine modification dans la physionomie habituelle du baron, enfin le grand cordon de la Légion d'honneur en sautoir, lui avaient fait donner ce nom ; mais en réalité, et pour tout ce que le personnage présent dans le rêve lui représentait et lui rappelait, c'était bien Forcheville. Car, d'images incomplètes et changeantes Swann endormi tirait des déductions fausses, ayant d'ailleurs momentanément un tel pouvoir créateur qu'il se reproduisait par simple division comme certains organismes inférieurs ; avec la chaleur sentie de sa propre paume il modelait le creux d'une main étrangère qu'il croyait serrer et, de sentiments et d'impressions dont il n'avait pas conscience encore, faisait naître comme des péripéties qui, par leur enchaînement logique, amèneraient à point nommé dans le sommeil de Swann le personnage nécessaire pour recevoir son amour ou provoquer son réveil. Une nuit noire se fit tout d'un coup, un tocsin sonna, des habitants passèrent en courant, se sauvant des maisons en flammes ; Swann entendait le bruit des vagues qui sautaient et son cœur qui, avec la même violence, battait d'anxiété dans sa poitrine. Tout d'un coup ses palpitations de cœur redoublèrent de vitesse, il éprouva une souffrance, une nausée inexplicable ; un drap couvert de brûlures lui jetait en passant : « Venez demander à Charlus où Odette est allée finir la soirée avec son camarade, il a été avec elle autrefois et elle lui dit tout. C'est eux qui ont mis le feu. » C'était son valet de chambre qui venait l'éveiller et lui disait :

« Monsieur, il est huit heures et le coiffeur est là, je lui ai dit de repasser dans une heure. »

Mais ces paroles, en pénétrant dans les ondes du sommeil où Swann était plongé, n'étaient arrivées jusqu'à sa conscience qu'en subissant cette déviation qui fait qu'au fond de l'eau un rayon paraît un soleil, de même qu'un moment auparavant le bruit de la sonnette, prenant au fond de ces abîmes une sonorité de tocsin, avait enfanté l'épisode de l'incendie. Cependant le décor qu'il avait sous les yeux vola en poussière, il ouvrit les yeux, entendit une dernière fois le bruit d'une des vagues de la mer qui s'éloignait. Il toucha sa joue. Elle était sèche. Et pourtant il se rappelait la sensation de l'eau froide et le goût du sel. Il se leva, s'habilla. Il avait fait venir le coiffeur de bonne heure parce qu'il avait écrit la veille à mon grand-père qu'il irait dans l'après-midi à Combray, ayant appris que Mme de Cambremer — Mlle Legrandin — devait y passer quelques jours. Associant dans son souvenir au charme de ce jeune visage celui d'une campagne où il n'était pas allé depuis si longtemps, ils lui offraient ensemble un attrait qui l'avait décidé à quitter enfin Paris pour quelques jours. Comme les différents hasards qui nous mettent en présence de certaines personnes ne coïncident pas avec le temps où nous les aimons, mais, le dépassant, peuvent se produire avant qu'il commence et se répéter après qu'il a fini, les premières apparitions que fait dans notre vie un être destiné plus tard à nous plaire, prennent rétrospectivement à nos yeux une valeur d'avertissement, de présage. C'est de cette façon que Swann s'était souvent reporté à l'image d'Odette rencontrée au théâtre, ce premier soir où il ne songeait pas à la revoir jamais — et qu'il se rappelait maintenant la soirée de Mme de Saint-Euverte où il avait présenté le général de Froberville à Mme de Cambremer. Les intérêts de notre vie sont si multiples qu'il n'est pas rare que dans une même circonstance les jalons d'un bonheur qui n'existe pas encore soient posés à côté de l'aggravation d'un chagrin dont nous souffrons. Et sans doute cela aurait pu arriver à Swann ailleurs que chez Mme de Saint-Euverte. Qui sait même, dans le cas où, ce soir-là, il se fût trouvé ailleurs, si d'autres bonheurs, d'autres chagrins ne lui seraient pas arrivés, et qui ensuite lui eussent paru avoir été inévitables ? Mais ce qui lui semblait l'avoir été, c'était ce qui avait eu lieu, et il n'était pas loin de voir quelque chose de providentiel dans ce fait qu'il se fût décidé à aller à la soirée de Mme de Saint-Euverte, parce que son esprit désireux d'admirer la richesse d'invention de la vie et incapable de se poser longtemps une question difficile, comme de savoir ce qui eût été le plus à souhaiter, considérait dans les souffrances qu'il avait éprouvées ce soir-là et les plaisirs encore insoupçonnés qui germaient déjà — et entre lesquels la balance était trop difficile à établir — une sorte d'enchaînement nécessaire.

Mais tandis que, une heure après son réveil, il donnait des indications au coiffeur pour que sa brosse ne se dérangeât pas en wagon, il repensa à son rêve, il revit, comme il les avait sentis tout près de lui, le teint pâle d'Odette, les joues trop maigres, les traits tirés, les yeux battus, tout ce que — au cours des tendresses successives qui avaient fait de son durable amour pour Odette un long oubli de l'image première qu'il avait reçue d'elle — il avait cessé de remarquer depuis les premiers temps de leur liaison dans lesquels sans doute, pendant qu'il dormait, sa mémoire en avait été chercher la sensation exacte. Et avec cette muflerie intermittente qui reparaissait chez lui dès qu'il n'était plus malheureux et que baissait du même coup le niveau de sa moralité, il s'écria en lui-même : « Dire que j'ai gâché des années de ma vie, que j'ai voulu mourir, que j'ai eu mon plus grand amour, pour une femme qui ne me plaisait pas, qui n'était pas mon genre ! »

NOMS DE PAYS : LE NOM

Parmi les chambres dont j'évoquais le plus souvent
l'image dans mes nuits d'insomnie, aucune ne ressemblait
moins aux chambres de Combray, saupoudrées d'une
atmosphère grenue, pollinisée, comestible et dévote, que
celle du Grand Hôtel de la Plage, à Balbec, dont les murs
passés au ripolin contenaient, comme les parois polies
d'une piscine où l'eau bleuit, un air pur, azuré et salin.
Le tapissier bavarois qui avait été chargé de l'aménagement
de cet hôtel avait varié la décoration des pièces et sur trois
côtés, fait courir le long des murs, dans celle que je me
trouvai habiter, des bibliothèques basses, à vitrines en
glace, dans lesquelles, selon la place qu'elles occupaient,
et par un effet qu'il n'avait pas prévu, telle ou telle partie
du tableau changeant de la mer se reflétait, déroulant une
frise de claires marines, qu'interrompaient seuls les pleins
de l'acajou. Si bien que toute la pièce avait l'air d'un de
ces dortoirs modèles qu'on présente dans les expositions
« modern style » du mobilier, où ils sont ornés d'œuvres
d'art qu'on a supposées capables de réjouir les yeux de
celui qui couchera là et auxquelles on a donné des sujets
en rapport avec le genre de site où l'habitation doit se
trouver.

Mais rien ne ressemblait moins non plus à ce Balbec
réel que celui dont j'avais souvent rêvé, les jours de
tempête, quand le vent était si fort que Françoise en me
menant aux Champs-Elysées me recommandait de ne pas
marcher trop près des murs pour ne pas recevoir de tuiles

sur la tête et parlait en gémissant des grands sinistres et
naufrages annoncés par les journaux. Je n'avais pas de plus
grand désir que de voir une tempête sur la mer, moins
comme un beau spectacle que comme un moment dévoilé
de la vie réelle de la nature ; ou plutôt il n'y avait pour
moi de beaux spectacles que ceux que je savais qui
n'étaient pas artificiellement combinés pour mon plaisir,
mais étaient nécessaires, inchangeables, — les beautés des
paysages ou du grand art. Je n'étais curieux, je n'étais avide
de connaître que ce que je croyais plus vrai que moi-même,
ce qui avait pour moi le prix de me montrer un peu de
la pensée d'un grand génie, ou de la force ou de la grâce
de la nature telle qu'elle se manifeste livrée à elle-même,
sans l'intervention des hommes. De même que le beau
son de sa voix, isolément reproduit par le phonographe,
ne nous consolerait pas d'avoir perdu notre mère, de
même une tempête mécaniquement imitée m'aurait laissé
aussi indifférent que les fontaines lumineuses de l'Exposition[1]. Je voulais aussi pour que la tempête fût absolument
vraie, que le rivage lui-même fût un rivage naturel, non
une digue récemment créée par une municipalité. D'ailleurs la nature par tous les sentiments qu'elle éveillait en
moi, me semblait ce qu'il y avait de plus opposé aux
productions mécaniques des hommes. Moins elle portait
leur empreinte et plus elle offrait d'espace à l'expansion
de mon cœur. Or j'avais retenu le nom de Balbec que
nous avait cité Legrandin, comme d'une plage toute proche
de « ces côtes funèbres, fameuses par tant de naufrages
qu'enveloppent six mois de l'année le linceul des brumes
et l'écume des vagues ».

« On y sent encore sous ses pas, disait-il, bien plus qu'au
Finistère lui-même (et quand bien même des hôtels s'y
superposeraient maintenant sans pouvoir y modifier la plus
antique ossature de la terre), on y sent la véritable fin de
la terre française, européenne, de la Terre antique. Et c'est
le dernier campement de pêcheurs, pareils à tous les
pêcheurs qui ont vécu depuis le commencement du
monde, en face du royaume éternel des brouillards de la
mer et des ombres[2]. » Un jour qu'à Combray j'avais parlé
de cette plage de Balbec devant M. Swann afin d'apprendre de lui si c'était le point le mieux choisi pour voir les
plus fortes tempêtes, il m'avait répondu : « Je crois bien
que je connais Balbec ! L'église de Balbec, du XIIe et

XIIIe siècle, encore à moitié romane, est peut-être le plus curieux échantillon du gothique normand, et si singulière, on dirait de l'art persan[1]. » Et ces lieux qui jusque-là ne m'avaient semblé être que de la nature immémoriale, restée contemporaine des grands phénomènes géologiques — et tout aussi en dehors de l'histoire humaine que l'Océan ou la Grande Ourse, avec ces sauvages pêcheurs pour qui, pas plus que pour les baleines, il n'y eut de Moyen Âge — ç'avait été un grand charme pour moi de les voir tout d'un coup entrés dans la série des siècles, ayant connu l'époque romane, et de savoir que le trèfle gothique était venu nervurer aussi ces rochers sauvages à l'heure voulue, comme ces plantes frêles mais vivaces qui, quand c'est le printemps, étoilent çà et là la neige des pôles. Et si le gothique apportait à ces lieux et à ces hommes une détermination qui leur manquait, eux aussi lui en conféraient une en retour. J'essayais de me représenter comment ces pêcheurs avaient vécu, le timide et insoupçonné essai de rapports sociaux qu'ils avaient tenté là, pendant le Moyen Âge, ramassés sur un point des côtes d'Enfer, aux pieds des falaises de la mort ; et le gothique me semblait plus vivant maintenant que séparé des villes où je l'avais toujours imaginé jusque-là, je pouvais voir comment, dans un cas particulier, sur des rochers sauvages, il avait germé et fleuri en un fin clocher. On me mena voir des reproductions des plus célèbres statues de Balbec — les apôtres moutonnants et camus, la Vierge du porche, et de joie ma respiration s'arrêtait dans ma poitrine quand je pensais que je pourrais les voir se modeler en relief sur le brouillard éternel et salé. Alors, par les soirs orageux et doux de février, le vent — soufflant dans mon cœur, qu'il ne faisait pas trembler moins fort que la cheminée de ma chambre, le projet d'un voyage à Balbec — mêlait en moi le désir de l'architecture gothique avec celui d'une tempête sur la mer.

J'aurais voulu prendre dès le lendemain le beau train généreux d'une heure vingt-deux dont je ne pouvais jamais sans que mon cœur palpitât lire, dans les réclames des Compagnies de chemin de fer, dans les annonces de voyages circulaires, l'heure de départ : elle me semblait inciser à un point précis de l'après-midi une savoureuse entaille, une marque mystérieuse à partir de laquelle les heures déviées conduisaient bien encore au soir, au matin

du lendemain, mais qu'on verrait, au lieu de Paris, dans
l'une de ces villes par où le train passe et entre lesquelles
il nous permettait de choisir ; car il s'arrêtait à Bayeux,
à Coutances, à Vitré, à Questambert, à Pontorson, à
Balbec, à Lannion, à Lamballe, à Benodet, à Pont-Aven,
à Quimperlé[1], et s'avançait magnifiquement surchargé de
noms qu'il m'offrait et entre lesquels je ne savais lequel
j'aurais préféré, par impossibilité d'en sacrifier aucun. Mais
sans même l'attendre, j'aurais pu en m'habillant à la hâte
partir le soir même, si mes parents me l'avaient permis,
et arriver à Balbec quand le petit jour se lèverait sur la
mer furieuse, contre les écumes envolées de laquelle j'irais
me réfugier dans l'église de style persan. Mais à l'approche
des vacances de Pâques, quand mes parents m'eurent
promis de me les faire passer une fois dans le nord de
l'Italie, voilà qu'à ces rêves de tempête dont j'avais été
rempli tout entier, ne souhaitant voir que des vagues
accourant de partout, toujours plus haut, sur la côte la plus
sauvage, près d'églises escarpées et rugueuses comme des
falaises et dans les tours desquelles crieraient les oiseaux
de mer, voilà que tout à coup les effaçant, leur ôtant tout
charme, les excluant parce qu'ils lui étaient opposés et
n'auraient pu que l'affaiblir, se substituait en moi le rêve
contraire du printemps le plus diapré, non pas le printemps
de Combray qui piquait encore aigrement avec toutes les
aiguilles du givre, mais celui qui couvrait déjà de lys et
d'anémones les champs de Fiesole et éblouissait Florence
de fonds d'or pareils à ceux de l'Angelico[2]. Dès lors, seuls
les rayons, les parfums, les couleurs me semblaient avoir
du prix ; car l'alternance des images avait amené en moi
un changement de front du désir, et — aussi brusque que
ceux qu'il y a parfois en musique, un complet changement
de ton dans ma sensibilité. Puis il arriva qu'une simple
variation atmosphérique suffît à provoquer en moi cette
modulation sans qu'il y eût besoin d'attendre le retour
d'une saison. Car souvent dans l'une on trouve égaré un
jour d'une autre qui nous y fait vivre, en évoque aussitôt,
en fait désirer les plaisirs particuliers et interrompt les rêves
que nous étions en train de faire, en plaçant, plus tôt ou
plus tard qu'à son tour, ce feuillet détaché d'un autre
chapitre, dans le calendrier interpolé du Bonheur. Mais
bientôt comme ces phénomènes naturels dont notre
confort ou notre santé ne peuvent tirer qu'un bénéfice

accidentel et assez mince jusqu'au jour où la science
s'empare d'eux, et les produisant à volonté, remet en nos
mains la possibilité de leur apparition, soustraite à la tutelle
et dispensée de l'agrément du hasard, de même la
production de ces rêves d'Atlantique et d'Italie cessa d'être
soumise uniquement aux changements des saisons et du
temps. Je n'eus besoin pour les faire renaître que de
prononcer ces noms : Balbec, Venise, Florence, dans
l'intérieur desquels avait fini par s'accumuler le désir que
m'avaient inspiré les lieux qu'ils désignaient. Même au
printemps, trouver dans un livre le nom de Balbec suffisait
à réveiller en moi le désir des tempêtes et du gothique
normand ; même par un jour de tempête le nom de
Florence ou de Venise me donnait le désir du soleil, des
lys, du palais des Doges et de Sainte-Marie-des-Fleurs[1].

Mais si ces noms absorbèrent à tout jamais l'image que
j'avais de ces villes, ce ne fut qu'en la transformant, qu'en
soumettant sa réapparition en moi à leurs lois propres ;
ils eurent ainsi pour conséquence de la rendre plus belle,
mais aussi plus différente de ce que les villes de Normandie
ou de Toscane pouvaient être en réalité, et, en accroissant
les joies arbitraires de mon imagination, d'aggraver la
déception future de mes voyages. Ils exaltèrent l'idée que
je me faisais de certains lieux de la terre, en les faisant
plus particuliers, par conséquent plus réels. Je ne me
représentais pas alors les villes, les paysages, les monuments, comme des tableaux plus ou moins agréables,
découpés çà et là dans une même matière, mais chacun
d'eux comme un inconnu, essentiellement différent des
autres, dont mon âme avait soif et qu'elle aurait profit à
connaître. Combien ils prirent quelque chose de plus
individuel encore, d'être désignés par des noms, des noms
qui n'étaient que pour eux, des noms comme en ont les
personnes. Les mots nous présentent des choses une petite
image claire et usuelle comme celles que l'on suspend aux
murs des écoles pour donner aux enfants l'exemple de ce
qu'est un établi, un oiseau, une fourmilière, choses conçues
comme pareilles à toutes celles de même sorte. Mais les
noms présentent des personnes — et des villes qu'ils nous
habituent à croire individuelles, uniques comme des
personnes — une image confuse qui tire d'eux, de leur
sonorité éclatante ou sombre, la couleur dont elle est
peinte uniformément comme une de ces affiches, entière-

ment bleues ou entièrement rouges, dans lesquelles, à cause des limites du procédé employé ou par un caprice du décorateur, sont bleus ou rouges, non seulement le ciel et la mer, mais les barques, l'église, les passants. Le nom de Parme, une des villes où je désirais le plus aller, depuis que j'avais lu *La Chartreuse*, m'apparaissant compact, lisse, mauve et doux, si on me parlait d'une maison quelconque de Parme dans laquelle je serais reçu, on me causait le plaisir de penser que j'habiterais une demeure lisse, compacte, mauve et douce, qui n'avait de rapport avec les demeures d'aucune ville d'Italie puisque je l'imaginais seulement à l'aide de cette syllabe lourde du nom de Parme, où ne circule aucun air, et de tout ce que je lui avais fait absorber de douceur stendhalienne et du reflet des violettes. Et quand je pensais à Florence, c'était comme à une ville miraculeusement embaumée et semblable à une corolle, parce qu'elle s'appelait la cité des lys et sa cathédrale, Sainte-Marie-des-Fleurs. Quant à Balbec, c'était un de ces noms où comme sur une vieille poterie normande qui garde la couleur de la terre d'où elle fut tirée, on voit se peindre encore la représentation de quelque usage aboli, de quelque droit féodal, d'un état ancien de lieux, d'une manière désuète de prononcer qui en avait formé les syllabes hétéroclites et que je ne doutais pas de retrouver jusque chez l'aubergiste qui me servirait du café au lait à mon arrivée, me menant voir la mer déchaînée devant l'église et auquel je prêtais l'aspect disputeur, solennel et médiéval d'un personnage de fabliau.

Si ma santé s'affermissait et que mes parents me permissent, sinon d'aller séjourner à Balbec, du moins de prendre une fois, pour faire connaissance avec l'architecture et les paysages de la Normandie ou de la Bretagne, ce train d'une heure vingt-deux dans lequel j'étais monté tant de fois en imagination, j'aurais voulu m'arrêter de préférence dans les villes les plus belles ; mais j'avais beau les comparer, comment choisir plus qu'entre des êtres individuels, qui ne sont pas interchangeables, entre Bayeux si haute dans sa noble dentelle rougeâtre et dont le faîte était illuminé par le vieil or de sa dernière syllabe ; Vitré dont l'accent aigu losangeait de bois noir le vitrage ancien ; le doux Lamballe qui, dans son blanc, va du jaune coquille d'œuf au gris perle ; Coutances, cathédrale normande, que

sa diphtongue finale, grasse et jaunissante couronne par
une tour de beurre ; Lannion avec le bruit, dans son silence
villageois, du coche suivi de la mouche ; Questambert,
Pontorson, risibles et naïfs, plumes blanches et becs jaunes
éparpillés sur la route de ces lieux fluviatiles et poétiques ;
Benodet, nom à peine amarré que semble vouloir
entraîner la rivière au milieu de ses algues, Pont-Aven,
envolée blanche et rose de l'aile d'une coiffe légère qui
se reflète en tremblant dans une eau verdie de canal ;
Quimperlé, lui, mieux attaché et depuis le Moyen Âge,
entre les ruisseaux dont il gazouille et s'emperle en une
grisaille pareille à celle que dessinent, à travers les toiles
d'araignées d'une verrière, les rayons de soleil changés
en pointes émoussées d'argent bruni[1] ?

Ces images étaient fausses pour une autre raison encore ;
c'est qu'elles étaient forcément très simplifiées ; sans doute
ce à quoi aspirait mon imagination et que mes sens ne
percevaient qu'incomplètement et sans plaisir dans le
présent, je l'avais enfermé dans le refuge des noms ; sans
doute, parce que j'y avais accumulé du rêve, ils aimantaient
maintenant mes désirs ; mais les noms ne sont pas très
vastes ; c'est tout au plus si je pouvais y faire entrer deux
ou trois des « curiosités » principales de la ville et elles
s'y juxtaposaient sans intermédiaires ; dans le nom de
Balbec, comme dans le verre grossissant de ces porte-
plume qu'on achète aux bains de mer, j'apercevais des
vagues soulevées autour d'une église de style persan.
Peut-être même la simplification de ces images fut-elle une
des causes de l'empire qu'elles prirent sur moi. Quand
mon père eut décidé, une année, que nous irions passer
les vacances de Pâques à Florence et à Venise, n'ayant pas
la place de faire entrer dans le nom de Florence les
éléments qui composent d'habitude les villes, je fus
contraint à faire sortir une cité surnaturelle de la
fécondation, par certains parfums printaniers, de ce que
je croyais être, en son essence, le génie de Giotto. Tout
au plus — et parce qu'on ne peut pas faire tenir dans un
nom beaucoup plus de durée que d'espace — comme
certains tableaux de Giotto eux-mêmes qui montrent à
deux moments différents de l'action un même personnage,
ici couché dans son lit, là s'apprêtant à monter à cheval,
le nom de Florence était-il divisé en deux compartiments[2].
Dans l'un, sous un dais architectural, je contemplais une

fresque à laquelle était partiellement superposé un rideau de soleil matinal, poudreux, oblique et progressif ; dans l'autre (car ne pensant pas aux noms comme à un idéal inaccessible mais comme à une ambiance réelle dans laquelle j'irais me plonger, la vie non vécue encore, la vie intacte et pure que j'y enfermais donnait aux plaisirs les plus matériels, aux scènes les plus simples, cet attrait qu'ils ont dans les œuvres des primitifs) je traversais rapidement — pour trouver plus vite le déjeuner qui m'attendait avec des fruits et du vin de Chianti — le Ponte Vecchio encombré de jonquilles, de narcisses et d'ané-mones. Voilà (bien que je fusse à Paris) ce que je voyais et non ce qui était autour de moi. Même à un simple point de vue réaliste, les pays que nous désirons tiennent à chaque moment beaucoup plus de place dans notre vie véritable, que le pays où nous nous trouvons effectivement. Sans doute si alors j'avais fait moi-même plus attention à ce qu'il y avait dans ma pensée quand je prononçais les mots « aller à Florence, à Parme, à Pise, à Venise », je me serais rendu compte que ce que je voyais n'était nullement une ville, mais quelque chose d'aussi différent de tout ce que je connaissais, d'aussi délicieux, que pourrait être pour une humanité dont la vie se serait toujours écoulée dans des fins d'après-midi d'hiver, cette merveille inconnue : une matinée de printemps. Ces images irréelles, fixes, toujours pareilles, remplissant mes nuits et mes jours, différencièrent cette époque de ma vie de celles qui l'avaient précédée (et qui auraient pu se confondre avec elle aux yeux d'un observateur qui ne voit les choses que du dehors, c'est-à-dire qui ne voit rien), comme dans un opéra un motif mélodique introduit une nouveauté qu'on ne pourrait pas soupçonner si on ne faisait que lire le livret, moins encore si on restait en dehors du théâtre à compter seulement les quarts d'heure qui s'écoulent. Et encore, même à ce point de vue de simple quantité, dans notre vie les jours ne sont pas égaux. Pour parcourir les jours, les natures un peu nerveuses, comme était la mienne, disposent, comme les voitures auto-mobiles, de « vitesses » différentes. Il y a des jours montueux et malaisés qu'on met un temps infini à gravir et des jours en pente qui se laissent descendre à fond de train en chantant. Pendant ce mois — où je ressassai comme une mélodie, sans pouvoir m'en rassasier, ces

images de Florence, de Venise et de Pise desquelles le
désir qu'elles excitaient en moi gardait quelque chose
d'aussi profondément individuel que si ç'avait été un
amour, un amour pour une personne — je ne cessai pas
de croire qu'elles correspondaient à une réalité indépendante de moi, et elles me firent connaître une aussi belle
espérance que pouvait en nourrir un chrétien des premiers
âges à la veille d'entrer dans le paradis. Aussi sans que
je me souciasse de la contradiction qu'il y avait à vouloir
regarder et toucher avec les organes des sens, ce qui avait
été élaboré par la rêverie et non perçu par eux — et
d'autant plus tentant pour eux, plus différent de ce qu'ils
connaissaient — c'est ce qui me rappelait la réalité de ces
images, qui enflammait le plus mon désir, parce que c'était
comme une promesse qu'il serait contenté. Et, bien que
mon exaltation eût pour motif un désir de jouissances
artistiques, les guides l'entretenaient encore plus que les
livres d'esthétique et, plus que les guides, l'indicateur des
chemins de fer. Ce qui m'émouvait c'était de penser que
cette Florence que je voyais proche mais inaccessible dans
mon imagination, si le trajet qui la séparait de moi, en
moi-même, n'était pas viable, je pourrais l'atteindre par
un biais, par un détour, en prenant la « voie de terre ».
Certes quand je me répétais, donnant ainsi tant de valeur
à ce que j'allais voir, que Venise était « l'école de
Giorgione, la demeure du Titien, le plus complet musée
de l'architecture domestique au Moyen Âge[1] », je me
sentais heureux. Je l'étais pourtant davantage quand, sorti
pour une course, marchant vite à cause du temps qui, après
quelques jours de printemps précoce était redevenu un
temps d'hiver (comme celui que nous trouvions d'habitude
à Combray, la Semaine Sainte) — voyant sur les boulevards
les marronniers qui, plongés dans un air glacial et liquide
comme de l'eau, n'en commençaient pas moins, invités
exacts, déjà en tenue, et qui ne se sont pas laissé
décourager, à arrondir et à ciseler en leurs blocs congelés,
l'irrésistible verdure dont la puissance abortive du froid
contrariait mais ne parvenait pas à refréner la progressive
poussée — je pensais que déjà le Ponte Vecchio était
jonché à foison de jacinthes et d'anémones et que le soleil
du printemps teignait déjà les flots du Grand Canal d'un
si sombre azur et de si nobles émeraudes qu'en venant
se briser aux pieds des peintures du Titien, ils pouvaient

rivaliser de riche coloris avec elles. Je ne pus plus contenir
ma joie quand mon père, tout en consultant le baromètre
et en déplorant le froid, commença à chercher quels
seraient les meilleurs trains, et quand je compris qu'en
pénétrant après le déjeuner dans le laboratoire charbon-
neux, dans la chambre magique qui se chargeait d'opérer
la transmutation tout autour d'elle, on pouvait s'éveiller
le lendemain dans la cité de marbre et d'or « rehaussée
de jaspe et pavée d'émeraudes[1] ». Ainsi elle et la Cité des
lys n'étaient pas seulement des tableaux fictifs qu'on
mettait à volonté devant son imagination, mais existaient
à une certaine distance de Paris qu'il fallait absolument
franchir si l'on voulait les voir, à une certaine place
déterminée de la terre, et à aucune autre, en un mot étaient
bien réelles. Elles le devinrent encore plus pour moi,
quand mon père en disant : « En somme, vous pourriez
rester à Venise du 20 avril au 29 et arriver à Florence dès
le matin de Pâques », les fit sortir toutes deux non plus
seulement de l'Espace abstrait, mais de ce Temps
imaginaire où nous situons non pas un seul voyage à la
fois, mais d'autres, simultanés et sans trop d'émotion
puisqu'ils ne sont que possibles — ce Temps qui se
refabrique si bien qu'on peut encore le passer dans une
ville après qu'on l'a passé dans une autre — et leur
consacra de ces jours particuliers qui sont le certificat
d'authenticité des objets auxquels on les emploie, car ces
jours uniques, ils se consument par l'usage, ils ne
reviennent pas, on ne peut plus les vivre ici quand on les
a vécus là ; je sentis que c'était vers la semaine qui
commençait le lundi où la blanchisseuse devait rapporter
le gilet blanc que j'avais couvert d'encre, que se dirigeaient
pour s'y absorber au sortir du temps idéal où elles
n'existaient pas encore, les deux Cités Reines dont j'allais
avoir, par la plus émouvante des géométries, à inscrire les
dômes et les tours dans le plan de ma propre vie. Mais
je n'étais encore qu'en chemin vers le dernier degré de
l'allégresse ; je l'atteignis enfin (ayant seulement alors la
révélation que sur les rues clapotantes, rougies du reflet
des fresques de Giorgione[2], ce n'était pas, comme j'avais,
malgré tant d'avertissements, continué à l'imaginer, les
hommes « majestueux et terribles comme la mer, portant
leur armure aux reflets de bronze sous les plis de leur
manteau sanglant[3] » qui se promèneraient dans Venise la

semaine prochaine, la veille de Pâques, mais que ce pourrait être moi le personnage minuscule que, dans une grande photographie de Saint-Marc qu'on m'avait prêtée, l'illustrateur avait représenté, en chapeau melon, devant les porches), quand j'entendis mon père me dire : « Il doit faire encore froid sur le Grand Canal, tu ferais bien de mettre à tout hasard dans ta malle ton pardessus d'hiver et ton gros veston. » À ces mots je m'élevai à une sorte d'extase ; ce que j'avais cru jusque-là impossible, je me sentis vraiment pénétrer entre ces « rochers d'améthyste pareils à un récif de la mer des Indes[1] » ; par une gymnastique suprême et au-dessus de mes forces, me dévêtant comme d'une carapace sans objet de l'air de ma chambre qui m'entourait, je le remplaçai par des parties égales d'air vénitien, cette atmosphère marine, indicible et particulière comme celle des rêves, que mon imagination avait enfermée dans le nom de Venise, je sentis s'opérer en moi une miraculeuse désincarnation ; elle se doubla aussitôt de la vague envie de vomir qu'on éprouve quand on vient de prendre un gros mal de gorge, et on dut me mettre au lit avec une fièvre si tenace, que le docteur déclara qu'il fallait renoncer non seulement à me laisser partir maintenant à Florence et à Venise mais, même quand je serais entièrement rétabli, m'éviter d'ici au moins un an, tout projet de voyage et toute cause d'agitation.

Et hélas, il défendit aussi d'une façon absolue qu'on me laissât aller au théâtre entendre la Berma ; l'artiste sublime, à laquelle Bergotte trouvait du génie, m'aurait en me faisant connaître quelque chose qui était peut-être aussi important et aussi beau, consolé de n'avoir pas été à Florence et à Venise, de n'aller pas à Balbec. On devait se contenter de m'envoyer chaque jour aux Champs-Élysées, sous la surveillance d'une personne qui m'empêcherait de me fatiguer et qui fut Françoise, entrée à notre service après la mort de ma tante Léonie. Aller aux Champs-Élysées me fut insupportable. Si seulement Bergotte les eût décrits dans un de ses livres, sans doute j'aurais désiré de les connaître, comme toutes les choses dont on avait commencé par mettre le « double » dans mon imagination. Elle les réchauffait, les faisait vivre, leur donnait une personnalité, et je voulais les retrouver dans la réalité ; mais dans ce jardin public rien ne se rattachait à mes rêves.

Un jour, comme je m'ennuyais à notre place familière, à côté des chevaux de bois, Françoise m'avait emmené en excursion — au-delà de la frontière que gardent à intervalles égaux les petits bastions des marchandes de sucre d'orge — dans ces régions voisines mais étrangères où les visages sont inconnus, où passe la voiture aux chèvres ; puis elle était revenue prendre ses affaires sur sa chaise adossée à un massif de lauriers ; en l'attendant je foulais la grande pelouse chétive et rase, jaunie par le soleil, au bout de laquelle le bassin est dominé par une statue quand, de l'allée, s'adressant à une fillette à cheveux roux qui jouait au volant devant la vasque, une autre, en train de mettre son manteau et de serrer sa raquette, lui cria, d'une voix brève : « Adieu, Gilberte, je rentre, n'oublie pas que nous venons ce soir chez toi après dîner. » Ce nom de Gilberte passa près de moi[1], évoquant d'autant plus l'existence de celle qu'il désignait qu'il ne la nommait pas seulement comme un absent dont on parle, mais l'interpellait ; il passa ainsi près de moi, en action pour ainsi dire, avec une puissance qu'accroissait la courbe de son jet et l'approche de son but ; — transportant à son bord, je le sentais, la connaissance, les notions qu'avait de celle à qui il était adressé, non pas moi, mais l'amie qui l'appelait, tout ce que, tandis qu'elle le prononçait, elle revoyait ou du moins, possédait en sa mémoire, de leur intimité quotidienne, des visites qu'elles se faisaient l'une chez l'autre, de tout cet inconnu encore plus inaccessible et plus douloureux pour moi d'être au contraire si familier et si maniable pour cette fille heureuse qui m'en frôlait sans que j'y puisse pénétrer et le jetait en plein air dans un cri ; — laissant déjà flotter dans l'air l'émanation délicieuse qu'il avait fait se dégager, en les touchant ave précision, de quelques points invisibles de la vie de Mlle Swann, du soir qui allait venir, tel qu'il serait, après dîner, chez elle, — formant, passager céleste au milieu des enfants et des bonnes, un petit nuage d'une couleur précieuse, pareil à celui qui, bombé au-dessus d'un beau jardin du Poussin, reflète minutieusement comme un nuage d'opéra, plein de chevaux et de chars, quelque apparition de la vie des dieux[2] ; — jetant enfin, sur cette herbe pelée, à l'endroit où elle était, un morceau à la fois de pelouse flétrie et un moment de l'après-midi de la blonde joueuse de volant (qui ne s'arrêta de le lancer et de le rattraper que quand une institutrice à plumet bleu l'eut appelée), une petite bande merveilleuse et couleur d'héliotrope impalpable comme un reflet et superposée comme un tapis sur lequel je ne pus me lasser de promener mes pas attardés, nostalgiques et profanateurs, tandis que Françoise me criait : « Allons, aboutonnez voir votre paletot et filons » et que je remarquais pour la première fois avec irritation qu'elle avait un langage vulgaire, et hélas, pas de plumet bleu à son chapeau.

Retournerait-elle seulement aux Champs-Élysées ? Le lendemain elle n'y était pas ; mais je l'y vis les jours suivants ; je tournais tout le temps autour de l'endroit où elle jouait avec ses amies, si bien qu'une fois où elles ne se trouvèrent pas en nombre pour leur partie de barres, elle me fit demander si je voulais compléter leur camp, et je jouai désormais avec elle chaque fois qu'elle était là. Mais ce n'était pas tous les jours ; il y en avait où elle était empêchée de venir par ses cours, le catéchisme, un goûter, toute cette vie séparée de la mienne que par deux fois, condensée dans le nom de Gilberte, j'avais sentie passer si douloureusement près de moi, dans le raidillon de Combray et sur la pelouse des Champs-Élysées. Ces jours-là, elle annonçait d'avance qu'on ne la verrait pas ; si c'était à cause de ses études, elle disait : « C'est rasant, je ne pourrai pas venir demain ; vous allez tous vous amuser sans moi », d'un air chagrin qui me consolait un peu ; mais en revanche quand elle était invitée à une matinée, et que, ne le sachant pas je lui demandais si elle viendrait jouer, elle me répondait : « J'espère bien que non ! J'espère bien que maman me laissera aller chez mon amie. » Du moins ces jours-là, je savais que je ne la verrais pas, tandis que d'autres fois, c'était à l'improviste que sa mère l'emmenait faire des courses avec elle, et le lendemain elle disait : « Ah ! oui, je suis sortie avec maman », comme une chose naturelle, et qui n'eût pas été pour quelqu'un le plus grand malheur possible. Il y avait aussi les jours de mauvais temps où son institutrice, qui pour elle-même craignait la pluie, ne voulait pas l'emmener aux Champs-Élysées.

Aussi si le ciel était douteux, dès le matin je ne cessais de l'interroger et je tenais compte de tous les présages. Si je voyais la dame d'en face qui, près de la fenêtre, mettait son chapeau, je me disais : « Cette dame va sortir ;

donc il fait un temps où l'on peut sortir : pourquoi Gilberte
ne ferait-elle pas comme cette dame ? » Mais le temps
s'assombrissait, ma mère disait qu'il pouvait se lever
encore, qu'il suffirait pour cela d'un rayon de soleil, mais
que plus probablement il pleuvrait ; et s'il pleuvait à quoi
bon aller aux Champs-Élysées ? Aussi depuis le déjeuner
mes regards anxieux ne quittaient plus le ciel incertain et
nuageux. Il restait sombre. Devant la fenêtre, le balcon
était gris. Tout d'un coup, sur sa pierre maussade je ne
voyais pas une couleur moins terne, mais je sentais comme
un effort vers une couleur moins terne, la pulsation d'un
rayon hésitant qui voudrait libérer sa lumière. Un instant
après, le balcon était pâle et réfléchissant comme une eau
matinale, et mille reflets de la ferronnerie de son treillage
étaient venus s'y poser. Un souffle de vent les dispersait,
la pierre s'était de nouveau assombrie, mais, comme
apprivoisés, ils revenaient ; elle recommençait imperceptiblement à blanchir et par un de ces crescendos continus
comme ceux qui, en musique, à la fin d'une Ouverture,
mènent une seule note jusqu'au fortissimo suprême en la
faisant passer rapidement par tous les degrés intermédiaires, je la voyais atteindre à cet or inaltérable et fixe
des beaux jours, sur lequel l'ombre découpée de l'appui
ouvragé de la balustrade se détachait en noir comme une
végétation capricieuse, avec une ténuité dans la délinéation
des moindres détails qui semblait trahir une conscience
appliquée, une satisfaction d'artiste, et avec un tel relief,
un tel velours dans le repos de ses masses sombres et
heureuses qu'en vérité ces reflets larges et feuillus qui
reposaient sur ce lac de soleil semblaient savoir qu'ils
étaient des gages de calme et de bonheur.

Lierre instantané, flore pariétaire et fugitive ! la plus
incolore, la plus triste, au gré de beaucoup, de celles qui
peuvent ramper sur le mur ou décorer la croisée ; pour
moi, de toutes la plus chère depuis le jour où elle était
apparue sur notre balcon, comme l'ombre même de la
présence de Gilberte qui était peut-être déjà aux Champs-
Élysées, et dès que j'y arriverais, me dirait : « Commençons
tout de suite à jouer aux barres, vous êtes dans mon
camp » ; fragile, emportée par un souffle, mais aussi en
rapport non pas avec la saison, mais avec l'heure ; promesse
du bonheur immédiat que la journée refuse ou accomplira,
et par là du bonheur immédiat par excellence, le bonheur

de l'amour ; plus douce, plus chaude sur la pierre que n'est la mousse même ; vivace, à qui il suffit d'un rayon pour naître et faire éclore de la joie, même au cœur de l'hiver.

Et jusque dans ces jours où toute autre végétation a disparu, où le beau cuir vert qui enveloppe le tronc des vieux arbres est caché sous la neige, quand celle-ci cessait de tomber, mais que le temps restait trop couvert pour espérer que Gilberte sortît, alors tout d'un coup, faisant dire à ma mère : « Tiens voilà justement qu'il fait beau, vous pourriez peut-être essayer tout de même d'aller aux Champs-Élysées », sur le manteau de neige qui couvrait le balcon, le soleil apparu entrelaçait des fils d'or et brodait des reflets noirs. Ce jour-là nous ne trouvions personne ou une seule fillette prête à partir qui m'assurait que Gilberte ne viendrait pas. Les chaises désertées par l'assemblée imposante mais frileuse des institutrices étaient vides. Seule, près de la pelouse, était assise une dame d'un certain âge qui venait par tous les temps, toujours harnachée d'une toilette identique, magnifique et sombre, et pour faire la connaissance de laquelle j'aurais à cette époque sacrifié, si l'échange m'avait été permis, tous les plus grands avantages futurs de ma vie. Car Gilberte allait tous les jours la saluer ; elle demandait à Gilberte des nouvelles de « son amour de mère » ; et il me semblait que si je l'avais connue, j'aurais été pour Gilberte quelqu'un de tout autre, quelqu'un qui connaissait les relations de ses parents. Pendant que ses petits-enfants jouaient plus loin, elle lisait toujours les *Débats*[1] qu'elle appelait « mes vieux Débats » et, par genre aristocratique, disait en parlant du sergent de ville ou de la loueuse de chaise : « Mon vieil ami le sergent de ville », « la loueuse de chaises et moi qui sommes de vieux amis ».

Françoise avait trop froid pour rester immobile, nous allâmes jusqu'au pont de la Concorde voir la Seine prise, dont chacun et même les enfants s'approchaient sans peur comme d'une immense baleine échouée, sans défense, et qu'on allait dépecer. Nous revenions aux Champs-Élysées ; je languissais de douleur entre les chevaux de bois immobiles et la pelouse blanche prise dans le réseau noir des allées dont on avait enlevé la neige et sur laquelle la statue avait à la main un jet de glace ajouté qui semblait l'explication de son geste. La vieille dame elle-même ayant plié ses *Débats*, demanda l'heure à une bonne d'enfants qui passait et qu'elle remercia en lui disant : « Comme vous êtes aimable ! » puis, priant le cantonnier de dire à ses petits-enfants de revenir, qu'elle avait froid, ajouta : « Vous serez mille fois bon. Vous savez que je suis confuse ! » Tout à coup l'air se déchira : entre le guignol et le cirque, à l'horizon embelli, sur le ciel entrouvert, je venais d'apercevoir, comme un signe fabuleux, le plumet bleu de Mademoiselle. Et déjà Gilberte courait à toute vitesse dans ma direction, étincelante et rouge sous un bonnet carré de fourrure, animée par le froid, le retard et le désir du jeu ; un peu avant d'arriver à moi, elle se laissa glisser sur la glace et, soit pour mieux garder son équilibre, soit parce qu'elle trouvait cela plus gracieux, ou par affectation du maintien d'une patineuse, c'est les bras grands ouverts qu'elle avançait en souriant, comme si elle avait voulu m'y recevoir[1]. « Brava ! Brava ! ça c'est très bien, je dirais comme vous que c'est chic, que c'est crâne, si je n'étais pas d'un autre temps, du temps de l'Ancien Régime », s'écria la vieille dame prenant la parole au nom des Champs-Élysées silencieux pour remercier Gilberte d'être venue sans se laisser intimider par le temps. « Vous êtes comme moi, fidèle quand même à nos vieux Champs-Élysées ; nous sommes deux intrépides. Si je vous disais que je les aime, même ainsi. Cette neige, vous allez rire de moi, ça me fait penser à de l'hermine ! » Et la vieille dame se mit à rire.

Le premier de ces jours — auxquels la neige, image des puissances qui pouvaient me priver de voir Gilberte, donnait la tristesse d'un jour de séparation et jusqu'à l'aspect d'un jour de départ parce qu'il changeait la figure et empêchait presque l'usage du lieu habituel de nos seules entrevues maintenant changé, tout enveloppé de housses — ce jour fit pourtant faire un progrès à mon amour, car il fut comme un premier chagrin qu'elle eût partagé avec moi. Il n'y avait que nous deux de notre bande, et être ainsi le seul qui fût avec elle, c'était non seulement comme un commencement d'intimité, mais aussi de sa part — comme si elle ne fût venue rien que pour moi, par un temps pareil — cela me semblait aussi touchant que si un de ces jours où elle était invitée à une matinée elle y avait renoncé pour venir me retrouver aux Champs-Élysées ; je prenais plus de confiance en la vitalité et en l'avenir de notre amitié qui restait vivace au milieu de l'engourdisse-

ment, de la solitude et de la ruine des choses environ-
nantes ; et tandis qu'elle me mettait des boules de neige
dans le cou, je souriais avec attendrissement à ce qui me
semblait à la fois une prédilection qu'elle me marquait en
me tolérant comme compagnon de voyage dans ce pays
hivernal et nouveau, et une sorte de fidélité qu'elle me
gardait au milieu du malheur. Bientôt l'une après l'autre,
comme des moineaux hésitants, ses amies arrivèrent toutes
noires sur la neige. Nous commençâmes à jouer et comme
ce jour si tristement commencé devait finir dans la joie,
comme je m'approchais, avant de jouer aux barres, de
l'amie à la voix brève que j'avais entendue le premier jour
crier le nom de Gilberte, elle me dit : « Non, non, on
sait bien que vous aimez mieux être dans le camp de
Gilberte, d'ailleurs vous voyez elle vous fait signe. » Elle
m'appelait en effet pour que je vinsse sur la pelouse de
neige, dans son camp, dont le soleil en lui donnant les
reflets roses, l'usure métallique des brocarts anciens, faisait
un camp du drap d'or.

Ce jour que j'avais tant redouté fut au contraire un des
seuls où je ne fus pas trop malheureux.

Car, moi qui ne pensais plus qu'à ne jamais rester un
jour sans voir Gilberte (au point qu'une fois ma
grand-mère n'étant pas rentrée pour l'heure du dîner, je
ne pus m'empêcher de me dire tout de suite que si elle
avait été écrasée par une voiture, je ne pourrais pas aller
de quelque temps aux Champs-Elysées ; on n'aime plus
personne dès qu'on aime) pourtant ces moments où j'étais
auprès d'elle et que depuis la veille j'avais si impatiemment
attendus, pour lesquels j'avais tremblé, auxquels j'aurais
sacrifié tout le reste, n'étaient nullement des moments
heureux ; et je le savais bien car c'était les seuls moments
de ma vie sur lesquels je concentrasse une attention
méticuleuse, acharnée, et elle ne découvrait pas en eux
un atome de plaisir.

Tout le temps que j'étais loin de Gilberte, j'avais besoin
de la voir, parce que cherchant sans cesse à me représenter
son image, je finissais par ne plus y réussir, et par ne plus
savoir exactement à quoi correspondait mon amour. Puis,
elle ne m'avait encore jamais dit qu'elle m'aimait. Bien
au contraire, elle avait souvent prétendu qu'elle avait des
amis qu'elle me préférait, que j'étais un bon camarade avec
qui elle jouait volontiers quoique trop distrait, pas assez

au jeu ; enfin elle m'avait donné souvent des marques
apparentes de froideur qui auraient pu ébranler ma
croyance que j'étais pour elle un être différent des autres,
si cette croyance avait pris sa source dans un amour que
Gilberte aurait eu pour moi, et non pas, comme cela était,
dans l'amour que j'avais pour elle, ce qui la rendait
autrement résistante, puisque cela la faisait dépendre de
la manière même dont j'étais obligé, par une nécessité
intérieure, de penser à Gilberte. Mais les sentiments que
je ressentais pour elle, moi-même je ne les lui avais pas
encore déclarés. Certes, à toutes les pages de mes cahiers,
j'écrivais indéfiniment son nom et son adresse, mais à la
vue de ces vagues lignes que je traçais sans qu'elle pensât
pour cela à moi, qui lui faisaient prendre autour de moi
tant de place apparente sans qu'elle fût mêlée davantage
à ma vie, je me sentais découragé parce qu'elles ne me
parlaient pas de Gilberte qui ne les verrait même pas, mais
de mon propre désir qu'elles semblaient me montrer
comme quelque chose de purement personnel, d'irréel,
de fastidieux et d'impuissant. Le plus pressé était que nous
nous vissions Gilberte et moi, et que nous pussions nous
faire l'aveu réciproque de notre amour, qui jusque-là
n'aurait pour ainsi dire pas commencé. Sans doute les
diverses raisons qui me rendaient si impatient de la voir
auraient été moins impérieuses pour un homme mûr. Plus
tard, il arrive que devenus habiles dans la culture de nos
plaisirs, nous nous contentions de celui que nous avons
à penser à une femme comme je pensais à Gilberte, sans
être inquiets de savoir si cette image correspond à la
réalité, et aussi de celui de l'aimer sans avoir besoin d'être
certains qu'elle nous aime ; ou encore que nous renoncions
au plaisir de lui avouer notre inclination pour elle, afin
d'entretenir plus vivace l'inclination qu'elle a pour nous,
imitant ces jardiniers japonais qui pour obtenir une plus
belle fleur, en sacrifient plusieurs autres. Mais à l'époque
où j'aimais Gilberte, je croyais encore que l'Amour existait
réellement en dehors de nous ; que, en permettant tout
au plus que nous écartions les obstacles, il offrait ses
bonheurs dans un ordre auquel on n'était pas libre de rien
changer ; il me semblait que si j'avais, de mon chef,
substitué à la douceur de l'aveu la simulation de
l'indifférence, je ne me serais pas seulement privé d'une
des joies dont j'avais le plus rêvé mais que je me serais

fabriqué à ma guise un amour factice et sans valeur, sans communication avec le vrai, dont j'aurais renoncé à suivre les chemins mystérieux et préexistants.

Mais quand j'arrivais aux Champs-Élysées — et que d'abord j'allais pouvoir confronter mon amour, pour lui faire subir les rectifications nécessaires, à sa cause vivante, indépendante de moi — dès que j'étais en présence de cette Gilberte Swann sur la vue de laquelle j'avais compté pour rafraîchir les images que ma mémoire fatiguée ne retrouvait plus, de cette Gilberte Swann avec qui j'avais joué hier, et que venait de me faire saluer et reconnaître un instinct aveugle comme celui qui dans la marche nous met un pied devant l'autre avant que nous ayons eu le temps de penser, aussitôt tout se passait comme si elle et la fillette qui était l'objet de mes rêves avaient été deux êtres différents. Par exemple si depuis la veille je portais dans ma mémoire deux yeux de feu dans des joues pleines et brillantes, la figure de Gilberte m'offrait maintenant avec insistance quelque chose que précisément je ne m'étais pas rappelé, un certain effilement aigu du nez qui, s'associant instantanément à d'autres traits, prenait l'importance de ces caractères qui en histoire naturelle définissent une espèce, et la transmuait en une fillette du genre de celles à museau pointu. Tandis que je m'apprêtais à profiter de cet instant désiré pour me livrer, sur l'image de Gilberte que j'avais préparée avant de venir et que je ne retrouvais plus dans ma tête, à la mise au point qui me permettrait dans les longues heures où j'étais seul d'être sûr que c'était bien elle que je me rappelais, que c'était bien mon amour pour elle que j'accroissais peu à peu comme un ouvrage qu'on compose, elle me passait une balle ; et comme le philosophe idéaliste dont le corps tient compte du monde extérieur à la réalité duquel son intelligence ne croit pas, le même moi qui m'avait fait la saluer avant que je l'eusse identifiée, s'empressait de me faire saisir la balle qu'elle me tendait (comme si elle était une camarade avec qui j'étais venu jouer, et non une âme sœur que j'étais venu rejoindre), me faisait lui tenir par bienséance jusqu'à l'heure où elle s'en allait, mille propos aimables et insignifiants et m'empêchait ainsi, ou de garder le silence pendant lequel j'aurais pu enfin remettre la main sur l'image urgente et égarée, ou de lui dire les paroles qui pouvaient faire faire à notre amour les progrès décisifs

sur lesquels j'étais chaque fois obligé de ne plus compter
que pour l'après-midi suivante. Il en faisait pourtant
quelques-unes. Un jour nous étions allés avec Gilberte
jusqu'à la baraque de notre marchande qui était particulièrement aimable pour nous — car c'était chez elle que
M. Swann faisait acheter son pain d'épices, et par hygiène,
il en consommait beaucoup, souffrant d'un eczéma
ethnique et de la constipation des Prophètes[1] — Gilberte
me montrait en riant deux petits garçons qui étaient
comme le petit coloriste et le petit naturaliste des livres
d'enfants. Car l'un ne voulait pas d'un sucre d'orge rouge
parce qu'il préférait le violet et l'autre, les larmes aux yeux,
refusait une prune que voulait lui acheter sa bonne, parce
que, finit-il par dire d'une voix passionnée : « J'aime mieux
l'autre prune, parce qu'elle a un ver ! » J'achetai deux
billes d'un sou. Je regardais avec admiration, lumineuses
et captives dans une sébile isolée, les billes d'agate qui
me semblaient précieuses parce qu'elles étaient souriantes
et blondes comme des jeunes filles et parce qu'elles
coûtaient cinquante centimes pièce. Gilberte à qui on
donnait beaucoup plus d'argent qu'à moi me demanda
laquelle je trouvais la plus belle. Elles avaient la
transparence et le fondu de la vie. Je n'aurais voulu lui
en faire sacrifier aucune. J'aurais aimé qu'elle pût les
acheter, les délivrer toutes. Pourtant je lui en désignai une
qui avait la couleur de ses yeux. Gilberte la prit, chercha
son rayon doré, la caressa, paya sa rançon, mais aussitôt
me remit sa captive en me disant : « Tenez, elle est à vous,
je vous la donne, gardez-la comme souvenir. »

Une autre fois, toujours préoccupé du désir d'entendre
la Berma dans une pièce classique, je lui avais demandé
si elle ne possédait pas une brochure où Bergotte parlait
de Racine[2], et qui ne se trouvait plus dans le commerce.
Elle m'avait prié de lui en rappeler le titre exact, et le
soir je lui avais adressé un petit télégramme en écrivant
sur l'enveloppe ce nom de Gilberte Swann que j'avais tant
de fois tracé sur mes cahiers. Le lendemain elle m'apporta
dans un paquet noué de faveurs mauves et scellé de cire
blanche, la brochure qu'elle avait fait chercher. « Vous
voyez que c'est bien ce que vous m'avez demandé », me
dit-elle, tirant de son manchon le télégramme que je lui
avais envoyé. Mais dans l'adresse de ce pneumatique
— qui, hier encore n'était rien, n'était qu'un petit bleu

que j'avais écrit, et qui depuis qu'un télégraphiste l'avait remis au concierge de Gilberte et qu'un domestique l'avait porté jusqu'à sa chambre, était devenu cette chose sans prix, un des petits bleus qu'elle avait reçus ce jour-là — j'eus peine à reconnaître les lignes vaines et solitaires de mon écriture sous les cercles imprimés qu'y avait apposés la poste, sous les inscriptions qu'y avait ajoutées au crayon un des facteurs, signes de réalisation effective, cachets du monde extérieur, violettes ceintures symboliques de la vie, qui pour la première fois venaient épouser, maintenir, relever, réjouir mon rêve.

Et il y eut un jour aussi où elle me dit : « Vous savez, vous pouvez m'appeler Gilberte, en tous cas moi, je vous appellerai par votre nom de baptême. C'est trop gênant. » Pourtant elle continua encore un moment à se contenter de me dire « vous » et comme je le lui faisais remarquer, elle sourit, et composant, construisant une phrase comme celles qui dans les grammaires étrangères n'ont d'autre but que de nous faire employer un mot nouveau, elle la termina par mon petit nom[1]. Et me souvenant plus tard de ce que j'avais senti alors, j'y ai démêlé l'impression d'avoir été tenu un instant dans sa bouche, moi-même, nu, sans plus aucune des modalités sociales qui appartenaient aussi, soit à ses autres camarades, soit, quand elle disait mon nom de famille, à mes parents, et dont ses lèvres — en l'effort qu'elle faisait, un peu comme son père, pour articuler les mots qu'elle voulait mettre en valeur — eurent l'air de me dépouiller, de me dévêtir, comme de sa peau un fruit dont on ne peut avaler que la pulpe, tandis que son regard, se mettant au même degré nouveau d'intimité que prenait sa parole, m'atteignait aussi plus directement, non sans témoigner sa conscience, le plaisir et jusque la gratitude qu'il en avait, en se faisant accompagner d'un sourire.

Mais au moment même, je ne pouvais apprécier la valeur de ces plaisirs nouveaux. Ils n'étaient pas donnés par la fillette que j'aimais, au moi qui l'aimait, mais par l'autre, par celle avec qui je jouais, à cet autre moi qui ne possédait ni le souvenir de la vraie Gilberte, ni le cœur indisponible qui seul aurait pu savoir le prix d'un bonheur, parce que seul il l'avait désiré. Même après être rentré à la maison je ne les goûtais pas, car, chaque jour, la nécessité qui me faisait espérer que le lendemain j'aurais

la contemplation exacte, calme, heureuse de Gilberte,
qu'elle m'avouerait enfin son amour, en m'expliquant pour
quelles raisons elle avait dû me le cacher jusqu'ici, cette
même nécessité me forçait à tenir le passé pour rien, à
ne jamais regarder que devant moi, à considérer les petits
avantages qu'elle m'avait donnés non pas en eux-mêmes
et comme s'ils se suffisaient, mais comme des échelons
nouveaux où poser le pied, qui allaient me permettre de
faire un pas de plus en avant et d'atteindre enfin le bonheur
que je n'avais pas encore rencontré.

Si elle me donnait parfois de ces marques d'amitié, elle
me faisait aussi de la peine en ayant l'air de ne pas avoir
de plaisir à me voir, et cela arrivait souvent les jours mêmes
sur lesquels j'avais le plus compté pour réaliser mes
espérances. J'étais sûr que Gilberte viendrait aux Champs-
Élysées et j'éprouvais une allégresse qui me paraissait
seulement la vague anticipation d'un grand bonheur quand
— entrant dès le matin au salon pour embrasser maman
déjà toute prête, la tour de ses cheveux noirs entièrement
construite, et ses belles mains blanches et potelées sentant
encore le savon — j'avais appris, en voyant une colonne
de poussière se tenir debout toute seule au-dessus du
piano, et en entendant un orgue de Barbarie jouer sous
la fenêtre *En revenant de la revue*[1], que l'hiver recevait
jusqu'au soir la visite inopinée et radieuse d'une journée
de printemps. Pendant que nous déjeunions, en ouvrant
sa croisée, la dame d'en face avait fait décamper en un
clin d'œil, d'à côté de ma chaise — rayant d'un seul bond
toute la largeur de notre salle à manger — un rayon qui
y avait commencé sa sieste et était déjà revenu la continuer
l'instant d'après. Au collège, à la classe d'une heure, le
soleil me faisait languir d'impatience et d'ennui en laissant
traîner une lueur dorée jusque sur mon pupitre, comme
une invitation à la fête où je ne pourrais arriver avant trois
heures, jusqu'au moment où Françoise venait me chercher
à la sortie, et où nous nous acheminions vers les
Champs-Élysées par les rues décorées de lumière, en-
combrées par la foule, et où les balcons, descellés par le
soleil et vaporeux, flottaient devant les maisons comme
des nuages d'or. Hélas ! aux Champs-Élysées je ne trouvais
pas Gilberte, elle n'était pas encore arrivée. Immobile
sur la pelouse nourrie par le soleil invisible qui çà et
là faisait flamboyer la pointe d'un brin d'herbe, et

sur laquelle les pigeons qui s'y étaient posés avaient l'air
de sculptures antiques que la pioche du jardinier a
ramenées à la surface d'un sol auguste, je restais les yeux
fixés sur l'horizon, je m'attendais à tout moment à voir
apparaître l'image de Gilberte suivant son institutrice,
derrière la statue qui semblait tendre l'enfant qu'elle
portait et qui ruisselait de rayons, à la bénédiction du soleil.
La vieille lectrice des *Débats* était assise sur son fauteuil,
toujours à la même place, elle interpellait un gardien à
qui elle faisait un geste amical de la main en lui criant :
« Quel joli temps ! » Et la préposée s'étant approchée
d'elle pour percevoir le prix du fauteuil, elle faisait mille
minauderies en mettant dans l'ouverture de son gant le
ticket de dix centimes, comme si ç'avait été un bouquet,
pour qui elle cherchait, par amabilité pour le donateur,
la place la plus flatteuse possible. Quand elle l'avait
trouvée, elle faisait exécuter une évolution circulaire à son
cou, redressait son boa, et plantait sur la chaisière, en lui
montrant le bout de papier jaune qui dépassait sur son
poignet, le beau sourire dont une femme, en indiquant
son corsage à un jeune homme, lui dit : « Vous
reconnaissez vos roses ! »

J'emmenais Françoise au-devant de Gilberte jusqu'à
l'Arc de Triomphe, nous ne la rencontrions pas, et je
revenais vers la pelouse persuadé qu'elle ne viendrait plus,
quand, devant les chevaux de bois, la fillette à la voix brève
se jetait sur moi : « Vite, vite, il y a déjà un quart d'heure
que Gilberte est arrivée. Elle va repartir bientôt. On vous
attend pour faire une partie de barres. » Pendant que je
montais l'avenue des Champs-Élysées, Gilberte était venue
par la rue Boissy-d'Anglas, Mademoiselle ayant profité du
beau temps pour faire des courses pour elle ; et M. Swann
allait venir chercher sa fille. Aussi c'était ma faute ; je
n'aurais pas dû m'éloigner de la pelouse ; car on ne savait
jamais sûrement par quel côté Gilberte viendrait, si ce
serait plus ou moins tard, et cette attente finissait par me
rendre plus émouvants, non seulement les Champs-Élysées
entiers et toute la durée de l'après-midi, comme une
immense étendue d'espace et de temps sur chacun des
points et à chacun des moments de laquelle il était possible
qu'apparût l'image de Gilberte, mais encore cette image,
elle-même, parce que derrière cette image je sentais se
cacher la raison pour laquelle elle m'était décochée en

plein cœur, à quatre heures au lieu de deux heures et
demie, surmontée d'un chapeau de visite à la place d'un
béret de jeu, devant les « Ambassadeurs¹ » et non entre
les deux guignols, je devinais quelqu'une de ces occupations où je ne pouvais suivre Gilberte et qui la forçaient
à sortir ou à rester à la maison, j'étais en contact avec le
mystère de sa vie inconnue. C'était ce mystère aussi qui
me troublait quand, courant sur l'ordre de la fillette à la
voix brève pour commencer tout de suite notre partie de
barres, j'apercevais Gilberte, si vive et brusque avec nous,
faisant une révérence à la dame aux *Débats* (qui lui disait :
« Quel beau soleil, on dirait du feu »), lui parlant avec
un sourire timide, d'un air compassé qui m'évoquait la
jeune fille différente que Gilberte devait être chez ses
parents, avec les amis de ses parents, en visite, dans toute
son autre existence qui m'échappait. Mais de cette
existence personne ne me donnait l'impression comme
M. Swann qui venait un peu après pour retrouver sa fille.
C'est que lui et Mme Swann — parce que leur fille habitait
chez eux, parce que ses études, ses jeux, ses amitiés
dépendaient d'eux — contenaient pour moi, comme
Gilberte, peut-être même plus que Gilberte, comme il
convenait à des dieux tout-puissants sur elle en qui il aurait
eu sa source, un inconnu inaccessible, un charme
douloureux. Tout ce qui les concernait était de ma part
l'objet d'une préoccupation si constante que les jours où,
comme ceux-là, M. Swann (que j'avais vu si souvent
autrefois sans qu'il excitât ma curiosité, quand il était lié
avec mes parents) venait chercher Gilberte aux Champs-
Élysées, une fois calmés les battements de cœur qu'avait
excités en moi l'apparition de son chapeau gris et de son
manteau à pèlerine, son aspect m'impressionnait encore
comme celui d'un personnage historique sur lequel nous
venons de lire une série d'ouvrages et dont les moindres
particularités nous passionnent. Ses relations avec le comte
de Paris qui, quand j'en entendais parler à Combray, me
semblaient indifférentes, prenaient maintenant pour moi
quelque chose de merveilleux, comme si personne d'autre
n'eût jamais connu les Orléans ; elles le faisaient se
détacher vivement sur le fond vulgaire des promeneurs
de différentes classes qui encombraient cette allée des
Champs-Élysées, et au milieu desquels j'admirais qu'il
consentît à figurer sans réclamer d'eux d'égards spéciaux,

qu'aucun d'ailleurs ne songeait à lui rendre, tant était profond l'incognito dont il était enveloppé.

Il répondait poliment aux saluts des camarades de Gilberte, même au mien quoiqu'il fût brouillé avec ma famille, mais sans avoir l'air de me connaître. (Cela me rappela qu'il m'avait pourtant vu bien souvent à la campagne ; souvenir que j'avais gardé mais dans l'ombre, parce que depuis que j'avais revu Gilberte, pour moi Swann était surtout son père, et non plus le Swann de Combray ; comme les idées sur lesquelles j'embranchais maintenant son nom étaient différentes des idées dans le réseau desquelles il était autrefois compris et que je n'utilisais plus jamais quand j'avais à penser à lui, il était devenu un personnage nouveau ; je le rattachai pourtant par une ligne artificielle, secondaire et transversale à notre invité d'autrefois ; et comme rien n'avait plus pour moi de prix que dans la mesure où mon amour pouvait en profiter, ce fut avec un mouvement de honte et le regret de ne pouvoir les effacer que je retrouvai les années où aux yeux de ce même Swann qui était en ce moment devant moi aux Champs-Élysées et à qui heureusement Gilberte n'avait peut-être pas dit mon nom, je m'étais si souvent le soir rendu ridicule en envoyant demander à maman de monter dans ma chambre me dire bonsoir, pendant qu'elle prenait le café avec lui, mon père et mes grands-parents à la table du jardin.) Il disait à Gilberte qu'il lui permettait de faire une partie, qu'il pouvait attendre un quart d'heure, et s'asseyant comme tout le monde sur une chaise de fer payait son ticket de cette main que Philippe VII[1] avait si souvent retenue dans la sienne, tandis que nous commencions à jouer sur la pelouse, faisant envoler les pigeons dont les beaux corps irisés qui ont la forme d'un cœur et sont comme les lilas du règne des oiseaux, venaient se réfugier comme en des lieux d'asile, tel sur le grand vase de pierre à qui son bec en y disparaissant faisait faire le geste et assignait la destination d'offrir en abondance les fruits ou les graines qu'il avait l'air d'y picorer, tel autre sur le front de la statue, qu'il semblait surmonter d'un de ces objets en émail desquels la polychromie varie dans certaines œuvres antiques la monotonie de la pierre, et d'un attribut, qui quand la déesse le porte lui vaut une épithète particulière, et en fait, comme pour une mortelle un prénom différent, une divinité nouvelle.

Un de ces jours de soleil qui n'avait pas réalisé mes espérances, je n'eus pas le courage de cacher ma déception à Gilberte.

« J'avais justement beaucoup de choses à vous demander, lui dis-je. Je croyais que ce jour compterait beaucoup dans notre amitié. Et aussitôt arrivée, vous allez partir ! Tâchez de venir demain de bonne heure, que je puisse enfin vous parler. »

Sa figure resplendit et ce fut en sautant de joie qu'elle me répondit :

« Demain, comptez-y, mon bel ami, mais je ne viendrai pas ! j'ai un grand goûter ; après-demain non plus, je vais chez une amie pour voir de ses fenêtres l'arrivée du roi Théodose, ce sera superbe, et le lendemain encore à *Michel Strogoff*[1] et puis après, cela va être bientôt Noël et les vacances du jour de l'An. Peut-être on va m'emmener dans le Midi. Ce que ce serait chic ! quoique cela va me fera manquer un arbre de Noël ; en tous cas si je reste à Paris, je ne viendrai pas ici car j'irai faire des visites avec maman. Adieu, voilà papa qui m'appelle. »

Je revins avec Françoise par les rues qui étaient encore pavoisées de soleil, comme au soir d'une fête qui est finie. Je ne pouvais pas traîner mes jambes.

« Ça n'est pas étonnant, dit Françoise, ce n'est pas un temps de saison, il fait trop chaud. Hélas ! mon Dieu, de partout il doit y avoir bien des pauvres malades, c'est à croire que là-haut aussi tout se détraque. »

Je me redisais en étouffant mes sanglots les mots où Gilberte avait laissé éclater sa joie de ne pas venir de longtemps aux Champs-Élysées. Mais déjà le charme dont, par son simple fonctionnement, se remplissait mon esprit dès qu'il songeait à elle, la position particulière, unique — fût-elle affligeante — où me plaçait inévitablement par rapport à Gilberte, la contrainte interne d'un pli mental, avaient commencé à ajouter, même à cette marque d'indifférence, quelque chose de romanesque, et au milieu de mes larmes se formait un sourire qui n'était que l'ébauche timide d'un baiser. Et quand vint l'heure du courrier, je me dis ce soir-là comme tous les autres : « Je vais recevoir une lettre de Gilberte, elle va me dire enfin qu'elle n'a jamais cessé de m'aimer, et m'expliquera la raison mystérieuse pour laquelle elle a été forcée de me le cacher jusqu'ici, de faire semblant de pouvoir être heureuse sans me voir, la raison pour laquelle elle a pris l'apparence de la Gilberte simple camarade. »

Tous les soirs je me plaisais à imaginer cette lettre, je croyais la lire, je m'en récitais chaque phrase. Tout d'un coup je m'arrêtais effrayé. Je comprenais que je devais recevoir une lettre de Gilberte, ce ne pourrait pas en tous cas être celle-là puisque c'était moi qui venais de la composer. Et dès lors, je m'efforçais de détourner ma pensée des mots que j'aurais aimé qu'elle m'écrivît, par peur en les énonçant, d'exclure justement ceux-là, — les plus chers, les plus désirés — du champ des réalisations possibles. Même si par une invraisemblable coïncidence, c'eût été justement la lettre que j'avais inventée que de son côté m'eût adressée Gilberte, y reconnaissant mon œuvre je n'eusse pas eu l'impression de recevoir quelque chose qui ne vînt pas de moi, quelque chose de réel, de nouveau, un bonheur extérieur à mon esprit, indépendant de ma volonté, vraiment donné par l'amour.

En attendant je relisais une page que ne m'avait pas écrite Gilberte, mais qui du moins me venait d'elle, cette page de Bergotte sur la beauté des vieux mythes dont s'est inspiré Racine[1], et que, à côté de la bille d'agate, je gardais toujours auprès de moi. J'étais attendri par la bonté de mon amie qui me l'avait fait rechercher ; et comme chacun a besoin de trouver des raisons à sa passion, jusqu'à être heureux de reconnaître dans l'être qu'il aime des qualités que la littérature ou la conversation lui ont appris être de celles qui sont dignes d'exciter l'amour, jusqu'à les assimiler par imitation et en faire des raisons nouvelles de son amour, ces qualités fussent-elles les plus opposées à celles que cet amour eût recherchées tant qu'il était spontané — comme Swann autrefois, le caractère esthétique de la beauté d'Odette — moi, qui avais d'abord aimé Gilberte, dès Combray, à cause de tout l'inconnu de sa vie, dans lequel j'aurais voulu me précipiter, m'incarner, en délaissant la mienne qui ne m'était plus rien, je pensais maintenant comme à un inestimable avantage, que de cette mienne vie trop connue, dédaignée, Gilberte pourrait devenir un jour l'humble servante, la commode et confortable collaboratrice, qui le soir m'aidant dans mes travaux, collationnerait pour moi des brochures. Quant à Bergotte, ce vieillard infiniment sage et presque divin à cause de qui j'avais d'abord aimé Gilberte, avant même de l'avoir vue, maintenant c'était surtout à cause de Gilberte que je l'aimais. Avec autant de plaisir que les pages qu'il avait écrites sur Racine, je regardais le papier fermé de grands cachets de cire blancs et noué d'un flot de rubans mauves dans lequel elle me les avait apportées. Je baisais la bille d'agate qui était la meilleure part du cœur de mon amie, la part qui n'était pas frivole, mais fidèle, et qui bien que parée du charme mystérieux de la vie de Gilberte demeurait près de moi, habitait ma chambre, couchait dans mon lit. Mais la beauté de cette pierre, et la beauté aussi de ces pages de Bergotte, que j'étais heureux d'associer à l'idée de mon amour pour Gilberte comme si dans les moments où celui-ci ne m'apparaissait plus que comme un néant, elles lui donnaient une sorte de consistance, je m'apercevais qu'elles étaient antérieures à cet amour, qu'elles ne lui ressemblaient pas, que leurs éléments avaient été fixés par le talent ou par les lois minéralogiques avant que Gilberte ne me connût, que rien dans le livre ni dans la pierre n'eût été autre si Gilberte ne m'avait pas aimé et que rien par conséquent ne m'autorisait à lire en eux un message de bonheur. Et tandis que mon amour attendant sans cesse du lendemain l'aveu de celui de Gilberte, annulait, défaisait chaque soir le travail mal fait de la journée, dans l'ombre de moi-même une ouvrière inconnue ne laissait pas au rebut les fils arrachés et les disposait, sans souci de me plaire et de travailler à mon bonheur, dans un ordre différent qu'elle donnait à tous ses ouvrages. Ne portant aucun intérêt particulier à mon amour, ne commençant pas par décider que j'étais aimé, elle recueillait les actions de Gilberte qui m'avaient semblé inexplicables et ses fautes que j'avais excusées. Alors les unes et les autres prenaient un sens. Il semblait dire, cet ordre nouveau, qu'en voyant Gilberte, au lieu qu'elle vînt aux Champs-Élysées, aller à une matinée, faire des courses avec son institutrice et se préparer à une absence pour les vacances du jour de l'An, j'avais tort de penser : « C'est qu'elle est frivole ou docile. » Car elle eût cessé d'être l'un ou l'autre si elle m'avait aimé, et si elle avait été forcée d'obéir c'eût été avec le même désespoir que j'avais les jours où je ne la voyais pas. Il disait encore, cet ordre nouveau, que je devais pourtant savoir ce que c'était qu'aimer puisque j'aimais Gilberte ; il me faisait remarquer le souci perpétuel

que j'avais de me faire valoir à ses yeux, à cause duquel
j'essayais de persuader à ma mère d'acheter à Françoise
un caoutchouc et un chapeau avec un plumet bleu, ou
plutôt de ne plus m'envoyer aux Champs-Élysées avec
cette bonne dont je rougissais (à quoi ma mère répondait
que j'étais injuste pour Françoise, que c'était une brave
femme qui nous était dévouée), et aussi ce besoin unique
de voir Gilberte qui faisait que des mois d'avance je ne
pensais qu'à tâcher d'apprendre à quelle époque elle
quitterait Paris et où elle irait, trouvant le pays le plus
agréable un lieu d'exil si elle ne devait pas y être, et ne
désirant que rester toujours à Paris tant que je pourrais
la voir aux Champs-Élysées ; et il n'avait pas de peine à
me montrer que ce souci-là, ni ce besoin, je ne les
trouverais sous les actions de Gilberte. Elle au contraire
appréciait son institutrice, sans s'inquiéter de ce que j'en
pensais. Elle trouvait naturel de ne pas venir aux
Champs-Élysées, si c'était pour aller faire des emplettes
avec Mademoiselle, agréable si c'était pour sortir avec sa
mère. Et à supposer même qu'elle m'eût permis d'aller
passer les vacances au même endroit qu'elle, du moins
pour choisir cet endroit elle s'occupait du désir de ses
parents, de mille amusements dont on lui avait parlé et
nullement que ce fût celui où ma famille avait l'intention
de m'envoyer. Quand elle m'assurait parfois qu'elle
m'aimait moins qu'un de ses amis, moins qu'elle ne
m'aimait la veille parce que je lui avais fait perdre sa partie
par une négligence, je lui demandais pardon, je lui
demandais ce qu'il fallait faire pour qu'elle recommençât
à m'aimer autant, pour qu'elle m'aimât plus que les autres ;
je voulais qu'elle me dît que c'était déjà fait, je l'en
suppliais comme si elle avait pu modifier son affection pour
moi à son gré, au mien, pour me faire plaisir, rien que
par les mots qu'elle dirait, selon ma bonne ou ma mauvaise
conduite. Ne savais-je donc pas que ce que j'éprouvais,
moi, pour elle, ne dépendait ni de ses actions, ni de ma
volonté ?

Il disait enfin, l'ordre nouveau dessiné par l'ouvrière
invisible, que si nous pouvons désirer que les actions d'une
personne qui nous a peinés jusqu'ici n'aient pas été
sincères, il y a dans leur suite une clarté contre quoi notre
désir ne peut rien et à laquelle, plutôt qu'à lui, nous devons
demander quelles seront ses actions de demain.

Ces paroles nouvelles, mon amour les entendait ; elles le persuadaient que le lendemain ne serait pas différent de ce qu'avaient été tous les autres jours ; que le sentiment de Gilberte pour moi, trop ancien déjà pour pouvoir changer, c'était l'indifférence ; que dans mon amitié avec Gilberte, c'est moi seul qui aimais. « C'est vrai, répondait mon amour, il n'y a plus rien à faire de cette amitié-là, elle ne changera pas. » Alors dès le lendemain (ou attendant une fête s'il y en avait une prochaine, un anniversaire, le Nouvel An peut-être, un de ces jours qui ne sont pas pareils aux autres, où le temps recommence sur de nouveaux frais en rejetant l'héritage du passé, en n'acceptant pas le legs de ses tristesses) je demandais à Gilberte de renoncer à notre amitié ancienne et de jeter les bases d'une nouvelle amitié.

J'avais toujours à portée de ma main un plan de Paris qui, parce qu'on pouvait y distinguer la rue où habitaient M. et Mme Swann, me semblait contenir un trésor. Et par plaisir, par une sorte de fidélité chevaleresque aussi, à propos de n'importe quoi, je disais le nom de cette rue, si bien que mon père me demandait, n'étant pas comme ma mère et ma grand-mère au courant de mon amour :

« Mais pourquoi parles-tu tout le temps de cette rue, elle n'a rien d'extraordinaire, elle est très agréable à habiter parce qu'elle est à deux pas du Bois, mais il y en a dix autres dans le même cas. »

Je m'arrangeais à tout propos à faire prononcer à mes parents le nom de Swann ; certes je me le répétais mentalement sans cesse ; mais j'avais besoin aussi d'entendre sa sonorité délicieuse et de me faire jouer cette musique dont la lecture muette ne me suffisait pas. Ce nom de Swann d'ailleurs que je connaissais depuis si longtemps, était maintenant pour moi, ainsi qu'il arrive à certains aphasiques à l'égard des mots les plus usuels, un nom nouveau. Il était toujours présent à ma pensée et pourtant elle ne pouvait pas s'habituer à lui. Je le décomposais, je l'épelais, son orthographe était pour moi une surprise. Et en même temps que d'être familier, il avait cessé de me paraître innocent. Les joies que je prenais à l'entendre, je les croyais si coupables, qu'il me semblait qu'on devinait ma pensée et qu'on changeait la conversation si je cherchais à l'y amener. Je me rabattais sur les sujets qui

touchaient encore à Gilberte, je rabâchais sans fin les
mêmes paroles, et j'avais beau savoir que ce n'était que
des paroles — des paroles prononcées loin d'elle, qu'elle
n'entendait pas, des paroles sans vertu qui répétaient
ce qui était, mais ne le pouvaient modifier — pourtant
il me semblait qu'à force de manier, de brasser ainsi
tout ce qui avoisinait Gilberte j'en ferais peut-être sortir
quelque chose d'heureux. Je redisais à mes parents que
Gilberte aimait bien son institutrice, comme si cette
proposition énoncée pour la centième fois allait avoir
enfin pour effet de faire brusquement entrer Gilberte
venant à tout jamais vivre avec nous. Je reprenais l'éloge
de la vieille dame qui lisait les *Débats* (j'avais insinué à
mes parents que c'était une ambassadrice ou peut-être
une altesse) et je continuais à célébrer sa beauté, sa
magnificence, sa noblesse, jusqu'au jour où je dis que
d'après le nom qu'avait prononcé Gilberte elle devait
s'appeler Mme Blatin.

« Oh ! mais je vois ce que c'est, s'écria ma mère tandis
que je me sentais rougir de honte. À la garde ! À la garde !
comme aurait dit ton pauvre grand-père. Et c'est elle que
tu trouves belle ! Mais elle est horrible et elle l'a toujours
été. C'est la veuve d'un huissier. Tu ne te rapelles pas
quand tu étais enfant les manèges que je faisais pour
l'éviter à la leçon de gymnastique où, sans me connaître,
elle voulait venir me parler sous prétexte de me dire que
tu étais "trop beau pour un garçon". Elle a toujours eu
la rage de connaître du monde et il faut bien qu'elle soit
une espèce de folle comme j'ai toujours pensé, si elle
connaît vraiment Mme Swann. Car si elle était d'un milieu
fort commun, au moins il n'y a jamais rien eu que je sache
à dire sur elle. Mais il fallait toujours qu'elle se fasse des
relations. Elle est horrible, affreusement vulgaire, et avec
cela faiseuse d'embarras. »

Quant à Swann, pour tâcher de lui ressembler, je passais
tout mon temps à table, à me tirer sur le nez et à me frotter
les yeux. Mon père disait : « Cet enfant est idiot, il
deviendra affreux. » J'aurais surtout voulu être aussi
chauve que Swann. Il me semblait un être si extraordinaire que je trouvais merveilleux que des personnes
que je fréquentais le connussent aussi et que dans les
hasards d'une journée quelconque on pût être amené à
le rencontrer. Et une fois, ma mère, en train de nous

raconter comme chaque soir à dîner, les courses qu'elle avait faites dans l'après-midi, rien qu'en disant : « À ce propos, devinez qui j'ai rencontré aux Trois Quartiers[1], au rayon des parapluies : Swann », fit éclore au milieu de son récit, fort aride pour moi, une fleur mystérieuse. Quelle mélancolique volupté, d'apprendre que cet après-midi-là, profilant dans la foule sa forme surnaturelle, Swann avait été acheter un parapluie. Au milieu des événements grands et minimes, également indifférents, celui-là éveillait en moi ces vibrations particulières dont était perpétuellement ému mon amour pour Gilberte. Mon père disait que je ne m'intéressais à rien parce que je n'écoutais pas quand on parlait des conséquences politiques que pouvait avoir la visite du roi Théodose, en ce moment l'hôte de la France et, prétendait-on, son allié. Mais combien en revanche, j'avais envie de savoir si Swann avait son manteau à pèlerine !

« Est-ce que vous vous êtes dit bonjour ? demandai-je.

— Mais naturellement », répondit ma mère qui avait toujours l'air de craindre que si elle eût avoué que nous étions en froid avec Swann, on eût cherché à les réconcilier plus qu'elle ne souhaitait, à cause de Mme Swann qu'elle ne voulait pas connaître. « C'est lui qui est venu me saluer, je ne le voyais pas.

— Mais alors, vous n'êtes pas brouillés ?

— Brouillés ? mais pourquoi veux-tu que nous soyons brouillés », répondit-elle vivement comme si j'avais attenté à la fiction de ses bons rapports avec Swann et essayé de travailler à un « rapprochement ».

« Il pourrait t'en vouloir de ne plus l'inviter.

— On n'est pas obligé d'inviter tout le monde ; est-ce qu'il m'invite ? Je ne connais pas sa femme.

— Mais il venait bien à Combray.

— Eh bien oui ! il venait à Combray, et puis à Paris il a autre chose à faire et moi aussi. Mais je t'assure que nous n'avions pas du tout l'air de deux personnes brouillées. Nous sommes restés un moment ensemble parce qu'on ne lui apportait pas son paquet. Il m'a demandé de tes nouvelles, il m'a dit que tu jouais avec sa fille », ajouta ma mère, m'émerveillant du prodige que j'existasse dans l'esprit de Swann, bien plus, que ce fût d'une façon assez complète, pour que, quand je tremblais d'amour devant lui aux Champs-Elysées, il sût mon nom,

qui était ma mère, et pût amalgamer autour de ma qualité
de camarade de sa fille quelques renseignements sur mes
grands-parents, leur famille, l'endroit que nous habitions,
certaines particularités de notre vie d'autrefois, peut-être
même inconnues de moi. Mais ma mère ne paraissait pas
avoir trouvé un charme particulier à ce rayon des Trois
Quartiers où elle avait représenté pour Swann, au moment
où il l'avait vue, une personne définie avec qui il avait
des souvenirs communs qui avaient motivé chez lui le
mouvement de s'approcher d'elle, le geste de la saluer.

Ni elle d'ailleurs ni mon père ne semblaient non plus
trouver à parler des grands-parents de Swann, du titre
d'agent de change honoraire, un plaisir qui passât tous les
autres. Mon imagination avait isolé et consacré dans le
Paris social une certaine famille comme elle avait fait dans
le Paris de pierre pour une certaine maison dont elle avait
sculpté la porte cochère et rendu précieuses les fenêtres.
Mais ces ornements, j'étais seul à les voir. De même que
mon père et ma mère trouvaient la maison qu'habitait
Swann pareille aux autres maisons construites en même
temps dans le quartier du Bois, de même la famille de
Swann leur semblait du même genre que beaucoup
d'autres familles d'agents de change. Ils la jugeaient plus
ou moins favorablement selon le degré où elle avait
participé à des mérites communs au reste de l'univers et
ne lui trouvaient rien d'unique. Ce qu'au contraire ils y
appréciaient, ils le rencontraient à un degré égal, ou plus
élevé, ailleurs. Aussi après avoir trouvé la maison bien
située, ils parlaient d'une autre qui l'était mieux, mais qui
n'avait rien à voir avec Gilberte, ou de financiers d'un cran
supérieur à son grand-père ; et s'ils avaient eu l'air un
moment d'être du même avis que moi, c'était par un
malentendu qui ne tardait pas à se dissiper. C'est que, pour
percevoir dans tout ce qui entourait Gilberte, une qualité
inconnue analogue dans le monde des émotions à ce que
peut être dans celui des couleurs l'infra-rouge, mes parents
étaient dépourvus de ce sens supplémentaire et momentané dont m'avait doté l'amour.

Les jours où Gilberte m'avait annoncé qu'elle ne devait
pas venir aux Champs-Élysées, je tâchais de faire des
promenades qui me rapprochassent un peu d'elle. Parfois
j'emmenais Françoise en pèlerinage devant la maison
qu'habitaient les Swann. Je lui faisais répéter sans fin ce

que, par l'institutrice, elle avait appris relativement à Mme Swann. « Il paraît qu'elle a bien confiance à des médailles. Jamais elle ne partira en voyage si elle a entendu la chouette, ou bien comme un tic-tac d'horloge dans le mur, ou si elle a vu un chat à minuit, ou si le bois d'un meuble, il a craqué. Ah ! c'est une personne très croyante ! » J'étais si amoureux de Gilberte que si sur le chemin j'apercevais leur vieux maître d'hôtel promenant un chien, l'émotion m'obligeait à m'arrêter, j'attachais sur ses favoris blancs des regards pleins de passion. Françoise me disait :

« Qu'est-ce que vous avez ? »

Puis, nous poursuivions notre route jusque devant leur porte cochère où un concierge différent de tout concierge, et pénétré jusque dans les galons de sa livrée du même charme douloureux que j'avais ressenti dans le nom de Gilberte, avait l'air de savoir que j'étais de ceux à qui une indignité originelle interdirait toujours de pénétrer dans la vie mystérieuse qu'il était chargé de garder et sur laquelle les fenêtres de l'entresol paraissaient conscientes d'être refermées, ressemblant beaucoup moins entre la noble retombée de leurs rideaux de mousseline à n'importe quelles autres fenêtres, qu'aux regards de Gilberte. D'autres fois nous allions sur les boulevards et je me postais à l'entrée de la rue Duphot ; on m'avait dit qu'on pouvait souvent y voir passer Swann se rendant chez son dentiste ; et mon imagination différenciait tellement le père de Gilberte du reste de l'humanité, sa présence au milieu du monde réel y introduisait tant de merveilleux, que, avant même d'arriver à la Madeleine, j'étais ému à la pensée d'approcher d'une rue où pouvait se produire inopinément l'apparition surnaturelle.

Mais[1] le plus souvent — quand je ne devais pas voir Gilberte — comme j'avais appris que Mme Swann se promenait presque chaque jour dans l'allée « des Acacias », autour du grand Lac, et dans l'allée de la « Reine-Marguerite », je dirigeais Françoise du côté du bois de Boulogne[2]. Il était pour moi comme ces jardins zoologiques où l'on voit rassemblés des flores diverses et des paysages opposés ; où, après une colline on trouve une grotte, un pré, des rochers, une rivière, une fosse, une colline, un marais, mais où l'on sait qu'ils ne sont là que pour fournir aux ébats de l'hippopotame, des zèbres,

des crocodiles, des lapins russes, des ours et du héron,
un milieu approprié ou un cadre pittoresque ; lui, le Bois,
complexe aussi, réunissant des petits mondes divers et clos
— faisant succéder quelque ferme plantée d'arbres rouges,
de chênes d'Amérique, comme une exploitation agricole
dans la Virginie, à une sapinière au bord du lac, ou à une
futaie d'où surgit tout à coup dans sa souple fourrure, avec
les beaux yeux d'une bête, quelque promeneuse rapide,
— il était le Jardin des femmes ; et — comme l'allée de
Myrtes de *L'Énéide*[1] —, plantée pour elles d'arbres d'une
seule essence, l'allée des Acacias était fréquentée par les
Beautés célèbres. Comme, de loin, la culmination du
rocher d'où elle se jette dans l'eau, transporte de joie les
enfants qui savent qu'ils vont voir l'otarie, bien avant
d'arriver à l'allée des Acacias leur parfum qui, irradiant
alentour, faisait sentir de loin l'approche et la singularité
d'une puissante et molle individualité végétale ; puis,
quand je me rapprochais, le faîte aperçu de leur frondaison
légère et mièvre, d'une élégance facile, d'une coupe
coquette et d'un mince tissu, sur laquelle des centaines
de fleurs s'étaient abattues comme des colonies ailées et
vibratiles de parasites précieux ; enfin jusqu'à leur nom
féminin, désœuvré et doux, me faisaient battre le cœur
mais d'un désir mondain, comme ces valses qui ne nous
évoquent plus que le nom des belles invitées que l'huissier
annonce à l'entrée d'un bal. On m'avait dit que je verrais
dans l'allée certaines élégantes que, bien qu'elles n'eussent
pas toutes été épousées, l'on citait habituellement à côté
de Mme Swann, mais le plus souvent sous leur nom de
guerre ; leur nouveau nom, quand il y en avait un, n'était
qu'une sorte d'incognito que ceux qui voulaient parler
d'elles avaient soin de lever pour se faire comprendre.
Pensant que le Beau — dans l'ordre des élégances
féminines — était régi par des lois occultes à la
connaissance desquelles elles avaient été initiées, et
qu'elles avaient le pouvoir de le réaliser, j'acceptais
d'avance comme une révélation l'apparition de leur
toilette, de leur attelage, de mille détails au sein desquels
je mettais ma croyance comme une âme intérieure qui
donnait la cohésion d'un chef-d'œuvre à cet ensemble
éphémère et mouvant. Mais c'est Mme Swann que je
voulais voir, et j'attendais qu'elle passât, ému comme si
ç'avait été Gilberte, dont les parents, imprégnés comme

tout ce qui l'entourait, de son charme, excitaient en moi
autant d'amour qu'elle, même un trouble plus douloureux
(parce que leur point de contact avec elle était cette partie
intestine de sa vie qui m'était interdite), et enfin (car je
sus bientôt, comme on le verra, qu'ils n'aimaient pas que
je jouasse avec elle) ce sentiment de vénération que nous
vouons toujours à ceux qui exercent sans frein la puissance
de nous faire du mal.

J'assignais la première place à la simplicité, dans l'ordre
des mérites esthétiques et des grandeurs mondaines quand
j'apercevais Mme Swann à pied, dans une polonaise de
drap, sur la tête un petit toquet agrémenté d'une aile de
lophophore, un bouquet de violettes au corsage, pressée,
traversant l'allée des Acacias comme si ç'avait été
seulement le chemin le plus court pour rentrer chez elle
et répondant d'un clin d'œil aux messieurs en voiture qui,
reconnaissant de loin sa silhouette, la saluaient et se
disaient que personne n'avait autant de chic. Mais au lieu
de la simplicité, c'est le faste que je mettais au plus haut
rang, si, après que j'avais forcé Françoise, qui n'en pouvait
plus et disait que les jambes « lui rentraient », à faire les
cent pas pendant une heure, je voyais enfin, débouchant
de l'allée qui vient de la porte Dauphine — image pour
moi d'un prestige royal, d'une arrivée souveraine telle
qu'aucune reine véritable n'a pu m'en donner l'impression
dans la suite, parce que j'avais de leur pouvoir une notion
moins vague et plus expérimentale — emportée par le vol
de deux chevaux ardents, minces et contournés comme
on en voit dans les dessins de Constantin Guys[1], portant
établi sur son siège un énorme cocher fourré comme un
cosaque, à côté d'un petit groom rappelant le « tigre »
de « feu Baudenord[2] », je voyais — ou plutôt je sentais
imprimer sa forme dans mon cœur par une nette et
épuisante blessure — une incomparable victoria, à dessein
un peu haute et laissant passer à travers son luxe « dernier
cri » des allusions aux formes anciennes, au fond de
laquelle reposait avec abandon Mme Swann, ses cheveux
maintenant blonds avec une seule mèche grise ceints d'un
mince bandeau de fleurs, le plus souvent des violettes, d'où
descendaient de longs voiles, à la main une ombrelle
mauve, aux lèvres un sourire ambigu où je ne voyais que
la bienveillance d'une Majesté et où il y avait surtout la
provocation de la cocotte, et qu'elle inclinait avec douceur

sur les personnes qui la saluaient. Ce sourire en réalité
disait aux uns : « Je me rappelle très bien, c'était
exquis ! » ; à d'autres : « Comme j'aurais aimé ! ça a été
la mauvaise chance ! » ; à d'autres : « Mais si vous voulez !
Je vais suivre encore un moment la file et dès que je
pourrai, je couperai. » Quand passaient des inconnus, elle
laissait cependant autour de ses lèvres un sourire oisif,
comme tourné vers l'attente ou le souvenir d'un ami et
qui faisait dire : « Comme elle est belle ! » Et pour certains
hommes seulement elle avait un sourire aigre, contraint,
timide et froid et qui signifiait : « Oui, rosse, je sais que
vous avez une langue de vipère, que vous ne pouvez pas
vous tenir de parler ! Est-ce que je m'occupe de vous,
moi ? » Coquelin[1] passait en discourant au milieu d'amis
qui l'écoutaient et faisait avec la main à des personnes en
voiture, un large bonjour de théâtre. Mais je ne pensais
qu'à Mme Swann et je faisais semblant de ne pas l'avoir
vue, car je savais qu'arrivée à la hauteur du Tir aux
pigeons[2] elle dirait à son cocher de couper la file et de
l'arrêter pour qu'elle pût descendre l'allée à pied. Et les
jours où je me sentais le courage de passer à côté d'elle,
j'entraînais Françoise dans cette direction. À un moment
en effet, c'est dans l'allée des piétons, marchant vers nous,
que j'apercevais Mme Swann laissant s'étaler derrière elle
la longue traîne de sa robe mauve, vêtue, comme le peuple
imagine les reines, d'étoffes et de riches atours que les
autres femmes ne portaient pas, abaissant parfois son
regard sur le manche de son ombrelle, faisant peu attention
aux personnes qui passaient, comme si sa grande affaire
et son but avaient été de prendre de l'exercice, sans penser
qu'elle était vue et que toutes les têtes étaient tournées
vers elle. Parfois pourtant quand elle s'était retournée pour
appeler son lévrier, elle jetait imperceptiblement un regard
circulaire autour d'elle.

Ceux mêmes qui ne la connaissaient pas étaient avertis
par quelque chose de singulier et d'excessif — ou peut-être
par une radiation télépathique comme celles qui déchaî-
naient des applaudissements dans la foule ignorante aux
moments où la Berma était sublime — que ce devait être
quelque personne connue. Ils se demandaient : « Qui
est-ce ? », interrogeaient quelquefois un passant, ou se
promettaient de se rappeler la toilette comme un point
de repère pour des amis plus instruits qui les renseigne-

raient aussitôt. D'autres promeneurs, s'arrêtant à demi, disaient :

« Vous savez qui c'est ? Mme Swann ! Cela ne vous dit rien ? Odette de Crécy ?

— Odette de Crécy ? Mais je me disais aussi, ces yeux tristes... Mais savez-vous qu'elle ne doit plus être de la première jeunesse ! Je me rappelle que j'ai couché avec elle le jour de la démission de Mac-Mahon[1].

— Je crois que vous ferez bien de ne pas le lui rappeler. Elle est maintenant Mme Swann, la femme d'un monsieur du Jockey, ami du prince de Galles. Elle est du reste encore superbe.

— Oui, mais si vous l'aviez connue à ce moment-là, ce qu'elle était jolie ! Elle habitait un petit hôtel très étrange avec des chinoiseries. Je me rappelle que nous étions embêtés par le bruit des crieurs de journaux, elle a fini par me faire lever. »

Sans entendre les réflexions, je percevais autour d'elle le murmure indistinct de la célébrité. Mon cœur battait d'impatience quand je pensais qu'il allait se passer un instant encore avant que tous ces gens, au milieu desquels je remarquais avec désolation que n'était pas un banquier mulâtre par lequel je me sentais méprisé, vissent le jeune homme inconnu auquel ils ne prêtaient aucune attention, saluer (sans la connaître, à vrai dire, mais je m'y croyais autorisé parce que mes parents connaissaient son mari et que j'étais le camarade de sa fille) cette femme dont la réputation de beauté, d'inconduite et d'élégance était universelle. Mais déjà j'étais tout près de Mme Swann, alors je lui tirais un si grand coup de chapeau, si étendu, si prolongé, qu'elle ne pouvait s'empêcher de sourire. Des gens riaient. Quant à elle, elle ne m'avait jamais vu avec Gilberte, elle ne savait pas mon nom, mais j'étais pour elle — comme un des gardes du Bois, ou le batelier ou les canards du lac à qui elle jetait du pain — un des personnages secondaires, familiers, anonymes, aussi dénués de caractères individuels qu'un « emploi de théâtre », de ses promenades au Bois. Certains jours où je ne l'avais pas vue allée des Acacias, il m'arrivait de la rencontrer dans l'allée de la Reine-Marguerite où vont les femmes qui cherchent à être seules, ou à avoir l'air de chercher à l'être ; elle ne le restait pas longtemps, bientôt rejointe par quelque ami, souvent coiffé d'un « tube » gris, que je ne connaissais pas et qui causait longuement avec elle, tandis que leurs deux voitures suivaient.

Cette complexité du bois de Boulogne qui en fait un lieu factice et, dans le sens zoologique ou mythologique du mot, un Jardin, je l'ai retrouvée cette année[1] comme je le traversais pour aller à Trianon, un des premiers matins de ce mois de novembre où, à Paris, dans les maisons, la proximité et la privation du spectacle de l'automne qui s'achève si vite sans qu'on y assiste, donnent une nostalgie, une véritable fièvre des feuilles mortes qui peut aller jusqu'à empêcher de dormir. Dans ma chambre fermée, elles s'interposaient depuis un mois, évoquées par mon désir de les voir, entre ma pensée et n'importe quel objet auquel je m'appliquais, et tourbillonnaient comme ces taches jaunes qui parfois, quoi que nous regardions, dansent devant nos yeux. Et ce matin-là, n'entendant plus la pluie tomber comme les jours précédents, voyant le beau temps sourire aux coins des rideaux fermés comme aux coins d'une bouche close qui laisse échapper le secret de son bonheur, j'avais senti que ces feuilles jaunes, je pourrais les regarder traversées par la lumière, dans leur suprême beauté ; et ne pouvant pas davantage me tenir d'aller voir des arbres qu'autrefois, quand le vent soufflait trop fort dans ma cheminée, de partir pour le bord de la mer, j'étais sorti pour aller à Trianon, en passant par le bois de Boulogne. C'était l'heure et c'était la saison où le Bois semble peut-être le plus multiple, non seulement parce qu'il est plus subdivisé, mais encore parce qu'il l'est autrement. Même dans les parties découvertes où l'on embrasse un grand espace, çà et là, en face des sombres masses lointaines des arbres qui n'avaient pas de feuilles ou qui avaient encore leurs feuilles de l'été, un double rang de marronniers orangés semblait, comme dans un tableau à peine commencé, avoir seul encore été peint par le décorateur qui n'aurait pas mis de couleur sur le reste, et tendait son allée en pleine lumière pour la promenade épisodique de personnages qui ne seraient ajoutés que plus tard.

Plus loin, là où toutes leurs feuilles vertes couvraient les arbres, un seul, petit, trapu, étêté et têtu, secouait au vent une vilaine chevelure rouge. Ailleurs encore c'était le premier éveil de ce mois de mai des feuilles, et celles d'un ampelopsis merveilleux et souriant comme une épine rose de l'hiver, depuis le matin même étaient tout en fleur. Et le Bois avait l'aspect provisoire et factice d'une pépinière ou d'un parc, où soit dans un intérêt botanique, soit pour la préparation d'une fête, on vient d'installer, au milieu des arbres de sorte commune qui n'ont pas encore été déplantés, deux ou trois espèces précieuses aux feuillages fantastiques et qui semblent autour d'eux réserver du vide, donner de l'air, faire de la clarté. Ainsi c'était la saison où le bois de Boulogne trahit le plus d'essences diverses et juxtapose le plus de parties distinctes en un assemblage composite. Et c'était aussi l'heure. Dans les endroits où les arbres gardaient encore leurs feuilles, ils semblaient subir une altération de leur matière à partir du point où ils étaient touchés par la lumière du soleil, presque horizontale le matin comme elle le redeviendrait quelques heures plus tard au moment où dans le crépuscule commençant, elle s'allume comme une lampe, projette à distance sur le feuillage un reflet artificiel et chaud, et fait flamber les suprêmes feuilles d'un arbre qui reste le candélabre incombustible et terne de son faîte incendié. Ici, elle épaissisait comme des briques, et, comme une jaune maçonnerie persane à dessins bleus, cimentait grossièrement contre le ciel les feuilles des marronniers, là au contraire les détachait de lui vers qui elles crispaient leurs doigts d'or. À mi-hauteur d'un arbre habillé de vigne vierge, elle greffait et faisait épanouir, impossible à discerner nettement dans l'éblouissement, un immense bouquet comme de fleurs rouges, peut-être une variété d'œillet. Les différentes parties du Bois, mieux confondues l'été dans l'épaisseur et la monotonie des verdures se trouvaient dégagées. Des espaces plus éclaircis laissaient voir l'entrée de presque toutes, ou bien un feuillage somptueux la désignait comme une oriflamme. On distinguait, comme sur une carte en couleur, Armenonville, le Pré Catelan, Madrid, le Champ de courses, les bords du Lac[1]. Par moments apparaissait quelque construction inutile, une fausse grotte, un moulin à qui les arbres en s'écartant faisaient place ou qu'une pelouse portait en avant sur sa moelleuse plate-forme. On sentait que le Bois n'était pas qu'un bois, qu'il répondait à une destination étrangère à la vie de ses arbres, l'exaltation que j'éprouvais n'était pas causée que par l'admiration de l'automne, mais par un désir. Grande source d'une joie que l'âme ressent d'abord sans en reconnaître la cause, sans comprendre que rien au-dehors ne la motive. Ainsi regardais-je les arbres avec une tendresse insatisfaite qui les dépassait et se portait à mon insu vers ce chef-d'œuvre des belles promeneuses qu'ils enferment chaque jour pendant quelques heures. J'allais vers l'allée des Acacias. Je traversais des futaies où la lumière du matin qui leur imposait des divisions nouvelles, émondait les arbres, mariait ensemble les tiges diverses et composait des bouquets. Elle attirait adroitement à elle deux arbres ; s'aidant du ciseau puissant du rayon et de l'ombre, elle retranchait à chacun une moitié de son tronc et de ses branches, et, tressant ensemble les deux moitiés qui restaient, en faisait soit un seul pilier d'ombre, que délimitait l'ensoleillement d'alentour, soit un seul fantôme de clarté dont un réseau d'ombre noire cernait le factice et tremblant contour. Quand un rayon de soleil dorait les plus hautes branches, elles semblaient, trempées d'une humidité étincelante, émerger seules de l'atmosphère liquide et couleur d'émeraude où la futaie tout entière était plongée comme sous la mer. Car les arbres continuaient à vivre de leur vie propre et quand ils n'avaient plus de feuilles, elle brillait mieux sur le fourreau de velours vert qui enveloppait leurs troncs ou dans l'émail blanc des sphères de gui qui étaient semées au faîte des peupliers, rondes comme le soleil et la lune dans *La Création* de Michel-Ange[1]. Mais forcés depuis tant d'années par une sorte de greffe à vivre en commun avec la femme, ils m'évoquaient la dryade, la belle mondaine rapide et colorée qu'au passage ils couvrent de leurs branches et obligent à ressentir comme eux la puissance de la saison ; ils me rappelaient le temps heureux de ma croyante jeunesse, quand je venais avidement aux lieux où des chefs-d'œuvre d'élégance féminine se réaliseraient pour quelques instants entre les feuillages inconscients et complices. Mais la beauté que faisaient désirer les sapins et les acacias du bois de Boulogne, plus troublants en cela que les marronniers et les lilas de Trianon que j'allais voir, n'était pas fixée en dehors de moi dans les souvenirs d'une époque historique, dans des œuvres d'art, dans un petit temple à l'Amour au pied duquel s'amoncellent les feuilles palmées d'or. Je rejoignis les bords du lac, j'allai jusqu'au

Tir aux pigeons. L'idée de perfection que je portais en
moi, je l'avais prêtée alors à la hauteur d'une victoria,
à la maigreur de ces chevaux furieux et légers comme
des guêpes, les yeux injectés de sang comme les cruels
chevaux de Diomède[1], et que maintenant, pris d'un désir
de revoir ce que j'avais aimé, aussi ardent que celui qui
me poussait bien des années auparavant dans ces mêmes
chemins, je voulais avoir de nouveau sous les yeux au
moment où l'énorme cocher de Mme Swann, surveillé
par un petit groom gros comme le poing et aussi enfantin
que saint Georges[2], essayait de maîtriser leurs ailes d'acier
qui se débattaient effarouchées et palpitantes. Hélas ! il
n'y avait plus que des automobiles conduites par des
mécaniciens moustachus qu'accompagnaient de grands
valets de pied. Je voulais tenir sous les yeux de mon
corps pour savoir s'ils étaient aussi charmants que les
voyaient les yeux de ma mémoire, de petits chapeaux
de femmes si bas qu'ils semblaient une simple couronne.
Tous maintenant étaient immenses, couverts de fruits et
de fleurs et d'oiseaux variés[3]. Au lieu des belles robes
dans lesquelles Mme Swann avait l'air d'une reine, des
tuniques gréco-saxonnes relevaient avec les plis des
Tanagra, et quelquefois dans le style du Directoire, des
chiffons liberty semés de fleurs comme un papier peint[4].
Sur la tête des messieurs qui auraient pu se promener
avec Mme Swann dans l'allée de la Reine-Marguerite,
je ne trouvais pas le chapeau gris d'autrefois, ni même
un autre. Ils sortaient nu-tête. Et toutes ces parties
nouvelles du spectacle, je n'avais plus de croyance à y
introduire pour leur donner la consistance, l'unité,
l'existence ; elles passaient éparses devant moi, au hasard,
sans vérité, ne contenant en elles aucune beauté que mes
yeux eussent pu essayer comme autrefois de composer.
C'étaient des femmes quelconques, en l'élégance desquelles je n'avais aucune foi et dont les toilettes me
semblaient sans importance. Mais quand disparaît une
croyance, il lui survit — et de plus en plus vivace pour
masquer le manque de la puissance que nous avons
perdue de donner de la réalité à des choses nouvelles
— un attachement fétichiste aux anciennes qu'elle avait
animées, comme si c'était en elles et non en nous que
le divin résidait et si notre incrédulité actuelle avait une
cause contingente, la mort des Dieux.

Quelle horreur ! me disais-je : peut-on trouver ces automobiles élégantes comme étaient les anciens attelages ? je suis sans doute déjà trop vieux — mais je ne suis pas fait pour un monde où les femmes s'entravent dans des robes qui ne sont pas même en étoffe. À quoi bon venir sous ces arbres, si rien n'est plus de ce qui s'assemblait sous ces délicats feuillages rougissants, si la vulgarité et la folie ont remplacé ce qu'ils encadraient d'exquis ? Quelle horreur ! Ma consolation, c'est de penser aux femmes que j'ai connues, aujourd'hui qu'il n'y a plus d'élégance. Mais comment des gens qui contemplent ces horribles créatures sous leurs chapeaux couverts d'une volière ou d'un potager, pourraient-ils même sentir ce qu'il y avait de charmant à voir Mme Swann coiffée d'une simple capote mauve ou d'un petit chapeau que dépassait une seule fleur d'iris toute droite ? Aurais-je même pu leur faire comprendre l'émotion que j'éprouvais par les matins d'hiver à rencontrer Mme Swann à pied, en paletot de loutre, coiffée d'un simple béret que dépassaient deux couteaux de plumes de perdrix, mais autour de laquelle la tiédeur factice de son appartement était évoquée, rien que par le bouquet de violettes qui s'écrasait à son corsage et dont le fleurissement vivant et bleu en face du ciel gris, de l'air glacé, des arbres aux branches nues, avait le même charme de ne prendre la saison et le temps que comme un cadre, et de vivre dans une atmosphère humaine, dans l'atmosphère de cette femme, qu'avaient dans les vases et les jardinières de son salon, près du feu allumé, devant le canapé de soie, les fleurs qui regardaient par la fenêtre close la neige tomber ? D'ailleurs il ne m'eût pas suffi que les toilettes fussent les mêmes qu'en ces années-là. À cause de la solidarité qu'ont entre elles les différentes parties d'un souvenir et que notre mémoire maintient équilibrées dans un assemblage où il ne nous est pas permis de rien distraire, ni refuser, j'aurais voulu pouvoir aller finir la journée chez une de ces femmes, devant une tasse de thé, dans un appartement aux murs peints de couleurs sombres, comme était encore celui de Mme Swann (l'année d'après celle où se termine la première partie de ce récit) et où luiraient les feux orangés, la rouge combustion, la flamme rose et blanche des chrysanthèmes[1] dans le crépuscule de novembre pendant des instants pareils à ceux où (comme on le verra plus tard) je n'avais pas su découvrir les plaisirs

que je désirais. Mais maintenant, même ne me conduisant
à rien, ces instants me semblaient avoir eu eux-mêmes assez
de charme. Je voulais les retrouver tels que je me les
rappelais. Hélas ! il n'y avait plus que des appartements
Louis XVI tout blancs, émaillés d'hortensias bleus.
D'ailleurs, on ne revenait plus à Paris que très tard.
Mme Swann m'eût répondu d'un château qu'elle ne
rentrerait qu'en février, bien après le temps des chrysanthèmes, si je lui avais demandé de reconstituer pour moi
les éléments de ce souvenir que je sentais attaché à une
année lointaine, à un millésime vers lequel il ne m'était
pas permis de remonter, les éléments de ce désir devenu
lui-même inaccessible comme le plaisir qu'il avait jadis
vainement poursuivi. Et il m'eût fallu aussi que ce fussent
les mêmes femmes, celles dont la toilette m'intéressait
parce que, au temps où je croyais encore, mon imagination
les avait individualisées et les avait pourvues d'une
légende. Hélas ! dans l'avenue des Acacias — l'allée de
Myrtes — j'en revis quelques-unes, vieilles, et qui
n'étaient plus que les ombres terribles de ce qu'elles
avaient été, errant, cherchant désespérément on ne sait
quoi dans les bosquets virgiliens. Elles avaient fui depuis
longtemps que j'étais encore à interroger vainement les
chemins désertés. Le soleil s'était caché. La nature
recommençait à régner sur le Bois d'où s'était envolée
l'idée qu'il était le Jardin élyséen de la Femme ; au-dessus
du moulin factice[1] le vrai ciel était gris ; le vent ridait le
Grand Lac de petites vaguelettes, comme un lac ; de gros
oiseaux parcouraient rapidement le Bois, comme un bois,
et poussant des cris aigus se posaient l'un après l'autre sur
les grands chênes qui sous leur couronne druidique et avec
une majesté dodonéenne[2] semblaient proclamer le vide
inhumain de la forêt désaffectée, et m'aidaient à mieux
comprendre la contradiction que c'est de chercher dans
la réalité les tableaux de la mémoire, auxquels manquerait
toujours le charme qui leur vient de la mémoire même
et de n'être pas perçus par les sens. La réalité que j'avais
connue n'existait plus. Il suffisait que Mme Swann n'arrivât
pas toute pareille au même moment, pour que l'Avenue
fût autre. Les lieux que nous avons connus n'appartiennent
pas qu'au monde de l'espace où nous les situons pour plus
de facilité. Ils n'étaient qu'une mince tranche au milieu
d'impressions contiguës qui formaient notre vie d'alors ;

le souvenir d'une certaine image n'est que le regret d'un certain instant ; et les maisons, les routes, les avenues, sont fugitives, hélas, comme les années[1].

DOSSIER

CHRONOLOGIE

1871. *10 juillet* : naissance à Paris, sur l'emplacement du 96, rue La
Fontaine, à Auteuil, de Marcel Proust, fils aîné du docteur
Adrien Proust, agrégé de médecine (1834-1903), lui-même fils
d'un épicier d'Illiers (Eure-et-Loir), et de Jeanne Weil
(1849-1905), fille d'un riche agent de change juif. La maison
d'Auteuil appartient au grand-oncle de Proust, Louis Weil.

1873. *24 mai* : naissance d'un frère cadet, Robert, qui deviendra
chirurgien et professeur à la Faculté de médecine. *1er août* :
la famille s'installe 9, boulevard Malesherbes. Elle fera de
fréquents séjours à Auteuil et se rendra en vacances à Illiers,
chez Mme Jules Amiot, sœur aînée d'Adrien Proust, jusqu'aux
crises d'asthme de Marcel.

1881. *Printemps* : première crise d'asthme, en rentrant du bois de
Boulogne. Proust en souffrira toute sa vie.

1882. *Octobre* : entrée en cinquième au lycée Condorcet.

1884. *Août* : vacances à Houlgate.

1885. Adrien Proust est nommé professeur d'hygiène à la Faculté
de médecine. *Décembre* : Marcel quitte le lycée et n'y reviendra
plus de l'année scolaire.

1886. *Automne* : séjour à Illiers pour la succession de la tante Amiot.
Proust n'y retournera plus. *Octobre* : il redouble la classe de
seconde.

1887. *Printemps* : jeux avec Marie de Benardaky aux Champs-Élysées
(voir p. 391, n. 1). *Juillet* : concours général d'histoire et de
grec. *Octobre* : il entre en rhétorique.

1888. Lecture de Barrès, Renan, Leconte de Lisle, Loti. Proust et
ses condisciples rédigent *La Revue verte*, puis *La Revue lilas*.
Lettres sentimentales à Jacques Bizet et Daniel Halévy. *Octobre* :
élève d'Alphonse Darlu en philosophie. « Passion platonique
pour une courtisane célèbre », Laure Hayman, amie de son
grand-oncle, Louis Weil (voir p. 71, n. 1).

1889. *Mars* : mort de sa grand-mère paternelle. *15 juillet* : bachelier
ès lettres. *Septembre* : séjour à Ostende. Premiers pas dans les
salons : chez Madeleine Lemaire, chez Mme Arman de
Caillavet, qui le présente à Anatole France, et chez Mme Straus,
née Halévy et veuve de Georges Bizet (voir p. 90, n. 2), chez
qui il rencontre Charles Haas, modèle principal de Swann (voir
p. 188, n. 1). *Novembre* : engagement pour un an (ce qui
dispense des trois ans du service militaire), incorporation au
76ᵉ régiment d'infanterie à Orléans. Il mesure 1,68 mètre selon
son livret militaire.

1890. *Janvier* : mort de sa grand-mère maternelle, Mme Nathé Weil.
Septembre : séjour à Cabourg. *15 novembre* : libéré, Proust
s'inscrit à la Faculté de droit et à l'École libre des sciences
politiques.

1891. *Septembre* : vacances à Cabourg. *Octobre* : Trouville. *Novembre* :
deuxième année de droit et de sciences politiques. Rencontre
d'Oscar Wilde.

1892. *Janvier* : garçon d'honneur au mariage d'une cousine et de
Bergson. *Mars* : premier numéro de la revue *Le Banquet*, qui
paraîtra jusqu'en mars 1893. Proust y collabore activement avec
ses amis, Fernand Gregh, Daniel Halévy, Jacques Bizet, Louis
de La Salle. *Juillet* : portrait par Jacques-Émile Blanche. *Août* :
à Trouville, chez les Finaly. Proust fait la cour à Marie Finaly.

1893. Collaboration à *La Revue blanche*. *Avril* : Proust est présenté
à Robert de Montesquiou chez Mme Lemaire. *Août-septembre* :
séjour à Saint-Moritz, Évian, Trouville. *Octobre* : mort de son
ami Willie Heath. Licencié en droit, il prépare une licence de
lettres.

1894. *Mai* : Proust fait la connaissance de Reynaldo Hahn, avec qui
le liera une passion de deux années suivie d'une amitié durable.
Août : à Réveillon, près de Meaux, chez Mme Lemaire.
Septembre : à Trouville avec sa mère.

1895. *Mars* : licencié ès lettres. Il fréquente des concerts et des soirées
mondaines. *Juin* : reçu au concours d'attaché non rétribué à
la bibliothèque Mazarine, où il sera considéré comme
démissionnaire en 1900, après avoir obtenu congé sur congé.
Juillet : à Kreuznach, en Rhénanie, avec sa mère. *Août* : à
Dieppe chez Mme Lemaire. *Septembre* : à Belle-Île, puis à
Beg-Meil, en Bretagne, avec Reynaldo Hahn. Proust
commence un roman auquel il travaillera jusqu'en 1899, qu'il
laissera inachevé et qui sera publié en 1952 sous le titre de
Jean Santeuil. Il se lie avec Lucien, le fils d'Alphonse Daudet.

1896. *Mai* : mort de Louis Weil. *Juin* : mort de Nathé Weil.
Publication chez Calmann-Lévy du premier livre de Proust,
Les Plaisirs et les jours, préface d'Anatole France, aquarelles de
Madeleine Lemaire, commentaires musicaux de Reynaldo
Hahn. Le livre recueille des études parues pour la plupart dans
Le Banquet et *La Revue blanche* en 1892-1893. *Août* : au
Mont-Dore. *Octobre* : à Fontainebleau avec Léon Daudet.

1897. *6 février* : duel avec Jean Lorrain, à la suite d'insinuations sur ses relations avec Lucien Daudet. *Août* : second séjour à Kreuznach. Découverte de John Ruskin. *Décembre* : mort d'Alphonse Daudet.

1898. Dans l'affaire Dreyfus, Proust prend activement parti pour la révision. Il obtient la signature d'Anatole France pour la pétition de *L'Aurore*, le 14 janvier. *Juillet* : Mme Proust est opérée d'un cancer. *Septembre* : à Trouville avec sa mère convalescente. *Octobre* : à Amsterdam pour l'exposition Rembrandt.

1899. Lecture de *L'Art religieux du XIIIe siècle en France*, d'Émile Mâle. *Septembre* : à Évian. *Automne* : abandon de *Jean Santeuil* et début des travaux sur Ruskin.

1900. *20 janvier* : mort de Ruskin. Proust publie plusieurs études sur l'écrivain anglais, dont son premier article dans *Le Figaro*. Il entreprend de traduire et d'annoter *La Bible d'Amiens*, avec l'aide de sa mère et de Marie Nordlinger, une cousine anglaise de Reynaldo Hahn. *Mai* : voyage en Italie avec sa mère, rencontre de Marie Nordlinger à Venise, visite des fresques de Giotto à Padoue. *Octobre* : il retourne seul à Venise, pendant que la famille déménage au 45, rue de Courcelles, au coin de la rue de Monceau.

1901. Dîners mondains et crises d'asthme ; fin de la traduction de *La Bible d'Amiens*. Rapports étroits avec Antoine Bibesco et Bertrand de Fénelon. *7 septembre* : visite à Amiens et Abbeville.

1902. Quelques pages ajoutées à *Jean Santeuil* sont inspirées par Bertrand de Fénelon. *Septembre* : à Amboise, chez les Daudet. Journée à Chartres. Après un refus d'Ollendorff, le Mercure de France accepte de publier *La Bible d'Amiens*. *Octobre* : à Bruges pour l'exposition des primitifs flamands ; puis en Hollande, où il rejoint Bertrand de Fénelon. Il voit les Hals à Haarlem et la *Vue de Delft* de Vermeer à La Haye. *Décembre* : départ de Fénelon pour Constantinople.

1903. *2 février* : garçon d'honneur au mariage de Robert Proust. *25 février* : première chronique de Proust sur les salons dans *Le Figaro*. *Avril* : visite à Laon et Senlis. Amitié avec le duc de Guiche, le prince Radziwill, le marquis d'Albufera et sa maîtresse, Louisa de Mornand, qui débute au théâtre. Tension avec sa mère pour des raisons financières. *Août* : bref séjour à Trouville. *Septembre* : à Vézelay, en route vers Évian et Chamonix. *10 octobre* : Brou, Beaune, et retour à Paris. *26 novembre* : mort du professeur Adrien Proust.

1904. Publication au Mercure de France de la traduction de *La Bible d'Amiens*. Proust traduit un autre livre de Ruskin, *Sésame et les lys*. *Août* : croisière du Havre à Saint-Malo.

1905. *15 juin* : « Sur la lecture » dans *La Renaissance latine*, future préface de *Sésame et les lys* (texte important, qui annonce à la fois *Contre Sainte-Beuve* et *Du côté de chez Swann*). *Septembre* : Proust et sa mère à Évian ; elle tombe malade ; Robert Proust

la raccompagne à Paris. *26 septembre* : mort de Mme Proust.
Décembre : Proust entre à la clinique du docteur Sollier, à
Boulogne ; il y restera six semaines.

1906. *Fin janvier* : retour rue de Courcelles. *Fin mai* : publication
au Mercure de France de la traduction de *Sésame et les lys*.
Août-décembre : séjour à l'hôtel des Réservoirs, à Versailles.
Août : mort de Georges Weil, frère de Mme Proust.
27 décembre : Proust s'installe 102, boulevard Haussmann, dans
l'ancien appartement de son grand-oncle, Louis Weil.

1907. Proust se remet à écrire après une année de deuil. *1er février* :
article important dans *Le Figaro*, « Sentiments filiaux d'un
parricide ». Proust engage Nicolas Cottin comme valet de
chambre, puis Céline Cottin, qui resteront à son service jusqu'à
la guerre ; il se sépare d'Ulrich, valet-secrétaire, et de Félicie
Fitau, cuisinière de sa mère. *7 juillet* : article de Paul Bourget
dans *Le Figaro*, qui servira de point de départ au *Contre
Sainte-Beuve*. Vacances d'été à Cabourg, où Proust reviendra
chaque été jusqu'en 1914. Excursions à travers la Normandie,
visites de Bayeux, Caen, Pont-Audemer, après consultation
d'Émile Mâle, en automobile avec Alfred Agostinelli pour
chauffeur. Séjour à Évreux au retour vers Paris. *19 novembre* :
« Impressions de route en automobile » dans *Le Figaro*.

1908. Vrai début de la *Recherche*. *Février-mars* : publication dans *Le
Figaro* de pastiches sur l'affaire Lemoine, une escroquerie aux
faux diamants. *Mai* : Proust aurait rédigé soixante-quinze
feuillets, esquissant un roman abandonné à la fin du premier
semestre. Ses lettres suggèrent de multiples idées de travail.
Le procès d'homosexualité fait au prince von Eulenburg,
proche de Guillaume II, l'intéresse vivement. *Juin* : fêtes chez
la princesse de Polignac et chez la princesse Murat. *Été* à
Cabourg, où il se lie avec Marcel Plantevignes, et *automne* à
Versailles ; notations romanesques et réflexions esthétiques.
Décembre : le projet d'une étude sur Sainte-Beuve se précise ;
Proust hésite entre un essai classique, et une conversation
matinale avec sa mère, où il lui exposerait l'étude qu'il compte
entreprendre.

1909. *Janvier-février* : Proust revient aux pastiches. Leur recueil en
volume est refusé par le Mercure de France, Calmann-Lévy,
Fasquelle. *Printemps* : il reprend le projet Sainte-Beuve, à la
fois essai et récit, d'où il passera au roman. *Mai* : il se renseigne
sur le nom de Guermantes. *12 août* : il appelle encore son
projet : *Contre Sainte-Beuve, Souvenirs d'une matinée* ; la « partie
roman » aurait 250 ou 300 pages ; la conversation sur
Sainte-Beuve, 125 à 175 pages. *Vers le 15 août* : le Mercure
de France refuse de le publier ; Calmette s'offre à le faire
paraître en feuilleton dans *Le Figaro*. Départ improvisé pour
Cabourg, où il restera jusqu'à la fin septembre ; fréquentes
visites au Casino. Au retour, il met au net et fait dactylographier
le début du premier chapitre, le futur « Combray », jusqu'aux

« deux côtés », et décide de se cloîtrer jusqu'à l'achèvement de son œuvre. Le projet Sainte-Beuve s'estompe. *Fin novembre* : les 200 premières pages du roman sont lues avec enthousiasme par Reynaldo Hahn, puis par Georges de Lauris. *Début décembre* : elles sont portées au *Figaro*.

1910. Maladie et travail. Proust rédige des compléments pour « Combray », il commence « Un amour de Swann ». *Juin* : seconde saison des Ballets Russes à Paris. *11 juillet* : il sort le soir pour aller reprendre au *Figaro* son manuscrit refusé. Séjour à Cabourg de la mi-juillet à la fin septembre. Au retour à Paris, sa chambre a été tapissée de liège pour l'isoler du bruit.

1911. *Février* : Proust s'enthousiasme pour *Pelléas et Mélisande*, qu'il écoute au théâtrophone. *Avril* : début d'une correspondance avec Louis de Robert à propos de la publication du roman. *11 juillet* : départ précipité pour Cabourg. Miss Hayward, dactylographe attachée au Grand-Hôtel, poursuit la frappe de « Combray ». *1er octobre* : retour à Paris. Coûteuses spéculations boursières.

1912. *Mars, juin et septembre* : extraits de « Combray » dans *Le Figaro*. *Juillet* : le roman, intitulé *Les Intermittences du cœur*, aurait deux volumes de 700 pages, *Le Temps perdu* et *Le Temps retrouvé*, le premier étant dactylographié et comprenant trois parties, « Combray », « Un amour de Swann » et « Noms de pays ». *7 août-début octobre* : séjour à Cabourg. *28 octobre* : la dactylographie du *Temps perdu* est envoyée à Fasquelle, à qui Calmette recommande Proust. *Vers le 6 novembre* : Proust envoie également à Gallimard *Le Temps perdu* ; il parle maintenant de trois volumes. *Fin décembre* : Gallimard et Fasquelle refusent *Le Temps perdu*.

1913. *Début janvier* : Proust envoie le manuscrit chez Ollendorff. *14 janvier* : cadeau d'un précieux porte-cigarettes à Calmette, qui ne le remercia pas. *26 février* : audition des derniers quatuors de Beethoven par le quatuor Capet à la salle Pleyel. *Fin février* : refus d'Ollendorff ; avec l'aide de René Blum, Proust négocie une édition à compte d'auteur chez Bernard Grasset. *25 mars* : extrait dans *Le Figaro*. *27 mars* : mariage d'Odilon Albaret, chauffeur dont Proust utilise les services depuis 1910, et de Céleste Gineste, qui sera sa gouvernante de 1914 à sa mort. *Au printemps* : Proust corrige les placards. Trois volumes seront nécessaires, sous le titre général : *À la recherche du temps perdu*. *19 avril* : il écoute la Sonate de Franck jouée par Enesco. *Fin mai* : Agostinelli devient son secrétaire et s'installe chez lui avec sa compagne, Anna. *26 juillet* : départ pour Cabourg. *4 août* : brusque retour en train à Paris avec Agostinelli, après une excursion à Houlgate. *14 novembre* : *Du côté de chez Swann* paraît en librairie. Plusieurs réimpressions auront lieu avant la guerre. *1er décembre* : départ d'Agostinelli pour Antibes. Albert Nahmias, qui avait servi de secrétaire à Proust à partir de 1909, part à Nice pour tenter de le ramener.

1914. *Février* : Jacques Rivière, secrétaire de la *NRF*, est l'un des premiers lecteurs à comprendre le sens de la *Recherche*. *16 mars* : Mme Caillaux tue Calmette. *20 mars* : Gide fait savoir à Proust que les éditions de la NRF sont prêtes à publier la suite de la *Recherche*. *30 mai* : Agostinelli, qui apprenait à piloter sous le nom de Marcel Swann, se tue en monoplan au large d'Antibes. Proust corrige les épreuves du second volume, sous le titre *Le Côté de Guermantes*, allant jusqu'à la fin de la matinée chez Mme de Villeparisis. *1er juin et 1er juillet* : extraits de ce volume dans la *NRF*. *Été* : premier jet d'*Albertine disparue*. *Août* : Bernard Grasset, mobilisé, suspend la publication du roman. Odilon Albaret et Nicolas Cottin sont mobilisés. Céleste Albaret s'installe chez Proust. *Septembre* : dernier séjour à Cabourg, avec Céleste et un valet suédois, Ernest Forssgren. *17 décembre* : mort de Bertrand de Fénelon, confirmée seulement en mars 1915. Proust, qui mène une vie retirée, continue de travailler à son livre pendant toute la guerre et le remanie considérablement, introduisant tout le « roman d'Albertine ».

1915. *Janvier* : mort de Gaston de Caillavet, qui avait épousé son amie d'enfance Jeanne Pouquet. Nombreuses visites médicales pour obtenir une réforme définitive. Brouillons de la seconde partie de la *Recherche*. *Novembre* : résumé du « roman d'Albertine » dans une dédicace à Mme Scheikévitch.

1916. *25 février* : visite de Gide, qui offre à Proust de publier la suite de la *Recherche* aux Éditions de la *NRF*. Gallimard persuade Proust que rien ne le lie à Grasset, auprès duquel René Blum s'entremet de nouveau. *Août* : Grasset rend sa liberté à Proust. Amitié avec Cocteau, Lacretelle, Paul Morand. *Automne* : Proust invite le quatuor Poulet à jouer chez lui du Franck. Visites à la « maison de bains » d'Albert Le Cuziat, rue de l'Arcade, pour laquelle Proust a cédé quelques meubles. Il rédige *Sodome et Gomorrhe* et introduit la guerre dans *Le Temps retrouvé*.

1917. Soirées au Ritz avec la princesse Soutzo, qui épousera Morand. Quelques sorties au printemps, notées par l'abbé Mugnier dans son *Journal*. *28 juillet* : à la sortie du Ritz, alerte dont *Le Temps retrouvé* s'inspirera. *22 août* : suicide d'Emmanuel Bibesco à Londres. *Automne* : correction des épreuves de *Du côté de chez Swann* et *À l'ombre des jeunes filles en fleurs* pour les éditions de la NRF. Combray, qui se trouvait près de Chartres, est déplacé entre Laon et Reims, sur le front.

1918. *30 janvier* : bombardement de Paris, décrit dans *Le Temps retrouvé*. Intense vie mondaine. *Février* : dîner chez Mme Alphonse Daudet, avec l'abbé Mugnier, Anna de Noailles, Francis Jammes, Léon et Lucien Daudet ; dîners chez la princesse Soutzo. *Avril* : accident de santé, légère aphasie et paralysie faciale. Rédaction de la préface des *Propos de peintre* de

Jacques-Émile Blanche. *Été* : Gallimard rachète à Grasset les invendus de *Swann*, qui sortiront sous couverture blanche. *Décembre* : Proust envisage maintenant six volumes pour son roman.

1919. *Fin mai* : Proust doit quitter l'immeuble du boulevard Haussmann, que sa tante a vendu ; il s'installe provisoirement chez l'actrice Réjane, 8 *bis*, rue Laurent-Pichat, près de la porte Dauphine. Extraits dans la *NRF* des *Jeunes filles en fleurs* (1er juin) et du *Côté de Guermantes* (1er juillet). *Juin* : mise en vente de *À l'ombre des jeunes filles en fleurs*, deuxième volume du roman, réédition de *Du côté de chez Swann* et publication de *Pastiches et mélanges*, qui réunit les pastiches de 1908-1909 et des articles de 1900-1908. *Octobre* : il s'installe 44, rue Hamelin, non loin de l'Étoile, où il restera jusqu'à sa mort. *10 décembre* : *À l'ombre des jeunes filles en fleurs* obtient le prix Goncourt, par six voix contre quatre aux *Croix de bois* de Roland Dorgelès. Ce choix est discuté par une partie de la critique. Proust corrige les épreuves du *Côté de Guermantes*.

1920. *1er janvier* : article important dans la *NRF*, « À propos du "style" de Flaubert ». *4 mai* : Proust assiste aux Ballets Russes à l'Opéra. *Juin* : mort de Réjane. *23 septembre* : chevalier de la Légion d'honneur. *30 septembre* : au jury du prix Blumenthal, décerné à Jacques Rivière, conversation avec Bergson sur le sommeil. *Octobre* : mise en vente du *Côté de Guermantes I*. Proust songe à l'Académie française.

1921. *Janvier et février* : extraits dans la *NRF* et d'autres revues. *Mai* : Le *Côté de Guermantes II* suivi de *Sodome et Gomorrhe I* est mis en vente. La comtesse de Chevigné et Albufera, qui se reconnaissent en la duchesse de Guermantes et en Saint-Loup, se brouillent avec Proust. Montesquiou doit être persuadé qu'il n'est pas Charlus. *13 mai* : Gide rend visite à Proust. *Fin mai* : grave malaise au cours d'une visite de l'exposition des maîtres hollandais au Jeu de Paume, où il est allé revoir la *Vue de Delft*. *1er juin* : « À propos de Baudelaire » dans la *NRF*. Proust ne fera pas le « Dostoïevski » que Rivière lui demande ensuite. *Juin* : Henri Rochat, secrétaire de Proust depuis 1919, part pour l'Argentine. *Septembre* : chute et empoisonnement dû à un médicament. *Automne* : extraits de *Sodome et Gomorrhe* dans la *NRF* et dans *Les Œuvres libres*.

1922. Yvonne Albaret, la nièce de Céleste, dactylographie *La Prisonnière*, encore appelé *Sodome et Gomorrhe III*. *Printemps* : selon Céleste, Proust a écrit le mot « fin » : « Maintenant, je peux mourir. » *Mai* : nouvel empoisonnement ; *Sodome et Gomorrhe II* en librairie. *18 mai* : Proust rencontre Stravinski, Picasso et Joyce à un dîner au Ritz. *Automne* : il corrige les dactylographies de *La Prisonnière* et d'*Albertine disparue*. Sa santé se détériore, il soigne mal une bronchite. *Début novembre* : dernière lettre à Gallimard. *18 novembre* : Proust meurt d'une pneumonie. Il sera enterré le 22 novembre.

1923. Publication de *La Prisonnière*.

1925. *Albertine disparue.*
1927. *Le Temps retrouvé* et *Chroniques.*
1935. Mort de Robert Proust.
1962. Acquisition par la Bibliothèque nationale du fonds manuscrit conservé par les héritiers de Proust.
1987. L'œuvre de Proust tombe dans le domaine public.

DOCUMENTS

I. PROJET DE PRÉFACE
DU *CONTRE SAINTE-BEUVE*

Peu de pages des brouillons de Proust illustrent mieux la liaison originelle
de l'étude sur Sainte-Beuve et des thèmes essentiels de la Recherche[1]. *Le*
réquisitoire contre le critique, le relevé de ses erreurs, servira à Proust à exposer
ses propres idées sur l'art. Sainte-Beuve s'est trompé à cause de sa méthode ;
il explorait les apparences sociales et biographiques, alors que le génie créateur
est solitaire et secret. Proust l'illustre par des exemples de mémoire involontaire :
le pain grillé trempé dans la tasse de thé (la future madeleine), les pavés
inégaux rappelant Venise (ce seront ceux de l'hôtel de Guermantes dans Le
Temps retrouvé*), le bruit d'une cuiller sur une assiette rappelant le marteau*
des aiguilleurs contre les roues d'un train. Ces exemples témoignent d'un art
que la méthode de Sainte-Beuve échouerait à comprendre, et introduisent un
procès de l'intelligence.

Chaque jour j'attache moins de prix à l'intelligence. Chaque jour
je me rends mieux compte que ce n'est qu'en dehors d'elle que
l'écrivain peut ressaisir quelque chose de nos impressions passées,
c'est-à-dire atteindre quelque chose de lui-même et la seule matière
de l'art. Ce que l'intelligence nous rend sous le nom du passé n'est
pas lui. En réalité, comme il arrive pour les âmes des trépassés dans
certaines légendes populaires, chaque heure de notre vie, aussitôt
morte, s'incarne et se cache en quelque objet matériel. Elle et reste
captive, à jamais captive, à moins que nous ne rencontrions l'objet.
À travers lui nous la reconnaissons, nous l'appelons, et elle est

---

[1]. Les deux éditeurs du *Contre Sainte-Beuve*, Bernard de Fallois, en 1954, et Pierre Clarac,
en 1971, ont publié ce fragment : *Contre Sainte-Beuve*, éd. Fallois, p. 53-59 ; éd. Clarac,
p. 211-216. La transcription est très simplifiée ; elle ignore les passages biffés et intègre
les additions.

délivrée. L'objet où elle se cache — ou la sensation, puisque tout objet par rapport à nous est sensation —, nous pouvons très bien ne le rencontrer jamais. Et c'est ainsi qu'il y a des heures de notre vie qui ne ressusciteront jamais. C'est que cet objet est si petit, si perdu dans le monde, il y a si peu de chances pour qu'il se trouve sur notre chemin ! Il y a une maison de campagne où j'ai passé plusieurs étés de ma vie. Parfois je pensais à ces étés, mais ce n'étaient pas [eux]. Il y avait grandes chances pour qu'ils restent à jamais morts pour moi. Leur résurrection a tenu, comme toutes les résurrections, à un simple hasard. L'autre soir, étant rentré glacé, par la neige, et ne pouvant me réchauffer, comme je m'étais mis à lire dans ma chambre sous la lampe, ma vieille cuisinière me proposa de me faire une tasse de thé, dont je ne prends jamais. Et le hasard fit qu'elle m'apporta quelques tranches de pain grillé. Je fis tremper le pain grillé dans la tasse de thé, et au moment où je mis le pain grillé dans ma bouche et où j'eus la sensation de son amollissement pénétré d'un goût de thé contre mon palais, je ressentis un trouble, des odeurs de géraniums, d'orangers, une sensation d'extraordinaire lumière, de bonheur ; je restai immobile, craignant par un seul mouvement d'arrêter ce qui se passait en moi et que je ne comprenais pas, et m'attachant toujours à ce goût du pain trempé qui semblait produire tant de merveilles, quand soudain les cloisons ébranlées de ma mémoire cédèrent, et ce furent les étés que je passais dans la maison de campagne où j'ai dite qui firent irruption dans ma conscience, avec leurs matins, entraînant avec eux le défilé, la charge incessante des heures bienheureuses. Alors je me rappelai : tous les jours, quand j'étais habillé, je descendais dans la chambre de mon grand-père qui venait de s'éveiller et prenait son thé. Il y trempait une biscotte et me la donnait à manger. Et quand ces étés furent passés, la sensation de la biscotte ramollie dans le thé fut un des refuges où les heures mortes — mortes pour l'intelligence — allèrent se blottir, et où je ne les aurais sans doute jamais retrouvées, si ce soir d'hiver, rentré glacé par la neige, ma cuisinière ne m'avait proposé le breuvage auquel la résurrection était liée, en vertu d'un pacte magique que je ne savais pas. Mais aussitôt [que] j'eus goûté à la biscotte, ce fut tout un jardin, jusque-là vague et terne à mes yeux avec ses allées oubliées, qui se peignit, corbeille par corbeille, avec toutes ses fleurs, dans la petite tasse de thé, comme ces petites fleurs japonaises qui ne reprennent que dans l'eau.

De même bien des journées de Venise que l'intelligence n'avait pu me rendre étaient mortes pour moi quand, l'an dernier, en traversant une cour, je m'arrêtai net au milieu des pavés inégaux et brillants. Les amis avec qui j'étais craignaient que je n'eusse glissé, mais je leur fis signe de continuer leur route, que j'allais les rejoindre : un objet plus important m'attachait, je ne savais pas encore lequel, mais je sentais au fond de moi-même tressaillir un passé que je ne reconnaissais pas ; c'était en posant le pied sur le pavé que j'avais éprouvé ce trouble. Je sentais un bonheur qui m'envahissait, et que j'allais être enrichi d'un peu de cette pure substance de nous-même qu'est une impression passée, de la vie pure conservée pure (et que nous ne pouvons connaître que conservée, car au moment où nous la vivons, elle ne se présente pas à notre mémoire, mais au milieu des sensations qui la suppriment) et [qui] ne demandait qu'à être délivrée, qu'à venir accroître mes trésors de poésie et de vie. Mais je ne me sentais pas la puissance de la délivrer. J'avais peur que ce passé m'échappât. Ah ! l'intelligence ne m'eût servi à rien en un pareil moment. Je refis quelques pas en arrière pour revenir à nouveau sur ce pavé inégal et brillant, pour tâcher de me remettre dans le même état. Tout à coup, un flot de lumière m'inonda. C'était une même sensation du pied que j'avais éprouvée sur le pavage un peu inégal et lisse du baptistère de Saint-Marc. L'ombre qu'il y avait ce jour-là sur le canal où m'attendait ma gondole, tout le bonheur, tout le trésor de ces heures se précipita à la suite de cette sensation reconnue, et, dès ce jour, lui-même revécut pour moi.

Non seulement l'intelligence ne peut rien [pour] ces résurrections, mais encore ces heures du passé ne vont se blottir que dans des objets où l'intelligence n'a pas cherché à les incarner. Les objets en qui vous avez cherché à établir consciemment des rapports avec l'heure que vous viviez, dans ceux-là elle ne pourra pas trouver asile. Et bien plus, si une autre chose peut les ressusciter, eux, quand ils ressusciteront avec elle, seront dépouillés de poésie.

Je me souviens qu'un jour de voyage, de la fenêtre du wagon, je m'efforçais d'extraire des impressions du paysage qui passait devant moi. J'écrivais tout en voyant passer le petit cimetière de campagne, je notais des barres lumineuses de soleil sur les arbres, les fleurs du chemin pareilles à celles du *Lys dans la vallée*. Depuis, souvent j'essayais, en repensant à ces arbres rayés de lumière, à ce cimetière de village, d'évoquer cette journée, j'entends cette journée *elle-même*, et non son froid fantôme. Jamais je n'y parvenais et je désespérais d'y réussir, quand l'autre jour, en déjeunant, je laissai tomber ma cuiller sur mon assiette. Et il se produisit alors exactement le même son que celui du marteau des aiguilleurs qui frappait ce jour-là les roues du train dans les arrêts. À la même minute, l'heure brûlante et aveuglée où ce bruit tintait revécut pour moi, et toute cette journée dans sa poésie, d'où s'exceptaient seulement, acquis par l'observation voulue et perdus pour la résurrection poétique, le cimetière de village, les arbres rayés de lumière et les fleurs balzaciennes du chemin.

Hélas ! parfois l'objet, nous le rencontrons, la sensation perdue nous fait tressaillir, mais le temps est trop lointain, nous ne pouvons pas nommer la sensation, l'appeler, elle ne ressuscite pas. En traversant l'autre jour une office, un morceau de toile verte bouchant une partie du vitrage qui était cassée me fit arrêter net, écouter en moi-même. Un rayonnement d'été m'arrivait. Pourquoi ? J'essayai de me souvenir. Je voyais des guêpes dans un rayon de soleil, une odeur de cerises sur la table, je ne pus pas me souvenir. Pendant un instant, je fus comme ces dormeurs qui en s'éveillant dans la nuit ne savent pas où ils sont, essayant d'orienter leur corps pour prendre conscience du lieu où ils se trouvent, ne sachant dans quel lit, dans quelle maison, dans quel lieu de la terre, dans quelle année de leur vie ils se trouvent. J'hésitai ainsi un instant, cherchant autour du carré de toile verte les lieux, le temps où mon souvenir qui s'éveillait à peine devait se situer. J'hésitais à la fois entre toutes les impressions confuses, connues ou oubliées de ma vie ; cela ne dura qu'un instant, bientôt je ne vis plus rien, [mon] souvenir s'était à jamais rendormi.

Que de fois des amis m'ont [vu] ainsi, au cours d'une promenade, m'arrêter devant une allée qui s'ouvrait devant nous, ou devant un groupe d'arbres, leur demander de me laisser seul un moment ! C'était en vain ; j'avais beau, par moments, pour reprendre des forces fraîches pour ma poursuite du passé, fermer les yeux, ne plus penser à rien, puis tout d'un coup les ouvrir, afin de tâcher de revoir ces arbres comme la première fois, je ne pouvais savoir où je les avais vus. Je reconnaissais leur forme, leur disposition, la ligne qu'ils dessinaient semblait calquée sur quelque mystérieux dessin aimé qui tremblait dans mon cœur. Mais je ne pouvais en dire plus, eux-mêmes semblaient dans leur attitude naïve et passionnée dire leur regret de ne pouvoir s'exprimer, de ne pouvoir me dire le secret qu'ils sentaient bien que je ne pouvais démêler. Fantômes d'un passé cher, si cher que mon cœur battait à se rompre, ils me tendaient des bras impuissants, comme les ombres qu'Énée rencontre aux Enfers. Était-ce dans les promenades autour de la ville où j'étais heureux petit enfant, était-[ce] seulement dans ce pays imaginaire où plus tard je rêvais maman si malade, auprès d'un lac, dans une forêt où il faisait clair toute la nuit, pays rêvé seulement mais presque aussi réel que le pays de mon enfance, qui n'était déjà plus qu'un songe ? Je n'en savais rien. Et j'étais obligé de rejoindre mes amis qui m'attendaient au coin de la route, avec l'angoisse de tourner le dos pour jamais à un passé que je ne reverrais plus, de renier des morts qui me tendaient des bras impuissants et tendres, et semblaient dire : Ressuscite-nous. Et avant de reprendre rang et causerie avec mes camarades, je me retournais encore un moment pour jeter un regard de moins en moins perspicace vers la ligne courbe et fuyante des arbres expressifs et muets qui sinuaient encore à mes yeux et ne disaient plus rien à mon cœur.

À côté de ce passé, essence intime de nous-même, les vérités de l'intelligence semblent bien peu réelles. Aussi, surtout à partir du moment où nos forces décroissent, est-ce vers tout ce qui peut nous aider à le retrouver que nous nous portons, dussions-nous être peu compris de ces personnes intelligentes qui ne savent pas que l'artiste vit seul, que la valeur absolue des choses qu'il voit n'importe [pas] pour lui, que l'échelle des valeurs ne peut être trouvée qu'en lui-même. Il pourra se faire [qu'] une détestable représentation musicale dans un théâtre de province, un bal que les gens de goût trouvent ridicule, soit évoquent en lui des souvenirs, soit se rapportent en lui à un ordre de rêveries et de préoccupations, bien plus qu'une admirable exécution à l'Opéra, qu'une soirée ultra-élégante dans le faubourg Saint-Germain. Le nom de stations dans un indicateur de chemin de fer du Nord, où il aimerait imaginer qu'il descend de wagon par un soir d'automne, quand les arbres sont déjà dépouillés et sentent fort dans l'air vif, un livre insipide pour les gens de goût, plein de noms qu'il n'a pas entendus depuis l'enfance, peuvent avoir pour lui un tout autre prix que de beaux livres de philosophie, et font dire aux gens de goût que pour un homme de talent il a des goûts très bêtes.

On s'étonnera peut-être que, faisant peu de cas de l'intelligence, j'aie donné pour sujet aux quelques pages qui vont suivre justement quelques-unes de ces remarques que notre intelligence nous suggère, en contradiction avec les banalités que nous entendons dire ou que nous lisons. À une heure où mes heures sont peut-être comptées (d'ailleurs tous les hommes n'en sont-ils pas là?) c'est peut-être être bien frivole que de faire œuvre *intellectuelle*. Mais d'une part les vérités de l'intelligence, si elles sont moins précieuses que ces secrets du sentiment dont je parlais tout à l'heure, ont aussi leur intérêt. Un écrivain n'est pas qu'un poète. Même les plus grands de notre siècle, dans notre monde imparfait où les chefs-d'œuvre de l'art ne sont que les épaves du naufrage de grandes intelligences, ont relié d'une trame d'intelligence les joyaux de sentiments où ils n'apparaissent que çà et là. Et si on croit que sur ce point important on entend les meilleurs de son temps se tromper, il vient un moment où on secoue sa paresse et où on éprouve le besoin de le dire. La méthode de Sainte-Beuve n'est peut-être pas au premier abord [un] objet si important. Mais peut-être sera-t-on amené, au cours de ces pages, à voir qu'elle touche à de très importants problèmes intellectuels, peut-être au plus grand de tous pour un artiste, à cette infériorité de l'intelligence dont je parlais en commençant. Et cette infériorité de l'intelligence, c'est tout de même à l'intelligence qu'il faut demander de l'établir. Car si l'intelligence ne mérite pas la couronne suprême, c'est elle seule qui est capable de la décerner. Et si elle n'a dans la hiérarchie des vertus que la seconde place, il n'y a qu'elle qui soit capable de proclamer que l'instinct doit occuper la première.

(Proust 45, n.a.fr. 16636, f° 1-6.)

II. ESQUISSE POUR LES DEUX CÔTÉS

L'opposition du côté de chez Swann et du côté de Guermantes constitue l'une des symétries majeures de la Recherche. Les deux univers en apparence inconciliables sont liés aux deux directions des promenades autour de Combray. À la fin d'Albertine disparue, Gilberte Swann, devenue la femme de Saint-Loup, apprendra au héros qu'il existait un sentier reliant les deux côtés. Dans les plus anciens brouillons pour les deux côtés, au début de 1909 (Cahiers 4 et 26), leur contradiction était résolue aussitôt après leur présentation[1]. Ainsi, dans le Cahier 26, la réminiscence, provoquée par le heurt d'une fourchette sur une assiette, du bruit fait par des ouvriers frappant

1. Voir Claudine Quémar, « Sur deux versions anciennes des côtés de Combray », *Études proustiennes*, n° 2, 1975.

sur les rails, le jour d'une arrivée à Combray en chemin de fer, donne lieu à un exposé en forme de l'esthétique proustienne. Cette réminiscence sera transférée dans Le Temps retrouvé, *auquel Proust ajournera toutes les explications théoriques en 1911. L'exemple illustre la liaison organique de « Combray » et du* Temps retrouvé[1].

C'est de ces promenades solitaires que je fis à l'automne du côté de Méséglise que date une des lois vraiment immuables de ma vie spirituelle. Tout d'un coup tandis qu'une image passait sous mes yeux ou dans ma pensée, je sentais à un plaisir particulier, à une sorte de profondeur, qu'il y avait quelque chose sous elle, une réalité plus profonde. Je ne savais quoi. Je gardais précieusement l'image dans ma pensée, je marchais avec précaution comme de peur de la faire envoler. Quelquefois je me persuadais que ce n'était qu'à la maison devant mon papier que je pourrais l'ouvrir avec sécurité, et trouver son contenu intellectuel. C'était un clocher que j'avais vu filer dans le lointain, une fleur de sauge, une tête de jeune fille. Je sentais que là-dessous il y avait une impression, et je revenais à la maison rapportant mon impression vivante cachée sous cette image qui la signifiait comme on rapporte sous l'herbe qui la garde fraîche une carpe qu'on a pêchée. Arrivé à la maison j'ouvrais mon panier, je tâchais de soulever l'herbe et de saisir le poisson s'il ne s'était pas échappé en route. Jamais ce n'est la grandeur, la valeur rationnelle d'une idée qui m'a depuis donné la sensation de sa beauté, qui m'a dit : voilà, il y a du beau, du vrai là-dessous, il y a quelque chose à creuser. C'est quelque image qui était a priori sans valeur intellectuelle quelque clocher filant dans une perspective, quelque fleur de sauge, quelque tête de jeune fille, quelque forme qui s'imposait à moi. J'ai su pour quelques-unes découvrir la beauté ou le passé qu'elles contenaient et qui m'avait fait à leur passage dresser l'oreille intérieure. Pour d'autres dans ma paresse je me disais il suffit de me rappeler l'image, un jour je la prendrai, je l'essayerai [*sic*] de l'ouvrir ; et c'est ainsi que les ateliers de mon passé se sont encombrés de clochers, de têtes de jeunes filles, de fleurs fanées, de mille autres formes en qui toute vie est morte et qui ne signifieront plus jamais rien pour moi, d'où j'eus[se] peut-être tiré, si j'avais eu cette volonté que voulait me donner ma grand-mère, des pensées qui eussent servi aux arts d'aliment. Et pour finir avec les deux côtés je parlerai d'une découverte différente bien qu'en apparence elle ressemble à celle-ci que je fis du côté de Guermantes. Il y avait déjà assez longtemps que nous étions arrivés à Combray cette année-là. Dans le train qui nous avait emmené[s] par un jour extrêmement chaud, on s'était arrêté pendant assez longtemps en pleine campagne pendant que les ouvriers tapaient sur les rails pour je ne sais quel travail. Pendant l'arrêt je regardais par la portière, il y avait sur le chemin des fleurs

1. Voir Maurice Bardèche, *Marcel Proust romancier*, t. I, appendice II, p. 385-395 ; Bernard Brun, « "Une des lois vraiment immuables de ma vie spirituelle" : quelques éléments de la *démonstration* proustienne dans des brouillons de *Swann* », *Bulletin d'informations proustiennes*, n° 10, 1979.

de toute sorte ; on disait autour de moi que c'était un endroit ravissant, comme en décrivent les poètes. J'essayais de les décrire dans ma pensée je cherchais une épithète pour chaque fleur. Ce que je trouvais si brillant ou ingénieux que cela fût ne me causait aucun plaisir et me donnait une grande impression d'ennui et de médiocrité. Je me disais : oui cet endroit est ravissant littéraire, mais quelle pauvre chose que la littérature, que la nature, que la vie. Ou bien c'est moi qui n'ai pas d'imagination. Comme j'avais tort de me croire poète, que je suis médiocre. Et je pensais à une page d'un philosophe que ma grand-mère m'avait lue, disant que les joies de l'intelligence sont plus vives que toutes les autres, que toutes les autres ne comptent pas pour l'artiste et qu'il n'est heureux que s'il arrive à faire consister toute sa vie dans les joies de l'intelligence. Que cela est faux me disais-je, que les plaisirs de l'intelligence sont ennuyeux. Ce qui m'aide à supporter la vie c'est l'attente d'autres plaisirs où l'art ne sera pour rien et que tout le monde goûte de même, la gourmandise, le monde, l'amour, etc. Et je continuais avec ennui à essayer d'observer, d'approfondir d'exprimer cet après-midi et ce paysage. Quelque temps après j'étais allé goûter et travailler dans les bois de Combray où j'apprenais avec mon institutrice le premier livre de la géométrie. Je me rappelle que je lui avais dit : je vois bien, de démonstration en démonstration en faisant appel à des théorèmes différents qui n'ont aucun rapport que deux triangles semblables sont semblables, je vois *comment* vous le démontrez, mais *pourquoi* le sont-ils ? pourquoi ? J'avais passé si longtemps à essayer en vain de faire comprendre mon idée à laquelle je n'ai d'ailleurs jamais repensé ne m'étant plus occupé de sciences, qu'épuisés tous les deux nous avions cessé là le cours. Je regardais la lumière qui baignait les troncs jusqu'à demi-hauteur, j'essayais d'exprimer cela et éprouvais le même ennui et avais aussi profond le sentiment de ma médiocrité et de l'ennui de la littérature que dans le train qui me menait à Combray où je n'avais pu trouver l'ombre de poésie au beau chemin fleuri. C'était l'heure du goûter, mon institutrice avait apporté des assiettes pour manger de la tarte, nous les sortîmes je pris une fourchette, je voulus trancher la tarte mais j'avais mal placé ma fourchette qui frappa un bruit sur l'assiette. Mon institutrice commençait à me gronder, mais je ne l'entendais plus. Le bruit du couteau frappant l'assiette m'avait donné soudain une impression de chaleur de soif, d'été, de rivières où le soir descendait sans rafraîchir l'air, de voyage, qui m'enivrait. C'est que ma mémoire inconsciente du présent, ignorante au fond de moi des circonstances où je me trouvais, l'ayant trouvé exactement semblable au bruit que faisaient les marteaux des employés du train frappant sur les rails, dans la halte que nous avions faite, envoyait à flots les souvenirs amis de celui-là le rejoindre et se réjouir avec lui. Le paysage observé avec l'intelligence, c'est-à-dire faussement m'avait paru insipide. Revu plus tard par l'intelligence c'est-à-dire toujours inexactement il continuait à me paraître insipide. La nature le passé me paraissaient ennuyeux et laids parce que ce n'étaient ni la nature ni le passé. Recréé soudain et précisément à l'aide d'une de ces sensations à qui j'avais laissé toute sa vertu en n'y appliquant pas mon attention, le bruit du marteau des employés, elle m'apparaissait vivante, vécue, passée, enivrante et belle. Non seulement je trouvais la nature belle, et que la vie valait la peine que l'art essayât d'en démêler la beauté, mais je sentais en moi une sorte de génie. Je demandai à mon institutrice de rentrer pour que je puisse essayer de décrire ce qui m'avait soudain envahi. Et ma crainte me glaçait, la peur d'un accident, la peur de mourir avant de l'avoir décrit. Le paysage du train qui m'avait paru si insipide et avait ôté pour moi du prix à ma vie, lui en donnait un si grand maintenant que je marchais effrayé, comme portant une chose précieuse, chargée d'une commission plus importante que moi et qu'il fallait que je fisse. Je pouvais mourir après. Résidant au-dessus de moi-même, dans une vérité poétique qui née de l'accord d'une minute présente et d'une minute passée était en quelque sorte hors du temps et de l'individu, ce qui pouvait m'arriver dans le temps, à moi, m'importait peu, pourvu que la vérité extratemporelle dont j'étais depuis un moment le dépositaire animé fut mise en lieu [sûr] en des pages durables. À ce moment-là la beauté de la vie et la certitude de mon talent me paraissaient des choses aussi indiscutables que l'insignifiance de la vie et ma médiocrité m'avaient paru dans le train. Depuis j'ai malheureusement passé plus souvent par les heures du train que par les heures où ressuscitèrent dans le bruit d'un marteau ce paysage vu du chemin en chemin de fer [sic], au milieu de ces bois de Combray qui eux-mêmes sont renés d'une tasse de thé. Et comme les heures fréquentes du train sont si moroses, et celles que j'éprouvai ce jour-là du côté de Combray si enivrantes c'est peut-être dans ce sens-là que sont vrais les mots qui m'avaient paru si faux jusque-là que les joies intellectuelles sont pour l'artiste les plus grandes de toutes et que sa vie est heureuse dans la mesure où il peut obtenir la continuité de ces joies.

Ajouter ceci ou bien le mettre à la fin plutôt et je me rappellerai que c'est la même chose que j'ai pensée à Combray.

Tandis que le monde extérieur, nature, vie sociale, art, amour, déroule devant nous son spectacle notre impression est en quelque sorte double, ayant une partie de son corps engainée en nous l'autre au-dehors. Celle qui est en nous, il n'y a que nous qui pourrions saisir ce qu'elle contient fatigue que nous nous épargnons d'autant plus que l'autre partie celle qui est hors de nous est à peu près la même pour tous. Alors nous n'insistons pas sur ce qu'a éveillé le sillon mystérieux que laboure un air en nous, mais nous analysons l'air au point de vue artistique nous l'apprenons nous le chantons, nous savons ce qu'il a de beau, quel est son rythme, toutes choses qui à la rigueur sont des explications du petit sillon. Ainsi la plupart des hommes intelligents deviennent musiciens, s'y connaissent en symphonies, en cathédrales, archéologues, lettrés, mondains. Certains hommes seuls se penchent sur l'inexplicable sillon tracé en eux. Les sillons affectent différentes formes mais toutes obscures comme les signes d'une écriture antique qu'on ne connaîtrait pas. Là un poignard, là un simple

signe légèrement brillant ; là un rectangle, etc. une fleur. Que cela
peut-il signifier [?] Beaucoup se détournent. Et se consolent de ne pas
chercher à savoir en aimant la chose qui a creusé le petit sillon, refaisant
la promenade où ils ont vu les clochers, retournant entendre l'opéra
etc. comme ceux qui n'ont pas la force d'analyser leur amour passent
leur temps à organiser des intrigues pour voir leur maîtresse. Et
pourtant il n'y a d'intelligence vraie, de réalité rationnelle que celle
qu'on trouve si on arrive à comprendre ce que signifiait pour nous au
moment où le petit sillon fut tracé, le poignard, le clocher le rectangle
ou la fleur. Les vérités, la beauté saisie directement, à claire-voie pour
ainsi dire, dans la pleine lumière de l'intelligence n'est pas la nôtre elle
est arbitraire, elle n'est pas réelle. La seule réalité est celle qu'on arrive
à dégager des formes inexplicables laissées par ce que nous avons
effectivement senti. Ce que nous arrivons à tirer dans le grimoire fleuri,
c'est le livre vrai dicté par la réalité, le nôtre. Cela porte la marque
de notre originalité, ce qui veut dire que cela aura seulement l'air non
plus même original mais simplement vrai et beau aux autres car
l'originalité est indispensable pour faire aux yeux des autres de la vérité
et de la beauté mais elle n'y est pas plus perceptible que les points dans
la surface dont elle est faite. Une vague couleur reste pourtant
personnelle. Puis tout cela se fond dans les originalités voisines et bien
que ce soit d'un puits unique où nul autre ne pourrait puiser que
Chateaubriand, Flaubert, Anatole France, Francis Jam[m]es, Henri de
Régnier aient tiré leur œuvre, leurs livres harmonieusement reliés dans
l'histoire littéraire se suivent sans heurt dans l'histoire littéraire comme
ces impressions diverses fondues dans la matière insensiblement
dégradée et les diverses transitions d'un beau livre.

(Cahier 26, n.a.fr. 16666, f° 15-21.)

III. ESQUISSE D'« UN AMOUR DE SWANN »

*En 1909, « Un amour de Swann » et À l'ombre des jeunes filles en fleurs
sont confondus. À Querqueville, futur Balbec, Swann fréquente un groupe de
jeunes filles, comme le héros le fera dans le roman ; il hésite sur celle qu'il aimera,
puis choisit Anna. Le motif lesbien prend naissance. Dans le même cahier, des
compléments pour cette esquisse déplaceront l'intrigue du côté du héros[1].*

De toutes ces femmes [Anna *barré*] Maria et [Septimie *barré*]
Solange étaient les deux qu'il aimait le moins. Quand il dut aller à
Querqueville il ne s'informa pas si elles y venaient, et la veille de
son départ apprit qu'elles n'y viendraient probablement pas ; quand
il sut qu'elles y étaient il ne chercha aucune occasion de les voir et
n'alla pas dans les lieux où elles étaient mais il les rencontra tout
de même souvent par la force des choses. Et comme elles étaient
tout de même jeunes et agréables il y avait certains jours où de toutes,

1. Voir Maurice Bardèche, *Marcel Proust romancier*, t. I, appendice III, p. 397-411 ; Alma
Saraydar, « Un premier état d'*Un amour de Swann* », *Bulletin d'informations proustiennes*,
n° 14, 1983.

c'était Septimie, ou c'était Anna qui avait été l'attrait de la réunion et était celui du lendemain comme d'autres jours c'était Célia, Arabelle ou Renée. Le petit sentiment qu'il avait eu pour Anna, et celui qu'il avait eu pour Septimie avaient été gelé[s] en effet par l'absence, par leur[s] tort[s], par certaines indispositions qui les avaient enlaidies, mais les sentiments sont comme les graines ils peuvent être gelés très longtemps et renaître.

Quelques lignes sont laissées en blanc.

Puis elle lui affirma que c'était faux il chassa cette idée et n'y pensa plus. Cette seule révélation suffit pour lui faire prendre Anna en horreur, il était furieux contre elle, il la traitait abominablement disait du mal d'elle, cherchait à lui faire du mal, tout en témoignant de plus en plus d'affection à Septimie. Un jour il poussa les choses si loin avec Anna qu'il fallut avoir une explication. La tristesse d'Anna persécutée le toucha. Alors il lui dit : « Pouvez-vous me jurer que vous me répondrez la vérité sur ce que je vais vous demander ? — Je vous le jure. — J'aime Septimie ; on m'a dit que vous aviez des relations avec elle. Est-ce vrai ? » Anna fut indignée : « Je vous jure que non. » Il fut apaisé un moment. Mais les moindres choses le ranimaient. Il accablait tout le temps Anna de sarcasmes. C'est curieux disait-on l'année dernière Swann aimait bien Anna. Cette année il l'a prise en horreur. En revanche il était charmant pour Septimie, et semblait prendre plaisir à ce qu'Anna vît la préférence qu'il manifestait à Septimie et la gentillesse que Septimie avait pour lui. Puis ses soupçons jaloux s'apaisèrent. Et il se sentit un grand penchant pour Juliette. Il négligea plusieurs endroits où il savait qu'il verrait Septimie pour un autre où il voyait Juliette. Cependant il n'en voulait plus trop à Anna, tout en continuant la à traiter avec une certaine ironie. Mais il sentait qu'il avait du plaisir à la voir, et plusieurs fois cherchait à la rencontrer. Un peu de gentillesse, certains aspects de son visage, les choses qu'elle lui disait étaient souvent dans sa pensée et il lui donnait un sourire ; puis il n'y pensait plus. Un jour on organisa fort loin une représentation du *Misanthrope*. Anna devait jouer le rôle de Célimène. Il admirait beaucoup Molière et trouva que la complication d'aller là-bas ne devait pas l'empêcher. Plusieurs occupations qu'il avait et qui l'empêchaient lui parurent ridicules. On lui télégraphia que son père arrivait pour deux jours : ce fut de la fureur. Il lui télégraphia qu'il ne serait pas là. Il attendait les impressions les plus intéressantes d'une représentation dans ces conditions particulières avec des gens qu'il connaissait pour acteurs, dans un cadre de nature et sentait que le chef-d'œuvre de Molière lui apparaîtrait tout différent. Cependant Anna était souffrante et dut rendre son rôle, elle irait seulement comme spectatrice. Puis elle fut obligée de s'aliter et renonça même à aller là-bas. Au fond c'était bien loin, et ne pouvait-on relire Molière chez soi ? Il télégraphia à son père qu'il restait. Cependant le lendemain trois personnes vinrent le voir. Au bout d'un moment il fit à la première l'éloge d'Anna. À la seconde il dressa contre elle un vrai réquisitoire. À la troisième il parla des villas de Querqueville et au bout d'un moment cita le nom de la villa d'Anna. Les personnes partirent ; seul il s'ennuya et pour s'occuper ouvrant un Tout-Paris chercha sur le plan la rue qu'elle habitait à Paris, et fit acheter l'annuaire des téléphones pour voir si son nom s'y trouvait. Puis il se coucha s'endormit mais en s'éveillant il pensa au visage d'Anna, son valet de chambre entra chez lui il lui donna divers ordres mais en même temps le nom d'Anna était multiplié tout le temps dans sa pensée. Ce nom cette image qui y était il y a quelques jours encore çà et là, avait multiplié, grandi, occupait tout l'espace, tout le temps, il comprit, et se dit : « Je l'aime. » Et à partir de ce moment sans qu'il comprît bien ce qu'il y avait de changé et à quelle réalité correspondait son amour il se reportait à lui comme à quelque livre qui faisait le fond de sa vie, comme quand nous avons fait la connaissance de quelqu'un ou quand un jour important est arrivé nous partons du fait que nous connaissons cette personne ou que le 1er janvier est passé sans pouvoir nous remettre dans l'état antérieur. Il ne pouvait pas dire ce qu'il attendait car il savait qu'elle ne l'aimait pas, il ne la croyait pas capable de se donner sans aimer, et ne le désirait presque pas. Et il aimait les choses qui le détournaient de la tristesse de ne pas être aimé en lui présentant ces soins qu'il prenait pour une femme, cette préoccupation, ce besoin de faire passer cela avant tout pour cet état précieux en lui-même qu'est l'amour. Il avait plaisir à lire que Chateaubriand, Disraeli, cette année-là, ne vivaient que pour une petite blonde qu'ils allaient voir tous les soirs, à qui ils pensaient plus qu'à tout, etc. Car alors penser plus qu'à tout à Anna, aller la voir tous les soirs, lui apparaissait comme le tout de l'amour et comme constituer des relations véritables entre eux.

Il eût voulu au moins qu'elle l'aidât à se figurer que même à son corps défendant il était quelque chose de particulier dans sa vie. Quand elle lui défendait de prendre un cocher il était heureux. Il savait qu'au fond tout cela lui était égal mais il lui demandait l'apparence qui lui permît de jouer au jeu de l'amant, même de l'amant trompé, même de l'amant malheureux, mais qu'il pût se dire qu'il y avait un peu d'amour. Sans doute il ne se disait pas « je la posséderai demain », mais enfin il la verrait et qui sait si une circonstance ne se présenterait pas. Peut-être n'attendait-elle que telle occasion. Et en tous cas quand depuis huit jours il avait cette incessante pensée d'elle, voir le vrai visage qui était la cause de toutes ses pensées devenait quelque chose de presque curieux comme de voir telle chose célèbre le Parthénon ou le Vésuve dont on a beaucoup entendu parler. Et même dans ces périodes où elle était la même (aspect physique pour lui) chaque fois qu'il arrivait près d'elle c'était autre chose qui le frappait. Une fois il voyait deux grands yeux brillants au-dessus d'un sourire, une autre fois un nez fin et une main longue, une autre fois les cheveux irréguliers donnant quelque chose [de] futé au profil, une autre fois elle se présentait comme l'image de la question par laquelle elle l'abordait, d'autres fois elle n'était qu'un salut.

Le facteur principal de ses pensées sur elle était précisément cet amour qui n'était qu'en lui. S'il se la représentait l'éprouvant en quelque mesure, pouvant y consentir, il la bénissait ; s'il se la représentait l'éprouvant pour d'autres il la haïssait. Mais comme il sentait bien que tout cela n'était qu'en lui, il jugeait aussi absurdes ses espérances et ses jalousies. Et pourtant c'étaient elles seules qui dominaient sa conduite. Il se disait que si elle pouvait être absolument pauvre, mutilée à jamais, forcée de vivre dans un endroit où il n'y aurait eu que lui, il aurait peut-être pu être heureux.

Il se rappelait qu'avec toutes ses femmes, un jour elles l'avaient aimé, et il attendait quelque chose ou un accident qui la tuât ou qui la jetât dans ses bras. Mais rien ne vint jamais. Et il se disait combien la vie est au fond plus assurée et moins pleine d'événements qu'on ne croit.

Quand il l'attendait, il souhaitait qu'elle vînt. Mais il souhaitait aussi qu'elle ne vînt pas pour pouvoir la détester et lui faire du mal, car il y avait en elle une femme à qui il aimait faire du mal, et avec qui il souffrait d'être affectueux.

Il espérait toujours que d'une querelle sortirait un pacte fait par elle où elle lui reconnaîtrait ce qu'il désirait. Il trouvait toujours de nouvelles raisons pour cela. « Il faut au moins que j'aie quelque trêve pour me permettre de me souvenir. »

Quand il devait la voir, au fond il sentait qu'il n'en aurait pas grand plaisir, il voyait ce que serait cette visite et aimait autant qu'elle ne pût lui donner rendez-vous. Mais si alors elle lui supprimait son rendez-vous, précisément la cause ou l'absence de cause du manque de rendez-vous le jetait dans un état nouveau qui ne se pouvait calmer qu'en la voyant de sorte qu'il voulait la voir. Et pour elle, elle n'en retenait que l'impossibilité de ne pas la voir. Et d'ailleurs, bien qu'elle ne se rendît pas compte du mécanisme c'était cela en effet.

Quand il devait la voir, il sentait que cette visite ne pourrait rien apporter de nouveau, que tout au plus il lui déplairait un peu plus, et il espérait qu'elle le décommanderait d'une façon cruelle qui au moins lui permettrait de sangloter d'éprouver le renoncement à une chose qui en réalité n'existait pas et ne pouvait le satisfaire. Peut-être du chagrin qu'elle lui aurait fait naîtrait-il de sa part quelque résolution désespérée de rupture qui pourrait amener quelque renouvellement.

(Cahier 25, n.a.fr. 16665, f° 47 v°-42 v°.)

Dans une addition, à la première personne, le héros aime cette fois une femme nommée Claire, et souffre de jalousie à propos d'une rivale qui s'appelle Septimie.

Une époque vint où la voyant moins souvent, et toujours seule, le souvenir de ces choses qui me rendaient jaloux finit par ne plus revenir, les périodes heureuses se prolongèrent, mon sang désopprimé se remit à couler heureusement dans mon cœur. Mais comme il suffit l'hiver quand l'eau paraît libre mais [demeure] glacée d'un seul

morceau de glace pour faire prendre tout le reſte, dans le moment
où nous étions le plus gai, le plus abandonné, il suffisait qu'elle me
dise : « Je vais aller faire un voyage avec Septimie cet été » pour
qu'aussitôt je sentisse mon cœur, occupé, comprimé en ses parois
par un bloc énorme de tous mes fluides et coulants sentiments qui
s'étaient soudain pris, et cognaient ses bords. Ou plutôt elle ne me
disait pas : « Je vais faire un voyage avec Septimie. » Mais :
« Septimie va faire un voyage cet été. » Elle me le disait si
naturellement et gaiement que dans la première hypothèse il n'était
pas queſtion que cela pût signifier : « Je vais faire un voyage avec
Septimie. » Mais la deuxième hypothèse était maintenant celle que
j'avais adoptée. Aussi, quelques jours après, je lui demandais
négligemment : « Voyons eſt-ce que vous ne m'aviez pas dit que
vous alliez faire un voyage avec Septimie [?] » Et en effet c'était
vrai. Alors dans mon cœur toute ma triſteſse résolue, libérée,
flottante, se congelait par l'effet de ce seul malheur de penser que
cet été elle me serait enlevée et je sentais en moi un bloc douloureux
qui était le temps à venir avec Claire, temps qu'il me suffisait de ne
pas me représenter pour l'imaginer pareil à l'heure présente, et qui
tout d'un coup, au sein même de ce petit monde intérieur à
moi-même, où je le portais en moi, venait le modifier, me l'enlever,
peut-être à dessein. D'autres fois c'était un nom lu dans les
déplacements et villégiatures et qui était celui de quelqu'un qu'elle
passait pour avoir aimé, ou seulement un nom semblable, ou presque
semblable et qui me le rappelait, un vaudeville dont on rendait
compte et qui avait pour titre une plaisanterie que je lui avais entendu
faire à Septimie et qui m'avait autrefois rendu malheureux. J'avais
commencé la lecture du journal avec insouciance, et brusquement
je reculais inſtinctivement comme si j'avais reçu une balle au cœur,
et en effet ce titre de vaudeville en me rappelant la plaisanterie
oubliée, venait d'entrer dans mon cœur y changer l'aspeĉt de Claire,
le rendre de tendre hoſtile, de pure impure, et d'y inſtaller près d'elle,
lui tendant les bras, Septimie. Sans doute elle m'avait dit que mon
idée était folle, sans doute il y avait mille chances pour que ce fût
vrai. Il eſt vrai qu'avec la deuxième hypothèse son affirmation pouvait
ne rien valoir. Mais après tout cette deuxième hypothèse pouvait
s'appliquer à tout. Et j'étais à peu près calmé quand brusquement,
par un de ces éclairs analogues à celui du poète inspiré, ou du savant
génial, qui à l'apparition d'un fait isolé qu'il médite, fait apparaître
brusquement tel autre fait et entre les deux établit une loi, je me
souvenais d'une chose qu'elle m'avait dite autrefois avant mes
soupçons qui était comme une version tendre et passionnée de cette
plaisanterie ; version pure sans doute. Mais il suffisait qu'elle fût
passionnée pour que la plaisanterie y ajoutât précisément l'impureté.
Tout ce qu'elle avait pu dire après ne comptait pas.

(Cahier 25. n.a.fr. 16665. f° 44 r°-43 r°.)

IV. LETTRE DE PROUST À EUGÈNE FASQUELLE
(OCTOBRE 1912)

Gaston Calmette, le directeur du Figaro, *prévint le 28 octobre 1912 Mme Straus que l'éditeur Eugène Fasquelle était d'accord pour publier le roman de Proust. Celui-ci adressa aussitôt à Fasquelle la dactylographie du premier volume, accompagnée d'une lettre d'explications. Sous le titre général* Les Intermittences du cœur, *l'ouvrage comprenait alors deux volumes,* Le Temps perdu *et* Le Temps retrouvé. *Fasquelle renvoya le manuscrit avant la fin de l'année. Les éditions de la Nouvelle Revue française et Ollendorff le refusèrent aussi, avant que Proust s'entende avec Grasset au début de 1913.*

102 Boulevard Haussmann

Monsieur,

M. Calmette me donne la nouvelle qui pouvait m'être le plus agréable en me disant que vous voulez bien publier mon ouvrage. Cela me fait un tel plaisir de le voir paraître chez vous que j'avais presque peur que ce ne fût pas réalisable, comme toutes les choses qu'on désire beaucoup, aussi permettez que ma première parole soit pour vous dire ma gratitude.

Je voudrais très honnêtement vous avertir d'avance que l'ouvrage en question est ce qu'on appelait autrefois un ouvrage *indécent* et beaucoup plus indécent même que ce qu'on a l'habitude de publier. Si je suis obligé d'entrer à cet égard dans quelques explications, c'est que ne vous envoyant que le manuscrit de mon premier volume, qui est sauf quelques rares passages, très chaste, je ne voudrais pas vous tromper sur le reste, ni, non plus, qu'une fois le premier volume paru, vous ne veuilliez plus publier les deux derniers (ou le dernier, car peut-être toute la seconde partie pourra-t-elle tenir en un fort volume).

Cette deuxième partie est entièrement écrite mais comme elle est en cahiers et non dactylographiée, je ne vous l'envoie pas d'avance, le manuscrit joint à cette lettre formant déjà la matière d'un volume. Or voici ce qui dans la deuxième partie est fort scandaleux. Je n'ai pas besoin de vous dire que c'est bien malgré moi, et que le caractère général de mon œuvre répondra de la haute moralité de mes intentions. Et c'est en vous demandant le *secret* sur un sujet que personne ne connaît et qu'on pourrait me dissuader de traiter si cela « transpirait », que je vous donne les quelques détails suivants afin que vous sachiez d'avance tout ce qui pourrait vous faire revenir sur votre décision bienveillante.

Un de mes personnages (comme ils se présentent dans l'ouvrage comme dans la vie, c'est-à-dire fort mal connus d'abord et souvent découverts longtemps après pour le contraire de ce qu'on croyait) apparaît à peine dans la première partie comme l'amant supposé d'une de mes héroïnes. Vers la fin de la première partie (ou au commencement de la seconde, si le manuscrit que je vous envoie excède un peu les limites d'un volume) ce personnage fait sa connaissance, fait étalage de virilité, de mépris pour les jeunes gens efféminés, etc. Or dans la seconde partie, le personnage, un vieux monsieur d'une grande famille, se découvrira être un pédéraste qui sera peint d'une façon comique mais que, sans aucun mot grossier, on verra « levant » un concierge et entretenant un pianiste. Je crois ce caractère — le pédéraste *viril*, en voulant aux jeunes gens efféminés qui le trompent sur la qualité de la marchandise en n'étant pas des femmes, ce « misanthrope » d'avoir souffert des hommes comme sont misogynes certains hommes qui ont trop souffert des femmes, je crois ce caractère quelque chose de neuf (surtout à cause de la façon dont il est traité que je ne peux vous détailler ici) — et c'est pour cela que je vous prie de n'en parler à personne. De plus les sujets si différents qui lui font contraste, le cadre de poésie où sa ridicule vieillesse s'insère et s'oppose, tout cela ôte à cette partie de l'ouvrage le caractère toujours pénible d'une monographie spéciale. Néanmoins, et bien qu'aucun détail ne soit choquant (ou alors sauvé par le comique, comme quand le concierge appelle ce duc à cheveux blancs « grand gosse ! ») je ne me dissimule pas que ce n'est pas un sujet « courant » et j'ai trouvé plus loyal de vous le dire ; plus prudent aussi car vous voyez d'ici ma situation, pour une œuvre qui est certainement la dernière que j'écrirai et où j'ai tâché de faire tenir toute ma philosophie, de résonner toute ma « musique », si après le premier volume, vous cassiez mon œuvre en deux comme un vase qu'on brise, en en terminant là la publication...

Comme je crois que vous ne me permettriez pas de mettre « I » sur le premier volume, je donne au premier volume le titre *Le Temps perdu*. Si je peux faire tenir tout le reste en un seul volume je l'appellerai *Le Temps retrouvé*. Et au-dessus de ces titres particuliers j'inscrirai le titre général qui fait allusion dans le monde moral à une maladie du corps : *Les Intermittences du cœur*. Il serait à souhaiter que le premier volume fût le plus long possible, quand cela ne serait que pour faire tenir en un seul volume (je ne suis pas certain que ce soit possible) la fin. Peut-être (d'autant plus qu'en épreuves il y a toujours quelques passages qui me sembleront inutiles) y a-t-il moyen de faire tenir en un volume le manuscrit que je vous envoie (c'est-à-dire les trois parties du *Temps perdu*, moitié de l'ouvrage total). Si c'est impossible au moins faudrait-il que le volume allât jusqu'à la page 633 (j'ai marqué l'endroit au crayon bleu) de la dactylographie (pages naturellement moins longues que les pages imprimées et de plus il y en a qui sont sautées). Je dis cela pour le cas où il ne serait pas possible de faire tenir tout le manuscrit que je vous envoie *(Le Temps perdu)* en un volume. Dans ce cas *Le Temps perdu* n'aurait qu'un volume, et ce qui n'aurait pu y entrer, figurerait dans *Le Temps retrouvé*. Mais dans une autre hypothèse, celle où vous m'accorderiez un assez fort volume pour que dans ce volume imprimé il y eût place pour un peu plus que le manuscrit que je vous envoie, ce serait *très avantageux*. Car ce premier volume plein de préparation, sorte d'ouverture poétique, est infiniment moins « *public* » (sauf la partie appelée *Un amour de Swann* sur laquelle j'appelle votre attention) que ne sera le second.

Si donc nous pouvions aller plus loin, amorcer un peu plus d'action, le premier volume (qui ne s'appellerait tout de même que *Le Temps perdu*, seulement *Le Temps retrouvé* serait moins long) serait plus intéressant, et il y aurait chance plus grande de faire tenir la seconde partie en un volume. S'il y avait moyen d'avoir une ou deux lignes par page de plus (par exemple 39 lignes) ce serait merveilleux.

Je ne veux pas excéder ces huit pages et je vous redis l'hommage de ma reconnaissance profonde.

Marcel Proust.

P.S. — Je vous recommande mon manuscrit, n'ayant pas de brouillon, du moins pas identique. Je suis confus, pour la première fois, de vous écrire *huit pages*. Elles me dispenseront de plus vous ennuyer, mais je vous demande de les lire jusqu'au bout et de les tenir pour confidentielles.

(Proust, Correspondance, *éd. Ph. Kolb, Plon, t. XI, p. 255-258.)*

V. JACQUES MADELEINE : RAPPORT DE LECTURE

Fasquelle demanda un rapport de lecture au poète Jacques Madeleine, pseudonyme de Jacques Normand, que Proust avait sans doute rencontré dans le monde. Le lecteur de Fasquelle, qui pouvait se souvenir de la manière dont Proust l'avait égratigné dans Les Plaisirs et les jours *(voir p. 237, n. 2), exécuta le roman.*

Au bout des sept cent douze pages de ce manuscrit (sept cent douze au moins, car beaucoup de pages ont des numéros ornés d'un bis, ter, quater, quinque) — après d'infinies désolations d'être noyé dans d'insondables développements et de crispantes impatiences de ne pouvoir jamais remonter à la surface — on n'a aucune, aucune notion de ce dont il s'agit. Qu'est-ce que tout cela vient faire ? Qu'est-ce que tout cela signifie ? Où tout cela veut-il mener ? — Impossible d'en rien savoir ! Impossible d'en pouvoir rien dire !

La lettre jointe au manuscrit apporte quelques éclaircissements[1]. Mais le lecteur du volume n'aurait pas cette lettre sous les yeux.

Elle avoue qu'il ne se passe rien dans ces sept cents pages, que l'action n'y est pas engagée, ou seulement l'est dans les soixante dernières pages, et d'une façon imperceptible à quiconque n'est pas prévenu. Car le personnage futur ne fait qu'y apparaître et sous le masque d'une apparence opposée à ce qu'il doit se révéler plus tard. Et comment saurait-on que c'est lui... Nul ne le devinera jamais !

---

1. Voir le document IV, p. 444.

Toute cette première partie, déclare la lettre, n'est qu'une « préparation », une « ouverture poétique ». Un volume plus long qu'un des plus longs romans de Zola, c'est excessif comme préparation. Et le malheur plus grave c'est que cette préparation ne prépare pas du tout, bien plus, ne fait même pas prévoir ce que la lettre apprend qui suivra, la lettre seule. Même renseigné par elle, on se demande constamment : Mais pourquoi tout cela ? Mais quel rapport ? Quoi ? Quoi enfin ?

Il y a là vraiment un cas pathologique, nettement caractérisé.

Le moyen, facile, de s'en rendre compte, et le seul moyen, difficile, de donner une idée de l'œuvre, c'est de suivre l'auteur pas à pas, à tâtons comme un aveugle que l'on est.

La première partie se divise elle-même en trois parties :

Pages 1-17[1]. — Un monsieur a des insomnies. Il se retourne dans son lit, il ressasse des impressions et des hallucinations de demi-sommeil dont certaines le reportent à ses difficultés de s'endormir, lorsqu'il était petit garçon, dans sa chambre de la maison de campagne de sa famille, à Combray. Dix-sept pages ! où une phrase (fin de la page 4 et page 5) a quarante-quatre lignes, où l'on perd pied...

P. 17-74[2]. — Un petit garçon ne peut pas s'endormir tant que sa maman n'est pas venue l'embrasser dans son lit. Elle ne vient pas quand il y a quelqu'un à dîner. Un de ces « quelqu'un », c'est M. Vington. Plusieurs pages sur M. Vington que l'on ne reverra plus. Un autre de ces « quelqu'un », c'est M. Swann. M. Swann est un intime du comte de Chambord et du prince de Galles ; mais il cache ces hautes relations, et il est traité un peu par-dessous la jambe dans la famille très bourgeoise du petit garçon. Il est question d'une Mme de Villeparisis, proche parente du maréchal de Mac-Mahon, chez lequel Swann dîne fréquemment. Il y a beaucoup de pages consacrées à ces deux personnes, puis à la vieille servante Françoise... Et toujours revient l'analyse du cas du petit garçon qui ne peut pas s'endormir tant que sa maman...

Enfin, c'en est fini des souvenirs d'enfance qui passent dans les insomnies du Monsieur.

P. 75-82[3]. — Mais le même trempe un gâteau dans une tasse de thé, et voici tout un nouveau flux de souvenirs qui monte.

P. 82-221[4]. — C'est Combray. C'est tante Léonie qui, depuis des années, ne sort plus de sa chambre, puis ne quitte plus son lit, et est morte maintenant. Elle se fait faire la gazette du village par la vieille Françoise, par une dévote nommée Eulalie ; elle supporte avec impatience le bavardage de M. le Curé. Il y a une digression sur un oncle Charles. Une autre, interminable, sur de vieilles gravures. Une autre sur un camarade de collège, Bloch, admirateur d'un grand écrivain actuel qui se nomme Bergotte et pourrait se nommer Barrès,

1. Ici, p. 3-13.
2. Ici, p. 13-43.
3. Ici, p. 43-47.
4. Ici, p. 47-184.

en de certains points de la description qui en est faite. — Puis un monsieur Legrandin que l'on rencontre à la sortie de la messe, que l'on ne rencontrera plus dans le reste du volume, après toutefois qu'il aura été tourné et retourné de tous les côtés en un très grand nombre de pages. Puis, une noble famille et une noble dame de Guermantes, sur le compte desquelles nous entendons ratiociner sans tarir. Puis revient Swann, avec qui l'on est en froid, parce qu'on ne peut recevoir la femme de mauvaise réputation qu'il a épousée. Puis, il est encore question de M. Vington, de qui nous apprenons la mort. Et nous assistons (p. 187-190[1]) à une scène de sadisme où Mlle Vington, avant de se livrer à des ébats avec une « amie », s'excite en fournissant à celle-ci un portrait de ce défunt père pour qu'elle crache dessus. Puis, de nouveau, Mme la duchesse de Guermantes.

Enfin prend fin ici cette première partie. À elle seule, elle ferait un volume de moyenne dimension. Ce sont les souvenirs, toute l'enfance du personnage qui parle, entrecoupés de mille dissertations subtiles, enchevêtrés de vingt récits où passent des gens dont la plupart ne reviendront plus...

Quant à savoir où l'on va, c'est une autre affaire !

Cette histoire, qui occupe deux cents pages, relate des faits déjà vieux d'une quinzaine d'années, qui ont été racontés jadis au petit garçon et dont maintenant l'homme fait se souvient jusqu'à un détail invraisemblable.

M. et Mme Verdurin ont un salon dont les principaux ornements sont le docteur Cottard et sa femme, un petit pianiste et sa tante, un peintre, plus quelques autres fantoches. Ils reçoivent une femme de mauvaises mœurs, Odette de Crécy, qui leur amène Swann, déjà vieux monsieur. Swann est épris d'Odette, qui ne demande qu'à se faire entretenir par lui et arrive à ses fins sans que Swann, tout en lui donnant de trois à dix mille francs par an, réalise en son esprit la notion qu'en effet il l'entretient. Il en arrive cependant à une autre notion, celle qu'il est trompé outrageusement. Il est même tout à fait délaissé, sans cesser ses versements.

À la fin, lorsque toutes ces évidences se sont imposées à lui et qu'il s'est en outre aperçu qu'Odette de Crécy ne lui plaisait pas et « n'était pas son genre », il la quitte.

On croit du moins qu'il la quitte. Mais il paraît qu'il n'en fut rien. Car dans les souvenirs d'enfance de la première partie nous avons vu Swann depuis longtemps marié avec Odette de Crécy et en ayant une petite fille nommée Gilberte.

Cette histoire ici semble relativement simple. Mais dans le manuscrit, elle est entrecoupée d'autant d'autres incidents étrangers, brouillés d'autant d'autres enchevêtrements inconcevables que ce que l'on a vu dans la première partie.

On trouve là-dedans, cette phrase (p. 302[2]) :

... Au régiment... j'avais un camarade que justement monsieur me rappelait un peu. À propos de n'importe quoi, je ne sais que vous dire, sur ce verre,

1. Ici, p. 157-161.
2. Ici, p. 253-254.

par exemple, il pouvait dégoiser pendant des heures, non, pas à propos de ce verre, ce que je dis est stupide, mais à propos de la bataille de Waterloo, de tout ce que vous voudrez et il vous envoyait chemin faisant des choses auxquelles vous n'auriez jamais pensé.

L'auteur ne craint-il pas que l'on ne lui fasse l'application ?

On en serait tenté ! Pendant des heures... à propos de ce verre, ou de la bataille de Waterloo... Il vous envoie chemin faisant des choses auxquelles on n'aurait jamais pensé... c'est-à-dire des choses qui, cela est très juste, ne sont pas quelconques, sont nouvelles, fines, pleines d'observation et de pénétration, mais qui vous sont envoyées pendant des heures et chemin faisant c'est-à-dire sans que l'on voie jamais où ce chemin conduit.

En outre cette phrase se trouve être un échantillon de toutes les autres phrases. Elle a tout l'embrouillement, tout l'enchevêtrement que l'on remarque déjà rien que dans la lettre jointe au manuscrit, et qui fait que la lecture n'est pas soutenable au-delà de cinq ou six pages.

Et c'est un continuel vagabondage du « dégoisement ». Swann va, une fois par hasard, « dans le monde ». Et cela dure trente pages (p. 369 à 401[1]). Et il y a trois pages sur les larbins qui font la haie dans l'escalier et qui évoquent « les prédelles de San Zeno et les fresques des Eremitani »,... Albert Dürer,... l'Escalier des Géants du Palais Ducal,... Benvenuto Cellini,... les vigies des tours de donjon ou de cathédrale,... etc. Autant, ensuite, sur chaque invité... Et c'est intarissable, et cela devient de la folie.

Il y a comme cela des préparations pénibles au début des romans de Balzac. Mais, une fois les personnages posés, c'est fini. Les personnages agissent. Et ils sont des personnages.

Ici, point du tout. Swann maintenant va repasser au second plan. S'il y a quelque chose d'utile dans tout ce fatras redoutable, lui, on voudrait bien savoir à quoi il sert ou ce qu'il représente. Certainement il ne nous sera pas évité dans la troisième partie. Et il n'est pas à espérer qu'il ne sévisse encore dans le second manuscrit. Nous savons cependant, par la lettre, qu'il ne sera pas le personnage principal, qu'il ne pourra jouer qu'un rôle épisodique. Ce qui est plus grave, c'est que l'on ignore totalement ce qu'y fera celui-là même qui nous berce si longtemps de ses souvenirs et rêvasseries spéculatives[2].

[...]

L'auteur concède que son premier volume pourrait s'arrêter à la page 633. Il n'y a pas d'inconvénient ; et il n'y a pas d'avantage, car à 80 pages près, sur le nombre... !

Mais aussi tout cela pourrait être réduit de moitié, des trois quarts, des neuf dixièmes. Et d'autre part, il n'y a pas de raison pour que l'auteur n'ait pas doublé ou même décuplé son manuscrit. Étant donné le procédé de « dégoiser pendant des heures, chemin faisant » qu'il

---

1. Ici, p. 316-339.
2. La dactylographie remise à Fasquelle en 1912 contenait aussi le récit parisien et le récit balnéaire, qui représenteront près des deux premiers tiers des *Jeunes filles en fleurs* en 1918.

emploie, écrire vingt volumes est aussi normal que de s'arrêter à un ou deux.

En somme, qu'est-ce ?

Pour quelqu'un qui n'est pas renseigné extérieurement, c'est la monographie d'un petit garçon maladif, de système nerveux détraqué, d'une sensibilité, d'une impressionnabilité et d'une subtilité méditative exacerbées.

C'est curieux, souvent. Mais trop long, disproportionné. On peut mettre en fait qu'il ne se trouvera pas un lecteur assez robuste pour suivre un quart d'heure, d'autant que l'auteur n'y aide pas par le caractère de sa phrase — qui fuit de partout.

Et puis qu'importent à la monographie du petit garçon morbide, qu'importent les interminables histoires de tante Léonie, de l'oncle Charles, de M. Legrandin, et tant d'autres ? et l'histoire tout en hors-d'œuvre de M. Swann ? Cela n'a aucune influence sur le détraquement de nature du petit garçon.

Voilà tout de même tout ce que peut voir celui qui va jusqu'au bout du manuscrit actuel.

Mais est-on averti, par la lettre, de ce qu'est le sujet que l'auteur prétend traiter dans son second volume ou même dans les deux volumes ?

Il n'y a guère à tenir compte de l'apparition si brève et contrairement significative du futur « inverti », baron de Fleurus.

Reste une question qui se pose : Le petit garçon est-il destiné par la suite à faire la partie du baron de Fleurus ? Rien ne semble l'indiquer, dans la monographie. La lettre ne parle que d'un concierge et d'un pianiste.

Si le petit garçon ne s'invertit pas, à quoi sert toute cette monographie ? Si oui — et il faut l'espérer pour la logique — elle a sa raison d'être, mais il y a tout de même une disproportion inimaginable.

Il est certain que — à condition d'en soutenir la lecture pendant plus d'un moment — il est certain que, dans le détail, il y a beaucoup de choses curieuses, et même remarquables, et que l'on ne pèche pas ici par insignifiance et manque de valeur.

Mais, dans l'ensemble, et même dans chaque ensemble, il est impossible de ne pas constater ici un cas intellectuel extraordinaire.

(« Le Rapport » de Jacques Madeleine. éd. Henri Bonnet. Le Figaro littéraire. 8 décembre 1966. p. 15.)

VI. PLAN DE LA *RECHERCHE*
PUBLIÉ DANS *DU CÔTÉ DE CHEZ SWANN*
EN 1913

À la recherche du temps perdu

Tome I. *Du côté de chez Swann*

Pour paraître en 1914 :

Tome II. *Le Côté de Guermantes*[1]
  Chez Mme Swann
  Noms de pays : le pays
  Premiers crayons du baron de Charlus et de Robert de Saint-Loup
  Noms de personnes : la duchesse de Guermantes
  Le salon de Mme de Villeparisis

Tome III. *Le Temps retrouvé*
  A l'ombre des jeunes filles en fleurs
  La princesse de Guermantes
  M. de Charlus et les Verdurin
  Mort de ma grand-mère
  Les intermittences du cœur
  Les « Vices et les Vertus » de Padoue et de Combray
  Madame de Cambremer
  Mariage de Robert de Saint-Loup
  L'adoration perpétuelle

Après la guerre, un plan en 5 volumes fut publié dans *À l'ombre des jeunes filles en fleurs* :

Du côté de chez Swann (paru)
À l'ombre des jeunes filles en fleurs (paru)
Le Côté de Guermantes
Sodome et Gomorrhe I
Sodome et Gomorrhe II — Le Temps retrouvé

VII. INTERVIEW DE PROUST AU *TEMPS*

L'avant-veille de la parution de Du côté de chez Swann *chez Grasset,* Le Temps *du 12 novembre 1913 (daté du 13) publia une interview de Proust signée d'Élie-Joseph Bois. L'interview est une véritable préface au roman.*

Je ne publie qu'un volume, *Du côté de chez Swann*, d'un roman qui aura pour titre général *À la recherche du temps perdu*. J'aurais voulu publier le tout ensemble ; mais on n'édite plus d'ouvrages en plusieurs volumes. Je suis comme quelqu'un qui a une tapisserie trop grande pour les appartements actuels et qui a été obligé de la couper.

De jeunes écrivains, avec qui je suis d'ailleurs en sympathie, préconisent au contraire une action brève avec peu de personnages. Ce n'est pas ma conception du roman. Comment vous dire cela ? Vous savez qu'il y a une géométrie plane et une géométrie dans l'espace. Eh bien, pour moi, le roman ce n'est pas seulement de la psychologie plane, mais de la psychologie dans le temps. Cette substance invisible du temps, j'ai tâché de l'isoler, mais pour cela il fallait que l'expérience pût durer. J'espère qu'à la fin de mon livre, tel petit fait social sans importance, tel mariage entre deux personnes qui dans le premier

1. Sur épreuves en juin 1914, mais non publié.

volume appartiennent à des mondes bien différents, indiquera que du temps a passé et prendra cette beauté de certains plombs patinés de Versailles, que le temps a engainés dans un fourreau d'émeraude.

Puis, comme une ville qui, pendant que le train suit sa voie contournée, nous apparaît tantôt à notre droite, tantôt à notre gauche, les divers aspects qu'un même personnage aura pris aux yeux d'un autre, au point qu'il aura été comme des personnages successifs et différents, donneront — mais par cela seulement — la sensation du temps écoulé. Tels personnages se révéleront plus tard différents de ce qu'ils sont dans le volume actuel, différents de ce qu'on les croira, ainsi qu'il arrive bien souvent dans la vie, du reste.

Ce ne sont pas seulement les mêmes personnages qui réapparaîtront au cours de cette œuvre sous des aspects divers, comme dans certains cycles de Balzac, mais, en un même personnage, nous dit M. Proust, certaines impressions profondes, presque inconscientes.

À ce point de vue, continue M. Proust, mon livre serait peut-être comme un essai d'une suite de « Romans de l'Inconscient » : je n'aurais aucune honte à dire de « romans bergsoniens », si je le croyais, car à toute époque il arrive que la littérature a tâché de se rattacher — après coup, naturellement — à la philosophie régnante. Mais ce ne serait pas exact, car mon œuvre est dominée par la distinction entre la mémoire involontaire et la mémoire volontaire, distinction qui non seulement ne figure pas dans la philosophie de M. Bergson, mais est même contredite par elle.

— Comment établissez-vous cette distinction ?

— Pour moi, la mémoire involontaire, qui est surtout une mémoire de l'intelligence et des yeux, ne nous donne du passé que des faces sans vérité ; mais qu'une odeur, une saveur retrouvées dans des circonstances toutes différentes, réveillent en nous, malgré nous, le passé, nous sentons combien ce passé était différent de ce que nous croyions nous rappeler, et que notre mémoire volontaire peignait, comme les mauvais peintres, avec des couleurs sans vérité. Déjà, dans ce premier volume, vous verrez le personnage qui raconte, qui dit : « Je » (et qui n'est pas moi) retrouver tout d'un coup des années, des jardins, des êtres oubliés, dans le goût d'une gorgée de thé où il a trempé un morceau de madeleine ; sans doute il se les rappelait, mais sans leur couleur, sans leur charme ; j'ai pu lui faire dire que comme dans ce petit jeu japonais où l'on trempe de ténus bouts de papier qui, aussitôt plongés dans le bol, s'étirent, se contournent, deviennent des fleurs, des personnages, toutes les fleurs de son jardin, et les nymphéas de la Vivonne, et les bonnes gens du village et leurs petits logis et l'église, et tout Combray et ses environs, tout cela qui prend forme et solidité, est sorti, ville et jardins, de sa tasse de thé.

Voyez-vous, je crois que ce n'est guère qu'aux souvenirs involontaires que l'artiste devrait demander la matière première de son œuvre. D'abord, précisément parce qu'ils sont involontaires, qu'ils se forment d'eux-mêmes, attirés par la ressemblance d'une minute identique, ils ont seuls une griffe d'authenticité. Puis ils nous rapportent les choses dans un exact dosage de mémoire et d'oubli.

Et enfin, comme ils nous font goûter la même sensation dans une circonstance tout autre, ils la libèrent de toute contingence, ils nous en donnent l'essence extratemporelle, celle qui est justement le contenu du beau style, cette vérité générale et nécessaire que la beauté du style seule traduit.

Si je me permets de raisonner ainsi sur mon livre, poursuit M. Marcel Proust, c'est qu'il n'est à aucun degré une œuvre de raisonnement, c'est que ses moindres éléments m'ont été fournis par ma sensibilité, que je les ai d'abord aperçus au fond de moi-même, sans les comprendre, ayant autant de peine à les convertir en quelque chose d'intelligible que s'ils avaient été aussi étrangers au monde de l'intelligence que, comment dire ? un motif musical. Il me semble que vous pensez qu'il s'agit de subtilités. Oh ! non, je vous assure, mais de réalités au contraire. Ce que nous n'avons pas eu à éclaircir nous-mêmes, ce qui était clair avant nous (par exemple des idées logiques), cela n'est pas vraiment nôtre, nous ne savons même pas si c'est le réel. C'est du « possible » que nous élisons arbitrairement. D'ailleurs, vous savez, ça se voit tout de suite au style.

Le style n'est nullement un enjolivement comme croient certaines personnes, ce n'est même pas une question de technique, c'est — comme la couleur chez les peintres — une qualité de la vision, la révélation de l'univers particulier que chacun de nous voit, et que ne voient pas les autres. Le plaisir que nous donne un artiste, c'est de nous faire connaître un univers de plus.

(Contre Sainte-Beuve, éd. Clarac, p. 557-559.)

VIII. HENRI GHÉON :
« DU CÔTÉ DE CHEZ SWANN »,
LA NOUVELLE REVUE FRANÇAISE

Les premiers comptes rendus de Du côté de chez Swann *furent en général réservés, sauf ceux des amis de Proust. Celui-ci fut surtout affecté par l'article de Paul Souday, dans* Le Temps, *et par celui de* La Nouvelle Revue française, *qu'il respectait, signé par Henri Ghéon. Proust lui répondit une longue lettre[1].*

Voilà une œuvre de loisir, dans la plus pleine acception du terme. Je n'en tire pas argument contre elle. Sans doute le loisir est-il la condition essentielle de l'œuvre d'art ? Il peut aussi la rendre vaine. — Toute la question est de savoir si l'excès de loisir n'a pas conduit l'auteur à passer ici la mesure et si, quelque plaisir que nous prenions à le suivre, nous pouvons le suivre toujours. On sent que M. Marcel Proust a devant lui tout le temps qu'il faut pour mûrir, combiner, réussir un ouvrage considérable. Tout le temps est à lui : il en profite

1. Voir le document IX, p. 456.

à sa façon. Il le considère d'avance comme du temps perdu. Il ne saurait donc le mieux employer qu'à rassembler les souvenirs, encore vivants en lui, d'un temps déjà perdu aussi ! il nous l'avoue, et d'enregistrer une faillite dont il n'aura garde de se vanter, mais dont il tient loyalement à nous rendre compte. Sa vie passée n'est pas un drame et il n'en veut pas faire un drame. Il a vu bien des choses, lu bien des livres, il a fréquenté bien des gens. Le loisir même a entretenu ses sens et son esprit dans un état de réceptivité totale. N'ayant pas à juger, il n'a pas eu à refuser ; il n'a refusé rien... Ainsi, la moindre image de rencontre, le moindre souffle printanier, comme le moindre passant de la rue, ont pris dans sa mémoire une place aussi grande et non moins privilégiée, que les plus rares aventures, que les plus déchirantes passions, que les êtres le plus attachés à sa vie. Loin de lui le dessein de choisir et de « préférer » dans tout cela ! Toutes choses sont égales. Toutes choses, à qui les sait bien observer, renferment un trésor de nuances que l'on n'est pas près d'épuiser et peuvent mettre en jeu les plus subtiles facultés d'analyse que le ciel nous a départies. Après que le loisir de vivre a permis à M. Proust de prendre intérêt et plaisir à chaque moment de la vie, le loisir d'écrire va le mener à n'en tenir aucun pour négligeable, et à faire ce qui est proprement le contraire de l'œuvre d'art, c'est-à-dire l'inventaire de ses sensations, le recensement de ses connaissances et à dresser le tableau successif, jamais « d'ensemble », jamais entier, de la mobilité des paysages et des âmes. — M. Marcel Proust au lieu de se résumer, de se contracter, s'abandonne. Il ne recherche pas la ligne de développement d'un caractère mais ses aspects contradictoires et divers. Il ne prend même pas la peine d'être logique et encore moins de « composer ». Cette satisfaction organique, que nous procure une œuvre dont nous embrassons d'un regard tous les membres, la forme, il nous la refuse obstinément. Le temps qu'un autre eût employé à faire du jour dans cette forêt, à y ménager des espaces, à y ouvrir des perspectives, il le donne à compter les arbres, les diverses sortes d'essences, les feuilles aux branches et les feuilles tombées. Et il décrira chaque feuille, comme différente des autres, nervure par nervure, et l'endroit, et l'envers. Voilà son amusement et sa coquetterie. Il écrit des « morceaux ». Il place son orgueil dans le « morceau » : que dis-je ? dans la phrase. Et quand je dis morceau ou phrase, je dis mal. Nul n'est plus loin des formistes, de Gautier, de Flaubert, de Goncourt, de Renard, que M. Proust. Il ne cultive pas une esthétique le moins du monde parnassienne. Il ne caresse ni la période pleine et sonore ni l'assemblage juste et poli des mots ; il n'aiguise pas la phrase sèche, ni n'arrondit la phrase ronde... Dans l'affectation à laquelle va fatalement le conduire son repliement sur les détails infinitésimaux qu'a enregistrés sa mémoire, il manifeste sans relâche une extra-ordinaire spontanéité. S'il doit faire le précieux, c'est la faute du sujet qu'il traite et de l'abondance d'objets qui lui sont toujours proposés : or la phrase n'est là que pour en rassembler le plus grand nombre. Elle tend une sorte de filet, indéfiniment extensible, qui traîne sur

le fond océanique du passé et en ramasse toute la flore et toute la
faune à la fois. Elle n'est ni aigre, ni menue, ni volontairement
contournée ou guindée : elle n'est rien en soi. Elle épouse le tout
d'un moment, elle s'y modèle : loin de nous imposer un choix,
l'auteur s'en remet à nous de choisir, étalant devant nous à mesure
et confusément ce que chaque coup de filet ramène. Une citation
au hasard. Il s'agit des verrières de l'église de Combray :

« Ses vitraux ne chatoyaient jamais tant que les jours où le soleil
se montrait peu, de sorte que, fît-il gris dehors, on était sûr qu'il
ferait beau dans l'église ; l'un était rempli dans toute sa grandeur
par un seul personnage pareil à un Roi de jeu de cartes, qui vivait
là-haut, sous un dais architectural, entre ciel et terre ; (et dans le reflet
oblique et bleu duquel, parfois les jours de semaine, à midi, quand
il n'y a pas d'office — à l'un de ces rares moments où l'église aérée,
vacante, plus humaine, luxueuse, avec du soleil sur son riche mobilier,
avait l'air presque habitable comme le hall de pierre sculptée et de
verre peint d'un hôtel de style moyen-âge — on voyait s'agenouiller
un instant Mme Sazerat, posant sur le prie-Dieu voisin un paquet
tout ficelé de petits fours qu'elle venait de prendre chez le pâtissier
d'en face et qu'elle allait rapporter pour le déjeuner) ; dans un autre,
une montagne de neige rose, au pied de laquelle se livrait un combat,
semblait avoir givré à même la verrière, qu'elle boursouflait de son
trouble grésil comme une vitre à laquelle il serait resté des flocons,
mais des flocons éclairés par quelque aurore (par la même sans doute
qui empourprait le retable de l'autel de tons si frais qu'ils semblaient
plutôt posés là momentanément par une lueur du dehors prête à
s'évanouir que par des couleurs attachées à jamais à la pierre) ; et
tous étaient si anciens qu'on voyait çà et là leur vieillesse argentée
étinceler de la poussière des siècles et montrer brillante et usée jusqu'à
la corde la trame de leur douce tapisserie de verre[1]. »

Voilà le feu d'artifice d'images et de notations que suscitera un
vitrail et M. Proust ne nous fera pas même grâce de Mme Sazerat
avec son paquet de gâteaux ; il suffit qu'il se souvienne de l'avoir
vue à l'église une fois ! Qu'est donc Mme Sazerat ? Un comparse,
dont à peine il reparlera. Mais M. Proust croirait mentir s'il nous
celait sa présence fortuite. Qu'il s'agisse d'un vitrail, d'un paysage,
d'une figure humaine, d'un cas de conscience, d'un fait divers, il en
va tout de même, et tout est expressément dit. Ce livre a la folie
de la sincérité ; il a l'affectation et la préciosité de ce qui se veut
trop sincère... Comment donc le juger ?

En vain chercherons-nous à relier ensemble les premiers rêves d'un
enfant et cette aventure de M. Swann avec Odette de Crécy que
M. Proust ne dut sans doute apprendre que longtemps après son
enfance, mais qu'il intercale dans le récit sans raison palpable entre
ses promenades d'été à Combray et ses jeux aux Champs-Élysées.
Celui qui parle a tantôt sept ans, tantôt quinze ans et tantôt trente.
Il mêle les événements et les âges. Sa logique n'est pas la nôtre, non !

1. Ici, p. 58-59.

Mais aussi bien son livre n'est pas un roman, ni un récit ni même une confession. C'est une « somme », la somme de faits et d'observations, de sensations et de sentiments, la plus complexe que notre âge nous ait livrée. Son livre n'est pas de ceux qu'on juge du point de vue de l'œuvre d'art, sur l'harmonie de l'ensemble ou la beauté de l'épisode et de la phrase... Nous ne l'avons pas pris comme il fallait. Il ne convenait pas de mettre si peu de temps à le lire. Son livre est « temps perdu » : il se lit page à page, à temps perdu, comme on lit les *Essais*. Avec tous ses défauts, il nous apporte un vrai trésor de documents sur l'hypersensibilité moderne. On y trouve de la poésie — et de la plus belle, de la psychologie — et de la plus neuve, de l'ironie — et de la plus originale, une peinture du « monde », que nul n'avait faite avant M. Proust, et enfin le spectacle d'une nature infiniment douée, qui veut donner ses preuves avant d'avoir trouvé et sans même chercher sa « forme ». Il faut y prendre, y goûter chaque chose pour ce qu'elle est, quand elle vient. Nous n'avons pas fini d'y puiser, je vous le jure. — Surmontons notre agacement ; même ce qui nous agace ici est sincère. M. Proust raille quelque part ses parents d'oser prétendre « qu'on doit mettre devant les enfants et qu'ils font preuve de goût en admirant d'abord les œuvres que parvenus à la maturité on admire définitivement ». Il avoue humblement qu'il admirait dans son jeune âge « un paysage de Gleyre, ou quelque roman de Saintine ». Et il ajoute que « les mérites esthétiques » ne sont pas « des objets matériels qu'un œil ouvert ne peut faire autrement que de percevoir, sans avoir eu besoin d'en mûrir lentement les équivalents dans son cœur ». Voilà qui suffirait à nous rassurer sur son esthétisme. Pour esthète qu'il soit, ce n'est pas un esthète de l'espèce commune et ce qu'il nous donne aujourd'hui, personne ne nous l'avait donné, ni la pénombre d'une chambre d'enfant précoce ni les propos de ces étonnants Verdurin, qui sont les deux réussites extrêmes du livre.

(La Nouvelle Revue française, 1ᵉʳ janvier 1914. p. 139-143.)

IX. LETTRE DE PROUST À HENRI GHÉON
(JANVIER 1914)

Voici la réponse de Proust au compte rendu d'Henri Ghéon[1].

Monsieur,

Permettez-moi de ne pas vous expliquer pourquoi j'ai eu le désir de répondre (d'une façon toute privée, bien entendu, il n'est pas question que cette lettre soit publiée !) à quelques paroles par trop injustes de votre article. Ma réponse sera forcément assez longue par

---

1. Voir le document VIII, p. 453.

elle-même, je ne veux pas l'alourdir de préambules qui passeraient les limites de mes forces et de votre patience.

Vous dites Monsieur que ce livre est une œuvre de loisir, que j'ai tout mon temps. Vous m'excuserez de ne pas entrer dans des détails sans intérêt pour vous ; je dirai seulement qu'une profession active n'est pas la seule chose qui puisse priver un homme de loisir, lui prendre son temps. Une maladie, par exemple, peut être aussi absorbante, aussi urgente, aussi fatigante, aussi vieillissante, que la plus dure des professions, même manuelles. Quelle que soit la cause et la nature des occupations qui pressent ma vie sans relâche, toujours est-il que je n'ai aucun loisir, que je dispose à peine de quelques heures de travail je ne dirai pas par semaine, mais par mois, il serait plus exact de dire par an. Sans doute étant donné cela il était insensé de ma part d'entreprendre un ouvrage qui a pour objet de montrer les positions diverses que prennent par rapport à une autre un certain nombre de personnes au cours de la vie, de faire pour la psychologie, ce que ferait un géomètre qui passerait de la géométrie plane à la géométrie dans l'espace, de faire veux-je dire de la psychologie dans le Temps. Car un tel ouvrage devait remplir un assez grand nombre d'années, il devait être long, il eût fallu du « loisir » pour l'écrire. Ses énormes défauts viennent surtout de ce que j'en ai manqué (de loisir) pour l'écrire. Mais comme certains insectes ou certains végétaux, un instinct m'a poussé à déposer malgré tout mes germes que je crois féconds et qui, si mal logés qu'ils soient dans ce livre, y trouveront cependant une demeure moins précaire que dans mon cerveau.

Mais me diriez-vous, après tout, le temps ne fait rien à l'affaire, c'est aussi mon avis ; si l'observation, si la sincérité, même chez un homme sans loisir est, l'une simplement curieuse, presque passive, la seconde égoïste et superficielle, le résultat sera vain. Et si on passe quarante ans de loisir à s'oublier soi-même et avec un télescope ou un microscope, à étudier des mondes, le résultat pourra n'être pas vain.

Vous parlez de folie de sincérité. C'est un mot (celui de folie) que j'accepte qu'on m'applique mais que je n'aimerais pas appliquer aux autres, et d'ailleurs dans le cas particulier il dépasserait infiniment ma pensée ; je ne dirai donc pas qu'il y a folie de sincérité, mais exagération, très légère d'ailleurs et malgré tout intéressante de sincérité, quand dans votre *Voyage à Florence* vous avez perpétuellement entre Florence et votre pensée, votre personnalité à vous M. Ghéon, quand vous vous étonnez de changer, d'avoir un avis si différent de ce que vos amis pouvaient penser etc.[1].

Il n'en va pas de même pour moi. Vous croyez que je parle de Mme Sazerat parce que je n'ose pas omettre que je l'ai vue ce jour-là. Mais je ne l'ai jamais vue ! Je considère les heures où j'ai ressenti une certaine exaltation devant la nature ou les œuvres d'art,

1. Henri Ghéon, « L'Épreuve de Florence », *NRF*, 1er novembre et 1er décembre 1912, 1er janvier 1913.

comme celles où j'étais en état de « connaissance » un peu profonde.
Mais m'oubliant entièrement et ne pensant qu'à *l'objet* que je veux
connaître, je ne fais pas avec cette connaissance partielle ce que
feraient tels de vos amis (et ici je ne pense plus du tout à vous),
je ne raconte pas que j'ai éprouvé cela, je n'entoure pas de lyrisme
ce petit morceau de vérité. Mais quand j'ai trouvé d'autres petits
morceaux de vérité je les mets bout à bout pour tâcher de
reconstituer, de restaurer l'objet, fût-ce un vitrail. Avec des heures
passionnées et clairvoyantes que, au cours d'années différentes, il m'a
été donné de passer à la Sainte-Chapelle, à Pont-Audemer, à Caen,
à Évreux, j'ai en mettant bout à bout les petites impressions qui
m'avaient été données, reconstitué *le vitrail*. J'ai mis devant lui
Mme Sazerat pour accentuer l'impression humaine de l'église à telle
heure. Mais tous mes personnages, toutes les circonstances de mon
livre sont inventés dans un but de signification. Je n'ai jamais entendu
raconter l'histoire de Swann, j'ai voulu montrer (mais cela m'entraîne-
rait trop loin).

Je reconnais qu'en tout cela c'est moi qui ai tort car je n'admets
pas qu'on juge un auteur sur son dessein et non sur son livre. Et
quand je vois tel écrivain à la mode aujourd'hui entasser des volumes
et s'entendre louer pour ses intentions généreuses, sa profondeur de
vues, mais à chaque phrase ne pas trouver la métaphore qu'il faut,
faire un tour immense mais ne pouvoir jamais sauter le fossé, je
déplore qu'aujourd'hui l'intention soit ainsi tenue pour le fait.

Et pourtant deux choses il me semble prouvent que j'ai tout le
contraire de cette « folie de sincérité » qui ne refuse rien. D'abord
mon livre est dépouillé de ce qui occupe la majeure partie des
romans : à moins que ce ne soit pour faire signifier à ces actes quelque
chose d'intérieur, jamais un de mes personnages ne se lève, ne ferme
une fenêtre, ne passe un pardessus etc. Deuxièmement moi qui mène
la vie d'un malade, pas une fois je n'ai écrit la psychologie, le
« roman » du malade. (Jamais je n'aurais écrit la page de M. Werth
à laquelle un de vos collaborateurs[1] trouve de l'« accent ».) Si je
parle de maladie dans les volumes suivants, c'est une maladie inventée
pour les besoins psychologiques de l'œuvre. Je suis vraiment trop
fatigué pour m'expliquer comme je le voudrais, et puis je sais qu'on
a l'air minutieux quand dans un livre on fixe un regard intérieur sur
des objets à peine discernables et qu'on a grand'peine à apercevoir ;
mais si ce sont des microbes ou des étoiles, si on les étudie avec
désintéressement, on peut y découvrir, plus que dans l'observation
pure et simple, les lois profondes de la vie ou de la nature.

Parce que je dis « *je* » on croit que je suis subjectif. Parce que
je suis obligé de rassembler dans mon premier volume — comme
des chevaux au poteau — tout ce qui chez mes personnages se
modifiera au cours du temps, le premier volume, le « départ » paraît
trop chargé. N'eût-il pas été grossier et trop simple de marquer

1. Allusion au compte rendu de *La Maison blanche* de Léon Werth, par Jean Schlumberger, *NRF*, 1er janvier 1914, p. 152.

d'avance pour le lecteur mon plan ? Certaines personnes trouvent que j'ai repris une situation bien banale, en montrant Swann confiant naïvement sa maîtresse à M. de Charlus, qui, croient ces lecteurs, trompe Swann. Or ce n'est pas cela du tout. M. de Charlus est un vieil homosexuel qui remplira presque tout le troisième volume et Swann dont il a été amoureux au collège sait qu'il ne risque rien en lui confiant Odette. Mais j'ai mieux aimé passer pour banal dans ce premier volume que d'y « annoncer » une chose que je suis alors censé ne pas savoir. Quand on aura lu le troisième volume si l'on se reporte au premier, au seul passage où M. de Charlus apparaisse un instant, on verra qu'il me regarde fixement, et alors on comprendra pourquoi. Évidemment dans le premier volume cela passe inaperçu. Mais cela me semble plus honnête comme art de faire avec probité des choses qui ne seront pas vues.

Monsieur j'ai à peine commencé ce que je voulais vous dire et il me faut terminer. Je suis tenté, pour vous montrer qu'on *peut* penser autrement que vous sur ce livre (et je ne dis pas que ce ne soit pas vous qui ayez raison, hélas) de faire une chose bien ridicule, de vous citer un fragment d'une lettre, écrite par l'écrivain contemporain que j'admire le plus, M. Jammes ; je ne l'ai vu dans toute ma vie qu'une seule fois deux minutes, nous ne sommes pas en relations, je ne peux donc pas considérer sa lettre comme une lettre de politesse. Vous verrez que M. Francis Jammes dit exactement le contraire de ce que vous dites et précisément sur les mêmes points. Malheureusement je crains bien que sur l'un au moins ce ne soit vous qui ayez raison. Voici un passage de la lettre de M. Francis Jammes : « Cette prodigieuse fresque toute fourmillante, qui s'accuse de plus en plus, cet inattendu des caractères, si *logique* dans son apparent illogisme, cette *phrase* à la Tacite, savante, subtile, équilibrée, voilà ce génie qui se dessine en teintes maîtresses. L'abîme des cœurs. Vous y fraternisez avec les plus grands, avec Shakespeare, Cervantes, La Bruyère, Molière, Balzac, Paul de Kocq [*sic*]. Voici Marcel Proust que je viens de rendre hommage à ce qui est en vous bien plus que du talent (suit une page où M. Jammes me demande de supprimer dans la prochaine édition la scène de sadisme entre les deux femmes). Que vous nous fassiez pénétrer avec une incroyable vérité dans la mordante jalousie de Swann etc. etc. etc., j'y reconnais la griffe d'un maître. Qui donc a poussé l'analyse jusque-là ? En France personne. C'est pourquoi il est regrettable infiniment qu'on ne puisse répandre partout ce livre comme un modèle de *forme, la plus savante* que je sache, comme un modèle d'analyse sans égal. » Ne croyez pas que j'ai choisi les éloges les plus excessifs. D'autres ne le sont pas moins. (Mais c'est moi qui ai souligné les mots, logique, forme, phrase etc. parce que vous aviez justement dit le contraire et souvent, je le crains, avec vérité.)

Je n'ai pas besoin de vous dire que c'est à votre discrétion la plus absolue que je confie ces passages de la lettre de M. Francis Jammes. Si vous en publiez, fût-ce une phrase, dans la *NRF* vous me feriez commettre un acte de véritable déloyauté à l'égard d'un homme qui m'a écrit une lettre privée, sans m'avoir donné l'autorisation (que je ne songe d'ailleurs pas à lui demander !). En vous la communiquant à vous seul, je ne crois pas manquer à la délicatesse envers M. Jammes. J'ai seulement le ridicule d'avoir l'air de vous exhiber une référence et un satisfecit.

Hélas Monsieur, ma lettre, le fait seul de l'avoir écrite, les proportions que je lui ai données, vont vous fournir une raison de plus de croire que je suis de loisir et que j'ai bien du temps à perdre. Et c'est en effet temps et peines perdus, car il n'y a pas que les œuvres d'art dont on soit obligé de mûrir lentement les équivalents dans son cœur. Il en est ainsi de toutes les idées. Je sais que nos deux esprits n'abritent pas les mêmes, ou du moins à un degré de maturation différent. Aussi cette lettre ne vous semblera-t-elle qu'un vain verbiage.

Je ne veux pas la terminer sans vous remercier et avec un peu de tristesse. Il m'a semblé que la deuxième partie de votre article, si bienveillante pour moi, reflétait moins que la première votre opinion véritable, reflétait surtout un mouvement de bonté, le désir d'adoucir un peu vos critiques. Vous avez même été beaucoup trop indulgent pour mes Verdurin que je trouve absolument manqués. Il me semble que les conversations dans la soirée chez Mme de Saint-Euverte sont réussies avec plus de finesse et de sens. Mais vous avez raison, tout le livre est bien mauvais.

Veuillez agréer Monsieur, l'expression de mes sentiments les plus distingués.

Marcel Proust.

Surtout ne prenez pas la peine de me répondre ! (si même vous prenez celle de me lire).

(Proust. Correspondance, éd. Ph. Kolb. Plon. t. XIII. p. 22-27.)

X. LETTRE DE GIDE A PROUST
(JANVIER 1914)

C'est André Gide qui refusa le roman de Proust aux éditions de la Nouvelle Revue française en 1912. Il le reconnut dans la lettre qu'il adressa à Proust après la publication du Côté de chez Swann. *en janvier 1914. Nous donnons le texte du brouillon de Gide. dont le troisième paragraphe — sur les vertèbres du front de la tante Léonie — ne figure pas dans la lettre reçue par Proust.*

Mon cher Proust,

Depuis quelques jours je ne quitte plus votre livre ; je m'en sursature, avec délices ; je m'y vautre. Hélas, pourquoi faut-il qu'il me soit si douloureux de tant l'aimer ?...

Le refus de ce livre restera la plus grave erreur de la N.R.F. — et (car j'ai cette honte d'en être beaucoup responsable) l'un des regrets, des remords les plus cuisants de ma vie. Sans doute je crois qu'il faut voir là un fatum implacable, car c'est bien insuffisamment expliquer mon erreur que de dire que je m'étais fait de vous une image d'après quelques rencontres dans « le monde » qui remontent à près de vingt ans. Pour moi vous étiez resté celui qui fréquente chez Mme X et Z — celui qui écrit dans *Le Figaro*. Je vous croyais, vous l'avouerai-je ? « du côté de chez Verdurin » ; un snob, un mondain amateur — quelque chose d'on ne peut plus fâcheux pour notre revue. Et le geste que je m'explique si bien aujourd'hui, de nous aider pour la publication de ce livre, et que j'aurais trouvé charmant si je me l'étais *bien* expliqué, n'a fait hélas, que m'enfoncer dans cette erreur.

Je n'avais pour m'en tirer qu'un seul des cahiers de votre livre ; que j'ouvris d'une main distraite et la malechance voulut que mon attention plongeât aussitôt dans la tasse de camomille de la p. 62[1] — puis trébuchât, p. 64 sur la phrase (la seule du livre que je ne m'explique pas bien — jusqu'à présent, car je n'attends pas pour vous écrire d'en avoir achevé la lecture) — où il est parlé d'un front où des vertèbres transparaissent[2].

Et maintenant, il ne me suffit pas d'*aimer* ce livre, je sens que je m'éprends pour lui et pour vous d'une sorte d'affection, d'admiration, de prédilection singulières.

Je ne puis continuer... J'ai trop de regret, trop de peine — et *surtout* à penser que peut-être il vous est revenu quelque chose de mon absurde déni — qu'il vous aura peiné — et que je mérite à présent d'être jugé par vous, injustement, comme je vous avais jugé. Je ne me le pardonnerai pas — et c'est seulement pour alléger un peu ma peine que je me confesse à vous ce matin — vous suppliant d'être plus indulgent pour moi que je ne suis moi-même.

André Gide.

(*Proust*. Correspondance. éd. Ph. Kolb. Plon. t. XIII. p. 50-53.)

XI. LETTRE DE PROUST A JACQUES RIVIÈRE
(FÉVRIER 1914)

Jacques Rivière, alors secrétaire de La Nouvelle Revue française. *fut l'un des premiers lecteurs à percevoir l'importance du* Côté de chez Swann. *Il écrivit à Proust ses impressions. dans une lettre malheureusement perdue. dont Proust le remercia en février 1914. Gide et Rivière entreprirent de faire venir Proust aux éditions de la Nouvelle Revue française pour la suite du roman. ce qui sera décidé en 1916.*

1. Ici, p. 50, mais une tasse de tilleul.
2. Ici, p. 52.

102 boulevard Haussmann

Monsieur,

Enfin je trouve un lecteur qui *devine* que mon livre est un ouvrage
dogmatique et une construction ! Et quel bonheur pour moi que ce
lecteur, ce soit vous. Car les sentiments que vous voulez bien
m'exprimer, je les ai souvent ressentis en vous lisant ; de sorte que
chacun de notre côté nous avons fait les premiers pas l'un vers l'autre
et posé les jalons d'une amitié spirituelle. Vous ne trouvez pas mon
livre sans défauts, je n'aime pas vos articles sans réserves. Mais cela
n'empêche pas d'aimer ; quoique vous ayez dit de Stendhal, dans une
parenthèse indignée, absurde et charmante : « Il juge ses amis ! »

J'ai trouvé plus probe et plus délicat comme artiste de ne pas laisser
voir, de ne pas annoncer que c'était justement à la recherche de la
Vérité que je partais, ni en quoi elle consistait pour moi. Je déteste
tellement les ouvrages idéologiques où le récit n'est tout le temps
qu'une faillite des intentions de l'auteur que j'ai préféré ne rien dire.
Ce n'est qu'à la fin du livre, et une fois les leçons de la vie comprises,
que ma pensée se dévoilera. Celle que j'exprime à la fin du premier
volume, dans cette parenthèse sur le Bois de Boulogne que j'ai
dressée là comme un simple paravent pour finir et clôturer un livre
qui ne pouvait pas pour des raisons matérielles excéder cinq cents
pages, est le *contraire* de ma conclusion. Elle est une étape,
d'apparence subjective et dilettante, vers la plus objective et croyante
des conclusions. Si on en induisait que ma pensée est un scepticisme
désenchanté, ce serait absolument comme si un spectateur ayant vu
à la fin du premier acte de *Parsifal*, ce personnage ne rien comprendre
à la cérémonie et être chassé par Gurnemantz, supposait que Wagner
a voulu dire que la simplicité du cœur ne conduit à rien.

Dans ce premier volume vous avez vu le plaisir que me cause la
sensation de la madeleine trempée dans le thé, je dis que je cesse
de me sentir mortel etc. et que je ne comprends pas pourquoi. Je
ne l'expliquerai qu'à la fin du troisième volume. Tout est ainsi
construit. Si Swann confie si bénévolement Odette à M. de Charlus
(ce qui me donne l'air d'avoir voulu rééditer les banales situations
de mari confiant en l'amant de sa femme) c'est que M. de Charlus
bien loin d'être l'amant d'Odette est un homosexuel qui a horreur
des femmes et Swann le sait. Vous verrez de même dans le troisième
volume la raison profonde de la scène des deux jeunes filles, des
manies de ma tante Léonie etc.

Non, si je n'avais pas de croyances intellectuelles, si je cherchais
simplement à me souvenir et à faire double emploi par ces souvenirs
avec les jours vécus, je ne prendrais pas, malade comme je suis, la
peine d'écrire. Mais cette évolution d'une pensée, je n'ai pas voulu
l'analyser abstraitement mais la recréer, la faire vivre. Je suis donc
forcé de peindre les erreurs, sans croire devoir dire que je les tiens
pour des erreurs ; tant pis pour moi si le lecteur croit que je les tiens
pour la vérité. Le second volume accentuera ce malentendu. J'espère
que le dernier le dissipera. Il m'est bien doux de sentir que du moins

il n'y en a pas eu entre vous et moi et je vous prie d'agréer, pour la bonté que vous avez eue de me le dire, ma très profonde (et j'espère que vous me permettrez un jour d'ajouter très affectueuse) reconnaissance.

Marcel Proust.

(Proust. Correspondance. éd. Ph. Kolb. Plon. t. XIII. p. 98-100.)

BIBLIOGRAPHIE SOMMAIRE

I. LES ÉDITIONS DE *DU CÔTÉ DE CHEZ SWANN*

À la recherche du temps perdu, Du côté de chez Swann, Bernard Grasset, 1913 (achevé d'imprimer du 8 novembre 1913).

À la recherche du temps perdu, t. I, *Du côté de chez Swann*, NRF, 1919 (achevé d'imprimer du 14 juin 1919).

Œuvres complètes, t. I, *À la recherche du temps perdu, Du côté de chez Swann*, NRF, 1929, 2 vol.

À la recherche du temps perdu, t. I, *Du côté de chez Swann* et *À l'ombre des jeunes filles en fleurs*, éd. Pierre Clarac et André Ferré, préface d'André Maurois, Gallimard, « Pléiade », 1954.

À la recherche du temps perdu, t. I, *Du côté de chez Swann* et *À l'ombre des jeunes filles en fleurs*, éd. Jean-Yves Tadié, Florence Callu, Francine Goujon, Eugène Nicole, Pierre-Louis Rey, Brian Rogers et Jo Yoshida, Gallimard, « Pléiade », 1987.

Du côté de chez Swann, éd. Bernard Brun et Anne Herschberg-Pierrot, Flammarion, « GF », 1987.

À la recherche du temps perdu, t. I, *Du côté de chez Swann* et *À l'ombre des jeunes filles en fleurs*, éd. Bernard Raffalli, André Alain Morello et Michelle Berman, Laffont, « Bouquins », 1987.

Un amour de Swann, éd. Michel Raimond, Imprimerie nationale, « Lettres françaises », 1987.

II. AUTRES ŒUVRES DE PROUST

Les Plaisirs et les jours, préface d'Anatole France, Calmann-Lévy, 1896 ; Gallimard, 1924.

Pastiches et mélanges, Gallimard, 1919.

Chroniques, Gallimard, 1927.

Jean Santeuil, éd. Bernard de Fallois, préface d'André Maurois, Gallimard, 1952, 3 vol.

Contre Sainte-Beuve, suivi de *Nouveaux Mélanges*, éd. Bernard de Fallois, Gallimard, 1954.

Jean Santeuil, précédé de *Les Plaisirs et les jours*, éd. Pierre Clarac et Yves Sandre, Gallimard, « Pléiade », 1971.

Contre Sainte-Beuve, précédé de *Pastiches et mélanges* et suivi de *Essais et articles*, éd. Pierre Clarac et Yves Sandre, Gallimard, « Pléiade », 1971.

Textes retrouvés, éd. Philip Kolb et Larkin B. Price, Gallimard, « Cahiers Marcel Proust », 1971.

Le Carnet de 1908, éd. Philip Kolb, Gallimard, « Cahiers Marcel Proust », 1976 (édition du Carnet 1).

L'Indifférent, éd. Philip Kolb, Gallimard, 1978 (nouvelle).

Matinée chez la princesse de Guermantes. Cahiers du « Temps retrouvé », éd. Henri Bonnet et Bernard Brun, Gallimard, 1982 (édition des Cahiers 51, 58 et 57).

III. CORRESPONDANCE

Correspondance, éd. Philip Kolb, Plon, 16 volumes parus depuis 1970, couvrant les années 1880-1917.

A compléter par :

Correspondance générale de Marcel Proust, publiée par Robert Proust, Paul Brach et Suzy Mante-Proust, Plon, 1930-1936, 6 vol.

Lettres à la NRF, Gallimard, 1932.

Marcel Proust et Jacques Rivière, *Correspondance. 1914-1922*, éd. Philip Kolb, Plon, 1955 ; Gallimard, 1976.

Lettres à Reynaldo Hahn, éd. Philip Kolb, Gallimard, 1956.

Philip Kolb, *La Correspondance de Marcel Proust*, Urbana, The University of Illinois Press, 1949 (chronologie).

IV. ÉTUDES BIOGRAPHIQUES

Albaret (Céleste), *Monsieur Proust*, Laffont, 1973 (souvenirs recueillis par Georges Belmont).

Bonnet (Henri), *Marcel Proust de 1907 à 1914* (1959), Nizet, 1971 et 1976, 2 vol. (avec une bibliographie).

Maurois (André), *À la recherche de Marcel Proust*, Hachette, 1949.

Painter (George D.), *Marcel Proust* (1959 et 1965), traduction française, Mercure de France, 1966, 2 vol.

Pierre-Quint (Léon), *Marcel Proust, sa vie, son œuvre* (1925), Le Sagittaire, 1976.

V. ÉTUDES DE GENÈSE

Bulletin de la Société des amis de Marcel Proust et des amis de Combray, 37 volumes parus depuis 1950.

Études proustiennes, Gallimard, « Cahiers Marcel Proust », 6 volumes parus depuis 1973.

Bulletin d'informations proustiennes, Presses de l'École normale supérieure, 18 volumes parus depuis 1975.

Alden (Douglas), *Marcel Proust's Grasset Proofs. Commentary and Variants*, Chapel Hill, University of North Carolina Press, 1978.

Bardèche (Maurice), *Marcel Proust romancier*, Les Sept Couleurs, 1971, 2 vol.

Brun (Bernard), articles dans *Études proustiennes*, n°s 4 et 5, *Bulletin d'informations proustiennes*, n°s 10, 11, 12, 13, 16.

De Agostini (Daniela), Ferraris (Maurizio) et Brun (Bernard), *L'età dei nomi. Quaderni della « Recherche »*, Milan, Mondadori, 1985.

Feuillerat (Albert), *Comment Proust a composé son roman*, New Haven, Yale University Press, 1934.

Keller (Luzius), *Les Avant-textes de l'épisode de la madeleine dans les cahiers de brouillon de Marcel Proust*, J.-M. Place, 1978.

Kolb (Philip), « La genèse de la *Recherche* : une heureuse bévue », *Revue d'histoire littéraire de la France*, septembre-décembre 1971.

Milly (Jean), *Les Pastiches de Proust*, Armand Colin, 1970.

— *Proust dans le texte et l'avant-texte*, Flammarion, 1985.

Quémar (Claudine), articles dans *Études proustiennes*, n°s 1 et 2, *Bulletin d'informations proustiennes*, n°s 3, 6 et 8.

— « Rêveries onomastiques proustiennes », in *Essais de critique génétique*, éd. R. Debray-Genette, Flammarion, 1979.

Rôloff (Volker), « "François le Champi" et le texte retrouvé », *Études proustiennes*, n° 3, 1979.

Vigneron (Robert), « Genèse de Swann » (1937), *Études sur Stendhal et Proust*, Nizet, 1978.

Wada (Akio), *L'Évolution de Combray depuis l'automne 1909*, thèse de doctorat de 3e cycle, Université de Paris IV, 1986, 2 vol.

Yoshikawa (Kazuyoshi), « Marcel Proust en 1908 », *Études de langue et littérature françaises*, n° 22, 1973.

— « Vinteuil ou la genèse du septuor », *Études proustiennes*, n° 3, 1979.

VI. ÉTUDES CRITIQUES

Autret (Jean), *L'Influence de Ruskin sur la vie, les idées et l'œuvre de Marcel Proust*, Genève, Droz, 1955.

Bales (Richard), *Proust and the Middle Ages*, Genève, Droz, 1975.

Barthes (Roland), « Proust et les noms », *Le Degré zéro de l'écriture*, suivi de *Nouveaux essais critiques*, Éd. du Seuil, « Points », 1972.

— et Bersani (Leo), Debray-Genette (Raymonde), Gaubert (Serge), Genette (Gérard), Houston (John Porter), Lejeune (Philippe), Muller (Marcel), Rosasco (Joan), Rousset (Jean), *Recherche de Proust*, Éd. du Seuil, « Points », 1980.

Bellemin-Noël (Jean), « Psychanalyser le rêve de Swann », *Vers l'inconscient du texte*, PUF, 1979.

Brunet (Étienne), *Le Vocabulaire de Proust*, préface de Jean-Yves Tadié, Genève, Slatkine ; Paris, Champion, 1983, 3 vol.

Chantal (René de), *Marcel Proust, critique littéraire*, Montréal, Presses de l'Université de Montréal, 1967, 2 vol. (avec une bibliographie).

Deleuze (Gilles), *Proust et les signes* (1964), PUF, 7e éd., 1986.

Doubrovsky (Serge), *La Place de la madeleine*, Mercure de France, 1974.

Fernandez (Ramon), *Proust ou la généalogie du roman moderne* (1943), Grasset, 1979.

Genette (Gérard), « Proust et le langage indirect », *Figures II* (1969), Éd. du Seuil, « Points », 1979.

— « Métonymie chez Proust » et « Discours du récit », *Figures III*, Éd. du Seuil, 1972.

Henry (Anne), *Marcel Proust. Théories pour une esthétique*, Klincksieck, 1981.

— *Proust romancier. Le tombeau égyptien*, Flammarion, 1983.

Milly (Jean), *La Phrase de Proust* (1975), Champion, 1983.

Piroué (Georges), *Proust et la musique du devenir*, Denoël, 1960.

Poulet (Georges), *L'Espace proustien* (1963), Gallimard, « Tel », 1982.

Raimond (Michel), *Proust romancier*, SEDES, 1984.

Revel (Jean-François), *Sur Proust* (1960), Grasset, 1987.

Richard (Jean-Pierre), *Proust et le monde sensible*, Éd. du Seuil, 1974.

Rivière (Jacques), *Quelques progrès dans l'étude du cœur humain* (1926), éd. Thierry Laget, Gallimard, « Cahiers Marcel Proust », 1985.

Rousset (Jean), « Proust. "À la recherche du temps perdu" », *Forme et signification*, Corti, 1962.

Tadié (Jean-Yves), *Proust et le roman* (1971), Gallimard, « Tel », 1986 (avec une bibliographie).

— *Proust*, Belfond, 1983 (avec une bibliographie).

NOTES

Abréviations

Carnet 1	*Le Carnet de 1908.*
Corr. gale	*Correspondance générale de Marcel Proust.*
Corr.	*Correspondance,* éd. Philip Kolb.
CSB	*Contre Sainte-Beuve,* précédé de *Pastiches et mélanges* et suivi de *Essais et articles,* éd. Pierre Clarac et Yves Sandre.
CSB, éd. Fallois	*Contre Sainte-Beuve,* suivi de *Nouveaux Mélanges,* éd. Bernard de Fallois.
JS	*Jean Santeuil,* précédé de *Les Plaisirs et les jours,* éd. Pierre Clarac et Yves Sandre.
RTP	*A la recherche du temps perdu,* éd. Jean-Yves Tadié et alii.

Les ouvrages suivants nous ont été utiles :

Nathan (Jacques), *Citations, références et allusions de Marcel Proust dans « À la recherche du temps perdu »* (1953), Nizet, 1969.

Steel (Gareth H.), *Chronology and Time in « À la recherche du temps perdu »,* Genève, Droz, 1979.

Proust (Marcel), *Alla ricerca del tempo perduto,* édition de Luciano De Maria, traduction de Giovanni Raboni, préface de Carlo Bo, annotation d'Alberto Beretta Anguissola et Daria Galateria, Milan, Mondadori, 1983, t. I.

Vogely (Maxine Arnold), *A Proust Dictionary,* Troy, New York, The Whitston Publishing Company, 1981.

Que soient remerciés tous ceux qui ont bien voulu nous fournir quelque renseignement : Paul-Marie Duval, Philip Kolb, Michel Raimond, Pierre Rosenberg, Jean-Pierre Seguin, Jean-Yves Tadié.

COMBRAY

I

Page 1.

1. Au début de 1913, Proust prévoyait encore la publication de son roman en deux volumes, *Le Temps perdu* et *Le Temps retrouvé*, sous le titre général *Les Intermittences du cœur*. En mai, comprenant que trois volumes seraient nécessaires, il indiqua à Grasset que le premier s'appellerait *Du côté de chez Swann*, le second probablement *Le Côté de Guermantes*, le titre général devenant *À la recherche du temps perdu*.

2. Gaston Calmette (1858-1914) fut directeur du *Figaro* à partir de 1900. Proust, qui avait sans doute été présenté à Calmette par Léon Daudet, publia des articles dans *Le Figaro* à partir de cette date. Le projet de publier « Combray » dans le quotidien en 1909 avorta, mais quatre extraits du roman y parurent en 1912 et 1913.

Page 3.

1. Souvenir possible du livre de François Mignet, *Rivalité de François Ier et de Charles Quint*, Didier, 1875 (voir *Corr.*, t. II, p. 320, n. 9).

Page 5.

1. La phrase de Proust rappelle une phrase de Bergson, dans *Matière et mémoire* (1896) : « Un être humain qui *rêverait* son existence au lieu de la vivre tiendrait sans doute ainsi sous son regard, à tout moment, la multitude infinie des détails de son histoire passée » (*Œuvres*, PUF, 1959, p. 295). Proust a pris des notes sur *Matière et mémoire* dans le Carnet 1, en 1910. Il se souvient peut-être aussi de l'« Histoire du dormeur éveillé », un conte des *Mille et Une Nuits*, l'une de ses lectures favorites (voir d'autres allusions, p. 18 et surtout p. 56), et, un peu plus bas, de *La Machine à explorer le temps* de H.G. Wells (1895), traduit en 1899.

Page 6.

1. La maison de Combray tient à la fois de la maison du grand-oncle maternel de Proust, Louis Weil, à Auteuil, au 96, rue La Fontaine, où Proust naquit, et de la maison de la sœur de son père à Illiers, près de Châteaudun, la tante Élisabeth, épouse de Jules Amiot, marchand drapier. Dans *Jean Santeuil*, Illiers apparaît d'ailleurs parfois sous le nom d'Éteuilles, qui rappelle Auteuil. On a l'habitude de rapprocher la géographie de Combray (malgré le nouveau site que Proust lui affecta après 1914 : voir p. 134, n. 1) et celle de la région d'Illiers. Quant au nom, il y a près de Méréglise, non loin d'Illiers, un village du nom de Combres ; Combray évoque Combourg, où Chateaubriand passa son adolescence ; Combray fait aussi songer à Fénelon, « le cygne de Cambrai » (Proust connut un descendant de son frère, Bertrand de Fénelon) ; enfin un village de Normandie, près de Lisieux, s'appelle Combray. Autour d'Illiers, on trouve Méréglise, Montjouvin, Roussainville, Tansonville, Vieuvicq, noms qui reviendront dans *Swann*.

Page 7.

1. Proust écrivait à Lucien Daudet en août 1913 : « [...] ce n'est pas une erreur si dans le premier chapitre, à la deuxième ou troisième page vous avez lu : "Suis-je à Tansonville chez Mme de Saint-Loup ?" alors que Tansonville appartient à Swann ; mais c'est que dans le troisième volume Mlle Swann épouse Robert de Saint-Loup que vous connaîtrez dans le second volume » (*Corr.*, t. XII, p. 258-259).

2. Le kinétoscope est un appareil construit par Edison en 1894, permettant la vision individuelle de photographies en mouvement, l'un des derniers précurseurs du cinématographe.

3. Le *Journal des Débats*, quotidien du matin, fit paraître une édition du soir sur papier rose à partir de février 1893.

4. Échos du chapitre sur « Le nid » de *L'Oiseau* de Michelet (1856), en particulier pour l'opposition des hirondelles de mer, qui « se creusent sous la terre une véritable habitation », et de la mésange, qui « suspend son berceau en forme de bourse par un côté, et se confie au vent pour bercer sa famille » (*Œuvres complètes*, Flammarion [s.d.], 1898, t. XXIX, p. 180-181).

Page 9.

1. Annonce des lieux essentiels de toute la *Recherche*. Mais « Doncières » n'était pas cité dans l'édition de 1913.

2. Geneviève de Brabant est l'héroïne d'une légende du Moyen Age, sur le thème de l'innocence persécutée, rapportée dans *La Légende dorée*. Devant rejoindre l'armée de Charles Martel en marche contre les Sarrasins, Siegfried, comte palatin de Trèves, laisse sa femme, fille du duc de Brabant, enceinte sans encore le savoir, à la garde de son intendant, le sénéchal Golo. Celui-ci tente en vain de la séduire et, pour se venger, calomnie l'épouse auprès du mari, qui la condamne à mort et charge Golo de la faire exécuter. Mais les bourreaux, pris de pitié, se contentent de l'abandonner dans une forêt avec son fils. Geneviève se nourrit de fruits sauvages, son enfant du lait d'une biche qu'elle apprivoise. Des années plus tard, le comte Siegfried poursuit la biche à la chasse jusqu'à la caverne de Geneviève, qui parvient à le convaincre de son innocence. Golo est écartelé, mais Geneviève meurt peu après lui. Plusieurs fois illustrée par des romans ou des pièces, la légende servit d'argument à un opéra d'Offenbach, *Geneviève de Brabant*, créé aux Bouffes-Parisiens en 1859. Remanié, il remporta un grand succès au théâtre de la Gaîté en 1875. Dans *Pelléas et Mélisande*, pour lequel Proust s'enthousiasma, le méchant se nomme Golaud.

Page 10.

1. « Combray » contient une série d'allusions au « passé mérovingien ». Les *Récits des temps mérovingiens* (1840) d'Augustin Thierry furent l'une des lectures favorites du jeune Proust : voir p. 61, n. 1 et p. 152, n. 2.

Page 11.

1. Bathilde est le prénom de Mme de Chasteller dans *Lucien Leuwen*. Proust donnait comme exemple de l'« idolâtrie » de Robert de Montesquiou son attachement à ce prénom littéraire (*CSB*, p. 136). Il y eut également une Bathilde reine de France au VIIe siècle, épouse de Clovis II.

Page 14.

1. Coupe de cheveux en brosse sur le devant et longue derrière, mise à la mode par l'acteur Jean-Baptiste Bressant (1815-1886), qui joua les rôles de jeune premier au théâtre des Variétés, puis à la Comédie-Française.

Page 15.

1. Le Jockey Club de Paris fut fondé en 1833 ; il était à la fin du siècle le club parisien le plus exclusif. De 1863 à 1924, son siège était au coin du boulevard des Capucines et de la rue Scribe. Le comte de Paris est Louis-Philippe d'Orléans (1838-1894), petit-fils de Louis-Philippe, prétendant au trône sous le nom de Philippe VII. Après un exil en Allemagne, en Angleterre et aux États-Unis, il revint en France en 1871, mais dut s'exiler à nouveau en Angleterre en 1886. Proust avait d'abord évoqué le comte de Chambord (1820-1883), petit-fils de Charles X, unique héritier de la branche aînée des Bourbons à la mort de son grand-père et prétendant au trône sous le nom d'Henri V. Il résidait à Frohsdorf en Autriche. Le prince de Galles est le futur Édouard VII (1841-1910), qui succéda à la reine Victoria, sa mère, en 1901. Sur Charles Haas, modèle de Swann, voir p. 188, n. 1.

Page 16.

1. Dans l'île Saint-Louis, faisant face à l'abside de Notre-Dame. L'île est hantée par les écrivains et les artistes, les bohèmes et les dandys, de Gautier et Roger de Beauvoir à Baudelaire et Cézanne.

Page 17.

1. Après la mort de sa mère, Proust a habité au 102, boulevard Haussmann, de 1906 à 1919.

Page 18.

1. Comme le raconte Virgile au chant IV des *Géorgiques* (v. 317-395), Aristée fils d'Apollon et de la nymphe Cyrène, causa involontairement la mort d'Eurydice, dont il était épris. Orphée ayant demandé aux dieux de le punir, ceux-ci décidèrent de faire dépérir les abeilles qu'il élevait. Désespéré, Aristée rejoignit sa mère, qui vivait sous les eaux du fleuve Pénée et lui ouvrit les flots.

2. Twickenham, près de Londres, fut la résidence de la famille d'Orléans pendant l'exil en Angleterre. Lors de son second exil, le comte de Paris ne résida plus à Twickenham, qui demeura cependant le centre de l'opposition monarchique. Proust avait d'abord songé à Frohsdorf (voir p. 15, n. 1).

Page 20.

1. La Société des religieuses du Sacré-Cœur de Jésus, appelées Dames du Sacré-Cœur, fondée vers 1800 avec des règles calquées sur celles de la Compagnie de Jésus, et destinée à l'éducation des jeunes filles de la bourgeoisie, possédait de nombreuses maisons en France à la fin du siècle.

2. Le dernier duc de Bouillon, Jacques-Léopold de La Tour d'Auvergne, mourut en 1802 sans postérité. Au cours du XIXe siècle, plusieurs familles prétendront au nom de La Tour d'Auvergne. Proust évoquera cette affaire plusieurs fois dans la *Recherche*.

3. Allusion à Charlus ? ou à Saint-Loup ?

Page 21.

1. Le *Contre Sainte-Beuve* citait également Molé, Pasquier et Broglie comme exemples d'hommes politiques auxquels le critique accordait plus d'attention qu'à Stendhal, Balzac ou Baudelaire (*CSB*, p. 229-230).

Page 24.

1. Allusion au duc d'Audiffret-Pasquier (1823-1905). Député orléaniste en 1871, président de l'Assemblée en 1875, président du Sénat l'année suivante, conseiller du comte de Paris, il était le fils du comte d'Audiffret, receveur général de 1839 à 1856, mais le chancelier Pasquier, son grand-oncle, dont il a été question plus haut (p. 21), lui transmit le titre de duc. Il était aussi parent du marquis d'Audiffret (1787-1878), homme politique et économiste.

2. Deux répliques successives sont attribuées à Flora.

3. Henri Maubant (1821-1902), acteur de l'Odéon, puis de la Comédie-Française, spécialisé dans les rôles de père noble.

Page 25.

1. Amalia Materna (1847-1918), chanteuse autrichienne, créatrice du rôle de Brunehilde dans *La Walkyrie* de Wagner, à Bayreuth en 1876.

Page 26.

1. La princesse de Léon devint, par le décès de son beau-père en 1893, duchesse de Rohan-Chabot. Selon Paul Morand, elle aurait écrit à Proust dès la parution de *Swann* pour le remercier de s'être souvenu de cette fête, qu'elle avait donnée en mai 1891 (*Journal d'un attaché d'ambassade, 1916-1917*, La Table ronde, 1949, p. 185). Voir aussi p. 97 et 172.

2. Le marquis de Maulévrier était ambassadeur de France à Madrid en 1721, quand Saint-Simon fut envoyé dans la capitale espagnole afin de préparer le mariage de Louis XV et de l'infante d'Espagne. Maulévrier accueillit Saint-Simon avec mauvaise humeur et impertinence. La première citation est approximative : « Je trouvai un homme fort respectueux, fort silencieux, fort réservé, et je m'aperçus bientôt qu'il n'y avait rien dans cette épaisse bouteille que de

l'humeur, de la grossièreté et des sottises » (*Mémoires*, « Pléiade », 1988, t. VIII, p. 251). La seconde citation est exacte. Un panneau est un filet utilisé pour prendre le gibier.

Page 27.

1. « O ciel, que de vertus vous me faites haïr ! » Corneille, *La Mort de Pompée*, III, 4, v. 1072. Exclamation de Cornélie, veuve de Pompée, exprimant son admiration pour la générosité de César, son ennemi, qui a donné l'ordre qu'elle soit honorée comme femme d'un héros.

Page 28.

1. La Bible interdit à plusieurs reprises de cuire le chevreau dans le lait de sa mère (Exode, XXIII, 19 ; XXXIV, 26 ; Deutéronome, XIV, 21). Lors du combat de Jacob contre l'ange, Jacob fut blessé au nerf de la cuisse, et c'est en souvenir de l'épisode que les juifs évitent de manger de ce nerf (Genèse, XXXII, 33). Quant au massacre des enfants, il fait songer à celui qu'Hérode ordonna après la naissance du Christ (Matthieu, II, 16).

Page 29.

1. Le miracle de Théophile, non pas saint mais clerc, est, selon *L'Art religieux du XIIIᵉ siècle en France*, par Émile Mâle, que Proust lut en 1899, peu après sa parution, et qu'il citera amplement dans les notes de sa traduction de *La Bible d'Amiens*, le miracle de la Vierge le plus souvent représenté dans les cathédrales, en particulier au tympan du portail nord de Notre-Dame de Paris. Théophile était un homme modeste. A la mort de l'évêque d'Adana, dont il était le vidame, il refusa de lui succéder. Mais le démon le tenta et lui fit regretter le pouvoir. Théophile signe alors un pacte avec Satan : il vend son âme en échange de la promesse de la gloire sur terre. Il parvient à conquérir les faveurs du peuple et supplante le nouvel évêque. Mais, bientôt assailli de remords, il implore l'aide de la Vierge, qui le sauve en arrachant au démon le parchemin où Théophile a signé le contrat. Celui-ci confesse alors publiquement sa faute, révèle l'intervention miraculeuse de la Vierge, et meurt saintement peu de temps après. Voir Émile Mâle, *L'Art religieux du XIIIᵉ siècle en France. Étude sur l'iconographie du Moyen Age et sur ses sources d'inspiration*, Ernest Leroux, 1898, p. 331-332. Quant aux quatre fils du duc Aymon, suivant *Renaud de Montauban*, une chanson de geste du XIIIᵉ siècle (« Folio », 1983), ils avaient offensé Charlemagne, qui les poursuivit de sa colère. Après qu'ils eurent fait la paix avec lui, Renaud s'embaucha à Cologne parmi les maçons qui bâtissaient la cathédrale. Proust fit en 1907 la connaissance de Mâle, dont l'ouvrage est l'une des références majeures de la *Recherche*. Dans deux brouillons de lettres de la fin de 1912, vraisemblablement destinées à Mâle, Proust cherchait à vérifier quelques allusions médiévales du roman : « beffroi d'hôpital, clocher de couvent (et bonnet ecclésiastique) » sont-elles des expressions acceptables (voir p. 66) ? Et « caractères abrégés »

(voir p. 58)? « Les *Quatre fils Aymon* peuvent-ils être cités comme sujet de sculptures soit dans une abbaye, soit dans un bâtiment civil (un hôtel du Moyen Age ou de la Renaissance). Et le deuil, les manifestations extérieures du chagrin, se traduisent-elles avec une certaine pompe (comme *La Chanson de Roland*) » (voir p. 29 et p. 152)? Proust n'envoya sans doute pas les lettres à Mâle : voir Ph. Kolb, « Marcel Proust et Émile Mâle (lettres pour la plupart inédites) », *Gazette des Beaux-Arts*, septembre 1986, p. 85-88.

2. Les rince-bouche étaient présentés à la fin du repas. Mme Bovary rêvait d'en avoir (I, VII).

Page 32.

1. La Société des Concerts du Conservatoire, le plus ancien orchestre de Paris, donnait ses concerts le dimanche après-midi, au coin de la rue du Conservatoire et de la rue Bergère, le siège du Conservatoire jusqu'en 1911.

Page 36.

1. Benozzo Gozzoli (vers 1422-1497) est l'auteur, au cimetière de Pise, le *Camposanto monumentale*, de fresques, endommagées au cours de la Seconde Guerre mondiale, illustrant des épisodes de l'Ancien Testament. Une série d'entre elles représente l'*Histoire d'Abraham*. John Ruskin, qui les vit lors de son second voyage en Italie en 1845, copia l'*Histoire d'Abraham* et la décrivit dans deux lettres à son père. Un dessin par Ruskin d'un fragment du panneau qui représente les anges annonçant à Abraham la naissance d'Isaac, est reproduit au tome IV de ses œuvres complètes, que Proust possédait (*The Works of John Ruskin*, Londres, Allen, 1903-1912, 39 vol.), sous le titre « Abraham Parting from the Angels (From Ruskin's drawing of the fresco by Benozzo Gozzoli) » (en face de la p. 316). Ce dessin est décrit inexactement par Ruskin dans la première lettre à son père : « Abraham parting from the Angels when they go towards Sodom » (*ibid.*, p. XXX). Ce titre explique peut-être l'idée que Proust se fait de la fresque, et son verbe étrange pour la décrire : « le geste d'Abraham [...] disant à Sarah qu'elle a à se *départir* du côté d'Isaac ». Ce geste ne figure pas sur le panneau de Gozzoli représentant le sacrifice d'Isaac.

2. Combray sera détruit pendant la guerre, ainsi qu'on l'apprendra dans *Le Temps retrouvé*. Mais *Du côté de chez Swann* a été publié avant la guerre, et Proust songeait ici à la maison d'Auteuil (voir p. 6, n. 1), qui fut détruite lors du percement de l'avenue Mozart, à la fin des années 1890, épisode qui apparaît dans *Jean Santeuil* (p. 864-870).

Page 38.

1. Comparer avec les principes libéraux d'éducation des professeurs Adrien Proust, le père de Marcel, et Gilbert Ballet, dans *L'Hygiène du neurasthénique* : « [...] l'éducateur doit éviter avec soin de donner à l'enfant "la formule de ses mauvais instincts". [...] Le jeune enfant est trop inconscient pour avoir une intention forcément perverse » (Masson, 1897, p. 147).

Page 39.

1. *Indiana* (1832), à la différence des romans champêtres de George Sand, est une histoire de passions, d'adultères et de suicides.

Page 40.

1. Le tableau de Corot est au Louvre. Hubert Robert a laissé de nombreux jets d'eau. L'un, daté 1786, est passé en vente en 1883 sous le titre « Vue prise à Saint-Cloud ». Un autre a été vendu en 1897 par la marquise de Montesquiou-Fezensac. Proust avait décrit le jet d'eau de Saint-Cloud peint par Hubert Robert dans un article de 1899 (*CSB*, p. 427-428). Dans *Sodome et Gomorrhe*, il reprendra la description pour le jet d'eau du jardin de l'hôtel de Guermantes, qu'Hubert Robert a peint. Dans un brouillon du *Contre Sainte-Beuve*, le jet d'eau d'Hubert Robert était associé à la scène d'onanisme (*CSB*, éd. Fallois, p. 65 ; *RTP*, t. I, esquisse III, p. 646). L'édition des *Works* de Ruskin reproduit deux aquarelles de Turner représentant le Vésuve, au repos et en éruption (t. XXII, planches I et II).

2. *La Cène* de Léonard de Vinci, fresque du couvent Sainte-Marie-des-Grâces, à Milan, qui fut très rapidement en mauvais état de conservation, a été gravée par l'artiste florentin Raphaël Morghen (1761-1833) en 1800.

3. L'édition des *Works* de Ruskin reproduit une vue de la lagune depuis la maison de Titien à Venise, avec au fond les Alpes du Tyrol (t. VI, p. 268). Dans *Modern Painters I*, Ruskin souligne sa fantaisie (t. III, p. 170-171).

Page 43.

1. Dans le manuscrit de *Swann*, l'analyse des impressions produites par la lecture de *François le Champi* se poursuivait en une doctrine esthétique. Proust la reportera au *Temps retrouvé*. Sur ce déplacement, voir la préface, p. XXIV.

Page 44.

1. César écrivait dans *La Guerre des Gaules* (VI, 14, 5), à propos des druides : « Le point essentiel de leur enseignement, c'est que les âmes ne périssent pas, mais qu'après la mort elles passent d'un corps dans un autre. » Diodore écrira peu après dans la *Bibliothèque historique* (V, 28, 6), à propos des Gaulois : « Chez eux a prévalu le dogme de Pythagore, selon lequel c'est un fait que les âmes des hommes sont immortelles, et qu'après un certain nombre d'années chaque âme revient à la vie en entrant dans un autre corps. » Il s'agit donc d'une croyance gauloise (les Gaulois sont des Celtes, donc « celtique » est exact, mais plus étendu), mais il n'y est pas question que les âmes soient « captives », ni « dans quelque être inférieur ».

2. Voir une version primitive de l'épisode au document I, p. 431. Après l'évocation des chambres d'autrefois, la réminiscence provoquée par la sensation de la madeleine trempée dans du thé représente un second départ de « Combray », sous le principe de la mémoire

involontaire et non plus volontaire. La *Recherche* peut alors véritablement commencer.

Page 47.

1. Proust a développé l'allusion au jeu japonais pendant l'été de
1911, comme le montre une lettre à René Gimpel : « Pourriez-vous
demander à des Japonais comment cela s'appelle, mais surtout si cela
se fait quelquefois dans du *thé*, si cela se fait dans de l'eau
indifféremment chaude ou froide, et dans les plus compliqués s'il peut
y avoir des *maisons*, des *arbres*, des *personnages*, enfin quoi » (*Corr.*,
t. X, p. 321).

II

Page 48.

1. Il y avait à Illiers une rue de l'Oiseau (aujourd'hui rue du
Docteur-Galopin). L'abbé Joseph Marquis, auteur d'une mono-
graphie sur Illiers, que Proust possédait, donnait l'origine de ce nom :
« L'hôtellerie de l'Oiseau fléché a laissé son nom à une rue, au cœur
d'Illiers. Son enseigne offrait l'image d'un oiseau atteint d'une
flèche. » Voir M. le chanoine Marquis, doyen d'Illiers, *Illiers*,
Chartres, 1904 et 1907, p. 280. Proust l'évoque dans une lettre à Max
Daireaux en juin 1913 (*Corr.*, t. XII, p. 209).

Page 52.

1. On lisait dans les éditions de 1913 et 1919 : « Elle tendait à
mes lèvres son triste front pâle et fade sur lequel, à cette heure
matinale, elle n'avait pas encore arrangé ses faux cheveux, et où les
vertèbres transparaissaient [...]. » Gide évoque l'incorrection de cette
phrase dans le brouillon de lettre à Proust que nous donnons au
document X, p. 460. Or, on constate sur la dactylographie que la
conjonction « et » a été ajoutée par Proust à la main, entre « faux
cheveux » et « où ». Avant cette correction, les vertèbres appartenaient à la perruque, à sa monture, et non pas au front. Le « et »
ne figure d'ailleurs pas sur le manuscrit du Cahier 10. Mais le texte
imprimé est incontestablement ambigu.

Page 53.

1. Françoise, déjà grand-mère au début de « Combray », n'aura
apparemment pas vieilli à la fin de la *Recherche*.
2. Anachronisme : les rayons X ont été découverts par Roentgen
en 1895.

Page 57.

1. Un abbé Perdreau était curé d'Illiers pendant la Révolution et
il se rétracta en 1792, selon le chanoine Marquis (p. 223-224).

Page 59.

1. « Certains vitraux sont certainement les uns d'Évreux, les autres de la Sainte-Chapelle et de Pont-Audemer », écrira Proust dans une dédicace de *Du côté de chez Swann* à Jacques de Lacretelle en 1918 (*CSB*, p. 564-565).

2. Le Cabinet des estampes de la Bibliothèque nationale conserve dix-sept cartes d'un jeu de tarots italien, dessinées et peintes à la main, sans doute en Italie du Nord et probablement à la fin du XVe siècle. Elles proviennent de la collection de Roger de Gaignières. En 1842, un érudit, Constant Leber, a cru qu'il s'agissait des cartes d'un jeu pour la confection duquel Jacquemein Gringonneur avait en 1392 reçu cinquante-six sols parisis, jeu destiné, ainsi que deux autres, à l'« esbatement » du roi. On crut alors que ce Gringonneur pouvait avoir été l'inventeur du jeu de cartes, et quoi d'étonnant à ce que son premier adepte eût été l'infortuné Charles VI, qui devint fou en 1392. Proust a recueilli cette histoire, qui traînait partout au XIXe siècle.

Page 60.

1. La description des tapisseries de Combray s'inspirerait d'une tapisserie du XVe siècle appartenant au trésor de la cathédrale de Sens et repésentant Assuérus qui étend son sceptre sur la reine Esther : voir p. 102, n. 2.

2. Saint Éloi (588-660), le patron des orfèvres, fut le maître de la Monnaie de Clotaire II et le conseiller de Dagobert. Mais Proust semble se souvenir de la grande croix d'or, fabriquée au XIIe siècle et décrite par Suger, qui était conservée à la basilique de Saint-Denis et disparut pendant la Révolution : « un des plus précieux monuments non seulement de l'art, mais encore de la pensée du Moyen Age », écrivait Mâle dans *L'Art religieux du XIIe siècle en France* (1922), Armand Colin, 1928, p. 152-154.

3. Louis le Germanique (804-876), fils de Louis le Pieux et petit-fils de Charlemagne, régna de 843 à 876 sur la partie orientale de l'empire carolingien. Ses deux fils cadets se rebellèrent contre lui, parce qu'il avait favorisé le fils aîné dans la division du royaume. Proust, avant de faire figurer ce nom dans la version définitive, a longtemps hésité entre les fils de saint Louis, enterrés à Saint-Denis, ou les fils de Clovis II, « les énervés de Jumièges » (mutilés, selon la légende, pour s'être révoltés contre leur mère Bathilde, abandonnés sur une barque au courant de la Seine et recueillis dans l'abbaye), ou les fils de Childebert ou de Charlemagne. Viollet-le-Duc, à l'article « Tombeau » de son *Dictionnaire raisonné de l'architecture française du XIe au XVIe siècle* (1854-1868), dont Proust s'est apparemment servi pour les brouillons de ce passage, évoque les tombes des enfants de saint Louis à Saint-Denis, Jean et Blanche de France, en bronze avec parties émaillées (t. IX, p. 62).

Page 61.

1. Citation approximative de la fin du premier des *Récits des temps mérovingiens* d'Augustin Thierry. Le prodige aurait eu lieu à l'enterrement de Galeswinthe, fille du roi des Wisigoths d'Espagne, épouse de Chilpéric, qui l'avait fait étrangler. Elle était la belle-sœur de Sigebert, et non sa petite-fille. « On disait qu'une lampe de cristal, pendue près du tombeau de Galeswinthe, le jour de ses funérailles, s'était détachée subitement sans que personne y portât la main, et qu'elle était tombée sur le pavé de marbre sans se briser et sans s'éteindre. On assurait, pour compléter le miracle, que les assistants avaient vu le marbre du pavé céder comme une matière molle, et la lampe s'y enfoncer à demi » (Augustin Thierry, *Œuvres*, Garnier, 1867, t. VII, p. 329).

Page 62.

1. L'église d'Illiers s'appelle Saint-Jacques, mais le village avait une seconde paroisse, Saint-Hilaire, dont l'église fut détruite à la Révolution.

Page 65.

1. Le dôme de Saint-Augustin rappelle de très loin celui de Saint-Pierre à Rome. Proust a habité dans le quartier de Saint-Augustin jusqu'en 1919 : 9, boulevard Malesherbes jusqu'en 1900 ; 45, rue de Courcelles de 1900 à 1906 ; 102, boulevard Haussmann ensuite.

Page 67.

1. Selon saint Paul, le péché sans rémission est l'apostasie : « Il est impossible, en effet, pour ceux qui une fois ont été illuminés, qui ont goûté au don céleste, qui sont devenus participants de l'Esprit Saint, qui ont savouré la belle parole de Dieu et les forces du monde à venir, et qui néanmoins sont tombés, de les rénover une seconde fois en les amenant à la pénitence » (Épître aux Hébreux, VI, 4-6).

2. Mlle Legrandin a épousé M. de Cambremer, que l'on rencontrera dans *Sodome et Gomorrhe*.

3. Sur Gilbert le Mauvais, voir p. 103, n. 3.

Page 70.

1. Dans *La Bible d'Amiens*, Ruskin décrivait les quatre-feuilles placés sous chacune des statues de la façade. En particulier, sous les saints de la province, « les quatre-feuilles représentent l'ordre charmant de l'année qu'ils protègent et sanctifient, avec les signes du zodiaque au-dessus, et les travaux des mois au-dessous » (*La Bible d'Amiens*, trad. Marcel Proust, Mercure de France, 1904, p. 320). Proust notait en bas de page : « L'étude des travaux des mois dans nos différentes cathédrales est une des plus belles parties du livre de M. Mâle. "Ce sont vraiment, dit-il en parlant de ces calendriers sculptés, les Travaux et les Jours." » Et Proust citait longuement Mâle : « Au pied des

murs de la petite ville du Moyen Age commence la vraie campagne...
le beau rythme des travaux virgiliens. Les deux clochers de Chartres
se dressent au-dessus des moissons de la Beauce et la cathédrale de
Reims domine les vignes champenoises [...]. » Ou encore : « Tout
cela est simple, grave, tout près de l'humanité. Il n'y a rien là des
Grâces un peu fades des fresques antiques : nul amour vendangeur,
nul génie ailé qui moissonne. Ce ne sont pas les charmantes déesses
florentines de Botticelli qui dansent à la fête de la Primavera » (Mâle,
L'Art religieux du XIIIe siècle en France, p. 90, 91 et 101-102).

Page 71.

1. L'oncle Adolphe et la dame en rose furent introduits dans
« Combray » après la première dactylographie, au début de 1910.
Les modèles principaux en sont Louis Weil, le grand-oncle de Proust,
et Laure Hayman, qui avait vingt ans de plus que Proust. Celui-ci
parle en 1888 d'une « passion platonique pour une courtisane
célèbre » (*Corr.*, t. I, p. 119) : il s'agissait vraisemblablement d'elle.

Page 73.

1. *Le Testament de César Girodot*, comédie d'Adolphe Belot et
Edmond Villetard, créée à l'Odéon en 1859. Sarah Bernhardt
remporta un succès au début de sa carrière avec cette pièce, qui
figurait encore au programme de la Comédie-Française en 1890.
Œdipe fut l'un des grands rôles de Mounet-Sully au Théâtre-Français
à partir de 1881. *Les Diamants de la couronne*, opéra-comique, paroles
de Scribe et Saint-Georges, musique d'Auber, fut créé à l'Opéra-
Comique en 1841. *Le Domino noir*, opéra-comique de Scribe et Auber,
fut créé à l'Opéra-Comique en 1837. Tous les deux furent
régulièrement repris dans les années 1880. Les quatre œuvres furent
jouées en 1881, 1882, 1883, 1884 et 1888.

2. Le riz à l'Impératrice est un riz au lait, mélangé avec de la crème
anglaise et servi avec de la crème Chantilly.

3. Tous furent de grands acteurs de la Comédie-Française dans la
seconde moitié du siècle : Edmond Got (1822-1901), interprète des
grands rôles comiques ; Louis-Arsène Delaunay (1826-1903), spécialisé dans les rôles de jeune premier du répertoire classique ; Frédéric
Febvre (1835-1916), interprète des rôles de composition dans le
répertoire moderne ; Joseph Thiron (1830-1891), spécialisé dans les
rôles d'homme âgé du répertoire moderne ; Constant Coquelin
(1841-1909), premier comique, interprète mémorable du *Misanthrope*
et créateur de *Cyrano de Bergerac*.

Page 74.

1. Pour Maubant, voir p. 24, n. 3.

2. Le nom de la Berma, l'artiste imaginaire de la *Recherche*, apparaît
pour la première fois dans une liste des actrices les plus importantes
de l'époque : Sarah Bernhardt (1844-1923), la plus célèbre ; Julia
Bartet (1854-1941), Bérénice et Andromaque inoubliable ; Madeleine
Brohan (1833-1900), grande coquette de Molière, qui quitta la scène

en 1885 ; sa nièce, Jeanne Samary (1857-1890), grande soubrette, qui débuta à la Comédie-Française dans le rôle de Dorine de *Tartuffe* en 1875.

Page 78.

1. A Paris, carte-lettre de couleur, servant à la correspondance pneumatique.

2. Achille Tenaille de Vaulabelle (1799-1879), journaliste et historien, auteur d'une *Histoire d'Égypte depuis le départ des Français* (1835-1836) et d'une *Histoire des deux Restaurations* (1844).

3. La dame en rose est Odette de Crécy, future Mme Swann, ainsi que Morel l'apprendra au héros dans *Le Côté de Guermantes I.* Mais son apparition se situe malaisément dans la chronologie du roman : le héros ayant le même âge que sa fille, Gilberte Swann, elle est déjà Mme Swann depuis longtemps, et n'a certainement plus le genre des actrices fréquentées par l'oncle Adolphe.

Page 80.

1. Dans la chapelle des Scrovegni, à l'emplacement de l'Arena romaine, à Padoue, Giotto a peint, sous les fresques représentant l'histoire de la Vierge et du Christ, quatorze figures allégoriques en camaïeu, sept Vices et sept Vertus, parmi lesquelles la Charité, qui fait face à l'Envie. Comme la description de la Charité, celles de l'Envie et de la Justice sont fidèles, Proust ayant eu sous les yeux des reproductions. Ruskin consacra en 1853 un livre à *Giotto and his Works in Padua.* Il n'y mentionne pas les Vertus et les Vices. Mais la lettre 7 de *Fors Clavigera*, datant de juillet 1871, s'intitule « Charitas », et le tome XXVII des *Works*, qui la contient, reproduit cinq des allégories de Giotto, l'Espoir, l'Envie, la Charité (en face du début de la lettre, p. 115), l'Injustice et la Justice, soit, entre autres, toutes celles que Proust décrit. La conclusion de la lettre l'évoque en termes voisins de ceux de Proust : « Usually she is nursing children, or giving money. Giotto thinks there is little charity in nursing children ; — bears and wolves do that for their little ones ; and less still in giving money. His Charity tramples upon bags of gold — has no use for them. She gives only corn and flowers ; and God's angels give *her*, not even these — but a Heart » (p. 130). Ruskin corrigera dans une note son interprétation du geste, qui arrêtera aussi Proust : « I do not doubt I read the action wrong ; she is *giving* her heart to God, while she gives gifts to men. » Dans une note de sa traduction de *La Bible d'Amiens*, Proust citait une comparaison de Ruskin entre la Charité de Padoue et celle d'Amiens, et il ajoutait un rapprochement voisin fait par Émile Mâle dans *L'Art religieux du XIII᷂ siècle* (*CSB*, p. 97). Proust a visité la chapelle des Scrovegni lors de son premier voyage en Italie en mai 1900. « Les "Vices et les Vertus" de Padoue et de Combray » était le titre d'un chapitre du troisième et dernier volume de la *Recherche*, selon le plan prévu par Proust lors de la parution de *Swann* chez Grasset en 1913 (voir le document VI, p. 451). Le héros s'y serait rendu à Venise,

de là à Padoue, où il aurait enfin connu la femme de chambre de la baronne Putbus (voir p. 259, n. 1).

Page 85.

1. Le héros est sans doute en train de lire *L'Éducation sentimentale* : « Des touffes de roseaux et des joncs la bordent inégalement ; toutes sortes de plantes venues là s'épanouissaient en boutons d'or, laissaient pendre des grappes jaunes, dressaient des quenouilles de fleurs amarantes, faisaient au hasard des fusées vertes » (« Folio », p. 273). On comparera avec le pastiche que Proust avait donné de ce passage en mars 1908 dans *Le Figaro*, où on voit ceux qui ont espéré devenir riches et heureux grâce au procédé de fabrication de diamants inventé par Lemoine finir « par ne plus voir que deux grappes de fleurs violettes, descendant jusqu'à l'eau rapide qu'elles touchent presque, dans la lumière crue d'un après-midi sans soleil, le long d'un mur rougeâtre qui s'effritait » (« L'affaire Lemoine par Gustave Flaubert », *CSB*, p. 15). Une ébauche de *Swann* contient cependant, à propos des grappes de fleurs violettes, une allusion à Balzac : « D'autre part, certains romans que je lisais alors peut-être *Le Lys dans la vallée*, mais je n'en suis pas sûr, me donnaient un grand amour pour certaines fleurs en quenouille, dépassant verticalement de leur grappe aux sombres couleurs un chemin fleuri. Que de fois je les cherchai du côté de Guermantes, m'arrêtant devant quelque digitale, laissant mes parents me dépasser, disparaître à un coude de la Vivette pour que rien ne trouble ma pensée, me redisant la phrase aimée, me demandant si c'était bien cela qu'avait dépeint le romancier, cherchant à identifier au paysage lu le paysage contemplé pour lui donner la dignité que déjà la littérature conférait pour moi à la réalité en me manifestant son essence et m'enseignant sa beauté » (Cahier 26 ; *RTP*, t. I, esquisse LV, p. 832). Il n'y a pas de « fleurs en quenouille » dans *Le Lys dans la vallée*, mais Proust songe aux bouquets composés par Félix de Vandenesse pour déclarer son amour à Mme de Mortsauf : voir p. 124, n. 1. Enfin, l'un des premiers brouillons introduisant Bergotte, au début de 1910, l'associe aux sites fluviatiles et aux « grappes de fleurs violettes et jaunes », ajoutant toutefois : « Il vaut mieux que ce livre ne soit pas de Bergotte pour que l'association des fleurs ne se passe pas avec Mlle Swann » (Cahier 29, f° 80 v°). Le Cahier 29 associe en effet ces paysages à Mme de Guermantes, tandis que Gilberte se présente dans le cadre des cathédrales sous la neige.

Page 89.

1. Bergotte, l'écrivain de la *Recherche*, est un personnage composite, ayant pour modèles, selon Jean Levaillant, Ruskin, Mme de Noailles, Renan, Jules Lemaitre et Anatole France (« Note sur le personnage de Bergotte », *Revue des sciences humaines*, janvier-mars 1952, p. 33-48). George Painter ajoute Barrès, Bergson, Bourget, Darlu et Alphonse Daudet (*Marcel Proust*, t. II, p. 505). Dans les premiers brouillons introduisant le personnage — parfois nommé Elstir — au début de

1910, l'influence de Ruskin et surtout celle d'Anatole France sont manifestes, Proust ayant conçu les pages sur les impressions de lecture en ayant *Le Crime de Sylvestre Bonnard* (1881) sous les yeux, dans l'édition revue et corrigée de 1902. Les personnages de la *Recherche* combinent toujours de nombreuses « clés ».

2. *La Nuit de mai*, v. 79. *Phèdre*, I, 1, v. 36.

3. Leconte de Lisle. « Bhagavat » appartient aux *Poèmes antiques* (1852), « Le Lévrier de Magnus » aux *Poèmes tragiques* (1884).

Page 90.

1. L'auteur de ce paradoxe est Théophile Gautier. Dans *Jean Santeuil*, Rustinlor, le maître de Jean, le citait (*JS*, p. 239). Proust écrivait dans une ébauche de *Swann* : « Je me rappelle mes angoisses en me promenant dans les champs du côté de Méséglise parce qu'on m'avait dit que pour Théophile Gautier le plus beau vers de Racine était *La fille de Minos et de Pasiphaé* » (Cahier 26 ; *RTP*, t. I, esquisse LV, p. 832). Il y reviendra en 1921, dans sa réponse à une enquête sur le classicisme et le romantisme : « Il n'y a rien de si bête que de dire comme Théophile Gautier, lequel était du reste un poète de troisième ordre, que le plus beau vers de Racine est : *La fille de Minos et de Pasiphaé* » (*CSB*, p. 618). Montesquiou écrivait aussi dans *Roseaux pensants*, mais sans expliquer pourquoi : « [...] Gautier trouvait que *La fille de Minos et de Pasiphaé* était le plus beau vers de Racine » (Fasquelle, 1897, p. 233).

2. *O Dieu de nos Pères / Toi qui nous éclaires / Parmi nous descends ! / O Dieu de nos Pères / Cache nos mystères / À l'œil des méchants !*, chanté par le chœur à l'acte II, scène 1 de *La Juive*, musique de Fromental Halévy (1799-1862), sur un livret de Scribe, créé en 1835, opéra auquel on doit également le fameux « Rachel quand du Seigneur ». Le musicien était le père de Mme Straus, amie de Proust, épouse en premières noces du compositeur Georges Bizet, dont elle eut un fils, Jacques, camarade de Proust au lycée Condorcet. Daniel Halévy, autre camarade de Proust à Condorcet, cousin de Jacques Bizet, était le fils de Ludovic Halévy (1834-1908), auteur avec Meilhac de nombreux livrets d'Offenbach, lui-même fils de Léon Halévy et neveu de Fromental.

3. *Israël ! romps ta chaîne ! / O peuple, lève-toi ! / Viens assouvir ta haine ! / Le Seigneur est en moi ! / O toi, Dieu de lumière, / Comme aux jours d'autrefois / Exauce ma prière / Et combats pour tes lois !*, air de Samson à l'acte I, scène 2 de *Samson et Dalila*, opéra de Saint-Saëns sur un livret de Ferdinand Lemaire, créé à Weimar par les soins de Liszt le 2 décembre 1877, et repris à Paris en 1890.

Page 91.

1. Air de Joseph, à l'acte I de *Joseph*, opéra de Méhul (1763-1817), créé en 1807, dont une nouvelle version fut créée en 1899, avec des récitatifs de Bourgault-Ducoudray, sur des paroles d'Armand Sylvestre. Les autres airs chantés par le grand-père sont inconnus.

Page 93.

1. Pour la première et les deux dernières citations de Bergotte, Proust s'inspire d'Anatole France ; pour la seconde, de Leconte de Lisle. Le héros du *Crime de Sylvestre Bonnard* s'écriait : « Oui, mon ami, mais ces songes et mille autres encore, joyeux et tragiques, se résument en un seul : le songe de la vie » (« Pléiade », 1984, t. I, p. 154). Dans son article sur Baudelaire de 1921, Proust citera ces vers de Leconte de Lisle : *La Vie antique est faite inépuisablement / Du tourbillon sans fin des apparences vaines* (*CSB*, p. 636 ; citation de « La Maya », *Poèmes tragiques*, derniers vers). Dans *Le Livre de mon ami* (1885), France évoquait sa mère ainsi : « [...] sois bénie pour m'avoir révélé, quand je naissais à peine à la pensée, les tourments délicieux que la beauté donne aux âmes avides de la comprendre » (« Pléiade », t. I, p. 460). Dans *Pierre Nozière*, Viollet-le-Duc était condamné en ces termes : « Il allait jusqu'à sacrifier des œuvres vénérables et charmantes et à transformer, comme à Notre-Dame de Paris, la cathédrale vivante en cathédrale abstraite » (Lemerre, 1899, p. 243).

Page 96.

1. Le sultan ottoman Mahomet II s'empara de Constantinople en 1453 et conquit tous les Balkans, jusqu'aux environs de Venise. Gentile Bellini (1429-1507), qui séjourna à Constantinople en 1480, fit le portrait de Mahomet II, aujourd'hui conservé à la National Gallery de Londres. Il appartint longtemps à la collection que sir Austen Henry Layard (1817-1894), ambassadeur britannique auprès de la Sublime Porte et découvreur du site de Ninive, avait réunie dans son palais du Grand Canal. Il était reproduit dans un livre connu de Proust : le volume consacré à Venise dans la collection « Les villes d'art célèbres » (Pierre Gusman, *Venise*, Laurens, 1902, p. 99), collection mentionnée dans les *Jeunes filles en fleurs*.

Page 97.

1. Le portail occidental de la cathédrale de Chartres est décoré des statues des rois et des reines de la Bible, ancêtres du Christ.

Page 98.

1. Anatole France écrivit une notice pour *Les Œuvres de Racine*, Lemerre, 1874-1875, 5 vol. Cette notice parut aussi sous la forme d'une plaquette et fut reprise dans *Le Génie latin*, Lemerre, 1913. Voir aussi p. 402, n. 1.

Page 99.

1. Sur le site de Combray, voir p. 134, n. 1.

Page 101.

1. Rogations : processions faites durant les trois jours précédant l'Ascension, afin de demander à Dieu de bénir les fruits de la terre et les animaux.

Page 102.

1. L'ouvrage du curé d'Illiers, le chanoine Marquis, que Proust possédait (voir p. 48, n. 1), contient de nombreuses étymologies.

2. Le trésor de la cathédrale de Sens renferme des tapisseries du XVe et du XVIe siècle, qui représentent des scènes religieuses, en particulier un couronnement d'Esther par Assuérus.

Page 103.

1. Les quelques étymologies du curé, dans *Swann*, proviennent de l'ouvrage de Jules Quicherat, *De la formation française des anciens noms de lieu*, Franck, 1867 : « *Caſtrum Radulfi*, Châteauroux (Indre) » (p. 61). Le thème étymologique prendra de l'ampleur dans *Sodome et Gomorrhe*, où Brichot critiquera les étymologies du curé, et la source ne sera plus l'ouvrage de Quicherat.

2. Le modèle est peut-être *L'Entrée du Dauphin, le futur Charles V, dans Paris*, peint par Ingres en 1821 et passé en vente en 1897.

3. Gilbert le Mauvais (que Proust, dans certaines variantes, prénomme Charles) fait penser à Charles II, roi de Navarre et comte d'Évreux (1332-1387), surnommé le Mauvais à cause des intrigues qu'il mena contre Charles V, son beau-frère. Pour l'origine du personnage, voir aussi p. 104, n. 2. Charles II est représenté à genoux et les mains jointes dans un vitrail de la cathédrale d'Évreux. Proust notera plus loin, au moment où Françoise s'acharne sur un poulet, que ses vertus « cachaient des tragédies d'arrière-cuisine, comme l'histoire découvre que les règnes des Rois et des Reines, qui sont représentés les mains jointes dans les vitraux des églises, furent marqués d'incidents sanglants » (p. 120-121).

4. Quicherat donne comme exemples de « Noms complètement défigurés » : « Saint-Illiers (Seine-et-Oise) et Saint-Ylie (Jura), [dérivés] de *Sanctus Hilarius* » (p. 66) ; et comme exemple de « Noms dont le genre a changé » : « *Sancta Eulalia*, Saint-Éloi (Ain) » (p. 67).

Page 104.

1. Souverains fictifs.

2. Paraphrase du chanoine Marquis : « Le vicomte de Châteaudun, Geoffroy, avait perdu, de bonne heure, son père, et exerçait le pouvoir avec l'indépendance et la présomption d'une jeunesse, à laquelle la discipline a manqué » (p. 28). Geoffroy de Châteaudun, qui entra en lutte contre l'évêque de Chartres, Fulbert, et contre le roi Robert II le Pieux, qui dévasta les exploitations rurales dépendant de l'évêque, et fut excommunié, est le modèle essentiel de Gilbert le Mauvais.

3. On trouve chez Quicherat : « *Theudeberciaco*, Thiberzey » (p. 38).

4. Paraphrase du chanoine Marquis : « Geoffroy visite la cathédrale de Chartres, en 1040, persuadé que l'oubli avait passé sur les ravages et les incendies qu'il avait multipliés, autrefois, dans cette contrée.

Malheureusement, son nom était resté odieux dans la mémoire des habitants. Au sortir de l'office divin, des Chartrains l'assaillirent et le massacrèrent » (p. 36).

Page 105.

1. Sur le site de Combray, voir p. 134, n. 1.

2. On trouve chez Quicherat : « *Gaudiacus*, Jouy », avec un exemple en Eure-et-Loir (p. 37) ; et *Casa vicecomitis*, la Chaize-le-Vicomte (Vendée) » (p. 57).

Page 107.

1. *Athalie*, II, 7, v. 688.

Page 110.

1. Sur la genèse du personnage de Vinteuil, voir la préface, p. XXIX.

2. Ici commençait un extrait que Proust publia dans *Le Figaro* du 21 mars 1912, « Épines blanches, épines roses », afin de préparer sa rentrée littéraire. Montesquiou lui écrivit à ce propos : « J'ai cueilli vos jolies épines ; mais vous n'avez pas parlé de l'odeur *sexuelle*.. qui vous aurait permis d'*écourter* le *substantif*, tout en laissant les *adjectifs* subsister, et insister. Mais le "Mois de Marie" ne s'en arrangeait pas » (*Corr.*, t. XI, p. 66).

Page 116.

1. Allusion à *Un spectacle dans un fauteuil*, recueil de vers de Musset, publié à la fin de 1832 et en 1834.

Page 117.

1. La « mécanique » est à la fois la disposition des lieux et l'emploi du temps du monarque et de son entourage, réglé avec la précision d'un mécanisme d'horlogerie. Voir par exemple : « Mécanique de chez Mme de Maintenon et de son appartement », dans les *Mémoires* de Saint-Simon pour 1708 (« Pléiade », 1984, t. III, p. 312). Proust dut justifier la comparaison de la tante Léonie à Louis XIV dans une lettre de décembre 1913 à Gabriel Astruc, qui l'avait jugée « inexacte » : « Je veux dire que ce qui est vraiment antique, ce qui est l'équivalent dans l'art moderne du jeune héros arrachant l'épine, ce n'est pas tel tableau académique qui singe l'antique mais une femme moderne de Degas qui s'arrache un ongle ou une peau du pied. C'est de cette manière que me semble Louis quatorzième la vieille bourgeoise despotique dont chaque mot est un arrêt pour sa domestique » (*Corr.*, t. XII, p. 390).

Page 118.

1. Vers de Paul Desjardins (1859-1940), extrait du poème « La Voix du soir », *Celui qu'on oublie* (D. Morgand, 1883, p. 8), plaquette en hommage à Lamartine. Desjardins, que Proust eut comme professeur à l'École des sciences politiques en 1890, fonda en 1892 l'Union pour l'Action morale. Le *Bulletin de l'Union pour l'Action*

morale, auquel Proust s'abonna, publia à partir de 1893 les premières traductions de Ruskin en français. Dès 1910, Desjardins animera les décades de Pontigny.

Page 119.

1. La description des asperges emprunte plusieurs traits à celle que Michelet donnait de la méduse dans *La Mer*, « légère bande d'azur », « délicieuse créature, avec son innocence visible et l'iris de ses douces couleurs » (« Folio », p. 152). Dans *Sodome et Gomorrhe I*, Proust évoquera cette page : « [...] la méduse me répugnait à Balbec ; mais si je savais la regarder, comme Michelet, du point de vue de l'histoire naturelle et de l'esthétique, je voyais une délicieuse girandole d'azur. Ne sont-elles pas, avec le velours transparent de leurs pétales, comme les mauves orchidées de la mer ? » Michelet comparait les méduses aux « reines de l'histoire » et aux « déesses de la mythologie » (p. 156). D'où l'allusion à une « féerie », qui, chez Proust, a lieu dans un « pot de chambre ». Il ne renvoie à rien de précis chez Shakespeare mais se moque de l'idolâtrie emphatique de Michelet. Par un excès inverse, dans *Le Côté de Guermantes*, la duchesse rabaissera la *Botte d'asperges* peinte par Elstir : « Il n'y avait que cela dans le tableau, une botte d'asperges précisément semblables à celles que vous êtes en train d'avaler. »

Page 120.

1. Proust confond le « ciboire » et le « calice ».

Page 122.

1. Proust s'inspire de la description de la « guêpe fouisseuse » par Élie Metchnikoff, *Études sur la nature humaine. Essai de philosophie optimiste* (Masson, 1903, p. 32-36). Celui-ci renvoie à une étude de Jean-Henri Fabre, « Un savant tueur », *Souvenirs entomologiques* (C. Delagrave, 1879, p. 67-79). Proust s'en souviendra dans une de ses dernières lettres à Gallimard, en septembre ou octobre 1922, évoquant ses livres : « [...] j'ai, à leur égard, les précautions de la guêpe fouisseuse, sur laquelle Fabre a écrit les admirables pages citées par Metchnikoff et que vous connaissez certainement » (*Lettres à la NRF*, Gallimard, 1932, p. 269). Il mettra également Metchnikoff à contribution dans *Sodome et Gomorrhe I*.

Page 124.

1. Dans *Le Lys dans la vallée*, Félix de Vandenesse a recours au langage des fleurs afin d'exprimer sa passion pour Mme de Mortsauf. Il lui offre ainsi un bouquet à la « forte marge uniquement composée des touffes blanches particulières au sédum des vignes en Touraine ; vague image des formes souhaitées, roulées comme celles d'une esclave soumise » (« Pléiade », 1978, t. IX, p. 1056). Mais l'allusion est aussi à un autre bouquet balzacien. Quand il quitte Angoulême avec l'idée de se suicider, à la fin d'*Illusions perdues*, Lucien de Rubempré tient à la main « un gros bouquet de *sedum*, une fleur

jaune qui vient dans le caillou des vignobles » (« Pléiade », 1977,
t. V, p. 689). Vautrin, qui le distraira de son projet, l'aborde en parlant
du bouquet : « Vous me semblez avoir du chagrin, vous en avez
du moins l'enseigne à la main, comme le triste dieu de l'hymen »
(p. 690). Proust fait souvent allusion à la scène de la séduction de
Lucien par Vautrin, en particulier dans *Sodome et Gomorrhe*, et à leur
halte, un moment plus tard, devant la maison de Rastignac, halte dans
laquelle Swann voyait « la *Tristesse d'Olympio* de la pédérastie ».

2. Matthieu, VI, 28-29 : « Et du vêtement, pourquoi vous
inquiéter ? Observez les lis des champs, comme ils croissent : ils ne
peinent ni ne filent. Or je vous dis que Salomon lui-même, dans toute
sa gloire, n'a pas été vêtu comme l'un d'eux. » Pour la rose de
Jérusalem, l'allusion n'est pas très claire. On peut néanmoins penser
au verset d'Isaïe qui sert d'épigraphe à la seconde conférence de
Ruskin dans *Sésame et les lys* : « Sois heureux, ô désert altéré ; que
la solitude se réjouisse et fleurisse comme le lys ; et des lieux arides
du Jourdain jailliront des forêts sauvages » (Isaïe, XXXV, 1, Version
des Septante). Proust indiquait dans une note : « La version habituelle
est : "Le désert et le lieu aride se réjouiront et la solitude sera dans
l'allégresse et fleurira comme une rose." Comparez *Modern Painters*,
vol. IV, ch. VII, § 4 : "Il faut que la cruauté des tempêtes frappe
les montagnes, que la ronce et les épines croissent sur elles : mais
elles les frappent de façon à amener leurs rochers aux formes les plus
belles ; et elles croissent de façon *que le désert fleurisse comme la rose*." »
(*Sésame et les lys*, Mercure de France, 1906, p. 169).

Page 125.

1. « Aux cœurs blessés l'ombre et le silence » est l'épigraphe du
Médecin de campagne de Balzac.

Page 129.

1. « Armor » est le nom celtique de la Bretagne, signifiant « sur
la mer ». Les Cimmériens étaient les habitants de la Crimée actuelle.
Dans l'*Odyssée*, Ulysse rencontre les Cimmériens, qui sont plongés
dans une nuit éternelle (XI, v. 13-19). Dans la « Prière sur
l'Acropole » (*Souvenirs d'enfance et de jeunesse*, 1883), Renan avait déjà
comparé la Bretagne au pays des Cimmériens. Dans *Pierre Nozière*,
Anatole France reprend l'idée, après que son héros a lu le livre XI
de l'*Odyssée* à la pointe du Raz : « Dans le monde celtique comme
dans le monde hellénique, les morts ont une terre à eux, séparée
de la nôtre par l'Océan, une île brumeuse qu'ils habitent en foule.
Là, l'île des Cimmériens ; ici, plus rapprochée du rivage, l'île sainte
des Sept-Sommeils » (Lemerre, 1899, p. 299).

Page 131.

1. L'escroc érudit est un certain Vrain-Lucas, né en 1818 à Lanneray
(non loin de Châteaudun), qui vendit entre 1861 et 1869 à Michel
Chasles, mathématicien (1793-1880), membre de l'Institut, environ
27 000 autographes des plus invraisemblables, pièces fausses suppo-

sées être des lettres de Pythagore, d'Alexandre à Aristote, de Lazare
ressuscité à saint Pierre, de Marie-Madeleine, de Cléopâtre à Jules
César, toutes écrites en une espèce de vieux français. Michel Chasles
présenta à l'Académie deux lettres de Pascal prouvant qu'il avait
découvert avant Newton la loi de l'attraction universelle. Alphonse
Daudet se serait inspiré de Chasles pour *L'Immortel* (1888), que Proust
avait lu. Voir Henri Bordier et Émile Mabille, *Une fabrique de faux
autographes ou récit de l'affaire Vrain-Lucas*, Léon Techener, 1870.

Page 133.

1. Annonce de la révélation qui aura lieu à la fin d'*Albertine disparue*,
où Gilberte Swann apprendra au héros que les côtés de Guermantes
et de Méséglise ne sont pas inconciliables.

2. Ici se terminaient les trois premiers cahiers qui étaient prêts en
octobre 1909, et que Proust fit alors dactylographier, en vue d'un
feuilleton dans *Le Figaro*. La fin de « Combray » est consacrée aux
promenades des deux côtés. Pour une esquisse, voir le document II,
p. 435.

Page 134.

1. L'édition Grasset de 1913 disait : « sa femme et sa fille partaient
pour Chartres », au lieu de « Reims ». Combray était alors situé
dans la région d'Illiers, non loin de Chartres. Après 1914, Proust
imagina que Combray serait détruit par la guerre et déplaça la ville
vers l'est, entre Reims et Laon : voir p. 143, n. 3.

Page 136.

1. Proust écrivait en août 1913 à Lucien Daudet : « Pour les fleurs,
j'ai, je vous assure, beaucoup de scrupules ; ainsi dans la première
version (parue dans *Le Figaro*) de ces aubépines, il y avait dans le même
même chemin des églantines. Mais ayant trouvé dans *La Flore* de
Bonnier que les églantines ne fleurissaient que plus tard, j'ai corrigé
et j'ai mis dans le livre "qu'on pourrait voir quelques semaines plus
tard, etc.". Pour la verveine et l'héliotrope, il est vrai que Bonnier
indique pour la première qu'elle fleurit de juin à octobre, pour la
seconde de juin à août ! Mais comme il s'agit dans Bonnier des fleurs
sauvages, j'avais cru (et l'horticulteur à qui j'ai écrit m'avait assuré)
que dans un jardin (et non plus dans la haie comme pour l'épine
et l'églantine) on pourrait les faire fleurir dès mai quand les aubépines
sont encore en fleurs » (*Corr.*, t. XII, p. 258). Proust cite le botaniste
Gaston Bonnier (1853-1922), qui publia plusieurs flores.

Page 138.

1. Proust notait dans sa traduction de *La Bible d'Amiens* de Ruskin :
« Bourges est la cathédrale de l'aubépine. » Et il citait *The Stones
of Venice* à ce propos : « L'architecte de la cathédrale de Bourges
aimait l'aubépine, aussi a-t-il couvert son porche d'aubépines. C'est
une parfaite Niobé de mai. Jamais il n'y eut une pareille aubépine.
Vous la cueilleriez immédiatement sans la crainte de vous piquer »
(*CSB*, p. 81).

Page 141.

1. Alors que, célibataire, Swann habitait quai d'Orléans (voir p. 16, n. 1), marié et père de famille, il déménagera dans le quartier plus « convenable » des Champs-Élysées.

Page 143.

1. Paraphrase de *Phèdre* : *Que ces vains ornements, que ces voiles me pèsent ! / Quelle importune main, en formant tous ces nœuds, / A pris soin sur mon front d'assembler mes cheveux ?* (I, 3, v. 158-160). Proust citait ces vers dans l'un des fragments les plus anciens pour son roman, « Robert et le chevreau », datant du début de 1908, où le personnage désespéré de quitter Combray et de laisser son chevreau était le petit frère du héros, et non le héros lui-même : « [...] il relevait ses cheveux sur sa tête avec l'impatience de Phèdre. *Quelle importune main en formant tous ces nœuds, / A pris soin sur mon front d'assembler mes cheveux ?* » (*CSB*, éd. Fallois, p. 293). Le fragment est mentionné sur une liste du Carnet 1, parmi les pages écrites (p. 56).

2. « Sayons », forme archaïque ou prononciation populaire pour « sillons ».

3. « Chartres » au lieu de « Laon », dans l'édition de 1913 chez Grasset : voir p. 134, n. 1.

Page 144.

1. On trouve chez Quicherat : « *Campus Pagani*, Champien (Yonne), pour Champayen » (p. 59).

2. Pour Saint-André-des-Champs, voir p. 288, n. 1.

3. Saintine (1798-1865), auteur de romans sentimentaux, en particulier *Picciola* (1836), et de vaudevilles. Charles-Gabriel Gleyre (1806-1874), peintre suisse, paysagiste académique. Proust pense peut-être à un de ses tableaux les plus connus, *Le Soir ou les illusions perdues* (1843). On trouvait déjà Gleyre et Saintine associés à propos de la lune dans des notes de date incertaine (*CSB*, p. 677).

Page 149.

1. Dans *L'Art religieux du XIIIᵉ siècle en France*, Émile Mâle donnait une gravure du bas-relief de la cathédrale de Lyon où « Aristote marche à quatre pattes en portant sur son dos la courtisane Campaspe » (p. 428). Proust citait l'anecdote en 1904 dans son « Salon de la comtesse Potocka » (*CSB*, p. 493). Quant à Virgile, Proust songe à une légende représentée, ainsi que l'écrit Mâle, sur un chapiteau de l'église Saint-Pierre à Caen. Le poète a accepté un rendez-vous avec une dame romaine. Celle-ci, qui habite en haut d'une tour, le hisse dans une corbeille, « mais elle s'arrête à mi-chemin et laisse Virgile suspendu entre ciel et terre ». Le lendemain, toute la ville vient le contempler (p. 429-430). Mâle illustre de ces deux exemples l'idée que les grands hommes de l'Antiquité sont peu représentés dans les cathédrales, sauf Aristote et Virgile.

Page 152.

1. La mort de Roland est suivie d'une complainte funèbre de Charlemagne et de toute l'armée (v. 2397-2442).

2. Proust appelait « l'année d'Augustin Thierry », l'automne 1886, où il vint avec ses parents à Illiers, pour régler la succession de sa tante Amiot. Il lisait l'*Histoire de la Conquête de l'Angleterre par les Normands* (1825) (*Corr.*, t. I, p. 108), évoquée ici par les esquisses.

Page 154.

1. Même analyse de la lecture dans *Jean Santeuil* (p. 366-367).

Page 157.

1. Cette phrase, figurant dès la dactylographie de *Swann*, annonce les développements sur le sadisme de *La Prisonnière*, après l'audition du septuor de Vinteuil dont la partition a été sauvée par l'amie de sa fille. La phrase suivante, absente au moins jusqu'aux troisièmes épreuves de *Swann*, en août 1913, annonce le ressouvenir de la scène, quand le héros apprendra qu'Albertine a connu Mlle Vinteuil et son amie, à la fin de *Sodome et Gomorrhe*, découverte qui est à l'origine de l'intrigue de *La Prisonnière* et d'*Albertine disparue*. La scène de Montjouvain a heurté certains lecteurs de *Swann* en 1913, notamment Francis Jammes, qui l'écrivit à Proust. Celui-ci la défendit à plusieurs reprises, faisant valoir sa fonction d'anticipation, en particulier dans une lettre de 1919 à Paul Souday : « [...] elle était, en effet, "inutile" dans le premier volume. Mais son ressouvenir est le soutien des tomes IV et V (par la jalousie qu'elle inspire, etc.) » (*Corr. gale*, t. III, p. 70-71).

Page 161.

1. En 1906, Proust avait fait un projet de mélodrame avec son ami René Peter. Il en résumait le scénario dans une lettre à Reynaldo Hahn : un homme adore sa femme, « mais cet homme est sadique », il a des liaisons avec des putains, il salit sa femme en parlant avec les putains. Sa femme le surprend, le quitte. Inconsolable, il se tue (*Corr.*, t. VI, p. 216).

Page 163.

1. Reproche courant contre les travaux de restauration de Viollet-le-Duc, qui retournait volontiers à l'état le plus ancien. Anatole France écrivait dans *Pierre Nozière* : « Viollet-le-Duc obéissait à une idée vraiment inhumaine quand il se proposait de ramener un château ou une cathédrale à un plan primitif qui avait été modifié dans le cours des âges ou qui, le plus souvent, n'avait jamais été suivi » (Lemerre, 1899, p. 242-243). Une citation prise à cette page même d'Anatole France a servi à définir le style de Bergotte (voir p. 93, n. 1). Proust s'en inspirait en 1907 dans une lettre à Mme Straus : « C'est malheureux que Viollet-le-Duc ait abîmé la France en restaurant avec science mais sans flamme tant d'églises dont

les ruines seraient plus touchantes que leur rafistolage archéologique avec des pierres neuves qui ne nous parlent pas, et des moulages qui sont identiques à l'original et n'en ont rien gardé » (*Corr.*, t. VII, p. 288). Albertine, une fois éduquée par Elstir, partagera cet avis dans *Sodome et Gomorrhe*.

Page 164.

1. Sur *La Cène* de Vinci gravée par Morghen, voir p. 40, n. 2. Dans la *Procession des reliques de la Croix sur la place Saint-Marc*, tableau peint par Gentile Bellini en 1496, conservé à la Galerie de l'Académie à Venise, on voit les mosaïques anciennes insérées dans les lunettes supérieures des cinq portails de la basilique. Ruskin évoque ce tableau dans *Guide to the Principal Pictures in the Academy of the Fine Arts at Venice* (*Works*, t. XXIV, p. 163-165), et le tableau est reproduit en face de la p. 164. Dans *Saint Mark's Rest*, Ruskin commente plus en détail ces mosaïques, insistant sur le fait qu'une seule d'entre elles subsiste à l'époque moderne (*ibid.*, p. 285-286).

2. Il y avait une hôtellerie rue de l'Oiseau, à Illiers : voir p. 48, n. 1. Dans une autre hôtellerie d'Illiers, l'hôtel du Sauvage, la duchesse Loyse de Laval, épouse de Pierre de Montmorency, séjourna le 13 novembre 1588, suivant le chanoine Marquis (p. 279). La duchesse de Guermantes est introduite entre deux personnages historiques : la duchesse de Montpensier est la Grande Mademoiselle et, pour la duchesse de Montmorency du XVIIᵉ siècle, on pense à Marie-Félicie des Ursins.

Page 165.

1. Le château d'Illiers fut construit en 1019 par le vicomte Geoffroy de Châteaudun, en conflit avec l'évêque de Chartres, Fulbert, suivant le chanoine Marquis (p. 29).

Page 167.

1. Cette situation se répète plusieurs fois dans l'*Enfer*, par exemple après la rencontre du troubadour Bertrand de Born, qui, décapité, tend sa tête à bout de bras pour parler de plus près à Dante (XXIX, v. 1-12), ou à la fin du chant suivant, au spectacle de la rixe entre le faussaire, maître Adam, et Sinon de Troie (XXX, v. 130-148).

2. Allusion au Pré-Catelan, le jardin de l'oncle Jules Amiot à Illiers, modèle du parc de Swann. Les nymphéas sont décrits comme ceux peints par Monet, dans un article de 1907 (*CSB*, p. 539-540). Le peintre fut l'un des préférés de Proust et un modèle d'Elstir.

Page 168.

1. Allusion probable à Juliette Joinville d'Artois, qui vivait, durant l'enfance de Proust, dans une maison isolée, près d'une pièce d'eau, le Rocher de Mirougrain, non loin d'Illiers, en remontant le cours du Loir vers Saint-Éman. Elle publia en 1887 un volume de Mémoires, *À travers le cœur* (Painter, t. I, p. 66-67).

Page 169.

1. Suivant le chanoine Marquis, le Loir « prend sa source à peu de distance [d'Illiers], devant l'église de Saint-Éman » (p. 7). Ruskin avait prévu d'écrire un livre sur la cathédrale de Chartres, intitulé *The Springs of Eure*, qui, avec *La Bible d'Amiens* et d'autres volumes prévus, aurait composé *Our fathers have told us*. Proust notait dans sa préface à *La Bible d'Amiens* : « Non seulement le premier chapitre de *La Bible d'Amiens* s'appelle : *Au bord des courants d'eau vive*, mais le livre que Ruskin projetait d'écrire sur la cathédrale de Chartres devait être intitulé : *Les Sources de l'Eure* » (*CSB*, p. 122 ; voir aussi p. 442-443).

2. A Saint-Éman, s'élevait le château des Goussencourt, une famille qui avait son banc dans l'église Saint-Jacques à Illiers (Painter, t. I, p. 56). Mais dans certains brouillons anciens pour les deux côtés de Combray (Carnet 1 et Cahier 4), le côté de Guermantes était appelé le côté de Villebon. Or Villebon est le nom d'un village situé à une dizaine de kilomètres au nord d'Illiers, plus loin que Saint-Éman. S'y trouve un château du XIVe siècle, ancienne propriété des d'Estoute-ville, restauré au début du XVIIe siècle par Sully. Le chanoine Marquis signale qu'avant le XVIIe siècle, les sources du Loir se trouvaient plus au nord, dans la région de Villebon. À la suite d'une extrême sécheresse, en 1639, ces sources disparurent, et de Villebon à Saint-Éman, le fleuve suit un cours souterrain (p. 11-12). D'où peut-être l'association avec l'entrée des Enfers.

Page 170.

1. Sur cet « écrivain préféré », voir p. 85, n. 1.

Page 172.

1. Sur ce bal costumé, voir p. 26, n. 1. Pour le portrait de la duchesse de Guermantes, Proust songe à la comtesse de Chevigné et à la comtesse Greffulhe, qu'il rencontra toutes deux chez Mme Straus. Mais l'esprit de la duchesse est celui de Mme Straus elle-même : voir p. 328, n. 2.

Page 176.

1. *Le son de la trompette est si délicieux / Dans ces soirs solennels de célestes vendanges / Qu'il s'infiltre comme une extase dans tous ceux / Dont elle chante les louanges* (« L'imprévu », *Les Fleurs du mal*, v. 49-52). Proust cite ces vers, et les explique comme une réminiscence wagnérienne de Baudelaire, dans son article « À propos de Baudelaire » de 1921 (*CSB*, p. 623).

Page 179.

1. Proust reprend en fait, en se contentant de changer les noms et de supprimer certaines phrases, son article « Impressions de route en automobile », paru dans *Le Figaro* en 1907, et repris dans *Pastiches et mélanges* en 1919, sous le titre, « Les églises sauvées. Les clochers de Caen. La cathédrale de Lisieux » (*CSB*, p. 64-65).

UN AMOUR DE SWANN

Page 185.

1. Voir une esquisse d'« Un amour de Swann » au document III, p. 439.

2. Parmi les « clés » de Mme Verdurin, on cite Mme Aubernon de Nerville et Mme Lemaire, dont Proust fréquenta les salons dans les années 1890. Il décrivit le second dans *Le Figaro* en 1903 (*CSB*, p. 457-464). On cite aussi Mme Arman de Caillavet, chez qui il connut Anatole France. Parmi les fidèles de Mme Aubernon, le docteur Pozzi servit de modèle à Cottard, et Victor Brochard, professeur de philosophie ancienne à la Sorbonne, à Brichot. Mais le problème des « clés » doit être posé autrement : sans Proust, on ne parlerait plus des modèles auxquels il a emprunté tel ou tel trait. Dans *La Prisonnière*, Brichot décrira le salon des Verdurin, un rez-de-chaussée de la rue Montalivet, tel qu'il était du temps de Swann.

3. Francis Planté (1839-1934), pianiste français dont la carrière se situe entre 1870 et 1900, et Anton Rubinstein (1829-1894), pianiste et compositeur russe qui fit plusieurs tournées à Paris à partir de 1840, la dernière en avril 1886 pour sept récitals à la salle Érard. Le jeune pianiste des Verdurin — on apprendra dans *Sodome et Gomorrhe* qu'il s'appelait Dechambre — a pour modèle Édouard Risler (1873-1929), pianiste favori de Mme Lemaire. Potain (1825-1901), grand médecin parisien à la fin du siècle, membre de l'Académie de médecine en 1882.

Page 186.

1. La princesse de Sagan, née Jeanne-Marguerite Seillière, avait épousé en 1858 Boson de Talleyrand-Périgord (1832-1910), prince de Sagan jusqu'à la mort de son père en 1898, puis duc de Talleyrand et de Sagan, qui tint à la fin du siècle le rôle d'arbitre des élégances. Il avait pour demi-sœur Dorothée de Talleyrand-Périgord, comtesse de Castellane, et pour neveu le comte Boni de Castellane, ami de Proust.

Page 188.

1. Proust écrivit à Gabriel Astruc en décembre 1913 : « Comment, vous avez reconnu Haas ? Moi, qui n'ai fait dans mon livre aucun portrait (sauf pour quelques monocles) parce que je suis trop paresseux pour écrire s'il ne s'agit que de faire double emploi avec la réalité ! Haas est en effet la seule personne, non que j'aie voulu peindre, mais enfin qui a été (rempli d'ailleurs par moi d'une humanité différente) qui a été au point de départ de mon Swann » (*Corr.*, t. XII, p. 387). Sur les « monocles », voir p. 322, n. 1. Charles Haas (1832-1902), fils d'un riche agent de change juif, familier de la Cour sous le Second Empire, ami du prince de Galles et du comte de Paris, fut reçu au Jockey Club en 1871 à la cinquième tentative,

après une belle conduite à la guerre. Il figure en bonne place sur le célèbre tableau de Tissot, *Le Cercle de la rue Royale* (1868), avec le prince Edmond de Polignac, le marquis du Lau, etc. Le tableau sera évoqué dans *La Prisonnière* à propos de la mort de Swann. Proust, qui connut Haas chez Mme Straus dans les années 1890, écrivit en décembre 1920 à un certain Harry Swann : « Le prototype de Swann était M. Charles Haas, Haas l'ami des princes, l'israélite du Jockey. Mais ce n'était qu'un p[oin]t de départ. Mon personnage évolua bien entendu autrement. Malgré tout je voulus chercher un nom d'apparence qui pût être anglo-saxonne et donner à mon oreille la sensation de *blanc* de l'a précédé d'une consonne et suivi d'une autre [...]. Les deux n n étaient destinés à compenser les 2 a, à éviter l'idée de cygne liée à Mme de Guermantes » (*Un amour de Swann*, éd. Michel Raimond, 1987, p. 360-361). On a aussi reconnu en Swann l'érudition artistique de Charles Ephrussi, le directeur de la *Gazette des Beaux-Arts*.

Page 191.

1. Voir p. 184, à la fin de « Combray », et p. 305, qui situent également l'amour de Swann vers l'époque de la naissance du héros. La place d'« Un amour de Swann » dans la *Recherche* est ainsi définie, mais sa situation dans la chronologie historique est plus incertaine, entre 1871 et 1887 : voir p. 368, n. 1.

2. Air du trio final du premier acte de *La Dame blanche*, opéra de Boieldieu, créé en 1825, sur un livret de Scribe inspiré de deux romans de Walter Scott, *The Monastery* et *Guy Mannering*.

3. Air d'Hérode au second acte d'*Hérodiade*, opéra de Massenet, sur un livret inspiré du conte de Flaubert, représenté à Paris en février 1884, en italien, au Théâtre-Italien, après avoir été joué à Bruxelles et à Milan. Proust vit *Hérodiade*, qu'il ne connaissait pas, le 1er octobre 1912, au théâtre de la Gaîté-Lyrique (*Corr.*, t. XI, p. 217).

4. Souvenir de Molière, *Amphitryon*, III, 10, v. 1942-1943 : *Sur telles affaires, toujours / Le meilleur est de ne rien dire.*

Page 195.

1. Vermeer, à propos duquel Proust écrivait en mai 1921 à Jean-Louis Vaudoyer, qui venait de faire paraître un article sur le peintre hollandais : « Depuis que j'ai vu au musée de La Haye la *Vue de Delft*, j'ai su que j'avais vu le plus beau tableau du monde. Dans *Du côté de chez Swann*, je n'ai pu m'empêcher de faire travailler Swann à une étude sur Ver Meer. Je n'osais espérer que vous rendriez une telle justice à ce maître inouï. Car je sais vos idées (très vraies) sur la hiérarchie dans l'Art et je le craignais un peu trop Chardin pour vous. Aussi quelle joie de lire cette page. Et encore je ne connais presque rien de Ver Meer. Je me souviens d'avoir, il y a bien quinze ans, donné une lettre à Vuillard pour qu'il allât voir une copie de Ver Meer que je ne connais pas, chez Paul Baignères » (*Corr. gale*, t. IV, p. 86). Proust répétait dans la lettre suivante au même : « Vous savez que Ver Meer est mon peintre préféré depuis l'âge de vingt

ans et entre autres signes de cette prédilection (qui me fit envoyer Vuillard chez Paul Baignères) j'ai fait écrire par Swann une biographie de Ver Meer dans *Du côté de chez Swann*, en 1912 » (*ibid.*, p. 87). La gloire de Vermeer était récente. Fromentin l'avait à peu près ignoré dans *Les Maîtres d'autrefois*. La première étude importante consacrée à Vermeer fut, sous le pseudonyme de W. Bürger, celle de Théophile Thoré, démocrate radical exilé en 1848 : « Van der Meer de Delft », *Gazette des Beaux-Arts*, octobre, novembre et décembre 1866. Proust avait visité le Mauritshuis de La Haye lors de son voyage en Hollande avec Bertrand de Fénelon, en octobre 1902. À la fin de mai 1921, il reverra la *Vue de Delft*, avec Jean-Louis Vaudoyer, à l'exposition des maîtres hollandais du Jeu de Paume. Il y sera pris d'un malaise et, dans *La Prisonnière*, Bergotte mourra devant la *Vue de Delft*.

2. Dans *Sodome et Gomorrhe*, M. de Cambremer se comparera lui aussi à « la grenouille devant l'aréopage ». L'expression sera alors donnée comme une allusion à une fable de Florian, selon le texte imprimé, ou de La Fontaine, selon une variante du manuscrit. Mais aucune fable, ni de La Fontaine ni de Florian, ne met en scène une grenouille et l'aréopage. Proust notait pourtant dans le Carnet 1 déjà, en 1908 : « le singe montrant la lanterne magique, les grenouilles du Nil, l'aréopage [*sic*] » (Carnet 1, p. 111), où « Le singe qui montre la lanterne magique » est bien une fable de Florian (livre II, fable 7).

Page 197.

1. D'après une tradition apocryphe, Rabelais, manquant un jour d'argent pour payer un aubergiste de Lyon et poursuivre son voyage vers Paris, inscrivit ostensiblement sur des sachets : « Poison pour le roi ». Il fut arrêté et aussitôt conduit sous bonne escorte, mais gratuitement, à Paris. L'expression désigne le moment embarrassant où il faut payer une note, s'acquitter d'une dette.

Page 200.

1. « Biche » n'est autre que le surnom d'Elstir chez les Verdurin, comme le héros le comprendra lorsqu'il rencontrera le peintre dans les *Jeunes filles en fleurs*, et qu'il verra chez lui le portrait d'Odette en Miss Sacripant. Biche deviendra Tiche, lorsque Mme Verdurin se souviendra de lui dans le pastiche des Goncourt du *Temps retrouvé*.

Page 203.

1. Il semble qu'on n'ait jamais rien dit de tel au Reichstag. Proust paraît confondre avec la Chambre des Communes britannique, où « Hear ! hear ! » est l'expression rituelle de l'applaudissement.

Page 204.

1. La manufacture de Beauvais fut dirigée de 1734 à sa mort en 1755 par Oudry, peintre animalier et illustrateur de La Fontaine. Si aucune fable de La Fontaine ne s'appelle « L'ours et les raisins », « Le renard et les raisins » est bien connu.

Page 205.

1. Allusion aux vertus thérapeutiques du chasselas de Fontaine-bleau.

Page 209.

1. Proust a indiqué plusieurs modèles de la sonate de Vinteuil dans une dédicace de *Du côté de chez Swann* à Jacques de Lacretelle, en avril 1918 : « Dans la mesure où la réalité m'a servi, mesure très faible à vrai dire, la petite phrase de cette Sonate, et je ne l'ai jamais dit à personne, est (pour commencer par la fin), dans la soirée Saint-Euverte, la phrase charmante mais enfin médiocre d'une sonate pour piano et violon de Saint-Saëns, musicien que je n'aime pas. (Je vous indiquerai exactement le passage qui revient plusieurs fois et qui était le triomphe de Jacques Thibaud.) Dans la même soirée, un peu plus loin, je ne serais pas surpris qu'en parlant de la petite phrase, j'eusse pensé à *L'Enchantement du Vendredi saint*. Dans cette même soirée encore (p. 241) quand le piano et le violon gémissent comme deux oiseaux qui se répondent, j'ai pensé à la Sonate de Franck (surtout jouée par Enesco) dont le quatuor apparaît dans un des volumes suivants. Les trémolos qui couvrent la petite phrase chez les Verdurin m'ont été suggérés par un prélude de *Lohengrin*, mais elle-même à ce moment-là par une chose de Schubert. Elle est dans la même soirée Verdurin un ravissant morceau de piano de Fauré » (*CSB*, p. 565). Auprès de la première Sonate pour piano et violon, opus 75 (1885) de Saint-Saëns, de *L'Enchantement du Vendredi saint* de *Parsifal*, et de la Sonate pour piano et violon de Franck (1886) (voir p. 346, n. 1), le morceau de piano de Fauré serait la Ballade pour piano et orchestre, opus 19 (1881), ainsi qu'une lettre de Proust à Antoine Bibesco, datant de 1915, le précise : « La Sonate de Vinteuil n'est pas celle de Franck. Si cela peut t'intéresser (mais je ne pense pas !) je te dirai l'exemplaire en mains, toutes les œuvres (parfois fort médiocres) qui ont "posé" [pour] ma Sonate. Ainsi la "petite phrase" est une phrase d'une sonate [pour] piano et violon de Saint-Saëns que je te chanterai (tremble !) l'agitation des trémolos au-dessus d'elle est dans un Prélude de Wagner, son début gémissant et alterné est de la Sonate de Franck, ses mouvements espacés Ballade de Fauré etc. etc. etc. » (*Corr.*, t. XIV, p. 234-236). La phrase de la Sonate en ré mineur pour violon et piano de Saint-Saëns était déjà associée à l'amour de Jean Santeuil pour Françoise (*JS*, p. 816-819), et le témoignage de Reynaldo Hahn confirme qu'elle fut un modèle de la sonate de Vinteuil : « Teintée de réminiscences franckiennes, fauréennes et même wagnériennes, la "petite phrase" est un passage de la *Sonate en ré mineur* de Saint-Saëns » (H. Bardac, « Proust et Reynaldo ou la petite phrase de Vinteuil », *Carrefour*, 28 avril 1948). Dans les *Jeunes filles en fleurs*, Odette, devenue Mme Swann, jouera au piano la petite phrase pour le héros. Dans *La Prisonnière*, celui-ci entendra chez les Verdurin un septuor inédit de Vinteuil, qui, à la différence de la sonate pour l'artiste manqué que demeure Swann,

lui révélera la supériorité de l'art sur la vie. Jusqu'aux premières épreuves, en mai 1913, il s'agissait encore de la « sonate de Berget » : voir la préface, p. XXIX.

Page 212.

1. C'est au Châtelet qu'avaient lieu le dimanche après-midi, à partir de 1874, les concerts de l'orchestre fondé par Édouard Colonne.

2. Gambetta mourut le 31 décembre 1882. Ses funérailles nationales, le 6 janvier 1883, furent un événement mémorable. Proust a ajouté cette allusion sur les troisièmes épreuves, où il avait d'abord évoqué « l'enterrement de Victor Hugo », qui eut lieu le 1er juin 1885.

3. *Les Danicheff*, pièce créée en janvier 1876 à l'Odéon et représentée 189 fois dans l'année, d'Alexandre Dumas fils et Pierre de Corvin-Kroukowski, qui la firent paraître sous le pseudonyme de Pierre Newski. Le comte Danicheff aime la jeune serve Anna et fera d'elle sa femme, malgré l'opposition de sa famille. La pièce fut reprise au théâtre de la Porte-Saint-Martin en octobre 1884, à la suite d'un procès, M. de Corvin s'étant opposé à sa reprise à l'Odéon. Jusqu'à une correction de Proust sur les troisièmes épreuves, il s'agissait de « la première de *Chamillac* » au lieu de « la reprise des *Danicheff* ». La première de *Chamillac*, comédie d'Octave Feuillet, eut lieu le 9 avril 1886 à la Comédie-Française.

Page 213.

1. Jules Grévy fut président de la République pour un premier septennat, de 1879 à 1885. Réélu, il dut démissionner en 1887.

Page 216.

1. Laure Hayman, l'une des clés d'Odette (voir p. 71, n. 1) comme de la « Gladys Harvey » de Paul Bourget (*Pastels. Dix études de femmes*, Lemerre, 1889), habita rue La Pérouse.

Page 218.

1. La mode des chrysanthèmes débuta en France avec l'introduction des variétés japonaises vers 1860. Mais il fallut une vingtaine d'années aux horticulteurs pour développer une grande variété de couleurs et de formes. Les catleyas, orchidées à grandes fleurs, doivent leur nom à l'horticulteur anglais Cattley. Proust, dans une lettre de 1892 à Laure Hayman, accompagnant l'envoi de chrysanthèmes, les appelait « ces fleurs fières et tristes comme vous » (*Corr.*, t. I, p. 188). Les catleyas étaient déjà associés à l'amour dans *L'Indifférent*, une nouvelle que Proust écrivit en 1893 et qu'il relut en 1910 (Gallimard, 1978, p. 39).

2. Laghet, ou *La Madone de Laghet*, est un lieu de pèlerinage près de Nice, dans la commune d'Èze, où se trouvent une église et un cloître du XVIIe siècle.

1. Jéthro, prêtre de Madian, avait selon la Bible sept filles. Moïse était assis auprès d'un puits quand elles vinrent puiser de l'eau pour les moutons de leur père. Des bergers survinrent et les chassèrent, mais Moïse prit leur défense et abreuva leurs bêtes. Jéthro donna à Moïse sa fille Zéphora (Exode, II, 16-22). Botticelli peignit en 1481-1482 trois fresques dans la chapelle Sixtine, dont l'une représente des *Scènes de la vie de Moïse*. Au centre de la fresque et au second plan, Moïse chasse les bergers ; au centre et au premier plan, il verse de l'eau dans une auge afin d'aider les jeunes filles, qui sont au nombre de deux, l'une vue de dos et l'autre de trois-quarts. Ruskin se félicitait à la fin de sa vie d'avoir été le premier à proclamer la supériorité de cinq artistes jusque-là méconnus : Turner, Tintoret, Luini, Botticelli et Carpaccio (Épilogue de 1883 à *Modern Painters II*, *Works*, t. IV, p. 355). En fait, il étudia l'œuvre de Botticelli en 1872-1874, tandis que Swinburne et Pater lui avaient consacré des articles enthousiastes dès 1868 et 1870. Dans l'œuvre de Botticelli, Ruskin mettait au-dessus de tout les fresques de la chapelle Sixtine, en particulier le personnage de Zéphora, qu'il avait copiée en 1874. Son dessin, dont il était particulièrement fier, servit de frontispice au tome XXIII de ses œuvres, où ses écrits sur Florence étaient réunis. Proust décrivit cette reproduction, qu'il avait sous les yeux quand il fit le portrait d'Odette. C'est d'ailleurs Ruskin qui identifie la jeune fille qu'il copia, celle qui est vue de trois-quarts, sous le nom de Zéphora. Il y eut un culte des femmes de Botticelli à la fin du siècle. Dans *Rome* de Zola (1896), Narcisse Habert, jeune attaché français, est envoûté par les filles de Jéthro de la chapelle Sixtine.

2. Antonio Bregno, dit Rizzo (1430-1498), architecte et sculpteur italien, collabora à la décoration du palais des Doges à Venise. Mais le premier doge de la famille Loredano, Leonardo, fut élu en 1501, après la mort de Rizzo. Le musée Correr de Venise possède toutefois un buste en bronze d'un homme à l'imposante chevelure en forme de coiffe. Selon une ancienne tradition, le modèle aurait été Andrea Loredano, qui mena des attaques contre les Turcs en 1499. Ce buste est aujourd'hui attribué au sculpteur padouan Andrea Briosco, dit il Riccio (1471-1532), mais au début du siècle il était en effet donné à Antonio Rizzo. La source de Proust paraît être le volume consacré à Venise dans la collection « Les villes d'art célèbres », où le buste du musée Correr est reproduit, avec une légende indiquant qu'il s'agit d'Andrea Loredano par Antonio Rizzo (Pierre Gusman, *Venise*, Laurens, 1902, p. 73). Si Proust a fait d'Andrea Loredano un doge, c'est peut-être en pensant au célèbre portrait du doge Leonardo Loredano par Giovanni Bellini, à la National Gallery de Londres.

3. À propos du « nez de M. de Palancy », Proust pense au tableau de Ghirlandaio, *Portrait de vieillard avec un enfant*, qui se trouve au Louvre. Le vieillard est défiguré par un énorme nez rouge. Lucien Daudet raconte une visite au Louvre avec Proust, où celui-ci se serait écrié devant le tableau de Ghirlandaio : « Mais c'est le portrait vivant

de M. du Lau ! » (*Autour de soixante lettres de Marcel Proust*, Gallimard, 1929, p. 18). Quant au « portrait de Tintoret », ces portraits sont si nombreux qu'il est difficile de préciser l'allusion.

Page 220.

1. Botticelli, qui signifie « petit tonneau », était le surnom de Sandro di Mariano Filipepi. Selon Vasari, il avait travaillé comme apprenti chez un orfèvre, ami de son père, nommé Botticello, et il avait conservé ce nom. Ruskin y voit un témoignage de la modestie du peintre (*Works*, t. XXVII, p. 372, et t. XXII, p. 425).

Page 222.

1. Le restaurant de la « Maison Dorée », ou « Maison d'Or » (p. 341), à l'emplacement de l'ancien « Café Hardy », au coin de la rue Laffitte et du boulevard des Italiens, fut ouvert en 1840 et ferma en 1902. La période de sa plus grande réputation fut le Second Empire. En octobre 1879, la ville et la province de Murcie, en Espagne, subirent une inondation catastrophique. La fête de Paris-Murcie eut lieu le 18 décembre 1879 à l'Hippodrome (voir p. 239, n. 1).

Page 223.

1. Proust évoque un incident semblable dans une lettre à Reynaldo Hahn du 26 avril 1895 : « M'avait-on trompé d'heure en me disant onze heures ou depuis s'était-il écoulé plus de temps que je ne croyais, j'ai senti en arrivant avenue Montaigne et voyant des gens sortir du bal et aucun arriver qu'il devait être très tard. Je ne pouvais pas ne pas entrer, car je ne voulais pas avouer à Mme Lemaire que je n'avais qu'une idée, c'était de te rejoindre, mon ami. Hélas, je suis entré chez Mme Stern, je n'ai parlé à personne, je suis ressorti, je peux te le dire, sans être resté *quatre minutes* et quand je suis arrivé chez Cambon *il était minuit et demi passé* ! Et Flavie m'a tout dit ! Attendre le petit, le perdre, le retrouver, l'aimer deux fois plus en voyant qu'il est revenu chez Flavie pour me prendre, l'espérer pendant deux ou le faire attendre cinq minutes, voilà pour moi la véritable tragédie, palpitante et profonde, que j'écrirai peut-être un jour et qu'en attendant je vis » (*Corr.*, t. I, p. 377-378).

Page 224.

1. Le chocolat était la spécialité du « Café Prévost », ouvert en 1825 au 39, boulevard Bonne-Nouvelle, installé au 10, rue de Clichy à la fin du siècle et qui, aujourd'hui, continue sa carrière rue de la Chaussée-d'Antin.

Page 228.

1. Près de la « Maison Dorée », sur le boulevard des Italiens, au coin de la rue Taitbout, le « Café Tortoni » avait été ouvert en 1798 par Velloni, le premier glacier napolitain installé à Paris. Il fut repris en 1804 par Tortoni, qui en fit le lieu de rencontre des boulevardiers,

entre 1830 et 1880 ; il disparut en 1894. Le « Café anglais », à l'angle
du boulevard des Italiens et de la rue Marivaux, où se réunissait l'élite
pendant la période romantique, était à la fin du siècle le meilleur
restaurant parisien ; il fut démoli en 1913. Proust écrivait vers la fin
de 1911 à Albert Nahmias : « Vous ne m'avez pas dit si Bignon,
la Maison Dorée et Tortoni étaient des endroits qui à une même
époque étaient ouverts après minuit et où on pouvait aller [avec]
une femme à l'heure où les becs de gaz commençaient à s'éteindre »
(*Corr.*, t. XI, p. 55).

Page 233.

1. La *Valse des roses* (1855) est l'œuvre d'Olivier Métra (1830-1889) ;
auteur d'opérettes et de ballets pour les Folies-Bergère, dont il fut
le chef d'orchestre jusqu'en 1877, il dirigea ensuite les bals de l'Opéra
de Paris ; il est aussi l'auteur du *Quadrille des lanciers*. Tagliafico
(1821-1900), baryton français, composa quelques romances, dont
Pauvres fous ! (1877).

Page 234.

1. Les peintures de Botticelli à la chapelle Sixtine sont des fresques,
mais les retouches finales ont été exécutées à la détrempe.

Page 237.

1. Entre 1868 et 1879, la rue Abbatucci fut le nom d'un tronçon
de l'actuelle rue La Boétie, entre le faubourg Saint-Honoré et la place
Saint-Augustin, anciennement rue de la Pépinière. Une « visite »
est un petit manteau que les femmes revêtaient pour faire des visites.
Un chapeau « à la Rembrandt » est un chapeau à bords relevés, qui
peut être orné d'une plume. Dans une lettre de la fin de 1911 à
Reynaldo Hahn, Proust décrit une rencontre avec Georges Rodier,
un ancien habitué de Mme Lemaire. Interrogé par Proust sur les
toilettes de Léonie de Clomesnil, courtisane célèbre et l'une des clés
d'Odette, Rodier évoqua « un chapeau à la Rembrandt » (*Corr.*, t. X,
p. 388).

2. Le vicomte Raymond de Borrelli (1837-1906) obtint trois fois
un prix de poésie de l'Académie française, pour des œuvres intitulées
Sursum Corda ! (1885), *Le Jongleur* (1891) et *La Fonte du Persée* (1895).
La Comédie-Française a joué en 1889 une pièce de lui en vers
héroïques, *Alain Chartier*. Dans *Les Plaisirs et les jours* (« Mondanité
et mélomanie de Bouvard et Pécuchet »), Proust citait déjà le vicomte
de Borelli [*sic*] comme exemple de poésie facile, auprès de Jacques
Normand et de Sully Prudhomme (*JS*, p. 64). Jacques Normand
(1848-1931), sous le pseudonyme de Jacques Madeleine, fut,
rappelons-le, le lecteur de Fasquelle dont le rapport conduisit au refus
de *Du côté de chez Swann* en 1912 : voir le document V, p. 446.

Page 239.

1. Le nom d'avenue de l'Impératrice fut donné à l'actuelle avenue
Foch en 1854, quand les douze avenues rayonnant autour de l'Arc

de Triomphe furent percées. Après qu'elle eut reçu en 1875 le nom d'avenue du Bois, l'usage lui conserva son appellation ancienne. Le Lac est celui du Bois de Boulogne. L'Éden-Théâtre, situé rue Boudreau, près de l'Opéra, à la place de l'actuel théâtre de l'Athénée, ouvrit en 1883, dans le style d'une pagode hindoue. La première audition parisienne de *Lohengrin* y eut lieu en 1887, celle de *Samson et Dalila* de Saint-Saëns en 1890, mais la salle accueillait surtout des spectacles de ballets ; elle ferma en 1894 et fut démolie en 1898. De 1878 à 1892, le stade de l'Hippodrome fut installé à l'angle des avenues de l'Alma (aujourd'hui George-V) et Marceau. C'était un grand cirque à piste ovale pouvant accueillir 10 000 spectateurs. Ballets, spectacles équestres s'y tenaient aussi.

Page 240.

1. « Pschutt », « chic », « élégant », néologisme datant de 1883, à la mode vers 1900 (*Trésor de la langue française*).

2. Voir l'opinion semblable de la grand-tante du héros, p. 16.

Page 242.

1. *La Reine Topaze* est un opéra-comique de Victor Massé, sur un livret de Lockroy et Léon Battu, créé en 1856 au Théâtre-Lyrique et repris au théâtre du Château-d'Eau en 1882.

2. Le « Thé de la rue Royale », maison spécialisée dans les thés à l'anglaise, se trouvait au 12, rue Royale.

Page 243.

1. D'après le roman de même nom (1881), *Serge Panine* est un drame de Georges Ohnet (1848-1918). Il remporta un vif succès au Gymnase-Dramatique, où il fut créé en janvier 1882. Serge Panine est un prince polonais ruiné qui séduit une riche héritière. Il l'épouse et dilapide sa fortune. Sa belle-mère le tue enfin, comme il refuse de se faire justice. « Voilà au moins des sujets qui ont du fond », dira Mme Cottard (p. 253). Sur Olivier Métra, voir p. 233, n. 1.

2. Le Righi est un petit massif montagneux de la Suisse centrale. Le site était très fréquenté à la fin du siècle et c'est là qu'on installa les premiers chemins de fer à crémaillère.

Page 245.

1. L'école du Louvre fut créée en 1882.

Page 246.

1. Après la mort de Swann, Odette épousera Forcheville, qui adoptera Gilberte.

Page 247.

1. Sur Brichot, voir p. 185, n. 2.

Page 248.

1. *Sub rosa*, locution latine signifiant « pendant le repas », « entre convives », « confidentiellement », les Romains ayant l'habitude de

se couronner de roses dans les festins.

2. L'expression de « république athénienne » date du début de la République radicale et oppose une république de camarades à une république de notables, à une république pure et dure.

3. Les *Chroniques de Saint-Denis*, rédigées par les moines de l'abbaye et plus connues sous le nom de *Grandes chroniques de France*, racontent l'histoire de la monarchie française jusqu'au règne de Louis XII (1498-1515). Mais Brichot s'embrouille dans la chronologie. Suger (1081-1151) fut abbé de Saint-Denis à partir de 1122. Blanche de Castille (1188-1252), qui fut régente de France pendant la minorité de son fils, Louis IX, ne connut donc pas plus Suger que saint Bernard, qui mourut en 1153.

Page 249.

1. Henri II Plantagenêt (1133-1189), duc de Normandie, roi d'Angleterre à partir de 1154, épousa Aliénor d'Aquitaine (1122-1204) en 1152, l'année même de l'annulation de son mariage avec Louis VII. Proust se souvient confusément d'un article d'Élie Berger, « Les aventures de la reine Aliénor : histoire et légende », *Journal des Débats*, supplément, 17 novembre 1906, article qu'il mentionnait dans une lettre à Mme Gaston de Caillavet (*Corr.*, t. VI, p. 312). Aliénor d'Aquitaine n'était pas la mère mais la grand-mère de Blanche de Castille. La mère de celle-ci, Éléonore d'Angleterre, fille d'Henri Plantagenêt et d'Aliénor d'Aquitaine, épousa le roi de Castille, Alphonse VIII (1155-1214).

Page 250.

1. Proust visita en octobre 1902 le Rijksmuseum d'Amsterdam, où la *Ronde de nuit* de Rembrandt est conservée, ainsi que le musée Frans Hals de Haarlem, où *Les Régentes de l'hôpital Sainte-Élizabeth* font pendant aux *Régents*.

Page 252.

1. Une recette de salade japonaise est donnée par Annette de Riverolles à Henri de Symeux à l'acte I, scène 2 de *Francillon*, pièce d'Alexandre Dumas fils créée le 17 janvier 1887 au Théâtre-Français : c'est une salade de pommes de terre et de moules, additionnée de château-Yquem et couverte de rondelles de truffes cuites dans le champagne, bien épaisses, « une vraie calotte de savant ».

Page 253.

1. *Le Maître de forges*, comme *Serge Panine*, est une œuvre de Georges Ohnet, un roman en 1882, et une pièce du même nom, créée au Gymnase-Dramatique en décembre 1883, l'un des plus grands succès scéniques de l'époque.

Page 254.

1. Charles, duc de La Trémoille (1838-1911), érudit, membre de l'Académie des Inscriptions en 1899, publia de nombreux ouvrages historiques. Il était un ami de Charles Haas.

Page 255.

1. Le Palais de l'industrie, à l'emplacement actuel du Grand-Palais et du Petit-Palais, avait été édifié pour l'Exposition Universelle de 1855, sous le nom de Palais Napoléon. Jusqu'en 1897, les Salons, expositions annuelles ou bisannuelles de peinture et sculpture, y eurent lieu. Le Palais de l'industrie fut démoli pour l'Exposition Universelle de 1900.

Page 256.

1. Brichot mêle deux lieux communs. Fénelon, « doux anarchiste », est à la fois connu pour son adhésion à la doctrine quiétiste, et par ses critiques de l'absolutisme dans sa *Lettre à Louis XIV*, ou par les utopies sociales de la Bétique et de Salente dans *Les Aventures de Télémaque* (livre VII et livre X). Dans le *Traité de l'existence et des attributs de Dieu*, Fénelon expose une théorie de l'intelligence individuelle comme émanation de l'intelligence divine : « Comme le soleil sensible éclaire tous les corps, de même ce soleil d'intelligence éclaire tous les esprits » (Première partie, chapitre 2).

Page 257.

1. Mme de Sévigné écrivait à sa fille, le 13 novembre 1675, au sujet des visites fréquentes que Mme de Tarente lui rendait : « Elle m'aime beaucoup. À Paris, on en médirait, mais ici c'est une faveur qui me fait honorer de mes paysans. » Mme de Tarente est Amélie de Hesse-Cassel (1625-1693), femme de Henri-Charles de La Trémoille, prince de Tarente (1621-1672).

Page 258.

1. L'« œil américain » est un œil vif, observateur, par allusion à l'acuité de vision des Indiens d'Amérique, ainsi dans *Madame Bovary* (III, II). Mais une « œillade américaine » est synonyme d'une « œillade amoureuse », selon le *Dictionnaire historique d'argot* de Lorédan Larchey (E. Dentu, 10ᵉ éd., 1888, p. 9).

2. Henri d'Orléans, duc d'Aumale (1822-1897), quatrième fils de Louis-Philippe, général (il avait enlevé la smala d'Abd-el-Kader en 1843) et historien (auteur d'une *Histoire des princes de Condé*), membre de l'Académie française. Ici, il s'agit d'une formule légitimiste, signifiant à peu près « pisser sur les Orléans », le duc d'Aumale étant alors le membre le plus éminent de la famille.

Page 259.

1. La baronne Putbus, ou plutôt sa femme de chambre, était un personnage important dans la version du roman prête en 1912, mais le texte définitif ne fait plus que quelques rares allusions à elle, après que Saint-Loup, dans *Sodome et Gomorrhe*, aura dit au héros l'avoir connue dans une maison de passe. Le héros la poursuivait longtemps avant de la connaître à Padoue, lors de son voyage en Italie, dans le chapitre du troisième et dernier volume de la *Recherche* qui devait s'appeler « Les "Vices et les Vertus" de Padoue et de Combray »,

selon le plan donné dans l'édition de *Swann* chez Grasset en 1913. La maison Putbus figure dans le *Gotha* (édition de 1908, p. 417) : il s'agit d'un titre poméranien remontant au XIIᵉ siècle, passé à la maison clévoise de Wylich-et-Lottum au XIXᵉ siècle, elle-même éteinte dans les mâles.

2. Le « Serpent à sonates » aurait été le surnom de la marquise de Saint-Paul, née Diane Feydeau de Brou, en raison de « sa langue acérée et son brio comme pianiste » (Painter, *Marcel Proust*, t. I, p. 154). Elle serait le modèle principal de Mme de Saint-Euverte.

Page 260.

1. Un demi-castor est une femme de demi-vertu.

Page 263.

1. La description est fidèle à de nombreux tableaux de Gustave Moreau, représentant Salomé, Hélène ou Galatée. Proust mentionne souvent le peintre dans ses écrits critiques, en particulier dans trois fragments de date incertaine (*CSB*, p. 667-674).

Page 265.

1. Le pape Paul III érigea en 1545 Parme en duché pour son fils naturel, Pierre-Louis Farnèse, et la famille Farnèse régna jusqu'en 1731 sur le duché, qui passa ensuite aux Bourbons. La branche des Bourbons-Parme existe encore mais, le duché de Parme ayant rejoint le royaume d'Italie en 1860, il n'y avait plus du temps de Proust de souverain à Parme. Le titre était donc libre.

Page 266.

1. L'île des Cygnes est la même que l'île du Bois, mentionnée quelques lignes plus haut.

Page 268.

1. Cet épisode de jalousie (p. 268-271), culminant dans l'erreur de Swann sur la fenêtre éclairée, appartenait déjà à l'amour de Jean pour Mme S. dans *Jean Santeuil* (*JS*, p. 750-753).

Page 273.

1. Cet épisode de jalousie (p. 273-279), culminant dans la lecture de la lettre d'Odette par Swann, appartenait aussi à l'amour de Jean pour Mme S. dans *Jean Santeuil* (*JS*, p. 753-757). Proust évoquait un incident semblable dans une lettre à Reynaldo Hahn en mars 1896 : « [...] je ne suis arrivé chez vous qu'à onze heures. J'ai frappé et même — une seule fois — sonné. Je n'ai entendu aucun bruit, vu aucune lumière, on ne m'a pas ouvert, et je rentre bien triste. Dormez-vous seulement ? » (*Corr.*, t. II, p. 52).

Page 274.

1. La visite de Swann sera plus loin située à cinq heures : voir p. 279, n. 1.

Page 276.

1. L'*Allégorie du Printemps*, conservée aux Offices à Florence, est le tableau privilégié du culte de Botticelli à la fin du siècle. L'Enfant Jésus joue avec une grenade dans deux tableaux de Botticelli des Offices, *La Vierge du Magnificat* et *La Vierge à la grenade*. Et Moïse verse de l'eau dans une auge au premier plan et au centre des *Scènes de la vie de Moïse* de la chapelle Sixtine (voir p. 219, n. 1).

Page 279.

1. Voir p. 274, n. 1.
2. À Chatou se trouvait la maison de campagne des Verdurin, selon les premiers brouillons de 1909 (Cahier 51, f° 9 r° ; *Matinée chez la princesse de Guermantes*, p. 55).

Page 280.

1. Proust évoquait un incident semblable dans une lettre à Reynaldo Hahn de l'été de 1896 : « Notre amitié n'a plus le droit de rien dire ici, elle n'est pas assez forte pour cela maintenant. Mais son passé me crée le devoir de ne pas vous laisser commettre des actes aussi stupides, aussi méchants et aussi lâches sans tâcher de réveiller votre conscience [...]. Quand vous m'avez dit que vous restiez à souper, ce n'est pas la première preuve d'indifférence que vous me donniez. Mais quand deux heures après, après nous être parlé gentiment, après toute la diversion de vos plaisirs musicaux, sans colère, froidement, vous m'avez dit que vous ne reviendriez pas avec moi, c'est la première preuve de méchanceté que vous m'ayez donnée » (*Corr.*, t. II, p. 100).

Page 283.

1. Platon bannissait les poètes de la *République* (livre X) et Bossuet écrivit de sévères *Maximes et réflexions sur la comédie* (1694).
2. *Noli me tangere*, paroles du Christ ressuscité à Marie-Madeleine, d'après l'Évangile selon saint Jean, XX, 17.

Page 284.

1. *Une nuit de Cléopâtre*, opéra de Victor Massé (voir p. 242, n. 1), sur un texte de Jules Barbier d'après une nouvelle de Théophile Gautier, créé en avril 1885 à l'Opéra-Comique, après la mort du compositeur, ne fut pas repris dans les années 1880.

Page 286.

1. À Cabourg, Proust écrivait en août 1912 à Albert Nahmias, qui venait de rater un rendez-vous avec lui : « Je sais que vous n'êtes pas perfectible. Vous n'êtes même pas en pierre, qui peut être sculptée si elle a la chance de rencontrer un sculpteur [...], vous êtes en eau, en eau banale, insaisissable, incolore, fluide, sempiternellement inconsistante, aussi vite écoulée que coulée » (*Corr.*, t. XI, p. 188).

Page 287.

1. À Dreux, la chapelle royale Saint-Louis, commencée en 1816 en style néo-gothique, sert de sépulture aux princes de la maison d'Orléans depuis Louis-Philippe. À Compiègne, le château du XVIIIᵉ siècle, construit par Gabriel, devint la résidence favorite de Napoléon III. À Pierrefonds, le château-fort du Moyen Age fut entièrement restauré par Viollet-le-Duc à partir de 1857.

Page 288.

1. L'église de Saint-Loup-de-Naud, dans la Brie, près de Provins et non loin d'un village qui porte le nom de Guermantes, est surtout romane. Sa construction remonte au XIᵉ siècle. Son portail, dont les sculptures sont de la qualité de celles du portail royal de Chartres (voir p. 97, n. 1), date de la première époque gothique. Saint-Loup-de-Naud, que Proust visita plusieurs fois, a sans doute servi de modèle pour Saint-André-des-Champs, l'église voisine de Combray (voir p. 149), et aussi pour l'église de Balbec (voir p. 378, n. 1).

Page 291.

1. L'église de Brou, près de Bourg-en-Bresse, de style gothique flamboyant, fut bâtie par Marguerite d'Autriche (1480-1530), à la mémoire de son mari, Philibert de Savoie (1480-1504), dit le Beau, mort après seulement trois années de mariage. Les initiales de Philibert et de Marguerite, reliées par un lacs d'amour (une cordelette en forme de huit), ainsi que d'autres emblèmes dont la marguerite, sont partout sculptées dans la pierre, ou creusées à jour au bord des vitraux. Proust la visita en octobre 1903 (*Corr.*, t. III, p. 428). Il la mentionnait dans son article d'août 1904 dans *Le Figaro*, contre la loi de séparation de l'Église et de l'État, « La mort des cathédrales », évoquant avec nostalgie le temps où les hommes « penchés hors de leur sépulture de marbre », pouvaient « apercevoir, comme à Brou, et sentir autour de leur nom l'enlacement étroit et infatigable de fleurs emblématiques et d'initiales adorées » (*CSB*, p. 149). Le symbole des initiales enlacées reviendra, dans les brouillons des « Intermittences du cœur », afin de désigner l'union du héros et de sa grand-mère : « [...] son regard à quelque moment qu'on le surprît portait comme le vitrage bressan nos deux noms entrelacés » (Cahier 50, fᵒ 28 vᵒ).

2. Le restaurant Lapérouse existe toujours, au 51, quai des Grands-Augustins.

Page 292.

1. Sur cette annonce de la ressemblance essentielle entre Swann et le héros de la *Recherche*, voir p. 191, n. 1.

2. Les Incohérents, un groupe anti-académique de dessinateurs humoristiques, exposèrent de 1882 à 1888, d'abord chez Jules Lévy, leur chef de file, puis passage Vivienne, à l'Éden-Théâtre enfin. Ils donnèrent un bal en mars 1885. En janvier 1891, un autre bal eut lieu après une représentation aux Folies-Bergère.

Page 296.

1. Le premier festival de Bayreuth se déroula en 1876. La *Tétralogie* de Wagner fut représentée dans le *Festspielhaus* construit par le roi Louis II de Bavière. Voir *Le Voyage artistique à Bayreuth* d'Albert Lavignac (Delagrave, 1897), classique du wagnérisme au tournant du siècle, que Proust connaissait. Quant aux châteaux, il s'agit de ceux qu'a multipliés en Bavière la folle prodigalité du souverain et qui, à l'exception de Linderhof, sont plus extravagants que « jolis ».

2. Clapisson, compositeur français (1808-1866), auteur d'opéras-comiques et de romances populaires, membre de l'Institut, collectionneur d'instruments de musique et de boutons (7 500 espèces).

Page 304.

1. Pour la « Mécanique de chez Mme de Maintenon et de son appartement », voir p. 117, n. 1. Mais Saint-Simon ne parle pas de Lulli sinon une fois, en 1711, comme le beau-père de Jean-Nicolas Francini (« Pléiade », 1985, t. IV, p. 87).

2. Louis Crapotte tint à partir de 1886 un commerce de fruits au 23, rue Le Peletier, entre le boulevard des Italiens et la rue Rossini ; Jauret (ou Joret) était installé au 14-16, place du Marché Saint-Honoré ; la maison Chevet, galerie de Chartres, au Palais-Royal, était le marchand de comestibles le plus renommé de Paris au XIXᵉ siècle, mais Chevet fut racheté par Potel et Chabot à la fin du siècle.

Page 305.

1. Sur la chronologie d'« Un amour de Swann », voir p. 191, n. 1.

2. Le duc de Chartres (1840-1910) était le frère puîné du comte de Paris. Jusqu'en 1918, il existait en Allemagne du nord, en Thuringe, deux petites principautés de Reuss, branche aînée et branche cadette. Il s'agissait d'une maison souveraine, datant du XIIᵉ siècle. Adolphe de Nassau fut grand-duc de Luxembourg de 1890 à 1905. Mais le duc de Luxembourg est surtout un personnage important des *Mémoires* de Saint-Simon, François-Henri de Montmorency-Bouteville (1628-1695), maréchal de France, qui épousa en 1661 l'héritière du duché-pairie de Piney-Luxembourg, dont il prit le nom.

Page 306.

1. Environ 50 000 francs de 1988.

2. Allusion à l'épisode de la dame en rose : voir p. 71, n. 1 et p. 78, n. 3. Dans *Sodome et Gomorrhe*, le grand-oncle aura habité au 40 *bis*, boulevard Malesherbes, et non rue de Bellechasse.

Page 308.

1. Mac-Mahon fut élu président de la République en mai 1873, lors de la chute de Thiers. Le 19 novembre 1873, la loi du Septennat fut votée, qui prolongeait pour sept ans ses pouvoirs, qu'il n'avait eus d'abord que provisoirement. Il démissionna en 1879.

2. La « Bella Vanna » désigne une femme figurant sur l'une des trois fresques de Botticelli découvertes en 1873 à la villa Lemmi, à

Florence, qui aurait appartenu aux Tornabuoni. Deux fresques furent vendues au Louvre en 1882. L'une représente un jeune homme, qu'on identifia à Lorenzo Tornabuoni ; l'autre, Vénus et les Grâces offrant des présents à une jeune fille, identifiée à Giovanna degli Albizi, qui épousa Lorenzo en 1486. En fait, ces fresques sont antérieures à 1486 et Giovanna est différente sur une fresque peinte par Ghirlandaio dans le chœur de Santa-Maria-Novella à Florence ainsi que dans son célèbre portrait par Ghirlandaio, depuis 1935 dans la Collection Thyssen-Bornemisza à Lugano. L'erreur était commune : la jeune femme de la fresque du Louvre est appelée la « Bella Vanna » par Robert de La Sizeranne dans *Les Masques et les visages à Florence et au Louvre. Portraits célèbres de la Renaissance italienne* (Hachette [s.d.], 1913).

Page 310.

1. Annonce de la vraie nature de M. de Charlus : « M. de Charlus est un vieil homosexuel qui remplira presque tout le troisième volume et Swann dont il a été amoureux au collège sait qu'il ne risque rien en lui confiant Odette », écrira Proust en janvier 1914 à Henri Ghéon (*Corr.*, t. XIII, p. 25 ; document IX, p. 459).

2. Le musée Grévin fut ouvert en 1882.

3. Le cabaret du « Chat-Noir » fut fondé en 1881 par le peintre Rodolphe Salis, au 84, boulevard Rochechouart, près de Montmartre. Artistes, cocottes, hommes du monde s'y mêlaient. Salis fonda un hebdomadaire du même nom, qu'illustrait Willette, et auquel collaborèrent Verlaine, Richepin, Jammes, Marcel Schwob, Jean Moréas, etc. Le « Chat-Noir » s'installa en 1885 rue de Laval, aujourd'hui rue Victor-Massé, il disparut en 1896.

Page 317.

1. Sous la Restauration, et dans *La Comédie humaine*, un « tigre » était un groom de très petite taille (voir p. 411, n. 2).

Page 318.

1. Dans l'église des Eremitani à Padoue, que Proust visita en 1900, Mantegna peignit des fresques, en partie détruites par un bombardement en 1944, représentant l'histoire de saint Jacques et de saint Christophe. Dans le *Martyre de saint Jacques*, un guerrier en méditation, appuyé sur son bouclier, répond à la description de Proust. Le retable de saint Zénon fut peint par Mantegna pour l'église du même nom à Vérone, où se trouve encore la partie supérieure du triptyque, représentant la Vierge et huit saints. Les trois scènes de la prédelle, dont aucune ne représente le massacre des Innocents, sont réparties entre le Louvre (*Le Calvaire*) et le musée des Beaux-Arts de Tours (*Le Christ au jardin des oliviers* et *La Résurrection*).

Page 319.

1. Mantegna n'est pas né à Mantoue mais près de Vicence. Il a cependant travaillé à Mantoue de 1459 à sa mort en 1506 et y a fait un de ses chefs-d'œuvre, la chambre des époux du palais ducal.

2. L'Escalier des Géants, dans la cour du palais des Doges à Venise, doit son nom aux statues monumentales de Mars et Neptune, exécutées en 1554 par Sansovino, qui le surmontent.

Page 320.

1. Il n'existe pas de sacristain de Goya ayant une petite queue de cheveux noués d'un ruban derrière la tête, suivant la coiffure mise à la mode par le général anglais Cadogan, à la fin du XVIIIᵉ siècle. La description correspond toutefois aux portraits que le peintre espagnol fit de certains toreros, par exemple à celui de *Pedro Romero* du musée des Offices à Florence.

2. On ne voit pas non plus à quel homme de guet Proust fait allusion dans l'œuvre de Cellini.

Page 322.

1. Sur les Vices et les Vertus de Giotto à Padoue, voir p. 80, n. 1. L'Injustice est représentée par un vieillard assis. Au premier plan, quelques arbustes figurent toute une forêt. Proust décrit fidèlement la reproduction du tome XXVII des *Works* de Ruskin (en face de la p. 165). Dans sa lettre dédicace de 1918 à Jacques de Lacretelle (voir p. 209, n. 1), Proust énumérait des modèles pour la série des monocles : « Je puis vous dire que (soirée Saint-Euverte) j'ai pensé pour le monocle de M. de Saint-Candé à celui de M. de Bethmann (pas l'Allemand — bien qu'il le soit peut-être d'origine — le parent des Hottinguer), pour le monocle de M. de Forestelle à celui d'un officier frère d'un musicien qui s'appelait M. d'Ollone, pour celui du général de Froberville au monocle d'un prétendu homme de lettres — une vraie brute — que je rencontrais chez la princesse de Wagram et sa sœur, et qui s'appelait M. de Tinseau. Le monocle de M. de Palancy est celui du pauvre et cher Louis de Turenne qui ne s'attendait guère à être un jour apparenté à Arthur Meyer, si j'en juge par la manière dont il le traita un jour chez moi. Le même monocle de Turenne passe dans *Le Côté de Guermantes* à M. de Bréauté, je crois » (*CSB*, p. 565).

2. Vraisemblablement le solo de flûte de la scène des Champs-Élysées, au second acte d'*Orphée et Eurydice* de Gluck (1762), repris à partir de 1859 à Paris dans une version révisée par Berlioz.

3. *Légendes : 1. Saint François d'Assise parlant aux oiseaux*, œuvre pour piano de Liszt (1863).

Page 323.

1. La princesse Mathilde (1820-1904) était la fille de Jérôme Bonaparte et donc la cousine de Napoléon III. Taine, Sainte-Beuve, Flaubert, les Dumas fréquentèrent son salon, auquel Proust consacra un de ses « Salons parisiens » du *Figaro*, en février 1903 : « Un salon historique. Le salon de S.A.I. la princesse Mathilde » (*CSB*, p. 445-455).

Page 326.

1. Chopin paraissait en effet démodé à la fin du siècle. Camille Bellaigue, le critique musical de la *Revue des Deux Mondes*, écrivait : « Pour une phrase élégante ou touchante, et autour de cette phrase même, quel déluge de notes, quel bavardage inutile, quel enguirlandement insupportable de toute mélodie. » Chopin, concluait le critique, qui s'exprimait comme Brichot, aurait mis « des pompons à la Vénus de Milo » (voir Christian Goubault, « Frédéric Chopin et la critique musicale française », in *Sur les traces de Chopin*, éd. Danièle Pistone, Champion, 1984, p. 162). Le 2 juin 1909, les Ballets Russes créèrent *Les Sylphides* sur un amalgame de morceaux de Chopin, qui fut assez mal accueilli. Mais le centenaire de la naissance de Chopin fut marqué par un important numéro spécial du *Courrier musical*, le 1er janvier 1910. Debussy avait décliné l'invitation de faire un article, mais les noms de Camille Mauclair et de Maurice Ravel figuraient au sommaire. Les notations du journal de Gide sur Chopin témoignent aussi d'un nouvel intérêt pour le musicien, ainsi que l'article de Jacques Rivière, « Pensée sur Chopin », *L'Occident*, décembre 1909. Dans *Sodome et Gomorrhe*, le héros fera la joie de la vieille Mme de Cambremer, et déroutera sa belle-fille, en leur apprenant que Chopin est revenu à la mode et que Debussy l'apprécie.

Page 328.

1. Vraisemblablement le quintette en la majeur pour clarinette et cordes (Köchel 581), datant de 1789 et dédié à Anton Stadler. Mozart en a commencé un autre en si bémol pour les mêmes instruments (Köchel supp. 91), et un autre en fa majeur, avec un cor de basset qu'il fait concerter avec une clarinette et des instruments à corde (Köchel supp. 90).

2. Proust écrivait à Paul Souday en novembre 1920 : « [...] agacé de voir Saint-Simon parler toujours du langage si particulier aux Mortemart sans jamais nous dire en quoi il consistait, j'ai voulu tenir le coup et essayer de faire un "esprit de Guermantes". Or, je n'ai pu trouver mon modèle que chez une femme non "née", Mme Strauss [sic], la veuve de Bizet » (*Corr. gale*, t. III, p. 85). Mme Straus était la cousine de Ludovic Halévy (voir p. 90, n. 2).

Page 331.

1. Pour les grandes réceptions, Belloir louait des sièges dorés destinés aux invités de second ordre, assis derrière les fauteuils réservés aux invités de marque (Vogely, p. 77).

2. Le nom de Cambremer, dans le Calvados, arrondissement de Pont-l'Évêque, est connu depuis le VIIe siècle, *Cambrimarum in pago Lexovino* (699), *Cambremerium* (1175). La baronnie de Cambremer appartenait à l'évêché de Bayeux. Dans *Sodome et Gomorrhe*, Brichot discutera l'étymologie de Cambremer.

Page 332.

1. Le pont d'Iéna, qui traverse la Seine au pied de la colline de Chaillot, fut construit de 1809 à 1813, et son nom commémore la victoire de Napoléon sur l'armée prussienne en 1806. Dans sa préface aux *Propos de peintre. De David à Degas* (Émile-Paul, 1919) de son ami Jacques-Émile Blanche, Proust raconte une anecdote fondée sur une synonymie analogue, un snob compagnon d'omnibus prenant un bal chez la princesse de Wagram, chez qui Proust se rend, pour le bal Wagram, bal payant fréquenté par des domestiques et qui avait lieu salle Wagram (*CSB*, p. 576).

Page 333.

1. La famille de Robert de Montesquiou avait été mêlée à l'histoire de l'Empire. Ses arrière-grands-parents étaient Élisabeth-Pierre de Montesquiou-Fezensac (1764-1834), grand chambellan de l'Empereur en 1810, à la suite de Talleyrand, sénateur de l'Empire en 1813, pair de France en 1814 et 1819 ; et Louise née Le Tellier de Montmirail, gouvernante des enfants de France en 1812, la « Maman Quiou » du roi de Rome.

Page 335.

1. Sur Mlle Legrandin, voir p. 67, n. 2.

Page 337.

1. « L'affreuse Rampillon » tient peut-être son nom d'un village de Seine-et-Marne proche de Saint-Loup-de-Naud (voir p. 288, n. 1), où se trouve également une très belle église du Moyen Age.
2. Le bacille virgule, ou vibrion cholérique, a été découvert en 1884 par Robert Koch.

Page 339.

1. Un incident semblable avait lieu dans *Jean Santeuil* : « Tout à coup le violon s'étant élevé resta tout d'un coup sur une note comme en un moment d'attente ; l'attente se prolongeait, mais le violon chantait de plus en plus fort, comme ne pouvant plus se contenir, apercevant déjà celle qui allait entrer, donnant toutes ses forces pour atteindre jusqu'au moment où elle apparaîtrait. Alors Jean reconnut la *Première sonate pour piano et violon* de Saint-Saëns » (*JS*, p. 843).

Page 341.

1. À l'hôtel Vouillemont, rue Boissy-d'Anglas, près de la place de la Concorde, demeurait au début du siècle la reine de Naples et des Deux-Siciles (1841-1925), veuve de François II (1836-1894), qui avait abdiqué en 1861.

Page 344.

1. Dans *La Prisonnière*, le héros, jouant la sonate de Vinteuil au piano, évoquera également *Tristan* à propos d'une mesure de la sonate. Dans *Sodome et Gomorrhe*, deux thèmes de *Tristan*, sont

identifiés à la sonnerie du téléphone d'Albertine en pleine nuit, « l'écharpe agitée ou le chalumeau du pâtre ».

Page 346.

1. Dans la description du dialogue entre le piano et le violon, ajoutée sur les placards de *Swann*, Proust s'inspire d'une audition de la Sonate de Franck (voir p. 209, n. 1), en avril 1913, avec Georges Enesco au violon. Il disait de celui-ci, dans une lettre à Antoine Bibesco : « Je l'ai trouvé *admirable* ; les pépiements douloureux de son violon, les gémissants appels, répondaient au piano, comme d'un arbre, comme d'une feuillée mystérieuse. C'est une très grande impression » (*Corr.*, t. XII, p. 147).

Page 347.

1. Même trait dans « Le salon de S.A.I. la princesse Mathilde » : « Ah ! le téléphone, quelle belle invention ! s'écrie le brillant interrupteur. C'est la plus belle découverte qu'on ait jamais faite... (se reprenant de peur d'avoir manqué à la vérité) depuis les tables tournantes, bien entendu ! » (*CSB*, p. 448).

Page 348.

1. La vente aux enchères de la collection de Neville D. Goldschmid eut lieu à Paris le 4 mai 1876. La *Toilette de Diane*, ou *Diane et ses nymphes*, fut acquis par le musée de La Haye, le Mauritshuis, pour dix mille francs. Attribué par le collectionneur à Nicolaes Maes (1634-1693) en raison d'une fausse signature, le tableau fut donné à Vermeer à partir de 1907, grâce aux travaux de W. von Bode en particulier. Le Mauritshuis possède également, et possédait à la fin du XIXᵉ siècle, la *Vue de Delft*, que Proust jugeait le plus beau tableau du monde (voir p. 195, n. 1), et *La Jeune Fille au turban bleu et jaune*. Il y a au musée de Dresde deux Vermeer, *La Liseuse* et *La Courtisane*, et au musée de Brunswick, *La Jeune Fille au verre de vin*, dite aussi *La Coquette*, et un *Paysage sablonneux* que Thoré-Bürger avait attribué à Vermeer, mais qui ne fait plus partie aujourd'hui du catalogue du peintre.

Page 349.

1. Sur le portrait de Mahomet II par Gentile Bellini, voir p. 96, n. 1. Giovanni Maria Angiolello (1451-1525), qui était vicentin et non vénitien, et qui fut prisonnier des Turcs de 1470 à 1482, raconte dans son *Historia turchesca* plusieurs anecdotes sur la cruauté du sultan. La première est relative à la mort d'une esclave que le sultan aimait, et qu'il tua, pour échapper à l'influence pernicieuse qu'elle exerçait sur lui. Cette anecdote a été répandue par une nouvelle de Matteo Bandello : « Mohammed, captivé par les charmes et l'amour d'une esclave favorite, appelée Irène, se serait endormi dans la mollesse et aurait négligé ses devoirs de guerrier et d'empereur. Pour apaiser les murmures de ses janissaires, qu'une telle conduite avait révoltés, le Sultan aurait rassemblé ces derniers, fait venir cette esclave en leur

présence et, après l'avoir mise nue pour leur faire admirer sa
merveilleuse beauté, il lui aurait ensuite tranché la tête d'un coup
de son cimeterre, pour bien les convaincre qu'il ne serait jamais à
la merci d'une femme » (résumé de L. Thuasne, *Gentile Bellini et
Sultan Mohammed II. Notes sur le séjour du peintre vénitien à Constantinople
(1479-1480)*, Ernest Leroux, 1888, p. 55). Thuasne fait observer que
le récit d'Angiolello, dont le manuscrit appartient à la Bibliothèque
nationale, était plus sobre : « Sultan Mohammed avait dans son sérail
nombre de femmes, parmi lesquelles en était une très belle qui lui
plaisait beaucoup, si bien qu'il se prit d'un tel amour pour elle qu'elle
l'épuisait : c'est ainsi qu'il négligeait beaucoup d'entreprises qu'il
aurait faites en bien plus grand nombre, encore qu'il en fît beaucoup.
Donc, ayant reconnu son erreur, il résolut de se débarrasser de cette
femme, à l'influence de laquelle il ne pouvait se soustraire qu'en la
faisant périr. Un jour, étant allé au sérail et se trouvant seul avec
elle, il tira son poignard et la tua ; et cela fait, il en eut une telle
douleur qu'il resta comme malade. Ensuite, ses regrets passèrent, et
c'est ainsi qu'il vainquit et perdit l'amour qu'il portait à cette femme »
(cité et traduit par L. Thuasne, p. 56). L'information de Proust paraît
correspondre au récit original d'Angiolello, plutôt qu'à la nouvelle
de Bandello.

Page 354.

1. *Les Filles de marbre*, drame mêlé de chant, par Théodore Barrière
et Lambert Thiboust, créé en 1853 au Vaudeville. Les « filles de
marbre » sont des actrices, en particulier Marco, qui détournent le
sculpteur Raphaël de sa vocation. La pièce fut reprise en 1875 au
Théâtre-Lyrique dramatique, et en 1889 au théâtre des Menus-Plaisirs,
sans grand succès.

2. Pour le Palais de l'industrie, voir p. 255, n. 1.

Page 355.

1. La scène de l'extorsion des aveux d'amours lesbiens avait déjà
lieu dans *Jean Santeuil*, où Jean torturait Françoise comme Swann
torture ici Odette (*JS*, p. 810-813).

Page 361.

1. Citation approximative du *Journal d'un poète* de Vigny (22 avril
1833) : « Quand on se sent pris d'amour pour une femme, avant
de s'engager, on devrait se dire : "Comment est-elle entourée ? quelle
est sa vie ?" Tout le bonheur de l'avenir est appuyé là-dessus »
(*Œuvres complètes*, « Pléiade », 1948, t. II, p. 985).

Page 365.

1. Les animaux de la *Désolation de Ninive* sont représentés sur un
bas-relief du portail occidental de la cathédrale d'Amiens. Ruskin le
décrivait dans *La Bible d'Amiens*, ainsi traduite par Proust : « *Les bêtes
dans Ninive*. Très beau. Toutes sortes de bêtes rampant parmi les murs
chancelants, et sortant de leurs fentes et de leurs crevasses. Un singe

accroupi devenant un démon présente la théorie darwinienne retournée » (Mercure de France, 1904, p. 314-315). Proust donnait la référence biblique dans son introduction : Sophonie, II, 15 ; I, 12 et II, 14 (*CSB*, p. 98). Le bas-relief d'Amiens, « la prédiction de Sophonie », était reproduit par Mâle dans *L'Art religieux du XIIIᵉ siècle en France* (Ernest Leroux, 1898, p. 217). La description de Mâle n'a rien à voir avec celle de Ruskin : « Un oiseau est perché sur le linteau et un hérisson entre par la porte ouverte. On pense à quelque fable d'Ésope, et non au terrible passage de Sophonie, que l'artiste a pourtant eu la prétention de rendre. » Mais Proust se souvient plutôt de Ruskin.

Page 366.

1. Dans *Jean Santeuil*, Jean, mis en colère par les reproches de ses parents, brise un verre de Venise (*JS*, p. 411-423). L'épisode s'inspire d'un incident réel, survenu en 1896 ou 1897, et commenté par Mme Proust dans une lettre à son fils (*Corr.*, t. II, p. 160-161).

Page 368.

1. Paris a été en révolution pendant la Commune, en 1871, c'est-à-dire au moment de la naissance de Proust. On a vu qu'à plusieurs reprises l'épisode de l'amour de Swann pour Odette est situé « avant ma naissance » (p. 184), « vers l'époque de ma naissance » (p. 191), peu après le « mariage de ma mère » (p. 305). Mais il n'y a aucun réalisme rigoureux dans la chronologie d'« Un amour de Swann », qui fait référence à des événements qui eurent lieu entre 1871 et 1887 : le début du Septennat, en 1873 (p. 308), la vente Goldschmid, en 1876 (p. 348), la fête de Paris-Murcie, en 1879 (p. 222), la présidence de Jules Grévy, de 1879 à 1887 (p. 213), le cabaret du « Chat-Noir », ouvert en 1881 (p. 310), *Serge Panine*, créé en 1882 (p. 243), *Le Maître de forges*, créé en 1883 (p. 253), l'école du Louvre, fondée en 1882 (p. 245), la « bella Vanna », entrée au Louvre en 1882 (p. 308), le musée Grévin, ouvert en 1882 (p. 310), les funérailles de Gambetta en 1883 (p. 212), les *Danicheff*, créés en 1876, repris en 1884 (p. 212), *Une nuit de Cléopâtre*, créé en 1885 (p. 284), le bal des Incohérents, en mars 1885 (p. 292), enfin *Francillon*, qui fut créé en 1887 (p. 252). Il ne faut pas chercher à rendre toutes ces allusions cohérentes. La révolution évoquée par M. Verdurin rappelle aussi le 27 janvier 1889, où le général Boulanger aurait pu marcher sur l'Élysée au soir de son élection triomphale comme député de Paris. Dans la chronologie interne de la *Recherche*, la situation de l'épisode pose aussi un problème, puisqu'il n'y est pas fait mention de la naissance de Gilberte, la fille de Swann et Odette, contemporaine du héros.

2. Un en-tout-cas est une ombrelle qui peut aussi servir de parapluie.

3. Le Cercle artistique, dit des « Mirlitons », fondé en 1860, avait son siège 18, place Vendôme. Il se fondit en 1887 avec le Cercle impérial, devenu le Cercle des Champs-Élysées en 1872, pour former

le Cercle de l'Union artistique, surnommé l'« Épatant ». Le siège fut au 5, rue Boissy-d'Anglas. Le peintre d'histoire et portraitiste Jules Machard (1839-1900) et les Leloir, Auguste, le père (1809-1892), Louis (1843-1884) et Maurice (1853-1940), les deux fils, peintres de genre et illustrateurs, n'ont pas été atteints par la vague révisionniste dont bénéficie aujourd'hui la peinture académique du siècle dernier : aucun d'eux n'est présent au musée d'Orsay.

Page 372.

1. Un rêve déjà réveillait la jalousie de Jean dans *Jean Santeuil*, mais ses éléments étaient plus réalistes (*JS*, p. 819-822).

NOMS DE PAYS :
LE NOM

Page 376.

1. La troisième partie de *Du côté de chez Swann* avait la même longueur que les deux premières en 1912-1913. Mais Grasset demanda à Proust d'en reporter l'essentiel au volume suivant.

Page 377.

1. Les fontaines lumineuses furent l'une des principales attractions de l'Exposition Universelle de Paris en 1889. Elles avaient été réalisées par Bechmann, ingénieur en chef du service des Eaux, et les Établissements Galloway, de Manchester.

2. Legrandin, comme lorsqu'il décrivait la région de Balbec dans « Combray » (voir p. 129, n. 1), se souvient du roman d'Anatole France, *Pierre Nozière* : « Ici, sur le promontoire qui s'avance entre deux côtes semées d'écueils, finit la terre » (Lemerre, 1899, p. 281). Et un peu plus loin : « Ce ciel de Bretagne est léger et profond. Souvent voilé par les bancs de brume qui viennent et qui passent un moment, presque toujours couvert de nuées épaisses qui ressemblent à des montagnes et qui lui donnent l'air d'une terre d'en haut » (p. 284). Ou à propos de la baie des Trépassés : « Les naufrages y sont ordinaires. [...] Est-ce pour sa fidélité à déposer les restes humains sur son sable blanc comme une poussière d'os que la baie hospitalière aux morts a reçu son nom funèbre ? » (p. 285).

Page 378.

1. L'église de Balbec rappelle celle de Saint-Loup-de-Naud : voir p. 288, n. 1. On songe aussi à la cathédrale de Bayeux, qui est bien « à moitié romane ». Dans une lettre d'août 1907 à Émile Mâle, Proust parle des « figures orientales de la cathédrale de Bayeux », qui l'ont enchanté (*Corr.*, t. VII, p. 256). Mâle signalait en effet : « [...] les fleurs et les animaux qui ornent les cloîtres et les églises sont la plupart du temps des copies d'originaux antiques, byzantins, orientaux [...] d'après le dessin d'une étoffe persane ou d'un tapis arabe » (*L'Art religieux du XIIIᵉ siècle en France*, p. 49). Mais l'élément

persan de l'église de Balbec demeure vague et dans les *Jeunes filles*,
sur la photographie d'un chapiteau que lui montrera Elstir, le héros
apercevra « des dragons quasi chinois qui se dévoraient ». *Balbec*,
qui évoque évidemment *Balbek*, au Liban, et *Bolbec*, dans le pays de
Caux, a été fixé tardivement, sur les épreuves de *Swann*. La ville
balnéaire s'appelait *Querqueville* jusqu'en 1913, puis *Criquebec* et
Bricquebec.

Page 379.

1. Balbec, la ville de fiction, figure au milieu de localités réelles.
Mais Proust est sensible à leurs noms bien plus qu'à la vraisemblance
géographique. Aucune ligne de chemin de fer, ni dans l'ordre ni
dans le désordre, ne pourrait passer par toutes ces villes dispersées
en Normandie et en Bretagne : Pontorson est près du Mont-Saint-
Michel, Lannion est au fond du Finistère. La localisation de Balbec
demeurera vague dans toute la *Recherche*.

2. Pour les rêveries sur les fleurs de Fiesole et de Florence, associées
aux fonds d'or des tableaux de Fra Angelico, Proust paraît se souvenir
du roman d'Anatole France, *Le Lys rouge*, où les héros se retrouvent
à Florence un 1er mai, le jour de la fête des fleurs : « Florence est
vraiment la ville de la fleur, et ce n'est pas à tort qu'elle porte le
lys rouge pour emblème. C'est fête aujourd'hui [...] nous sommes
au premier jour de mai, à *Primavera* [...] la fête de la Fleur »
(« Pléiade », 1987, t. II, p. 465). La fête des fleurs est bien sûr
associée au *Printemps* de Botticelli. Les deux amants se sont peu
auparavant rendus au couvent de San Marco, décoré par Fra Angelico,
et ils ont admiré *Le Couronnement de la Vierge* : « Ils visitèrent la cellule
que le bienheureux Angelico orna de la plus suave peinture. Et là,
devant la Vierge qui, dans un ciel pâle, reçoit de Dieu le Père la
couronne immortelle, il prit Thérèse dans ses bras et lui mit un baiser
sur la bouche, presque au regard de deux Anglaises qui allaient par
les corridors, consultant le Baedeker » (*ibid.*, p. 462).

Page 380.

1. Sainte-Marie-des-Fleurs (en réalité Sainte-Marie-de-la-Fleur) est
la cathédrale de Florence.

Page 382.

1. Dans les brouillons de la rêverie du héros sur les noms, les
références culturelles jouaient un grand rôle, en particulier *Le
Chevalier Des Touches* de Barbey d'Aurevilly et *Le Cabinet des antiques*
de Balzac. Dans le texte définitif, la rêverie est suscitée par des
associations sensorielles et il n'y a plus qu'une seule allusion à *La
Chartreuse de Parme*. À propos de la liste des noms de lieux, on peut
songer au couplet des chefs de gare à l'acte I, scène 1 de *La Vie
parisienne* d'Offenbach (1866), livret de Meilhac et Halévy : « Nous
sommes employés de la ligne de l'Ouest, / Qui dessert Saint-Malo,
Batignolles et Brest, (bis) / Conflans, Triel, Poissy, / Barentin,
Pavilly, / Vernon, Bolbec, Nointot, / Motteville, Yvetot, /

Saint-Aubin, Viroflay, / Landerneau, Malaunay, / Laval, Condé, Guingamp, / Saint-Brieuc et Fécamp » (voir Anne Henry, *Proust romancier. Le tombeau égyptien*, Flammarion, 1983, p. 109).

2. Cette description correspond moins à un tableau particulier de Giotto qu'à une pratique courante au Quattrocento.

Page 384.

1. L'évocation de Venise cite l'une des pages les plus célèbres de Ruskin, « The Two Boyhoods », extraite de *Modern Painters V* (1860) et reprise dans la « Traveller's Edition » de *The Stones of Venice*, où l'écrivain anglais compare la Londres de Turner et la Venise de Giorgione (*Works*, t. VII, p. 374-375 ; t. XI, p. 244-245). Robert de La Sizeranne l'avait donnée dans l'ouvrage qui fit connaître Ruskin en France et fut à l'origine de l'engouement de Proust, *Ruskin et la religion de la beauté* (Hachette, 1897, p. 115-116). Elle se terminait ainsi : « Telle fut l'école du Giorgione — telle fut la demeure du Titien. » Mathilde Crémieux la reprit dans sa traduction des *Pierres de Venise* (préface de Robert de La Sizeranne, Laurens, 1906), dont Proust fit un compte rendu (*CSB*, p. 520-523) et qu'il suit ici : « Une cité de marbre, ai-je dit ? Non, plutôt une cité d'or, pavée d'émeraudes, où chaque pignon, chaque tourelle brillait sous un revêtement d'or ou de jaspe. Tout à côté, la mer roulait avec de longs soupirs, ses vagues tournoyantes. Profonds, majestueux et terribles comme la mer, les hommes de Venise partaient en quête de puissance et de guerres ; pures comme ses piliers d'albâtre, étaient ses femmes et ses jeunes filles ; ses chevaliers, nobles de la tête aux pieds, faisaient briller les reflets bronzés de leur armure rouillée par la mer et cachée, à regret, sous les plis de leur manteau, d'un rouge sanglant » (p. 249-250). La conception de Venise comme du plus complet musée de l'architecture domestique du Moyen Age est un lieu commun ruskinien, évoqué dans l'introduction de Proust à *La Bible d'Amiens* : « Je partis pour Venise afin d'avoir pu, avant de mourir, approcher, toucher, voir incarnées, en des palais défaillants mais encore debout et roses, les idées de Ruskin sur l'architecture domestique au Moyen Age » (*CSB*, p. 139).

Page 385.

1. Voir la page de Ruskin citée p. 384, n. 1.
2. Écho des *Pierres de Venise* : « [...] et quand la haute marée pénètre dans le Rialto, elle est encore aujourd'hui rougie par les reflets des fresques du Giorgone » (trad. Mathilde Crémieux, p. 75).
3. Voir la page de Ruskin citée p. 384, n. 1.

Page 386.

1. Écho des *Pierres de Venise* : « Et lorsque, les murailles atteintes, le voyageur pénétrait — sans passer par aucune poterne ou entrée fortifiée — dans la plus lointaine de ces rues non foulées par les pieds humains, qui semblent une ouverture taillée entre deux rochers de corail dans la mer des Indes [...] » (trad. Mathilde Crémieux, p. 37).

Page 387.

1. Le nom de Gilberte a été évoqué en termes voisins à la p. 140.

2. Des tableaux de Poussin, celui qui correspond le mieux à la description de Proust est *L'Empire de Flore* du musée de Dresde, où le char du soleil, traîné par quatre chevaux, repose sur un nuage rose.

Page 390.

1. Fondé en 1789, le *Journal des Débats*, était le type même du quotidien modéré, respectable et apaisant. Il ne disparut qu'en août 1944, à la Libération.

Page 391.

1. L'arrivée de Gilberte aux Champs-Élysées aurait eu un modèle, que Proust citait dans sa dédicace à Jacques de Lacretelle en 1918 : « Enfin j'ai pensé, pour l'arrivée de Gilberte aux Champs-Élysées par la neige, à une personne qui a été le grand amour de ma vie sans qu'elle l'ait jamais su (ou l'autre grand amour de ma vie car il y en a eu au moins deux) Mademoiselle Benardaky, aujourd'hui (mais je ne l'ai pas vue depuis combien d'années) princesse Radziwill » (*CSB*, p. 565). Marie de Benardaky était la fille d'un gentilhomme polonais, Nicolas de Benardaky, qui avait été maître de cérémonie à la cour du tsar et avait fait fortune dans le commerce du thé. Proust la mentionnait dans une lettre à Antoinette Faure en 1887, comme une compagne des Champs-Élysées, « très jolie et de plus en plus exubérante » (*Corr.*, t. I, p. 97). Dans une lettre de 1918 à la princesse Soutzo, il l'appellera « l'ivresse et le désespoir de mon enfance » (Paul Morand, *Le Visiteur du soir*, Genève, La Palatine, 1949, p. 81). Dans *Jean Santeuil*, elle apparaissait sous son vrai prénom, avec sa sœur, Nelly Kossichef (*JS*, p. 218-220).

Page 395.

1. On peut penser à une malédiction du Deutéronome : « Yahvé te frappera de furoncles d'Égypte, de bubons, de croûtes, de plaques rouges dont tu ne pourras guérir » (XXVIII, 27). Quant à la « constipation des Prophètes », une tradition juive rapporte que les Hébreux, après avoir quitté l'Égypte et se nourrissant de la manne du désert, en souffrirent et demandèrent à Dieu qu'il leur donnât de la viande.

2. Sur cette plaquette, voir p. 98, n. 1.

Page 396.

1. Le héros de la *Recherche* est anonyme, à deux exceptions près dans *La Prisonnière*. La première est cependant introduite par une précaution : « en donnant au narrateur le même prénom qu'à l'auteur de ce livre ». Et la seconde, où Albertine l'appelle Marcel, n'a pas été revue par l'auteur.

Page 397.

1. Cette chanson à la gloire de l'armée fut un des triomphes du chansonnier Paulus, qui l'entonna pour la première fois le soir du

14 juillet 1886 à l'Alcazar. Sa vogue coïncida avec le boulangisme, puis avec l'affaire Dreyfus. Proust annonçait dans une lettre du 15 juillet 1887 à Antoinette Faure : « J'irai entendre Paulus un de ces soirs. Je vous rendrai compte de la représentation » (*Corr.*, t. I, p. 97).

Page 399.

1. Le théâtre des Ambassadeurs se trouve dans le jardin des Champs-Élysées, du côté de l'avenue Gabriel. Café-concert sous le Second Empire, il devint un théâtre de revues au début du siècle.

Page 400.

1. Sur le comte de Paris, prétendant au trône sous le nom de Philippe VII, voir p. 15, n. 1.

Page 401.

1. Allusion probable à la visite officielle à Paris du tsar de Russie Nicolas II, en octobre 1896. Le roi Théodose sera évoqué plusieurs fois dans la *Recherche*. Jules Verne avait tiré une pièce de son roman, *Michel Strogoff*, avec la collaboration d'Adolphe d'Ennery (1811-1899). Elle fut créée au théâtre du Châtelet en 1880, et reprise dans l'hiver 1887-1888 et dans l'hiver 1891-1892.

Page 402.

1. La beauté des vieux mythes dont s'est inspiré Racine n'est pas évoquée dans la notice d'Anatole France sur Racine, le modèle probable de la plaquette de Bergotte : voir p. 98, n. 1. Mais Proust se souvient d'une critique par Jules Lemaitre de *Phèdre* avec Sarah Bernhardt, qu'il citera dans les *Jeunes filles en fleurs* (*Impressions de théâtre*, 8e série, Lecène, Oudin et Cie, 1895, p. 73-81).

Page 407.

1. Le magasin des Trois Quartiers fut fondé en 1829. D'abord installé rue Duphot, il s'agrandit sur le boulevard de la Madeleine.

Page 409.

1. Dans la dactylographie remise à Grasset en 1913 pour le premier volume du roman, qui contenait aussi les deux tiers des *Jeunes filles en fleurs*, à Paris et puis à Balbec, la promenade de Mme Swann au Bois (p. 409-414) figurait à la fin du récit parisien. Elle fut avancée ici lorsque la dimension excessive des épreuves contraignit Proust à reporter au volume suivant presque toute la troisième partie du *Côté de chez Swann*. Il improvisa alors la conclusion sur la décadence du Bois et de l'élégance parisienne (p. 414-420).

2. L'allée des Acacias (aujourd'hui de Longchamp) traverse le bois de Boulogne de Paris à Suresnes. L'allée de la Reine-Marguerite conduit de Neuilly à Boulogne.

Page 410.

1. Au livre VI de l'*Énéide*, Énée, descendu aux Enfers, aperçoit sous un bois de myrte (l'arbre consacré au culte de Vénus) les âmes des victimes de l'amour : Phèdre, Procris, Ériphyle, Évadné, Pasiphaé, Laodamie, Cénée, Didon enfin : *Hic quos durus amor crudeli tabe peredit / secreti celant calles et myrtea circum / silva tegit ; curae non ipsa in morte relinquunt* (v. 442-444). « Ceux dont le dur amour a rongé le cœur de son poison impitoyable y trouvent à l'écart des sentiers cachés et l'ombre des forêts de myrtes : le mal d'aimer les accompagne jusque dans la mort » (trad. André Bellessort, « Poésie / Gallimard », 1974, p. 195).

Page 411.

1. La description de Proust est fidèle à tous les détails de divers croquis de Constantin Guys, intitulés « Au Bois » par exemple, ainsi qu'au chapitre « Les voitures » de l'essai que Baudelaire a consacré à Guys, *Le Peintre de la vie moderne*.

2. Le « tigre de feu Baudenord » (en réalité Beaudenord), « un petit Irlandais, nommé Paddy, Joby, Toby (à volonté) », apparaît dans deux romans de Balzac, *La Maison Nucingen* et *Les Secrets de la princesse de Cadignan*. Selon le premier, il avait été au service d'un lord anglais qui dut le renvoyer pour couper court aux insinuations malveillantes qui couraient à leur propos : il avait « les cheveux blonds comme ceux d'une vierge de Rubens, les joues roses », et « un journaliste anglais fit une délicieuse description de ce petit ange, il le trouva trop joli pour un tigre, il offrit de parier que Paddy était une tigresse apprivoisée » (« Pléiade », t. VI, 1977, p. 344-345). Godefroid de Beaudenord l'engagea, et le tigre contribua à sa réputation de « fleur du dandysme » parisien. Mais Beaudenord fut ruiné par la faillite de Nucingen et dut se séparer de Paddy. Quelques années plus tard, le tigre est au service de Georges de Maufrigneuse, le fils de la princesse de Cadignan : « Le tigre du duc avait alors un service un peu rude. Toby, l'ancien tigre de feu Beaudenord, car telle fut la plaisanterie du beau monde sur cet élégant ruiné, ce jeune tigre qui, à vingt-cinq ans, était toujours censé n'en avoir que quatorze [...] » (*ibid.*, p. 953). Proust avait évoqué « Paddy, le célèbre tigre de feu Beaudenord » en 1908, dans son pastiche de Balzac (*CSB*, p. 9).

Page 412.

1. Pour Coquelin, voir p. 73, n. 3.

2. Tir aux pigeons : élégant club sportif, entre la porte de Madrid et l'allée des Acacias.

Page 413.

1. Mac-Mahon démissionna de la présidence de la République le 30 janvier 1879.

Page 414.

1. Dans les dernières pages du *Côté de chez Swann*, les références à une époque contemporaine de l'écriture du livre, « cette année », « un des premiers matins de ce mois de novembre », paraissent renvoyer non pas à la fin de 1913, où cette conclusion fut écrite et où le livre fut publié (voir p. 409, n. 1), mais fictivement à l'année 1908 (voir p. 417, n. 3 et n. 4). Le retard apporté à la publication de la *Recherche* après 1914 et l'introduction de la guerre dans l'intrigue font que ces pages, censément contemporaines de la fin de l'histoire et de l'écriture du roman, deviendront postérieures à la guerre quand *Le Temps retrouvé*, datant le présent de la narration, sera publié en 1927.

Page 415.

1. Au bois de Boulogne, le Pavillon d'Armenonville est un café-restaurant de l'allée de Longchamp, près de la porte Maillot ; le Pré Catelan, près de la croix Catelan, à l'emplacement d'une carrière qui fournit cailloux et sables pour les routes du Bois, fut concédé en 1855, et comprenait un café-restaurant, des salles de spectacle, etc. ; l'orangerie du château de Madrid, construit par François Ier, devint sous le Second Empire un restaurant réputé, en lisière du Bois, au bout de l'allée de la Reine-Marguerite, à Neuilly ; l'hippodrome de Longchamp, qui fut ouvert en 1857, ou l'hippodrome d'Auteuil, qui fut ouvert en 1873.

Page 416.

1. La Création est le thème de cinq des scènes centrales peintes par Michel-Ange au plafond de la chapelle Sixtine : Dieu séparant la lumière des ténèbres, la création du soleil et de la lune, la séparation de la terre et des eaux, la création de l'homme, la création de la femme.

Page 417.

1. Diomède, roi de Thrace, nourrissait ses chevaux de chair humaine. Héraclès le vainquit et le fit dévorer par ses propres chevaux.

2. Écho de la description par Balzac du « tigre de feu Baudenord » (voir p. 411, n. 2) : « un tigre gros comme le poing, frais et rose comme Toby, Joby, Paddy » (« Pléiade », t. VI, p. 348). Le saint Georges auquel songe Proust est vraisemblablement celui de Mantegna, conservé à l'Académie de Venise.

3. Au milieu des années 1880, la mode était aux « bibis », de petits chapeaux perchés sur le haut de la tête. La forme des chapeaux varia beaucoup dans les années qui suivirent. En 1908, la mode était aux grands chapeaux richement décorés de fleurs, dahlias et camélias en particulier. Mais le développement de l'automobile suscita des chapeaux plus petits et plus pratiques : voir François Boucher, *Histoire du costume en Occident de l'Antiquité à nos jours*, Flammarion, 1965.

4. Dans la nécropole de Tanagra, en Béotie, des sarcophages et des figurines de terre cuite, représentant des scènes de la vie quotidienne furent découverts entre 1872 et 1880. Les femmes y étaient vêtues de simples tuniques, que le couturier Paul Poiret et les Ballets Russes mirent à la mode. Ces « tuniques gréco-saxonnes » sont grecques parce qu'elles sont des tuniques et saxonnes parce que tout ce qui était dépouillé et géométrique passait, à la veille de la guerre, pour allemand, comme le théâtre des Champs-Élysées qui fut qualifié de « munichois ». Arthur Lesenby Liberty ouvrit en 1875, à Londres, un grand magasin spécialisé dans l'orientalisme. Les tissus « liberty », qui étaient à l'origine de soie imprimée de motifs floraux, devinrent à la mode à Paris en 1908-1910. Quant à l'abandon du chapeau par les hommes, les historiens de la mode le situent après la guerre : mais Proust y fut sensible avant les autres.

Page 418.

1. Sur les chrysanthèmes, voir p. 218, n. 1.

Page 419.

1. Le moulin de Longchamp, installé lors de l'aménagement du bois de Boulogne, est une réplique approximative du moulin à vent de l'ancienne abbaye de Longchamp détruite pendant la Révolution.

2. À Dodone, en Épire, il y avait un temple entouré de chênes sacrés : le vent qui agitait leurs feuilles était censé délivrer les oracles de Zeus.

Page 420.

1. Proust commente ainsi la conclusion de *Swann* dans une lettre à Jacques Rivière de février 1914 : « Ce n'est qu'à la fin du livre, et une fois les leçons de la vie comprises, que ma pensée se dévoilera. Celle que j'exprime à la fin du premier volume, dans cette parenthèse sur le Bois de Boulogne que j'ai dressée là comme un simple paravent pour finir et clôturer un livre qui ne pouvait pas pour des raisons matérielles excéder cinq cents pages, est *le contraire* de ma conclusion. Elle est une étape, d'apparence subjective et dilettante, vers la plus objective et croyante des conclusions. Si on en induisait que ma pensée est un scepticisme désenchanté, ce serait absolument comme si un spectateur ayant vu à la fin du premier acte de *Parsifal*, ce personnage ne rien comprendre à la cérémonie et être chassé par Gurnemantz, supposait que Wagner a voulu dire que la simplicité du cœur ne conduit à rien » (*Corr.*, t. XIII, p. 99 ; document XI, p. 462).

RÉSUMÉ

et le passage des cuirassiers (87). — Bloch et Bergotte (89). Bloch et ma famille (90). Lecture de Bergotte (92). Swann, lié avec Bergotte (96). La Berma (96). Façons de parler et tour d'esprit de Swann (96). Prestige de Mlle Swann, amie de Bergotte (98). — Visites du curé à ma tante Léonie (101). L'église vue par le curé (102). Ses étymologies (103). Eulalie et Françoise (105). La délivrance de la fille de cuisine (108). Cauchemar de ma tante Léonie (108). Les déjeuners du samedi (109). Les aubépines sur l'autel de l'église (110). M. Vinteuil (111). Sa fille a « l'air d'un garçon » (112). Promenades autour de Combray au clair de lune (113). Tante Léonie et Louis XIV (117). Attitude étrange de Legrandin (118). La cuisine de Françoise : les asperges (119), le poulet (124). Legrandin m'invite à dîner (124). Son snobisme (126). Sa description de Balbec (128) et son refus de nous introduire auprès de sa sœur, Mme de Cambremer (129). — Le côté de chez Swann (ou de Méséglise) et le côté de Guermantes (132).

Du côté de chez Swann. Vue de plaine (133). Les lilas de Tansonville (134). Chemin d'aubépines (136). Apparition de Gilberte (139). La dame en blanc et le monsieur habillé de coutil (Mme Swann et M. de Charlus) (140). Tante Léonie rêve de revenir à Tansonville (141). Amour naissant pour Gilberte : charme du nom de Swann (142). Adieux aux aubépines (143). — L'amie de Mlle Vinteuil, s'installe à Montjouvain (145). Douleur de M. Vinteuil (146). Le Vinteuil de Swann est-il un parent de M. Vinteuil ? (148). La pluie (148). Le porche de Saint-André-des-Champs, Françoise et Théodore (149). — Mort de ma tante Léonie ; douleur sauvage de Françoise (151). — Exaltation dans la solitude d'automne (152). Désaccord entre nos sentiments et leur expression habituelle (153). « Les mêmes émotions ne se produisent pas simultanément chez tous les hommes » (153). Naissance du désir (154). Désir d'embrasser une paysanne dans les bois (155). Le petit cabinet sentant l'iris (156). Je vois Mlle Vinteuil à Montjouvain (157). Scène de sadisme (159).

Du côté de Guermantes (163). Paysage de rivière : la Vivonne (164) ; les carafes dans la Vivonne (166). Les nymphéas (167). Les Guermantes ; Geneviève de Brabant, « ancêtre de la famille de Guermantes » (169). Rêves et découragement d'un futur écrivain (170). La duchesse de Guermantes dans la chapelle de Gilbert le Mauvais (172). Quels secrets se dérobent derrière les impressions de forme, de parfum, de couleur ? (177). Les clochers de Martinville (177). Première joie de la création littéraire (179). Passage de la joie à la tristesse (181). Les leçons des deux côtés (181). La réalité ne se forme-t-elle que dans la mémoire ? (182).

Réveils (184).

DEUXIÈME PARTIE

UN AMOUR DE SWANN

Le « petit noyau » des Verdurin. Les « fidèles » (185). Odette parle de Swann aux Verdurin (188). Swann et les femmes (188). Première

l'Odette amoureuse d'autrefois (314). Cette confrontation se fera en lui, malgré lui, à la soirée de Mme de Saint-Euverte (316).

Une soirée chez la marquise de Saint-Euverte. Charlus et Odette (317). Détaché, par son amour et sa jalousie, de la vie mondaine, Swann peut l'observer en elle-même, « comme une suite de tableaux » : les valets de pied (318), les monocles (321) ; la marquise de Cambremer et la vicomtesse de Franquetot écoutant le *Saint-François* de Liszt (322) ; Mme de Gallardon, cousine dédaignée des Guermantes (323). Arrivée de la princesse des Laumes (325) ; son esprit (328) ; sa conversation avec Swann (334). Swann présente la jeune Mme de Cambremer (Mlle Legrandin) au général de Froberville (337). — Brusquement, dans ce milieu si étranger à Odette, la petite phrase de Vinteuil, sans pitié pour la détresse présente de Swann, lui rend tous les souvenirs du temps où Odette l'aimait (339). Le langage de la musique (342). En lui faisant revivre le temps de l'amour d'Odette, la petite phrase apprend à Swann que cet amour ne renaîtra jamais (347).

L'agonie de l'amour. Le Mahomet II de Bellini (349). Une lettre anonyme (350). Lecture du journal : *Les Filles de marbre* (354), Beuzeville-Bréauté (354). Odette et les femmes (355). L'interrogatoire (356). La possession, toujours impossible, d'un autre être (358). Dans l'île du Bois, au clair de lune (359). Un nouveau cercle de l'enfer (361). La terrible puissance récréatrice de la mémoire (362). Odette chez les entremetteuses (363). Déjeunait-elle avec Forcheville à la Maison Dorée, le jour de la fête de Paris-Murcie ? (364). Elle était avec Forcheville, et non à la Maison Dorée, le soir où Swann l'avait cherchée chez Prévost (364). Ce que nous croyons notre amour, notre jalousie, se compose « d'une infinité d'amours successifs, de jalousies différentes » (366). Élans suspects d'Odette (366). « Belle conversation » dans une maison de rendez-vous (367). Odette en croisière avec les « fidèles » (367). Mme Cottard assure à Swann qu'Odette l'adore (369). L'amour de Swann le quitte ; il ne souffre plus en apprenant que Forcheville a été l'amant d'Odette (371). Retour de sa jalousie dans un rêve (372). Départ pour Combray : il y reverra le jeune visage de Mme de Cambremer qui lui a semblé charmant chez Mme de Saint-Euverte (374). « Les jalons d'un bonheur qui n'existe pas encore, posés à côté de l'aggravation d'un chagrin dont nous souffrons » (375). L'image première d'Odette revue dans son rêve : il a voulu mourir pour une femme « qui n'était pas son genre ! » (375).

TROISIÈME PARTIE

NOMS DE PAYS : LE NOM

Rêves sur des noms de pays. Les chambres de Combray (376). La chambre du Grand Hôtel de la Plage à Balbec (376). Le Balbec réel et le Balbec rêvé (376). « Le beau train généreux d'une heure vingt-deux » (378). Rêve de printemps florentin (379). Les mots et les noms (380). Noms de villes normandes (381). Projet manqué de voyage à Florence et à Venise (382). Le médecin m'interdit de voyager et d'aller entendre la Berma (386) ; il prescrit des sorties aux Champs-Élysées sous la surveillance de Françoise (386).

Aux Champs-Élysées. « Dans ce jardin public rien ne se rattachait à mes rêves » (386). Une fillette aux cheveux roux ; le nom de Gilberte (387). Les parties de barres (388). Quel temps fera-t-il ? (388). Jours de neige aux Champs-Élysées (390). La lectrice des *Débats* (Mme Blatin) (390). L'apparition de Gilberte (391). Ces moments auprès de Gilberte, si impatiemment attendus, « n'étaient nullement des moments heureux » (392). Marques d'amitié : la bille d'agate, la brochure de Bergotte sur Racine (395) ; « vous pouvez m'appeler Gilberte » (396) ; pourquoi elles ne m'apportent pas le bonheur espéré (396). Journée de printemps en hiver : allégresse et déception (397). Le Swann de Combray est devenu un personnage nouveau : le père de Gilberte (400). Gilberte m'annonce avec une joie cruelle qu'elle ne reviendra pas avant le 1er janvier aux Champs-Élysées (401). En attendant une lettre d'elle, je relis la brochure de Bergotte qu'elle m'a donnée (402). « Dans mon amitié avec Gilberte, c'est moi seul qui aimais » (405). Le nom de Swann (405). Swann rencontrant ma mère aux Trois Quartiers lui parle des Champs-Élysées (406). Pèlerinage avec Françoise à la maison des Swann, près du Bois (408).

Mme Swann au Bois (409). Traversée du Bois un matin de fin d'automne en 1913 (414). On ne peut retrouver dans la réalité les tableaux de la mémoire (418).

COLLECTION FOLIO

Dernières parutions

1907.	Gabriel Matzneff	*La diététique de lord Byron.*
1908.	Michel Tournier	*La goutte d'or.*
1909.	H. G. Wells	*Le joueur de croquet.*
1910.	Raymond Chandler	*Un tueur sous la pluie.*
1911.	Donald E. Westlake	*Un loup chasse l'autre.*
1912.	Thierry Ardisson	*Louis XX.*
1913.	Guy de Maupassant	*Monsieur Parent.*
1914.	Remo Forlani	*Papa est parti maman aussi.*
1915.	Albert Cohen	*Ô vous, frères humains.*
1916.	Zoé Oldenbourg	*Visages d'un autoportrait.*
1917.	Jean Sulivan	*Joie errante.*
1918.	Iris Murdoch	*Les angéliques.*
1919.	Alexandre Jardin	*Bille en tête.*
1920.	Pierre-Jean Remy	*Le sac du Palais d'Été.*
1921.	Pierre Assouline	*Une éminence grise (Jean Jardin, 1904-1976).*
1922.	Horace McCoy	*Un linceul n'a pas de poches.*
1923.	Chester Himes	*Il pleut des coups durs.*
1924.	Marcel Proust	*Du côté de chez Swann.*
1925.	Jeanne Bourin	*Le Grand Feu.*
1926.	William Goyen	*Arcadio.*
1927.	Michel Mohrt	*Mon royaume pour un cheval.*
1928.	Pascal Quignard	*Le salon du Wurtemberg.*
1929.	Maryse Condé	*Moi, Tituba sorcière...*
1930.	Jack-Alain Léger	*Pacific Palisades.*
1931.	Tom Sharpe	*La grande poursuite.*
1932.	Dashiell Hammett	*Le sac de Couffignal.*
1933.	J.-P. Manchette	*Morgue pleine.*
1934.	Marie NDiaye	*Comédie classique.*
1935.	Mme de Sévigné	*Lettres choisies.*
1936.	Jean Raspail	*Le président.*
1937.	Jean-Denis Bredin	*L'absence.*
1938.	Peter Handke	*L'heure de la sensation vraie.*
1939.	Henry Miller	*Souvenir souvenirs.*
1940.	Gerald Hanley	*Le dernier éléphant.*
1941.	Christian Giudicelli	*Station balnéaire.*
1942.	Patrick Modiano	*Quartier perdu.*
1943.	Raymond Chandler	*La dame du lac.*
1944.	Donald E. Westlake	*Le paquet.*
1945.	Jacques Almira	*La fuite à Constantinople.*
1946.	Marcel Proust	*A l'ombre des jeunes filles en fleurs.*
1947.	Michel Chaillou	*Le rêve de Saxe.*

1948.	Yukio Mishima	*La mort en été.*
1949.	Pier Paolo Pasolini	*Théorème.*
1950.	Sébastien Japrisot	*La passion des femmes.*
1951.	Muriel Spark	*Ne pas déranger.*
1952.	Joseph Kessel	*Wagon-lit.*
1953.	Jim Thompson	*1275 âmes.*
1954.	Charles Williams	*La mare aux diams.*
1955.	Didier Daeninckx	*Meurtres pour mémoire.*
1956.	Ed McBain	*N'épousez pas un flic.*
1958.	Mehdi Charef	*Le thé au harem d'Archi Ahmed.*
1959.	Sidney Sheldon	*Maîtresse du jeu.*
1960.	Richard Wright	*Les enfants de l'oncle Tom.*
1961.	Philippe Labro	*L'étudiant étranger.*
1962.	Catherine Hermary-Vieille	*Romy.*
1963.	Cecil Saint-Laurent	*L'erreur.*
1964.	Elisabeth Barillé	*Corps de jeune fille.*
1965.	Patrick Chamoiseau	*Chronique des sept misères.*
1966.	Plantu	*C'est le goulag !*
1967.	Jean Genet	*Haute surveillance.*
1968.	Henry Murger	*Scènes de la vie de bohème.*
1970.	Frédérick Tristan	*Le fils de Babel.*
1971.	Sempé	*Des hauts et des bas.*
1972.	Daniel Pennac	*Au bonheur des ogres.*
1973.	Jean-Louis Bory	*Un prix d'excellence.*
1974.	Daniel Boulanger	*Le chemin des caracoles.*
1975.	Pierre Moustiers	*Un aristocrate à la lanterne.*
1976.	J. P. Donleavy	*Un conte de fées new-yorkais.*
1977.	Carlos Fuentes	*Une certaine parenté.*
1978.	Seishi Yokomizo	*La hache, le koto et le chrysanthème.*
1979.	Dashiell Hammett	*La moisson rouge.*
1980.	John D. MacDonald	*Strip-tilt.*
1981.	Tahar Ben Jelloun	*Harrouda.*
1982.	Pierre Loti	*Pêcheur d'Islande.*
1983.	Maurice Barrès	*Les Déracinés.*
1984.	Nicolas Bréhal	*La pâleur et le sang.*
1985.	Annick Geille	*La voyageuse du soir.*
1986.	Pierre Magnan	*Les courriers de la mort.*
1987.	François Weyergans	*La vie d'un bébé.*
1988.	Lawrence Durrell	*Monsieur ou Le Prince des Ténèbres.*

Impression Bussière à Saint-Amand (Cher),
le 29 mars 1989.
Dépôt légal : mars 1989.
1ᵉʳ dépôt légal dans la collection : février 1988.
Numéro d'imprimeur : 7931.
ISBN 2-07-037924-8./Imprimé en France.